民国

武侠小说
典藏文库

平江不肖生卷

民国

武侠小说
典藏文库

平江不肖生卷

近代侠义英雄传

第二部

平江不肖生

著

中国文史出版社

目　　录

1

第一回

种西瓜草坪大斗法
掼火把富室夜降妖

话说彭立清看了柳惕安吃惊的神气，连忙摇手说道："不是，不是！我说坏了，是说我师傅坏了，白费几个月的心机了。这种胎儿，虽是要等他自然生下来，但在下地时，不能让他开口哭出来，哭一声便不合用了。"

柳惕安气得打了彭立清一个耳光骂道："你真是一个下流东西，到这步田地还替你师傅着急小孩开口哭坏了。你可知道你师傅的药配成了，这小孩的性命便断送了么？人的性命要紧呢，还是你师傅的药要紧呢？"

彭立清道："我师傅说，初出世的小孩子，算不了一条性命。"柳惕安使劲唾了他一脸的唾沫骂道："放屁！像你这种倚仗邪道害人的东西，我本当替人除害，将你一铲打死，只因听你说话，竟是一只糊涂虫。于今便把你打死，你还不明白为什么送了性命！"

柳惕安说到生气的时候，声音很大，老婆婆在房中听得，忍不住扶墙摸壁的挨了出来，问是谁人在门口说话。柳惕安一把抓着彭立清的胳膊，拉到老婆婆面前，就房中灯光给老婆婆看了问道："你老认识他是谁么？"老婆婆仔细看了几眼，又看了看柳惕安道："他不也是林道人的徒弟吗？你们自己师兄弟，怎的在这里打起架来了？"

柳惕安笑道："我们若不在这里打架，你刚才生下地的这个小孩子，只怕已经没有命了。"遂将自己不是林道人的徒弟，及奉师命前来救人，林道人使用邪术取胎的话，约略说了一番。老婆婆这才惊得呆了，半晌才定了定神说道："原来这地方真有取胎的人，怪道离这里不到一里路，有个王木匠的老婆，怀了六个月的胎，一日王木匠不曾回家歇宿，就有人到他家，不知道用什么法子，把他老婆弄得人事不知，将肚里六个月的胎儿取去了。第二日王木匠回来，灌救了好一会儿，才把老婆救转。这事传遍了几十里，我和我媳妇听了，还不相信是真的呢！谁知道就是这林道人，怪不得他师徒近来时常跑到我这里来，替我媳妇诊脉，我婆媳还把他师徒当好人呢！请问你贵姓，你的师傅是谁？怎的知道林道人今夜来取胎，打发你来搭救？"

柳惕安笑着摇手道："你老用不着问这些，你的孙子既安然生下地了，我得去回报老师，看老师把这妖人如何发落。"说完，一手提了方便铲，一手拉了彭立清就走。刚走出篱笆不到十多步，忽觉眼前一黑，脚下绊了一块石头，身体向前一栽，彭立清趁着这机会，一扭身挣脱了飞腿便跑。柳惕安气不过，正待拔步追赶，只听得自己师傅的声音，在远远的喊道："饶他去吧！"柳惕安便不追了。回到破窑，将所经过的情形，对潘老师说了。

潘老师嘉奖了一番道："我们志在救人，不值得与人结怨，那林道人还是白莲教的余孽，所在党羽甚多，每每在乡村中取孕妇的胎儿，及小孩的眼珠、睾丸配合药饵，我们存心遇着便救，也不和他们为难作对。我不教你追赶那小子，也就是这个意思。"师徒二人又谈论了一会儿白莲教的故事，方各安息。

次日照常登程，到宜昌后，潘老师替柳惕安换了服装，不似在山时那般蓬头赤足了。从宜昌乘船到汉口，由潘老师引着，会晤了一般在汉口担任职务的道友，到这时他才知道被派遣到上海、广东一带暗中保护孙逸仙的，连他共有三人。一个是广东香山县人姓林名伯启，一个是安徽霍邱县人姓胡名直哉，这两人都是天生的道家种子。

林伯启原是诗书世家子，在童年的时候，无意中从字篓里得了一本破烂不完的道书，书中载的尽是静坐的方法，他就照着方法静坐，是这般引起了他的兴趣，越坐越觉得了益处。只可惜书不完全，一年以后，便不知道应如何继续修持了。如是到处探听修道的人，一探得了那修道的姓名居处，就不畏艰难辛苦的前去参访。常言"有志者事竟成"，不过几时，毕竟有道中人引他入道。他此时不过三十岁，不但道术在同道中，为造诣极深的，便是农业、机械及电气化学，他也极感兴趣，努力研究。他常说精神物质，不能偏废，不能偏重。时代潮流，只能因势利导，不能逆转。他曾在工业专门学校毕业，对于机械，有所发明，兼能通几国的语言文字，不仅是同学的益常推重他，就是道中老前辈，也都承认他是同道中的杰出之士。道中因上海、香港是外国人管辖的地方，孙逸仙回国运动革命，在这两个地方的时候必多，担任暗中保护的人，难免不有须说外国话的时分，所以派遣林伯启。

胡直哉是个宦家子，家中有数十万财产，独自一个人，并无兄弟。他生性豪爽，不喜读书，专好使枪弄棒，和人厮打。他父亲是个读书人，中了一榜之后，报捐在湖北做了好几任县知事。在做天门县的时候，有匪首刘四疙疸，用妖术煽动饥民地痞，啸聚四五千人，号称"神兵"，占据险要的山寨倡乱。胡知事虽是文人，然深知兵法，亲自督兵进剿。刘四疙疸原是以邪术号召愚民的，他画符水给部下吞服，凡是曾服符水的，都能不避刀斧枪炮，临阵猛勇非常。可是作怪，在平时试演，确是很有灵验，一到认真和官军打起仗来，那些邪术都不灵了，正如庚子年的拳匪一样。邪术既是不灵，未经训练的乌合之众，自然不能和官军持久抵抗。一连几个败仗，部下就叛变了，将刘四疙疸捉了到胡知事跟前献功。

这刘四疙疸有一件法宝，是一个直径约五寸的古盘，这盘非铜非瓦，盘里雕刻着五只老鼠，神气活现。据当时知道的人说，刘四疙疸得自他的老师，凭这盘子作起法来，陆可以腾空，水可以渡海。当时因系部下叛变，猝不及防，没有给他作法的工夫，所以被擒。这种匪首，既被擒获，自是就地正法，古盘收没入官。胡知事因听说这古盘是一件法宝，能腾空渡海，便借收没入官之名，收归自有了；从来慎重的收藏着，就是胡知事最亲信的人，也不知道这古盘在胡知事手里。后来胡知事因罪误回霍邱，这古盘也就藏在皮箱里带回来，不但外人不知，便是胡知事的太太及胡直哉，都不知道有这一回事。因胡知事做天门县的时候，胡直哉还不曾出世，事过了七八年才生直哉，又过了十多年才罢官回籍。

胡家的住宅，在霍邱乡下一个小市镇旁边，这小市镇因系往来大道，又紧靠河流，每日经过的客商，倒也不少。胡家大门外，有一方占地数亩的草坪，当有走江湖卖艺的人，及变戏法的人，一到那镇上，便选择那大草坪做地盘，从来如此，胡家也不禁阻。胡直哉且生成欢喜和那般不正不四的江湖朋友接近，胡知事虽不愿意，只因膝下仅这一个儿子，从小就娇养惯了，一时也管束不来。

这日胡直哉正在书房中读书，忽听得门外草坪中一阵锣响，料知不是变戏法的，便是玩猴的，连忙掼下书本，往外便跑。他在家虽延聘了老师教书，但照例不肯严行管束，听凭胡直哉高兴读就读，否则随时可停止的。此时胡直哉闻锣声跑到门外一看，原来是一个白发如葱的老头，和一个年纪相仿的老婆婆，带着一个年约十五六岁的女孩，在坪中忙着布置软索的行头。还有一个中年男子提起一面铜锣，围着草坪急一阵、缓一阵的敲打，已有一大堆的闲人围拢来看热闹。

胡直哉看那女孩的相貌，虽生得不甚美丽然眉目还位置得停匀，短衣窄袖，一举一动，却显得伶俐活泼很觉可爱。这时胡直哉已有十三岁了，情窦方开，一觉这女孩可爱，便想亲近，挤在圈子里，而目不转睛的望着女孩打跟斗、竖蜻蜓。玩过一套花样，那中年男子便捧着铜锣向看热闹的要一次钱。胡直哉特地跑到里面，问他母亲要了一串大钱，扭断钱串藏在身边，一大把一大把的抓着往铜锣里掼去，在无数看热闹的当中，当然没有第二个能如此挥霍的了。

女孩玩过好几套花样之后，坐下来休息了一会儿，才慢慢把缘上木叉，盘腿坐在叉上，先将两腿的丝带紧了一紧，老头把一根两端系了沙袋的竹竿递给她，她接在手中横担着，从容立起身来，举步向索上走去。那索左右摆动，女孩的身体也跟着向两边摇荡，仿佛就要摔下来的样子。大家捏着一把汗，看她在索上前进后退来回了两三次。这次刚倒退到索的中间，脚踏空了向后便倒，只吓得看热闹的都不约而同的叫起来。胡直哉更是吓得一颗心几乎从口中跳出来了。谁知那女孩的身体，正倒在索上，仰面朝天的躺着，并不曾倒下地来，大家不由得高声喝彩。在这如雷的彩声中，女孩已翻身站起，又向前走了几步，猛然回头望着老头，露出惊慌的神色说道："爷爷，不好了，我的对头来了！"这话刚说出，只见她身躯一歪，一个倒栽葱撞下地来，直挺挺的躺着，就和死了一样，沙袋、竹竿摜到圈子以外去了。

这么一来，把无数看热闹的惊得不知是怎么一回事。老头也惊得"哎呀"一声说道："是谁大胆敢来破我的法术？"说时抬头向大路上望去，只见一个年约五十多岁，身体十分壮健，颔下一部花白胡须的老头，穿着一身猎衣，肩扛鸟枪，腰系葫芦子袋，率领五个年轻都肩了鸟枪的男子，带着四条猎狗，正在大路上走着。

老头看了，便指着对看热闹的说道："就是那几个打猎的和我为难，我誓不与他们罢休！"老婆婆和中年男子都抚着女孩的身体哭泣，老头连连摇手止住道："于今不是哭的时候，让我去找他们来，拼一个高下！"边说边挤出人群，向那一行人招手，并高声喊道："你们是好汉就不要走，老子要和你们拼个死活！"

胡直哉跟着向那一行人看去，只见那几个年轻的男子，走得很急，仿佛要逃跑的神气。那年老的却停了步，连连跺脚骂道："你们待跑到哪里去？既没有本领担当，便不要多事惹麻烦，事到临头，难道一跑能了吗？"那几个人听了，也都站住不跑了，年老的走前领着向草坪走来。有许多看热闹的，忍不住跑上前问那年老的是怎么一回事。

年老的指着两个年轻的说道："就是这两个不安分的小徒，走这大路上经过，因远望见这里走索，那个小徒说道：'江湖上走索的是使的云雀法，云雀法最怕鸟枪，用不着真个开枪，只要向她一瞄准，就把她的法子破了。'这个小徒不相信，说没有这种事，我正待阻止他们，不许惹麻烦。谁知那个不安分的东西，已拿枪对这里瞄了一下，便闹出这乱子来了。好在我不是有心与他为难，且看他怎生和我拼死活。"说罢回头向五个徒弟挥手道："你们都站在我背后，不许乱动。"五个徒弟齐应了声"是"，一字排开站在年老的身后，四只猎狗都是曾经训练过的，不待人指挥，都自知紧靠人的腿旁立着。年老的挺胸竖脊，左手叉

5

腰，右手支着鸟枪，正色对走索的老头说道："我徒弟确是无心，开了这个玩笑，实在算不了一回事，我劝你不必这么认真。你这姑娘，包在我身上替你救转来，可以不和我相拼了么？"

走索的老头只气得脸色都变青了说道："你这般东西欺人太甚，我在这里讨饭，与你们有何相干，竟下毒手破我的法术，把我的老脸丢尽了，你还想拿这些巧语花言来掩饰！你是无心开这玩笑，你哄谁，我断不能饶你。"

打猎的老头听了也生气道："好吧，你不肯饶，我就求你饶也是枉然！"无数看热闹的见了这种情形，都逆料必有好热闹可看，镇上的人越发来多了，围了一个极大的圈子。胡直哉心里痛惜那走索的女孩，见她直挺挺的不动，不知道是死是活，竭力挤上前去看。

胡直哉的仪表，本来生得异常清秀，衣服又穿的漂亮，很容易惹人注目，打猎的老头再三打量。胡直哉还不曾挤至女孩跟前，已被走索的老头挥手教他站着不动。他只得站着看那老头，从怀中掏出一粒西瓜子来，抛向自己口中转了几转，用食指在草地上掘了个小窟窿，将口中的西瓜子吐入窟窿内，随手撮了些泥土盖上，口中念念有词，不到一刻工夫，便见那窟窿中长出西瓜苗来，一眨眼瓜苗就长了一尺多高，并且枝繁叶茂，接着又开了几朵黄色的花。

胡直哉与打猎的接近，只听得那五个年轻的窃窃私议道："他这种法术很厉害，我曾听师傅说过，会这种法术的人，能于顷刻之间，把仇人的灵魂，收摄到瓜果上，一结实成瓜，仇人便立时不省人事。这法术是云南贵州苗峒里传出来的，我看这老东西一定是用这法术，想收摄我们的灵魂。"话还未了就见打猎的老头，拿起自己腰间所悬的葫芦，揭开木塞，倾出一大把打鸟用的铁铳子来，也往自己口中一抛，略转了几转，吐在掌心中，口里也念念有词，喝一声："变！"随将铳子向瓜藤上掷去，即见有无数的飞萤，纷纷飞到瓜藤上，一会儿就把花儿叶儿，吃个一干二净。

走索的老头看了，似乎有些着急的神气，望着这老头恨恨说道："好，好！你又破了我的法术。"边说边将头上如雪似银的小辫子解散往脑后一披，身体就地一滚，登时变了一只二尺来高、红冠铁嘴的雄鸡，赶着飞萤啄食，顷刻即已啄尽，接着向打猎的老头奔来，情势凶猛异常，绝不是普通大雄鸡的气概。

打猎的老头笑道："好东西，请瞧我的吧！"说时也是就地一滚，老头不见了，平地跳出一只苍色的狼来，张牙舞爪的朝雄鸡扑去。雄鸡一见狼，回头便跑，那狼如何肯舍，恶狠狠的在后面追赶。

围着瞧热闹的人，看了这种和《西游记》上孙行者与二郎神闹法一般的把戏，一个个都喜得眉飞色舞，并多有高声叫好的，谁也不觉得这两个老头，都正在以性命相拼的时候。众人看到那雄鸡被苍狼赶得满场飞跑，不由得齐声狂吼起来。这一声吼不打紧，谁知正在吼声未了之际，场中猛然发出一声虎啸，便有一只黄牛般大小的斑斓猛虎，摇头摆尾的在场中出现，再看那大雄鸡已是不见了。这猛虎一出来，连场中的空气，都顿时显得变换了，只听得呼呼风响，沙石飞扬。这一来，却把许多瞧热闹的吓慌了，一个个来不及似的往后倒退。但是见那虎并没有伤人的意味，又都舍不得跑开去。倒是胡直哉的胆量大，一点儿不知道害怕，不但不倒退躲开，并赶着那猛虎要看个仔细。

只见那虎圆睁着一对放凶光的眼，望着这苍狼磨得牙齿喳喳作响，口角流出馋涎来，两只前爪在草地上搔爬了几下，正待耸身冲苍狼扑去。只见苍狼忽将身躯一摇摆，立时仍现出打猎老头的原形来，从五个徒弟手中，接过五条鸟枪连同自己的共六条鸟枪，平放在草地下，口中一边念咒，一边用右手对枪上画了几画，一跺脚喝声道："变！"鸟枪登时变成六条大蟒蛇，都有一丈来长，碗口粗细，昂头吐舌的飞奔向猛虎围绕。

可是作怪，那猛虎何等的威风，一见这六条大蟒围过来，实时显出畏缩的神气，一屁股蹲坐在草地上，低头望着蟒蛇，动也不动一下。看热闹的人，见猛虎被蟒围困得不敢动了，大家又凑近前来，认真看那猛虎。何尝是什么猛虎，原来就是那个走索的老头，垂头丧气的蹲在草地上，两眼纷纷掉泪，口里还不住的哼，仿佛是累乏了的样子。

看热闹的人当中，也有年老懂得江湖情形的，到这时便有人出头做和事人，向打猎的老头说道："你抬一抬手饶他过去吧，你瞧他这样子很可怜的。如果真闹出人命来，我们地方人担当不起。"

打猎的老头笑道："何尝是我不肯饶他，你们诸位不是亲眼瞧见的吗？他不肯饶我，教我也无法。于今他既服输了，我自然不与他为难。"说时回头向五个徒弟道："你们各自把家伙收起来。"五人上前拾起，仍是六条鸟枪。老头接过自己的鸟枪，向观众点点头赔笑道："对不起惊扰了诸位，少陪了。"刚举步要走，忽一眼看见了胡直哉，又浑身上下打量了几眼，满脸堆笑的问道："你这个少爷贵姓，今年十几岁了？"

胡直哉既素性欢喜与这类江湖朋友接近，今日遇见这样会法术的人，心里早已打算应如何结交。只因他先会见这走索的女孩，已生了爱慕之心，后见女孩跌倒在地，便又心生痛惜。他心里既痛惜女孩，不知不觉的对这几个猎户，就不发生好感，所以直待打猎的老头问他，他才答话说了自己姓名岁数，并紧接着问道："你把这位姑娘弄到这般模样，难道就走吗？你刚才当着这许多人说了，这姑娘包在你身上救转来，你如何不救？"

打猎的老头笑道："这事你胡少爷不用管，他不找我的麻烦，我自然情愿替他救人。于今他斗不过我，与我有何相干？你以为他们这一般东西是好人么，尽是些坏坯子，一个个都打死也不亏他。"说毕，仍率领了五个徒弟，四条猎狗，掉臂不顾的走了。

他们走后，走索的老头和老婆婆，都抚着女孩的身体，放声大哭起来，真是凄惨，直哭得天昏地暗，白日无光。许多看热闹的人，看了这种情形，没一个不唏嘘叹息。胡直哉年轻心软，也忍不住流下泪来。方才出头做和事佬的人，便高声提议向众人说道："这老头可怜的情形，我们都看在眼里，于今他这姑娘，多半是没有回生之望了。他们在江湖上卖艺，全凭着这姑娘做摇钱树，此刻姑娘既凶多吉少，他本人与那打猎的斗法，又受了委屈，我们替他设想，也实难堪。我想代替他要求诸位看官，大发慈悲，每人尽力帮助他些银钱，给他做养老的盘缠，不知诸位看官们的意思怎样？"

这一段话，正合胡直哉的心理，连忙接着说道："这办法极好！论情理，我们看了这样千百年不容易见到的大把戏，值得多出几个钱。我于今先尽我身上所有的，都拿出来给他，望诸位也多出些吧。"胡直哉这时身上还有六七百文大钱，尽数掏出来摔在草地上，那做和事佬的人竖起大拇指对胡直哉道："胡少爷的举动真了不得！"在当日生活程度极低的时候，又在霍邱乡下，六七百文确是一个很大的数目。

当下许多看热闹的人，见胡直哉是个小孩子，尚且出这多钱，都觉得太少了拿不出手，一会儿凑齐了，竟有二十多串大钱。老头揩干了眼泪，向众人作揖道谢，回身问胡直哉道："你姓胡么，你的老太爷是不是做过天门县正堂的？"

胡直哉点点头道："你怎的知道我父亲做过天门县正堂，你姓什么？"老头现出冷酷的面孔，待理不待理的神气答道："我是天门县的人，如何不知道？你老太爷做官那么厉害，倒难为他生出你这么一个好儿子。"

胡直哉此时虽然年轻，听了这番话，却很不快活，就是围着看的众人，也都觉得这老头说话太无道理。当下就有一个心直口快的人说道："你这老头说话也太不尽人情了。刚才若不是胡少爷倡首出那么多钱，如何能凑成二十多串钱给你。我们都尚且恭维他不得了，你是身受实惠的人，怎的倒使出这般嘴脸来对他。你不要欺负他年纪小，你既是天门县的人，他老太爷做过天门县正堂，你更应对他恭敬，才是道理。"

老头被责备得长叹一声道："我实在老糊涂了，我的孙女儿命在呼吸，我还在这里闲谈。"旋说旋低头在女孩身上按摩。老婆婆和中年男子也帮着揉手揉脚。约经过了一刻钟的时间，忽听得女孩喉咙里咯咯作响，不一会儿眼珠儿在里面转动起来。老头拈住顶心发提了一提，就耳根呼唤了两声，女孩竟已活转来了。众人都道这女孩多半是死了，所以大家凑钱给她。于今看这情形，竟像是特地装死骗钱的，各人都有些后悔起来。不过钱已拿出，并且当出钱时，又没有个数目，不便收回来，只好大家眼睁睁的望着走索老头，收拾了钱和卖艺的器具，率领着一行人走了。

胡直哉留神看那女孩，虽则被救活转来，但是精神仍非常疲萎，绝

9

不似初见时那般伶俐活泼了，行走时显得步履艰难。胡直哉仍不免心生怜惜，然也没有办法，大家都散了，只得回家。不过心里总放不下这回斗法的事，时常和门客谈论。他心想走索的在江湖上糊口，东西南北，本来没一定的行止，天门县人到霍邱来，是很平常的事。至于打猎的，不是寻常走江湖的路数，断不至多远的到此地来打猎。他逆料必是离霍邱不远的人，托门客去外面打听，很容易的就打听出下落来了。

原来那打猎的老头姓单，是河南遂平县人，家中很富有，并不以打猎为生。只因生性好猎，每年秋冬季节，多是借着打猎消遣。姓单的因家境好，特地花了几百两银子，拜甘肃最著名的猎户为师，学会的法术极多。这番带着徒弟、猎狗到霍邱来，不是为打猎，乃是因霍邱曹翰林家闹妖精。曹翰林的小姐被妖精缠了，安徽有名的法师都请遍了，无人能把妖精降伏。听人说起遂平单猎户的法术高强，辗转托人用重金聘请到霍邱来降妖。

胡直哉听了便问那门客道："曹翰林家在哪里？他小姐如何被妖精缠了，此刻已降伏了没有？"那门客道："曹翰林是霍邱的巨富，家住在离此地五十多里的霸王庄，曹翰林本人已有七十多岁了。这个被妖精缠的小姐才十七岁，是第八个姨太太生的，听说容貌美得和天仙一般，平常不轻易出门，也无人知道是被什么妖精缠了。那小姐自己不肯说，曹家的人更不肯将被缠的情形对外人说，所以不知道。只听说单猎户虽到了曹家，据说妖精的本领很大，不易降伏，须慢慢的待有机会，才能下手。此刻是还不曾降付的。"

胡直哉听了这些话，心想单猎户既是河南人，便是结交之后，也不容易见面，只得将这事搁起，已懒得和门客讨论了。过了几日，胡家门房里忽来了一个送信的人，说这封信是我东家打发我来送给你家少爷的，请你送上去吧。门房看信封上写着"专呈胡少爷直哉台启"，下边署"陆缄"两字，便问送信的："你东家是谁？"送信的道："你送给你少爷看了自然知道。"门房只得将信拿进来交给胡直哉，回身到门房里看时，那送信的已不待回信走了。

却说胡直哉拆开那信一看，不觉吓了一跳。原来信中大意说："你父亲做天门县的时候，将我老师刘四疙疸杀害，我同门兄弟多有发誓要报这仇恨的。我因念你父亲当时是为地方，为公事，不能责怪。不过你父亲不应该将我老师的法宝和财产，一概没收入了私囊，这是于道理说不过去的，我也不能替你父亲回护。我这番来你门前走索，本是受了同门兄弟的委托，前来报仇的。不料无端遇了对头人，将我搅扰，又见你尚有一片仁心，能倡首倾囊助我，使我不忍再下报复的毒手，所以写这信给你。恨虽不由我报，你父亲当日没入私囊的财产法宝，我却不能不取回去销差。此后我同门兄弟是否另图报复，我不得知，我本人是绝不再来了。"信尾署"陆观澄"三字。

胡直哉忙将这封信送给自己父亲看，胡知事也不免惊骇道："这事已经过了二十多年了，在当时除了我自己而外，旁人绝少知道的，近年来更是连我自己都忘记这回事了，这些匪徒竟敢明目张胆的前来报复，这还了得？他信上既说要把刘四疙疸的法宝和财产取回去，免不得是要到我这里来的。为今之计，我只有写一封信给霍邱县袁大老爷，请他多派几名得力的捕快来，在家里等着，一边悬赏捉拿那些余匪，他们敢来，是自投罗网；就是不来，我既知道刘四疙疸还有余孽，也得办他们，并要呈请移文天门县，办他一个斩草除根。"

胡直哉道："你说的自是正当办法，不过我觉得犯不着这么费事。我猜想这陆观澄若是惧怕官厅拿办，也不写信到这里来明说了。我看见他的法术很高强，寻常捕快，决不是他的对手。如何能将他拿住？"

胡知事不待直哉往下说，连连摇头说道："小孩子乱说！你于今正在读书，不懂得邪不胜正的道理吗？他那种邪法有何用处？刘四疙疸是他的老师，法术不用说得比他高强，当时何以被我拿住正了法。刘四疙疸的法宝，据当时捕获的匪党说，刘四疙疸用这法宝，在陆地能腾空飞起，在水里能漂洋渡海，何以在他部下叛变捉他的时候，他却不使用这些法宝逃跑呢？"

胡直哉道："法术诚不可恃，不过陆观澄信上，已说明他不报仇了，我家倒去惊动官府，恐怕反要惹出麻烦来。我觉得现在不比你做天门县的时候，那时一则因职责所在，地方发生了叛逆大事，不能不力图肃

11

清；二则有大权在握，兵勇保甲，调度自如，并能生杀由己，然而还是刘匪自己的部下叛变始得成擒。如果不是他部下将他捉来献功，恐怕也没有那般容易平服。现在你早已退归林下，乡居离城数十里，平日又因图清静，不大和官府往来，家中雇人，男女不到十个。他们那些余匪，不来报复便罢；若真个要来报仇，哪里用得着什么法术，只须十多个壮健汉子，在深夜赚开大门进来，便可为所欲为，不须顾虑什么。即算去县衙里请得力的捕快来防护，但是只能防护一时，不能把捕快永远留在家里。他们报复既能迟到二十多年，安知便不能再迟下去。"

胡知事见自己儿子，滔滔不绝的说了这一大篇道理，一时也觉得似乎近理，无可辩驳，只得正色说道："依你却待怎样？难道真个把当日没收的东西，退还给他，那也太不成话了。他的法宝，就是一个里面雕刻了五个老鼠的盘子，我拿着一点儿用处没有，不过每年六月六日晒霉的时候，背着人在衣箱里翻出来抚摩一番。我便退还给他也使得。至于刘四疙疸的财产，金银珠宝在当时就没有点算清楚，一大半入了官，散失的也不少，我所得的有限。不过究竟有多少，连我自己也说不出个数目来，如何能退还给他？"

胡直哉道："这信上写着陆观澄，是不是真姓名，无从查考，又没有住在的地名，即算情愿退还给他，除了他自己来取，我们也没有法子。"胡知事道："这种妖匪的余孽，说话不见得有信义，万一他来索取法宝财产的时候，乘机施报复手段，我们毫无防备，不是坐以待毙吗？我现在打算一面把壮健的佃户，都找到家里来，日夜防护；一面仍得禀报霍邱县，我再加一封私信给袁大老爷，请派八名捕快来。这匪徒信上虽没有居处，但他一行有四个人，又带了走索的行头，有甚地方给他们藏躲？何愁缉捕不着。"

胡直哉只觉得自己父亲这种办法不妥当，但是自己却想不出比较妥当的办法来，尽管低着头、皱着眉，现出踟蹰着急的样子。胡知事既决定了办法，便自己去分头实行。胡直哉独自踟蹰了好一会儿，忽然想出一个自觉甚好的方法来，对他父亲说道："我推想那刘四疙疸的余党，还不知有多少人，我家找壮健的佃户，及惊官动府去请捕快，只对付这陆观澄一个人，倒还容易；如果因拿办陆观澄，反惹得那些余党都来和我家为难，常言'明枪易躲，暗箭难防'，我家不是终日诚惶诚恐的畏祸吗？前日和这陆观澄斗法的那个猎户，法术比陆高强，我打听得那猎户姓单，是曹翰林家特地请来降妖的，我家不如也把他请来，将陆观澄的信给他看，他必有对付的方法。"

胡知事不待胡直哉说完，忙摇手说道："不行，不行！你这孩子真不长进，有堂堂正正的道路不走，如何会去求助于猎户。那曹翰林生平的行为，就不正大，在家乡地方待人又极刻薄，家庭之间，素来帷薄不修，女儿被妖精缠扰，乃是意中之事。自己的正气不足以胜邪，就只好求助于会邪术的人，叫做以毒攻毒。他这种举动，可说是名教的罪人，足使士林冷齿。我生平以理自持，这种举动，不是我家所应做的。"

胡直哉知道自己父亲平日喜讲理学，却不料如此固执，当下即被严词拒绝，不敢多说。退回书房，前思后想，越想越觉得自己父亲这般办法，一定惹出多少的麻烦来。他想陆观澄信中既说他同门兄弟都要报仇，我做儿子的理应设法防范。想来想去，唯有亲自去访单猎户，面求他设法，料知向自己父亲说明前去，是决不得许可的。暗自计算五十多里路，也不算很远，年轻的人，没有行路的经验，以为五十多里路，是极容易行走的，也懒得和门客商量，独自决定了亲去霸王庄。借故向他母亲要了一串钱，次日吃了早饭，假装闲谈向家里当差的打听了去霸王庄的路径，毅然动身朝霸王庄行走。

初出门时走得很快，才走了二十来里，两脚已酸痛得不能走了，腹中更觉得饥饿不堪。问过路的人，才知道须再走十里方有火铺。可怜胡直哉出娘胎后就娇生惯养，一里路也不曾步行过，这番一口气走了二十多里，两脚如何能不酸痛？在路旁草地上坐着歇息了一会儿，只好咬紧牙关又走。就和有无数的花针刺在脚底上一样，一步一挨的，好容易才挨到了一个小市镇，看那镇上约莫有数十家居户，槽坊、杂货铺、屠坊、饭店都有。

胡直哉走进一家饭店，劈面就遇着一个好生面熟的人，心里正在思量是谁，那人已现出惊异的神色，却又很恭敬的上前招呼着少爷道：

"怎的走到我们这里来了，就只少爷一个人么？"

胡直哉一听这人称呼说话，心里已想起来了，这人便是自家的佃户朱长盛，每年元旦必来胡家拜年，因此见面认识，当下答道："我因要去霸王庄有事，所以打这里经过，你如何也在这饭店里呢？"

朱长盛一面拂拭靠椅端着请胡直哉坐，一面笑道："少爷不知道么，这小店就是我开设的，已有好几年了。"随即忙着泡茶打水，备办午餐。胡直哉正在饥疲不堪的时候，无意中得到自家佃户所开的饭店里，不知不觉得了许多安慰。那时佃户对东家，是非常敬尊的，所以有"东佃如父子"的话。

朱长盛对待这个不易降临的小东家，自是竭尽其力，虽在仓促之间，也办了许多酒菜，并临时邀了地方两个有面子的绅士来作陪客。在席间朱长盛问胡直哉道："少爷要去霸王庄，不知为的什么事？"

胡直哉道："我正想向你打听，霸王庄距离此地还有多少路，那庄上有多少人家？"朱长盛道："此去倒不过十多里路，庄上就是曹翰林一家，附近十几户都是曹家的佃户。少爷尽去曹家呢，还是去访别人呢？"

胡直哉道："听说曹家请来一个姓单的猎户，我去霸王庄便是想去访他。"朱长盛道："少爷与那姓单的认识么？"胡直哉点头说："认识，但没有交情。"朱长盛问道："是那姓单的约了少爷去相会么？"

胡直哉见他这般追问，似乎有因，便道："定要约了才能相会吗？你如何这么问我？"胡长盛道："我问少爷这话有缘故的。若是那姓单的不曾约少爷去会，少爷便去不得；就是前去也十九会不着，还怕受意外的危险。"胡直哉不觉吃惊问道："这话怎么讲？"

朱长盛道："少爷幸亏今日落在我这店里，不然恐怕要捅出大乱子来。我这里来往的人多，近来没一天不有人来说霸王庄的事，所以知道得很详细。那霸王庄曹家，是人人知道的霍邱县大富绅。曹翰林有个女儿，已定了人家，快要出阁了，不知如何忽被妖精缠着。妖精初来的时候，那小姐害羞不敢对人说，后来曹家的人见小姐一天一天的面黄肌瘦起来，食量大减，白天只是昏昏的睡觉。一过黄昏，就把自己睡房门关

14

了，家人在门外呼唤也不答应。曹翰林以为是病，请了许多名医诊视，都只说气血虚弱，却瞧不出什么病症来。后来还是那小姐的母亲八姨太，问出女儿的情形来，知道是被妖精缠了。周围数百里的法师、道士，都延请遍了，不但降伏不了，倒有好几个法师、道士，反被妖精打伤了。据近处的高法师回来对人说，那妖精既不是狐狸，也不是鬼魅，来去如风，凶猛非常，无论什么驱妖禁祟的咒语，它全不害怕。这回从河南把姓单的猎户请来，真不知花了多少钱，费了多少事。姓单的来曹家住了一夜之后，曹家的人问他看出是何妖精，他说他二十年来，替人家除过的妖精，至少也有几十次了，每次一到被妖缠的人家，便可看得出一种妖气来。妖精的种类不同，妖气也跟着有分别，就是山魈鬼魅，所停留之处，也有一种鬼气，到眼即能知道。这霸王庄的妖精太奇怪，表面上一点儿看不出妖气和鬼气来，一时竟不能断定是什么妖魅。不过我不管它是什么，我既来了，不怕它不降伏。

　　"他从这日起，每日带着五个徒弟、四条猎狗，到四周山上去打猎，其实遇了鸟兽，并不开枪，东西南北每方都走过六十里才回头。四方走遍了，便对曹翰林说道：'在这里害人的，虽尚分不出是什么妖魅，然因此可以知道这妖魅的本领，大大不寻常，怪不得府上请来的法师、道士不能降伏它，倒被它打伤了。我于今也不敢说有降妖的能耐，不过我仗着老师的传授，即算法术敌不过妖精，也还有方法能使妖精不再来此地害人。'曹翰林说：'这几日妖精果然不敢到小女房里去，大约已是那妖精害怕，知道有道法高强的人来了，所以不来尝试。'那姓单的摇头说：'不见得，它不来我也得找它。我于今下了穿心一百二十里的天罗地网，这妖精若还有点儿道理，此时已逃到一百二十里路以外，我便没奈何它。如尚在一百二十里以内，任它能如何变化，如何藏躲，我一天一天的把罗网收紧起来，它就要逃也逃不掉了。计算收网的日期，至多半个月，府上须通知所有的亲戚朋友，不问有何等重大的事，在这半月以内，不可到府上来。尤其在最后几日，自己家里的猫、狗、鸡、鸭，都得剪毛染色做暗记号。以我降妖的经验，妖精到了被围困的时候每每变化前来，乘降妖的不在意的时候，突起为难，这是常有的事。到了要紧的关头，不但家里的猫、狗、鸡、鸭都得关起来，就是家里所有的人，也只能在我指定的地方行走。在指定的地方以外，不论是人是禽兽我们见面就得开枪打死。这妖精比寻常的妖精更厉害，我也就不得不格外慎重。'

"曹翰林见说得这般慎重，也恐怕真个有亲戚朋友前去探望，被猎户误伤了，除派亲信四处通知外，并派人在去霸王庄的路上守着，遇了去霸王庄的人，就将降妖的话说给人听，免得不知道的人胡闯进去。于今已有好几天了，四方几十里的人，渐渐都知道了，天罗地网也渐渐收紧了。姓单的终日带着徒弟猎狗围着霸王庄搜索，谁也不敢走到那一方去，恐怕撞着枉送了性命。少爷今日若不落在我这里，糊里糊涂的闯上霸王庄去，在路上遇着曹家派的人，挡住了不再向前还好；万一遇不着，岂不是要闹出大乱子来？"

胡直哉很失望的说道："如此说来，我这一趟不是白跑了吗？"那请来作陪宾的绅士说道："既是曹家的亲戚朋友都通知了，不许前去，旁人不待说更是去不得。只是刚才听得胡少爷说，和那姓单的认识，如果有重要的事，定要会他时，何妨写封信给他，约他到这里来会面，胡少爷就在这里等候他来。不知胡少爷的意思以为怎样？"

胡直哉道："我和他没有交情，他于今又在忙着替人降妖的时候，接着我的信，不见得便肯走十多里到这里来会我。"

朱长盛道："他接着了信，要到这里来是很容易的。他自到霸王庄后，虽隔两日不打这门前走过，还有一次到我这店里歇脚喝茶呢！那姓单的人极和蔼可亲，坐下来就找着我店里的伙计谈话，问伙计们近来看了什么奇怪东西，听了什么奇怪事情没有？凑巧遇着我这里有一个专好扯谎捏白的伙计，素来是无风三个浪的人，对他瞎扯了一阵，说某日在什么山上，看见一只五尺来长的黄狐狸；某夜从什么地方回来，在路上遇着一只和人一般高大的大马猴，拖着二尺多长的大尾巴。我们听了好笑，那姓单的因不知道这伙计的性格，却认作是真话，连忙问遇着之后怎样。这伙计被他问得不好怎样说，只好说遇着之后，一晃就不见了。当时还有一个客人在旁边听了，忍不住笑道：'你遇的大半是齐天大圣，一见你就驾筋斗云走了。'姓单的还追问是什么毛色，我为怕这伙计信口乱说得罪人，借事把他支使开了。姓单的走后，我责备这伙计，不应该是这么老不长进，若是时常见面的熟人，知道你这胡说乱道的脾气不要紧；对外省来的人，也这么乱说，不给人笑掉牙齿么？世上哪有五尺来长的狐狸，又哪里有人一般高大的马猴？这伙计的意思，无非明知道姓单的是替曹家降妖，故意说得这么活现，使姓单的以为狐狸、马猴就是妖精，被他看见了。"

在座的绅士也说道："这么乱说确是使不得，一传十、十传百的传开了，人家一定说曹翰林的小姐被狐狸缠了，岂不损了阴德。"朱长盛连连称是道："我也就是为这一点，所以生气责备他。"

胡直哉心里着急无法与姓单的会面，也无心听他们谈论，草草的吃完了饭，因觉两脚疼痛，精力疲乏，朱长盛引他到自己卧室中休息。胡直哉虽睡在床上，只因自觉此行太无意思，只急得辗转睡不着。正在闭眼蒙眬之际，忽听得外面有多人哄笑之声，接着听得一人说道："咦，咦？这马猴不是和人一般高吗，这条大尾巴不是有二尺多长吗？我那夜在路上遇见的，正是这一样的东西。我们朱老板责备我不该说，以为我是扯谎，我真是有口难分。现在这位客人牵的这马猴，就有这么高大，可见得我不是说假话了。"

胡直哉一听这些话，忍不住翻起身来，走出客厅看时，只见挤满了许多人，围着一只浑身漆黑的大马猴观看。那大马猴立起身足有五尺多高，两只朱砂也似的红眼，圆鼓鼓的望着观众，一点儿没有畏缩的样子，也没有凶暴的神气，颈项间系着一条指头粗的铁链，一端拴在房柱上。一个头戴风帽、鼻架眼镜、身穿青布棉袍的客人，正从背上解下一个小包袱，安放在桌上。朱长盛已迎上前招待，那客人对朱长盛道："我有病，要一间清静一点儿的房子，饭菜茶水都用不着，明日临走的时候，从丰送房钱给你。"

朱长盛听这人说话是北方口音，便含笑说道："客官是北方人，若是吃惯了面食，小店也可以照办。有病的人怎能不要饮食呢？小店的房间都很清静，听凭客官选择一间。客官贵姓，从何处来？"

17

那客人道："姓卢，从河南来，因要去前面几十里地方访友，不料到此地忽害病起来，只好在这里暂住一夜。为有病不思饮食，并非因吃惯了面食，吃不来大米。"说时，举手揭了风帽。

胡直哉留神看这姓卢的，年龄约有五十开外，面上很显着病容，并甚消瘦，架着玳瑁边的墨晶眼镜，却大倍寻常，不但遮蔽了眼睛，连两道眉毛都完全遮盖了。鼻梁隆起，直达印堂，颔下一部络腮胡须，根根卷曲得如贴在肉上。这种奇特的相貌，方在童年的胡直哉看了，固是觉得稀奇，就是挤在客厅里看大马猴的群众，也一个个将看马猴的眼光，移注到卢客人身上。卢客人仿佛不高兴许多人看把戏似的望着他，即忙提起包袱教朱长盛引到房间里去。

这饭店的房屋有前后两进，前进五开间，居中是一个长大的客厅，东西各有两间厢房。后进一个大院落，当中及左右各有三间相连的房屋，每间的门窗都朝院中开着，这房屋是朱长盛特地盖造了做饭店的，院落可供搬运货物的客商堆放货物之用。门窗朝院中开着，就是使落店的客商，便于照顾自己的货物。朱长盛当时把客人引到后院，说这院里九间房都空着，听凭选择。那卢客人抬头向三方屋顶上都望了一望问道："这屋后的山林，有路可通么？"

朱长盛道："左边山脚下便是大道，客官为什么问这个？"卢客人道："没有什么，随便问问。"说时，就右边三间房中择了一间道："我就住在这房里吧，请你去将我带来的那伙计铁链解了，牵到这里来。"朱长盛道："是那大马猴么，它不咬人吗？"卢客人道："不咬人，也不抓人，你放胆去牵来便了。"

朱长盛心里想："这么高大的猴子，生人如何能去牵它？不过这客人既这么说了，我只得去试试看。"遂答应着走出来。只见胡直哉已立在那马猴身边，伸手在猴头上抚摩，即上前问道："真个不咬人，不抓人吗？"

胡直哉道："这猴子很怪，驯良极了，不像平常玩猴戏的猴子，动辄就咬人、抓人。刚才我见他们看的人，送青菜叶给它吃，它很老实的接着吃了。我临时买了几文钱的红枣给它，更高兴的接着，二十多粒枣子做一口包着。你瞧这下巴两边，不是鼓起来了吗？便是我给的枣子，还嫌不够的样子对我望着。我因见它没凶恶的神气，所以大胆到跟前来。"

朱长盛道："怪道那客官教我牵进去，说不咬人、不抓人。"边说边走近那房柱，伸手打算解铁链。不提防那马猴忽然吼了一声，跳起来张着牙望着朱长盛，俨然是要咬人的模样。吓得朱长盛连忙倒退了几步，指着那马猴带笑骂道："你这东西真欺人，怎的我家少爷抚摩你的脑袋，你动也不动；我来替你解铁链，你却这般凶恶起来？"

胡直哉仍不害怕，伸手将铁链解下来，递给朱长盛道："如果是咬人、抓人的，那客官也不教你来牵了，你牵去吧！"朱长盛还不敢伸手去接，且让过一边道："就请少爷把它牵到后院去吧。它这一吼把我吓虚了心，少爷给了枣子它吃，所以它对少爷亲热。"

胡直哉这时只觉这猴子好玩，毫不觉得可怕，见朱长盛这般说，便牵着向后院走去。围着看马猴的群众，至此方各自散了。

胡直哉刚牵到后院，那马猴作怪，一眼看见自己主人，登时对胡直哉变了态度，虽不似对朱长盛那般凶恶，然一面朝着胡直哉将牙龇开，一面用双手来夺铁链。胡直哉倒不害怕，牢牢的握住铁链不放。那卢客人忙出来对马猴叱道："不得无礼！"随即接过铁链，接着对胡直哉说道："这是猴子的本性难移。自己主人不在面前，无论对何人都很驯顺，一见自己主人，便不客气了。普通一般猴子，多是这般脾气。我这伙计，还是教了多年，才把这种坏脾气教变了。若是寻常猴子，没有不当着自己主人咬人的。"

胡直哉问道："你这猴子养过好多年了，是从哪里头来的？"卢客人道："是朋友送给我的，年数已记不清了。你贵姓，是这饭店的么？"胡直哉摇头道："我姓胡，是来这里玩耍的。"朱长盛跟在后面，便把是自己小东家的话说了。卢客人就窗棂上拴了猴子说道："我要向掌柜的打听一个人，有个曹翰林，住的地方叫霸王庄，不知离此地还有多少路？"

朱长盛听了望着胡直哉笑了一笑说道："此去至多不过十五里路。

客官是要去访曹翰林么？"卢客人道："不是。听说那曹家近来从河南请来了一个姓单的猎户，还带了几个徒弟、几条猎狗，掌柜的可知这么一回事？"

朱长盛点头道："不错，听说有这事。客官是要去访那姓单的么？"卢客人道："也不是。掌柜的可听得说，曾捉拿了什么妖精没有？"朱长盛道："听说妖精是有，但尚不曾捉着。"卢客人问道："怎么会捉不着呢？是不是因那妖精的本领太大，姓单的斗不过它？"朱长盛将席间对胡直哉说的情形述了一遍。

胡直哉道："你既不是要去访曹翰林，又不是要会姓单的，却巴巴的打听这回事，我想其中必有道理，何妨对我说说呢？我也是专为要访姓单的到这里来的。"卢客人很诧异的注视着胡直哉道："你府上难道也有妖精吗？"胡直哉不悦道："定要家里有妖精，才可以访姓单的吗？"

卢客人连忙带笑说道："不是这般说法。我因看你脸上的气色不好，有点儿像是家宅不安的样子，并且确实微有妖气。凑巧听了你那专访姓单的话，所以冒昧说了这么一句，你不要误疑我是安心咒人。"

胡直哉不觉吃了一惊问道："先生会看相么？先生这话说得很对，请看我家宅不安，又有妖气，还不大要紧么？"卢客人笑道："我是随口乱说的，就是说对了，也是偶然。对不起，我身体病了，腿也走乏了，要睡一会儿。"说着回房去了。

胡直哉满拟问个明白，遇了这冷淡情形，不便再说什么，只得跟着朱长盛出来。走到客厅中，一个伙计迎着朱长盛说道："老板看这大马猴，不是有人一般高大么？我那夜看见的，和这个一模一样，比这个还显得凶恶些，不像这么老实。老板硬说我是假话，我只恨当时没有同走的人，不能替我做见证。今日我看见霸王庄的曹四，据他说起来，只怕缠曹家小姐的妖精，就是这只大猴子。"

朱长盛笑道："曹四如何说？你不要又瞎造谣言。"那伙计道："我从来不造谣言。曹四是我的亲戚，虽是曹翰林的侄儿，但素来因恨曹翰林瞧他不起，又不肯借钱给他，曹家什么坏事，他都拿着向我说，所以曹家的事，外人不知道的，我无不知道。老板，你知道曹翰林那小姐被妖精缠了，家里人如何得知道的？"

朱长盛道："一个小姐忽然被妖精缠了，家里人怎么会不知道呢，你这话不是说的稀奇吗？"伙计摇手道："一点儿不稀奇。那妖精缠了这小姐，小姐原是瞒着人，连自己亲生母亲八姨太都问不出情由来的，若不是有人和妖精吃醋，说不定那妖精还要陪着小姐出阁呢！"朱长盛道："你又胡说起来了，有什么人会和妖精吃醋？"

伙计笑道："是吗，所以我说外边人不知道的，我都知道。原来八姨太的这个小姐，模样儿虽生得好，性情就太调皮了。曹四说她十四岁做大人，就在那年和他父亲跟前一个当差的小子，发生了苟且的事情。本来曹翰林是有名的欢喜养相公，当差的小子也和相公差不多，穿的衣服，真比人家的少爷还要漂亮。曹翰林转他后边的念头，他便转那小姐前边的念头。后来被曹翰林知道了，打了那小姐两个耳光，然而舍不得把当差的赶走。两下既不分开，同在一个庄上，自然又接着苟且起来，前年还打下来一个男胎呢！直到这番被妖精缠了，对那小当差的忽然冷淡起来，当差的还疑心小姐又爱上了别人，气得要拼命。无奈那小姐自被妖精缠后，白天躲着不和当差的见面，一到夜里就关闭了房门，灯也熄了。当差的本不容易偷到里面来，到了里面更不敢高声大嗓的说话。门既关了，灯又熄了，轻轻的敲门，小姐又装做没听见，在门外细听下去，却有不好听的声音传达出来。小当差的哪里能忍耐得住？一时也忘记了他自己的身份，竟磨快了一把杀猪尖刀，半夜摸到里面去捉奸。听到房里确有不好听的声响之际，一脚踹开了房门，挺尖刀冲进房去。不提防是个妖精，从上跳下来，把小当差的撞了一个跟斗，胸脯也撞伤了，头也跌破了。小当差的虽在黑暗地方，不曾看明白那妖精是什么模样，但是既从身上撞过去，已知道那妖精是立着和人一般的走路，遍身有毛，身量很重很高大。这么一来，曹家的人才知道小姐有被妖精缠了的事。不过曹翰林恐怕这消息传到小姐的婆家去了，生出旁的枝节来，吩咐家里人，不许说闹妖精的事。我若不是今日会着曹四，也还不知道。照这情形看来，那妖精就是这种大马猴也难说。"

朱长盛笑道："这些稀奇古怪的事情，偏是你听着，稀奇古怪的妖精，也偏是你见着。算了吧！曹四因曹翰林不肯借钱给他，就恨了曹翰林，拿这些话来向你说。你没有事恨曹翰林，我劝你以后不要再向人说吧。你平日扯谎捏白的声名很大，便是说得千真万确，旁人还不见得相信，何苦造这些口孽？"伙计被说得很扫兴的走开了。

朱长盛对胡直哉道："少爷方才不曾睡好，被这大马猴闹了起来，此时还是去房里休息一会儿吧。既来了，就在小店里玩几天，我再用轿子送少爷回去。"胡直哉正想休息，仍回房睡下。疲劳过度的人，一沾枕非到精神回复，不易醒来。这一觉直睡到初更以后，忽被一阵枪声惊醒，接着就听得外边有多人喧闹。胡直哉正在惊疑之际，朱长盛已走近床前唤道："少爷醒来，少爷醒来。"

胡直哉翻身坐起忙问什么事，朱长盛道："外面为捉妖精已闹翻天了，连住在后进的那姓卢的客人，都牵着那大马猴到外面看去了。刚才打得一片枪响，十九是单猎户和那些徒弟。"胡直哉听了高兴，连忙跟着朱长盛出来。

朱长盛因外边漆黑，恐怕胡直哉看不见走路，擎了一个三尺来长的竹缆火把，在前扬着行走，只听得两边山上都有人追呼之声。胡直哉道："有月亮，用不着火把，有这火把在前边照着，反映得我两眼发花，一点儿看不见。"

朱长盛也自觉得在这时候，擎着火把不妥当，随手将火把向旁边山涧里一掼。不料竹缆做的火把，又烧去了一段，一脱手便散开了，干竹篾容易燃烧，掼到涧中，烧得火光更大了。胡直哉向前行过几步之后，猛听得旁边中山涧，有脚步声响，回头看时，只见一只大马猴蹲在火光中，低头伸爪拈着燃烧了的竹缆玩耍，忙对朱长盛道："你瞧那卢客人的马猴，跑到这里来了。"话未说完，又有一只一般大小，一般毛色的马猴跑来，两只猴打架扭做一团，真是一场恶战，只打得山涧中的沙石都飞舞起来。正在这难分难解的当儿，陡见一条黑影从天而下，两只猴子同时吱吱的叫个不住。

不知这从天而下的黑影是什么，且待下回再说。

总评:

　　本回入胡直哉传,然由胡直哉一人,而在传中引起之人物颇不少,有卖解女,有走索老头,有单猎户,有卢客人,各有各之神情,各具各之手法,一主数宾,煞是热闹。而外若胡知事、曹小姐、朱长盛,以及单猎户之五徒弟,卖解女一方之老姬及中年人,尤属宾中之宾,尚不计及在内焉。

　　个中最热闹之关节,自推走索老头与单猎户斗法之一幕。当其此以法来,彼以术往,就所以相克之道,作所以相制之图,诚有层出不穷之观,而极五花八门之妙。情节之奇,设想之妙,盖叹观止矣!及其卒也,单猎户气焰大张,走索老头竟致铩羽,于以知二人所擅之术虽同,其间固大有高下之别,法力较浅者终无幸胜之望也。所冤者,胡直哉抱一片美意以助人,出之童年尤为难得,却反招走索老头当场之抢白,毋乃太为出人意外乎!

　　曹翰林以缙绅之身,而有帷薄不修之事,竟任其女与厮养苟且成奸。一究其实,是皆未能整饬其躬,有以致之焉。驯至招来妖怪,内阃宣淫,丑事哄传乡里,抑何其贻门楣之羞耶!谚有云:"物必自腐而后虫生之。"吾于此事而益信。不然,世间佳丽亦多矣,何妖之不往她家,而唯曹翰林之女是魅乎?世之一般缙绅,其亦以斯事为前车之鉴也可。

第二回

推牌九彭庶白显能
摆擂台农劲荪演说

话说胡直哉看两只大马猴打架，正在难分难解的时候，陡见一条黑影从天而下。细看那黑影不是别人，正是那个头戴风帽，鼻架眼镜的卢客人，已双手擒住一只猴子，举手在猴脸上打了几下耳光，掏出一根铁链来，套在猴颈上。另一只马猴颈上原有铁链，卢客人将两铁链并在手中牵了，走出山涧。遇见朱、胡二人，忙拱手称谢道："幸亏二位出来帮忙，我方能把这孽畜擒住，若不是二位将火把掼入山涧中，投着孽畜贪玩火把的脾气，只怕追到天明也擒它不住。"

朱长盛道："这两只猴子，竟是天生的一对，模样、毛色都一般的没有分别，这倒配得真好。"卢客人道："原来是雌雄一对，在两个月以前，我因事打了这雄的一顿，它就公然逃跑了，害得我四处探寻，直到今日才在此地把它擒住。"

一路说着话，已牵回饭店。朱长盛刚把大门重重关上，外面又有人来叩门，朱长盛开门看时，乃是那姓单的猎户，已累成气喘气促，满头是汗的模样。跟在后面的几个徒弟，也有滚得满身泥土的，也有弄得披头散发的，但是一个个都擎枪在手，如临大敌的神气。

姓单的一见朱长盛，开口问道："有一个遍身青衣的人，牵了两只大马猴，落在你这店里，请你去教他出来，我有话说。"朱长盛看他们来意不善，恐怕在自己店里闹出乱子来，吓得不敢答应。

那卢客人还没走到后进去，听了姓单的问话，即牵着两猴转身出来，说道："我在这里，用不着叫，有话请说吧！"姓单的见面也不开

24

口，擎枪对马猴瞄着，便待扳机。

两猴似乎知道有人狙击，拼命的想挣脱铁链，那卢客人牢牢的将铁链握住，只将右脚往地下一顿，喊道："请慢！这猴是我养的，凡事有我在此，请向我说话。"

单猎户便住了手，几个徒弟却已把火机扳动了，但是几杆鸟枪，同时发出比炸雷还响的大声，火光迸发，几杆枪管都炸得四分五裂。有炸伤了手指的，也有烧坏了面皮的，只有单猎户个人因见机尚早，停手不扳火机，才保全了一杆鸟枪。登时气愤不堪的说道："这猴既是你养的，为何不好好管束，纵容它出来害人，奸污人家小姐，撞伤人家当差的？无故兴妖作怪，害得许多法师、道士都受了重伤。你既要人向你说话，你有什么话说？若是一个人犯了这般大罪，是不是应该就地正法？"

卢客人很从容的说道："老兄请进来坐着歇息歇息。常言'话不说不明，鼓不打不响'，老兄要知道我这一对猴子，不是寻常的畜牲，它能通人性，懂人的言语，原是我多年的好伴侣，从来不敢胡作乱为，因此我便不存心防范它。不料在二月之前，雄猴因误事受了我的责罚，就赌气独自逃了出来。我真是踏破铁鞋，何处不曾寻到。在遂平听得人传说老兄被霍邱曹翰林聘来捉妖，才跟踪追到此地来。我深知道这畜牲，虽没有了不得的能耐，然因曾经敝老师给丹药它吃了，不但换了一身毛色，连筋肉都变换了，寻常刀枪、铳子，均不能伤它。老兄的枪法纵高，打在它身上并无妨碍。至于它这番犯了奸淫的罪，我道中自有惩办它的规律，断无宽纵之理。于今不是我说护短的话，曹家那位小姐，自己诲淫的地方太多，曹翰林也过于不检束了。若不然，我住在山东，从山东到此地，一路岂少年貌美的闺女，何以独照顾到曹翰林府上来？老兄受聘为曹家驱妖，只要我把妖带走了，老兄便可对得起曹家了，何苦定要伤这畜牲的性命！"

单猎户听卢客人说了这段话，自己徒弟又开枪受了伤，知道自己本领赶不上卢客人，只得收了怒容说道："我并不定要伤它的性命，不过这东西实在害得我师徒受够了辛苦。昨夜还咬伤了我一个徒弟，至今伤处红肿，遍身发热，几乎疯狂了。请问阁下，教我如何不恨？现在既有阁下到来，将它带去也好，不过我的声名要紧，巴巴的从河南到此地来捉妖，如果就这般给阁下带走了，曹家怎肯相信呢？我从来替人捉妖，照例得将妖精捉住，或是打死，带给主家看，但是无论是死是活，不许主家的人动手便了。我冲着阁下的大面子，可以不伤这猴的性命，然阁下不能不给我牵到霸王庄走一遭，送给曹家的人看看。一则可顾全我的颜面；二则也好使曹家的人放心。"

卢客人摇头笑道："这事却办不到。我不在这里，这畜牲落在老兄手里，自是听凭处置；今夜若是由老兄擒住的，我也不能强夺过来。于今老兄用法术围了几天，率领徒弟、猎狗追赶几十里，对准开了几十枪，连这畜牲身上的毛也没沾着，如何倒要牵去献功劳！老实说给老兄听吧，我有这雌猴帮着捉拿，尚且捉它不着；若不是凑巧这个朱老板无意掼下一个火把，趁着这畜牲低头玩弄火把的机会，雌猴上前将它擒住，此时还在山中追赶呢！我即算肯给你带去，你可能保得住它不再从你手中逃跑？万一让它逃跑了，恐怕老兄没有力量能将它拿回来。"

单猎户被这番话说得满面羞惭，正待争论，忽有几个手持灯笼火把的人，将几个猎户推开，拥进门来，一个个显得形色慌张的样子。胡直哉眼快，认得在前打灯笼的，是自己书房里的当差。

那当差一眼看见胡直哉，即"哎呀"了一声说道："我的小祖宗，你要出门，怎的不对老爷太太说说，也不带我同走。可怜今日这一天，我们的腿都要跑断了，怎么会跑到这地方来了呢？"

朱长盛当然也认识那当差的，连忙上前打招呼道："少爷今日还幸亏落在我店里，不然恐怕还要闹出意外的乱子来。我正打算今夜留少爷在店里歇宿一宵，明日用轿子送他回去。你说少爷到这里来干什么？他是存心想去霸王庄访这位打猎的先生呢！"说时随举手指着姓单的。

朱长盛这句话一出口，大家都望着单猎户。单猎户却很注意的望着胡直哉，即走近两步带笑问道："你不就是看走索的胡少爷吗？你特来访我么，有什么事？"

胡直哉喜道："我此来算不白辛苦了，我正着急不能和你会面谈话。我家自那日走索的去了之后，便接着一封署名'陆观澄'的信，才知

26

道他走索是假的，是特来和家父寻仇的。家父在做天门县的时候，办了一个著名的妖匪'刘四疙疸'，原来是陆观澄的师傅，不料遇着你和他斗法，使他不能下手。他信中措辞虽还委婉，我总觉不能不想个妥当的法子防备。知道你的本领比他高，所以特来访你。"

单猎户听了踌躇道："这事你就来访我也不中用，因为我不能到你家里常川住着。他们如果要到你家寻仇，也不是用法术可以抵挡得住的。"

胡直哉见单猎户这么说，只急得双眉紧蹙，叹气唉声，胡家当差的逼着朱长盛立时雇轿夫。朱长盛自不能推诿，这一种纷乱，单猎户也就不再和卢客人纠缠了，只得忍气吞声带着徒弟、猎狗回去。

卢客人忽然望着胡直哉说道："你不必着急，尽管放胆回家去。他们当猎户的，有什么了不得的法术，能保护人不为仇人暗算？"

卢客人这几句话，把胡直哉提醒了，暗想："这人的本领，不是比单猎户还高吗？凑巧又在这里遇着，我何不拜求他呢？"想罢，也不顾有多人在旁看着，走上前双膝跪下说道："我因恐怕匪党向家父寻仇，为人子的明知有祸将临，不能坐着听凭匪党摆布，先生是个有大本领的人，可不可以为我家设一个保全之策？"

卢客人慌忙伸手将胡直哉扶起道："你用不着这般害怕，你要知道匪党真要向你家寻仇，便不至写信来通知你，我包管你家无事。不义之财，不祥之物，就失掉一点儿也不要紧。你回去吧，你我有缘可再相会。"

这时朱长盛已雇来轿夫，准备了轿子，当差的催着胡直哉回去。胡直哉只得谢了朱长盛，别了卢客人上轿。灯笼火把，前护后拥的回家。三十多里路，在胡直哉走时甚苦甚慢，在抬轿子的走起来，一口气就奔到了，天还不曾发亮。

这时胡直哉的父母，因担心儿子不知去向，以为是被匪党图报复捉去了，急得只面对面的坐着，不敢安睡，见胡直哉回来才放心。问为什么整天的跑到外边去不回来，胡直哉只得将自己所虑的，及出门后所遇的种种情形，对父母说了一遍。

他父母听完了低声说道："匪党再来寻仇的事，大约不至于发生了。我今日偶然想起那只古盘，打算取出来看看。谁知打开皮箱，只见一张红纸，上面写了许多字，仿佛是一张收据的形式，写着'取去五甲子法物一件、珠宝一包、银洋五百元'，也署了'陆观澄'三字在后面。字迹和写来的信一样。再查那古盘时，已不见了。珠宝洋钱，另放在两个皮箱里，接着开箱寻觅，果不见了当日没收的一大包珠宝，及五百元洋钱。皮箱都贴了封条，并有很坚固的锁，都没有丝毫开动的痕迹，也不知在何时取去的。我料想他既把东西取去了，当不至再有如何的举动。我因发觉了这桩事，临时又将写给霍邱县袁大老爷的信追回来。他这么一来，我倒用不着再去惊官动府了。"

胡直哉看了看那张红纸，口里连连应是，心中总觉"刘四疙疸"的余孽，不仅陆观澄一人。陆观澄便不再来，安知其余的匪徒也不来呢？因此终是惴惴不安。又想到那卢客人下山涧擒捉猴子的时候，身体凌空而下，几杆鸟枪对准他手牵的两只猴子开放，他只一跺脚，几杆枪同时炸裂了。我倘若能学会了他这种本领，何愁匪徒前来报复！

胡直哉胡思乱想，越想越觉得读书识字，毫无用处，唯有法术是真才实学。原来他欢喜使枪弄棒也懒得使弄了，终日和门客谈论法术。夜间就瞒着家里人，烧一炉好香，当天跪祷，求有达到目的的一日。每日如此，整整两年不曾间断。

也是他合当要走上这条道路，这日他在附近的镇上闲行，忽见迎面走来一人，那装束最惹他注目，头戴风帽，鼻架玳瑁边大眼镜，身穿青布棉袍，完全是那卢客人的模样。心中暗想："那姓卢的是山东人，决不会无端跑到此地来。"

一面这般想着，一面走近身边，已看见那部被风帽遮住，络腮贴肉的卷曲怪胡须了。不由得吃惊道："这还有第二个吗?"那人好像没看见他的，已挨身走过了。急得胡直哉回身一把拉住，也不管地下干湿，扑翻身拜了几拜才说道："真想死我了。"

那人忙弯腰搀他起来说道："一别两年，很承你想念，你既想学本领，就此随我去吧。五年之后，再送你回家。"胡直哉心想先回家向父

28

母说明再走，那人似已明了说道："此刻已有人向你父母说去了，再不走便休想脱身！"

原来这镇上的人，多与胡家有关系，当时有人看了胡直哉与那人会面谈话的情形，就料知不妥。及见胡直哉跟着那人走了，慌忙跑到胡家送信。等到胡直哉的父母带着当差的追到镇上看时，已走得不见踪影了，免不得照着走的方向，派人骑快马追赶。只是如何追得着呢？好在胡家知道在朱长盛店里的情形，明白胡直哉此去，不至有何危险。初时还派人四处寻访，后来也就只好听之任之了。

果然五年过去，胡直哉回来了。出落得仪表惊人，全不是离家时的那种纨绔子弟的神气。盘问他这五年的经过，他不肯说，只说他那老师，是在新疆、蒙古一带有大名的"风侠卢恢"，常在沙漠中劫取贪官奸商的行李。每趁着狂风大起的时候，人和骆驼都伏在地下不敢动，不能睁眼的当儿，他便下手将贵重的行李劫走了。他有两只大马猴，能负重数百斤，一日飞行千里，凡劫来的东西，自己一点儿不肯享用，全数拿出来救济贫苦的老弱。

胡直哉自从归家之后，气质与前大变，读书极喜下苦功，他父母替他完婚，也不拒绝，不过终年在家的时间极少。有时出门二三月即归，有时整年的不回来。久而久之，家里人都习惯了，不以为异。

此时他受了他师傅的命，与广东林伯启、湖南柳惕安，同负暗中保护孙逸仙的责任。他的父母已经去世了，他到汉口和林柳二人会了面。虽是初交，只因一则是同道，二则气味相投，都能一见如故。柳惕安的潘老师因此去上海，有林、胡两人同行，用不着自己陪同前往，遂叮咛了柳惕安一番，自回青城山修持去了。

柳惕安同林、胡两人到上海后，彼此的责任虽同，却是各尽各的心力，各居各的地方，彼此各不相谋。柳惕安独自住在棋盘街口一新商栈。这夜正月十七，因和流氓相打，无意中遇了彭庶白，邀进寓所谈话。他这种秘密的职务，当然不能向彭庶白说出来，不过两人都是性情慷爽的人，见面极易契合。江湖上人交朋友，照例不盘诘人家根底，纯以意气相结纳。当下彭庶白与柳惕安寒暄了一番，即说道："看老哥刚才和众流氓交手的时候，身手步法都极老练，态度尤为从容稳重，好像临敌经验极多，极有把握的样子。老哥的年纪这么轻，若不是自信有极大的本领，断不能这般从容应付。老哥有这种惊人的本领，现在正有一个好机会，可以把所有的能耐，都当众施展出来。"

柳惕安笑道："我哪里有惊人的本领！方才先生看见我与那些流氓动手，实在是因那些流氓太软弱了，马路上又铺了一层雪，脚踏在上面滑溜滑溜的。他们自己就先站立不牢，我只须用手将他们的衣边或衣角，轻轻的拉一下，向东便倒东，向西便倒西，一点儿用不着使劲。加以他们人多，我只单独一个人，他们打我，每每被自己的人挡住了，或碰开了，我打他们，伸手便是，尽管闭着双眼，信手乱挥，也不怕打他们不着。是这样打架，如何还用得着什么本领呢？"

彭庶白笑道："老哥谦让为怀，是这般说来也似乎近理。不过若没有绝大本领的人，一个人被几十个人围着殴打，便要冲出重围也不容易，何况立住不动，将所有的流氓打得一个个抱头鼠窜，不敢上前。兄弟对于武艺，虽不曾下过多大的功夫，然因生性欢喜此道，更喜结交有武艺的人，此中的艰苦，也略知一二。就专讲临大敌不乱，像老哥方才那样从容应付这一点功夫，已是极不容易的一桩事。老哥不要和寻常会武艺的人一样，遇不相识的人提到'武艺'两个字，总是矢口不肯承认。"柳惕安道："我此刻辩也无用，将来结交的日子长了，先生自会知道。只是先生说现在有个施展武艺的机会，不知是怎么一回事？"

彭庶白遂把霍元甲订约与奥比音比武，先摆擂台一月的话说了。柳惕安很惊异的说道："这位姓霍的爱国心，确使人钦佩。我觉得这是关系很重大的事，不知道上海这新闻纸上，何以不将这些消息登载出来，也好使国内的人，闻风兴起呢？"彭庶白道："这却不能归咎新闻纸上不登载，实因霍元甲在南方，本没多大的声名，此次又初来不久，今日才由敝同乡李九介绍，请各报馆的记者吃饭。大约明后日，这消息就要传播很远了。"

柳惕安喜道："这倒是难得遇见的好事，等到开擂以后，我是每日要前去瞧瞧的。"彭庶白道："瞧到高兴的时候，何妨也上台去玩几手呢？兄弟听霍元甲闲谈的口气，他此番借这擂台访友，很希望有本领的人上去指教。他这样胸襟的人，决不因上台去和他动手，便生仇视之心。"

柳惕安问道："霍元甲的武艺，先生也曾看出他有何等惊人的绝技没有呢？"彭庶白摇头道："不曾看见他有什么绝技。听说他平生所练习的，就只他家祖传的，名曰'迷踪艺'，看他使出来，也不觉得如何玄妙。"柳惕安点头道："武艺本是要实行的东西，不是精研这一门，便不能明了这一门的诀窍；不和这人交手，便不知道这人功夫的深浅。"

彭庶白连连称赞道："老哥这话不错，所以一般会武艺的江湖朋友，都争着练出一种特别惊人的技能米。有专练头锋的，一头锋向墙壁上撞去，能将墙壁撞一个大窟窿；有专练臀锋的也是如此；练指、练肘、练脚的就更多了。为的就是真武艺不能凭空表演出来给人看，但认真和人交起手来，那费了许多苦功练成的惊人绝技，十九毫无用处。自己没有真才实学，专靠一部分厉害，就和一个小孩和大人相打，小孩手中便拿着一把很快的刀，因不会使用，又没有气力，仍一般的敌不过大人。霍元甲的本领，究竟高到如何的程度，我们虽不能说，但是有一个会武艺的老前辈说他，一手足有八百斤的实力。北方讲究练武艺的人多，他在北方能称雄一时，到南方来摆擂台，自然有七八分把握。"

柳惕安笑道："难道练武艺也分南北吗？我觉得天之生材，不分地域，不见得在北方称雄一时的，到南方来也无对手。若以这种标准推测下去，则在中国可以称雄的，到东洋也可以称雄，到西洋也可以称雄，不是成了一个无敌于天下的人吗？不过霍元甲摆擂台虽在南方，南方的能人，不见得就上台去和他比拼。先生平日欢喜结交会武艺的人，难道所见的人才，南方固不如北方吗？深山大泽，实生龙蛇，以我所知，南方的好手，随处皆有，只以地位身份种种关系，声名不容易传播出来罢了！"

彭庶白点头道："南方人最文弱的，莫过于江、浙两省，然江、浙两省人中，武艺练得极好的，也还是不少。老哥这句'天之生材，不分地域'的话，确有道理。"二人又谈论了一会儿，已过十二点钟了，彭庶白才作辞出来。柳惕安问了彭庶白的居处，直送出弄口，方握手而别。

次日各大新闻纸上，都把霍元甲摆擂台的消息登载出来。擂台设在张家花园，并登有霍元甲启事的广告。广告大意说：

元甲承学祖传的武艺，用了二十多年的苦功，生平与会武艺的较量，不下三千次，未尝败北；今因与英国大力士订约比赛来沪，特趁这机会，借张园地址，摆设擂台一月，好结识国内豪杰之士，共图提倡吾国武术，一洗西洋人讥诮吾国为"东方病夫国"之奇辱。

还有用英文登载外国报纸的广告，大意说：

欧美人常诮我国为东方病夫国，我乃病夫国中之一病夫，但因从幼学习家传的武艺，甚愿与铜头铁臂之欧美人士，以腕力相见。特设擂台一月于张园，并预备金杯、金牌等物品；不论东、西洋人，凡能踢我一脚的，送金杯一只；打我一拳的，送金牌一方，以资纪念。伤者各自医疗，死者各自埋葬，各凭自身本领，除不许旁人帮助，及施用伤人暗器外，毫无限制。

报上并登有霍元甲的肖像及履历。

柳惕安看报上不曾登载开擂的时日，他本来要去回拜彭庶白，午后便雇车到戈登路彭庶白家来。彭庶白因料知柳惕安必来，已邀了几个朋友在家谈话。柳惕安到时，彭庶白首先指着一个年约二十多岁，身穿白狐皮袍、青种羊马褂，鼻架金丝眼镜，口衔雪茄，形似贵胄公子的人介绍道："这是盛绍先先生，为人极豪侠仗义。他自己虽没有闲工夫练武艺，他府上所雇用护院的人，多是身怀绝技的。他不像寻常纨绔子弟，对于有本领的人，能不问身份，都以礼貌相待。"

柳惕安见彭庶白特别慎重介绍，又看了盛绍先的气概，知道必是一个大阔人。俟彭庶白介绍完毕，一一寒暄了一番，彭庶白就把昨夜所见柳惕安在马路上打流氓的情形，绘形绘声的说了一遍。

盛绍先听得眉飞色舞的说道："对付上海的流氓，唯一的好方法，就是打他们一个落花流水；若自揣没有这力量，便只好忍气，一切不与他们计较。和他们到巡捕房里打官司，是万万使不得的。上海的巡捕，

32

除了印度、安南两种人外，绝少不是青、红帮的。红帮在上海的势力还小，青帮的势力，简直大得骇人。就说上海一埠的安宁，全仗青帮维持，也不为过。青帮的头领称为'老头子'，便是马路上的流氓，也多拜了老头子的。其中也有一种结合，像柳君外省人，在上海做客，是这般给他们一顿痛打，最是痛快；也不怕他们事后来寻仇报复。若是常住在上海的，在路上打过就走，却不可使他们知道姓名居处。"说时指着彭庶白笑道："你贵同乡潘大牛的夫人，去年冬天不是在新世界游戏场里，也和柳君一样干过一回痛快事吗？"

彭庶白点头道："那回的事，痛快是痛快，不过很危险。潘夫人差一点吃了大亏。"柳惕安忙问是怎样的情形。彭庶白道："敝同乡有个姓潘的，因身体生得非常高大，天生的气力也非常之大，所以大家都叫他为'潘大牛'。他的夫人是一个体育家，练过几年武艺，手脚也还利落，容貌更生得艳丽，装束又十分入时。她哪里知道上海流氓的厉害，时常欢喜独自走到热闹场所游玩。去年冬天，她又一个人到新世界游戏场去玩耍，便有两个年轻的流氓，误认这潘夫人为住家的野鸡，故意跟在背后说笑话。潘夫人听了，回头一看，见那两人的衣服很漂亮，顶上西式头发，梳得光可鉴人，以为是两个上等人，存着一点客气的念头，不作理会。谁知她这一回头，没有生气的表示，倒更坏了，更以为是住家野鸡了，公然开口问潘夫人住在哪里？潘夫人从小就在日本留学，平日的习惯，并不以和陌生的男子交谈为稀奇事，那两人问她的住处，她虽没将住处说出来，但也还不生气。不过此时潘夫人已看出那两人拆白党、吊膀子的举动，反觉得好笑。两人看了这情形，越发毫无忌惮，又进一步伸手来拉潘夫人的衣袖。潘夫人至此才对那人说道：'自重些，不要看错了人。'

"这两句话，在潘夫人口中说出来，已经自觉说得极严厉，不为人留余地了，哪里知道上海的流氓拆白党，专就表面上看，好像是上等人，实际都是极下作无耻的。休说是骂，便是被人打几下，也算不了什么！当时听了潘夫人这两句话，倒显着得意似的，涎皮涎脸的笑道：'搭什么架子？你看，我们脸上没长着眼睛么？'接着还说了些不三不四的话。

　　"这么一来，就逼得这位潘夫人生气了。也不高兴和他们口角，仗着自己是个体育家，身手快便，趁着那人边说边伸过脸来，用手指点着两眼教她瞧的时候，一举手便打了一个结实的耳光。'哎呀'一声尚不曾喊出，左手第二个耳光又到了。这两下耳光真是不同凡响，只打得那人两眼冒火，待冲过来与潘夫人扭打，亏了同在场中游览的人，多有看见两人轻薄情形的，至此齐声喝彩。有大呼打得好的。立在近处的，恐怕潘夫人吃亏，都将那人拦住。那两人知道风势不好，只鼻孔里哼了两声说道：'好！要你这么凶，我若不给点儿颜色你看，你也不知道我们的厉害。'说罢，悻悻的走了。

　　"当时就有一个六七十岁的老年人，走近潘夫人跟前说道：'你这位太太认识那两个人么？'潘夫人自然回答：'不认识。'那老人立时伸了伸舌头说道：'怪道你原来不认识他们。若是认识，便有吃雷的胆量，也不敢得罪他们，何况当众打他的耳光呢？挨打的那个，是这一带有名的白相人，绰号小苏州，姓陈名宝鼎；还有一个姓张名璧奎，也是圈子里有势力的人物。他们都和捕房里有交情，他们只要嘴里略动一动，大英地界的白相朋友，随时能啸聚一千八百，听凭他们驱使，虽赴汤蹈火也不推辞。不是我故意说这些话吓你，我因见你是单身一个女子，恐怕你不知道，吃他们的大亏，不忍不说给你听。据我推测，他两人受了你的凌辱，是决不肯罢休。此时只怕已有多人在门外等候你出去。'

　　"潘夫人看这老人说话很诚实，知道不是假的，便说道：'这一带巡捕很多，难道听凭他们聚众欺负一个女子，也不上前干涉吗？'那老人笑道：'怎能说是不干涉？他们既是通气的，只要几秒钟假装看不见，要打的打过了，要杀的杀过了。这一带巡捕多，你要知道这站着的闲人更多，他们预备打你的人，在不曾动手的时候，谁也不能去无故干涉他；动手打过了，就一哄而散，即算是你自己的亲人当巡捕，此时也是无法。'

　　"这段话说得潘夫人害怕起来了。幸亏她一时想到兄弟身上，因潘家与舍下有几重戚谊的关系，平日潘夫人常到舍下来，知道兄弟和上海几个有名的老头子有交情；又知道兄弟也曾练过几天武艺，就在游戏场借了个电话打给我，叫我立时前去。因在电话里不便多说，我还不知道为什么事叫我去，等我到新世界会见她时，已是十二点钟了。她把情形说给我听，我当时也吓了一跳，然表面上只得镇静的说：'不要紧。'教她紧跟着我走，不可离开。

"才走出大门，只见一个身穿短棉衣裤的大汉，手上拿着一根用旧报纸包裹的东西，约有三尺来长，望去似乎分量很重。我是存心提防的，那神气一落我的眼，就已看出是来寻仇的。旁边还站着十多个人，装束都差不多，个个横眉恶眼，凶相十足。再看一个巡捕也没有，马路上的行人已极稀少。平时那一带黄包车最多的，这时连一辆都找不着，可以说是眼前充满了杀气。

"我带着潘夫人出门走不到十步，那大汉已挨近身来，猛然举手中家伙，向潘夫人劈头打下。我忙回身将臂膀格去，可恶那东西下毒手，报纸里面竟是一根铁棒，因用力过猛，碰在我臂膀上，震得那铁棒跳起来，脱手飞出，掉落在水门汀上，'当啷啷'一声大响。我见他们如此凶毒，气愤得一手将大汉的领襟擒住，使劲揉擦了两下骂道：'浑蛋，打死人不要偿命吗？'

"我生平不喜说夸口的话，到了这种关头，只好对那些将要动手还不曾动手的大声道：'你们难道连我彭某都不认识吗？这位潘太太是我至亲，她是规规矩矩的人家人。小苏州自不睁眼，还要向人寻麻烦吗？'那小苏州本来认识我，他这时躲在对面一个弄堂里，暗中指挥那些小流氓动手，万不料有我出头。他大约也自觉这事闹穿了丢人，便已溜着跑了。未动手的听我一说，又见大汉被我一手擒住挣扎不脱，也是一个个的往黑暗处溜跑。我逆料危险的关头已过，才松手放了大汉，连掉在水门汀上的铁棒，都来不及拾起，抱头鼠窜而去。直到他们溜跑了，停在对过马路上的黄包车，方敢跑过来揽生意，如此可见他们白相人的威风了。"

盛绍先笑着对柳惕安道："上海的流氓，与别处的光棍不同，最是欺软怕硬。有本领的只要显一次给他们看，留下姓名来，他们便互相传说，以后这人不问在什么时候，什么所在，流氓决不敢惹。庶白兄其所以提出自己姓名，那些流氓就抽身溜跑，固然是和上海著名的老头子有交情。但专靠那点儿交情，也不能发生这般大的效力。实际还是因为有一次，庶白兄曾当着许多大流氓，显过大本领，所以几个有势力的老头子，竭力和他拉交情，小流氓更是闻名丧胆。"柳惕安很高兴的问道："庶白先生显过什么大本领？我很愿意听听。"彭庶白摇头笑道："绍先总欢喜替我吹牛皮，我小本领都没有，还有什么大本领可显呢？"

盛绍先道："这事有兄弟在场，瞒得了别人，我是瞒不了的。前年正月间，我与庶白兄同在跑马厅一家总会里赌牌九。同场的有三个是上海白相人当中很有势力的，我们并不认识，他们却认识我，一心想赢我的钱。然总会里不能赌假牌、假骰子，全凭各人的运气，不料那日偏偏是我大赢。那三个白相人都输了，正商量去增加赌本来再赌，被庶白兄看破了他们的举动，暗中知会我不可再赌了。我也正瞧不起那三人的赌品，安排要走。想不到那三人见我要走，便情急起来，齐声留我要多推一盘。我不肯，他们居然发出不中听的话来，说我不应该赢了钱就走，无论如何非再推一盘不可。其势汹汹，解衣的解衣，捋袖的捋袖，简直现出要动武的样子。总会里人虽出面排解，然一则和他们是同类，二则也畏惧他们的势力，宁可得罪我，不能不向他们讨好。我那时又不曾带跟随的人，与庶白兄结交不久，更不知道他有这么大的本领，一时真逼得我又受气又害怕，不知应如何才好。亏了庶白兄出面，正色诘问那三人道：'你们凭什么勒逼他多推一盘？你们也欺人太甚了，老实说给你们听，是我彭某教他不可再赌了，你们打算怎么办？有手段尽管向我使出来。'

"三人倒吃了一惊似的，向庶白兄望了几眼。论庶白兄的身体气度，本像一个文弱书生，三人自然不放在眼里。其中一个做出鄙视不屑的样子冷笑道：'好不识相！你也够得上出头露面与我们说话么？你凭什么出面干涉我们的事？今天有谁敢走，我们就给谁颜色看。'我当时看了这情形，一方面替自己着急，一方面又替庶白兄担忧。真是艺高人胆大，庶白兄在这时候，一点儿也不惊慌，随意伸手在桌上抓了一把骨

36

牌，有意无意的用两个指头拈一张，只轻轻一捻，牛骨和竹片便分做两边，放下又拈一张，也是一捻就破。一连捻破了十多张，才含笑说道：'这样不结实的牌，如何能推牌九？'

"那骨牌虽是用鳔胶粘的，但是每张牛骨上有两样榫，若没有绝大的力量，断不能这么一捻就破。那总会里本来请了一个保镖的，姓刘，混名叫做'刘辣子'，听说也练得一身好功夫。当时刘辣子在旁边看了，忍不住逛口而出的喝了一声：'好功夫！'那三人至此方知道认真闹下去，占不了便宜，登时落了威风，只得勉强说道：'你姓彭的如果真是好汉，明晚再到这里来。'庶白兄反笑嘻嘻的答道：'我也算不了什么好汉，不过我从今日起，可以每晚到这里来，准来一个月，若有一晚不到，便算我怕了你们。'说毕起身，一面拉着我往外走，一面招呼那三人道：'明天见！'

"出了总会之后，我非常担心，恐怕庶白兄为我的事，被他们暗算。庶白兄摇头说：'没有妨碍。'我力劝他明晚不可再去，他倒大笑说：'岂有此理！'我见他既决心明晚再去，只得连夜把上海有名的把式，都邀到舍间来，共有二十多个。我将情形告知那些把式，教他们准备，装着是赌客一道儿同去，万一那些白相人和庶白兄动起手来，我这里既有准备，大约也不至于吃眼前亏。我是这么做了，也没说给庶白兄听，我知道他要强的脾气，说给他听，甚至倒把事情弄僵了。

"世间的事，真使人料不着，我以为第二晚必有一场很大的纠纷，谁知竟大谬不然。这晚我和庶白兄一进那总会的门，那三人都穿戴得衣冠齐整，一字排班在大门里拱手迎接，个个满面是笑，将我们让到里面一间房内。看那房间的陈设，好像是总会里一间很重要的内账房，房中已先有五个衣冠楚楚的人坐着，见我们进房，也都起身拱手相迎。倒是昨天发言的那人，指着我二人向那五人介绍我二人的姓名履历。他说出来竟像是老朋友，如是又将五人的姓名履历，一一给我两人介绍。有两三个是多年在上海享有大名的，此刻都在巡捕房担任重要职务，见面谈话之间，都对庶白兄表示十分钦佩之意。庶白兄见三人如此举动，丝毫没有要寻仇的意味，这才重新请教三人的姓名。三人各递了名片，对于昨夜的事并竭力认错，要求我两人不可搁在心上，以后好结为朋友，长来长往，彼此有个照应。他们既这般客气，我们当然不再计较。后来他们真个常和庶白兄来往，凡是庶白兄委托他们什么事，他们无不尽力帮忙，因此小苏州一类的人，多知道庶白兄的本领。"

柳惕安听了，笑向彭庶白拱手道："原来先生有这般大本领，将来霍元甲开擂的时候，想必是要上台去一显身手的。不知霍元甲已定了开擂的日期没有？"彭庶白道："这些小玩意儿算得什么，霍四爷才真是大方家呢！常言'拳不离手，曲不离口'，兄弟不过少年时候，曾做过几年功夫。近年来因人事牵缠，精神也自觉疲萎了，全没有在这上面用功，手脚简直荒疏得不成话了，如何还敢上擂台去献丑！今日曾到霍四爷那里，听说已定了在二十日午前十时开擂，并委派了兄弟在台上照料。这是上海从来没有人干过的事，又经各种报纸上竭力鼓吹，届时一定很热闹的。"

柳惕安屈指算了一算道："二十日就是后天，内地各省交通不便，消息更不灵通，纵然有各新闻纸竭力鼓吹，无如内地看报的人太少，练武艺的又多不识字，这消息不容易传到他们耳里去。即算得了这消息，因为交通不便，也难赶到上海来。我逆料后天开擂，能上台去比赛的必不多。"

彭庶白点头道："我推测也是如此。远在数百里或数千里以外的，果然不易得到这消息，不能赶来比赛；便是住在上海附近，及上海本埠的，开台之后，去看的必多，但真肯上台去动手的，决不至十分踊跃。"

盛绍先道："我国会武艺的人，门户习气，素来很深，嫉妒旁人成名，尤其是会武艺人的普通毛病。寻常一个拳棒教师，若到一个生地方去设厂教徒弟，前去拆厂的尚且甚多，何以像霍元甲这样摆擂台，并在各报上大吹大擂的登广告，招人去打，倒没有真个肯上台去动手的呢？你这是如何推测出来的？"

彭庶白笑道："我是根据我个人的心理推测的，也不见得将来事实一定如此。我想开台以后，上去打的不能说没有，不过多半是原来在上海，或是适逢其会的。上去的打赢了，擂台便得收歇；若打输了，跟着

38

上去的便不免有气馁。年轻好胜又没有多大名的，方肯上去；过了四十岁的人，或是已享盛名的人，是不会随随便便上去动手的。由表面上看来，上海是一个五方杂处的所在，各种人才聚集必多，在这地方摆擂台，确非容易，然实在细细研究起来，倒是上海比内地容易。这其中有个道理，兄弟在此地住了多年，已看出这道理来了。刚才绍先兄说，寻常拳棒教师，到生地方教徒弟，前去拆厂的甚多，那是什么道理呢？门户习气和嫉妒旁人成名，虽也是前去拆厂的原因，但主要的原因，还是发生于地域观念。觉得我是一个会武艺的人，我所居处的一带地方，应由我一人称霸，他处的人到我这里来收徒弟，于我的权利、名誉都有损失，因此就鼓动了自己的勇气，前去拆厂。上海的情形却不同，现在上海的人口虽多，只是土著极少，客籍占十分之八九。住在上海会武艺的人，这种地域观念，人人都很淡薄，所以倒比别处容易。"

盛绍先道："我自恨天生体弱，又从小处在重文轻武的家庭之中，不曾练过武艺。我若是一个练武的人，就明知敌不过霍元甲，我也得上台去和他打一打，不相信他真有这么大的牛皮。打得过他，自是千好万好；打不过他，也算不了什么。他摆擂台，将人打败是应该的。"彭庶白笑道："你因不会武艺，才有这种思想；如果你是一个练武的，便不肯说这话了。"

柳惕安见坐谈的时间已久，起身作辞，彭庶白坚留不放，说已预备了晚餐。柳惕安觉得彭庶白很真挚，也就不推诿。晚餐后，盛绍先约柳惕安二十日同去张园看开擂，柳惕安自是欣然答应。这时汽车初到中国来行驶不久，上海的各国领事及各大洋商，不过数十辆，中国人自备汽车的更少，一般阔人都是乘自备的双马车。盛家特别欢喜闹阔，已从外国买来了几辆汽车，盛绍先这回到彭家来，就是乘坐汽车来的。他因见柳惕安仪表俊伟，又听得彭庶白说武艺了得，有心想结交，定要用汽车送柳惕安回一新商栈。柳惕安推辞，盛绍先道："我知道了老哥的寓所，后天好来接老哥一同去张园。"柳惕安推辞不了，只得辞了彭庶白，和盛绍先同车回栈。

二十日才八点多钟，盛绍先就到一新商栈来了，一迭连声的催柳惕安快穿衣服同去。柳惕安道："十点钟开擂，如何要去这么早？"盛绍先道："老哥哪里知道，上海人最好新奇，凡是新奇的玩意儿，看的总是人山人海。我昨日听得张园帮着布置擂台的人说，前天报上一刊登今日开擂的广告来，就有许多的人跑到张园去，要买票预订座位。我平日在这时候，还睡着不曾起床，今早六点多钟，我当差的去张园买入场券回来，说已到不少的人了。我恐怕去迟了找不着好看的座位，所以急匆匆的用了早点到这里来。"

柳惕安笑道："这擂台有一个月，何愁没得看？好在我此刻没有旁的事，既承你亲来见邀，立时便去也使得。不过呆呆的在人丛中坐等几点钟，却是一件苦事。"说时已穿戴好了衣冠，遂同盛绍先出来，跨上汽车，如风驰电掣一般的，不要几分钟就到了。

因盛绍先已买好了入场券，柳惕安跟着进去，看场中果已万头攒动，围着擂台三方面的座位，都已坐满八九成了。进场后就有招待的人过来，好像是和盛绍先认识的，直引到擂台正面底下第二排座位之间。柳惕安看这一排的座位，都有人坐着，连针也插不下了，心想如何引我们到这里来？只见那招待的人，向坐着的两个人做了做手势，那两人实时起身，腾出两个座位来。招待的人笑向盛绍先道："若不先教人把座位占住，简直没有方法可以留下来。"盛绍先胡乱点了点头，一面让柳惕安先坐，一面从怀中摸出一张钞票，递给那招待的人，并向耳边说了几句话。招待的人满脸带笑，连声应是去了。

柳惕安看这擂台，只有三尺来高，宽广倒有三丈，全体用砖土筑成，上面铺着一层细沙，中间摆着一张方桌，几张靠椅。上海许多名人赠送的匾额、镜架、绸彩之类，四方台柱上都悬挂满了，只是台上还没有出面。

盛绍先对柳惕安说道："听得庶白兄说，霍元甲这回摆擂台，所有一切的布置，多是由农劲荪做主的。就是这个擂台，看去很像平常，却费了一番心思研究出来的。平常用木板搭成的，无论如何牢实，经两个会武艺的人在台上跳跃的时候，总不免有些震动，木板相衔接之处，很难平坦，两人正在以性命相扑的当儿，若是脚下无端被木板或钉木板的铁丁绊这么一下，岂不糟了！若和舞台上一般，铺上一层地毯，不是把脚底滞住不灵，便是溜滑使人立不牢脚。那农劲荪是个极有经验的人，知道台太高了危险，两下动手相打，难保不有掼下台来的时候，自己打不过人，或受伤，或打死，皆无话说，万一因从台上跌倒下来，受伤或死，就太不值得了，所以这擂台只有三尺来高，便是为这缘故。"

盛绍先说到这里，方才那招待的双手捧着一大包点心水果走来，交给盛绍先。盛绍先让柳惕安吃，柳惕安看三方面座位上，东、西洋人很多，不但没有在场中吃点心水果的，交头接耳说话的都没有，说笑争闹的声音，全在中国人坐得多的地方发出来，不由得暗自叹道："你霍元甲一个人要替中国人争气，中国人自不争气，只怕你就把性命拼掉，这口气也争不转来。"心中正自觉得难过，盛绍先却接二连三的拈着饼干、糖果让他吃，并说："这是真正的西洋饼干，这是地道的美国蜜柑，不是真西洋货吃不得，要讲究卫生，便不能图省钱，真正西洋货，价钱是大一点，但是也不算贵。你瞧，五元钱买了这么一大包，还算贵吗？"

柳惕安只气得哭不得笑不得，暗想彭庶白如何与这种人要好，还说他没有纨绔习气？一时又苦于不能与他离开。初次相交的人，更不好规劝，只好自己紧闭着嘴不答白，一会儿又掏出表来看看。

好容易听到台上壁钟敲到十下，座中掌声大起，只响得震耳欲聋。一个年约三十多岁，体格魁梧，身穿洋服的男子，在如雷一般的掌声中，从容走到擂台前面，向台下观众鞠了一躬。盛绍先连忙对柳惕安说道："这人便是农劲荪，能说外国话，替霍元甲当翻译。"柳惕安连连点头道："我知道，请听他演说。"

只见农劲荪直挺挺的站着，等掌声停了，才发出洪钟一般的声音说道："今天霍元甲先生的擂台开幕，兄弟受霍先生委托，代表向诸位说几句话，请诸位听听。霍元甲从小在家学习祖传的武艺，平日受祖若父的教训，总以好勇斗狠为戒。在天津经商若干年，和人较量的事实虽多，然没有一次是由霍元甲主动，要求人家比赛的。由霍元甲自己主动的，除却在天津对俄国大力士，及去年在上海对黑人大力士外，就只有这一次。前两次是对外国人，这一次也是对外国人。霍元甲何以专找外国大力士较量呢？这心理完全是因受了外国人的刺激发生出来的。外国人讥消我国为'东方病夫国'，元甲不服气，觉得凡是中国人，都要竭力争转这一口气来，所以每次有外国大力士到中国来献艺，元甲不知道便罢，知道是决不肯轻易放过的。但是诸位不可误会，以为夹杂得有仇外的观念在内，这是丝毫没有的。元甲这种举动，无非要使外国人了解，讥消我国为'东方病夫国'是错误的！去年冬天与英国大力士订了约，今年二月在上海比赛，元甲的意思，终觉一个人的力量有限，外人的讥消诚可恶，然我国民的体力和尚武精神，也实在有提倡振作的必要，因此不揣冒昧，趁着距离比赛期间的时日，摆这一个擂台。一则借此结识海内英雄，好同心协力的，谋洗'东方病夫'之耻辱；二则想利用传播这摆擂台、打擂台的消息于内地，以振作同胞尚武的精神。在元甲心里，甚希望有外国人肯上台来比赛，所以用外国文字登广告，并说有金杯、金牌等奖品，有意说出些夸大的话来，无非想激动外国人。若论元甲生平为人，从来不曾向人说过半句近似夸张的话，凡曾与元甲接谈过的朋友们，大约都能见信。其所以不能不同时用中国文字，登中国新闻纸上的广告，为的就想避免专对外国人的嫌疑，这一点是要请同胞原谅的。这里还订了几条上台较量的规则，虽已张贴在台上，然诸位容或有不曾看见的，兄弟将规则的大意，向诸位报告一番。"

说时从衣袋中掏出一张字纸，看了一看说道："第一条的大意是，上台打擂的人，不拘国籍，不论年龄，但只限于男子，女子恕不交手；第二条是每次只许一人上台，先报明姓名、籍贯，由台主接谈后方可交手；第三条是打擂的只许空手上台，不能携带武器及施用暗器、药物之类；第四条是比赛的胜负，倘遇势均力敌，不易分别时，本台曾聘请南北名家多人，秉公评判；第五条是打擂的各凭本身武艺，及随身衣服，禁用手套、护心镜及头盔、面具之类；第六条是打擂的以铃声为开始及停止之标准，在铃声未响以前，彼此对立，不得突然冲击，犯者算输，不得要求重比。遇胜负不决，难分难解之时，一闻铃声，须双方同时停止，不得趁一方面已经停止时进攻，犯者亦算输；第七条是打擂时打法及部位，原无限制，但彼此以武会友，双方皆非仇敌，应各存心保全武

42

术家之道德，总以不下毒手及攻击要害部位为宜；第八条是双方既以武力相见，难保不有死伤，伤者自医，死者自殓，不得有后言。规则就只有这八条，第二条当中有一句与台主接谈的话，台主便是霍元甲，接谈虽没有一定的范围，但是包括了一种签字的手续在内。本台印好了一种死伤两无异言的证书，台主和评判的名人，当然都签了名在上面。上台打擂的人，也得把名签好，方可听铃声动手。从今日起，在一个月内，每日上午十点钟开始，霍元甲在台上恭候海内外的武术家指教。兄弟代表霍先生要说的话，已经完了。此刻兄弟介绍霍先生与诸位相见。"说罢，又向观众鞠了一躬，如雷一般的掌声又起，便有一个头戴貂皮暖帽，身穿蓝花缎羊皮袍、青素缎马褂，年约四十岁的人，大踏步走出台来。

柳惕安看这人身材并不高大，生得一副紫色脸膛，两道稀薄而长的眉毛，一双形小而有神光的眼睛，鼻梁正直，嘴无髭须，使人一望便知是个很强毅而又极慈祥的人，和农劲荪并肩立着。农劲荪对观众介绍道："这便是台主霍元甲。"

霍元甲这时方对三方面的观众鞠了三个躬，慢条斯理的说道："我霍元甲没有念过书，是一个完全的粗人，不会说话，所以请农爷代我说。这打擂台也是很粗鲁的事，古人说得好：'来者不善，善者不来'，这种事，不能不有个规矩，我特地请了这张园的园主张叔和先生来，做一个见证人，要打时请他摇铃。刚才农爷已说过了摇铃的办法，我很望外国的武术家大力士，肯上台来指教。农爷会说外国语，有外国人来，我就请他当翻译。"

霍元甲才说到这里，台左边座中忽有一个人跳起身来，大声说道："不用多说闲话了，我来和你打一打。"

众看客都吃了一惊，不知这人是谁，且俟下回再说。

总评：

就上回书中之事实而观，单猎户可谓大具神通，其于斗法一节，直可将走索老头玩之于股掌之上，又何其神妙耶？然一入本回，捉妖则久困无功，制敌则坐视猖獗，怯懦无能，莫此为甚，先后竟判若二人也。于以知强弱二字之为义，实为相对的，而非绝对的。而风侠卢恢之广大神通，乃由是更得反衬而出矣！中间复益之以顽劣无比之马猴，风帽目镜奇诡之装束，渲染所及，尤足一为张目，仿佛见有一飞行绝迹之大侠，直透纸背而出焉。于是乎胡直哉乃得其师矣！

上海一地，最多总会之设，是中人品固极为良莠不齐，入其中者每怀戒心焉。盛绍先以一富家子弟，又无防身之技以自随，辄复贸然身入其中，其不成为若辈之目的物者几希。卒之争端既肇，赖彭庶白小试绝技，始得为之解围，其为事盖亦险极矣！斯正足供一般富家子弟资为殷鉴也。中间复有潘夫人遇流氓事一为对照，更可见上海之为荆棘世界，大有寸步难行之苦。至彭庶白之用指轻捻骨牌，牌即从中分裂，虽似为不足道之小技，然而其于内功一方致力之深，亦可由此而想见，宜总会中人亦为之刮目加敬也。

霍元甲摆设擂台，为本书最重要之关目，今本回末已叙及其事，并由农劲荪将打擂规则八条，当众宣布矣。其能引起一般读者之兴趣为如何？请拭目一观下回如火如荼之文字。

第三回

霍元甲三打东海赵
王小乙夜斗翠花刘

话说霍元甲正在演说的时候，左边座位中忽有一个人跳起身来，大声说："不用多说闲话，我来和你打一打。"众看客都吃了一惊，争着看那人，年龄不过二十多岁，身材却显得异常壮实，穿着日本学生装的洋服，粗眉大眼，满面横肉，那一种凶狠的模样，无论何人遇着都得害怕。这时更带着几分怒容，那情形好像与霍元甲是仇人见面，恨不得一口吞下似的。当下霍元甲停了演说，向这人打量了两眼，倒现出笑容来说道："老哥不必生气，请上台来谈谈。"

这人牛鸣也似的答应一声："来了！"匆匆忙忙走出座位。不提防座位与擂台隔离之处，地下拦着一块三寸多高的木板，用意是恐怕看的人多，座位又是活动的，有这木板隔住，可免看客将座位移近台来。这人脚步太匆忙，只顾抬头望着台上行走，不曾瞧见地下的木板，竟把他的脚尖绊住，身体往前一栽。喜得木板离台还有五六尺空地，这一跤扑下，头额没碰着台基，加以他的身法还快，只一手着地，立时就跳了起来。然就这么无意的一栽，已弄得座上近万的看客，不约而同的哄然大笑，笑得这人两脸通红。

霍元甲见了连忙走到台这边来，很诚恳的问道："没碰伤哪里么？请从容些走，这擂台因是临时布置的，一切都非常草率，本来用木板是这么隔着，是不妥当的。"说着，并指点这人从后边上台。

原来擂台两边都有门可通后台，两边门口都设着一张条桌，有签名簿及笔墨之类，并有招待的人在此坐候。这人走进那门，招待的人忙起迎着道："请先生在此签名。"这人将两眼一瞪喝道："要打就打，签什么名？"招待的人赔笑说道："签了名再打不迟。这是本台定的规定如此，请原谅吧。"这人略停了停，愤然说道："我不会写字，打过了再说给你签吧。"招待的人道："就请留下一名张片也使得。"这人道："名片也没有。"旋说旋伸手拦开招待的人，直向后台上跑。

招待的人也不由得生气，一手握着签名簿，一手拈着一支毛笔，追上后台来说道："本台定的规则，非先签名不能上台，你待往哪里走？"这人怒气勃勃的回转身来，揎拳捋袖，做出要动武的样子。

农劲荪这时本在前台，因听得后台有吵闹之声，即赶到后台来，恰好看见这人要动手打招待的人，刘振声正在脱卸自己身上棉袍，俨然要和这人放对，忙插进身将这人格住，带笑说道："这是后台，足下要打擂，请到前台去。"这人一见农劲荪，便愤然说道："我知道这是后台，可恶这小子太欺负人，定要我签名。我在这里签什么名？我就是打胜了也不要这名誉。"

农劲荪笑道："看足下是一个有知识的人，这签名不过是一种手续，与要不要名誉没有关系。我这位朋友负了本台招待签名的责任，为谋尽他自己职责起见，不得不赶着足下请签名，确非欺负足下。我于今请问足下，是不是要打擂？"这人道："我不知道什么打擂不打擂，因见霍元甲在各报上吹牛皮，说大话，倒要来会会他，看是怎样一个三头六臂的人物？"农劲荪哈哈笑道："这还不是来打擂吗？足下既要打擂，不但得在这签名簿上签名，我刚才演说擂台规则时，足下想也听得，来打擂的，还得先在证书上签名呢！"

此时霍元甲在前台，已听得后台争吵的声音，只得也跟进后台，听得这人说"倒要会会他，看是怎样一个三头六臂人物"的话，便上前说道："我并没有三头六臂，也是一个很平常的人。我在报纸上吹的牛皮，说的大话，我已请农爷向大众说明了，是对外国人的，不是对中国人的。老哥不要误会，对我生气。请问老哥尊姓大名？我摆这擂台，就是想借此结识老哥这样的人物。"

这人望着霍元甲，现出轻视的神气，点了几点头道："我看也不过是一个很平常的人物，吹什么'和人较量过几千次，不曾遇过对手'的牛皮，我不相信几千个人，竟没有一人打得过你的。"霍元甲笑道："老哥不相信罢了，好在我本来没有向中国人显能耐的心思。"说时，又请教这人的姓名。这人道："我不能说我没有姓名，不过我不愿在这地方把我的姓名说出来。你摆的是擂台，我来打擂便了，我打不过你，我就走了；被你打伤了，我自投医院去治疗；若被你打死了，自有人来收尸，不干你的事。"

农劲荪道："话虽是这般说，应经过的手续，仍是模糊不得。本台今日才开幕，你是第一个来打擂的人，若你不肯签字，连姓名都不肯说，也可以行得，那么签字的办法，以后便行不通了。并且老哥不依本台的规则办理，老哥要打擂的目的便达不到，霍先生是决不肯和老哥动手的。"这人料知不说姓名不行，只得说道："我是东海人，姓赵，从来不用名字，一般人都称我为东海赵。你们定要写姓名，就写东海赵得了。"

霍元甲笑道："世岂有一个上等人没有名字之理？依我的愚见，你老哥既不愿写名字，这擂也可以不打。"东海赵盛气说道："什么话！姓名不过是人的记号，你的记号是霍元甲，我的记号是东海赵，谁说使不得？你摆擂台，登报招人来打，如何说这擂可以不打？这话从旁人口中说出还过得去，从你台主霍元甲口中说出来，不像话。"东海赵这几句话，说得后台上许多人都生气，尤其是刘振声，咬得牙齿咯咯的响，恨不得上前打东海赵几个耳光。

霍元甲不但不生气，反带笑说道："你老哥弄错了。我不是怕你打，求你不打，你不肯签名，我只好不打。"东海赵道："好！我签名便了。"霍元甲现出踌躇的神气说道："你虽肯签名，我还是劝你不打，因为你是为我在报上吹牛皮说大话而来，我既经说明那些牛皮，那些大话，是对外国人吹说的，我们自家人，何必在台上当着许多看客动手呢？无论谁赢谁输，都没有意味。"东海赵道："那么你却摆什么擂台呢？"他们在后台谈话的时间久了，台下看客都拍掌催促起来。农劲荪对霍元甲道："赵君既肯签字，四爷就和他去前台玩玩吧。看客鼓掌，是催我们出台的意思。"霍元甲只得点头答应。

当下有人拿证书给东海赵签名，东海赵提笔写了"东海赵"三字，书法倒很秀劲。霍元甲看了，心里登时发生了爱惜东海赵的念头。农劲荪也觉得东海赵这种英俊少年，若得良师益友，去掉他的骄矜暴躁之气，实是武术界的好人才，遂先出台向看客报告道："本台所定打擂的规则，凡来打擂的，先要在证书上签名。因这位赵君不仅不肯签名，并不肯把名字说出来，所以交涉的时间久了，致劳诸位盼望，本台同人非常抱歉。此刻赵君已签好了名，请诸位细看赵君的好健儿身手。"这番话说出，掌声又拍得震天价响。

农劲荪回身将霍元甲、东海赵两人引出台来，简单的把东海赵向看客介绍了几句，即引东海赵立于台左，霍元甲立于台右，自己取了个怀表托在手掌中，站在中间，园主张叔和的铃声一响，农劲荪忙退后几步，让出地位来给二人好打。

霍元甲向东海赵拱手笑道："请先赐教。"东海赵毫不客气，挥拳直向霍元甲冲击。霍元甲因有爱惜东海赵的心思，不想当着众看客将他打败，并存心要试验东海赵的造诣如何，见他挥拳直攻过来，故意举臂膊在他拳头上碰了一碰，觉得他的功力，比较刘振声还相差甚远，只是身体生得异常活泼，腰腿都很灵捷，如经名师指点，资质却远出刘振声之上，等他攻到切近，方闪开还击。

论霍元甲的武艺，如认真与东海赵见高下，直可使东海赵没有施展手脚的余地，既是存心不欲将他打败，打法自然不同，就和平常和同学的练习打对手一样，从表面看去，也似乎很猛勇、很热闹，实际霍元甲出手皆有分寸，只轻轻着到东海赵身上，便掣回来。是这般腾拿躲闪，约打了三四十个回合，台下掌声不绝，有吼起来喝好的，只把台上的刘振声惊得呆了，低声对农劲荪道："看不出这小子，真有这么大的能耐。我跟老师这么多年，不知亲眼看见打过多少好汉了，从来不曾见有能和老师走到二十合以上的，于今打到三四十合了，还没分胜负。这小子的年纪还轻，若再练十年八载，不是没有敌手吗？"

农劲荪摇头笑道："你再仔细看看。你看他的手曾着过你老师的身

48

么？你老师的手在他浑身都摸遍了。"这几句话把刘振声提醒了，立时看得分明，这才把心放下。又走了十来个回合，霍元甲以为东海赵心里必已明白自己不是敌手，没有再打的勇气了，遂跳开一步，拱手说道："佩服，佩服！我们自家人，能不分胜负最好。"

不料东海赵因功夫相差太远，竟不知道霍元甲是存心不想将他打败，还自以为是自己的本领在霍元甲之上，认定霍元甲是自知敌不过，方跳出圈子要求不打了。年轻人好胜心切，加以生性本来骄矜，如何肯就此不打了？不过因与霍元甲打了几十个回台，在霍元甲是和逗着小孩玩耍一样，而在东海赵却已累得满身是汗，连身上穿的东洋学生服都汗透了，只得一面解纽扣脱衣，一面说道："不分胜负不能罢手，我还得和你再打一场。"霍元甲笑道："这又何苦呢，老哥不是已累得通身是汗了吗？"

东海赵卸下衣服，自有在台上照顾的人接去。他用手巾揩去额上的汗说道："就打得通身是血，也算不了一回事，何况出这一点汗。你能把我打跌在地，我便认输不打了。"霍元甲点头道："好！是汉子，我们再来一回。不过我看老哥这时已累得很乏了，请休息一会儿，喝一杯茶再打，气力也可以增加一点儿。"

东海赵虽一时为好胜之心与骄矜之气所驱使，必欲与霍元甲拼个胜负，但是身体确已很觉疲乏了，只因素性太要强了，不愿说出要求休息一会儿的话来。今见霍元甲这么说，便连声应好；又觉得自己脚上穿的皮靴，底板太厚太硬，行动难得轻捷，见霍元甲穿的是薄底朝鞋，也想向后台的人暂借一双薄底鞋换上。无如试穿了几双，都不合脚，只得将皮靴脱下，就穿着袜子在台上走了几步，觉得比厚硬的皮靴好多了。他思量与霍元甲打到四十多回合不分胜负，原因是在霍元甲躲闪功夫太快，每次的手将近着身，就被闪开了，这回得想法把霍元甲扭住，使出蹾跤的身法来，不愁霍元甲再躲闪了。主意既定，又与霍元甲动起手来。

霍元甲随手应付，并非有意不给赵东海扭住，实因东海赵没有扭住的能耐。走了几个回合之后，霍元甲暗想不将他打跌，是决不肯罢手的，不过替他留一点儿面子，我也陪他跌一跤便了。想罢，故意伸出左臂给东海赵扭住，东海赵好生高兴，正待施展�跤身法，将霍元甲掼一筋斗，不料霍元甲一条臂膊比棉还软，就如扭住绳索，毫不得劲，刚要用肩又向元甲左胁撞进，陡觉元甲臂膊坚硬如铁，泰山一般的从肩上压下，便没有一千斤，也有八百斤的重量。

东海赵如何承受得起，只好将肩往旁边一闪，无奈来不及抽脚，身体已经倾斜，再也支持不住，竟倒在台上。霍元甲也跟着往台上一倒，趁势将东海赵拉起来，并赔笑说道："很好，很好！老哥要打跌在地，此刻已打跌在地了，然我也同时倒跌了，仍是可说不分胜负，不用再打了，我们以后都交一个好朋友吧！"

东海赵因见霍元甲也同时跌倒在地。他是个极粗心的人，还是不觉得霍元甲有意让他，替他留面子，倒失悔不应该把皮靴脱下，以致下部太轻，着地不稳，才被跌倒，并认定霍元甲之跌，是被他拉住臂膊，无力挣脱而跌的，口里只是不服道："打擂台不分胜负不行，定得跌倒一个。你跌了，你的擂台取消；我跌了，我自会滚蛋。"台下看的人，不会武艺的居多，自然看不出霍元甲的用意，听了东海赵的话，又都鼓掌喊好。霍元甲笑向东海赵道："那么请老哥原谅我。我既定期一月摆这擂台，陪老哥跌一跤没要紧，今日才开幕，是不好让老哥打跌的。老哥定要再打，只好请老哥看我的了。"

东海赵也不理会，穿好了皮靴，又休息了一会儿。农劲荪这时低声对霍元甲道："这小子太不识好，这番四爷不可再开玩笑了。"霍元甲点头道："我不是已说了请他看我的吗？不过这小子受不了一下。今日开幕，我不愿意打伤人，更不愿意与同道的人结怨，想不到这浑小子这般缠着不放，真教我没法。"农劲荪道："四爷这两次让他，可算得仁至义尽了，台下看客中未必全无识者，不过没注意罢了。万一被台下看出四爷假意相打的情形来，他们不知道四爷的用意，或者疑心我们自己摆擂，自己假装人来打，所以打起来不肯认真，那不是反于四爷的名誉有妨碍吗？我的意思，四爷既摆了这擂台，伤人也好，结怨也好，都不能顾虑，以后不问是谁，不签名便罢，签了名就用不着客气了。"霍元甲道："我不曾想到这一层，若真个被看的人疑心是打假的，岂不是弄巧反成拙！我以后再不这么开玩笑了。"说罢，系了系腰间板带，回身到台前，向东海赵道："你来呢，我来呢？"东海赵立了架势等候道："你来也好！"

霍元甲走上前，将手往上一扬，东海赵已有准备，将身体向左边一闪，起右脚对准霍元甲右胁下踢来。霍元甲并不避让，等踢到切近，才一手捞住，只朝怀中轻轻一拖，东海赵一脚落地，如何站立得住，实时往前一扑。霍元甲不待他扑下，将手向上一抛，东海赵腾空了一丈远近才仰面跌下，皮靴也脱离了关系，抛向空中，转了几十个跟斗方掉下来，不偏不倚的正掉在盛绍先头上。

柳惕安虽坐在旁边，只因聚精会神的看东海赵跌跤，不曾看见皮靴飞起。盛绍先本人更是没留神，直待落到头上，方惊得"哎呀"一声，那皮靴在盛绍先头上着了一下，跳起来落到座位底下去了。盛绍先吓得立起身来，东张西望，他不知道是皮靴落下，还以为是有人与他闹着玩的，气得张口骂道："是谁这么打我一下？"引得座上的人都笑起来。柳惕安忙弯腰从座位底下拾起那皮靴，给盛绍先看道："是它打了你这么一下，它的主人被霍元甲打得跌了一丈多远，它要替它主人出气，所以将你打这么一下。"盛绍先见是东海赵的皮靴，这才转怒为笑。

东海赵这一跤跌得太重，台上虽铺了一层细沙，但是铺得极薄，因恐怕铺得太厚了，脚踏在上面不得劲，沙底下全是方砖砌成。东海赵退了一丈多远，才仰面跌下，来势愈远，便跌得愈重，身体虽没有跌伤，不过打了两次，早已打得筋疲力竭，又经这般一跌，哪里还挣扎得起来？耳里分明听得台下喝彩拍掌之声，心里又羞惭又气愤，忍不住两眼流下泪来。这番霍元甲也不上前搀扶了，东海赵勉强爬起坐着，自觉右腿麻木，不似平时活动，便用双手抱着膝盖骨揉擦。

柳惕安擎着那只皮靴，笑向盛绍先道："我替你来报复他一下好么？"盛绍先问道："你打算怎生报复他？"柳惕安笑嘻嘻的道："你瞧吧！"说时，将皮靴只轻轻往台上一抛，正正落在东海赵头上。台上台下的人，都不约而同的喝了声："好手法！"东海赵不提防有这一下，也和盛绍先一般的大吃一惊。不过此时的东海赵已羞愤不堪，没有张口骂人的勇气了。皮靴从头上掉在台上，东海赵拾起穿在脚上，立起身拍了拍衣裤上的灰尘，低头走进后台，穿了上衣就走，不但不和人说话，连正眼也不瞧人一下。后台的人都骂这小子气量太小。

农劲荪走到台口对观众说道："方才这位赵君，是东海人，上台时便不肯签名，经多番交涉，仅签了东海赵三字在证书上。前两次与霍台主相打的情形，诸位中不少明眼人，看了大约不免疑心打得太不实在，这是霍台主一点儿爱才之心，因明知东海赵的武艺，刚练得有一点儿门径，还够不上说有功夫，然而天生的资质很好，腰腿甚为灵活，将来很有大成的希望。霍台主觉得把他打败，也算不了什么，恐怕他倒因一次失败，灰了上前之心，岂不白白的断送了一个好人才？所以第一次打时，霍台主两手在东海赵遍身都点到了，却不肯使劲打下，以为东海赵心里必然明白，若能就此收手，岂不甚好？无奈他粗心，硬要再打，霍台主还顾念他年轻，第二次有意显点儿真才实学给他看，只一条臂膊压在他肩上，硬将他压倒在台上。像这种打法，非本领高到十倍以上的人，断不肯尝试，因人之一身，最能载重的是肩，寻常一二百斤能承受得起的很多，像东海赵那般强壮的体格，加以双手扭住霍台主的臂膊，若不是有绝大的力量，如何能毫不讨巧的，一条臂膊硬把他压倒下来？既能把他压倒，岂有臂膊被扭住不能挣脱之理。霍台主随身跌下，仍是为顾全他的颜面。兄弟虑及诸位不明白霍台主的用意，劝他不可如此，自毁声誉，第三次才是真打。霍台主秉着以武会友的精神，绝无对本国同胞争胜之念，望在座的豪杰之士，继续上来显显手段。"说毕退下。

等了好一会儿，竟无人敢上台来。农、霍二人商量，觉得没人打擂，台上太寂寞了，使看客枯坐无味，当时有人主张请南北武术界名人，及与农、霍二人有交情的，上台将各人擅长的武艺表演一番，同门或要好的能打一打对手更好。农劲荪反对道："这使不得。我们所请来帮场的南北名人，及与我们有交情的，没有江湖卖艺之流，不是花拳绣腿好使给人看。武术中不问是哪一种拳脚，及哪一种器械，凡是能切实用的，多不好看，不是行家看了，总觉索然无味，并且有一个月的时间，今日才开始，何能每日请朋友上台表演呢？这也是事实上办不到的。一般看客的心理，花钱买券入场，为的是看打擂，若擂没人来打，无论表演什么武艺，也不能使看客满意。今天有东海赵打了三场，等再一会儿没人上来，就此宣布散会也无不可，明天或者来打的多几个也不可知。"

霍元甲道："我心里就为一般看客花钱买券来看打擂，却没人上台来打给他们看，教他们花钱看着一座空台，委实有些自觉难为情似的。"当时有彭庶白在旁说道："兄弟有一个办法，不知四爷和农爷的意见怎样？以后来打擂的，须先一日或两日来报名，经过签名的手续，订期相打，然后在各报上将打擂的姓名宣布出来，不能临时上台就打。如没有人来报名，这日便不卖入场券，一则可以免得人花钱没得看；二则可以免像东海赵这般上台不肯签名的事故发生。"

农劲荪听了连忙说："这办法最妥当，此时就得对台下的看客宣说一番，回寓后再做一条广告，遍登中外各报。"说时问霍元甲道："四爷还有没有意见？"霍元甲道："我并没有旁的意见，不过临时上台来打的，须看有没有时间，如有时间，立时就打也使得。我就是这点意思，彭先生觉着怎样？"彭庶白笑道："四爷的意思是很好，以为打擂的一时乘兴上来，若不许他就打，未免扫人的兴。殊不知一般上台打擂的心理，普通都和东海赵差不多，在没有打胜以前，是不愿意将姓名说出来的，既要人先一二日报名，便不能许人临时来打，既许人临时来打，决没有愿意在先一二日报名的了。这两个办法是相冲突的。"霍元甲点头应是。农劲荪复到台口将这办法报告了，就宣布散会。

霍元甲问彭庶白道："刚才将皮靴抛在东海赵头顶上的那个西装少年，好像向你打招呼，你认识他么？"彭庶白笑道："是我新结识的朋友，姓柳，名惕安。四爷是不是因见他抛皮靴的手法很准，所以注意他呢？"霍元甲道："他抛皮靴固然使我注意，但在未抛皮靴以前，我已觉得他的神采特别惊人，最奇的是那一双眼睛，无意中望去，仿佛有两道绿光似的，仔细看时，却又不见得与旁人不同。"彭庶白道："我所见也正是如此。我因和他相交，到现在刚见过三次面，还不知道他的来

53

历，不过可以断定他与我们的志趣决不相左，此刻已宣告散会了，我去引他来与四爷见见好么？"霍元甲忙道："很好。"

彭庶白遂从后台走出，只见迎面走来一大群人，老少高矮肥瘦俊丑不一，约莫有十多个，装束形象都是北方人，彭庶白一个也不认识。彭庶白原是担任招待的职务，见有客来，不能不作理会，只得接着问："诸位上台来会谁？"走在前面一个身材极高的答道："我是李存义，特地带了几个朋友，从天津到这里来，要会霍四爷。"彭庶白也曾闻李存义的声名，知道是北几省武术界负盛名的人物，遂回身引这一群人到后台。霍元甲远远的看见，就连忙上前迎接着笑道："啊呀呀！想不到诸位老大哥居然在今日赶到了，真是感激不浅。"说时一一相见握手。

原来此番同来的，有刘凤春、孙福全、尚云祥、吴鉴泉、纪子修、刘恩绶，这都是与霍元甲有交情的。年龄班辈虽有老少高低，然武艺各有独到之处。尚云祥是李存义生平最得意的徒弟，论武艺当然不及李存义精练，但是尚云祥的年龄比李存义轻，气力比李存义强大，与人动手较量的时候，因为年少气盛的关系，有时反比李存义打得干脆，所以他在北方的声名，不在李存义之下，从他学习形意拳的也非常之多。

这个纪子修是京兆人，身材异常矮小，从幼就喜练岳氏散手的拳术，因他生性颖悟，能推陈出新，把岳氏散手的方法，推演出一套岳氏联拳来。他对于拳术，没有门户派别的习气，专练的是岳氏散手，形意、八卦、太极以及通臂种种有名的拳术，他都次第从名练习，又从"大枪刘"练得一路花枪，神出鬼没，更使得一路好方天画戟。为人不矜才、不使气，若是不知道他履历的人，就和他结交至数年之久，也看不出他是个武术界特出的人物。有一次，他跟着几个朋友，在天桥闲逛，正在一面走着一面谈话，不提防背后一辆东洋车跑来，因跑得太快，又须避让旁边的塌车，一时收煞不住，只好将车扶手举高些，口里呼着："借光，借光！"不料那车扶手正抵在纪子修的后颈弯上，车夫一看吓慌了，以为这人的颈项必已受伤，刚待把车扶手再举高些，哪里来得及呢？只见纪子修将脖子一硬，震得那东洋车往后跳起来。车上还坐了一个人，车夫两手被震得握捏不住，连人带车翻了一个跟斗。天桥是北京最繁华热闹的地方，往来的人，无时无刻不是肩摩踵接，这时在路旁看见的人，都惊得吐舌。大家争着来看他，倒没人理会那翻倒在地的车和人了。

刘恩绶也是大枪刘的徒弟，在北几省也负有相当的声望。以外的是孙福全、纪子修的徒弟，特地带来看打擂台，想借此增长见识的。

霍元甲一一相见之后，随即给彭庶白介绍。彭庶白心里惦记着柳惕安，恐怕走了，匆匆又从后台出来看时，看客已走了十之八九，柳惕安和盛绍先都不见了。在人丛中探望了几眼没有，料知已同盛绍先坐汽车走了，只得仍回后台来，即听得吴鉴泉笑向霍元甲道："四爷在天津的时候，约了我同到上海来，你临行也不给我一个信儿，等我到天津来，去淮庆会馆访你时，方知道已动身好几日了。"霍元甲连忙拱手赔罪道："这事实在对不起老哥！不过我当时也没安排来这么早。"吴鉴泉却连忙摇手笑道："你弄错了，你以为我是怪你不应不等我同走么？不是，不是！我是因为你早走了几日，错过了一个奇人，我觉得有点儿可惜。"

霍元甲问道："是怎样的一个奇人，在天津错过了不曾见面，以后还有见面的机会没有呢？"吴鉴泉道："若以后容易有见面的机会，我也不说可惜的话了，就因为这人是关外人，家住在索伦地方，到关内来一趟很不容易。"彭庶白至此截断话头对霍元甲说道："那柳惕安大约已跟着盛绍先坐汽车走了，我赶到门外没见着他，我看这地方不大好谈话，四爷何不请李先生、吴先生及同来的诸位朋友，一同回去，一则好谈话，二则我们也好办事。"农劲荪笑道："我也正待是这般说了，我们要商量要急办的事还多着呢！"霍元甲遂引这一大群人，出了张园，回到寓所。

大家才坐定，茶房便擎了一张名片走进来递给霍元甲。霍元甲接在手中看了一看，即递给农劲荪道："农爷认识这人么？"农劲荪看名片上印着"王子春"三字，摇头道："不认识。"遂向那茶房问道："这人现在外面么？"茶房道："早已来过了，要见霍先生，我对他说，霍先生同朋友一道儿出去了。他显着不相信的样子，只管探头朝里面望。我们同伙的说：'谁还瞒你吗？'他问：'上哪里去了？'我说：'你要知道霍先生的去处很容易，只到马路上随意买一份报看看便明白了。'他听了这话似乎惊讶，又问：'究竟上哪里去了？'我就把张园摆擂台的话说了，他便留下这张名片走了。"彭庶白笑道："这人也太麻木了，既知道来这里访四爷，难道还没得着摆擂台的消息，并且中外各报上都登了广告，这种新奇的消息，最易传播，此时的上海，已是妇孺皆知了，他竟不知道，不是太麻木吗？"

李存义靠近农劲荪坐着，就农劲荪手中接过那名片来看了，连忙起身呼着那茶房问道："这人有多大年纪了，身材怎样？"茶房停步回身说道："这人很瘦小的身材，两只眼睛倒生得不小，年纪至多也不得过二十岁。"李存义问道："说话是北方口音么？"茶房应是。李存义拍着自己大腿笑道："是了，是了！一定就是他。"李存义这么一说，弄得满房的人，都望着他问："怎么？"李存义对吴鉴泉笑道："世间事真教人难料，你猜这个来访霍四爷的是谁，就是你说可惜，恐怕以后霍四爷不容易见着的王小乙。"吴鉴泉道："原来是他来了吗？他是刚从天津来的，他不知道有摆擂台的事，这却不能怪他太麻木。"

霍元甲听了，欣然问道："这人究竟是怎样一个奇人？在张园的时候，吴大哥连姓名都不曾说出，便把话头打断了。这人既来上海，今日虽不曾会面，料想他还要来的，或者他到擂台上来见我也未可知，见是不愁见不着的。不过他的履历，我甚想知道，还是请吴大哥把话说完吧！"吴鉴泉指着刘凤春道："这王小乙和我也不认识，是由凤春哥把他引出来的，请他说来，比我说的更详细。"

刘凤春道："这一段故事说来好笑。我于今相信，人的本领原来只有六成的，如遇紧急或非常气愤的时候，可以逼出十成来。凡是认识我的人，谁也知道我没有高来高去的本领，我一辈子就不曾练过纵跳的功夫，然而到了要紧的当儿，我居然也能一跺脚就冲上了一丈五尺高的天花板。凭四爷说，这不是好笑的事么？"

霍元甲笑道："这种事若在寻常不会高来高去的教师干出来，不但是好笑，并且可以说是奇事，在你凤春哥却算不了什么。因为凤春哥虽一辈子不曾练过纵跳，然平生练的是八卦拳，走了这多年的九宫，两脚已走得仿佛是哪吒太子的风火轮了，练纵跳也不过把全身之力，练到两脚尖上来。你此刻两脚尖的力，就是有高来高去本领的人，恐怕能赶得上的也少。你能上高是算不了什么，你且把那一段故事说出来给我们听听。"

刘凤春道："我有一个朋友，多年在洵贝子府当护院，平日与各亲王贝勒府里都有往来。去年那亲王因要请一个得力的护院，我那朋友就求洵贝子荐我前去，我为朋友的盛情难却，且又素来知道那亲王是一般王爷中最仁厚的，遂进了王府。这时王府正在花园中建造新房屋，我就在新房屋中居住。我那房子是西院北屋三间，中间的一间最大，每日早晚我便在这房里练功夫。左边一间是我的卧室，右边房里空着，炕上也设备了被褥，偶然有朋友来，就留宿在那房里。左右两旁的天花板，和寻常百姓家的房屋一般，是用花纸裱糊的，唯有中间的一间，与皇宫里一样，全是见方一尺多的格子，中嵌木板，用金漆颜料绘种种花样在上面。这种天花板虽比用花纸糊的来得坚固，然那方格子的木板极小，中嵌的木板又薄，上面是不能承受重量东西的。我记得这日是正月初三，晚饭因一时高兴，多喝了几杯酒，二更以后，我独自在房中做功夫，正自做得得意的时候，忽见房角上立着一个身穿夜行衣的小伙子，笑嘻嘻的向我望着，我不由得吃了一惊。因为我那西院里没别人同住，我回西院的时候，已把门关上了，从来夜间没有人上我那院子里来，加以这人面生，又穿的是夜行衣，使我一见就知道不是善类，当即厉声喝问道：'你是谁，半夜来此干什么？'这人不慌不忙的向房中走几步，笑道：'好一个翠花刘，果然名不虚传，今日我方看停当了。'

"我见他不回答我姓名、来意，却说出这几句话来，忍不住生气问道：'你究竟是什么人，到这里来干什么的？快说，不然便休怪我。'他说：'我便是这么一个人，因久闻你翠花刘的声名，专来看你练功夫的。'我又问他：'从什么地方进来的？'他说：'我住在这院子里已将近一个月了，每日早晚看练功夫，都是从上面朝底下看，不十分停当，今晚看得高兴，不知不觉的下来了。'我一听这话，好生诧异，便问他：'这一个月在何处藏身？'他伸手指着天花板道：'就在这上面。'我想这人身材虽小，但至少也应该有七八十斤重，如何能在天花板上藏身呢？并且天花板不像楼板，上边有屋瓦盖着，下边没有楼门，四方墙壁也没有可以供人出入的门窗，若不把屋瓦揭开，不问有多大的本领，也不能钻进天花板上面去。我既在王府里当护院，居然有人敢藏身在王府的天花板内，早晚窥探我练功夫，至一个月之久，他若不现身出来，我还不得知道。这事情传播出去，于我的声名不是大有妨碍吗？我是这么一想，不觉生起气来，就逼近前去问道：'你如何能到天花板里面去的？你快说，是不是把屋瓦揭动了？'他笑指着屋上说道：'屋瓦揭动了不曾，难道你住在这屋子里面的人都不知道吗？你平日不曾留心，此刻何妨到屋上去瞧瞧呢？'

"我听了他这番带着挖苦意思的话，禁不住怒道：'放屁！你这小子简直是有意来和我过不去，我在这里干什么的，你知道么？我在这里当护院，你什么地方不好住，为何偏要住在我这天花板内，不是和我寻开心吗？'我一面这么说，一面安排动手打他。他仍是嬉皮笑脸的说道：'你问我这话，我倒要问你，北京城里有多少个翠花刘？你也得快说。'我说：'翠花刘就只我一个，别处我不知道，北京城里没有第二个。'他听了拍手笑道：'却又来，既是只有一个翠花刘，翠花刘又住在这屋里，我要看翠花刘练武艺，不到这里来，却到哪里去？我住在这天花板里将近一月，你不知道，只能怪你不小心，不能怪我有意和你过不去。'

"我此时心里实在恨他不过，也懒得再和他多说，劈胸就是一掌打过去，骂道：'你偏有道理，反怪我不小心，你要不是一个强盗，断不会有这种举动，我揍了你替地方除害。'我这一掌虽没有了不得的功夫，然寻常练武艺的，很不容易躲闪，他却非常从容的避开了说道：'我此来正想请教几手。'说着也回手与我打起来。他的身法真快，走了五十多个照面，我两手简直没一次沾着了他的衣服，不过他实在的功夫究竟不大，手脚都飘忽不沉着，这是由于练武艺的时候，全副精神注重在矫捷，所以缺少沉着的功夫，拳脚就是打到了我身上，没有多大的分量。我既觉着他的功夫不实在，便改变了打法，一步一步的逼上前去。他抵敌不住，只好后退，越退越靠近房角，我毫不放松。他的背抵住墙壁了，我心想他身法任凭如何矫捷，已逼到这房角上，看他再有何法躲闪，即伸两指去取他的两眼，以为他是决逃不掉的了。想不到只听得他说了一句'好厉害'，头顶上跟着'喳啦'一声响，房角上已不见他的踪影了，赶紧抬头看时，只见天花板穿了一个窟窿，原来靠墙角方格中的木板，已被冲去一块了。我此时不假思索，只觉怒不可遏，非将他擒住不可，紧跟着将双脚一跺，身体朝上一耸，原打算攀住方格，再钻上天花板去的，谁知这一纵已冲上了窟窿。

"他因知道我素来不能上高，不料我这番居然能追上去，他不由得一惊慌，就被我擒住了，仍从窟窿里将他拉下地来。他双膝跪在我面前，要求我收他做个徒弟。我一不知道他的姓名，二不知道他的履历，并且眼见他这种奇离的举动，凭霍四爷说，我们是有身家的人，在北京那种辇毂之下，怎敢随便收这样徒弟呢？万一受起拖累来，旁人不骂我荒谬吗？但是我心里虽怕受拖累，口里却不好直说，因为他一对我下跪，把我那初见他时的怒气都消了，只得将他搀扶起来说道：'你的本领已在我之上，我怎能做你的师傅。'他立起来道：'我的本领虽平常，然从十五岁起就横行关内外，直到今夜才遇到对手。我原是为访师而来，因听说你生平没有收过徒弟，自知冒昧来求师是办不到的，一时又找不着可以介绍的人，只好偷进王府来，藏在天花板内，早晚偷看一阵。你的武艺，我已看得了一些儿门径，使我情不自禁的非拜师不可。你不要疑心我是一个黑道中人物，我姓王名子春，因我身材生得瘦小，认识我的人都呼我为王小乙，我家住在索伦，祖遗的田产也还不少，用不着我到外边来谋生计。我自十五岁出来闯江湖，一不为衣，二不为食，为的就是欢喜武艺，到处访求名师，求你放心收我做徒弟。'"

霍元甲插口问道："你毕竟收了他这个徒弟没有呢？"

刘凤春摇头道："我胆小，他虽说不是黑道中人，我毕竟不敢收这样不知来历的徒弟。我并且恐怕这事被王府里知道，于我面子上不好看，连坐也不敢留他坐一下，催他快去。他倒也聪明，知道我的意思，当指着天花板上窟窿说道：'这地方被我冲破了，明天给府里人看见不妥，我还是走这地方出去，将窟窿补好。'我还没回答，他只说了一声

'后会有期'，就从房屋中间翻身朝上一耸，只见一条黑影晃了一下，再看那窟窿时，绘了花纹的木板，已经安放好了，那种身法之快，实令人可惊。我此时静听天花板上有无响声，仅听得有两个耗子一前一后的跑到后墙根去了。我连忙跑到后院里去看，竟看不出一点儿痕迹。我直到这时，才想起每日早晚练功夫的时候，天花板上总有耗子跑来跑去的声响，我做梦也想不到天花板上可以藏人。第二日早起，我再仔细查看天花板，竟没有一个方格中的木板不是活动的，原来都是这王子春，为要看我练功夫，将木板移动一二分，好从缝中偷看，怪道他往上一冲，木板就开了，随时又可以安放下来。我怕他因拜师不能如愿，仍不肯离开我那房屋，趁着没人来的时候，我想再冲上天花板去看看，谁知竟冲不上去，费了好几番气力，手刚摸着天花板，身体便掉下来了，后来用桌子搭成一个台，才钻进天花板内，向四周看了一看，空洞洞的一无所有，仅靠后院的墙角上，有一堆稻草，可以看出是曾有人在草内睡过多时的。我想踏上天花板去，查看草里有什么痕迹，我两手才向方格上一按，就听得喳喳的响，用不着身体上去，只须两手用力一按，全房天花板都塌下来，真不知道那王子春是怎样练成的功夫，能在上面跑来跑去，丝毫不觉天花板震动。"

霍元甲笑道："他就这么走了，我便再迟几日到上海来，也是见他不着。吴大哥怎么再三的说可惜?"李存义笑道："凤春老弟的话才说了一半，还有一半没说完。这小子近来在北京闹的笑话多呢！凤春老弟因遇了这事之后，心中很郁郁不乐，次日就到我家来对我说道：'这碗护院的饭不容易吃，世间的能人太多，像王子春这人，还是一个小孩子，就有这么高强的本领，喜得他是为要练武艺来的，没什么关系，万一有像他这般有能耐的强盗，悄悄的到王府里面拿几件贵重东西走了，有意和我寻开心，教我如何防护?'我当时劝慰凤春老弟一番，本来当护院的不能全仗能耐，还是一半靠交情，一半靠声望，像凤春老弟这种硬本领，还说不够吃这碗护院的饭，那么北京没有够得上当护院的了。是这般说了一阵，也没人把这事放在心上。过不了几日，我就听得有人传说，这几日有一个年纪很轻、身材极小的人，穿着一件蓝布大褂，在东城羊肉胡同口上，摆下一个拆字摊，替人拆字谈休咎，所说并不甚验，也没有多少生意。在没有生意的时候，就寻着住在胡同附近的人攀谈，问羊肉胡同十三号住的是谁？有人说给他听姓张。他又问：'张家有多少人，有不有一个年老行三的？'醉鬼张三住在羊肉胡同十三号多年了，那胡同附近的人家，谁也知道，并且凡是闻醉鬼张三的名的，都知道是一个武艺极好，而性情极偏僻的人。大家见这拆字的忽然盘问醉鬼张三的情形，自然都有些注意。

"那羊肉胡同口上，从来很僻静的，摆拆字摊应在繁华人多的地方，不应拣这终日没有人行走的所在，这也是可疑的；二十来岁的人摆摊替人拆字，更是少见。有了这几层可疑之处，便有与醉鬼张三关切的人，将这种种情形说给张三听。张三也真是古怪，平日多少有名的好手前去访他，他都不看在眼里，动辄骂人，三言两语不合，就和人动手打起来，听说去访张三的，无人不受伤出门，不过受伤有轻重之分罢了。这回一听说拆字人盘问的情形，倒把他惊得脸上变了颜色。他正在擎着酒壶喝酒，听了这情形，连酒壶都掉在地下。他素来喝酒是一天到晚不间断的，哪怕出门做事或访朋友，手中都提着酒壶，一面行走，一面对着壶嘴喝。这日酒壶掉在地下，他家里人拾起来，照例替他灌上酒，他只管摇手说：'不要了，不要了！'随即把家中所有的人都叫到身边来，十分慎重的吩咐道：'我现在要到房中去睡觉，在这几天之内，无论有谁来访我，你们只回说不在家。你们此后对人说话，须客气一点儿，不可得罪人。'说毕，就到房中睡着，一言不发，也不喝酒，也不出门。

"一连过了三日，那拆字的后生，仍是每日向人打听，有时也到十三号门口来回的闲走，有时伏在拆字摊上打盹。直到第三日下午，那后生伏在拆字摊上打盹，不知怎的，身上蓝布大褂的下摆，忽然被火烧着了，黑烟直往上冒。后生惊醒起来，吓得手慌脚乱的样子，连忙将身上的火扑灭，吐舌摇头对立在旁边的人说道：'醉鬼张三的本领不错，我已领教过了。'说罢，匆匆收了拆字摊就走。"

彭庶白在旁边听到这里，忍不住问道："他不曾和张三会面，怎么说已领教过了呢？"

不知李存义怎生回答，且待下回再说。

总评：

　　摆设擂台，公开比赛身手，其为事之热闹，固夫人而知之，而在本书中，尤为最重要之关目。当其一再逗引，竭尽抑扬之态，而擂台固仍未启幕也，不知使一般读者为之若何心痒难搔。今则水到渠成，擂台开打已在目前，成为不能或缓之势，正不知又使读者心中若何之欢喜，而一翻视本回，见有霍元甲三打东海赵之回目，则不待观其内容，似已有一番如火如荼之情节涌现于眼前，此心当更为之跃跃然而动。其身心、其灵魂，几欲与擂台上之霍元甲融为一片矣！

　　打擂之为盛举，固矣！然亦必摆擂台与打擂者，双方具有相等之实力，始足以引人入胜。若东海赵之与霍元甲，其实力相去甚远，倘霍氏诚欲挫败之者，只在一回合间，已足尽其能事，宜无若何可观之处。讵霍氏顾念东海赵之人才，不欲遽作煞风景之举，于是本为一交手即足了事者，亦延不解决而有三次之厮打，此诚为制说部者故造一奇妙之局也。写生妙手如著者，一旦遇此绝妙题材，尚有不为之悉心描写，求其尽态极妍者乎？至三次交锋，一次有一次之身手，一次有一次之情形，而揆之当时事实，无不一一若合符节，更非如著者之善于揣摩心理，及精于技击之学者，决不能胜任而愉快也。

　　在本回之末，复又插入王小乙一节事，既可使一般读者于观看打擂之后，一换眼光，又如奇峰之突起，为下文开发许多文字。

第四回

霍元甲表演迷踪艺
柳惕安力救夜行人

话说李存义见彭庶白问那后生并不曾与张三会面，何以说已领教过了的话，即笑答道："这话不但老兄听了是这么问，当时立在旁边看的人，也多是这么问。他指着烧坏了的大褂说道：'这便是张三放火烧的，我敌不过他，只得走了。'那后生走了之后，有人将这些情形告知醉鬼张三，并问张三如何放火烧他的蓝布大褂。张三倒愕然说道：'我三日三夜不敢出门，何尝有放火烧他蓝褂的事？'有人问张三何以这么怕那后生，张三却摇头不肯说。我家也住在东城，离羊肉胡同不远，听一般人传说那后生的身材相貌，竟和凤春老弟所遇的那个王子春一般无二。我很有心想会会这人，但是无从访问他的住处，只得罢了。

"这日下午，因有朋友请我吃晚饭，我按时前去，已走进一个胡同口，将要到那朋友家了，猛觉得有人从我头顶上将皮暖帽揭去，我连忙抢护已来不及，一看前后左右并无人影，两边房檐上也都能一眼望到屋脊上，一无人形，二无音响。我心想这就奇了，若是有人和我开玩笑，这胡同笔直一条道路，足有一二里地，中间没有可以藏身的地方，房檐虽不甚高，但是坦平的屋瓦，又有什么地方可以藏身呢？并且我刚觉得帽子有人揭动，实时回身向四处张望，便是一只鸟雀飞过，也应逃不出我的眼光，此时连黑影都不见晃动，难道是狐仙来寻我的开心吗？当时在那胡同中也寻觅了一阵，自是没有，待转回家去另换一顶戴上吧，一则道路不近，二则时候也不早了，只好一肚皮不高兴的走进朋友家去。

"四爷看奇也不奇？我一走进那朋友的大门，就见我那朋友手中拿着一顶皮暖帽，在客厅上立着，望着暖帽出神。那皮帽的毛色、形式，我一落眼，便能看出是我的，如何一会儿就到了他手中呢？我那朋友一见我进门，立时迎上来笑问道：'你为什么在这么冷的天气，不戴着皮帽出门，却打发人先将皮帽送到我这里来呢？'我说：'哪有这么回事？也不知是谁和我开这玩笑。'我接着将刚才在胡同里失去皮帽的情形，对朋友说了，并问朋友送皮帽来的是怎样的人。那朋友说出送皮帽人的模样，又是那个王子春。王子春拿着帽子对我朋友说：'敝老师承你请吃晚饭，一会儿便来，特地打发我先把这皮帽送来。'说罢，将皮帽交了，匆匆就走。我当时从朋友手中接了皮帽，心里非常不安，暗想论武艺我不见得便敌不过他，但是我们的能为，与他不同道，像他这种手脚轻便来去如飞的功夫，我们从来不大讲究，加以我们的年纪老了，就是有上高的功夫，也不能和他这样年轻的较量。他若以后再是这么找我胡闹，我得想个方法对付他才好。这一顿晚饭，我糊里糊涂的吃了，提心吊胆回到家中，一夜过去，却不见再有什么举动。

"第二日早点后，忽递进一张王子春的名片来，说是闻名专诚造访。我迎出来，他一见面就向我叩头说道：'昨天无状的行为，请求恕罪。'我趁着去搀扶他的时候，有意在他臂膊上摸了一下笑道：'我也久闻你的大名，知道你在关内外没逢过对手，本领果是不差。'他那臂膊被我这一摸，也免不了和平常人一样，半身都麻木得不能自如，只是他初时还竭力忍耐，脸上虽变了颜色，口里却勉强和我寒暄。过了一会儿，实在有些忍耐不住了，遂起身告辞。我说：'你怎么刚来就走呢？我久闻你的大名，多时就想访你谈谈。无奈不知尊寓在什么地方，不能奉访，难得今日肯赏光到舍下来，如何坐也不坐便走？'他到这时只好苦着脸说道：'我原知道昨天得罪了你，今日特来赔罪。你此刻把我半边臂膊弄得麻木不仁了，使我一刻也难熬，教我如何能久坐呢？'我听了哈哈笑道：'不是我李存义敢无端对来访的朋友无礼，委实因你老哥的本领太高，又欢喜和人开玩笑，我昨天既经领教过了，今日见面，使我不得不事先防范。你这半边臂膊麻木不仁的毛病，由我诊治，立时可好；若出外找别人诊治，至少也得半年方能复原。'我复即在他臂膊上又摸了

64

一下，他喜得跳起来说道：'我山遥水远的跑到北京来，心心念念就想学这种武艺。我知道你的把兄弟翠花刘，武艺了得，费了许多气力去拜他为师，奈他坚执不肯收我这徒弟。后来我向各处打听，翠花刘不但不肯收我做徒弟，无论何人去拜他为师，他一概不收，至今并无一个徒弟。他既是这般的性格，我也就不能怪他了。我知道你从来收徒弟，虽选择得很严，但是不似翠花刘那般固执不肯收受，所以今日特来拜师。'

"我这时心里未尝不想收这样一个有能为的徒弟，不过我也和凤春老弟一样，因他的家乡离我们太远，不知道他的来历，又无从调查，常言'师徒如父子'，他这种本领的人，倘若在外面行为不正，我也管束他不了，便是官府也不容易将他拿住，那时他能逃走，我一家一室住在北京，如何能逃？我便对他说道：'我生平虽收了几个徒弟，只是凡从我学习形意拳的，至少也得三年不离我的左右，并有几条历代相传的规矩，在拜师的时候，得发誓遵守。你未必能在此居住三年，更未必能遵守我们的规矩，你有了这样高强的本领，已足够在外面行走了，何苦受种种拘束拜我为师？'他踌躇了一会儿说道：'历代相传的规矩，既是同门的师兄弟都能遵守，我没有不能遵守之理，就只三年不能离开左右，是办不到的，因为我这番进关来，我老师限我一年之内，得回索伦去。倘承你的情，肯收我做徒弟，只能尽两三个月的时间，把所有的法门学会，自去下功夫练习。'我问他老师是谁，为什么限他一年回去。他说他老师姓杨，人都称他为'杨大毛'，原籍是贵州人，不但武艺好，法术也极高深。北方人知道杨大毛声名的不多，南方人提起'杨大毛'三字，不知道的却极少。我问他道：'杨大毛既是南方贵州人，你家在关外索伦，如何能拜他为师的呢？'他听了迟疑不肯说，我当时也不便再三追问，谈了一会儿就作辞去了。

"次日他又到我家来，要求我介绍他，去拜访北京一般练武艺、有声名的人物，这是不能由我推诿的。今日同来的诸位，我都介绍他见过了。他也曾对我提到四爷，说要到天津拜访。他与我多会见了几次之后，才肯将杨大毛的历史说给我听。原来杨大毛是贵州有名的剧盗，在贵州犯了无数的大案，官厅追捕甚急，在贵州不能安身，跑到湖南乾州躲着。乾州在鸦溪地方，有一个大王庙，相传那大王庙的大王有三个，原是三兄弟，是宋朝徽宗皇帝时候的人。三兄弟的母亲是闺女，不曾出嫁，一日在河边洗衣，不知怎的，心里忽有感触，归家后就怀了孕，闺女的父母疑女不贞节，将闺女驱逐出门。闺女蒙此不白之冤，原想去寻短见，只是觉得寻短见死了，这冤枉便永无申雪之日，于是跑到自己舅父家，求舅父收留；由舅父做主，嫁给姓杨的人家。十个月后，这日要临盆了，忽然天昏地暗，大雨倾盆而下，远近的人多看见一条神龙，在杨家房屋顶上的天空中，盘旋夭矫，那闺女接连生下三个男孩来。

"这三兄弟出世以后，长得极快，七八岁的时候，就和大人一般高大，并且勇猛异常。到了二十多岁的时候，适逢苗子作乱，汉兵连打几回败仗，杨氏三兄弟便去投军，居然把苗乱平了。当时的统兵大员，将杨氏三兄弟平苗的功绩，奏知宋徽宗，宋徽宗传旨召三兄弟进京陛见。三兄弟的仪表，本极魁伟，又都有万夫不当之勇，便有小人在徽宗面前进谗言，说杨氏三兄弟这般骁勇善战，十多万苗兵造反，他三人居然能把苗兵打败，倘若他三兄弟造起反来，朝廷却把何人去平他们呢？徽宗也是一个昏庸之主，竟听信了这些谗言，赐他三兄弟一缸药酒，教他们将酒带回家中，集合全家的人同饮。他们兴高采烈的带了那缸酒回来，行到鸦溪地方，这日恰是小暑节，他三兄弟忽想喝酒，就在鸦溪开缸同饮。也是他杨家的族人不该送命，他三兄弟喝了这酒，立时肠肚爆裂，都中毒而死。

"死后地方人感他兄弟平苗之功，建了这大王庙，塑了他三兄弟的像供着，从来非常灵异。每次苗子叛变，凡是带兵平苗的官员，都得到大王庙虔诚致祭，并得请大王的神旗，随军行走。三个大王的旗色，各自不同，大大王的是白旗，二大王的是红旗，三大王的是黑旗。请旗的在神前祷告，用卦问是几大王同去。若是请了白旗，就很吉利，这番出兵，必不待接仗，苗子便可平服；请了红旗，就有打仗，但没有剧战；如请了黑旗，定有几场恶战。因为鸦溪的大王庙有这般灵异，于是贵州、四川、云南几省地方，有苗子的所在，多建了大王庙。数百年来，凡遇苗乱，统兵官无有不亲自到大王庙行香致祭的。

"有一次湘西的苗子叛变，常德提督娄元庆奉旨亲自率兵进剿，当出发的时候，照例到大王庙行香，并请大王神旗出征，偏偏请了黑旗三大王出征。全城的人民，听说请了黑旗，料知必有恶战，都为之惶恐不安。尤其是有子弟当兵的人家，多自以为是凶多吉少，竟至全家号哭。提督娄元庆，看了这种情形，就在大王庙许愿，如果打了胜仗回来，即亲自到大王庙上匾酬神。这次出征，虽然经过了几场恶战，只是死伤不多，结果把苗乱平了。娄元庆自然感激大王，便做了一块金字匾，亲自送到大王庙去，并演戏三日酬神。在那时候，提督亲自到大王庙上匾，鸦溪地方，素来不是繁华镇市，平时没有戏班到那里去演戏，这时又有戏看，这消息传播开去，惊动了数十百里的人，都特地赶到鸦溪来，看提督上匾和演戏。

　　"那杨大毛本藏躲在鸦溪，此时他跑到大王庙去看戏，也是杨大毛合该出头，当时木匠用扶梯木板在神殿上搭成一座台，爬上台去安放新匾，不知怎的木板不曾搭牢，两个木匠立在上面，同时跌倒下来。人既跌下，那匾也跟着掉了下来，不偏不斜的正打在两个木匠身上。木匠已经跌伤了，又加以匾压，当即鲜血直冒，不省人事。娄元庆见跌伤了木匠，自然甚为着急，鸦溪没有好外科医生，竟是束手无策。娄元庆见庙中看戏及瞧热闹的人多，便当众大声说道：'无论何人，只要救好这两个受伤的木匠，我当酬谢一百两纹银。'杨大毛在人丛中听了，心想出头自荐，又恐怕因此自投罗网。

　　"他在鸦溪有一个相契的朋友，知道他的心事，遂出面对娄元庆说道：'现有一个最会医伤的人在这里，能治好这两个木匠的伤。他并不要钱，不过他是贵州人，在贵州曾犯了案子，逃走到鸦溪来，不敢露面，若是军门肯加恩赦他的罪，他立时便能将两个木匠的伤治好。'娄元庆问在贵州犯的什么案件，这朋友说：'被人诬攀犯了盗案。'娄元庆是一个粗人，满口答应，只要不是谋反叛逆的大罪，不问是什么大案子，都可以行文到贵州去，将案注销。

　　"杨大毛既听了这如赦旨一般的言语，即时出来见过娄元庆，扯开自己的裤腰，对准两个木匠身上，撒了一泡尿。围在殿上看的人，及娄元庆都非常诧异，说人已受伤要死了，如何还对他身上撒尿？杨大毛也不理会，一面撒尿，一面口中念咒，一泡尿撒完，咒也念毕，把脚在地下一跺，喝一声：'起！'两个木匠登时如睡梦才醒一般，张开眼睛向四处望了一望，仿佛不觉得是曾受了伤的。一会儿就立起身来，继续将匾上好。满庙看热闹的人，无不称奇道异，娄元庆更是赏识。不但行文去贵州销案，并带杨大毛到常德衙门里，要保举他做武官。杨大毛生成得异性，不情愿做官，后来又犯了盗案，充军充到关外，在关外十多年，也收了不少的徒弟。

"王子春的父亲，原是关外有名的胡子，绰号叫做'王刺猬'，就是形容他武艺好，身材又矮小，和人动手打起来，他遍身和有刺的一样，沾着便痛不可当，在索伦称霸一方，没人敢惹。开设了几处烧锅店（不肖生注：烧锅是北方一种很大的营业，主要的营业是造酒，也可以寄宿旅客，并兼营典质、借贷诸业，非有雄厚资本，及相当势力、相当资望的人不能办），所结识的绿林好汉极多。杨大毛也闻王刺猬的名，有心想结识，只因自己是一个充军到关外的人，又无人介绍，恐怕王刺猬瞧他不起。他到索伦以后，便不去拜访王刺猬，却租借了几间房屋，悬牌教起武艺来。

"凡是在索伦略有声望，及稍会武艺的人，杨大毛一一前去拜访，并说出因充军到关外，为生计所逼，只得凭教武艺以资糊口的意思来，唯不去访王刺猬。一个南方的配军，居然敢到关外悬牌教武艺，尽管他亲自登门去拜访有声望的，怎免得有人前去与他较量。不过经了许多次的比赛，都被杨大毛占了胜利，威名传了出去，也就有人送子弟跟杨大毛学习。有几个给杨大毛打败了的把式，心里气愤不服，知道杨大毛单独不曾去拜访王刺猬，便跑到王刺猬跟前进谗。王刺猬既是称霸索伦的人物，自是有些心高气傲，见杨大毛到索伦教武艺，名望资格在他以下的，都去拜访了，独不来拜访他，已是按不住一把无明火，怎禁得加上许多人的挑拨，遂打发人去通知杨大毛道：'这索伦地方是关外的，不是贵州所管辖的，不许贵州人在此地教武艺，限三天以内离开索伦，如三天以内不能离开，本日就得把所收的徒弟退了，把所悬教武艺的招牌

68

取了。'杨大毛有意要激怒王剌猬，在未悬牌以前，就料到王剌猬必有这一着，当即不慌不忙的笑问来人道：'你这话是谁教你来说的？'来人自然把王剌猬的名字提出来，杨大毛故意装出很诧异的神气说道：'这地方还有王某来说话的份儿吗？请你回去对他说，他倘若是一个好汉，他教我退了徒弟，取了招牌，我一定照办；不过他也得即日把所做的烧锅买卖收歇，他不收歇，便算不了好汉。他自己知道要吃饭，却不许人家吃饭，这还算得是好汉吗？'王剌猬打发去的人，自然不敢争辩，回来还添枝带叶的说了一个详尽。王剌猬听了如火上浇油，立时就要率领得力的党羽，前去与杨大毛见个高下。这时王子春才有十岁，已跟着他父亲练过五年拳脚功夫了，见他父亲这般生气，要去和杨大毛相拼，便对他父亲说道：'依我看，杨大毛到索伦来的举动，简直是安心要激怒父亲，据曾去和他打过的人说，他那身手快得如狂风骤雨，不要说还手，便想躲闪招架也来不及，父亲何苦前去与他相打？'王剌猬哪里肯信呢？愤然说：'我在索伦称霸二十年了，一双拳头也不知打过了多少好汉，他的本领如果比我好，我拜他为师便了，打一打有什么要紧！'王子春当然不敢再说。

"王剌猬带了几个党羽，杀气腾腾的跑到杨大毛家里去。杨大毛本来吸鸦片烟，此时正独自横躺在土炕上过烟瘾。他有几个徒弟，在院子里练武艺。王剌猬率党羽闯进大门，杨大毛的徒弟一见，就知道来意不善，刚待问王剌猬来干什么，王剌猬已圆睁两眼大喝道：'好大胆的囚徒，到我索伦来教武艺，敢目空一切，叫他出来会会我。'杨大毛的徒弟到里面打了一转，出来说道：'我老师在里面吸大烟，你有事要见他，请到里面去。'王剌猬便大踏步往里走，见杨大毛还躺在炕上不动，不由得更加生气，也懒得多说，跑上前打算拖住杨大毛的双脚，往地下便掼。想不到刚将双脚握住，只觉得掌心受了一种震动，身体不由自主的腾空跳了起来，幸亏王剌猬自己的本领不弱，身体虽腾空跳起，但是仍能两足落地，身法不乱。定了定神，再看炕上，只见摆着的烟具，并不见杨大毛的踪影了。王剌猬自然觉得可怪，回头向房中四处张望，还是不见，乃问同来的道：'你们看见那囚徒逃到哪里去了？'大家都东张

西望的说：'不曾见他出房门，说不定藏在土炕里面去了。'

"正在这时候，王刺猬忽觉着自己头上，被人拍了一巴掌，惊得抬头看时，原来杨大毛将背紧贴在天花板上，面朝地，笑嘻嘻的望着王刺猬道：'你这一点点能为，也太可怜了。我的拳头，不打无能之辈，劝你且回家去，从师苦练三年，再来见我，或者有和我走几合的能耐。此时相差太远，我如何忍心下手打你？'

"好一个王刺猬，真不失为英雄本色，打不过便立时认输，对杨大毛招手道：'你下来，我已佩服你了，我就拜你为师何如？'杨大毛翻身落下地来，就和一片秋叶堕下一样，毫无声息。这种本领，王刺猬虽结识得不少的绿林豪杰，却不曾见过，当时就拜杨大毛为师，十分殷勤的把杨大毛迎接到家中。王子春这时虽年小，也跟着父亲练习。王刺猬生性本来豪爽，加以心想杨大毛传授他的绝技，款待杨大毛之诚恳，正和孝顺儿子伺候父母一样，杨大毛也尽心竭力的教他父子，于是不间断的教了一年半。

"这日杨大毛忽然对王刺猬说道：'我充军到关外已有十多年了，无时不想回贵州家乡地方去看看。我现在已决计悄悄的回家去走一遭，哪怕与家里人见一面就死也甘心，不知你父子能为我备办行装么？'王刺猬原是一个疏财仗义的人，平常对于一面不相识的人，只要去向他告帮，他尚且尽力相助，何况杨大毛是他父子的师傅呢？自然绝不踌躇的一口答应。除替杨大毛备办了行装之外，还送了五百两银子，两匹能日行三四百里的骡子，一匹驮行装，一匹给杨大毛乘坐；又办了极丰盛的酒席，与杨大毛饯行。以为杨大毛此番回贵州去，断不能再到关外来，因此王刺猬父子二人直送了几十里，才各洒泪而别。

"谁知杨大毛走后不到一个月，王刺猬一日听得有人说道：'杨大毛于今又回索伦来了，仍住在从前所租的房屋里面，又教那些徒弟练武艺。'王刺猬不信道：'哪有这种事！他回贵州家乡去，此刻多半还不曾到家，如何便回索伦来？即算回了索伦，我父子自问待他不错，没有连信也不给我一个之理。'那人说道：'我也是觉得奇怪，曾亲去打听是什么原因，后来才知道杨大毛那日从索伦动身，行不到四五百里路，便遇了一大帮胡子，来劫他的行装。他虽有本领打翻了好几个胡子，但是究竟寡不敌众，结果仅逃出了性命，行装、骡子被劫了个干净，只落得一个光人，待回贵州去吧，一无盘缠，二无行李，怎能走得？待转回你家来吧，面子上实觉有些难为情，所以只得回到原来租住的房子内，仍以教武艺糊口。'王刺猬听了这话，跳起来问道：'这话是真的吗？'那人说：'这是眼前的事，如何能说假话？'

"王刺猬也不说什么，带了王子春就跑到杨大毛所住的地方来，果见杨大毛依然躺在土炕上吸大烟。王刺猬忙上前说道：'杨老师也太瞧不起我父子了，怎的回了索伦，连信也不给我一个？'杨大毛说：'我这回实在太丢人了，没有脸再到你家去，哪里是瞧不起你父子？'王刺猬问了问被劫的情形道：'吉林的胡子，连官军都没奈何，老师单身一个人被劫去了行李，谁也不能说是丢人的事。'当时王刺猬父子又把杨大毛接到家中，款待比从前益发周到，经过了好多日子，这日忽有人送了两匹骡子，及王刺猬给杨大毛备办的行装来。王刺猬莫名其妙，杨大毛至此才说道：'我久已是一个无家可归之人，于今又充军到关外十多年了，还要回什么家乡呢？你父子待我虽好，究竟是不是真心，我不能不想出这个方法来试试。现在我知道你父子待我的真情了，我也不打算到旁的地方去了，就在你家终老。我还有些从来不愿传人的法术和武艺，安排尽我所有的传给你儿子，你的年纪大了，有许多不能学，也不须学。'从此，杨大毛就仿佛是王家的人，并五百两银子也退还给王刺猬。

"王子春一心从杨大毛练了几年，虽尚不及杨大毛的功夫老到，但是在关外除杨大毛外，没有是他对手的了。此番是王子春定要到关内游览游览，想借此好多结识关内的好汉，从索伦一路到北京，沿途访问，只要是有点儿声名的人物，他都得去拜会拜会，被他打败及被他玩弄于掌股之上的，也不知有多少。他见凤春老弟，还是进关以来第一次遭逢敌手，现在他也到上海来，说不定是专为你霍四爷来的。"

霍元甲摇头笑道："不见得。上海地方，是各种人才聚会之所，会武艺的人很多。我有何本领，能使他赶到上海来会面？"霍元甲陪着李存义等人谈话，农劲荪已和彭庶白将登报的广告拟好，即晚送往各报馆刊登。次日各报纸上虽已把广告登了出来，然霍元甲觉得这广告登迟了，必有不曾看见的，这日仍非去擂台上等候不可。不过在台上等候了一日，不但没有上台来打擂的，连报名的也没有。因为各报纸的本埠新闻上，记载昨日与东海赵较量的情形非常详细，霍元甲的神威跃然纸上，有些想去打擂的人，看了这种新闻，也就不敢轻于尝试了。还有昨日在场亲眼看了的，走出场来都添枝带叶的向人传说，简直说得霍元甲的武艺，便是天兵天将也敌不过。这种宣传，也能吓退不少的人，所以自东海赵失败以后，直到一月期满收擂，没第二个人来打擂。

霍元甲一连等了五日，不见有一个人来报名，心中好生焦急。他所焦急的，是为既没人来报名打擂，便不能发卖入场券，一文钱收入没有，而擂台的布置及租金、办事人的薪水，自己师徒与农劲荪的旅费，在在需款。幸赖第一日的收入不少，对种种费用还可支持。只是霍元甲的家庭情况，前面已经说过，就为借给胡震泽一万串钱不曾归还，自家兄弟对他啧有烦言，他这番摆擂台发卖入场券，也未尝不想多卖些钱，好弥补那一万串钱的亏空。想不到第一日过去，接连五日无人来打，他心中如何不焦急呢？

第六日他正和农劲荪研究，应如何登广告，方可激怒中、外武术家来打擂，茶房忽送了张名片进来。霍元甲一看，是"王子春"三字，喜得跳起来连声说请。农劲荪也看了看名片，笑问道："四爷何以见他来这么欢喜？"霍元甲笑道："我们不是正着急没人来打擂吗？这人年轻，本领又不弱，我这几日，每日望他来，并希望他找我动手，我就怂恿他到擂台上去，岂不甚好！"农劲荪还不曾回答，茶房已引着一个衣服华丽、容仪俊秀的少年进来。霍元甲忙迎着握手说道："日前承枉驾失迎，很对不起。因老哥不曾留下地址，不知尊寓何处，不能奉访，心里时刻放不下。难得老哥今日下降，可算是我的缘分不浅。"王子春很谦逊的说道："晚辈生长边僻之邦，久慕关内繁华，并久闻关内的人才辈出，特地来关内游览，到北京以后，才知道历代帝王建都之地，固是不同，本领高强的，随处多有。闻霍先生住在天津，晚辈便到天津拜访，迄到淮庆药栈打听，方知道为约期与外国大力士比赛，已动身到上海来了。我想与外国大力士比赛的事，是不容易看到的，我既到了关内，这种机会岂可错过，所以又赶到上海来。这几日因遇了几个同乡，拉着我到各处游玩，直至今日才得脱离他们的包围到这里来。"

霍元甲当下介绍农劲荪与王子春相见，两下自免不了有一番仰慕的客气话。王子春坐定后说道："霍先生既与外国人订约比赛，何以不等待比赛后再摆擂台？"农劲荪接着答道："因此刻距所约比赛的期还很远，霍先生为想多结识海内武艺高的人物，好对国家做一番事业，所以趁着比赛没有到期的时候，摆设这个擂台。"王子春道："听说外国人最讲信用，或者没有妨碍；若是约了和中国人比，那么在未比以前，霍先生便不宜把本领十分显露出来，恐怕他临时悔约。像霍先生这样摆擂台，任人来打，订约比赛的人，本身虽不便前来试打，然尽可以请托会武艺的人，上台试打一番，因为上台打擂的人，不妨随口报一个假姓名，就打输了于名誉没有关系。至于订约比赛，输了不但损害名誉，并且还得赔钱，在霍先生这方面，当然自己知道有十成的把握，用不着想方法去试探那外国大力士的本领如何，那外国大力士不见得也和霍先生一般的意思。"

霍元甲道："老哥所虑的确有见识，不过我一则相信外国人素重信用；二则我和奥比音订约，不仅是一纸空文，两方都凭了律师并殷实铺保，倘若逾期不到，得受五百两银子的罚。外国人对我们中国人，什么也瞧不起，如何肯在中国人面前示弱？悔约这一层，似乎可以不虑。"王子春点头笑道："最好外国人不悔约，如果悔约，也更可见霍先生的威风了。"农劲荪道："可惜我们早没虑到这一层，于今擂台已经摆好，广告亦已登出，实无方法可以挽回了。好在自开台日起，直到此刻，仅有东海赵一人上台交手。这几日因无人前来报名，擂台虽设，也就等于不设了。"

王子春问霍元甲道："我在天津的时候，听说霍先生家传的武艺，从来不传给异姓人，不知这话可实在？"霍元甲点头道："这话是不假。敝族的祖先当日定下这不传异姓的规则，并不是完全自私的心思，只因见当时一般传授武艺的人，每每因传授不得其人，受徒弟的拖累，至于自家子弟，有家规可以管束，并且子弟常在跟前，如有不法的行动，容易知道，容易教训。异姓人虽有师徒之分，总比自家子弟来得客气，教训管束都很为难，所以定出这不传异姓的家规，以免受累。实在我霍家的迷踪艺，身法手法和现在流行的武术，并无多大分别，绝无秘密不传异姓之必要。"

农劲荪接着说道："霍先生从来对于这种祖传的家规，极不赞成，因他既抱着提倡中国武术的志愿，便不能和前人一样，不把迷踪艺传给异姓人。不过这事与霍家族人的关系很大，不能由霍先生个人做主，擅自传给异姓人，须先征求族长的同意。我已与霍先生商量过多次，并已写信去静海县，如经族人同意之后，不但可以收异姓徒弟，或者办一个武术专门学校亦未可知。"

王子春道："霍先生不能独自破坏历代的家规，我也不勉强说要拜师的话。不过我特地从天津到此地来，为的就是要见霍先生，不知能不能把迷踪艺的拳法，使一点儿给我开一开眼界。"霍元甲笑道："这有何不可？不过这地方太小，只能随便玩玩。"说着起身脱了长袍，来回使动了几手拳脚。

王子春见霍元甲举手动脚都极迟缓，并且显出毫无气劲的样子，而形式又不似北方最流行的太极拳，竟看不出有何好处。等霍元甲表演完了，忍不住问道："我去年在北京看了太极拳，心里已怀疑那不是学了和人厮打的拳术，后来向人打听，才知道果是由道家传出来的，原是修道的一种方法，不是和人厮打的拳术。现在看霍先生的身手步法，虽与在北京所见的太极拳不同，然动作迟缓，及一点儿不用气劲，似乎与太极拳一样，不知是否也由道家传出来的？"霍元甲道："我这迷踪艺，最初是不是传自道家，我不敢断定。至于动作迟缓，及不用气力，却与太极拳是一个道理。迷踪艺的好处，就在练时不用气力，因为不用气力，所以动作不能不迟缓，练架势是体，和人厮打是用，练体时动作迟缓，练用时动作便能迅速。太极拳虽说传自道家，但不能说不是和人厮打的拳术，不仅能和人厮打，练好了并是极好打人的拳术。"

74

王子春听了，似乎不大相信的神气说道："练的时候这么迟缓，又不用力，何以和人厮打起来能迅速呢？并且练时不用力，气力便不能增长，本来气力大的人还好，倘若是这人本来没有多大的气力，不是练一辈子也没有气力增加吗？没有气力，即算能迅速也推不动人，何况不迅速呢？"

霍元甲道："依照情理说，自然是快打慢，有力胜无力，不过所以贵乎练拳术，便是要以人力胜自然。太极拳我不曾练过，不能说出一个所以然来；至于我这迷踪艺，看来似慢，实际极快，只是我之所谓快，不是两手的屈伸快，也不是两脚的进退快，全在一双眼睛瞧人的破绽要快。人和人动手相打，随时随地都有破绽，只怕两眼瞧不出来，因为人在动作的时候，未动以前没有破绽，既动以后也没有破绽，破绽仅在一眨眼的工夫，所以非武艺十分精强的人，不容易看出。不曾看出破绽，便冒昧出手，不但不能打翻人，有时反被人打翻了。我迷踪艺也极注重气劲，不过所注重的不是两膀有几百斤的气力，也不是两腿能踢动多重的沙包，只专心练习瞧出人家何等破绽，便应如何出手，打在人家什么地方，使用若干气劲，方能将人打倒，气劲断不使用在无用之处。譬如一个人在黑暗地方行走，要捉弄他的人，只须用一条小指粗细的麻绳，将他的脚一绊，就能把他绊跌一个跟斗。这小指粗细的麻绳，能有多大气力，何以能把人绊跌一个跟斗呢？这就是利用他一心只顾向前行走，不曾顾到脚下的破绽，而使用气劲得法的缘故。假使这麻绳提得太高，绊在腰上或大腿上，无论如何也不能把人绊倒。照这样看来，可见打人不在气劲大，全在使用得法。练迷踪艺的打人，简直是教人自己打自己，哪里用得着什么气劲！"

王子春听了，仍显出不甚相信的神气说道："人在黑暗中行走，能被人用麻绳绊倒，是出其不意的缘故。倘若这人知道脚下有麻绳，便绊不倒了；人和人打架，岂有不知道的道理？未必能这么容易的不费气劲，就把人打翻。"霍元甲点头笑道："这当看两边武艺的高下怎样。如果两人武艺高下相等，要打翻一个，自是都不容易，能分胜负，自然有强弱。我方才这番妄自夸大的话，是对于武艺不甚高明的，才可以做到。像老哥这样好手，在关内、关外也不知打过了多少名人，自然又当别论。"

王子春迟疑了一会儿，说道："霍先生的拳法我已见过了，高论我也听过了，然我心里仍有不能领会的地方。待拜师学习吧，一则霍先生的历代家规，不许传给异姓人；二则敝老师限我在一年之内回索伦去，没有多的时间在此耽搁，我想冒昧要求霍先生赏脸，赐教我几手，不知霍先生的意思怎么样？"霍元甲喜道："不用如此客气，老哥想和我走两趟，好极了，就请明日或后日到张家花园去，我一定先在那里恭候老哥。"

王子春摇头道："我岂敢上台打擂！我是想就在此地求先生指教。"农劲荪接着说道："去张家花园也和在此地一样，久闻老哥高来高去的本领了得，这种本领在南方是极稀罕，正不妨借着打擂，在台上显露一番。常言'人的名儿，树的影儿'，留一点声名在上海，也不枉老哥万里跋涉，辛苦这一遭。"王子春连忙起身，拱手说道："我实在是领教的意思，一上台对敌，便是存心争胜负了。我若有打擂意，霍先生的擂台已开张了好几日，我何必一再上这里来，直截了当的到张家花园去岂不甚好？"

霍元甲道："老哥这番心思错了。老哥要知道我到上海来摆这擂台，丝毫没有沽名钓誉的心思在内，一片至诚心是要借此结识海内英雄，绝不是要和人争强斗胜。老哥想玩几下，方才农爷说的，去张家花园和在此地确是一样。这里地方太小，动起手来，彼此多不好施展。"

王子春道："话虽如此，我始终不敢到台上与先生动手。我并不是恐怕打输了失面子，像我这样后生小子，本来没有什么声名，不问和谁打输了都算不了什么，何况是和名震全国的霍先生打呢？打败了也很荣耀。不过我心里若不钦佩霍先生，或是不曾和霍先生会过面，未尝不可以上台去玩玩；现在是无论如何，断不敢上台与霍先生动手。"霍元甲见王子春很坚决的不肯到张园去，只得说道："老哥既是这么客气，不肯到张家花园去，我也不便过于勉强，不过这房子太小，老哥是做轻身功夫的人，恐怕在这小地方，有些不好施展。"

王子春一面起身卸下皮袍，一面说道："我不过想见识见识迷踪艺的用法，毫无旁的念头，地方大小倒没有关系，就请霍先生指点我几下吧！"

霍元甲将房中的桌椅，移出房外，腾出房间来，对王子春拱了拱手笑道："老哥要瞧迷踪艺的用法，便不可存心客气，不妨尽力量向我出手，就是我一时疏忽，被老哥伤了，也决不能怪老哥的拳脚太重。和老哥打过之后，我再把迷踪艺的用法，说给老哥听。"王子春耳里虽听了霍元甲的话，心里却怀疑霍元甲的手段，恐怕是和李存义一样，也用点穴的方法，将他点得不能施展，不住的暗中计算应如何打法，方不致一沾身就麻木得不能动弹。借着扎裤脚紧腰带的工夫，打定了主意，也对霍元甲及在旁看的人拱了拱手道："请霍先生及诸位原谅。我是诚心想学武艺，不是想见个高下。"说罢，便动起手来。

王子春的身法真快，在房中正和飞燕一样，忽高忽低，忽左忽右，围着霍元甲穿来穿去，时时逼近，想将霍元甲引动，但不敢沾身。霍元甲立在房中，就和没事人一样，不但不跟着追赶，王子春穿到背后的时候，连头也不回一下，见王子春始终不敢近身，忍不住笑道："老哥只管是这么跑，快是快极了，无奈与我不相干，我不是说了要你尽力量出手吗？我遍身都可以打得。"

王子春因一连几次引不动霍元甲，又听了这些话，只得认真出手了，以为霍元甲既不回顾，从背后下手，必比较正面安全。他的脚下功夫最好，即飞起右腿，向霍元甲脊梁下踢去。霍元甲似乎不知道，绝不躲闪，一脚踢个正着，仿佛是踢在一大包棉花上，又像是踢在气泡上，原是又空又软的，不过在脚尖踢着的时候，微觉震动了一下，当时也不介意；接连又对准颈项下踢第二脚，这回震动的力量就大了。王子春的身量不高，要向霍元甲颈项下踢去，身体自然非腾空不可，身体既经腾空，便受不了很大的震动，只震得全身如被抛掷。喜得桌椅早经移到房外，不然这一跤必跌在桌角上，难免不碰伤筋骨，因跌在地板上，刚一着地，就想跳了起来。不料霍元甲本是立着不动的，此时却动得意外的迅速，不待王子春跳起，已翻身伸手将王子春的胳膊捉住，一把提了起来，一面向立在房门口看的刘振声说道："快端椅子进来给王先生坐吧，恐怕王先生的腿已受了一点轻伤，站立不得。"

王子春听了，哪里相信，连忙挣脱霍元甲的手说道："不妨，不妨！腿倒还好，不曾受伤。"说时刘振声已将靠椅端进，送到王子春跟前，王子春还打算不坐，然此时已觉得两脚尖有点儿胀痛了，故意一面在房中行走着，一面说道："我此番真不枉来上海走这一遭，得亲自领教了霍先生这种使人意想不到的武艺。我几岁的时候，就听得老辈子谈《三国演义》，说赵子龙一身都是胆。我看霍先生的武艺，可以说是一身都是手，不知这种武艺，是如何操练成功的？"

霍元甲笑道："老哥过誉了。老哥的脚尖踢到我脊梁下，我那受踢的地方，临时能发出力量来抵挡，颈项下也是如此。其原因就在平日练拳的时候，动作迟缓，通身全不用气力，凡是练拳用气力的，便练不出这种功夫来。"王子春问道："这是什么道理？"霍元甲道："这道理很容易明白。平日练拳用气力，在练的时候，气力必专注一方，不是拳头，便是脚尖，或肩或肘，或臀或膝，除了这些有限的地方而外，如胸、腹、背、心、胳膊等处，都是气力所不能到的。我家迷踪艺，在练的时候不用气力，便无所谓专注一方，平时力不专注，用时才能随处都有，没有气力不能到的地方。"

王子春此时在房中行走着，觉得两脚尖胀痛得越发厉害了，并没有气力，支不住全身，只好坐下来，红着脸说道："霍先生说我两腿受伤，我初不相信，此刻胀痛得很厉害，觉得软弱无力，恐怕真是伤了，请霍先生替我瞧瞧吧。"霍元甲点头道："这种伤没有妨碍，是因一部分气血皆不流通的缘故，用酒一推拿，立时可好。"随叫茶房买了一杯高粱酒来，教子春将鞋袜脱了，只见两脚自脚尖以上，直到膝盖都肿了，右脚肿得更大。

霍元甲一面用手蘸了酒推拿，一面指着右脚说道："这是踢在我脊梁下的一脚，因你踢时站在地下，一时退让不及，完全受了我的回敬。这左脚踢在我颈项下，踢时全身悬空，虽跌了几尺远近，受伤却轻微些，即此也可以看出老哥脚下的功夫了得。若是脚下功夫不甚高强的，第一脚就站立不牢，不能有第二脚踢出来了。"

王子春听了，五体投地的佩服。说也奇怪，两脚正在又肿又痛，经霍元甲推拿不到一刻钟，看看恢复了原状。霍元甲教王子春起身走几步试试，王子春走了几步，对着霍元甲扑翻身躯便拜，霍元甲连忙扶起笑道："老哥为何忽然行此大礼？"王子春道："我明知先生不能收异姓徒弟，只有方才农先生曾说，已经写信回家乡去，征求贵家族的同意，如果贵家族回信允许收异姓徒弟了，那时先生必得首先收我这徒弟。"霍元甲道："我历来存心，恨不得全中国的人，个个都会武艺，我族人允许之后，无论何人，我都欢迎在一块儿练习，何况老哥已有这么好的根底。"

说话时，王子春已将衣服鞋袜穿好。忽有茶房擎了两张名片进来，直递给霍元甲道：外面一个中国人，一个西洋人，口称要会霍大力士。农劲荪听说有西洋人来，连忙趋近霍元甲看名片，只见一个名片上印着"英商嘉道洋行出口部买办罗显时"，一张是"嘉道洋行总理班诺威"。霍元甲问农劲荪道："农爷认识这两人么？"农劲荪道："不认识。这必是闻名来拜访的，不问他们来意如何，他既来访，总以会面为是。"遂向那茶房说道："请他们进来。"王子春见有客来，便作辞去了。农、霍二人送出房门，恰好茶房引着罗显时、班诺威二人走来。

班诺威操着很生硬的中国话，迎着霍元甲问道："先生不是霍大力士么？"霍元甲笑应道："兄弟姓霍，名叫元甲，不叫大力士。"班诺威笑嘻嘻的伸手与霍元甲握手，又迎着农劲荪说道："我知道你是农先生，那日在张家花园听农先生演说，佩服，佩服！"说时也握了握手。

罗显时也与农霍二人握了手说道："班先生也是英国一个最喜研究体育的人，拳术在英国很负声望，近年来虽在上海经商，然对于体育拳术，仍是不断的练习。凡是世界有名的体育家或拳术家，无论是何国的，到上海来了，他无不去拜访及开会欢迎的。日前听人说霍先生到了上海，他就想会面，逢人便打听霍先生的住处。无论朋辈中少有与霍先生接近的，直到那日张家花园摆擂开幕，他才邀我同去，亲见霍先生三次与那姓赵的动手。据他的眼光看，霍先生的本领，比那姓赵的高强十倍，其所以到第三次才分胜负，是霍先生富有武术家的高尚道德，不愿使姓赵的名誉上受损失的缘故。当时我也在台下看，却不曾看出这番意思来，不知霍先生当时的心理，是否确是如此？他要我当面问问，以证实他的眼光。"

霍元甲含笑没有回答，农劲荪在旁答道："班先生的眼光不错，霍先生确是没有将姓赵的打败的心思，无如姓赵的不知道，非到一败不可收拾，不肯下台。"罗显时道："当时交手的情形，我也在场，看得很明白。本来与班先生所观察的相似，我其所以不相信有这种事，是因为觉得于情理不大相合。霍先生既摆下擂台，当然免不了与人交手，平常交手尚是求胜不求败，何况摆擂台呢？我想霍先生如果是存心让那姓赵的，姓赵的应该明白，即算第一次误认霍先生的本领，赶不上他，第二次总应该明白。何以在台下看的人，都看出霍先生的本领，高过姓赵的十倍，而亲自与霍先生交手的，倒不知道呢，岂不太奇怪吗？"

农劲荪笑道："在台下看的，也不见得有多数人能看出来，能像班先生这样有眼光的，休说外国人，就是中国人，能看出的也少。当时霍先生的高足刘君，尚且不曾看出，旁人就可想而知了。姓赵的年轻经验少，加以心粗气浮，只看他将要上台时的情形，便可以知道他是一个浑人了。他不明白霍先生的用意，也无怪其然；若是换一个稍稍精明的人，何待打到第三次，只一交手，便应知道自己的本领，相差太远了。"

班诺威说道："我不曾学过中国的拳术，也不曾见过中国拳术家正式决斗，胜负要如何分别，我还不知道。不过我那日见霍先生与姓赵的相打，连打三次，霍先生神气非常安闲，应付非常自然，姓赵的就累得满头是汗，脱了衣服还喘个不止，有好几次显得手慌脚乱。霍先生的手掌，每次打到姓赵的身上，只轻轻的沾一下就收了回来，姓赵的手掌、脚尖，却一下也沾不到霍先生身上。这不是霍先生的本领高强到十倍以上，断不能打出这般现象。"

霍元甲很吃惊似的对班诺威拱手笑道："班先生的眼光真了得。"农劲荪也跟着称赞道："即此一番观察，就可想见班先生的拳术功夫，决非寻常的拳术家可比，实可钦佩。"罗显时道："班先生今日邀兄弟来奉访霍先生的意思，是因诚心佩服霍先生的本领，准备明天下午四点钟，在敝行开一个欢迎会，欢迎霍先生和农先生枉驾去谈谈，不知明日下午四点钟以后，有不有别处的宴会？如与别处的时间冲突，就随霍先生约定时间也好。"

农劲荪道："今日既承二位枉顾，兄弟和霍先生自应前往贵行奉看。我以为班先生不须这般客气，用不着开什么欢迎会，因此不必约定时间。霍先生是一个生性极爽直的人，生平最欢喜结交会武艺的人，像班先生这样外国的拳术家，尤愿竭诚交接，但不可拘泥形式。"班诺威道："我与霍先生不是同国人，又是初次相交，非正式开会欢迎，不足以表示我钦佩的诚意。这次欢迎以后，随时请到敝行来玩，就用不着再闹客气了。明日午后若无他处宴会，四点钟时，决请两位到敝行来。"霍元甲见班诺威说得很诚恳，只得答应按时前去。班诺威见霍元甲答应了，才欣然称谢，起身与农、霍二人握手告别而去。

霍元甲对农劲荪笑道："看不出这外国人倒很有眼力，居然能看出我与东海赵交手的真假来。我想这人在英国拳术家当中，虽算不了极好的，也可算一个极细心的了。农爷看他明日的欢迎会，含了什么不好的意思在内没有？"

农劲荪道："我不敢胡乱疑心他有什么恶意，但是这班诺威是个英国人，四爷现在正因和他英国大力士订约比赛，摆这擂台，他岂有不知之理？他们外国人比中国人不同，爱国心最重，无论英、法、德、美各国，多是一样，只要是同国人被外国人欺侮了，没有袖手旁观不去帮助的。此刻虽还不曾与奥比音比赛过，不知将来谁胜谁败，只是双方既经签订赌赛之约，他英国人决不愿意四爷打胜，是毫无疑义的。气量小些儿的英国人，甚至对四爷发生恶感。我因知道四爷的性格，自庚子联军入京以后，心中便厌恶外国人，即此番耗费多少银钱，耽搁多少时日，也就是为不服这口气，所以一听罗显时说出欢迎的话，便设词推却，不料四爷被班诺威一阵话说的答应了。于今既已答应了他，明日只好按时前去。那王小乙说我们不应该先摆擂台后比赛的话，确有见地，我只虑奥比音因不知道四爷的本领怎样，恐怕临时比不过四爷，无法挽救，所以先托这班诺威和四爷试试。而这班诺威又不敢公然跳上擂台，与四爷见个高下，便托词开欢迎会，等我们到了他那洋行，再要求和四爷较量较量。"

霍元甲道："我们提防了他这一着，便不要紧了。我两人明日到他洋行里去，他不要求较量便罢，若真个要求较量，我就说，现在摆设了擂台在张家花园，各报都登了广告，欢迎全世界的武术家来打，请到台上去较量吧！今日我是来赴欢迎会的，不是来打架的，是这么回答他，看他还有什么方法来试我的本领。"

农劲荪点头道："当然是这么回答他，不过我们这种提防，只算格外的小心罢了。我们既凭律师保人签订了条约，他英国人就明知道四爷的本领比奥比音高强，除却自愿出五百两银子的罚金，临时不到外，没有反悔的方法。如果班诺威是要借这欢迎会，要求和四爷比较，在他洋行与在擂台总是一样，在他洋行可以推到擂台，到擂台就无可推诿了，其结果不是一般吗？"

霍元甲问道："外国人有不有什么毒药，可以下在饮食里面，使人吃了没有精神气力，或至患病不能动弹么？"农劲荪道："这倒不曾听人说过这种毒药，我只听得学西医的朋友说过，凡是毒药，不论其性剧烈与否，气味必是很重的，一到鼻端，就觉有一种很大的刺激性。除趁人病了服药的机会，将毒药放在药水里面，便不容易使人入口，若放在平常饮食里面，是不能没有恶劣的颜色及恶劣气味的。四爷顾虑嘉道洋行将有这不法的举动，我料尚不至有这么毒辣。总之，我们随处留心罢了！"

二人正说话时，霍元甲忽听得彭庶白的口音，在外面和人说话，连忙起身朝窗外望了一望，回头对农劲荪笑道："那日开擂的时候，有一个少年拾起东海赵一只皮靴，掷还东海赵，不偏不斜的正落在东海赵头顶上，使满场的人都大笑起来。老彭认识那少年姓柳，我本想会会他，此刻老彭竟邀他同来了。"

农劲荪还没答话，就见彭庶白率着一个长眉秀目的清俊少年进来，次第向霍、农二人介绍，彭庶白并简单述说自己和柳惕安相识的原因。

霍、农二人看了柳惕安这种轩昂的气宇，又知道他有特殊的能耐，自然都很表示亲热。柳惕安真是初出山的人，社会上交际的客套，一点也不懂得，对人不知道交情有深浅，完全凭自己的好恶。他自觉这人可喜，第一次见面，也亲热得和自家骨肉一样；若是他心里不欢喜这人，无论这人如何设法去亲近他，越亲近他越不理会。彭庶白将柳惕安这种性情说给农、霍二人听道："上海最阔的盛绍先大少爷，因知道柳君是个了不得的人物，有心想结交，每天把汽车开到棋盘街柳君寓所门口停着，听凭柳君坐着兜圈子或拜客。偏遇着柳君是一个最慈心的人，他说：'汽车在人多的马路上横冲直撞，动辄把人家的性命撞掉，是一件极不祥的东西，稍具天良的决不肯乘坐。'盛绍先说：'多少外国阔人，出门多是用汽车代步，这是文明国的交通利器，如何乘坐不得？'柳君听了，怫然说道：'马路上步行的中国人多，外国人从来不把中国人的性命放在眼里，只图一己舒服，当然不妨乘坐汽车。我天生了一对腿，是给我走路的，用不着坐这杀人的东西。'盛绍先没法，只得顺从柳君的意思，自己也不坐汽车，终日陪着柳君步行到各处游览，不是进酒馆，便是进戏场。一连几次之后，柳君又厌恶起来，昨日竟躲到舍间来，不敢回寓所去，恐怕盛绍先纠缠不清。昨日柳君在舍间吃了晚饭，我陪他去马路上闲行，无意中倒救了一个少妇。穷源究委，这番救人的功德，要算是盛绍先的。"

霍元甲笑问道："怎么你们在马路上闲行，能救一个少妇，究竟是怎么一回事？"彭庶白笑道："在上海这万恶的地方，像这夜这种事，原是很平常的。不过昨夜我与柳君只有两个人，对方约有四五十个莽汉，被柳君打得十分痛快，直到此刻，我想到当时的情形，就觉高兴，所以愿意说给两位听听，也使两位快活快活。"农劲荪笑道："说得这般慎重，益发使我欢喜听了。我与四爷正觉寂寞，请说说开心的事正好。"

彭庶白道："我们昨夜在小广寒书场里听了一阵书，不知不觉的到了十二点多钟，天又正下着小雨，街上行人稀少，街车也不见一辆，柳君坚执不肯先回寓所，要送我步行回家。我因他盛情难却，便并肩旋说旋走。在大新街忽发见一个身穿素缎衣裙的少妇，苗条身材，面貌生得很娇美，右手提一只不到一尺长的小皮包，显得非常沉重，左手提着一个更大的衣包，边走边叫街车，一听便知道不是下江口音，并且不是常在街上叫车的。这时我们都叫不到车，这女子自然也叫不着。她不叫这一阵倒好了，只因叫的不是下江口音，又不是平常的叫法，反惹得那街上几条弄堂里的流氓注了意。大家跑出来一看，见是这般单身一个少妇，两手提的虽看不出是什么，然就她身上的装束及皮包沉重的模样，都可以看得出是可扰之东。那些流氓从哪里得到这种机会，一个个正如苍蝇见血，半点也不肯放松。当时我两人本与那少妇相离不近，那些流氓知道不是一路的，也没把我们放在眼里，只紧紧的跟着那少妇背后行走。那种鬼鬼祟祟的情形，落在我们眼里，如何不知道呢？

　　"柳君悄悄的对我说道：'我看这些东西对待这女子，简直和我那夜所遇的情形一样。'我点头道：'只怕这女子不能和你一样，将这些东西打个落花流水。'柳君笑道：'这些东西倒霉，凑巧遇了你我两人，哪怕此去是龙潭虎穴，我两人也得暗中保护这女子，不送这女子到平安的所在，你也不要回家，不知你的意思怎样？'我此时故意说道：'上海这种欺负单身人的事很多，负有地方治安责任的巡捕、警察，尚且管不了，我两人恐怕不能管这些闲事。'柳君听了，愤然说道：'我就因为巡捕、警察都不管，所以用得着我们来管。若是巡捕、警察能管，便不与你我相干了。你在上海住得久，看得多，不觉得怎样。我初见这种事，简直觉得心痛，再也忍耐不住。你若不愿意管，只管请便，我一个人也得管。'说着，掉头不顾，将去赶那少妇。

　　"我这时甚悔不应该和柳君故意开玩笑，连忙拉着他的胳膊笑道：'这种事我岂有不管之理，休说还有你这样好帮手在此，就是我一个人遇着，也不能眼望着一个单身少妇，被一群流氓欺负，不去救援。不过我们得慎重，我们只有两个人，流氓是越聚越多的，我们的目的，是在救这少妇出险，打不打流氓是没有关系的。我们须不待流氓动手，择一个好堵截的地方，先把这些流氓堵住，使少妇好脱身。'柳君自是赞成我的办法。

"我们既决定了主意，便不敢和少妇相离太远了。那少妇边走边回头看那些流氓，显出很惊慌的样子，喜的是一双天足，还走动得快，急急的往前行走。看她走路的方向，好像是上北车站去的，走不到十多分钟的工夫，将近一条小河，河上有一条小木桥，少妇走近桥头，我便拉柳君一下道：'这地方最好没有了，我们先抢上桥去吧！'柳君的身法真快，一听我这话，简直比射箭还快，只见影儿一晃，他已直立在桥中间，翻身面朝来路站着。紧跟在少妇背后的几个强霸流氓，忽然见桥头有柳君从空飞下，将他们去路截住，独放少妇走过这桥去了，只气的拼命撞上去。

"柳君在桥上一跺脚喝道：'谁敢过去？'那几个流氓见柳君形象并不凶恶，斯文人模样，以为几个人齐冲上来，必能冲过去。谁知冲在前面的一个，被柳君一手抓住顶心发，正和抓小鸡一样，提起来往河中便摔。那时河中并没有水，只有一两尺深的烂泥，流氓被摔在烂泥里，半晌挣扎不起来。第二个不识趣的流氓，想不到柳君的手段这般毒辣，打算趁柳君立在桥左边的时候，从右边跑过去。不提防柳君手快，拦腰一把拖过来，双手举起，对准还立在桥头下的几十个流氓摔去。这一下被摔倒的，足有十多个。不过柳君双手举起那流氓的时候，已有三四个乘机冲过桥去了，不顾一切的放开脚步去追那少妇。那少妇已是提心吊胆的逃走，忽听得背后有追赶的脚步声，只急得一路向前奔跑，一路大喊救命。"

霍元甲听到这里着急道："柳君在桥上打流氓的时候，难道你远远的立着旁观吗？怎么让流氓冲过桥去了呢？"

不知彭庶白怎生回答，那少妇怎生脱险，且待下回再说。

总评：

王子春，为本回中重要人物，写其身手快捷，与夫游戏神通之处，直足令一般读者为之喜然。而在本书中，似尚无一与之相肖之人，此则著者之重视各人之个性，而不欲有一雷同之模型也。至写王氏父子之敬师事杨大毛，诚可谓之为无微不至。此杨大毛之所以一经廉得真情，即居其家不复言去，而愿以一身之绝技，传之于王子春矣。

霍氏之迷踪艺，有不收外姓徒弟之家规，虽云实为郑重从事起见，不欲以误收不肖徒弟而大受厥累，其言非不冠冕堂皇，第夷考其实，亦属假托之词。仍不免蹈吾国一般艺术家，私于一姓，不肯公开之一种陋习耳！所慨者，以霍元甲之英明而有世界眼光，亦不能力劝其家族，抛去此陋见，仅以许其以迷踪艺授之学校生徒，为一种通融之办法，他人仍不得援以为例。甚矣！死心之不易捐除，而吾国各种拳艺之辄见失传，此或亦为其中之一绝大原因乎！

霍元甲之论迷踪艺，以体用为言，以人力自然为喻，复畅言动作迅速与动作迟缓之各有其时，精确至于绝伦，盖艺而又近于至道者矣。非深通全书之理者，万不能道其只字也。入后，与王子春试手一节，游刃有余，从容万状，又不啻为此精深之拳理，作一实地之试验，更足使人知迷踪艺之具有实用，而不仅为一篇纸上文章而已。

第五回

班诺威假设欢迎筵
黄石屏初试金针术

话说彭庶白见问笑道："到这时自然有我的任务。当时我见柳君摔了一个流氓下河，料知这些流氓便同时将柳君围住攻击，有柳君这种能耐，也足够应付。何况那木桥不到一丈宽，就是三四个人上前，也不好施展呢。只要柳君能将流氓堵住，桥上即用不着我了。我想那少妇半夜独行，这些流氓虽被堵住了，过桥去是中国地方，流氓也还是很多，难保不又生波折，我不能不追上去保护到底。在柳君举起第二个流氓的时候，就飞身跑过木桥。不料有几个强悍的流氓，脚下也很快，居然跟着我冲过了桥。那少妇先见有许多流氓跟着，已是惊慌失措，她心里自无从知道我两人是特去保护她的，忽听得桥上打将起来，她更料不到是救她的人打流氓，以为是流氓自相火并，险些儿把魂都吓掉了。一个青年妇女，遭逢这种境地，心里越着急，脚下越走不动，双手所提的东西，也越觉沉重了。正在急得无可奈何之际，加以听了我和几个流氓追赶的脚步声，安得不大呼救命？我这时心想上前去，向她说明我是好心来保护的吧，她决不相信，而且一时我也说不明白，她也听不明白，反给那几个追赶上来的流氓以下手的机会。既不能向她说明，是这么追下去，她势必越吓越慌，甚至吓得倒地不能行动。这时我心里也就感得无可奈何了，忽转念一想，跟在我后面追来的，不过几个流氓，我何不先把这几个东西收拾了再说？如此一转念，便立时止步不追了。

"那几个流氓真是要钱不要命，见我突然停步在马路中间立着，一点儿不踌躇的对我奔来。我朝旁边一闪，用中、食两指头，在他软腰上点了一下，不中用的东西，点得他实时往地下一蹲，双手捧着痛处，连哎呀也叫不出。我还怕他一会儿又能起来，索性在他玉枕关上，又赏他一脚尖。第一个被我是这么收拾了，接连追上来的第二个、第三个，却不敢鲁莽冲上来了，分左右一边一个站着，都回头望望背后。我料知他们的用意，是想等后面那些流氓追到切近了，他两个方上前将我困住，好让那些流氓冲过去下手。我哪里还敢怠慢，估量站左边那个比较强硬些，只低身一个箭步，就蹿到了他身边，正待也照样给他一下不还价的，谁想那东西也会几手功夫，身手更异常活泼，我刚蹿到他身边，他仿佛知道抵敌不过，不肯硬碰，忙闪身避过一边，飞起右腿向我左胁下踢来。我不提防他居然会这一手，险些儿被他踢个正着。我因为脚才落地，万分来不及躲闪，只好用左手顺势往后面一撩，恰巧碰在他脚背上，他的来势太猛，这一下大概碰得不轻，登时喊了一声'哎呀'，便不能着地行走了。

"我恐怕右边那个再跑，正打算赶过去，那东西已回头朝来路上跑去。他既回头跑，不再追赶少妇，我当然不去追他。也是那东西合该倒霉，跑不到十多丈远近，就迎面遇着柳君。柳君此时打红了眼，一把将他擒住，往街边水门汀上一掼，直掼个半死。我问柳君，那一大群流氓怎样了？柳君说有三个摔在河里，其余的都四散跑了。我两人再去追赶那少妇时，已不知跑到什么地方去了，追寻了一阵，不见踪影，这才各自回家安歇。我到家已是三点一刻，可说是耽搁了一夜的睡眠。"

霍元甲道："可惜不曾追着那少妇，不知道她为什么半夜三更的独自是这般惊慌的行走。"农劲荪道："想必是人家的姨太太，不安于室，趁半夜避夫逃走，断非光明正大的行动。"霍元甲笑道："上海这地方，像这样差不多的事情，每日大约总有几件。那少妇真是造化好，凑巧遇着两位热肠人。我看柳君的年龄，至多不满二十岁，不知是从哪里练的武艺，这么了得，请问贵老师是哪位？"

柳惕安笑着摇头道："我从来不但没有练过武艺，并不曾见旁人练过武艺，也不曾听人说过武艺，胡乱和那些流氓打打架，如何用得着什么武艺？"霍元甲听了惊诧道："老哥这话是真的吗？"柳惕安正色道：

"我从知道说话时起，就时常受先慈的教训，不许说假话，岂有现在无端对霍先生说假话之理！"霍元甲自觉说话失于检点，连忙起身作揖说道："不是我敢疑心老哥说假话，实因不练武艺而有这般能耐，事太不寻常了。我恐怕是老哥客气，不肯说曾练武艺的话，所以问这话是真的吗。我生平也曾见过不练武艺的人，气力极大，一人能敌七八个莽汉，但是那人的身体，生成非常壮实，使人一望便可知道他是一个有气力的猛士，至于老哥的容貌、身材和气概、举动，完全是一个斯文人，谁也看不出是天生多力的。听庶白所述老哥打流氓的情形，并不是仅仅会些儿武艺的人所能做到，这就使我莫名其妙了。"

彭庶白道："我初和柳君见面的时候，不也是与四爷一般的怀疑吗？后来与柳君接近的次数多了，才渐渐知道他在六岁的时候，便在四川深山中从师学道，近年来因不耐山中寂寞，方重入社会，想做一番事业。"农劲荪点头笑道："这就无怪其然了。学道的人不必练习武艺，然武艺没有不好的。中国有名的拳术，多从修道的传下来，便可以证明了。练武艺练到极好的时候，也可以通道，只是很难，是因为从枝叶去求根本的缘故。这也不仅武艺，世间一切的技艺皆如此，若从修道入手，去求一切的技艺，都极容易通达，因为是从根本上着手的缘故，这道理是确切不移的。"

霍元甲听说柳惕安六岁时即曾入山学道，很高兴的说道："怪道柳君这么轻的年纪，这么文弱的体魄，却有那么高强的本领，原来是得了道的人。修道人的行为本领，兄弟从小就时常听前辈人说过，那时心里只知道羡慕，后来渐渐长大成人，到天津做买卖，也间常听人说些神奇古怪的事迹，但这时心里便不和小时相同了，不免有些怀疑这些话是假的。如果真有修道的人，修道的人真有许多离奇古怪的本领，何以我生长了这么多岁数，倒不曾遇见一个这样的人呢？直到于今，还是这般思想。今日遇见柳君，实可以证明我以前所听说的不假，不过我得请教柳君，道是人人可学的呢，还是也有不可以学的？"

柳惕安笑道："彭庶白先生替我吹嘘，说我在深山学道，实在我并不知道有什么东西叫做道。"彭庶白笑道："柳君这话，却是欺人之谈。

承柳君不弃，对我详述在青城山的生活情形，是因为觉得我不是下流不足与言之人。霍四爷的胸襟光明正大，是我最钦佩的，农爷与四爷的交情极厚，性情举动，也是一般的磊落，因此我才把柳君学道的话说出来。都不是外人，何必如此隐瞒呢？"

柳惕安很着急似的说道："我怎敢作欺人之谈，我在山上经过的情形，无论对什么人都可以说，不过恐怕给人家听了笑话，所以我非其人，不愿意说。我在山里学的东西很多，确是没有一样叫做道。我学的时候是独自一个人，学了下山也没有教过旁人，不知道是不是人人可以学。不过我曾听得我师傅说过，要寻觅一个可以传授的徒弟，极不容易。照这样说来，或者不是人人可以学。如果人人可学，又不要花钱，如何说要寻觅一个徒弟不容易呢？"

农劲荪笑道："无论什么技艺，都不能说人人可学，何况是解决人生一切痛苦的大道呢？当然是千万人中，不易遇到一个。"霍元甲长叹了一声道："我也是这般着想，倘若道是人人可学的，那么世间得道的人，一定很多，不至四十多年来，我就只遇着柳君一个。我还得请教柳君，像我这种粗人，不知也能学不能学？"柳惕安道："这不是容易知道的事，我不敢乱说。"霍元甲问道："要如何才能知道呢？"柳惕安道："须得了道的人才能知道。"

霍元甲道："照柳君这样说来，凡是修道的人，必待自己得了道，方能收徒弟么？"柳惕安笑道："收徒弟又是一回事，修道的人不见得人人能得道，就是因收徒弟的不知这徒弟能不能学道。"霍元甲问道："那么自己不曾得道，也可以收徒弟吗？"柳惕安道："这有何不可？譬如练拳术的，不见得能收徒弟便是好手。"霍元甲又问了问柳惕安在山中学道时情形，柳惕安才和彭庶白一同告辞而去。

柳、彭二人走后，霍元甲独自低头沉思，面上显出抑郁不乐的颜色。农劲荪笑问道："四爷不是因听了学道的话，心里有些感触么？"霍元甲半响方答道："我倒不为这个，我觉得费了很多银钱，用了很多心力，摆设这么一个擂台，满拟报纸上的广告一登出，必有不少的外国人前来比赛，中国人来打擂的多，是更不用说的了。谁知事实完全与我所想象的相反，连那个王子春都不肯到台上去与我交手。那王子春的年纪既轻，又是一个初出茅庐的人，目空一切，什么名人，他也不知道害怕，加以存心想和我试试，我以为他必不至十分推辞的，真想不到他居然坚执不肯到台上去。他若肯上台，我和他打起来，比和东海赵打的时候，定好看多了。人家花钱买入场券来看打擂，若一动手就分了胜负，台下的人还不曾瞧得明白，有什么趣味呢？我就希望有像王子春这种能耐的人上台，可以用种种方法去引诱他，使他将全副纵跳的功夫，都在台上使出来，打得满台飞舞，不用说外行看了两眼发花，便是内行看了也得叫好，那时我决不和在此地交手时一般硬干了。这般一个好对手走了，去哪里再寻第二个来？这桩事教我如何不纳闷！"

农劲荪哈哈笑道："原来为这件事纳闷，太不值得了。于今擂台还摆不到十天，报纸上的广告，也是开擂的这日才登出，除了住在上海及上海附近的，不难随时报名而外，住在别省的，哪怕是安徽、江西、湖北等交通极便利的地方，此时十有八九还不曾见着广告。看了广告就动身，也得费几天工夫才能到上海，至于外国人就更难了。四爷因这几日没人来打擂，便这么纳闷，不是不值得吗？"

霍元甲道："农爷说的不差，我们若不是在银钱上打算盘，早半个月就把广告登出来，岂不好多了！"农劲荪点头道："明天班诺威的欢迎会，说不定可以会见几个外国的大力士或拳斗家。因为班诺威是一个欢喜武术的人，在上海的外国大力士、拳斗家他必认识，明天这种集会，决无不到之理。寻常外国人开欢迎会，照例须请受欢迎的人演说，明天班诺威若要四爷演说，夸张中国拳术的话，不妨多说。外国人瞧中国人不来的心理，普通都差不多，有学问及有特别眼光的，方能看出中国固有的国粹，知道非专注重物质文明的外国所能及。至于一般在上海做生意的商人，没有不是对中国的一切都存心轻视的。尤其是脑筋简单的大力士、拳斗家，他们听了四爷夸奖中国拳术的话，心必不服，或者能激发几个人去张园打擂。这种演说，也带着几成广告性质在内。"

霍元甲听说要演说，便显出踌躇的神气说道："外国人欢迎人，一定得演说的么？我不知怎的，生平就怕教我演说。同一样的说话，坐在房中可以说，一教我立在台上，就是极平常的话，也说不出了。在未上台之先，心里预备了多少话要说，一到台上，竟糊里糊涂的把预备的话都忘了。明天的欢迎会，到场的必是外国人居多，我恐怕比平常更说不出。"

农劲荪道："不能演说的人多，这算不了什么！许多有大学问的人，尚且不能演说，一种是限于天资，就是寻常说话，也无条理，每每词不达意，这种人是永远不能演说的。一种是因为没有演说的经验，平时说话极自然，上台就矜持过分，反不如平时说的好，四爷就是这种人。我有一个演说的诀窍，说给四爷听，只要能实行这诀窍，断没有不能演说的。"

霍元甲欣然问道："什么诀窍？我真用得着请教。"农劲荪笑道："这诀窍极简单，就是'胆大脸皮厚'五个字，胆不大脸皮不厚的人，不问有多大的学问，一上台便心里着慌，脸皮发红，什么话多说不出了。四爷只牢牢的记着，在上台的时候，不要以为台下的人，本领有比我高的，势力有比我大的，年纪有比我老的，心里要认定台下的人，都是一班年轻毫无知识的人，我上去说话，是教训他们，是命令他们，无论什么话，我想说就可以说，说出来是不会错的。必须有这般勇气，才可以上台演说。越是人多的集会，越要有十足的勇气，万不可觉得这千万人之中，必有多少有势力的，有多少有学问的，甚至还有我的亲戚六眷长辈在内，说话不可不谨慎。四爷生平演说的次数虽少，然听人家演说的次数大约也不少了，试一回想某某演说时的神情，凡是当时能博得多数人鼓掌称赞的，决不是说话最谦虚的人。至于演说的声调，疾徐高下都有关系，自己的胆力一大，临时没有害怕的心，在说话的时候，便自然能在声调上用心了。像明天这种欢迎会，论理我们是客，说话自应客气些，但是客气的话，只能在上台的时候，向主人及一般来宾道谢的话里面说出来，一说到中国拳术的本题，就得侃侃而谈，不妨表示出一种独有千古的气概。我这番话，并不是教唆四爷吹牛皮，我因知道四爷平日演说的缺点，就在没有说话的勇气，而明天这种演说，尤其用得着鼓吹。明天四爷演说，当然是由我来译成英国话，便有些不完足的地方，我自知道将意思补充，尽管放心大胆的往下说便了。说过一段让我翻译的时候，四爷便可趁此当儿思量第二段。对外国人演说，讨便宜就在这地方。"霍元甲当下又和农劲荪商量了一阵演说应如何措辞。

次日下午才过两点钟，霍元甲、农劲荪正陪着李存义、刘凤春一班天津、北京来的朋友谈话，茶房忽带着一个二十多岁，当差模样的人进来，向霍元甲行了个礼，拿出手中名片说道："我是嘉道洋行班诺威先生，打发来迎接霍先生、农先生的。"农劲荪伸手接过名片来，看是班诺威的，便说道："昨日班先生亲自在这里约的，不是下午四点钟吗？此刻刚到两点钟，怎么就来接呢？"李存义道："中国人请客，照例是得催请几番才到的，这班诺威在上海做了多年的生意，必是学了中国的礼节。"农劲荪笑道："他若真是染了中国这类坏风气，我原预备四点钟准时前去的，倒要迟一两点钟去方好，因为中国人请四点钟，非到五六点钟，连主人都不曾到。"

那当差的听了说道："班诺威先生其所以打发我此时来迎接，并不是学了此地平常请客的风气，他因为钦佩霍先生的本领，想早两点钟接去，趁没有旁的宾客，好清静谈话。一到四点钟，来客多了，说话举动都有些受拘束似的。他打发自己坐的汽车接客，我在他跟前三四年了，此番还是第一次。他此刻在行里坐候，请两位就赏光吧。"

农劲荪对霍元甲笑道："这般举动，我平生结交的外国朋友不少，今日也是头一次遇着。他既这么诚恳，我们只好就此坐他的车去吧。"李存义等只得起身道："他派车来迎接，当然就去，既不好教他空车回去，又不好无端留他的汽车在此等候到四点钟。我们明天再来听开欢迎会的情形吧。"说着都告辞走了。

农、霍二人跟着那当差的出门上了汽车，风也似的驰走。霍元甲问农劲荪道："这汽车有五个人的座位，前边还可以坐两个人，不知坐满七个人，还能像这样跑得快么？"农劲荪道："这是在马路上因行人多，不敢开快车，若在无人的乡下，尽这车的速度开走，大约至少可比现在还加快一倍，坐满七个人和只坐一个人一样。"霍元甲禁不住吐舌道："七个人至少也有七百斤，再加以这般重的车身，总在一千斤以外，这部机器开动起来，若没有一万斤以上的力量，如何能载着千斤以上的东西，这般飞跑？"农劲荪摇头道："这机器并没有这么大的力量，其所以能跑得这么快，机器的力量固然不小，因为马路坚硬平坦，四个气皮轮盘能发生一种弹力，使压在地上的重量减轻，也是一个大原因。倘若在不平而松软的路上，再用四个铁轮盘，就是一个人不坐在上面，也开行不动。这样的马路，只要跑发了势，绝不要多少力量去推动它。四爷只看那些拉人力车的，只顾两脚向前飞跑，便可以知道是不大费气力的了。寻常拉人力车的，多有五十岁以上的老年人，还抽着鸦片烟，这种车夫，难道能有多大的力量？一个坐车的百多斤，加上七八十斤重的车身，论情理要拉着飞跑，不是至少也得三四百斤的力量吗？事实上何尝有如此大力的车夫呢！"

霍元甲恍然大悟道："若不是农爷对我这般解说，我一辈子也以为这汽车的力量了不得。我从前听人说外国大力士，能仰面睡在台上，两边腰上搭着两块木板，一边汽车的轮盘在腰上辗过去，我以为这是很不容易做到的一种硬功夫。照农爷这般一解释出来，这简直是一个骗人的玩意儿，休说一边汽车没有多重，便是全辆汽车压在身上，气皮轮盘是软的，一眨眼就碾过了，有何了不得？"农劲荪笑道："在寻常人看了，自然觉得了不得，假使四爷愿意闹着玩，一只手的力量，就可以拉住这汽车，使开车的开不动。"霍元甲道："我不曾干过这玩意儿，不敢说一手能拉住。"

说话的时候，车忽然停了。农劲荪就车窗看停车的所在，门口悬着一块"嘉道洋行"的铜招牌，那当差的已先下车将车门开了。霍元甲问这是什么街道，农劲荪道："好像是北四川路。"那当差的在前引道，将二人带到楼上一间铺设极富丽的大客厅，自往里面通报去了。

农劲荪看这客厅的左边有一张门，门上钉着一块寸半来高、四寸来宽的黄铜牌子，上面刻着英文字，是一间运动的房屋，忍不住指给霍元甲看道："可见这班诺威确是一个醉心运动的人，这间房屋，就是专供他运动之用的。"旋说旋走过去握着门扭一扳。这门竟是不曾下锁的，只一扳就随手开了。霍元甲没有见过外国人的运动房，见房门开了，也忍不住走近房门朝里面看时，只见房中横的竖的陈设着许多运动器具，壁上还悬挂着许多东西，都是不曾见过的。正待问农劲荪，何以外国人运动，除却寻常体操场里，所有的木马、秋千、浪桥、杠子等等而外，还有这一屋子的器具？只是还不曾开口，已听得脚步声响，渐走渐近，原来是班诺威出来了，满面含笑的伸手与二人握了说道："昨日约四点钟，今日两点钟就请两位到敝行来，本是极无礼而又极不近人情的举动，只因我非常希望能与两位多盘桓几点钟，所以冒昧迎接早两小时屈临。"

霍元甲道："先生这间运动的房子，可以进去参观么？"班诺威欣然答道："有何不可，请进去看吧！"说着即将房门开了，引二人到房中。霍元甲见房角上竖着一个牛皮制成的东西，有五尺来高，上半段就和人一样，有头有肩，有两条臂膊，下半段却没有腿，头上的眼、耳、口、鼻也略具形式，看不出是作什么用的，遂指着问班诺威。班诺威笑道："这是我国拳斗家因平常不容易找着对手练习，便造出这东西来，假做一个理想的敌人。我这个皮人，与英国拳斗家普通所用的，有些不同的地方，普通所用的，表面的形式和这个一样，不过里面没有机械，两条臂膊不发生何等作用，下半段就和不倒翁一般。我这个的胸部装有机械，两条臂膊能作种种活动，有有规则的活动，有无规则的活动，可随使用人的便。初练习的时候，只能防范他有规则的活动，练熟了之后，才渐渐能应付无规则的活动。我这个的下半段，虽也是不倒翁一般的作用，但有两条极粗而有力的弹簧，在受人压迫的时候，他能托的跳了起来，掉在地下，依旧竖立不倒，我觉得比普通的皮人好多了。"

霍元甲听了很欢喜的问道："使用这东西，有没有一定的身法手法呢？"班诺威摇头道："没有一定，只要把它一打，无论如何打法，它都能发生反抗，不过有快有慢，打一次只能发生一次的反抗，如继续不断的打，就可以继续不断的反抗。"农劲荪道："班先生可以试验给我们瞧瞧么？"班诺威道："试验是很容易的，但是须更换运动衣服，穿着我身上这样衣服，不好继续不断的打，略试几下给两位看吧。"随即将洋服的上衣脱了，衬衫的袖口也捋到手腕上，走近那皮人，对准胸膛

95

一拳打去，只见皮人往后一仰，接着两条臂膊由下而上的打出来，左先右后打过头顶，仍掉落下去，看那打出来的速度和形势，似乎很有力量，倘若被打着一下，不问打在什么地方，总得受点儿伤损。班诺威不待皮人的右手落下，一把将臂膊擒住，往旁边一拖，皮人跟着往旁边一倒。就在这一倒的时候，皮人的左手朝班诺威腰间横扫来，班诺威趁势向前进一步，双手把皮人的颈项抱着，皮人的两条臂膊，正与活人一样，一上一下不住的在班诺威背上敲打。班诺威抱着用力往下按，皮人陡然跳起来。班诺威也就松手跳离了皮人，皮人仍竖在原处，只管摇晃。班诺威显着吃力的样子说道："这里面机械弹簧的力量太大，不留神被砸一下，有时比拳斗家的拳头还重，倘若没有这么大的力量，又不能当理想敌人练习。"

农劲荪问道："这东西就只有刚才这几种动作呢，还是尚有旁的动作呢？"班诺威道："它动作的方式很多，我现在因练习的时期不多，还不能尽量发挥它的作用。我若穿上运动衣服，认真练习起来，已能运用十多个方式了，刚才不过是一种方式。霍先生是中国最有名的拳术家，何妨试试这皮人？"

霍元甲望着皮人不曾回答，农劲荪不愿意霍元甲动手，即接着笑道："中国拳术的形式方法，都与贵国的不同，这皮人的反抗作用，是按照贵国拳斗家的形式方法制造的，和中国的拳术不合。中国人练拳术要用这东西做理想敌练习，也未尝不可，但是有些动作，不合于中国拳理的，须得稍加改造，不知道这东西性质，是不好应用的。"霍元甲叹道："制造这东西的人，心思真细密得可佩服。用这东西练习对打，虽不能像活人一般的有变化，但有时反比活人好，因活人断不肯给人专练习一种打法，每日若干遍，这东西只要机械不坏，弹簧不断，是随时可以给人练习的。"

这皮人旁边，还竖着两件东西，都是半截人模样，一个伸着一只铁制的右手，仿佛待和人握手的形式；一个双手叉腰，挺着皮鼓也似的胸脯，当中一个饭碗般大小的窝儿，牛皮上的黑漆多剥落了，好像时常被人用拳头，在窝儿上冲击的样子。这两件东西的头顶上，都安着一个形似钟表的东西。霍元甲也不曾见过，问班诺威是作何用的。班诺威一面也伸手握住铁手，一面说道："这是试验力量的。每日练习有无长进，及长进了多少，一扳这手，就知道得极准确。"说时将手向怀中扳了一下，铁手一动，里面便发生一种机械的响声，上面形似钟表的铁针，立时移动。班诺威将手一松，那铁针又回复原来的地位了。霍元甲一时为好奇心所驱使，看了班诺威的举动，不知不觉的走到班诺威所立的地位，也握住那铁手用力往怀中一扳，只听得"喳喇"一声响，好像里面有什么机件被扳断了，铁针极快的走了一个圆圈，走到原来停住的所在，碰得"当啷"一响，就停住不回走了。

班诺威逞口而出的叫了一声"啊哟"道："好大的力量。到我这里来的各国大力士都有，都曾扳过这东西，没有能将这上面的铁针，扳动走一圆圈的。我这部机器是德国制造的，算世界最大的腕力机了，铁针走一圆圈，有一千二百磅的力量，若力量在一千五百磅以内，里面的机器还不至于扳断。"霍元甲面上显出十分惭愧的神气说道："实在对不起班先生，我太鲁莽了，不知道里面的机器被扳断了，能不能修理？"班诺威笑道："这算不了什么！很容易修理，我今日能亲眼看见霍先生这般神力，这机器便永远不能修理，我心里也非常高兴，就留着这一部扳坏了的腕力机，做一个永远的纪念，岂不甚好？"

霍元甲虽听班诺威这么说，然到别人家做客，平白将人家的重要对象破坏，心里终觉不安，对于房中所有的种种运动器械，连摸也不敢伸手摸一下，只随便看了看，就走到客厅来。班诺威跟到客厅，陪着二人坐下说道："德国有个大力士名奥利孙，实力还在著名大力士森堂之上，只因奥利孙生性不欢喜在舞台上当众表演技术，更不喜和人斗力，所以没有森堂那般声名。奥利孙能双手将一条新的铁路钢轨，扭弯在腰间当腰带使用，并能用手将一丈长的钢轨，向左右拉扯三下，即可拉长凡一尺五寸，此外森堂所能表演的技艺，他无不能表演。去年他到上海来游历，有许多人怂恿他献技，他坚执不肯。我闻名去拜访他，也欢迎他到这里来，以为他的腕力，必不是这部腕力机所能称量的，谁知他用尽气力扳到第四次，才勉强扳到一千二百磅，连脖子都涨红了。据他说这机的铁手太高了，倘若能低一尺，至少也可望增加一百多磅的力量。除了这奥利孙而外，还经过好几个大力士试扳，能到一千磅的都没有。我看霍先生扳机的形式，也和那些大力士不同，那些大力士多是握住铁手，慢慢的向怀中扳动，顶上计数的针，也慢慢的移动。假定这大力士能扳动八百磅，扳走到七百多磅的时候，就忽上忽下的颤动起来，没有在这时候能保持不动的，也没有能扳得这针只往上走，不停不退的。霍先生初握铁手的时候，扳丝毫不动，只向怀中一扳，似乎全不用力，针却和射箭一般的，达到千二百磅，针到了千二百磅的度数，机的内部才发生'喳喇'的响声。有这么大的力，还不惊人，最使我吃惊的，就在不知如何能来得这般快，这理由我得请霍先生说给我听。"

霍元甲笑道："我也不知道有什么理由。我只觉得并没有尽我的力量而已。"农劲荪道："这理由我愿意解释给班先生听。我中国拳术家与外国拳术家不同的地方，不尽在方式，最关重要的还在这所用的气力。外国拳术家的力，与大力士的力，及普通人所有的力，都是一样，力虽有大小不同，然力的成分是无分别的。至于中国拳术家则不然，拳术上所用的力，与普通人所有的，完全两样。外国拳术家大力士及普通人的力，都是直力，中国拳术家是弹力，四肢百骸都是力的发射器具。譬如打人用手，实在不是用手，不过将手做力的发射管，传达这力到敌人身上而已。这种力其快如电，只要一着敌人皮肤，便全部传达过去了。平日拳术家所练惯的，就是要把这气力发射管，练得十分灵活，不使有一点儿阻滞。这气力既能练到一着皮肤，便全部射入敌人身上，当然一握住铁手，也立时全部传达到针上。这种力，绝对不是提举笨重东西，如大铁哑铃及石锁之类的气力。霍先生扳这腕力机的力量，据班先生说在一千五百磅以上，若有一千五百磅以上的铁哑铃，教霍先生提起或举起，倒不见得有这般容易，像霍先生手提肩挑的力量，本来极大，中国还有许多拳术家，手提肩挑的力量，还不及一个普通的码头挑夫。然打人时所需要发射的力量，却能与霍先生相等，甚至更大，这便是中国拳术胜过世界的武术一切地方。"

说话时，已将近四点钟了，渐渐的来了几个西洋人，经班诺威——

介绍，原来都是在上海多年的商人，不但不是武术家，并不是运动家。农劲荪问班诺威："罗先生何以不见？"班诺威道："他今早因有生意到杭州去了。"农劲荪听了也没注意，到了十多个西洋人之后，当差的搬出许多西洋茶点来，班诺威请农、霍二人及来宾围着长桌就座，并不要求霍元甲演说。

就是这十多个来宾，因都不是拳术家和运动家的缘故，对于霍元甲并没有钦佩的表示。班诺威也不曾将霍元甲扳断腕力机的事说出来，表面上说是欢迎会，实际不过极平常的茶话会而已。霍元甲见班诺威的态度，初来时显得异常诚恳，及来宾到了之后，便渐渐显得冷淡了。在用茶点之时，一个西洋人和班诺威谈生意，谈得津津有味，更仿佛忘记席上有外宾似的。农劲荪很觉诧异，轻拉了霍元甲一下，即起身告辞。班诺威竟不挽留，也不再用汽车送。

农、霍二人走出嘉道洋行，霍元甲边走边叹气道："我平生做事不敢荒唐，今日却太荒唐了，无端的把人家一部腕力机扳坏，大约那部腕力机值钱不少，所以自扳坏了以后，班诺威口里虽说得好听，心里却大不愿意，待遇我两人的情形，变换得非常冷淡了。"农劲荪道："我也因为觉得班诺威改变了态度，不高兴再坐下去，只是究竟是不是因扳坏了那部腕力机，倒是疑问。那腕力机虽是花钱不少，然充其量也不过值千多块钱，机械弄坏了可以修理，纵然损失也有限，一个大洋行的经理，不应气度这么小。"

霍元甲道："我们除却扳坏了他的机器，没有对不起他的事。"农劲荪道："昨日他和那姓罗的到我们那边，分明说开欢迎会，照今天的情形，何尝像一个欢迎会呢？难道这也是因扳坏了他的机器，临时改变办法，不欢迎了吗？"霍元甲气愤得跺脚道："没有什么道理可说，总而言之，洋鬼子没有好东西，无有不是存心欺负中国人的。我恨外国人，抵死要和外国大力士拼一拼，也就是这缘故。"

农劲荪道："我生平所结交的外国人很多，商人中也不少有往来的，却从来不曾遇见一个举动奇离像班诺威的。我平时每每说中国人遭外国人轻视，多由中国人自己行为不检，或因语言不通所致，不应怪外国人，外国的上等人是最讲礼貌，最顾信义的。若照班诺威今日这种忽然冷淡的情形看来，连我也想不出所以忽被他轻视的道理。好在我们和他原没有一点儿关系，他瞧得起与瞧不起，都算不了一回事。"

霍元甲道："一个外国商人瞧得起我瞧不起我，自然没有关系，不过他特地派汽车欢迎我们来，平白无故的却摆出一副冷淡给我们看。我们起身作辞，他不但毫不挽留，也不说派汽车送的话，简直好像有意给我们下不去。我实在不明白他为什么要这么和我开玩笑。"

农劲荪道："这班诺威是英国人，说不定与奥比音和沃林是朋友，因心里不满意四爷和沃林订约，与奥比音较量，所以有这番举动。"霍元甲道："农爷认识的外国朋友多，能不能探听出他的用意来？"农劲荪想了一想道："探听是可以探听出来的，今天时候不早了，明天我且为这事去访几个朋友，看究竟是怎么一回事。"

二人因一边说话，一边行路，不知不觉的一会儿便步行到了。茶房正开上晚饭来，霍元甲刚端着饭吃，忽觉得胸脯以下，有些胀痛，当下也没说出来，勉强吃了两碗饭，益发痛厉害了。他平时每顿须吃三碗多饭，还得吃五个馒头，这时吃过两碗饭，实在痛得吃不下了，不得不放碗起身，用手按着痛处，在房中来回的走动。刘振声对于霍元甲的起居饮食，都十分注意，看了这情形，知道身体上必是发生了什么痛苦，连忙也停了饭不吃，跟到房中问为什么。

霍元甲身体本甚强健，性情更坚忍，若不是痛苦到不堪忍受，断不肯对人说出来。此时在房中走动得几个来回，只觉越痛越急，竟像是受了重伤。二月间的天气，只痛得满身是汗，手指冰冷，渐渐不能举步了，见刘振声来问，再也忍不住不说了。刘振声吓得叫农爷，农劲荪不懂医理，看了这情形，也惊得不知要如何才好，只得叫客栈里账房就近请来一个西医，诊脉听肺。闹了半响，打开药箱，取出一小瓶药水，在霍元甲左臂上注射了一针，留下几小片白色的药，吩咐做三次吞下，也没说出是何病症来，连诊金带药费倒要一十八元五角。遵嘱服下白色药片，痛苦仍丝毫不减，然经过西医一番耽搁，服药后已到半夜十二点钟了，不好再接医生，农劲荪也不知道哪个医生可靠，胡乱挨过了一夜。

次日天明，农劲荪对刘振声道："彭庶白在上海住了多年，他必知道上海的中、西医生是谁最好。此刻已天明了，你就去彭家走一遭吧。他能亲自到这里来商量诊治更好，倘若他有事，一时不能来，你便问他应请那个医生，并请他写一张片子介绍，免得又和昨夜一样敲竹杠。"

刘振声曾到过彭庶白家多次，当时听了农劲荪的话，即匆匆去了，只一会儿就陪着彭庶白来了。彭庶白向农劲荪问起病的缘由，农劲荪将昨日赴嘉道洋行的情形说了道："霍四爷是一个生性极要强的人，无端受那班诺威的冷淡，心里必是十分难过，大概是因一时气愤过度的缘故。"彭庶白道："不是因扳那腕力机用力过度，内部受了伤损么？"农劲荪不曾回答，霍元甲睡在床上说道："那腕力机不是活的，不能发出力量和我抵抗，应该没有因此受伤之理。"彭庶白摇头道："那却不然。习武的人因拉硬弓、举石锁受伤的事常有。我问这话，是有来由的。我曾听秦鹤岐批评过四爷的武艺。他说四爷的功夫，在外家拳术名人当中，自然要算是头儿脸儿，不过在练功夫的时候，两手成功太快，对于身体内部不暇注意。这虽是练外家功夫的普通毛病，然手上功夫因赶不上四爷的居多，倒不甚要紧。他说四爷一手打出去，有一千斤，便有一千斤的反动力，若打在空处，或打在比较软弱的身上还好；如打在功夫好、能受得了的身上，四爷本身当受不住这大的反震。我想那腕力机有一千二百磅，那外国人又说非有一千五百磅以上的力量，不能将机器扳断，那么四爷使出去一千五百磅以上的力，反动力之大，就可想而知了，内部安得不受伤损呢？"

彭庶白说到这里，霍元甲用巴掌在床沿上拍了一下，叹了一声长气，把彭庶白吓得连忙说道："四爷听了这话，不要生气，不要疑心秦鹤岐是有心毁谤四爷。"霍元甲就枕上摇头道："不是，不是！庶白哥误会我的意思。我是叹服秦老先生的眼力不错，可惜他不曾当面说给我听，我若早知道这道理，像昨天这种玩意儿，我决不至伸手。我于今明白了这道理，回想昨天扳那机时的情形，实在是觉得右边肋下有些不舒适，并觉得心跳不止。我当时自以为是扳坏了人家的贵重东西，心里惭愧，所以发生这种现象，遂不注意。既是秦老先生早就说了这番话，可见我这痛楚，确是因扳那东西的缘故。"

农劲荪道："听说秦鹤岐是上海著名的伤科，何不请他来诊治？"彭庶白赞成道："我也正是打算去请他来。他平日起的最早，此时前去接他正好，再迟一会儿，他便不一定在家了。"刘振声道："我就此前去吧！"霍元甲道："你拿我的名片去，到秦家后，就雇一辆马车，请秦老先生坐来。他这么大的年纪，不好请他坐街车。"刘振声答应知道，带着名片去了。霍元甲睡在床上，仍是一阵一阵的痛得汗流如洗。农劲荪、彭庶白仔细察看痛处的皮肤，并不红肿，也没有一点儿变相，只脸色和嘴唇都变成了灰白色。

约有两刻钟的光景，刘振声已陪着秦鹤岐来了。霍元甲勉强抬起身招呼，秦鹤岐连忙趋近床前说道："不要客气。若真是内部受了伤损，便切不可动弹。"旋说旋就床沿坐下，诊了诊脉说道："不像是受了伤的脉息。据我看，这症候是肝胃气痛，是因为平日多抑郁伤肝，多食伤胃，一时偶受感触，病就发出来了。我只能治伤，若真是受了伤，即算我的能力有限，不能治好，还可以去求那位程老夫子。于今既不是伤，就只好找内科医生了。我还有一个老朋友，是江西人，姓黄名石屏，人都称他为'神针黄'，他的针法治肝胃气痛，及半身风瘫等症，皆有神效。他现在虽在此地挂牌行医，不过他的生意太好，每天上午去他家求诊的人，总在一百号以上，因此上午谁也接他不动。霍先生若肯相信他，只得勉强挣扎起来，我奉陪一同到他诊所里去。"

霍元甲听了，即挣起身坐着说道："秦老先生既能证实我不是内部受了伤损，我心里立时觉得宽慰多了。"说时回头问刘振声道："马车已打发走了么？"刘振声道："秦老先生定不肯坐马车，因此不曾雇马车。"霍元甲望着秦鹤岐道："老先生这么客气，我心里实在不安。"秦鹤岐笑道："你我至好的朋友，用不着这些虚套。我平常出门，步行的时候居多，今日因听得刘君说病势来得很陡，我恐怕耽误了不当要，才乘坐街车，若路远，马车自比街车快，近路却相差不多。像你此刻有病的人，出门就非用马车不可。"因向刘振声说道："你现在可以去叫茶房雇一辆马车来。"

刘振声应是去了。霍元甲道："我昨夜请了一个外国医生来，在我臂膀上打了一针，灌了一小瓶药水到皮肤里面，当打针的时候，倒不觉得如何痛，医生走后不久，便渐渐觉得打针的地方，有些胀痛，用手去摸，竟肿得有胡桃大小。我怀疑我这病症，不宜打针。方才老先生说那位黄先生，也是打针，不知是不是这外国医生一样的针？"秦鹤岐笑道："你这怀疑得太可笑了。一次打针不好，就怀疑这病症不宜打针，若一次服药不好，不也怀疑不宜服药吗？黄石屏的针法，与外国医生的完全不同。他的针并无药水，也不是寻常针科医生所用的针。他的针是赤金制的，最长的将近七寸，最短的也有四寸，比头发粗不了许多。你想赤金是软的，又只头发那般粗细，要打进皮肉里去数寸深，这种本领已是不容易练就，他并且能隔着皮袍，及几层棉衣服打进去。我听他说过，打针的时候，最忌风吹，若在冷天脱了衣服打针，是很危险的，所以不能不练习在衣服外面向里打。我亲眼见治好的病太多，才敢介绍给你治病。"

霍元甲受了一整夜的痛苦，已是无可奈何了，只好双手紧按着痛处，下床由刘振声挽扶着，一面招呼彭庶白多坐一会儿，一面同秦鹤岐出门，跨上马车。秦鹤岐吩咐马夫到提篮桥。马夫将缰绳一拎，鞭子一扬，那马便抬头奋鬣的向提篮桥飞跑，不一会儿到了黄石屏诊所。秦鹤岐先下车引霍元甲师徒进去，刘振声看这诊所是一幢三楼三底的房屋，两边厢房和中间客堂，都是诊室。西边厢房里，已有几个女客坐在那里待诊，客堂中坐了十来个服装不甚整齐、年龄老少不等的病人，也像是待诊的模样。入门处设了一个挂号的小柜台，有一个五十多岁的老头坐在里面。

秦鹤岐说了几句话，那老头认识秦鹤岐，连忙起身接待。秦鹤岐回头对霍元甲道："黄先生此刻还在楼上抽烟，我们且到他诊室里去等。"说着引霍元甲走进东边厢房，只见房中也坐了七八个待诊的。秦鹤岐教霍元甲就一张软沙发上躺下，自己陪坐在旁边说道："对门是女客候诊室，中间是施诊室。他这里的规则，是挨着挂号的次序诊视的。挂号急诊，须出加倍的诊金。我方才已办了交涉，黄先生下来先给你瞧。"霍元甲道："既是有规则的，人家也是一样的有病求诊……"秦鹤岐还没回答，那挂号的老头已走近秦鹤岐身边，低声说道："老先生就下来了，请你略等一会儿。"随即就听得楼梯声响，一个年约六十来岁，身穿蓝色团花摹本小羔皮袍，从容缓步，道貌岸然的人，从后房走了进来。

秦鹤岐忙起身迎着带笑说道："对不起，惊动老先生。我这位北方朋友，胸脯以下昨日整整痛了一夜，痛时四肢冰冷，汗出如水，实在忍受不了。我特介绍到这里来，求老先生提前给他瞧瞧。"说毕，回顾霍元甲道："这就是黄石屏老先生。"霍元甲此时正痛得异常剧烈，只得勉强点头说道："求黄老先生替我诊察诊察，看是什么缘由，痛得这般厉害？"

黄石屏就沙发旁边椅上坐下，诊了两手的脉，看了看舌苔说道："肝气太旺，但求止痛是极易的事，不过这病已差不多是根深蒂固了，要完全治好，在痛止后得多服药。"一面说，一面望着秦鹤岐道："这脉你曾看过么？"秦鹤岐道："因看了他的脉才介绍到这里来。"黄石屏已取了一口金针在手说道："我觉得他这脉很奇怪，好在两尺脉很安定，否则这病要用几帖药治好，还很麻烦呢！"

霍元甲自信体格强健，听了这些话，毫不在意，眼看了黄石屏手里的金针，倒觉奇怪，忍不住问道："请问黄老先生，我这病非打针不能好么？"黄石屏笑道："服药一样能治好，只是药力太缓。足下既是痛得不能忍受，当然以打针为好。足下可放心，我这针每日得打一百次以上，不但无危险，并绝无痛楚，请仰面睡在沙发上。"霍元甲只好仰面睡了。

黄石屏将衣服撩起，露出肚皮来，就肚脐下半寸的地方下针，刚刺了一下，忽停手看了看针尖，只见针尖倒转过来了，即换了一口针，对霍元甲道："我这针打进去，一点儿不痛，你不要害怕，用气将肚皮鼓着，皮肤越松越好打。"霍元甲道："我不曾鼓气，皮肤是松的。"黄石屏又在原处刺下，针尖仍弯了不能进去，便回头笑问秦鹤岐道："你是一个会武艺的人，难道你这位朋友也是一等好汉么？"秦鹤岐笑道："老先生何以见得？"黄石屏道："不是武艺练成了功的人，断没有这种

104

皮肤，第一针我不曾留意，以为他鼓着气；第二针确是没鼓气，皮肤里面能自然发出抵抗的力量来，正对着我的针尖，这不是武艺练成了的，如何能有这种情形？"

秦鹤岐哈哈大笑道："老先生的本领，毕竟是了不得。我这朋友不是别人，就是现在张家花园摆擂台的霍元甲大力士。"黄石屏道："这就失敬了，若是早说给我听，我便不用这普通的针，怪道他的脉象非常奇怪。"说时从壁柜中取出一个指头粗、七寸来长的玻璃管，拔开塞口，倾出一根长约六寸的金针，就针尖审视了一阵，秦鹤岐凑近前看了说道："这针和方才所用的不是一样吗？"黄石屏道："粗细长短都一样，就只金子的成色不同。普通用的是纯金，这是九成金，比纯金略硬。"

霍元甲问道："这么长一口针，打进肚子里面去，不把肠子戳破了么？"黄石屏笑道："岂但肚子上可以打针，连眼睛里都一样的可以打针。"霍元甲见黄石屏用左手大指，在肚脐周围轻按了几下，觉得有蚂蚁在脐眼下咬了一口似的，黄石屏已立起身来，霍元甲问道："还是打不进去吗？"黄石屏道："已打过了，不妨起来坐着，看胸脯下还痛也不痛？"霍元甲立时坐起，摸了摸胸脯，站起身来，将身体向左右扭转了几下，连忙对黄石屏作揖笑道："竟一点儿不觉痛了，真不愧人称神针，但不知打这么一针，还是暂时止痛呢，还是就这么好了？"

黄石屏道："我刚才不是说过吗？照霍先生的脉象看，要止痛是很容易，所怕就在心境不舒，或者时常因事动了肝气，便难免不再发。"霍元甲心里虽相信黄石屏的针法神妙，只因平日总自觉是强壮的体格，胸脯下的痛苦既去，又见黄石屏已接着替旁人诊病，便不再说求诊的话了。黄石屏走到一个年约四十多岁，满面愁苦之容的人跟前，问道："什么病？"这人用左手指点着右臂膊说道："我这臂膊已有两年多不动弹了，也不痛，也不痒，也不红肿，要说失了知觉吧，用指甲捏得重了，也还知道痛。服了多少药，毫无效验，不知是什么病？"黄石屏听了，连脉也不诊，仅将起这人袖口，就皮肤上看了一眼，即拿出针来，用左手食指在这人右肩膀下按了几下，按定一处，将针尖靠食指刺下，直刺进五寸来深，并不把针抽出，只吩咐这人坐着不动，又走近第二人身边诊病去了。

霍元甲问秦鹤岐道："这人的针为什么留在里面不抽出来？在我肚子上仿佛还不曾刺进去就完了。"秦鹤岐道："这个我也不明白，大概是因为各人的病状不同，所以打针的方法也有分别。你瞧他身上穿着呢夹马褂，羊皮袍子，里面至少还有夹衣小褂，将针打进去五寸来深，一点儿不费气力，你肚皮上一层布也没有，连坏了两口针，直到第三口九成金的针才打进去，即此可见你这一身武艺真是了得！"

霍元甲正在谦逊，忽见这人紧蹙着双眉喊道："老先生，老先生，这针插在里面难受得很，请你抽出来好么？"黄石屏点头笑道："要你觉得难受才好。你这种病，如果针插在里面不难受，便一辈子没有好的希望，竭力忍耐着吧，再难受一会儿，你的病就完全好了。此时抽出来，说不定还要打一次或两次。"这人无法，只好咬紧牙关忍受，额头上的汗珠黄豆一般大，往下直流，没一分钟工夫又喊道："老先生，我再也不能忍受了，身体简直快要支持不住了，请快抽出来吧！"

黄石屏即停了诊视，走到这人跟前，将针抽了出来。这人登时浑身发抖，面色惨白，不断的说："老先生，怎么了，我要脱气了。"黄石屏道："不妨，不妨！你若觉得头脑发昏，就躺在沙发上休息休息。"当下挽扶这人到沙发上躺下。

霍元甲、秦鹤岐都有些替黄石屏担忧，恐怕这人就此死了。在房中候诊的几人，眼见了这情形，都不免害怕起来，争着问黄石屏："何以一针打成了这模样？"黄石屏毫不在意的笑道："他这条臂膊，已有两年多不能动弹了，可见病根不浅，不到一刻工夫，要把他两年多的病根除去，身体上如何没有一点儿难过呢？这种现象算不了什么，还有许多病，针一下去，两眼就往上翻，手脚同时一伸，好像已经断了气的模样；若在不知道的人看了，没有不吓慌的，因不经过这吓人的情形，病不能好。"

黄石屏还在对这些候诊的人解释，这躺在沙发上的人已坐起身来喊老先生，此时的脸色，不但恢复了来时的样子，并且显得很红润了。黄石屏问道："已经不觉难受了么？"这人道："好了，好了！"黄石屏道：

"你这不能动的臂膊，何不举起来给我看看。"这人道："只怕还举不起来。"随说随将右手慢慢移动，渐抬渐高，抬过肩窝以后，便直伸向上，跟着朝后落下，又从前面举起，一连舞了几个车轮，只喜得跳起来，跑到黄石屏面前，深深一揖到地道："可怜我这手已两年多不曾拿筷子吃过饭，以为从此成为一个半身不遂的废人了，谁知还有今日，论理我应叩头拜拜。"黄石屏也忙拱手笑道："岂敢，岂敢！"

霍元甲此时凑近秦鹤岐耳根问道："黄先生诊例我不知道，这里十元钱钞票，不知够也不够？"秦鹤岐道："黄先生为人最豪侠，最好结交朋友，由我介绍来的，他已不要诊金，何况所介绍的是你呢？"霍元甲摇头道："这断乎使不得。他既是挂牌行医，两边都用不着客气，我不必在诊例之外多送，他只管依诊例照收。"

霍元甲与秦鹤岐谈话的声音虽低，黄石屏似已听得明白，即走过来抢着答道："笑话，笑话！休说是鹤老介绍过来的，我万分不好意思要诊金，我只要知道是霍元甲先生，也决没有受诊金之理。我多日就诚心钦仰霍先生，实因不知道和鹤老是朋友，无缘拜访。难得今日有会面的机缘，又因候诊的人多，若不早给他们诊视，一会儿来的人更多，门诊的时间过了，还有若干号来不及诊视，所以就想陪先生多谈几句话，也苦于没有时间。霍先生现住什么地方？好在我看报上广告，知道一时还不至离开上海，请把尊寓的街道门牌留在这里，改日我必来奉看，那时再多多领教。"霍元甲见黄石屏说得这么诚恳，不好意思再说送钱的话，只得连连道谢，留了一张写了地名的名片，与秦鹤岐作辞出来。

在马路上秦鹤岐说道："前番你要我介绍武艺好的朋友，我原打算引你会会黄石屏的，就因为他的医务太忙，他又吸乌烟，简直日夜没有闲暇的工夫。你瞧着他这身体似很瘦弱，又是一种雍容儒雅的态度，在不知道他的人，莫不以为他是一个文人，必是手无缚鸡之力的；谁知道他不仅内、外家功夫都做得极好，并且是道家的善知识。我和他认识的年数虽不少了，但只知道他以神针著名，直到三年前，他忽然遇着一件绑票的事。事后他的车夫对我说出来，我才知道他除了金针之外，还有一身惊人的武艺。

"三年前冬天，气候严寒，这日忽有一个人到黄家挂号，问到虹口出诊要多少诊金。黄石屏门诊是二元二角，二角算挂号，出诊有远近不同，平常出诊是四元四角，若路远及不同的租界加倍，拨号又加倍。夜间不看病，如在夜间接他出诊，也要加倍。那人到黄家挂号的时候，已是下午四点多钟，过了出诊的时间，挂号自然回绝那人，教那人明日再来。那人再三恳求，说自己东家老太爷病得十分危急，无论要多少钱都使得，只求黄老先生前去救一救。

　　"黄石屏生性原很任侠，平日每有极贫苦的人，病倒在荒僻的茅棚里，无力延医服药，黄石屏不知道便罢，知道总得抽工夫前去，自荐替人诊治。这种事是常有的，挂号的当然习知石屏的脾气，见推辞不脱，只好照夜去虹口方面出诊的例，问那人要钱。那人喜道：'这很便宜。我家老太爷不知老先生在夜间到虹口出诊要多少钱，拿五十元大洋给我来请。于今仅要十多元大洋，还不便宜吗？'说话时果拿出一大叠钞票来，数了十多元给挂号的，留了地名，取了收条自去。

　　"那人去了一点多钟，石屏才从外面出诊回来，听了挂号的话，心里虽急于要去虹口诊病，但是吸乌烟的人，在外面出诊了几点钟回家，不能不吸烟。我听石屏说过，打针不比用药，用药只须用脑力，不须用体力，打针是要拿全身的力量，都贯注在针尖上，针尖才能刺入皮肤，直达内部；若不能全力贯注，纯金是软的，一刺便弯了。乌烟不过足瘾，全身都没有气力，哪里还能贯注到针尖上去？所以无论如何紧急，他非等到抽好乌烟不可。

　　"石屏抽好乌烟，天色已经昏黑了，那时又正下着大雨，然既收了人家的钱，势不能不去。石屏因做医生挣了二三十万家产，他买了一辆只能乘坐两个人的小汽车，每次出诊，都是他带一个车夫，坐着那小汽车去，这次也是如此。一辆小汽车冒雨跑到虹口，正在缓缓行走，寻找那留着的地名门牌，走到一条很冷僻的街道，忽听得街边有人问道：'这车是不是坐的黄老先生？'车夫以为是病家特地派人在此等候的，随口答应：'正是！'车夫的话才说了，突然听得身边响了一手枪，接着就有四个强盗将小汽车围住。一个用手枪逼着车夫，一个用手枪逼着石屏，低声喝道：'识相些，跟我走吧。我们为要接你这个财神，不知已费了多少气力，多少银钱了。今天已落在我们网里，看你逃到哪里去！'

"石屏这时正着急坐在车中，一点儿不能施展，听说教他同走，喜得连忙答道：'我明白，我明白！请让我下车来吧。'石屏一跨下车，就有两个强盗过来，一边一个把石屏的胳膊架住，石屏说道：'我是一个做郎中的老头，又抽着大烟，连四两气力也没有。你们四个人，还有手枪，难道还怕我能逃跑吗？何必是这般将我捉住，使我痛得动也动不得呢？你们不过是想我的钱，我一双空手到上海来行医，于今挣了几十万家私，并不是刻薄积得来的，实在是生意好。你们要多少，只要我拿得出，决不推辞。但求不给我苦吃，无论要我多少钱，我都情愿。我赚钱容易，身体却推扳不得。'

"那两个强盗见石屏说得这么近情近理，便把捉胳膊的手略松了些，仍是催着快走。石屏看附近没有巡捕，因下雨并无行人，知道希望别人来救援是不可能的，忽心生一计说道：'你们要钱，我有支票在身上，立时可以签字给你们，可不可以不捉我去？'那强盗也笨，以为且将支票骗到手，再捉他去不迟，好在绝不防备石屏有一身好武艺，当下即松了手道：'你就拿支票签字吧！'石屏得了这机会，一举手便把捉右手的一个拿了手枪的打倒了，这个还没来得及动手，石屏的左腿已起，将这个踢倒在一丈以外。石屏弯腰夺了手枪，那个拿枪逼着车夫的，看了这情形，料知不妙，拉着那个同伙就跑。石屏用脚踏着地下的强盗问道：'现在还是你要我的钱呢，还是我要你的命呢？依你们这种行为，本应送你到捕房里去，不过我生平为人，不愿和人结怨，这次饶了你们吧！以后如再犯在我手里，就对不起你了。'"

霍元甲听到这里，连声称赞道："办得好！"谈话时，马车已到霍元甲寓所，霍元甲笑向秦鹤岐道："今天把鹤老累到这时候，还不曾用早点，实在使我太不安了，彭庶白大约还在里面，请进去用了早点再谈谈。"

不知秦鹤岐如何说，且俟下回再说。

总评：

事之最为离奇，而不易以常理相测者，莫过于班诺威之假设欢迎宴是。当其最始之往谒霍元甲也，固弥致钦佩之忱，其态度可谓谦抑之至。比至欢宴之日，复以遣使奉迓之不足，更以汽车相迎，尤见十分优待之意。然则准是情状以相推测，一至欢迎席上，正不知有若何铺张扬厉，花团锦簇之一篇文章在。孰知一自霍元甲攀断腕力机以后，班诺威遽变其态度，不特欢迎席上十分冷落，并普通应有之仪式而亦无之，驯至听其徒步以去。前后判然异其状，谓为攀断腕力机之所致，而有所不慊于心耶？则班诺威之度量或不致小至于是，而其他固亦无可以致疑之点。此诚使人百索不得其解者也。虽然，天下不论任何一事之发生，定有其原因之所在，决非出自偶然者，读者试一翻阅后文，即可知班诺威之为此事果怀有何意，当亦为之哑然失笑，而知外国人之不易与耳！

登台演说，在今日已成为最时髦之一事，然其要诀，实不外乎"胆大、脸皮厚"五字。今之风头大出，而荣膺演说大家之头衔者，固皆能知此诀者也。卓哉农劲荪！乃能慨然一为道出之，殆亦含有微讽之意乎！

黄石屏以擅长金针术而驰誉于杏林，诚可谓为前无古人，后无来者，今即借霍元甲之往就诊，而一写其运术之神，复由之而入黄石屏传，此诚善用借迳法者。

写霍元甲之猝然瘿病，正为下文惨毙张本。

第六回

蓬莱僧报德收徒弟
医院长求学访名师

话说秦鹤岐听了霍元甲的话笑道："我的早点在天明时就用过了，再坐坐使得。"于是一同进去。彭庶白和农劲荪正提心吊胆的坐着等候，见三人回来，刘振声并不搀扶霍元甲，霍元甲已和平时一样，挺胸竖脊的走路，二人都觉奇怪，一同起身迎着问道："已经不痛了吗？"霍元甲点头笑道："像这种神针，恐怕除却这位黄老先生而外，没有第二个人。不但我的气痛抽针就好，我还亲眼看见他在几分钟之内，一针治好了一个两年多不能动弹的手膀。我是因为那诊室小，候诊的人多，不便久坐，不然还可以看他治好几个。"

秦鹤岐道："他这种针，对于你这种气痛，及那人手脚不能动弹的病，特别能见奇效，有些病仍是打针无效的。"彭庶白问道："那针里面既无药水，不知何以能发生这么大的效力？"秦鹤岐道："这话我也曾问过石屏，他是一个修道有所得的人，平日坐功做得好，对于人身肢体脏腑的组织部位，及血液筋络的循环流行等，无不如掌中观纹。他说出很多的道理来，都是道家的话，不是修道有得的人，就听了也不能明了。"

做书人写到这里，却要腾出这支笔来，将黄石屏的履历写一写。因黄石屏表面虽是针科医生，实在也是近代一个任侠仗义之士。他生平也干了许多除暴锄奸的事。他有一个女儿，名叫辟非，从五岁时起，就由黄石屏亲自教她读书练武，到了十五岁时，诗词文字都已斐然可观，刀剑拳棍更沉着老练；加以容貌端庄，性情温顺，因耳濡目染她父亲的行

111

为，也干了些惊人的事，都值得在本书中，占相当地位。

于今且说黄石屏同胞兄弟四人，他排行第四，年纪最小。他在十岁的时候，随侍他父亲在宜昌做厘金局局长。他父亲是湖北候补知县，也署过阔缺，得过阔差事，做宜昌厘金局局长的时候，年纪已有六十来岁了，忽然得了个半身不遂的病。有钱的人得了病，自然是延医服药，不遗余力，只是请来的许多名医，都明知道是个半身不遂的病，然开方服药，全不生效，时间越延越久，病状便越拖越深。石屏的大胞兄已有三十多岁，在江苏作幕；二胞兄也将近三十岁，在浙江也正干着小差事；三胞兄也随侍在宜昌。此时因父亲病重，石屏的大哥、二哥也都赶到宜昌来侍疾。石屏年小，还不知道什么事，年长的兄弟三人，眼见父亲的病症，百般诊治，毫无转机，一个个急得愁眉苦脸，叹气唉声。

大家正在无可奈何的时候，忽有门房进来报道："外面来了一个老年和尚，请见局长。他自称是山东蓬莱县什么寺里的住持，局长十年前署理蓬莱县的时候，有地痞和他争寺产，打起官司来，蒙局长秉公判断，并替他寺里立了石碑，永断纠葛。他心中感激局长的恩典，时思报答，近来他听道局长病重，特地从山东赶到这里来，定要求局长赏见一面。"

石屏的父亲此时虽病得极危殆，但是睡在床上，神志甚为清明，门房所说的话，他耳里都听得明白，见大儿子、二儿子同时对门房回说"病重了不能见客"的话，便生气说道："你们兄弟真不懂得人情世故，这和尚是上了年纪的人，几千里路途巴巴的赶到这里来，我于今还留得一口气在，如何能这么随便回绝他，不许他见我的面？你们兄弟赶紧出去迎接，说我实在对不起，不能亲自迎接，请他原谅；并得留他多住几日，他走时得送他的盘缠。"

黄大少爷兄弟同声应是，齐到外迎接。只见一个年在六十以上的和尚，草鞋赤脚，身着灰布僧衣，背负破旧棕笠，形式与普通行脚僧无异，只是花白色的须眉，都极浓厚，两道眉毛，长的将近二寸，分左右从两边眼角垂下来，拂在脸上，和平常画的长眉罗汉一般。虽是满面风尘之色，却显露出一脸慈祥和蔼的神气。门房指点着对黄大少爷兄弟道："就是这位老和尚。"一面对和尚说："这是我们的大少爷、二少爷。"黄氏兄弟连忙向和尚拱手道："家严因久病风瘫，不能行动，很对不起老师傅，不能亲自出来迎接。请教老师傅法讳是怎么称呼？"

老和尚合十当胸说道："原来是两位少爷。老僧名圆觉，还是十多年前，在蓬莱县与尊大人见过几面，事隔太久，想必尊大人已记不起来了。老僧因闻得尊大人病在此地，经过多少医生诊治无效，才特地从山东到此地来。老僧略知医道，也曾经治好过风瘫病，所以敢于自荐。"

黄氏兄弟见圆觉和尚说能治风瘫，自然大喜过望，当即引进内室，报知他父亲，然后请圆觉和尚到床前。圆觉很诚恳的合掌行礼问道："黄大老爷别来十多年了，于今还想得起蓬莱县千佛寺的圆觉么？"黄石屏的父亲本已忘记了这一回事，只是一见面提起来，却想起在署蓬莱县的时候，有几个痞绅谋夺千佛寺的寺产，双方告到县里，经过好几位知县，不能判决，其原因都是县官受了痞绅的贿赂。直至本人署理县篆时，才秉公判决了，将痞绅惩办了几个，并替千佛寺刊碑勒石，永断纠葛的这一段事故来。不觉欣然就枕上点头道："我已想起来了，不过我记得当时看见老和尚，就是现在这模样儿，何以隔别了这十多年，我已老得颓唐不堪了，老和尚不但不觉衰老，精神倒觉得比前充满。佛门弟子毕竟比我等凡夫不同，真教人羡慕。"

圆觉笑道："万事都是无常，哪有隔别十多年不衰老的人？老僧也正苦身体衰弱，一日不如一日，只以那年为寺产的事，蒙黄大老爷的恩施，为我千佛寺的僧人留碗饭吃，老僧至今感激，时时想图报答，但是没有机缘。近来方打听得黄大老爷在此地得了半身不遂的病，经多人诊治不效。老僧也曾略习医术，所以特地赶到此地来，尽老僧的心力，图报大恩。"

黄石屏的父亲就枕边摇手说道："老和尚快不要再提什么受恩报答的话。当年的事，是我分内应该做的，何足挂齿！"当即请圆觉就床沿坐下，伸手给他诊脉。圆觉先问了病情，复诊察了好一会儿说道："大老爷这病，服药恐难见效，最好是打针，不过打针也非一二日所能全好，大约多则半月，少则十日，才能恢复原来的康健。"石屏的父亲喜道："只要能望治好，休说十天半月，便是一年半载，我也感激老和尚。"

圆觉一面谦谢，一面从腰间掏个一个六七寸长的布包，布包里有一个手指粗的竹管，拔去木塞，倾出十多根比头发略粗的金针来，就石屏父亲周身打了十来次。不到一刻工夫，便已觉得舒畅多了。石屏父亲自是非常欣喜，连忙吩咐两个大儿子，好生款待圆觉。次日又打了若干针，病势更见减轻了，于是每日打针一两次，到第五日就能起床行动了。

石屏父亲感激圆觉和尚自不待说，终日陪着圆觉谈论，始知道圆觉不但能医，文学、武艺都极好，并有极高深的道术，用金针替人治病的方法，便是由道术中研究出来的。石屏的父亲因自己年事已高，体气衰弱，这回的大病，虽由圆觉用针法治好了，但是自觉衰老的身体，断不能支持长久，时常想起圆觉"万事无常，哪有隔别十多年不衰老"的话，不由得想跟着圆觉学些养生之术，于闲谈时将这番意思表示出来。

圆觉听了，踌躇好一会儿才答道："论黄大老爷的为人，及当年对我千佛寺的好处，凡是老僧力所能办的事，都应该遵办。不过老僧在好几年以前，曾发了一个誓愿，要将针法传授几个徒弟，以便救人病苦，如老僧认为能学针法，出外游行救人，就可传授道术。黄大老爷的年纪太大，不能学习，实非老僧不肯传授。"石屏父亲问圆觉："已经收了几个徒弟？"圆觉摇头道："哪里能有几个？物色了三十年，一个都不曾得着。"石屏父亲道："教我学针法，我也自知不行。老和尚既说物色了三十年，一个都不曾得着，可知这针法极不易学。请问老和尚，究竟要怎么样的人，才可以学得？"

圆觉道："这却难说，能学的人，老僧要见面方能知道，不能说出一个如何的样子来。"石屏父亲说道："不知我三个小儿当中，有一二个能学的没有？"圆觉诧异道："一向听说大老爷有四位公子，怎说只有三位？"石屏父亲面上显得很难为情的样子说道："说起来惭愧，寒门不幸，第四个小子，简直蠢笨异常，是一个极不堪造就的东西。这三个虽也不成材，然学习什么，还肯用心，所以我只能就这三个小子当

114

中，看有一二个可以学习么？如这三个不行，便无望了。"圆觉点头道："三位公子，老僧都见过，只四公子不曾见面，大约是不在此地。"

石屏父亲说道："我就为四小子是一个白痴，年纪虽已有十多岁了，知识还赶不上寻常五六岁的小孩，对人说话显得意外的蠢笨，所以禁止他，不许他见客，并非不在此地。"圆觉笑道："这有何妨！可否请出来与老僧见见。世间每有表面现得很痴，而实际并不痴的。"石屏父亲听了，只管闭目摇头说道："但怕没有这种事。"圆觉不依，连催促了几遍，石屏父亲无奈，只得叫当差的将石屏请出来。

此时石屏已十四岁，本来相貌极不堂皇，来到圆觉跟前，当差的从背后推着他上前请安。圆觉连忙拉起，就石屏浑身上下打量了几眼，又拉着石屏的手看了看，满脸堆笑的向石屏的父亲说道："老僧方才说，世间表面现得很痴，而实际不痴的，这句话果然应验了。我要传的徒弟，正是四公子这种人。"石屏父亲见圆觉不是开玩笑的话，才很惊讶的问道："这话怎么说？难道这蠢才真能传得吗？"

圆觉拉着石屏的手，很高兴的说道："我万不料无意中在此地得了你这个可以传我学术的人，这也是此道合该不至失传，方有这么巧合的事，正所谓'踏破铁鞋无觅处，得来全不费功夫'。"说罢，仰天大笑不止，那种得意的神情，完全表现于外，倒把个黄大老爷弄得莫名其妙，不知圆觉如何看上了这个比豚犬不如的蠢孩。只是见圆觉这么得意，自己也不由得跟着高兴，当下就要石屏拜圆觉为师。

圆觉从此就住在黄家。但是圆觉并不教黄石屏打针，也不教与医学有关的书籍，只早晚教石屏练拳练武，日中读书写字，所读的书，仍是平常文人所读的经史之类。黄家的人看了石屏读书、习武颖悟的情形，才相信石屏果然不蠢。石屏父亲交卸了局务，归江西原籍，圆觉也跟着到江西。教习了三年之后，圆觉才用银朱在粉壁上画了无数的红圈，教黄石屏拿一根竹签，对面向红圈中间戳去，每日戳若干次，到每戳必中之后，便将红圈渐渐缩小，又如前一般的戳了若干日。后来将红圈改为芝麻般小点，竹签改为钢针，仍能每戳必中。最后方拿出一张铜人图来，每一个穴道上，有一个绣花针鼻孔大小的红点，石屏也能用钢针随手戳去，想戳什么穴，便中什么穴。极软的金针，能刺进寸多深的粉墙，金针不曲不断，圆觉始欣然说道："你的功夫已有九成火候了。"至此才把人身穴道，以及种种病症，种种用针方法，详细传授。石屏很容易的就能领悟了，石屏学成之后，圆觉方告辞回山东去。

圆觉去后数年，石屏的父亲才死。石屏因生性好静，不但不愿意和他的三个哥子一般，到官场中去谋差使，便是自己的家务，也懒得过问。他们兄弟分家，分到他名下原没有多大的产业，他又不善经理。圆觉曾传授他许多修炼的方法，他每日除照例做几次功课外，无论家庭、社会大小的事，都不放在他心上。没有大家产的人，常言"坐吃山空"，当然不能持久。分家后不到十年，石屏的家境已很感觉困难了，在原籍不能再闲居下去。他父亲与南通张季直有些友谊，这时张季直在南通所办的事业已很多，声望势力已很大，石屏便移家到南通来居住。

季直以为黄石屏不过是一个寻常少爷的资格，除却穿衣吃饭以外，没有什么本领。石屏的知识能力，虽是很充分，然对人的言谈交际，因在宜昌与在原籍都没有给他练习的机会，他又绝不注意在人前表现他自己能耐，求人知道，张季直虽与他父亲有些交谊，只因平时没有来往，不知道石屏从圆觉学针的事，因此看了黄石屏这种呆头呆脑的神气，只道是一无所长的，不好给什么事他做。石屏以为是一时没有相当的事可委，也就不便催促，不过石屏心里很钦佩张季直的学问渊博，有心想多亲近，好在文学上得些进益，时常到张季直家里去谈谈。张季直和黄石屏谈过几次学问之后，才知道他不是一个呆子，待遇的情形便完全改变了。

这时张季直已四十多岁了，还没有儿子，讨了个姨太太进来，也是枉然，反因为望子心太切的缘故，得了一个萎阳症。这么一来，求子的希望，更是根本消灭了。张季直不由得异常忧郁，每每长吁短叹，表现着急的样子。黄石屏三番五次看在眼里，忍不住问道："啬老心中，近来好像有很重大的事没法办理，时常忧形于色。我想啬老一切的事业，都办得十分顺畅，不知究为什么事这么着急？"张季直见问，只是叹气摇头，不肯说出原因来。黄石屏再三追问，张季直才把得萎阳症、生育无望的话说出来。黄石屏笑道："这种病很容易治好，啬老若早对我说，不但病已早好，说不定已经一索得男了。"张季直喜问道："你懂医术吗，这病应该如何治法？寻常壮阳种子的药，我已不知服过多少次了，都没有多大的效力。"

黄石屏道："我的治法，与寻常医生完全不同，一不服壮阳的药，二不服种子的药。"张季直道："既是如此，看应该如何治，就请你治吧！"黄石屏道："此时就治，不见得便有效，须待啬老的姨太太经期初过的这几日，方能施治。"张季直果然到了那时候来找黄石屏。石屏在张季直小腹上打了一针，作怪得很，这针一打下去，多久不能兴奋的东西，这夜居然能兴奋了。于是每月到了这时期，便请石屏打一针，三五次之后，姨太太真个有孕了。张季直心里又是欢喜，又是感激，对黄石屏说道："你既有这种惊人的本领，何不就在此地挂牌行医，还用得着谋什么差事呢？这南通地方，虽比不上都会及省会繁华热闹，但市面也不小，像你这般本领，如在此地行医，一二年下来，我包管你应接不暇，比较干什么差事都好。"

黄石屏本来没有借这针法谋利的心思，当圆觉和尚传授他的时候，也是以救人为目的。不过此时的黄石屏，既迫于生计，听了张季直的话，只得答应暂时应诊，以维生计。张季直因感激石屏的关系，亲笔替石屏写了几张广告，粘贴在高脚牌上，教工人扛在肩上，去各大街小巷及四乡行走。

南通人原极信仰张季直，而张季直中年得萎阳症不能生子，因石屏打了几针，居然怀孕的事，又早已传遍南通，因此南通人与张季直同病的，果然争先恐后的来找黄石屏打针。就是其他患病的人，也以求黄石屏诊治为最便当，旁的医生收了人家的诊金，仅能替人开一个药方，还得自己拿钱去买药，服下药去，能不能愈病，尚是问题。找黄石屏诊，见效比什么药都来得快，只要诊金，不要药费。所以挂牌数月之后，门诊、出诊每日真是应接不暇。并有许多外省外县的人，得了多年痼疾，普通医生无法诊治，闻黄石屏的名，特地到南通来迎接的，尤以上海为多。在南通悬壶四年，差不多有两年的时间，在上海诊病。上海的地方比南通大几倍，人口也多几倍，声名传扬出去，自是接连不断的有人迎接诊病，后来简直一到了上海，便没有工夫回南通，而南通的人得了病，曾请黄石屏诊过便罢，如未经请黄石屏诊过死了，人家就得责备这人的儿女不孝，这人的亲戚朋友，更是引为遗憾。一般人的心理，都认定黄石屏确有起死回生的力量。

黄石屏自己的体格，原不甚强壮，虽得了圆觉和尚所传修炼的方法，只以应诊之后生意太忙，日夜没有休息的时间。加以打针不似开药方容易，开药方只须运用脑力，并能教人代替书写，打针须要聚精会神，提起全身的力量，贯注在针尖上，方能刺入皮肤，精神上略一松懈，就打不进去。一日诊治的人太多了，便感觉精神提振不起来，只得吸几口鸦片烟，助一助精神。不久鸦片烟上了瘾，就懒得南通、上海来回的跑了，石屏觉得上海行医，比较南通好，遂索性将诊所移到上海，诊务更一天一天的发达。

石屏诊所旁边，有一个小规模的医院，是一个西洋学医的学生，毕业回国后独资开设的，生意本甚清淡。黄石屏诊所却是从早到晚，诊病的川流不息，越发显得那小医院冷落不堪。那姓叶的院长觉得奇怪，不知黄石屏用的什么针，如何能使人这般相信，忍不住借着拜访为名，亲到石屏诊所来看。望着石屏替病人打针，觉得于西医学理上毫无根据，只是眼见得多年痼疾，经黄石屏打过几针，居然治好，实在想不出是什么道理来。有时看见黄石屏在病人胸、腹上及两眼中打针，他便吓得连忙跑开。黄石屏问他为什么看了害怕？那叶院长说道："这上海是受外国法律制裁的地方，不像内地没有法律可以胡闹。据我们西医的学理，胸、腹上及两眼中是不能打针的，打下去必发生绝大危险。我若不是学西医，又在此地开设医院，在旁看了也没有多大关系。我是个懂得医理的人，倘若你用针乱戳，闹出危险来，到法庭上作证，我是得负责任的。我虽不至受如何重大的处分，但我既明知危险，而袖手旁观，不出面劝阻，就不免有帮助杀人的嫌疑。"黄石屏笑道："你们西医说，胸、腹上及两眼中不能打针，打了有绝大的危险，何以我每日至少有二三十次在病人胸、腹上打针，却一次也未曾发生过危险呢？这究竟是你们西医于学理不曾见到呢，还是我侥幸免了危险呢？"

那叶院长摇头道："我不能承认西医是学理上不曾见到，也不能说你是侥幸免了危险，侥幸只能一次二次，每日二三十次，断无如此侥幸之理。"黄石屏笑道："既不是侥幸免了危险，则于学理上当然是有根据的。我看若不是西医不曾发明，便是中国人去外国学西医的不曾学得，可惜国家费多少钱，送留学生到东、西洋去学医，能治病的好方法一点儿也没学得。不仅对于医学不能有所发明，古人早经发明的方法，连看也看不出一个道理来，胆量倒学得比一般中国人都小。我在这受西洋法律制裁的上海，行医已有三四年了，若打针会发生危险，不是早已坐在西牢里不能出来了吗？我希望你以后不到这里来看，不是怕你受拖累，是恐怕你因见我在人胸、腹上打针并无危险，想发达你的生意，也拿针在别人胸、腹上乱戳，那才真是危险，说不定我倒被你累了。"这番话说得叶院长红着脸，开口不得，垂头丧气的走了，再也不好意思到石屏诊所里来。石屏也觉得一般西医固执成见，不肯虚心的态度可厌，不愿意那叶院长时常跑来看。

有一个德国妇人，名叫黛利丝，在好几年前，因经商跟着丈夫到上海来，南北各省都走过。黛利丝的性质，比平常的外国人不同。平常外国人，对于中国的一切，无不存一种轻视之心，黛利丝却不然，觉得中国的一切，都比她本国好，尤其是欢喜中国的服装，及相信中国的医药。她说："西医诊治，经年累月不能治好的病，中医每每一二帖药就好了，还有许多病，西医无法诊治，中医毫不费事就治好了的。"她对同国的人，都是这般宣传，除却正式宴会及跳舞，她都是穿中国衣服。不幸到中国住不了几年，她丈夫一病死了，她因在上海有些产业，又有生意正在经营着，不能回国去，仍继续她丈夫的事业经营。不过她夫妻的感情素来极好，一旦丈夫死去，心中不免抑郁哀痛，因抑郁哀痛的关系，腰上忽然生出一个气泡来，初起时不过铜钱般大小，看去像是一个疮，只是不发红，也不发热，用手按去，觉有异样的感觉，然又不痛不痒，遂不甚注意。不料一日一日的长大起来，不到几个月，就比菜碗还大，垂在腰间和赘疣一样，穿衣行路都极不方便。因恐怕这赘疣继长增高，找着上海挂牌的中国医生诊视，有几个医生都说这病药力难到，须找外科医生。外科医生看了，说非开割不可。黛利丝料知开割必甚痛苦，不敢请外科医生诊治。

既是经过中国的内、外科医生都不能诊，就只得到德国医院去，德国医生看了她，和中国的外科医生一样，说除了用刀割去，没有其他治法。黛利丝问："割治有无生命的危险？"德医道："治这种赘疣，是非割不可，至于割后有无生命的危险，这又是一个问题，须得诊察你的体格，并得看割治后的情形才能断定，此刻是不能知道的。"黛利丝听了，话都懒得说，提起脚便走。德医赶着问她："为什么是这么就走？"黛利丝愤然说道："我不割不过行动不大方便，不见得就有生命的危险，割时得受许多痛苦，割后还有生命的危险，我为什么要割？我原不相信你们这些医生，听了你刚才的话，更使我不由得生气。"一面说，一面跑了出来，仍托人四处打听能治赘疣的医生。

有人将黄石屏针法神奇的话说给她听，她便跑到黄石屏诊所来，解衣给黄石屏看了，问能否诊治？黄石屏问了问得病的原因说道："这病可治，不过非一二次所能完全治好，恐怕得多来看几次。"黛利丝现出怀疑的态度问道："真能治好吗，不是不治的症吗？"黄石屏笑道："若是不治之症，我一次也不能受你的诊金。我从来替人治病，如认为是不治之症，或非我的能力所能治，我就当面拒绝治疗，不收人的诊金。因此凡经过我诊治的，决非不治之症。"黛利丝问道："是不是要用刀将这赘疣割去？"黄石屏摇头道："那是外科医生治疗的方法。我专用金针治病，虽有时也替人开方服药，但是很少，休说用刀，你这病大约可专用针治好，不至服药。"黛利丝喜道："既是如此，就请先生诊治吧。"

黄石屏在黛利丝腰间腹上连打了三针，约经过三四分钟光景，黄石屏指着赘疣给黛利丝看道："你瞧这上面的皮肤，在未打针以前，不是光滑透亮吗？于今皮肤已起皱纹了，这便是已经内消的证据。"黛利丝旋看旋用手抚摸着，喜道："不但皮肤起了皱纹，里面也柔软多了。"欢喜得连忙伸手给黄石屏握，并再三称谢而去。次日又来诊治，已消了大半，连治了三次，竟完全好了。黛利丝想起那德医"非动刀割治没有其他治疗方法"的话，实在不服这口气，亲自跑到那医院去，找着那医生问道："你不是说我这腰间的赘疣，非用刀割去，没有其他治疗方法的吗？你看，我不用刀割治，现在也完全好了。幸亏我那日不曾在你这医院里治疗，若听了你的话，不是枉送了我的性命吗？"

这个医生就是这医院里的院长，德国医学在世界上本是首屈一指的，而这个院长对于医学，更是极肯虚心研究。他在中国的时间很久，中国话说得极熟，平日常和中国朋友来往，也曾听说过中国医术的巧妙，只是没有给他研究的机会。他知道西医的学问、手术，虽有高下及能与不能的分别，但对于一种病治疗的方法，无论哪国大概都差不多。像黛利丝这种赘疣，在西医的学术中，绝对没有内消的方法，那院长是知道得很确切的。今见黛利丝腰间的赘疣，真个好得无影无形了，皮肤上毫无曾经用刀割治的痕迹，不由那院长不惊异。虽听了黛利丝揶揄的话，心中不免气愤，然他是一个虚心研究学问的人，能勉强按捺住火性，问道："你这病是哪个医生，用什么方法治好的？可以说给我听吗？"黛利丝道："如何不能说给你听，是上海一个叫黄石屏的中国医生治好的。那医生治我这病，不仅不用刀割，并不用药，就只用一根六七寸长、比头发略粗些儿的金针，在我这边腰上打了一针，小腹上打了两针，这是第一次。三针打过之后，我这肉包就消了一小半。第二日又打了四针，第三日仍是三针，每次所打的地方不同，只这么诊了三次，就完全好了。"

那院长要看打针的地方，黛利丝一一指点给他看。院长问道："针里面注射什么药水，你知道吗？"黛利丝连连摇手道："那不是注射药水的针，什么药水也没有。"院长摇头道："哪有这种奇事，既不注射药水，却为什么要打针？你不是学医的人，所以不知道这道理。他用六七寸长的针，里面必有多量的药水，注射到皮肤里，所以能发生这么伟大的效力，只不知道他用的是何种药水，能如此神速的使赘疣内消。"黛利丝又急又气的说道："我不学医，不知道治病的道理，难道我两只眼睛，因不学医也看不出那针里面有不有药水吗？那针比头发粗不了一倍，请问你里面如何能装药水？"院长道："我们医院里所用的针，也都比头发粗不了多少，要刺进病人皮肤里面去的针，怎么会有粗针？"黛利丝问道："你们医院里所有的针，比头发粗不了多少的，是不是只用针尖一部分，还是全部都只有头发粗细？"

院长道："自然是只用针尖一部分，后半截的玻璃管是装药水的，何能只有头发粗细？"黛利丝点头道："若是针的全部都只有头发粗细，也没有玻璃管，也没有比较略为粗壮的地方，是不是有装药水的可能呢？"院长道："我生平还没有见过治病的针，全部只有头发粗细的。"黛利丝道："今假定有这种全部只头发粗细的针，你说里面有药水没有？"院长道："那是绝对不能装药水的。"黛利丝道："那么黄石屏所用的就是这种全部一般粗细的针，并且我亲眼看见他在未打针之前，将那头发般粗细的针，一道一道的围绕在食指上，仅留一截半寸多长的针尖在外，然后按定应打的地方，用大拇指一下一下的往前推。那针被推得一边从食指上吐散下来，一边刺进皮肤里面去。"院长听了，哈哈笑道："这就更奇了。那针能在食指上一道一道的围绕着，不是软的吗？"黛利丝道："谁说不是软的。你说纯金是不是软的，并且仅有头发般粗细，当然是极柔软。"

院长很疑惑的摇头说道："照你这种说法及针所打的地方，于学理都绝无根据。那种纯金所制的针，果然不能装药水，就是要用药水制炼，借针上的药性治病，事实上也不可能。因为其他金属品，可以用药水制炼，纯金是极不容易制炼的。"黛利丝冷笑道："于学理有不有根据，及纯金是否能用药水制炼，是你们当医生尤其是当院长的所应研究的事。我只知道我腰间的赘疣，是经黄石屏医生三次针打好了，与你当日所诊断的绝对不同。我因你是我德国的医生，又现在当着院长，我为后来同病的人免割治危险起见，不能不来使你知道，生赘疣的用不着开割，有极神速的治法，可以内消，希望你以后不要固执西洋发明不完全的医理，冤枉断送人的生命。"

黛利丝说完这些话就走了，那院长弄得羞惭满面，心中甚想问黄石屏的诊所在什么地方，以及"黄石屏"三个中国字如何写法，都因黛利丝走得过急，来不及问明，也就只得罢了。

　　偏是事有凑巧，黛利丝的赘疣好后，不到一年，黛利丝有一个朋友名雪罗的，也是生一个赘疣在腰上，所生的部位，虽与黛利丝有左右上下之不同，大小情形却是一般无二。雪罗是有丈夫的，年龄也比黛利丝轻，生了这东西，分外的着急。她知道黛利丝曾患这一样的病，但不详知是如何治好的，特地用车将黛利丝迎接到家中，问当日诊治的情形。黛利丝当然是竭力宣传黄石屏的治法稳妥神速，雪罗是很相信的。无奈雪罗的丈夫，是一个在上海大学教化学的，全部的科学头脑，平日对于中国人之龌龊不卫生、没有科学常识，极端的瞧不起，哪里还相信有能治病的医学？见自己爱妻听信黛利丝的话，便连忙反对道："你这病去招中国医生诊治，不如把手枪把自己打死，倒还死得明白些。找中国医生治病，必是死得不明不白，我若不在此地，你和黛利丝夫人去找中国医生，旁人不至骂我，于今我在这里，望着你去找中国人看病，旁人能不骂我没有知识吗？"

　　雪罗听了她丈夫这些话，还不觉着怎样，黛利丝听了，却忍不住生气说道："找中国医生治病便是没有知识，你这话不是当面骂我吗？我的病确是中国医生治好的，你却用什么理由来解释呢？"雪罗的丈夫自知话说错了，连忙笑着赔罪。雪罗对丈夫道："你不赞成我去找中国医生，就得陪我去医院里诊治。"黛利丝道："这上海的医院，还是我们本国的最好。我去年害这病的时候，经那院长诊察，说非开刀割治不可，而割治又不能保证没有生命危险，因此我才不割，赌气跑了出来。"雪罗的丈夫说道："那院长是我的朋友，我素知道他的手术，不但在上海的医生当中是极好的，便是在欧美各国，像他这样的也不多。我立刻就带你去那里瞧瞧，如必须割治，至少也得住两星期医院。"黛利丝道："我也陪着你们去医院里看看，看那院长如何说，或者不要开割也不一定。"雪罗道："我正要邀你同去。"

　　于是三人一同乘车到德国医院来。黛利丝始终低着头，装做不认识那院长的，那院长倒也没注意。雪罗解开上衣，露出赘疣来给院长看，院长诊察了半晌，说出来的话，与对黛利丝说的一样。雪罗也是问：

"开割后有无生命的危险？"院长摇头道："因为这地方太重要，患处又太大，割后却不能保证没有危险。倘割后经四十八小时不发高热，便可以保证无危险了。"

雪罗吓得打了一个寒噤道："有不有危险，要割后四十八小时才知道，请你去割别人，我是宁死不割的。"黛利丝对雪罗笑道："这些话我不是早已在你家说过了吗？去年他就是向我这般说，不然我也不至于去找中国医生打针。"院长见黛利丝说出这番话，才注意望了黛利丝几眼，也不说什么。雪罗的丈夫指着黛利丝对院长说道："据我这朋友黛利丝夫人说，她去年腰间也曾生一个很大的赘疣，是由一个中国医生用打针的方法治好的。我不是学医的人，不能断定用打针的方法，是不是有治好这种赘疣的可能？"那院长说道："在学理上虽然没有根据，但我们不能否认事实。黛利丝夫人去年患病的时候，曾来我这里诊视，后来经那医生治好了，又曾到这里来送给我看。我正待打听那医生的姓名、住处，准备亲去访问他，研究一番，黛利丝夫人却已走了。"黛利丝听了喜道："是呀，我有事实证明，任何人也不能反对。"

雪罗截住黛利丝的话头问道："你去找那中国医生打针的时候，痛也不痛？"黛利丝道："打针时毫不觉痛，比较注射防疫针时的痛苦轻多了。"雪罗望着自己丈夫道："我决定不在这里割治，我同黛利丝夫人到中国医生那里去。"雪罗的丈夫对院长道："我始终不相信全无知识的中国人，有超越世界医学的方法，能治好这种大病。我想请你同去，先与那医生交涉保证没有危险，如打针的时候，仓促发生何种变态，有你在旁，便可以施行应急手术。"院长道："我多久就想去看看，那医生已在上海设了诊所，想必不至发生危险。我曾和中国人研究过，倒是西医治病有时发生危险，因为西洋医学发明的时期不久，尚有许多治疗的方法，或是没有发明，或是还在研究中。各国虽都有极明显的进步，然危险就是进步的代价。中国医学发明在三四千年前，拿病人当试验品的危险时期，早已过了，所有留传下来的治疗方法，多是很安全的。近代的中国医生，不但没有新的发明，连旧有的方法，都多半失传了。"

雪罗的丈夫说道："照你这样说，中国的医学，在世界上要算发明最早最完全的了。"院长摇头道："我方才说的，是一个中国朋友所说的话，我不曾研究过中国医学，只觉得这些话，按之事实也还有些道理。"雪罗在旁催促道："不要闲谈了吧，恐怕过了他应诊的时间，今天又不能诊治了。"雪罗的丈夫要院长携带药箱，以便应用，院长答应了，更换了衣服，提了平常出诊的药箱，四个人一同乘车到黄石屏诊所来。

此时正在午后三点钟，黄石屏的门诊正在拥挤的时候，两边厢房里男女就诊的病人，都坐满了。黛利丝曾在这里诊过病，知道就诊的手续及候诊的地方，当下代雪罗照例挂了号，引到女宾候诊室。这时黄石屏在男宾房里施诊，约经过半小时，才到女宾房中来。黛利丝首先迎着，给雪罗介绍，黄石屏略招呼了几句说道："我这里治病，是按挂号次序施诊的，请诸位且坐一会儿，等我替这几位先看了，再替贵友诊视。"

雪罗的丈夫和那院长心里，巴不得先看黄石屏替别人治病是如何情形，遂跟着黄石屏，很注意的观察。只见黄石屏用针，果如黛利丝所说，将金针围绕在食指尖上，用大拇指缓缓的向皮肤里面推进，深的打进去五六寸，浅的也有二三寸。西医平日所认为不能打针的地方，黄石屏毫不踌躇的打下去，效验之神速，便是最厉害的吗啡针，也远不能及。诊一个人的病，有时不到一分钟，打针的手续就完了。因此房中虽坐有十多个病妇，只一会儿就次第诊过了，诊一个走一个，顷刻之间，房中就只有雪罗等四个人了。黄石屏问黛利丝："贵友是何病症？"黛利丝帮助雪罗将上衣解开，露出赘疣给黄石屏看了。雪罗的丈夫对黄石屏说道："我平日不曾见中国医生治过病，对于中国医术没有信仰，今日因黛利丝夫人介绍，到黄先生这里来求诊，不知黄先生对敝内这病，有不有治好的把握？"黄石屏道："尊夫人这病，与黛利丝夫人去年所患的病，大体一样。黛利丝夫人的病，是由我手里治好的，此刻治尊夫人的病，大约有七八成把握。"

院长插口问道："治雪罗夫人的病，也是打针么？"黄石屏点头应是。院长道："打针不至发生危险么？"黄石屏笑道："如何会发生危险！我在上海所治好的病，至少也在一万人以上，危险倒一次也不曾发生过。方才你们亲眼看见我治了十多个人，是不是绝无危险，总应该可以明白了。"雪罗的丈夫说道："敝内的病，求先生诊治，我情愿多出诊金，听凭先生要多少钱，我都情愿。不过我想请先生出立一张保证包好，及绝对不发生危险的凭单，不知先生能不能允许？"黄石屏笑道："诊金多少，我这里订有诊例，你不能少给，我也不能多要。像尊夫人这病，我相信我的能力，确实能担保治好，并能担保确无危险，不过教我先出立凭单再诊，我这里没有这办法。我中国有一句古话，是'医行信家'，病人对医生有绝对的信仰心，医生始能治这人的病，若是病人对医生不信仰，医生纵有大本领也不行。我的名誉，便是我替人治病绝大的担保，你相信我，就在这里诊，不相信时，不妨去找别人。上海有名的中西医院很多，你们何必跑到我这不可信的地方来呢？"

院长见黄石屏说话，很透着不高兴的神气，知道雪罗的丈夫素来瞧不起中国人，恐怕两下因言语决裂，将诊治的事弄僵，连忙赔笑向黄石屏说道："想要求黄先生出立凭单，并非不相信，实因他夫妇的爱情太好，无非特别慎重之义。先生既不愿照办，就不这么办也使得。"说毕，对雪罗的丈夫竭力主张在此诊治。雪罗本人原很愿意，当下就请黄石屏诊治。

黄石屏在雪罗身上打了四针，抽针之后，雪罗即感觉转侧的时候，腰背活泛多了。大家看这赘疣，来时胀得很硬的，此时已软得垂下来，和妇人的乳盘一样了。院长要看黄石屏的针，黄石屏取出一玻璃管的金针给院长看。院长仔细看了一会儿，仍交还黄石屏，说道："先生这种针法，是由先生发明的呢，还是由古人发明，将方法留传下来的呢？"黄石屏笑道："我有发明这种针法的能耐就好了，是我国四千年前的黄帝发明的，后人能保存不遗失，就是了不得的豪杰，如何还够得上说发明！"说话时，又来了就诊的病人，黄石屏没闲工夫陪着谈话，雪罗等四人只得退出诊所。

那院长在车中对雪罗的丈夫道："尊夫人明日想必是要来这里复诊的，希望先到我医院里来，我还想到这里看看。"雪罗的丈夫点头问道：

"据你看，他这种打针的方法，是不是也有些道理。"院长沉思着答道："不用说治病有这般神速的效验，无论何人得承认他有极大的道理，就专论他用针的地方，我等西医所认为绝对危险，不能下针的所在，他能打下去五六寸深，使受针的并不感觉痛苦，这道理就很精微。我行医将近三十年了，不知替人打了多少针，我等所用的针，是最精的炼钢所制，针尖锋锐无比，然有时用力不得法，都刺不进皮肤。因为人的皮肤，有很大的伸缩及抵抗力量，我刚才仔细看他用的针，不但极细极柔软，针尖并不锋利，若拿在我等手中，哪怕初生小孩的嫩皮肤，也刺不进去，何况隔着很厚的衣服？专就这一种手术而论，已是不容易练习成功。我们不可因现在中国下等社会的人，没有知识，不知道卫生，便对于中国的一切学术，概行抹杀。中国是一个开化最早、进化最迟的国家，所以政治学术都是古时最好，便是一切应用的器物，也是古时制造的最精工。"

雪罗的丈夫听了，又有替他妻子治病的事实在眼前，才渐渐把他历来轻视中国人的心理改变了。次日又邀同那院长到黄石屏诊所来。院长拿出自己印了中国字的名片，递给黄石屏说道："我虽在上海开设医院二十多年了，然一方面替人治病，一方面不间断的研究医术，很想研究出些特效的治疗方法来，完全是欲为人类谋幸福，并非有牟利之心。去年我听黛利丝夫人说起先生的针法，就非常希望和先生订交，以便研究这针法的道理。怎奈没有和先生有交情的人介绍，直等到此刻，只好跟着雪罗君夫妇同来，希望先生不嫌冒昧，许我做一个朋友。"说毕鞠了一躬。

黄石屏见这院长态度十分诚恳，说话谦和，知道是一个很有学问的人，遂也很诚恳的表示愿意订交。院长见黄石屏在雪罗脐眼上下半寸的地方打针，吓得捏着一把汗问道："这地方能打针吗？"黄石屏道："这是两个很重要的穴道，有好几十种病，都非打这穴道不可。"院长问道："我看先生的针有七英寸，留在外面的不过一英寸，余六英寸都打进肚皮里面去了，细看针尖是直插下去的，并不向左右上下偏斜，估量这针的长度，不是已达到了尾脊骨吗？"

黄石屏点头笑道："这穴道不在尾脊骨附近，非从脐眼上下打进去，无论从何处下手，都不能达到这穴道，所以至当不移的要这么打。"院长道："脐眼附近是大小肠盘结在里面，先生这针直插到尾脊骨，不是穿肠而过，大小肠上不是得穿无数个小窟窿吗？"黄石屏哈哈笑道："将大小肠打穿无数个小窟窿，那还了得！那么病不曾治好，已闹出大乱子来了。"院长沉思着说道："我也知道应该没有这种危险，但是用何方法，能使这针直穿过去，而大小肠丝毫不受影响呢？"黄石屏笑道："先生是贵国的医学博士，贵国的医学，我久闻在世界上没一国能赶得上，何竟不明白这个极浅显的道理，只怕是有意和我开玩笑吧！"院长急忙辩白道："我初与先生订交，并且是诚心来研究医术，如何敢有意和先生开玩笑！像先生这种针法，我德国还不曾发明，我生平也仅在先生这里见过，平日对于这种方法没有研究，在先生虽视为极浅显的道理，我却一时索解不得。"

黄石屏随手将一根金针递给院长道："你仔细检查这针，就自然知道这道理了。"院长接过来，就光线强的地方仔细察看，觉得和昨日所看的一般无二。雪罗的丈夫是个研究物理、化学的人，听了黄石屏的话，也接过金针来细看了一阵，实在想不出所以然来，低声问院长道："你明白了么？"院长见黄石屏在继续着替别人打针，只摇摇头不答白。雪罗的丈夫问道："你的解剖经验是很多的，人的大小肠是不是有方法，能使移在一边，或移到脐眼以下？"院长摇头道："这是不可能的事。我们西医所以不敢在肚子上打针，为的就是怕穿破了大小肠，危险太大。"雪罗的丈夫道："大小肠的质体，也是很有伸缩性的，这金针极细，比西医注射药水的针还细一倍，必是刺通几个小窟窿，没有妨碍。"院长只管摇头道："没有这道理。大小肠虽是有伸缩性的质体，然里面装满了食物的渣滓，质体又不甚厚，岂有刺破无妨之理！"二人一问一答的研究，终研究不出这道理来。

黄石屏一会儿将候诊的病人都诊过了，走到这院长跟前，笑问道："已明白了么？"院长红了脸说道："惭愧，惭愧！这针我昨日已细细的看过了，今日又看了一会儿，实在不明白这道理。"黄石屏接过那根金针，在指头上绕了几绕，复指点着针尖说道："其所以要用纯金制的针，而针尖又不能锋锐，就为的怕刺破大小肠。这针的硬度，和这么秃的针尖，便存心要把大小肠刺破也不容易，何况大小肠是软滑而圆的，针尖又不锋锐，与大小肠相碰，双方都能互让，所以能从肠缝中穿过，直达穴道。不过所难的就在打的手术，因为金针太软，肠缝弯曲太多，若是力量不能直达针尖，则打下去的针，一定随着肠缝，不知射到什么地方去了，断不能打进穴道。不能打进穴道，打一百针也没有效力。"

院长这才恍然大悟的说道："原来是这种道理。我昨日看先生打了数十针，没有一次抽出针来针眼出血，我正怀疑，不知是什么方法，一次也不刺破血管，大约也是因针尖不锋锐的关系。"黄石屏笑着摇头道："不刺破血管，却另有道理，与针尖利钝不相干。血管不能与大小肠相比，这针尖虽不甚锋锐，然不碰在血管上面则已，碰着决无不破之理，因为血管不能避让。倘若这针尖连血管都刺不破，却如何能刺进皮肤呢？"院长连连点头道："不错，不错！血管是很薄的，全身都布满了，究竟什么道理能不刺破呢？"

黄石屏道："你们西医最注重解剖，应该知道人身上有多少穴道。"院长摇头道："我西医虽注重解剖，但是并不知道这'穴道'的名词。在上海倒曾听得中国朋友说过，中国拳术家有一种本领，名叫'点穴'。据说人身上有若干穴道，只要在穴道上轻轻一点，被点的人还不感觉，甚至便受了重伤，或是昏倒过去。我心里不承认有这种奇事，不知先生所说的穴道，是不是拳术家点穴的穴道。"黄石屏道："我所说的穴道，也包括拳术家点穴的穴道在内。拳术家的穴道少，我打针的穴道多。只要穴道不会打错，无论用什么针打下去，是决不会出血的；如果出血，便是打错了穴道。"院长思索了一会儿，正待再问，只见外面又来了就诊的人，黄石屏说了句："对不起！"走过对面厢房诊病去了。

这院长自听了黄石屏这番闻所未闻的言语后，心里钦佩到了极点，第三日又跟着雪罗来，希望能和黄石屏多谈。无奈门诊的病人太多，他在上海开设了二十多年的医院，从来没有一天病人有这般拥挤的，一个医院的号召力量，还远不如黄石屏个人，即此可以想见针法的神妙了。

雪罗的赘疣，也只四天就完全好了。雪罗对这院长说道："黄医生的门诊二元二角，此外并无其他费用，也不要花药费，四次仅花了八元八角。这么重要的病症，只这点儿小费，就完全好了，又不受痛苦，怪不得一般病人都到黄医生那里去。若是住医院割治，至少也得费五百元，还不知有不有生命的危险。"院长点了点头，口里不说什么，心里想跟黄石屏学针的念头，越发坚决了。

雪罗的病既好，自然不再到黄石屏诊所来，院长只得独自来找黄石屏谈话。这日恰好遇着就诊的略少，院长深喜得了机会，黄石屏也因这院长为人很诚笃，愿意和他研究，将他邀到楼上客厅里坐谈。黄石屏一面吸着大烟，一面陪他谈话。这院长问道："你那日说人身穴道的话，没有说完，就被诊病的把话头打断了，为什么打中了穴道，便不出血呢？"黄石屏笑道："不是打中了穴道不出血，是打去不出血的地方就是穴道。"

院长道："人身上血管满布，如何知道这地方打下去会不出血呢？"黄石屏笑道："这便不是容易知道的一回事。我们学打针的时候，所学的就是这些穴道，发明这针法的古人，是不待说完全明了血管在全身的布置，所以定出穴道来，哪一种病，应打哪一个穴道，针应如何打法，规定了一成不变的路数。我们后学的人，只知道照着所规定的着手，从来没有错误过，并且从来没有失效的时候。至于古人如何能这样发明，我现在虽不能确切的知道，但可以断定绝对不是和西医一样，因解剖的是死人，与活着的身体大不相同。不用说一死一生的变化极大，冷时的身体与热时的身体，都有显明的变化。即算你们西洋人拼得牺牲，简直用活人解剖，你须知道被解剖的人，在解剖时已起了变化，与未受痛苦时大不相同了，若用解剖的方法定穴道，是决不可靠的。"

院长道："不用解剖又如何能知道？"黄石屏笑道："我刚才说的用解剖不能定穴道，当然留传下来的穴道，不是由解剖得来的。至于不用解剖，用什么方法，这道理我们中国人知道的多，便是不知道的，只要对他说出来，他一听就能了解。若对你们专研究科学，及相信科学万能的西洋人说，恐怕不但不了解，并不相信有这么一回事。"这院长说道：

"你说出来我不了解，容或有之，相信是很相信的，因我早已相信这个人不至随口乱说。"黄石屏道："你相信就得了。你知道我中国有一种专门修道的人么？这种人专在深山清静的地方，修炼道术，不管世间的一切事，也不要家庭。"

院长点头道："这种修道的人，不但中国有，欧洲各国都有。"黄石屏惊讶道："欧洲各国都有修道的吗？你且说欧洲各国修道的是如何的情形？"院长道："欧洲各国修道的，是住在教会里面，不大和外人接近。每日做他们一定的功课，他们另有一种服装，与普通教会里的人不同，使人一望就认识。"黄石屏道："我中国修道的，和这种修道的不同。中国修道的人，修到了相当的程度，便能在静坐的时候，看出自己身上血液运行的部位。人身穴道的规定，就是得了道的古人发明出来的。"

院长说道："我相信有这道理。你那日说，你打针的穴道，包括拳术家点穴的穴道在内，那么拳术家点穴的穴道，你是知道的了。"黄石屏道："这是很简单的玩意儿，怎么不知道？"院长道："果然能使被点穴的人，不知不觉的受了重伤，或是昏倒在地么？"黄石屏道："能点穴的当然如此，岂但使人不知不觉受重伤和昏倒，便是要被点的人三天死，断不能活到三天半；要人哑一个星期，或病一个星期，都只要在规定之穴道上点一下，就没有方法能避免。不过古人传授这种方法，是极端重视的，非忠厚仁慈的决不肯传授。这种方法，只能用在极凶恶横暴的人身上。"

院长道："你既知道这些穴道，自应该知道点法。"黄石屏道："不知道点穴，怎能知道打针？"院长思量了一会儿说道："你说的话，我是极相信的，不过我不相信果有这种事。承你的好意，认我做个朋友，你可不可以将点穴的事，试验给我看看？"黄石屏道："这是不好试验的，因为没有一个可以给我点的人，凭空如何试验？"院长道："就用我的身体做试验品不行吗？"黄石屏笑道："我和你是朋友，怎好用你的宝贵身体，当点穴的试验品？"院长道："这倒不算什么！我们西洋人为研究学术，牺牲性命的事所在都有，我为研究这点穴的道理，就牺牲性命也情愿，请你不用顾虑。"

黄石屏道："你牺牲个人的性命，如果能把点穴的方法研究成功，那还罢了。于今当试验品牺牲了，岂非笑话？"院长道："不是除了点死，还有许多点法吗？请你拣最轻的，试验给我看，最轻的应验了，重的当然也是一般的应验。"黄石屏笑道："你不怕吃苦么？这穴道不点则已，点了是没有好受的。我虽不曾被人点过，也不曾点过旁人，但是我学的时候，就确实知道被点的人，难受到了极点，越是轻微的越不好受，倒是重的不觉得，因为重的失了知觉，有痛苦也不知道。"院长道："我不怕吃苦，无论如何痛苦，我不仅能受，并很愿意受，请你今日就点我一下吧！"

不知黄石屏怎生回答，且俟下回再说。

总评：

本回入黄石屏传，写其幼时之十分蠢笨，有同白痴，其家人固已视之为废材矣。不图当圆觉慎选传人之时，乃兄三人固皆较石屏为聪颖，乃均不得获选；而圆觉所垂青者，竟为此凤号白痴者。于是，方知圆觉之具有慧眼，而白痴者非真痴也。虽然，此亦为一种缘法，且幸而得遇具有慧眼如圆觉者其人。非然者，安见黄石屏之不以白痴终其生，而一任人之目为废材哉！

金针虽为小道，然欲学成殊非易事，试就本回中之事实而观，当黄石屏之谨敬受教，依序渐进，寒窗苦辛，固已不知几易寒暑矣。夫然后所学方成，而可以以之问世。由是可知无一学业之成，非由苦下功夫而来。彼喜嬉者，急而不能耐劳者，终无成功之日也。

中西医术，各有所长，而不能偏废，此实最为公允之言。试观，德国医术固凤有盛名，而足为全世界之冠，然今则有德医所不能治疗之病，而黄石屏竟能以金针治之矣；且治之使愈而易如反掌矣。倘令不信中医者闻之，不终疑为怪事乎？然而，黄石屏之大名，固已因之而更远扬，此德国医院院长之所以亦欲与之缔交也。

第七回

奇病症求治遇良医
恶挑夫欺人遭毒手

话说黄石屏见那院长再三逼着要点穴，只得答应道："我试验一次给你看使得，不过你得依我的办法，找一个律师来，写张凭据给我。据上得写明白，被点之后，或伤或病，甚至因伤因病而死，完全是出于本人情愿，不与点穴人相干，并由律师出名保证。你能这么办，我便不妨试验一次给你看。"

院长大笑道："黄先生过虑了。我既是为欲研究点穴的事，是否确实有效，再三请求你试验，你肯试验给我看，我就牺牲了生命，也感激你的好意，难道还借故与你为难吗？这一层请你尽管放心好了。"

黄石屏道："不是这种说法。这不是一件寻常的事，我受师傅的传授，有这一类方法，但是从学会了到于今，一次也不曾试用过。在学理上我虽相信决无不效，或有差错的事，然因从来不曾试用的缘故，不见得要将你点病，便断不至将你点伤，或将你点死。如果我和你有仇，或你是一个穷凶极恶的人，我想点你一下，使你受伤或害病，那却非常容易，因为要点伤的点病了，要点病的点死了，都不要紧。于今你和我是朋友，并且是异国的朋友，又是存着要试验的心思，我下手的时候，或不免矜持，本来是打算将你点病的，倘若结果将你点伤了，甚至不幸将你点死了，在你本人出于情愿，当然没有问题。你的亲族朋友，未必便知道你是为研究学问，情愿牺牲。你现在亲眼见我替人打针治病，尚且不相信有点穴的事，何况你的亲族朋友呢？那时如果有人出来控告我，我不是有口难分吗？无论如何，你不能依照我这办法，我断不能动手。"

院长说道："你既是非找律师来写凭据，不肯试验，我只好照办。我请好了律师就同到这里来，随便哪一天都可以试验么，不须一定的时间么？"黄石屏点头道："你带律师来签好了字，实时便可以试验，没有一定的时期。"院长听了，即起身说道："我一方面去请律师，一方面还得预备后事，伤了病了倒无关系，不能不提防被你点死。我为研究学术而牺牲，是很值得的。我今年已六十八岁了，去老死的时期已极近了，我还有什么顾虑不愿牺牲？"

黄石屏惊讶道："什么呀？你今年六十八岁了吗？"院长看了黄石屏这种惊讶的神情，不觉愣了，说道："我怎么不是六十八岁！"黄石屏笑道："我看你的精神皮色，都像比我年轻。我今年四十六岁，不论教谁人估量你的年纪，至多不能说你过了五十岁。我若早知道你已六十八岁了，任凭你如何要求我点穴，我便有天大的胆量，也断不肯答应。"

院长道："这话怎么讲？难道有六十八岁，便不算人了吗？"黄石屏道："因为年老的人，气血已衰，伤了病了都不容易恢复原状。"院长着急道："你不可拿我的年纪老了来推诿。我的年纪虽老，精神还自觉不衰颓。"黄石屏看了这院长着急的情形，不由得肃然起敬道："你放心，我决不推诿。我真钦佩你这种求学术的精神，在年轻的人如此尚且难得，这么高的年纪，还能不顾性命的研究学术，真是了不得。怪道你们西洋的科学，在这几十年来，简直进步得骇人，大约就是因为像你这种人很多的缘故。"

院长见黄石屏称赞他，也很高兴的说道："我这种举动，在我德国医学界算不了什么！你于今既应许我试验点穴，我可以说一桩事你听，可见我国医学界的人，对于学术的牺牲精神，像我这样的算不了什么！和我同学的一个医学博士，在香港开设医院，声望极好，有一次来一个害肺病的中国人求诊，这人的年纪虽只有三十多岁，身体非常瘦弱，这博士诊察的结果，认为肺病已到第三期，没有治疗的方法。这人复问：'既没有治疗的方法，究竟还可希望活多少时日？'博士经慎重的诊断，说至多能再延长半年的生命，应赶紧预备后事。这人问：'何以能这般确实的断定？'博士说：'我用爱克斯光照了你的肺部，见你的肺已烂去了半截，还有治疗的希望吗？'这人听了，自然相信，非常忧虑的跑回家去，日夜办理身后的事务，过了一个多月，病状越发严重了。一日，偶然遇着一个中国医生，诊这人的脉，说尚有一线生机，就由这医生开方服药，不料这药服下去，竟有绝大的效力，病状一日一日的减轻，药方并不更改。每日服一帖，经过三个月，所有的病态完全去了，身体也渐渐肥胖起来，不到一年，居然变成一个十分强壮的中年人了。这人心里自是高兴，然想起这博士诊断他至多不能延长生命到半年的话，便忍不住气愤，逢人便毁谤西医不可靠，但犹以为不足出气，特地带了药方和这博士的诊断书到医院里来，指名要见这博士。博士当然出见，这人开口就问道：'你认识我么？'博士端详了几眼，说道：'对不起，我这里诊病的人多，虽是面熟，却想不起来。'这人道：'怪不得你不认识我？我就是在一年前，经你用爱克斯光诊察我的肺部，说我的肺已烂掉了半截，至多活不了半年，教我赶紧预备后事的某某，你此刻还记得有这回事么？'博士陡然想起来了，又惊讶又欢喜的说道：'记得，记得！你在哪个医院里将病治好了呢？'这人愤然道：'你们外国医院都是骗人的，怎能治好我的病？我那病是我本国医生，用中国药治好的。你说我非死不可，今日我特地到这里来，你再替我诊察诊察，看我还能活多久？'

"博士听了他这话，并不生气，不过很怀疑的，请这人到诊察室里，再用爱克斯光照看，只见肺部很显明的两种颜色，从前烂掉了的半截，此时已完全好了，但是颜色和原有的肺色不同。原有的是紫红色，补好的是白色，呼吸的效力，和平常健全人的肺量一样。

"博士看了，不由得异常纳罕，当下向这人要求道：'你这肺病，于我医学界的贡献极大，我想请你多坐一会儿，等我用摄影机，在爱克斯光下摄取一影，使后来患肺病的人，得到一种可靠的治疗方法，不知你愿意不愿意？'这人当然答应。博士立时就正面、侧面、后面摄了几张照片，然后问这人道：'你服的是中国什么药，现在还有药方没有？'这人取出药方来说道：'我始终服这药方，服了一百帖以上，病就完全好了。'

"博士虽认识中国字，但是不了解中国医术，更不懂中国药性，看了药方仍不明了，一面留这人坐着，一面打发人去药店，照方买了一帖药来。这人就许多药中，检出一味分量最多的药，说道：'治我这肺病的主要药，就是这一味白芨。我国在数千年前的医书中，便已发明了白芨可以治肺病。你们西医见不到，却妄说肺病到了第三期不治，不知误了多少人的性命，所以我的肺病治好了，忍不住要来给你看看，使你以后不再误人性命。'

"博士欣然立起身对这人行礼道：'我其所以欢迎你，也就是为以后患肺病的人，请你再多坐一会儿，我去取出方才的照片来看看。'博士向助手取出底片，对电光照看了一会儿，觉得还不十分满意，独自沉思了一阵，匆匆走出来，望着这人毅然说道：'我现在为世间患肺病的得有效治疗起见，决心要向你借一件东西，你得允许我！'这人问：'是什么东西？'博士说：'就是你全部的肺，我要寄到柏林皇家医院去。'这人骂道：'你胡说！我的肺在我身上，如何能借给你寄到柏林去？'博士笑道：'能寄与不能寄，是我的责任，你可不过问，只问你肯借不肯借？'这人生气道：'放屁！我没有肺不是死了么？'博士道：'你本来早就应该死的人，此刻已是多活了半年，牺牲了一条性命，能救活以后多少患肺病的人，这种牺牲是世界上最有价值的，比较一切的死法都宝贵，你难道不同意吗？'

"这人做梦也想不到博士会向他借人身唯一不可缺乏的肺，一时又气又急，立起身要打博士，不提防博士已从衣袋中掏出实了弹的手枪，对准这人头额，枪机一动，只噼啪响了一下，这人便倒在地上死了。这人死了之后，博士叫助手帮着移到解剖室，匆匆忙忙将尸体解剖了，把全部的肺制成标本，写了一篇详细的记录，并一篇遗嘱。一切手续办好之后，对准自己头部，也是一枪。这人的家庭，原是要向法庭对医院起诉的，只因结果博士也自杀了，除却自认晦气而外，没有一点儿报复的法子。这是两年前的事，这人的肺标本和照片及博士的记录，药方药样，都一一陈列在敝国柏林皇家医院。这博士比我的年龄大五岁，死时已七十一岁了。这种为学术、为人类牺牲的精神，真值得人称赞。"

黄石屏叹道："这博士实可钦佩。你们西医最重实验，自非将人体解剖，不能得到结果，像这博士牺牲了人家的性命，自己也把性命抵了，人情国法都说得过去，当然是了不得的纯粹救人慈悲之念。我自到上海设诊所以来，时常听得有人传说，外国医院每每将病人活生生的解剖，本来不至于死的病，一经解剖自无生理了。去年报纸上，不是曾刊载过一桩惊人的《某医院看护妇同盟罢工》的新闻吗？十几个看护妇的照片，还在报上登了出来，报上说：某大医院，设备之完全为上海第一，素以手术极好著称。这次有一个无锡的中年妇人，因病住院已有半月，诊治毫无效验，妇人想要退院，医生坚留不许。妇人有个亲戚，在院里当看护妇已多年了，医生不知道这看护妇是妇人的亲戚，因她在医院里资格最老的关系，医生开秘密会议，并不禁她旁听。她这日听得医生商议，要将妇人趁活的解剖，吓得她什么似的，连忙跑到妇人跟前，把消息说给妇人听，并帮助妇人悄悄的逃走。一会儿，医生将要实行解剖，想不到妇人已逃得无影无踪了。医生大怒，查得是这看护妇走漏了消息，打了这看护妇几个嘴巴，并革去她的职务。同院的看护妇都是中国人，平时看院里医生解剖活中国人的事，已是很多了，人各有天良，看了早已心怀不平，这次见同事为这事受了大委屈，更动了公愤，同盟罢工出来，将事情在报上宣布。次日，那医院也登报否认，然尽管申辩，上海人已不敢再去那医院诊病了。"

这院长点头说道："这类事在贵国人眼中看了，觉得非常奇怪，若在欧美各国，却是很寻常的。欧美各国的人，在病时自愿供医生解剖的很多，遗嘱上要送医院解剖的，更是随时随地都有。这种解剖，完全是为人类谋幸福，绝对不能说是没有天良的举动。像黄先生是有知识的，又是做医生的人，若也和普通人一样，攻击医院解剖的举动，对于医学前途的影响，不是很大吗？"黄石屏道："我是中医，认定解剖是没有多大效验的，拿活人去解剖，尤觉不妥。你我两人以后各行其事吧！"这院长知道中医的主张，多有与西医根本不同的地方，便也不再往下说了，当时作辞出来。

过了几日，这院长将应办的后事都办妥了。这日邀了一个律师，并一个在公共租界巡捕房的副总巡，同到黄石屏诊所来。这两人都是德国人，与这院长素来是极要好的朋友。副总巡同来，并非作证，也没有旁的用意，只因听得院长说有点穴的事，为好奇心所驱使，要求同来看看。到诊所后，院长介绍两人和黄石屏会了面。黄石屏也约好了一个律师。

这院长坐定，黄石屏就用电话将预约的律师请来。黄石屏当着副总巡和两个律师，对这院长说道："你执意要试验我中国的点穴术，我若图免我个人的麻烦，尽有方法可以推诿；只因你为人非常诚实，与我虽结交不久，但是我钦敬你的人品，真心愿意和你做朋友，既是承认你是我的好朋友，说话当然不能略带欺骗的意味。今日你果然遵照我说的办法，带了律师来，我为慎重起见，也请了这位律师作证，照现在的情形看，试验点穴的事，是势在必行的了，不过我终觉得这事是很危险的。前几日，我虽曾对你详细说过，然那时只你我两人，这三位不在跟前。今日，我还得说说，我中国点穴的方法，在知道的人实行起来，是极容易的一桩事，比较我每日替人治病打针，还容易数倍，所难的就在不容易学得方法，及实施的手术。古人所以不轻易将方法传给人，也就为学会了之后，要人死伤或害病毫不费力，一个人一生到老谁不害病，只要病不至死，应该没有什么可怕。然寻常一切的病，都不可怕，唯有因点穴而得的病，却比较任何大病痛苦，实没有一种可以勉强忍受的，害病的时间，最短也须一礼拜，方能恢复原状。我敢发誓，我这话绝对不含有恐吓你的意味在内，你的年纪有这么大了，万一因受不了病的痛苦，发生出意外的危险来，我是不能担保的。"

这院长十分庄重的说道："你这些话我已听明白了。你说这些话的意思，我也了解，我此来已准备将性命送给你手里，连遗嘱都已凭律师写好了。我性命尚且不顾，还管什么痛苦，若点死了毫无问题，倘得侥幸不死，我便还有绝大的希望。"

副总巡和两律师都称赞这院长有毅力，当下将证书写好，四人都签了名。院长亲手送给黄石屏道："凭据在此，请你放心试验吧！"黄石屏一手接过那证书，一手在这院长的肩头上拍了一下，随即举起大拇指向副总巡和律师笑道："我们中国恭维年老有毅力的人，说是老当益壮。这院长真可称为老当益壮。"说毕，将证书折叠起，揣入怀中，回到炕上躺下去吸大烟，一连吸了多口，坐起来闲谈。

这院长见黄石屏收了证书，和没事人一样，绝口不提到试验点穴的事，倒闲谈许多不相干的话，忍不住问道："今天已不能试验了么？"黄石屏故意装做不明白的反问道："今天为什么不能试验？"院长道："既是能试验，就请动手吧，是不是要把衣服脱掉？"黄石屏摇头道："我治病尚且不要脱衣服，点穴要脱什么衣服？"院长走近黄石屏面前说道："不要脱衣服更省事，应点什么地方请点。"黄石屏笑道："点穴最好不使被点的人知道，因为一经知道，或是动弹，或是存心咬紧牙关抵抗，点时便比较的难些。你身上我早已点过了，你请坐下吧！"

院长很诧异的问道："已经点过了吗？是何时点的，我怎的一点儿不觉得？"黄石屏笑道："在称赞你老当益壮的时候点的。"院长点头道："不错！你伸手接证书的时候，曾举手在我肩上拍了一下。我当时觉得脚筋有点儿发麻，身上打了个寒噤。我认为这是常有的现象，不疑心是点穴的作用，所以不注意。"黄石屏道："本来被点之后，身体上就得感觉痛苦，我为你在我家，特给你留下回医院的时间，此时我也不再留你多坐了，过一礼拜再见吧！"

院长心里怀疑着，与副总巡、律师同作辞回医院。他因见黄石屏拍得很轻，认为是和催眠术一类的作用，可以用极强的意志抵抗，回医院后，全不把这回事搁在心上，换了衣服，打算照常工作。无奈渐渐觉得头昏眼花，背上一阵一阵的发麻，好像伤寒怕冷的神气。勉强撑持不到一刻钟，实在撑持不住，好在他自己是个医学博士，对于这类普通病状，有极效之治疗方法，当即认定所有的现象，是偶然病了。叫助手配了些药服下，蒙头睡在床上，以为睡一觉醒来，痛苦必可减轻。

谁知服下药去，忽发生一种意外的反应，全身无端战栗不止，正和发了极严重的疟疾一样，绝对不能自主。接着用他种方法治疗，说来奇怪，每服上一种药，便发出一种奇离而难受的病症，直闹了半日一整夜，不曾有一分钟能合眼安睡，然仍咬紧牙关忍受，邀请了上海几个有名的西医，想用科学的方法，救治这种痛苦。

那几个西医听了黄石屏点穴时的情形，无不称奇道异，大家细看被点的肩头上，并无丝毫痕迹，他们既研究不出点穴致病的所以然，只好仍旧按照病状下药。所幸痛苦虽重，神志倒很清明，然因为神志清明，便更感觉痛苦不能忍受，捶床捣枕的又过了一日。第三日实在因治疗的方法都用尽了，不得不相信点穴确有道理，打发人把黄石屏接到医院来。院长对黄石屏说道："我于今已试验中国的点穴方法，相信有极精微的道理，就是我在上海同业的朋友，也都认为是一种值得研究的学问，尤其是我们业医的人，应该切实研究，将来医学界，必能得着极大的助力。我此刻接你来，只因你事先所声明的话应验了。这三日来所发现的痛苦，无论如何强硬的人也不能忍耐。我们西医所有的特效治疗的方法，都曾使用过，不但没有效力，由服药反应所发生的痛苦，倒比较不服时厉害，所以请你来，求你替我诊治，我想应该很容易的治好。"

黄石屏道："你这三日来的痛苦，果然是因点穴而发生，但你若不用种种的西法治疗，痛苦也不至发生到这般厉害。好在我早说了，这痛苦是有期限的，期限已过了一半，到第七日自然会好。点穴所发生的病态，有可治疗的，有不能治疗的，你这种是不能治疗的，若点的是哑穴、昏穴之类，情形尽管比较你这种严重，治疗倒甚容易，只要我伸手摸一下，立时可以使所患若失，也不必点穴的本人来治疗，凡是会点穴的，看了情形都能治疗。你这种被点的地方，在点穴的方法中，是极轻微、极安全的，但在七日之内，任何人也无法治疗，不是我不肯替你诊治，你安心睡到第七日，我们再见。"院长见黄石屏这么说，知道不是虚假，也不再说了，从此不用西法诊治，痛苦反觉安定些。

流水光阴，七日自很容易过去，刚经过七个昼夜，就和平常一样，什么诊治的方法也没使用，全身一点痛苦没有了。院长抱着满怀钦佩和欣羡之念，到黄石屏诊所来，见面行礼说道："我今天是竭诚来拜师求学的，望你不要因我是外国人，不予指教。"黄石屏笑道："你这话太客气了。我有何能耐，够得上使你拜师？"院长表示很诚恳的说道："你这话真是太客气，我不仅要学点穴，并要学打针，我是十二分的诚意，绝无虚伪。"黄石屏道："点穴算不了一种学问，不值得一学，因为学会了，一点儿用处没有。在有人品道德的人学了还好，不过得不着点穴的益处，也不至受点穴的害处；若是没有人品道德的人学了，于人于己都有绝大的害处，就和拿一支实了弹的手枪给疯子一样。所以中国的古人对于这种方法，不轻易传授给人。像你这高尚的人品，传授当然没有问题，但是你没有学的必要，即如我当日学这方法，及练习使用时手术，无间寒暑的整整练了一年，才练习成功。然直到现在，方因你要试验使用第一次，逆料我以后无论再活多少年，决不至有使用第二次的机会。我听说你们西洋人研究学问，最注重实用，这种极难学而又极无用的东西，你说有学的价值吗？"

院长见黄石屏说得很近情理，只得点头说道："点穴的方法，我虽有心想学，然也觉得非救人的学术，你不传授我也罢了。你这针法，我却非拜你为师不可。"黄石屏道："世界的医术，世界人公认是德国最好，你又是德国有声望的医学博士，在上海更负一时的重望，加以这么大的年纪了，如何倒来拜我为师，不但有损你个人的声望，连你德国医学在世界上的地位都得受很大的影响，这怎么使得？"

院长很庄重的说道："人类对于学术，哪有年龄的分别？只看这学术对于人类的关系怎样，看研究学术的人，对于这学术的需要怎样？中国孔夫子不是说过'朝闻道，夕死可矣'的话吗？临死尚须闻道，可知学术只要与人类有重大的关系，便是临死还有研究之必要。我此刻年纪虽大，自知精力尚强，不至在最短时期就死，怎么便不能求学？至于我德国的医学，诚然在世界各国医学当中，占极重要的地位，但就过去的事实观察，一年有一年的进步，可知这学问没有止境，现在还正是研究的时期，不是已经成就的时期。中国的医学，发明在四千多年以前，便是成就的时期，也在二千多年以前，岂是仅有一百多年历史的西医所能比拟？我这话不是因为要向你学针法，故意毁谤西医，推崇中医。我是德国人，又是学西医的，断没有无端毁谤西医名誉之理。我所说的是事实，凡是知道中国文化的外国人，无不承认我这种议论，倒是中国青年在西洋学医回国的，大约是因为不曾多读中国书的关系，对中国医学

141

诋毁不遗余力。你是平日常听一般推崇西医，毁谤中国的议论，所以觉得我若拜你为师，可以影响到德国医学在世界上的地位，我是绝对没有这种思想的。更进一步说，我德国医学之所以能在世界占重要地位，就是由于肯努力研究，没有故步自封的观念，如果我德国研究医学的人，都和中国学西医的一般固执，便永远没有进步的希望了。"

黄石屏点头道："话虽如此，你要学我的针法，在事实上仍不可能。"黄石屏又道："不是我不能教，是你不能学。本来我这针法，不能随便传人，我老师当日传授我的时候，曾说为想求一个可传授的徒弟，亲自游历南北各省，物色了三十年，竟找不着一个称心如意的徒弟，业已认定此道必从他老人家失传了。后来无意中在宜昌遇了我，他老人家直欢喜得什么似的。一不是因我有过人的聪明，我的六亲眷属，无不知道我当时是一个形似白痴的小孩；二不是因我有坚强的体质，我因是先父母中年以后所生，体质素来最弱，完全是因我有学此道的缘法。我老师当日传授我，既是这般不容易，他老人家圆寂的时候，又对于传授徒弟，有非常重要的遗嘱，我自然不敢轻易传人，唯对你是例外。你求我传授，我是愿意传授的，无奈你不能学，你自己不因年纪老而气馁，自是很好，然人到中年以后，记忆力就渐渐减退，针法所必要强记的周身七百多穴道，不是记忆力强的少年，决不能学。针法所必要读的书，如《灵枢素问》《内经》《难经》《伤寒论》之类，在中国文字中都是极难了解的。中国的文人读这些书，尚且感觉困难，对中国文字毫无研究的外国人，当然没有读的可能。至于打针时的手术，更不用说，非少年手指骨节活泛，不能练习，在练习这手术以前，还得练习内功拳术。因为不练内功拳术，便不能将全身所有的气力，由手膀运到指尖，再由指尖运到针尖。你是一个医学博士，明白事理的人，应该知道我所说的，确系事实，不是故神其说。你且计算研究中国文字，练习内功拳术，记忆全身病道，练习打针手术，至少得若干时日，是不是你这六十八岁的外国人所能学得？"

院长听了这些话，仿佛掉在冰窖里，浑身骨髓里面都冷透了，一句话也没得说，低头坐了半晌才说道："我之想学针法，并不是为我个人营业上谋发达，我相信这种针法，传到德国以后，世界的医学，必起绝大的变化，叮以为西医开辟出一条绝大的新途径来。我既为资格所限不能学，只要你肯教，我可以打电报给柏林皇家医院，选派十个或二十个资质聪明的青年到上海来，不限年数，请你依法教授。你要享一种什么权利，才肯这么办理，请你直说出来，我也得电告皇家医院，求其承认。"

黄石屏道："我很抱歉。我这针法，虽非不传之秘，但绝对不能公开教授，尤其不能为权利去教授人。我老师教授我的时候，他老人家不仅不曾享受一点儿权利，并且为传授我针法，牺牲了他自己种种的利益，和四年的光阴。他老人家在遇见我以前，也曾有许多人送极丰厚的贽敬，要求拜师，都被拒绝了。这种态度，我中国有高尚技艺的人，都是如此。我中国有许多技艺，每每失传，便是这个缘故。我心里纵不以这种态度为然，只是不敢违背我老师的遗教，忽将态度改变。"院长见黄石屏说得这般慎重，一时不好再往下说，只好等有机会再来磋商。

黄石屏虽拒绝了这院长的请求，心里却很想物色一两个可传的徒弟。无如每日接近的人虽多，在他眼中认为可传的，简直连一个也没有。这日忽有一个三十来岁的男子，陪同一个二十来岁的姑娘，到诊所来求治。这男子指着姑娘对黄石屏说道："这是我舍妹，从十四岁发病，每月发一次，直到现在，不知经过多少中、西有名的医生诊治，非但无效，近半年来因在汉口住了一个多月医院的缘故，原是每月发一次的病，现在每月发三四次不等了。闻黄先生的针法神妙，特地到上海来求治。"

黄石屏在这人身上打量了几眼，问道："足下尊姓，此番从汉口来吗？"这人道："我是湖南衡山人，姓魏名庭兰，在四个月以前，因汉口医院对舍妹的病谢绝治疗，只得退院回到衡山，此番是从衡山来的。"黄石屏问道："足下曾学过医么？"魏庭兰望着黄石屏，似乎吃惊的样子答道："先生何以知道我曾学过医？我医虽学过，只是一知半解，对于舍妹这病，一筹莫展。"黄石屏点了点头，详细问了一会儿病情笑道："这病本非药石之力所能治，还喜得以前服药无大差错，若在二三年前进了医院，此刻已不能到上海来找我了。"魏庭兰道："未进医院以前，服的是中国药，我毕竟能略知一二，与病情相差太远的药，便不敢服。医院里用的是西药，就是毒物我也不知道，所以越诊越糟。"

黄石屏取针替姑娘打了几下，吩咐魏庭兰道："令妹这病，既跋涉数千里来此求治，今日打了针回去，不问效验如何，明日仍得来诊。这病不是容易好的，恐怕没有半个月的时期，不能希望完全治好。"魏庭兰见黄石屏说话非常诚恳，当然感激。次日来诊，已有一部分见效，于是每日一次，足足经过两星期，才完全治好。

这两星期中，黄石屏每次必细问魏庭兰的学医经验。魏庭兰这人，小时候因家境异常艰窘，只略读了几年书，自知不能从科甲中寻出路，一时又没有相当的生意可学，他母亲便送他到衡山一个略负时誉的老医生家学医，为的是做医生常年有诊金的收入，不像做生意的，自己做怕蚀本，帮人家怕被人停歇生意。

魏庭兰的天分极平常，为人又老实，初学几年，于医学一无所得，喜得他天分不高，读《本草备要》及《汤头歌诀》等书，能下苦功夫。书虽读得不多，却是极熟，跟着那老医生诊病，有相当的临床经验。因此成年以后，挂牌应诊，对于不甚重大的病，每能应手奏效，在他家乡附近数十里的地方，也都承认他是一个少年老成的医生。行医数年，家中渐渐有了些积蓄，只对自己胞妹的病，没有办法。他的胞妹原已定了人家，就为得了这无法治疗的病，耽延着不能出阁，这番经黄石屏治好了，魏庭兰自是十分高兴。因黄石屏屡次问他的学医经验，他便也问这金针的方法，是否容易学习，黄石屏笑道："方法哪有难易，须看学习的人怎样。学习的人肯下苦功夫，难也容易。"魏庭兰问道："此刻上海能和先生一样用金针治病的共有多少人?"黄石屏道："能治病的人，多得不可胜数，和我一般用金针的，此刻还没有。"魏庭兰道："如此说来，可知这金针是不容易学习的了，若是容易学习，像上海这种繁华地方，何以只有先生一个? 我有心想从先生学习，只以自知天资太笨，恐怕白费先生的精神，将来败坏先生的名誉。"黄石屏道："你倒是一个可以学得的人，不过现在为时尚早，你此时想学的心，还不坚定，你且把令妹送回家乡，办了喜事，看你何时动念想学，便可何时到我这里来。"

魏庭兰听了，口里称谢，心里并不觉得这是不容易遭际的一回事，回到湖南以后，才听得人说起黄石屏的神针，有多少富贵人家子弟，千方百计以求拜列门墙，都不可得；在上海行医多年，一个徒弟也没有，就是因选择徒弟太苛的缘故。他听了这些话，方感觉到自己的遭际不寻常，凑巧他自从带他胞妹在上海治好了病回去，他家乡一般人都忽然说他的医道不行，说他自己做医生，自己胞妹的病治不好，还得花费许多钱，亲自送到汉口、上海去诊治，到上海居然治好了回来，可见得他的医道平常。乡下人的脑筋简单，这类言语传播开了，他这医生竟至无人顾问，生意一经冷淡，收入减少，生活上便渐渐感觉困难起来。他心想既是在家乡没有生意，长此下去，也非了局，并且终日闲着无事，更觉难过，黄石屏既有愿意收他做徒弟的表现，何不趁着这没有生意的时候，到上海把针法学好，以后替人治病也较有把握。主意已定，即独自到上海来，办了些礼物，正式找黄石屏拜师。

黄石屏见面笑道："我料知你在这时候要来了。住的房间，睡的床铺，都替你预备好了，专等你来。你这些礼物办来有何用处？你要知道我这医生收徒弟，和普通医生收徒弟不同，我是为我的针法，要得一个传人，不但我自己没有图利的心思，便是跟我做徒弟的也不能借针法图利。我自行医以来，要求跟我学针的，至少也有一百个以上了，没有一个不是拿种种利益来做交换条件的。我这种针法若是用钱可以买得，那还有什么可贵？我因你与我有缘，自愿将针法教给你，不仅用不着你办这些礼物，连住在我这里的房租、伙食，你都毋庸过问。只可惜你的年纪太大，我虽有心传授给你，有许多法门已不是你能学的了。这是关于你个人的缘法，无可如何的事。"

魏庭兰见黄石屏待他和至亲骨肉一样，自是万分感激，从此就住在诊所内，日夜学习针法。只因已到中年，不能再练内功拳术，由黄石屏自出心裁，想出种种练习指劲的方法来，到铁匠店里定制了大小不一的各种铁球，每一铁球安一根与金针一般粗细的铁针，日夜教魏庭兰用大指和食指将铁针捏住，把铁球提起，提起的时间渐渐加长，铁球的重量也渐渐加大。是这般不间断的练到一年之后，两个指头的力量，居然能提起二十斤重的铁球，支持到两分钟以上。黄石屏道："有这般指力，已够使用了。"这才传授穴道和方法。

此时黄石屏的女儿黄辟非，年龄已十五岁了，容貌虽不十分妍丽，但极端庄厚重，天资异常聪颖，甚想跟着自己父亲学习针法，奈何黄石屏不肯传授，只在夜间高兴的时候，把拳法略为指点。这黄辟非生成得一副好身手，拳术中无论如何复杂的动作，她一学便会，并且容易领略其中精义。黄石屏还是一副"女子无才便是德"的旧脑筋，不愿意黄辟非的拳术练得太精强了，恐怕她将来受拳术的拖累。但是她既生性欢喜此道，体格又好，进步非常迅速，黄石屏虽是不愿意，却也不能阻止她，有时望着她动作错误了，并忍不住不去纠正。无论学习何种艺术，若不遇着名师，尽管学的肯下苦功夫，结果也没有什么了不得，一经名师指点，便是成绩不好的也胜过寻常，成绩好的更是超出一切了。黄辟非终日在闺房练习拳脚，从来没有给她使用的机会，连同学的都没有一个，不能打一打对手，究竟自己武艺练到什么程度，自己也无从测验。

一次她跟着她父母回到江西原籍扫墓，魏庭兰因老师在路上须人照料，也跟着同到江西，在南康住了些时。黄石屏为田地纠葛，一时不能动身回上海，心里又惦记着上海的诊务，只得叫魏庭兰护送黄辟非母女先回上海。黄石屏只带了一个当差的，不能不留在自己跟前，只好叫黄辟非母女少带行李，三人由南康搭乘小火轮到九江，打算在九江改乘江轮到上海。

从九江到上海的轮船，照例每日都有一两艘。偏巧他们三人到九江的时候，已在下午五点钟，这日经过九江的轮船已开走了，只得找旅馆暂住一夜。当有码头上的挑夫，上前来搬运行李，有提被包的，有提网篮的，各人抢着一件驮上肩就走。魏庭兰看了这情形，一则恐怕抢失行李，二则所有的行李不多，尽可做一担挑起，也可省些搬运费，连忙把这些挑夫拦住，喝道："你们抢着往哪里走？你们知道我们到哪里去么？"九江的挑夫最凶恶，素来是惯行欺负孤单客商的。魏庭兰身体本

146

极文弱，同行的又是两个娇弱女子，一听魏庭兰说出来的话是衡山土音，这些挑夫更认定是最好摆布的了。当下既被魏庭兰拦住，便有一个将肩上的被包往地下一掼，也大声喝道："你们要到哪里去，你们不是哑子，不能说吗？好笑！倒来问我们。我们知道你要上哪里去？"

魏庭兰也不理会，指着行李说道："被、包、网篮、皮箱，共是四件行李，你们能做一担挑着走，就给你们挑，一个驮一件是不行的。"一个身材高大、长着满脸横肉的挑夫，瞪起两只血也似的红眼睛，望着魏庭兰问道："你知道我们九江码头上的规矩么？"魏庭兰道："我不知道你们什么规矩，你只说能做一担挑呢，不能做一担挑？"这挑夫扬着脸说道："有什么不行？"魏庭兰道："既是能行，就挑着走吧！我们到全安栈去。"这挑夫道："你要我们做一担挑，出多少钱？"魏庭兰道："你挑到全安栈，那账房自然会照规矩给钱。"挑夫道："那可不行。我们码头上有码头上的规矩，与他们账房不相干。这一担行李四块钱，先交出钱来再走，少一文也不行。照规矩一块钱一件，做一个人挑也是这么多钱，分做四个人驮也是这么多钱。"魏庭兰不由得生气道："你们这样会要钱，如何此刻还在当挑夫！我的行李不许你们挑，你们走吧！"旋说旋伸手将挑夫推开。挑夫也愤然说道："你不许我们挑，看你叫谁挑？"

黄辟非见这时天色已近黄昏，恐怕耽延到天色黑了遗失行李，只好出面对挑夫说道："好！还是由你们挑去吧，我给你一块钱的力钱。"挑夫听了，同时冷笑一声，大家围住行李站着，睬也不睬。黄辟非向魏庭兰道："此去全安栈不远，这些挑夫既如此刁难，我们自己把行李提着走就得啦！这个小提包请妈妈提了，我和魏大哥一人提两件。"说时，将手提包递给自己母亲，拣了两件轻些儿的给魏庭兰，自己一手提起一件，向前便走。

挑夫哪里肯放他们走，一字排开挡住去路，喝道："这里不是野地方，我们码头上是有规矩的，行李都许你们自己搬时，我们当挑夫的连屎也没得吃了。放下来，看有谁敢提着行李走！"

黄辟非性情虽本来是很温和的，但生长在富厚之家，平日又是父母

147

极钟爱的，家中当差的和老妈子，唯恐逢迎伺候不到，生平何尝受过人家的恶声厉色？这些挑夫凶恶的言语，她如何忍受得了？只气得她提起两件行李，大踏步向挡住的挑夫冲去。那长着一脸横肉的挑夫，伸手想来夺行李，急忙之间，却碰在黄辟非臂膊上，挑夫的手也快，趁势就扭住黄辟非的衣袖。这一来，把个黄辟非气得真个柳眉倒竖，杏眼圆睁，就手中皮箱举起来，迎着扭衣袖的挑夫横扫过去。

那挑夫做梦也想不到有这一下，被扫得倒退了几步，还立脚不住，仰面朝天倒在地下。旁边的挑夫看了，虽则吃了一惊，只是都是些脑筋极简单的粗人，还不认定是黄辟非身有绝技，以为是那挑夫偶然不曾站稳。便有两个自信勇敢的冲上来，骂道："咦，咦！你这小丫头还动手打人吗？"一路骂，一路分左右来抢行李。黄辟非的母亲吓得喊："打不得！"

黄辟非料知今日不给点儿厉害他们看，是不能脱身的，回身把两件行李放在魏庭兰面前，回道："大哥瞧着这行李吧，我非收拾这些比强盗还凶恶的东西不可！"说罢，折回身躯。那两个挑夫已逼近身边来了，公然各举拳头对黄辟非劈头劈脸的打下。黄辟非略向旁边一闪，只用两个指头在左边这个脉腕上一点，这个举起来的拳头，登时掉将下来，连这条臂膀都和断了的一样，只痛得张开大口直喊："哎呀！"右边这个因来势太猛，收煞不住，已冲到黄辟非面前。这挑夫平日也时常练习拳脚功夫，最喜使拳锋、肩锋，他的头锋能在土墙上冲下一大块土来，这时乘势将身躯往下一挫，一头锋朝着黄辟非的胸膛撞来。这种打法，在外功拳中都是极蠢笨可笑的，如何能在练内功拳的黄辟非面前使出来呢？黄辟非不愿意用手打在这腌臜的脑袋上，一起脚尖，正踢着他面门，两颗门牙被踢得掉下来了，只痛得这挑夫双手掩着嘴，回头叫同伙来围攻黄辟非。

有这三个挑夫受了重创，其余的才知道这女子不是好欺负的，然而这一班平日凶横惯了的挑夫，怎肯就此屈服不打了呢？仗着人多势大，会些武艺的也不少，知道一个一个的上来，是打不过黄辟非的，于是各人挺手中扁担，发声吼，一拥上前，围住黄辟非如雨点一般的打下。把黄辟非的母亲和魏庭兰吓得呆了，立着浑身发抖，连话也说不出了。

黄辟非正恨平时没有使用武艺的机会，这时心里倒是又愤怒又欢喜。常言"初生之犊不畏虎"，她哪里将这一班挑夫看在眼里？当下不慌不忙的将身躯往下一蹲，便只见一团黑球，在众挑夫丛中，闪过来晃过去，沾着的不是顿时倒地，便被抛掷落在一二丈以外。一时打得黄辟非兴起，随手夺过一条扁担，对准打来的扁担，一劈一拨，顷刻之间，只见数十条扁担，被劈拨得满天飞舞，结果没有一个不受伤的。这些挑夫却不中用，在未动手以前，一个个横眉瞪眼，凶暴得了不得，经黄辟非打过以后，都吓得销声匿迹，没有一个敢露面了。码头上所剩的全是看热闹的人，这些闲人未尝不代黄辟非抱不平，但是多畏惧挑夫的凶焰，无人肯出头说话。此时见挑夫全被打跑了，这才有仗义的过来，自愿替黄辟非、魏庭兰将行李搬运到全安栈去。

黄辟非正在踌躇，不料这番打架的情形，虽经过的时间不久，然因事情太奇特了，消息传播得异常迅速，眨眼之间，便有人送信到全安栈，说有这般三个客人，要投全安栈歇宿，现在与挑夫打起来了。全安栈听了这消息，连忙打发接江的，带了两个茶房，奔到码头上来，准备阻止挑夫的围打。等他们跑到码头的时候，架已打完了，接江的遂拿出招牌纸给黄辟非，并述明来迎接的缘故，黄辟非这才谢了那几个仗义的闲人，跟着接江的行走。魏庭兰吓了一身大汗，黄辟非母亲的两脚都吓软了。

到全安栈后不到一刻钟，就有九江著名的青帮首领洪锡山，亲自来拜访黄辟非，称辟非为女侠客。黄辟非是一个好人家的闺秀，平时足不出户，从来没有和面生男子说过话，何况是接见江湖上的人物呢？当即教茶房回说因打架过于疲乏，到客栈就休息了，委实不能接见。洪锡山以为是实话，留了张名片请安，便自去了。接着又有一个名叫陈天南的，自称是码头上的挑夫头目，今日因事出门去了，不在码头上，以致闹出大乱子来，他一则前来谢罪，二则还有事要当面请求。

茶房见洪锡山尚不曾见着，料知通报也无用，即将洪锡山求见及回答的话说了，陈天南不依道："洪锡山来不见，安知我来也不见呢？洪锡山是无事前来拜访，我是有要紧的事，非见这黄小姐的面不可。无论如何，请你进去说说吧！"陈天南说话的嗓音高大，和茶房说的话，黄辟非在房中听得明白，即叫魏庭兰出来，问有什么要紧的事？魏庭兰见陈天南是码头挑夫的头目，恐怕是有意来图报复的，有些害怕不敢出去。黄辟非知道他胆量最小，便说道："大哥尽管放心去见这人，我料知他们此后不仅不敢向我们无礼，无论对谁，也断不敢再和今日一般欺负人了。这人既说有要紧的事，所以不能不请大哥去会会他。"

魏庭兰也自觉胆量太小，只好硬着头皮出来，见了陈天南，问道："你定要见黄小姐，有什么要紧的事？"陈天南就魏庭兰身上打量了两眼反问道："先生尊姓？和黄小姐是一道来的么？"魏庭兰点头道："我姓魏，黄小姐是我的师妹。她此刻因疲乏了，已经休息，你有什么事对我说吧！"陈天南笑道："我知道黄小姐决不至疲乏得便已休息，我的事非面求黄小姐不可，随便对谁说也不中用。"魏庭兰道："那么你就明天来吧，此时确已休息了。"陈天南道："若是可以等到明天来，也不能算是要紧的事了，今晚我非求见不可，并且越快越好。"黄辟非已在房中听得清楚，忍不住走出问道："你这人定要见我，究竟是为什么？"

陈天南又惊又喜的神气，抢上前说道："黄小姐，我陈天南在这里赔罪了。"说时，双膝着地，跪下去就拜，捣蒜也似的不计数，磕了好几个头，起来垂手立着说道："我陈天南虽是一个粗人，不曾读书，也会不了多少武艺，只是生成一个高傲不肯服人的性子，生平除了父母、师傅而外，没有向人磕过头。这回对黄小姐磕头，一为赔罪，一为诚心钦佩黄小姐的武艺。我充当挑夫头目，平日不能管教挑夫，以致他们乘我不在码头照料的时候，向黄小姐无状，这是我对不起黄小姐。我于今还得求黄小姐大量包涵，饶恕了我那些无知无识的弟兄吧！"边说边连连作揖。

黄辟非道："是你那些挑夫先动手打我，我被逼得没有法子，不能不回手把他们打开。此刻事情已经过去了，还教我如何饶恕他们？"陈天南赔着笑脸说："黄小姐的武艺太好，我那些弟兄们，此刻还在各人

150

家里，有睡在床上打滚，直喊'哎哟'的；有倒在床上一言不发，全身如炭火一般发热的；还有浑身都肿得如得了黄肿病的。我虽不懂得什么武艺，但是看了这些情形，知道是黄小姐下手点了他们的穴道。像他们这般对黄小姐无状，受苦是自取的，是应该的，不过我来求黄小姐可怜他们都是些没有知识的苦人，一家妻室儿女，全仗他们搬行李运货物，赚几文钱换饭吃，一天不能上码头，妻室儿女便得挨一天饿。千万求黄小姐大发慈悲，给他们治好。"

黄辟非听了，沉吟一会儿说道："我一时失手打伤了他们，容或是有的，却不曾点他们的穴道。你回去教他们耐心等待一夜，倘能从此各人存心痛改前非，或者不待天明就好了，若以后仍欺负孤单旅客，恐怕还有性命之忧呢！你回去对他们这般说吧。"陈天南见黄辟非说话严正非常，不敢再多说，连应了几个是，退出去了。

魏庭兰回房问黄辟非道："师妹既不曾点他们的穴道，何以有全身发热，睡倒不言不语，及浑身肿得如害黄肿病的情形呢？"黄辟非笑道："二三十个那般蛮牛也似的大汉，围住我一个人打，我若不用重手把他们一下一个打翻，只怕打到此刻，还在码头上被他们围住呢。"魏庭兰道："师妹点了他们的穴，不替他们治，他们自然能好吗？"黄辟非道："这却难说！他们就因此送了性命，也是没法的事。他们这般凶暴，二三十个男子，用扁担、竹杠围住一个女子打，被打死了还算冤枉吗？"魏庭兰道："可恶自是可恶，不过我的意思，也和刚才陈天南所说的一样，他们的妻室儿女可怜。"黄辟非道："我何尝不明白这个道理。"说时，伸着脖子向门外窗外望了一望，低声对魏庭兰说道："我爸爸原是极不愿意将这点穴的方法传授给我的，是我自己把铜人图看得极熟，并偷看了爸爸抄本书上的手法，因看了有不明白的，拿着去问爸爸，爸爸这才肯教一点儿给我。不过点人的手法我学了，救人的手法，还不曾学好。爸爸再三说，学了这东西无用，我一问他，他就皱着眉头，现出不情愿的样子。后来我弄得不敢问了，所以至今我还是只能把人点伤，不能把已伤的点好。这回的事，不要给爸爸知道才好，知道了不仅骂我，一定还得后悔不应该传授。"

魏庭兰摇头道："我觉得这回的事，倒是隐瞒不得。老师知道，决不至责备师妹，并且有师母在旁，看见打架的情形。不是师妹仗着有一身武艺，无端去寻着人打架，今日倘若师妹没学会点穴的功夫，还了得吗？据我推测，老师只有后悔不应该不把救人的手法传授完全，以致活生生的把人点伤点死，无法挽救的，一定决不迟疑的把救人手法传给师妹。"当时，辟非的母亲坐在旁边听了，说道："魏大哥这话有道理，将来让我对你爸爸说，包管你爸爸心甘情愿的传授给你。"黄辟非也以为然。一夜已过，次日绝早有船到了，黄辟非等便上了轮船，那些挑夫伤后是何情形，也无人去打听。

到上海才三日，黄石屏就回来了。黄辟非照例很欢喜的上前请过安，问道："爸爸不是说至少也得耽搁十多天，才能回上海的吗？怎么今日就回来呢？若早知道只迟三天，我们何不等爸爸同走？"黄石屏放下脸来，只当没听得，连睬也不睬。黄辟非看了这神情，她平日是最为黄石屏夫妇所钟爱的，从来不曾受过这般冷酷难堪的嘴脸，只急得一颗心上下乱跳，险些儿从喉咙里直跳出来了，暗自想道："九江打架的事，爸爸刚到家来，母亲还不曾说起，断不会知道，假若是走九江经过的时候，听得人说罢，九江是一个大码头，每天来往的人成千成万，当时谁也不知道我的姓名，安知便是我打的？爸爸若是为这事生气，应该先向我问明白再骂我，多半是为田土纠葛的事，心里怄气，懒得说话，不与我相干，用不着我站在这里，自己吓自己，吓得心跳得难受。"想罢，自以为不错，折转身待向房外走去，刚走近房门口，黄石屏猛喝了一声："站住！"这一声站住不打紧，把个黄辟非惊得魂都掉了，回头呆呆的立着。

她生平不曾受过这种委屈的，不由得两行眼泪和种豆一般的洒下来。黄石屏本来异常气愤，将平日痛爱女儿的心思，完全抛弃了，及看着自己女儿惊得这般可怜的神气，心里又觉得不忍了，倒抽了一口气问道："你自己知道你还是一个闺女么？我平时教训你的言语，难道一句也忘了吗？如何敢公然在九江码头上，和一班挑夫动手打架？你当时也想到你自己的身份，和我姓黄的家声么？我时常说，不愿意你学武艺，

152

为的就是明知道学了些武艺的人，一心想寻人试试手段，若是男孩子倒也罢了，一个女孩儿家，竟会在众目昭彰的码头上，和男子汉打架，不用旁人批评，就凭你自己说，成个什么体统！"

黄辟非的母亲，忍不住在旁说道："我当时也同在码头上看见，这番打架的事，实在不能怪辟非有心想寻人试手段，如果你那时在跟前，看着那些挑夫凶暴欺人的举动，任凭你脾气如何好，也不能不恼恨！辟非还是耐着性子，不和他们计较，无奈有一个身材最高大、长着满脸横肉的挑夫，大胆伸手把辟非的胳膊擒住，辟非的胳膊只动了一动，那东西自己站不牢跌倒了，其余的就硬诬辟非打了人，不由分说的围拢来打辟非。魏大哥吓出了一身汗，我两条腿都吓软了，若不是辟非还手上来，怕不被他们打死了吗？"

黄石屏听了，冷笑道："这些话亏你说得出口。你平日不知道管教女儿，不知羞耻，不顾体面，居然动手打伤几十个男子，不怪自己女儿凶暴，倒说人家凶暴。你不会武艺，庭兰也不会武艺，何以没有人把你的胳膊和庭兰胳膊擒住，偏要擒她这会武艺的胳膊！九江码头上，来的千千，去的万万，从来没听人说过挑夫打了客人的事，我们回南康的时候，不是走九江经过的吗？我们何以没遇着那擒胳膊的挑夫？人必自侮，然后人侮之，你们当时在码头上打架的情形，我一点也知道，挑夫不过向你们多讨几个力钱，你们若照数给了他，何至于闹出这么大的乱子？辟非，你只知道四块钱搬到全安栈太贵了，你可知道你的身份，不仅值四块钱么？你黄家的家声，不仅值四块钱么？你以为九江是野地方，没有国法的么？你这种一知半解的功夫，倘若失手打死了人，你能逃得了不偿命吗？你爸爸妈妈平时那般痛爱你，你就肯为四块钱的小事，拼着把性命不要，使你爸爸妈妈伤心一辈子吗？"

黄辟非听到这里，想起打架时危险的情形，不由得放声大哭起来，几步跑到黄石屏跟前，双膝跪下，将头伏在黄石屏腿上说道："爸爸不要生气了，我不该一时糊涂，忘了爸爸的教训，闹出这种乱子来，使爸爸着急怄气。我于今后悔也来不及了，以后决不敢再出外胡闹了。"边说边伤心痛哭。

辟非母亲看了这情形，心里说不出的难过，也忍不住掩面而哭。她母女这么一哭，登时把黄石屏的心哭软了，差一点儿也跟着掉下泪来，伸手将黄辟非拉起说道："只要你知道后悔，以后永远不再这么胡闹，也就罢了。不要哭，听我说吧，你知道我原说至少需两星期回上海，何以今日就回了的缘故么？就为你这一知半解的功夫，把那些挑夫打坏了，又不能给他们治好，使我不能不赶去施救。我先听得人传说，有一个小姑娘，在九江打翻了二三十个挑夫，我便疑心是你这不听话的孩子闹的乱子。一时想打听详情，却又打听不出，过不了半日，那些受伤的挑夫，有好几个发生了危险的现象。那挑夫头目陈天南到处调查，居然被他查出你是我的女儿。我尚在南康家里，陈天南遂赶到南康，当面述了打架前后的情形，求我到九江诊治。此时我假使不在南康，再多耽延几日，这乱子还不知要闹多大！你可知道你下手毫无分寸，有七个人被你点着了死穴，睡在床上不言不语，只要一过七昼夜，便有神仙来救，也没有办法。你想想，他们虽是当挑夫的人，性命是一样的紧要。国家的法律，杀人者死，伤人者抵罪，对于被杀被伤的人，是不问富贵贫贱的，不能因为他们是挑夫，被人打死了，便不拿办凶手。那陈天南与码头上的地保，连禀帖都写好了，如果我不到九江去，或是不能把受伤的治好，只怕不出三五天之外，你已被捕下狱了。你屡次要学点穴，我不肯传授给你，你还不愿意，你妈还说，有本领不传给自己女儿，世间还有何人可以传得？我当时对你们说，点穴的功夫难学，且学了不独全无用处，若学的人脾气不好，就和拿一支实弹手枪，送给疯子一般，不知要撞出多少祸来。你母女不相信，说一个闺女，终日足不出户，到哪里去撞祸？于今毕竟撞出大祸来，总应该相信我的话了。"

辟非母亲说道："那日打过架以后，陈天南曾到全安栈对辟非磕头，他知道是点正了穴道，求辟非去救。你平日若将救法传给辟非了，当日就去救了，岂不省了许多的事，你也免得着急怄气，就为你不愿教，辟非每次问你，你总是摆出不高兴的面孔来，所以闹出这么大的乱子。我看你还是把救法一股脑儿传给辟非吧。"黄辟非不待黄石屏回答，即摇着双手说道："罢了，罢了！我愿当天发誓，从此无论在什么时期，我决不和人打架，更不去点人家的穴道，救法不知道没有关系，爸爸原不愿教，我此刻也不愿学了。"

黄石屏笑了一笑，说道："你此刻不愿意学，我倒愿意教了。你说愿当天发誓，以后不和人打架、点穴，这话我相信你是诚心说出来的。不过你若不会武艺，不会点穴，便能在无论什么时期可以做到，以我的年纪和经验阅历，尚且有时不免和人动手，你何能说得这般干净。救人的方法学会了，倒比学会了点人的方法好，不必是由你点伤的才可救，别人点伤的，或是因跌因撞伤的，也一般的可用这方法救治。"黄辟非心里何尝不愿学，因恐自己父亲在盛怒之下，听了母亲的话更生气，所以是这般表示，见自己父亲说出愿教的话来，真是喜出望外。从此，黄石屏便把救治的方法，传给黄辟非。

一日黄辟非有个女同学，姓张名同璧的，到诊所来要会见黄辟非。这张同璧也是江西人，年纪比黄辟非大四五岁，因同在崇实女学校读书，彼此交情异常亲密。黄辟非不曾在学校毕业，黄石屏因嫌学校里习惯不好，只读了两个学期，就不许再去了。张同璧在崇实毕业后，已嫁了一个姓屈的丈夫，既出了嫁，对于以前的同学便不大往来，已有两三年不到黄辟非家来了。黄辟非只知道张同璧嫁了一个极精明能干，又极有学问的丈夫，两口子的爱情最好。姓屈的在上海某大学毕过业，已到日本留学去了，张同璧生了一个男孩子，人生的境遇，算是十分美满。这日，黄辟非见张同璧忽然来会，久不见面的要好同学来了，自很高兴，连忙请到自己卧室里坐谈。只是一见张同璧满面泪痕，一种忧伤憔悴的样子，完全表现于外，不由得吃了一惊，忙问："有什么事着急？"

张同璧还没开口，就用双手掩面抽咽起来，勉强忍耐住才说道："我不得了，我特来求妹妹想法子救我的命。我的丈夫被上海县衙门的侦探，当做革命党拿去了，十有九没有活命，妹妹看我怎生得了！"说到这里，忍耐不住又抽咽起来。

要知她丈夫如何被捕，黄辟非如何援救，且俟下回再说。

总评：

外国人之于研求学术也，最能虚怀若谷，夫以德国医院院长之具有精深之学术，且年事已六十有八，宜若不复有所求进步矣。乃一见黄石屏金针为术之神奇，即起歆慕之心，与之缔交之不足，复欲执贽于其门，唯此老当益壮之心，直于研求学术之外，不知世间复有死之一事也，良足佩矣！至欲观吾国点穴术之奇迹，更不恤以己身为尝试，死亡疾病，均非所顾，又何其具有牺牲之精神耶？然而，凡此作为，反言之，无一不足资为黄石屏张目之用，于是乎黄石屏传矣。

对于学术上牺牲之精神，亦为外国人所特具，试观本回中另一德医所为之一事，以欲于一种特殊情形之下，取一生人之肺作为标本，竟不恤身作杀人犯，而将此人击毙之，诚属骇人听闻之至。然在彼则固虽死弗怨，以为学术而牺牲，死亦甘也，唯以吾中国人之眼光观之，终觉其事之太近于霸，有失中和之道，不能予以同情，是或亦民族性互有不同之故耳。

码头挑夫恃众凌人，固为恒见之事，一般行旅虽为之疾首，然辄存一不屑与较之心，因之若辈之气焰乃为之益张。妙哉黄辟非，竟能挥拳而痛击之，予若辈以重创，诚属大快人心之举。唯于点穴一事，以其只知点法，而不知救法，几致酿成空前未有之惨祸，则令人于哑然失笑之余，更凛然于凡事之不可以过于鲁莽，宜黄石屏对之若不胜其愤怒也。

第八回

张同璧深居谢宾客
屈蠖斋巧计试娇妻

　　话说张同璧对黄辟非说出丈夫被捕之后，抽咽不止，黄辟非只得安慰她道："事到为难的时候，着急哭泣是无用的，请把情形说出来，大家想方法去援救便了。革命党被官厅捕去了的也很多，毕竟杀了的还是少数。你是事主，你的心一乱，便什么事也没有办法了。你我已有好久不会面了，你近来的情形，我一点儿不知道，只听说你结婚后，感情很好，你屈姐夫在东洋留学，是何时回国来的，如何会被侦探当做革命党拿去？请你说给我听吧。"张同璧遂详细将别后的情形说出。

　　原来张同璧的丈夫，是江苏无锡人，姓屈，单名一个伸字，号蠖斋，生得仪表堂堂，思想敏锐。他父亲虽是个在洋行里当买办的人，家中所来往的多是市侩，但屈蠖斋生成一种高尚的性质，从小就想做一个担当国家大事的人物，在大学校的时候，就欢喜运动，所有运动的方法，他无不精密研究。张同璧也是一个好运动的人，因在运动场与屈蠖斋认识。张同璧本来生得整齐漂亮，一张粉团也似的脸儿，对人和蔼可亲，总是未开口先含笑，凡是见过她一两面的男子，没有不希望与她接近的。她对待一般欢喜与她接近的男运动家，都是一视同仁。那些男运动家希望与她接近，当然多不怀好意，但是张同璧每遇到男子有挑逗她情形发生的时候，她虽不恶声厉色的拒绝人，只是自有一种严正的神态，使人知难而退。她对于曾经挑逗她的男子，都敬而远之，就想再和她接近一次，或对打一次网球，不问如何要求，是决不可能的了。因此，张同璧在运动界的声名虽大，结交的男朋友虽多，却是没有敢拿她当玩物看待的。

屈蠖斋在初见张同璧时，心里也未尝不与旁的男子一样，不过屈蠖斋自视人格甚高，同时也极重视张同璧的人格，从来不肯有轻侮张同璧的举动。在张同璧眼中，看屈蠖斋的人品、学问，觉得一时无两。加以屈家富有产业，一般欢喜与张同璧接近的男子，举动没有能像屈蠖斋这般慷慨的。无论如何有学问、有道德的女子，择婿虽不以财富为先决条件，然手头阔绰，举动慷慨，总是一项极有吸引力量的资格。张同璧既觉得屈蠖斋事事如意，而爱她又是情真意挚，便不知不觉的动了以终身相托的念头。屈蠖斋其所以对张同璧用情真挚，当然也有相与偕老之意。

无如此时恋爱自由、结婚自由的潮流，虽已传到了中国，但远不及民国成立以后这般澎湃。张同璧的父母，对于女儿这种婚姻，固不赞同，就是屈蠖斋的父亲，也极反对这种自由结合的办法。屈蠖斋为这事和他父亲冲突了好几次，经亲族调解的结果，许可屈蠖斋讨张同璧为妻室，唯不与父母同居，由他父亲提出一部分财产给屈蠖斋，听凭屈蠖斋自立门户。屈蠖斋只要能达到娶张同璧为妻的目的，什么事都可以迁就。张同璧既决心要嫁屈蠖斋，也顾不得自己父母的赞同与否，双方都是自做主张的就把婚结了，成立了一个小家庭。

这时屈蠖斋在某大学读书，还不曾毕业，仅能于星期六晚回家歇宿，家中就只有张同璧和一个老妈子。张同璧自从结婚以后，欢喜运动的习惯，虽不像在学校时那般浓厚，然因终日在家闲着无事，屈蠖斋又须隔数日始能相聚一次，不免有些感觉寂寞无聊。有时同在一块儿运动的朋友来邀，只好同去玩玩。屈蠖斋虽相信张同璧的人格，只是总觉年轻女子，时常和年轻男子在一块儿运动，一则恐怕外人说起来不好听；二则也防范一时为情感所冲动，失了把握，便劝张同璧少和男子接近。张同璧愤然说道："你难道还不相信我的为人吗？在未和你结婚以前，绝对没人干涉我的行动，我尚且没有给人訾议的行为；难道此刻倒不能与男子接近，一接近便有苟且的事做出来吗？学问、能力，我不敢夸口，至于'节操'两个字，我敢自信是我所固有的，用不着去寻求，用不着去学习。我常说中国自古以来，无论男女都一般的注重节操，男子之所谓节操，有时不能保全，或许还有环境的关系，可以原谅，因为男子节操的范围不同；女子的节操，就是本身一个人的关系，我本人要保全便保全，不能向环境上推诿。古今失了节操的女子，确是自贱，没有可以原谅的理由。"

屈蠖斋笑道："你这话似乎有理，实际却不是这般容易的事。像你这样说来，女子守节算不得一回事了。社会上如此重视节妇，而本人又都是矢志不失节的，何以社会上毕竟能守节的，并不多见呢？由于自贱的，固然也有，关系环境的，仍占大多数。你之为人，我相信你不至有自贱的事，一说到关系环境，就不能一概而论了。"张同璧极端反对这种论调，屈蠖斋无法争执，好在张同璧的性情还柔顺，口里虽与屈蠖斋争辩，行为上却已不再和运动界男子接近了。

屈蠖斋在大学毕了业，准备去日本留学，心里仍是有些着虑上海地方的风俗太坏，张同璧独自带着一个老妈子住家，难保不受人诱惑。这日又对张同璧说道："我此番去日本留学，在一年半载之内，不见得能回家来。你的人格虽高尚，行为也老成，只是年纪究竟太轻，我确实知道一晌在你身上转念头的就不少，我总希望你能始终保持和我未婚以前，对待那些轻侮你的男子的态度，不为任何环境所转移。我对你说这些话，明知你心里决不痛快，以为我是信不过你，实在是因为我对于男女的关系，在结婚前有不少的经验，深知要战胜一切的环境，是不容易的。你平日的主张，以为自贱不自贱的权，操之本人，与环境没有关系，我深觉这种观念，不是全部正确的观念，希望在我未动身去日本以前，要使你把这一点认识清楚才好。"

张同璧听了这些话，本极不高兴，只因屈蠖斋说话的态度极和缓，素来两口子的爱情又极浓厚，方能勉强将火性压下说道："你这话是根本不相信我的人格，于今我也懒得和你辩论，将来的事实，是可以做证人的。我自你动身之日为始，决不与一切男子见面，你一年不回家，我便一年不出外应酬交际；你两年不回家，我两年不出外应酬交际。无论如何得等你回来，才恢复你在家时举动，是这样你可放心了么？"

屈蠖斋笑道："倒用不着这么认真，我只希望你此后随时随地不轻视环境而已。如已陷入不好的环境中，便有力量也不容易自拔了。"屈蠖斋经这般几番叮咛之后，方收拾行装，动身前赴日本。张同璧亲送到海船上，将近开船了才洒泪分别。

张同璧既送丈夫去后，回家即吩咐老妈子道："少爷此刻到外国去了，不知道什么时候能回家来，此后不问有什么男客来了，你只回说少爷不在家。若有紧要的事，请写信到日本去商量，我是决不接待的。"老妈子当然答应晓得。张同璧真个和修道的人闭关一样，整日关在楼上，不是读书写字，便是用手工编织御寒的衣物。

如此过了两星期，她原是一个生龙活虎也似的人物，生平何尝受过这样拘束？自觉得非常闷气，想出外逛逛吧，又恐怕因去看朋友，反引得许多朋友到家里来，只好打断这番心思，还是不到外边去。

又过了些日子，这日接了屈蠖斋到东京的信，心里安慰了许多，但是越感觉独自一个人在家的孤寂，在万分无聊的时候，仅能找着老妈子东扯西拉的闲谈一阵。

这日老妈子对张同璧闲谈道："隔壁新搬来的邻居，家里很阔，他那老太太、小姐和太太们为人真好，对待下人们，又和气、又大方。他家的老妈子对我说，他们老太爷在广东做官，老爷在安徽做官，姨老太太跟在任上，少爷也是在外国留学。他家因没有男子，所以只用了三个老妈子、三个丫头，连门房和当差的都没有。从前还有一个六十多岁的老账房当家，此刻小姐已经大了，能知书写字，就由小姐当家管账。他家的规矩，也严得厉害，太太、小姐不用说，终日不出外，不与一切男子见面；就是老太太都不出门，每天只有他太太娘家的侄女，到这里来陪老太太打小牌消遣。像这样的人家，真是享福。他老妈子还说，他太太知道我家少爷也在外国留学，我家太太是再规矩不过的好人，她想过来拜望拜望。后来因听我说，我家太太自从少爷动身去后，终日只在楼上读书写字，亲戚本家都不接见的话，因此她就不敢过来。"

张同璧听了笑道："你真是一只糊涂虫！我不接待亲戚本家，是男子不是女子。她家既是这么规矩，又是两代做官的好人家，一个男子也没有，来往一下子有什么要紧？她们是做官的阔人，又是新搬来的，我若先去拜望她，显得是我去巴结她，我不愿意。她们太太能先来拜我，我就不妨去回拜，你特地为这话去说，也可以不必。如果她家老妈子再向你提起，你就说我也想过去看她老太太。”

老妈子照例是欢喜主人家有阔女客来往的，若能时常打牌，更是欢迎。老妈子一来为迎合张同璧意旨；二来为谋她自己的利益，虽则不特地为这话到隔壁去说，既同在一个弄堂，老妈子同伴是随时可以会面的。

次日隔壁家太太，便带着两个伺候的丫头，由自家老妈子引导到张同璧家来。张同璧连忙下楼接着，看这太太年纪，不过三十多岁，模样儿虽不甚漂亮，然穿戴的衣服首饰，都极入时、极阔绰；便是两个丫头也穿得很齐整，比普通人家的小姐还要漂亮。

这太太与张同璧见礼之后，两个丫头齐对张同璧请安。张同璧本是一个极会说话的女子，当下陪着这太太谈了一阵，才知道这太太姓陈，她的丈夫在安徽是个候补知府，老太爷在广东当厘金局长。老太太一生没有旁的嗜好，就只欢喜打麻雀牌，牌的大小不论，钱却是要认真的。她自己不问一场输多少，照例当场兑清；旁人输给她的，也不能少兑一角给她。兑给她之后，回头再向她借转来，甚至输一百元给她，倒向她借三百元都使得。那一百元输账，是不能不经过偿还手续的。陈太太并说老太太的娘家姓成，很富足，是常州有名的巨富。娘家的侄儿是个美国留学生，在上海江海关办事，每月有二三千两银子的收入，就是事情忙碌得很，除却礼拜，没有一时闲散。

张同璧见陈家这般豪富，又无男子在家，正在一个人感觉寂寞无聊的时候，觉得与这种人家来往，是再合适没有了，当日就到陈家回拜。陈家老太太年纪虽有了六十多岁，精神倒比中年妇人，还来得健旺，耳聪目明，毫无龙钟老态。陈家的小姐才十八岁，容貌虽不如何艳丽，却装饰得和花枝儿一样。一家三代人陪着张同璧谈话。老太太先开口问道：“听老妈子们说你家少爷到东洋去了，屈太太一个人在家里，不是枯寂得很吗？”张同璧道：“有时也是觉得枯寂。”陈太太笑道：“我家老太爷终年在外，我家也是清净得很。倒难得我们两家是邻居，彼此来往来往，我们也多得一个谈话的人。"

陈老太太问道："听说屈太太是在学堂里读书的，平日只在家里读书写字，麻雀牌想必是不会打的。"张同璧笑道："此刻不会打麻雀牌的人，恐怕是很少，不过我近来不常打罢了。"陈小姐喜道："这就好极了！我们奶奶别无所好，就只欢喜打麻雀牌。平日是我的表姐姐到这里来凑一个角，陪我奶奶打。今天我表姐姐忽然病了，方才打发她家老妈子来说，刚服了发散药，不能出门。我奶奶正在着急，家母想打发人去请舅母来，她老人家又嫌我舅母的目力不好，牌打得太慢。屈太太今天得闲么？"

张同璧道："闲是没有一天不闲的。不过我已有好几年不打麻雀牌了，目力虽不坏，恐因生疏的关系，也和府上的舅太太一样，打得太慢。"陈老太太笑道："我哪里是嫌人家打得太慢啊！我自己打得还不慢吗？屈太太今日是初次到舍间来，不曾见过我们那位舅太太，她是一个牵丝拌藤的人，赢了钱倒也知道要，输了钱就麻烦起来，牌品又不好，赢了便高兴得了不得，不说的也说，不笑的也笑；一输了就立时把脸子沉下来，不骂自己的牌拿得不好，即怪人家的牌打错了。有时连牌都打得飞起来，寻不见落在什么地方去了。我们家常打的虽是小牌，输赢没有关系，但是打牌是为寻快乐，和她打起牌来，倒是寻烦恼了。屈太太说我这话对也不对？"

张同璧道："我也是和老太太一般的脾气，最不愿意跟那欢喜发输钱气的人打牌。"张同璧在和陈老太太谈话的时候，丫头、老妈子已忙着将场面布置好了，请张同璧上场。陈家三代人同桌，张同璧不愿问多少钱一底，因听得陈家婆媳屡次说打小牌，以为用不着问，打一牌之后，看她们付钱便能知道。不料头一牌是张同璧和了，照三人付的钱算来，方知道是一百元一底。张同璧的娘、婆二家，虽也都是有钱的人家，但是不仅自己不曾打过一百元一底的麻雀牌，并不曾见父母和旁人打过。待要求改小点儿吧，觉得这话说出来太寒碜，只略一迟疑，第二副牌已起上了手，并且起了三张中字，一对本风。心想就是这么打下去吧，倘若输了，以后不再来打便了，逆料一次也输不了多少钱。

张同璧的手风很好，第二牌又和一副两番，胆量更大了，于是就这么打下去。八圈牌打完，张同璧赢了三百多块钱，输了陈太太一个人，陈老太太也赢了几十块。张同璧只拿了三百块钱，余下的几十块钱，分赏了陈家的丫头、老妈子。陈老太太兴高采烈的说道："屈太太的牌品真好，我近来只有今天的牌，打得痛快！平常赢三五百块的时候也有，在打的时候，总有些事使我不痛快。前几天我就教我媳妇过屈太太那边拜望，她偏听老妈子的话，说屈太太什么客也不见；若是我们早会了面，不是已经是这么打过好几场了吗？"陈小姐笑道："以后的日子过得完的吗？屈太太就住在隔壁，每天可以请她过来，我和妈也可以陪奶奶过那边去。"陈老太太道："那么明天请屈太太早点儿过来，我们可以多打几圈儿。"

张同璧既赢了三百多块钱，当然不好意思说不来打了，次日张同璧不等陈家的丫头来请，就走了过去。这场牌又赢了一百多块钱。陈家的人异口同声的称赞她牌打得好，她也自觉不差。这种钱来得太容易，心里又高兴，便拿了些钱赏给自己老妈子。这般接连打过几天之后，和陈家的感情也深了，牌也打得仿佛上瘾了，每日吃过饭就想去动手。

一日她走过陈家去，刚走进后门，就听得里面有牌声，她边走边问陈家老妈子道："已打起来了吗？"老妈子点头应是。张同璧以为是陈太太的侄女来了，径走进打牌的房间一看，只见陈家婆媳母女同一个洋装男子正在打着，心想退出来，陈老太太已看见了，连忙笑着说道："屈太太请进来吧！这孩子不是别人，是我娘家的侄儿。"张同璧本来不是怕见男子的人，见陈老太太给她介绍，只好走过去。

这男子忙起身对张同璧弯了弯腰，连头也没抬起望张同璧一下，仍低头坐下看牌。陈老太太笑道："季玉老是这么不长进，小时候见着面生的女子红脸，说话不出。于今在外国留学五六年，回国后在江海关又办了两三年公事，不知怎的还是这么小姑娘似的。"陈老太太这么一说，这男子的脸益发红了。

张同璧记得陈太太曾说过，老太太娘家姓成，当下看这成季玉生得面如冠玉，齿白唇红，陈小姐的姿色，在单独看起来，虽不甚艳丽，也不觉丑，此刻和成季玉坐在一桌儿打牌，便显得陈小姐是泥土了。张同璧见成季玉害羞的样子，也自觉立在旁边不安，即作辞要走。陈太太一把拉住笑道："不要走！我这一晌实在输得气馁了，早已不愿意再打，只以奶奶没有人陪，我不能不凑一个数。你来了极好，我原来准备让你打的。"说着起身将张同璧按住坐下。张同璧从来与男子接近惯的，本不知道有什么害羞的事，但是这番因成季玉现出害羞红脸的样子，却把她也弄得不知怎的有些不好意思起来。被陈太太按着坐下，也低头不敢再望成季玉。接着打过几圈，连自己都不知道是什么缘故，一颗心全不似平日安静，无缘无故的跳个不止，牌也不知打错了多少。

成季玉仅打了四圈，就说与人约会的时刻到了，有紧要的事去，告别走了，陈太太仍继续上来。这一场牌，张同璧因前四圈糊里糊涂的打错了，输了将近两底，后四圈成季玉虽不在座，然张同璧心里还是不得安定，仿佛遇着困难问题，着急无法解决一般。究竟有什么困难问题，她自己也说不出所以然，结果共输去三底。张同璧回到家中，兀自不解是何道理，还喜得陈太太一般人都只顾打牌，没人注意到她的神情举动。她心想假使当时陈太太婆媳，看出她失常的态度来，传说出去，岂不笑话！她自己以口问心，在学生时代所遇见的美少年，总计起来，没一百也有八十，并且那些美少年，十有八九用尽若干方法，对她表示爱慕。她那时心里只当没有这回事，丝毫没有印象留在脑中。难道在结婚后，爱情有所专属的时期，是这般偶然遇见一个男子，并不曾对望一眼、对谈一句话，便神思飘越，不能自主了吗？越想越不能承认，却又寻不出第二种理由来。

这夜睡在床上，也不似平日容易睡着。次日早起，自觉这种现象很危险，心想要避免这种危险，唯有从此不去陈家打牌。随即又转念与打牌没有关系，那成季玉的事情甚忙，到陈家来的时候极少，以后如果成季玉在场，我便不上桌，或是在去陈家以前，打发老妈子先去问问，成季玉来了，我就不去。不管我昨日神思纷乱的现象，是不是因他的关系发生，我此后不与他会面，总没有损害。想罢，还恐怕自己忘记，当时特地对老妈子说道："我有一件要紧的事，说给你听，不要忘记。隔壁陈家，在平日是没有男客来往的，所以我愿意每天到她家里去打牌，不料昨天她家来了一个姓成的男客，虽然只同我打四圈牌就走了，我怕将来说到少爷耳里去了，使他不放心。然那姓成的也是个上等人，又是陈老太太的侄儿，她们要我同打牌，我不能说不打，最好你先去陈家看看，没有男客我就过去，有男客就不去。"

老妈子道："我听得陈家的丫头冬梅说，老太太的侄儿，今年二十六岁了，还不曾定老婆。他的脾气古怪得很，每月有两三千银子的进账，除却欢喜穿漂亮衣服，打几圈麻雀牌而外，一点儿旁的嗜好没有。他海关同事的人，爱嫖的居多，他独不肯走进堂子里去。别人请他吃花酒都不去的。多少富贵人家有小姐，托人去成家说媒，经他一打听，总是不合意的。他平日不肯和面生的女子同打牌，昨天居然和太太同打了四圈，陈家的丫头、老妈子都觉得奇怪。他和太太同打牌，是很难得的事。他的公事非常忙，昨天是礼拜日，他尚且只能打四圈牌就走了，平常日子更是没有闲工夫。太太倒可以放心，陈家除了这个成少爷，没有第二个男客。他家是最讲规矩的，若不是成少爷这种规矩人，他家的太太、小姐决不至同桌打牌。昨夜冬梅还在这里说起好笑，她说成少爷见了你家太太，脸上就和泼了血一样，打几圈牌没抬过头，比什么贵家小姐的面皮都薄。像这种人太太怕他做什么？"

张同璧想了一想，也觉不错，到了平日去陈家的时候，情不自禁的又过去了。这日成季玉没来，依旧是陈家婆媳母女同打。张同璧不间断的打了七天牌，每天多少不等，都是有赢无输。昨日因成季玉的关系，输了三百元，把手风输坏了，这日竟输到五百多元。心里不服，隔日又打，又输了几百，七天赢来的钱，不到三天早输光了。陈太太显得很诚恳的说道："你这几天的手风，和我前几天一般的不好，须加几十和底子，才容易赢回来。我们老太太是一百块底打惯了，她老人家说一百块底好算账，二百块、三百块底是不高兴打的。唯有把底和加大些，她老人家倒愿意。"

张同璧的胆量打大了，极以这话为然。不过屈蠖斋去时，只留了几百块钱做家用，除去这三天输去一部分外，已所剩不多。她知道陈老太太打牌是不喜欠账的，恐怕输了拿不出难为情，一时又没有地方可借，只好把金珠饰物兑换了七八百块钱，带到陈家。上场就加了三十和底子，这一来输赢就更大了，结果输了十五底。自己所有的钱不够，陈太太在旁看了她为难的神情，知道她是为少了钱，暗中塞了五百块钱钞票给她，才把输账付清了。陈小姐道："屈太太这几天的手风太坏，依我的意思，暂停几天再打吧！我表姐的病也好了，明天还是约她来陪奶奶，不知奶奶的意思怎样？"

老太太笑道："你真是小孩子，屈太太这几天手风不好，就永远不转好的吗？你妈前一晌不是场场输吗，这几天何以又场场赢呢？屈太太连赢了一个礼拜，只输了四天，算得什么？我们打这种小牌是为消遣，不可把输赢放在心上。屈太太的牌打得多好，我愿意和她同打。"

陈太太借故将张同璧邀到自己卧室里，低声说道："我们老太太待人，件件都好，就只因为她老人家自己是阔小姐出身，带着十多万妆奁到陈家来，我们老太爷又不断的干着阔差事，手中有的是钱，便不知道旁人的艰苦，每每拉着人家打牌。手风好赢了她老人家的，倒也罢了，她老人家输一万八千，眉头也不皱一下；但是遇着手风不好的时候，输给她老人家，在别人便受了大损失。小女知道屈太太家里虽富足，然你家少爷现在往外国去了，家中不见得有成千累万的钱搁着，因恐怕使你为难，所以是这么对她奶奶说。想不到她奶奶还是把输赢看得这般平淡，不知你的意思是怎样？你若是不愿意再打了，明天请不过来，我就对老太太说你有要紧的事，到杭州或苏州去了。只要混过几天，老太太也就不一定要和你打了。不过害你输了这么多钱，我为希望你捞本，主张你加几十和底子，不料反害你输多了。若就这么不来打了，我心里又觉对不起你。"

张同璧道："你母女的好意我很感激。你家老太太固然是阔家小姐出身，不知道人家的艰苦，实在我输这一点儿钱，也是算不了什么！我所着虑的便是你家老太太的脾气，不欢喜输的牵丝绊藤，我明日倘若更输多了，一时付不出现钱来，原是想陪你老太太开心的，不是反使她不痛快吗？若不是着虑这一层，便输一万八千，我也不见得就皱皱眉头。我家的存款，多是定期的，一本活期存款的折子，在我少爷身边；还有一家南货店里，曾借我少爷几千块钱，我少爷临动身时，亲带我去交涉好了，在半年以后，每月可以去取二百元作家用。此时不便去拿，就去也只能取二三百元，一时要支取一千或八百，却没有这地方。如果真发生了紧急的事故，非有巨款不可，那倒有办法。于今为要打牌，有些亲戚家，明知他有钱可借，也不好开口。你我虽会面的日子不久，承你把我当自家人看待，所以我把这实在情形对你说，今天多谢你垫我五百块钱，我心里真是感激。"

陈太太道："快不要说这些客气话！我们亲姐妹一般，有什么话不可说，什么事不可通融？我是从小不愿意管家事的，老账房走了之后，就由小女当家，存款折据，也都归小女收着；若家事在我手里，就暂时垫三五千给你，难道我还怕你跑了吗？我于今每月只有三百元月费，总是不够用。今天借给你的五百块钱，还是我娘家侄儿分家的几千块钱，想买一所住宅，因还没有看得相安的房屋，暂时寄存在我手里。我怕你钱不够难为情，就在这笔钱里抽了五百元。你若再想打牌，手风转好了便罢，万一再输下去，我这几千块钱，暂时挪拉一会子也还可以，我那侄儿在房屋没有买妥以前，这款子是用不着的。"

张同璧喜道："我就着急一时取办不出现款，恐怕万一输给你家老太太，我面子上过不去，手边一有了现款，未必我的手风场场坏。只要你肯帮忙，给我垫一垫，也许一块钱不动，把我连日所输的都赢回来。我最初一个礼拜之内，每场都是上场就赢，带在身边的钱，原封不动的带回去。"

陈太太点头道："你的牌本来打得好，这几天我留神看你打牌的神气，疑心你有什么心事。我曾对小女说过，小女说，必是你家少爷近来没有信回。我说仅不回信，不至使你神情态度这般改变。我听人说过，中国留学生在东洋读书，烧饭、扫地多是年轻女子。我猜想多半是你家少爷，在东洋有什么不干不净的事，给你知道了，你心里着急，所以在打牌的时候，显得有心事的样子。"

张同璧听了，不由得暗吃一惊，临时又找不出掩饰的话，不知不觉的红了脸，一颗心又上下不停的跳动起来。好一会儿才搭讪着笑道："你真精明，能看出我有心事，更能猜透我的心事，明日再来吧，我得回去歇息了。"张同璧回到家中，独自思量道："幸亏陈太太疑心我是为少爷在东洋放心不下，若猜到成季玉身上，岂不显得我这人轻浮吗？那日和成季玉在一块儿打牌的时候，我记得陈家三个丫头都立在旁边，还有一个老妈子，陈太太那日不在场，当然不至生疑。陈小姐是个闺女，加以在用心看牌，必不会有什么感觉。但不知道她们丫头、老妈子怎样？我何不问问自己家里老妈子，她们同伙的无话不说，看她听了什么谈论没有？"随将老妈子叫到跟前问道："你每天和陈家冬梅在一块儿说笑，说些什么话？"

老妈子没头没脑的听了这话，不知是何用意，连忙带着分辩的形式说道："我和她家冬梅没有说什么话。我到上海来帮了多少东家，素来不对人说东家什么话的。"张同璧笑道："你弄错了。我不是怪你对冬梅说了我家什么，我是问冬梅对你说了些什么！"老妈子摇头道："她也没说什么。"

张同璧道："那两个丫头和她家老妈子呢？"老妈子道："她们也没说什么。"张同璧道："并不是我疑心你说了我什么，也不是疑心她们说了我什么，我是闲着无事，问着玩玩。我每天看见你和她们说笑，所以问说笑些什么，想你谈着开开心，不会拉扯出是非来的。"

老妈子这才放了心似的说道："我们在一块的时候，随便什么事乱说一阵子，这几天大家都议论太太打牌，手风一不好，连牌也打坏了，不知是什么缘故。她们都希望太太多赢钱，太太赢了钱，她们都有红分，她们东家赢了，是得不着好处的。"张同璧问道："还说了些什么？"老妈子道："她们说那天成少爷也打错了几牌。成少爷为人最精明，牌也打得最好，那天太太上场的第二牌，他自己的南风，右手摸一张进来，左手将原有的一张打出去，打过了才看出是南风，已不好收回了，只得把这张也不留。隔不了一会儿，又摸一张，这张他却不打了，手上牌的搭子还不够，倒拆一对九索打掉。后来九索仍摸成了对，不知他如何糊里糊涂的是那么瞎打，所以只四圈牌。上场的时候，还赢了十多块钱，结果反输了一百多块。她们说，好在成少爷有的是钱，就是每天像这么输几场，也不怕没有钱输。"

张同璧问道："那成少爷的牌，既是打得最好，为什么是那么瞎打呢？他坐陈老太太上手，不是有意拆九索给陈老太太吃么？"老妈子道："这个我不知道，没听她们说这话。"张同璧问道："她们还说成少爷什么没有？"老妈子道："成少爷那天临走的时候，曾向冬梅问太太住的是哪几号门牌，家里有些什么人，少爷是干什么事的。"张同璧听了向旁边啐了一口道："要他问这些话干什么，有谁和他做朋友拉交情吗？"老妈子笑道："像太太这样规矩的人，上海地方去哪里找第二个？陈家的人说，有多少女学生想嫁成少爷的，还有好几个在外国留过学的，想和成少爷结交做个朋友，成少爷都不愿意。我因为怕太太生气，不敢对太太说。陈家的人都说，成少爷的脾气真古怪，对那些想嫁他的女学生和贵家小姐，偏要搭架子；见了屈太太的面，倒失魂丧魄似的，连牌也不会打了。"老妈子说着，现出忍不住要笑的样子。

张同璧红着脸半晌说道："我知道你们在一块儿说笑，必没有什么好话说，一定还说了我什么，你说出来，我不生气。"老妈子道："太太不生气我就说，她们说太太那天的魂也掉了。"张同璧道："放屁！陈家的丫头、老妈子都不是好东西，以后不许你和她们再这么胡说乱道了。你想这些无聊的话，万一将来说到少爷耳里去了，少爷虽不必相信，但是我面子上总不好看。如果她们下次再敢这么胡说，姓成的怎样我不管，我是决不答应她们的。你们这些人要知道，人的名誉最要紧，常人说'名誉是第二生命'，我独说'名誉比生命还要紧'。我为名誉可以不顾生命，因为我这种名誉，关系我和少爷的爱情。于今爱情就是我的生命，岂可以听凭她们丫头、老妈子随意毁坏！你们真是不知轻重，我今天若是不盘问你，不把这事的利害说给你听，还不知道你们在外面将如何乱说！"老妈子被责骂得不敢嬉笑了，鼓着嘴说道："我就为怕太太听了生气，所以不敢对太太说。"

张同璧挥手叫老妈子出去，暗自寻思道："蠖斋自到东京后，除写

169

了一封很简单的到岸信给我而外，至今没有第二封信来。他平时不是这么冷淡的，在学校时每星期六回家歇宿，星期三尚且有一封信给我，何以这番到日本，反如此冷淡起来？难道真个受了日本的卖淫女子包围，把我丢在脑后去了吗？陈太太对我说的那些话，必有来由。陈太太的儿子也在东京留学，说不定有信回来，写了蠖斋在东京的事，陈太太不便向我说明，借我打牌输钱的事来点醒我。我明天去她家，须认真向她问问，如果真有这种事，我又何苦这么死守善道，连亲戚朋友都不接见？游戏场、夜花园都不去逛逛，为的就是他能守义，我便应守节。"

张同璧越想越觉情形可疑，恨不得亲自跑到东京去，监督屈蠖斋的行动。翌日饭后去陈家打牌，陈太太邀她到楼上卧房谈话，正合她的心愿。陈太太开柜取出一叠钞票给她道："这是一千块钱，暂时垫给你打牌。巴不得你的手风转好，原封不动的交还我，我将来也好原封不动的交还舍侄。现钱本来没有分别，无论哪家银行的钞票，都是一样的使用；不过舍侄寄存在我这里的，一色是花旗银行五十块钱一张的钞票，我非万不得已，不愿意动用他的。"

张同璧接过来说道："我当然希望原封还你，好在同场打牌的没有外人，便是我把这钱输了，还钱的时候，仍不难调换回来。我此刻有一句紧要的话问你，希望你把我当亲姊妹看待，不要瞒我。你昨天猜我有心事，说恐怕是我家少爷在东洋有外遇的话，是不是有来由的？求你将实在话说给我听吧。"

陈太太迟疑了好一会儿笑道："你怎么倒来问我？我猜疑你的心事，是为这个，你当时已承认了说我猜得不错，如何反问我是不是有来由呢？昨日若不是你说要回去歇息，我怕你已有三四个月身孕，太累乏了不妥，正要详细问你家少爷在东京姘下女的情形呢！"

张同璧着急道："他在东京是姘下女吗？"陈太太现出失言后悔的样子说道："我是随口乱说的，你不要信以为真。我猜想你自己总应该知道。"张同璧回头看房中并没有丫头、老妈子，顺手将房门关上，几步抢到陈太太跟前，双膝往楼板上一跪说道："我给你磕头，求你倾心吐胆的说给我听吧！你这样半吞半吐的，我真要急死了。"

陈太太吓得连忙伸手搀扶，哪里扶得起？只得也跟着跪下说道："岂有此理！请你起来吧。你们少年恩爱夫妻，半点裂痕也没有，岂可因我一句笑话，就生疑惑。请起来吧，你现在肚子里怀着喜，不能累，更不能着急。"张同璧道："你不将他在东京姘下女的情形，说给我听，我是不起来的。你若怕我听了着急，不肯说，要知道我闷在心里着急得更厉害。"

陈太太道："你且起来，我们坐着好说话，你跪着不是使我也不能坐吗？"张同璧这才觉得教人陪跪的不对，先跳起来，然后将陈太太扶起，拉到一张长沙发椅上一同坐下说道："你是过来人，你总该知道爱情关系人生的重大。我家少爷的年纪轻，品貌也还生得漂亮，手中又有钱，不用说在日本保不住发生轧姘头的事，就是在中国，只要不和我在一块，便难免不闹出笑话来。我的脾气不好，寻常一般女子，最讳旁人说她吃醋，自己也不承认吃醋；我却不然，我不怕人家说我吃醋，自己也承认吃醋。他若是真个和卖淫的轧姘头，我一定把肚子里的冤孽种打下来。我不值得为负心人受这生育的痛苦。"

陈太太道："我虽不曾见过你家少爷，但听你常谈他的性情举动，我逆料他断不至有和日本女人轧姘头的事。你不要听信旁人不负责任的话，冤枉受气。究竟你是听得谁说，说话的人是不是亲眼在东京看见？你说给我听，我替你研究研究。"

张同璧愕然说道："我并不曾听得旁人说，就是因为昨日听了你的话，加以他到东京后，仅写了一封到岸信给我，直到此刻差不多两个月了，没写第二封信来。决不是为学校里功课忙，没工夫写信，他没信寄回的事，你不知道，你只知道我们夫妻的感情极好，倘不是确有所闻，何至无端猜到这类事情上面去？因此我认定你那话必有来由。今天你的话，说得更进一层了，明明的说出他在东京姘下女，这岂是随口说的笑话？"

陈太太刚待回答，陈小姐忽推房门进来说道："奶奶在下面等得发急了，请屈太太和妈就下去吧！"陈太太将张同璧拉起来笑道："请醋娘子下去打几圈牌再说吧。"接着叹了口气道："我的脾气若和你一样，他爸爸带着姨太太在安徽候补，两三年还不能见一次面，不是早已要活活的气死了吗？一切的事都不可太认真了。人生在世有多少年，得快乐的时候，应该尽力量去快乐，我看你此刻是尽力量的寻苦恼。"说时不由分说的拉着往楼下走。

张同璧不便再追问，只得暂时把这事抛开，陪陈老太太打牌。心绪不宁的人，打牌如何有胜利的希望？越输越慌，捞本的心也越急切，底和越加的多，竟像是打假的。陈家婆媳母女轮流着三番两番的和个不止，张同璧起了好牌不能和，偶然的和一牌也极小，结果一千块钱输光，还亏陈太太母女三百多块。牌刚打完，一个老妈子进来说道："舅老爷打发阿义来接太太过去，说有要紧的话商量。"陈太太问道："阿义拉车来没有？"老妈子道："拉车来了。"张同璧心里正想和陈太太谈话，见她匆匆要走的样子，只得问道："你去一会子就回来么？"陈太太道："没有事情耽搁，便回来得很快。不知道我舅老爷有什么要紧的事商量。对不起，明日再见吧。"

张同璧看陈太太走了，也只好无精打采的回家。对于陈太太说话半吞半吐的态度，十分怀疑，加以几日之间，输去四五千块钱，除却赢的及自己所有的，还亏欠陈家将近两千元。待从此不再打牌了吧，不但输去的钱永无捞回之望，并得筹还陈太太的欠款。大凡欢喜打牌的人，越是输了越想继续打，不到山穷水尽的地步，是不甘心罢休的。

张同璧此时的思想已全部陷入麻雀牌里面去了，一心只打算如何筹借资本。无如新成立的小家庭，能变卖的东西很少，大部分的金珠饰物，前日已拿去兑换几百元钱输光了；这番将留存的一小部分，也拿去变卖，并搜集夫妻两个所有的贵重皮衣服，拿去典押，共得了一千四百多块钱。次日到陈家，先还了陈太太母女的牌账，又开始打起牌来。

任凭张同璧为人精明能干，无奈越输越气馁，这一场又整输了一千元。想要求再打四圈，陈太太说打多了头昏。陈太太在她衣服上轻拉一下说道："明天再打吧，请到我房里去坐坐。我有话和你说。"张同璧便跟着陈太太到楼上。

陈太太回身将房门关上，一把握住张同璧的手，拉到床边坐下低声问道："你今天输的这一千多块钱，是从哪里来的？你前日不是说家中没有钱了，教我垫款吗？"张同璧道："是拿首饰兑换来的。"陈太太抿着嘴笑道："未必吧！你前天输的钱，就说是拿首饰兑换来的，今天的钱恐怕不是。"张同璧道："你这话就奇了，我难道还对你说假话吗？若是向人借来的，何妨实说。你问这话，又抿着嘴是这么笑，其中必有道理。"

陈太太摇头道："只要你真是兑换首饰来的，便无须研究了。"张同璧急道："你说话就是这么不痛快，含糊得使人纳闷，你以为我这钱是如何来的？何以忽然问我这钱的来历，你今日非明白说给我听不可。"

陈太太笑道："没有旁的道理，我以为这钱是有人送给你的，所以问问。"张同璧诧异道："这话就更奇了。如何有人无端送钱给我？"陈太太含笑望着张同璧的脸，半晌才答道："当然有人想送钱给你，并且曾要求我转送，被我拒绝了。因此我才疑心你今天的钱，不是兑换首饰来的。"张同璧听了不知不觉的红了脸说道："什么人有钱没地方使用，要无端送给我？我又如何无端收受人家的钱？"

陈太太用巴掌在自己大腿上拍了一下道："好嘛！我也是因为这种举动太奇离了，太唐突了，所以不仅不答应他，并且抢白了他一顿。"张同璧低头似乎思索什么。陈太太起身开门，张同璧忍不住喊道："你不要走！我还有话说。"陈太太点头道："我叫底下送烟茶上来，好多谈一会儿，不是走。"说时向楼下叫丫头泡茶拿香烟来，仍转身坐在床上。

张同璧问道："究是怎么一回事？求你直截了当的说吧。"陈太太道："昨天我们打牌散场的时候，不是我家舅老爷打发阿义拉包车来接我去吗？我到他家，见我舅老爷父子两个，正陪着成季玉在客厅里谈话。原来是由季玉介绍了一所房屋给我舍侄，昨天方将价钱议妥了，已交了一部分定钱。舍侄因现在住的是租借的房屋，又贵又不方便，急欲将住宅买好，搬到里面居住。约定了后天写契，请我去就是为这事。我听了这消息，倒把我吓了一跳。舍侄几千块钱寄存在我这里，已有一个多月了，我一块钱也不曾使用他的。凑巧前、昨两日为你要钱打牌，才

173

取出他两千块钱来，他的房屋偏在这时候买妥了。我若早知道如此，不动他的岂不省事？然我这话又不便向舍侄明说，只好答应他钱现在这里，何时要兑价何时来取，心里却打算回来和你商量。

"不料成季玉这人真精细，我面子上并没显出为难的神气来，不知如何倒被他看出我的心事来，临走的时候定要把汽车送我。在车上问我道：'表嫂子为何听了令侄说要提取存款付房价的话，踌躇一会儿才回答钱现在这里，是不是表嫂子把他的房价动用了？'我知道季玉是个极诚实的人，见他问我这话，不好隐瞒，便把实情对他说了。

"他这人好笑，精细的时候，比什么人都精细；糊涂的时候，更比什么人都糊涂。他听说你输了钱，一时拿不出现钱来，只急得在车上踩脚叹气道：'屈太太这样漂亮的人，打牌输了钱，没有钱付给人，可想见她心里一定急得厉害，面子上一定十二分的难为情。可惜我只和她见过一次面，打过一次牌，没得交情，凭空去送钱给她，她是一个有身份的上等人，不但不肯接受我的钱，甚至因不明了我之为人，反要骂我轻侮她的人格。'

"我当时听了他这些呆话，看了他那种呆神气好笑，故意问他道：'你想送钱给屈太太么，你究竟打算送她多少钱？'他慨然说道：'这有什么打算，屈太太不是希望我送钱的人。我无论如何爱慕她，也没有就打算送钱给她的道理！不过听表嫂子刚才说，她为打牌动用了令侄的房价，我逆料表嫂子回去，不向她说令侄要提款的话便罢，说出来她必急得难受。我和她虽没有交情，只是承她给我的面子，肯同我打牌，我从那日到于今，脑筋里时时觉得有她的印象，并且觉得假使她肯与我做朋友来往，我心里便得了无上的安慰。她需要旁的东西，我或者取办不出；需要银钱是不成问题的。我这里有五千两银子的即期庄票，要求表嫂子做个人情，替我转交给她如何？'

"我问他原是逗着他耍子，谁知他竟是这般认真起来，我怎敢接受他的。正色对他说道：'你不要糊涂，我决不能替你去挨骂。'季玉见我拒绝便说道：'表嫂子既误认我的好意做恶意，只好不求你转送了。'说了这话，似乎很纳闷的不开口了。转眼之间，汽车到了我这门口，我邀他来家里坐坐，他说还要去会朋友。我下车回家约过了半点钟，听冬梅来说，成少爷的汽车还停在门外，没有到这里来，不知是往谁家去了。我知道这弄堂里，没有他第二家亲戚和朋友居住，疑心他这呆头呆脑的人，因我不肯替他转送，他心里唯恐你着急，不管三七二十一，亲自跑到你家去了。偏巧你今天又拿出一千多块钱来输了，所以我更觉得是证实了。据你说今天这钱确是兑换首饰得来的，然则他昨夜没到你家来么？"

张同璧听了这一段话，一时心里万感交集，也不知是酸是苦，是甜是乐，竟把她平生活泼刚健的气概，完全变化了，不知不觉的两眼忽然掉下泪来。又恐怕被陈太太看见，忙借着起身喝茶，背过脸去将眼泪揩了答道："我昨天回家就睡了，在未睡着以前，并没听得有人敲门。也许在他来敲门的时候，我和老妈子都睡着了。"

陈太太道："我虽拒绝他的庄票，只是我倒相信他的品性，不是平常浪荡子仗着银钱去侮辱女子的可比。"张同璧道："他的一番好意我明了，我不愿意接受他送我的钱，但此刻急需钱使用，他肯借几千块钱给我，我是非常感激的。至于他希望与我做朋友，我也没有不愿意的心思。不过我对你有一种要求，你得答应我。"

陈太太连忙起身将房门锁了，回身问道："你有什么要求，凡是我自己力量所能办到的，无不可以答应。"张同璧待说又红了脸把话忍住。陈太太笑道："你是一个学生出身的人，平日说话极开通，怎么忽然现出这种羞涩样子呢？你我与嫡亲姊妹一样，还有什么话说不出口？"

张同璧道："我不为别的，只为我蠡斋的脾气不好。他知道我在结婚之前，时常同在一块儿运动的男朋友极多，结婚后他唯恐我仍和那些朋友来往得太亲密了，外边说起来不好听，曾为这事与我吵闹过几次。我发誓承认从此不再接近男朋友，他才放心到东京去。我现在一答应和季玉做朋友，自免不了常与他来往。若是公开的常到我家里来，不到一两个月，这消息必传到东京去，那时必弄得双方都发生不好的影响。我想要求你答应的，就是'秘密'两个字，这事除我和季玉之外，只有你能知道。季玉也不许到我家来，我更不能到他家去。当差的老妈子的一张嘴最靠不住，最欢喜捕风捉影的乱说。他要和我会面，只可由你居中临时约定地点，及会面的时间，务必极端秘密。若给第四个人知道，甚至危险到我的生命。我就为你是亲姊妹一样，这事又是由你亲口向我提出来的，所以敢有这项要求。若是旁人，我也要顾我自己的身份颜面，断不肯这么说。"

陈太太低声笑道："秘密的话，何待你提出来向他要求呢？你还没说出口，我便已有答应的显明表示。只怪你此刻一颗小心儿，完全被季玉的影子占住了，再没有心思想到季玉以外的事。你红了脸待说又忍住的时候，我不是连忙起身锁门吗？倘不是觉得这事有秘密的必要，也不如此了。此刻你要求的说明了，我也答应了，我有一句话，也得向你声明。你刚才说从此和季玉会面，由我居中约定时间、地点，这是办不到的事。在上海这种地方，及风气开通的今日，介绍男女朋友，原算不了什么事，不过我只能负第一次介绍你们会面的责任，你们既经会面之后，第二次会面的时间、地点，尽可当面约定，用不着我居中了。我并不是嫌麻烦，也不是恐怕将来被你家少爷知道，这其间另有一种理由，我此时也无须对你说明，声明只能介绍第一次就够了。"

张同璧拉着陈太太的手说道："另有一种什么理由？好姐姐请说给我听吧！"陈太太只管笑着摇头不肯说。张同璧看了这情形，越觉可疑，双手在陈太太身上揉擦着说道："你是这么含糊得真把我急煞了。你不说给我听，我无论如何不依！"

陈太太笑道："我说给你听，你能不怪我么？"张同璧点头道："不问什么话，我决不怪你。"陈太太道："我老实对你说吧，季玉对你的痴心，简直差不多要发狂了。我自恨不是个男子，不知道男子的心理，俗语有所谓'色中一点'的话，又有什么'情人眼里出西施'的话，都有道理。我曾亲眼看见有几个实在生得秀丽的小姐，真心实意的想和季玉交朋友，季玉竟不理会。这番一见你的面，便失魂丧魄的，仿佛害了单思病，岂不奇怪？我照他那情形推测，你拒绝与他做朋友，不和他会面便罢；会过一次面之后，他的热度必陡然增加，那时恐怕不容你一方面对他冷淡。他是没有定亲的人，行动是完全自由的；你是新结婚不久的人，据你说你屈少爷的脾气还不好，到那时你不是左右做人难吗？"

张同璧道："我不是要求你秘密吗？好姐姐，不要研究了吧。我于今也老实对你说，你不知道季玉是什么心理，我自己也不知道我是什么心理。我平生所接近的男子，至少也在一百个以上了，无论人家待我如何殷勤诚恳，我连正眼也不愿瞧人一下。就是蝶斋与我初交的时候，我心理也很平常，唯有季玉能使我心神不安。我这几日来的痛苦，真够受的了。季玉在海关上公事忙碌，并有同事的闲谈，纵痛苦也比我好。你能应允我的要求，绝对严守秘密，不愁蝶斋得知道。即将来万一不幸，被他知道了，不是我说没有天良的话，只要季玉不负心，以蝶斋的资格，也不愁再讨不着称心如意的老婆。"

陈太太连连摇手说道："快收起这些话。你和季玉痴心求我介绍，我不忍不理会，然说到这些话，我便不敢预闻了。好吧！请你今天再受一晚痛苦，明天我亲去季玉那里取庄票，自有解除你痛苦的消息带回来。"

张同璧看了陈太太的态度，也自觉一时说得太过火了，心里不免有些惭愧。回家后，望着写字台上陈设的屈蝶斋小照，这小照是结婚时照的，因联想到结婚时的情形，及结婚后待她的恩爱，心里又不免有些失悔。不过一想到动用了陈太太一千五百块钱的事，又着急不答应与成季玉做朋友，不能得钱还账。这几日输钱太多，家中的值钱东西，都变卖典当尽了，不受成季玉的钱，从此便不能再去陈家打牌，所输的钱，更永无赢回的希望了。一颗心中如交战一般的闹了一夜，才决定了打算受了陈太太交来的五千银子庄票，再托陈太太向成季玉去说，银子算是我借了，不妨亲笔写一张字据给她，等到蝶斋回国后偿还。

她经一夜思量的结果，已觉悟要保全现在的地位，及与屈蝶斋的爱情，是万分不能和成季玉会面的了。这日因手中没有钱，不敢去陈家打牌，料想陈太太会过成季玉，取得庄票回来，必打发人过来邀请，遂在家中等候。不料直等到晚餐过后，不见陈家打发人来，只得叫自家老妈子去问，陈太太何时出外，已回家没有。

老妈子过去问了回来说道："陈太太回家好一会儿了，不知为什么

177

一到家就睡在床上，连晚饭也没吃。"张同璧听了不由得诧异，暗想必是事情变了卦，但是不能不过去问个明白。径走到陈太太房里，只见陈太太忧愁满面的横躺在床上，并未睡着。见张同璧进来，抬了抬身子勉强笑道："请坐！"

张同璧就床缘坐下说道："看你的脸色，好像有事着急的样子，是不是因没有会着季玉呢？"陈太太冷笑了一声道："你还提什么季玉，那成季玉太把我不当人了。"张同璧惊道："是怎么一回事？为我使你怄气，我很难过。他如何把你不当人，可不可以说给我听呢？"

陈太太道："说是自然得说给你听，只是你听了怄气，却不能怪我。前天他在汽车上，不是说有五千两银子的庄票，要我转交给你吗？我今天去会他的目的，就是想拿那钱来，弥补你输了的房价钱，免我失信于舍侄。谁知成季玉竟推诿说庄票已付给别人了。他推诿不肯将庄票交给我，并没有什么可气，最可气的是疑心我说的是假话。他说他知道屈家有百万的财产，是上海最有势的大商人，未必他儿媳妇打牌输一两千块钱，便偿还不起。那说话的神情，比之前天在汽车上，完全是两样了。他口里没说，心里仿佛以为是我想从中要钱，你看可恶不可恶？我当时只气得恨不得自己打两个嘴巴，为什么要这般自讨烦恼！他说了这话，也似乎有些对我不起，接着对我赔笑道：'我要送钱给屈太太的目的，难道表嫂子还不知道么？我只要屈太太肯依我约的时间、地点会面，能安慰我爱慕的心，休说几千两银子，便要将我个人所有的钱，一股脑儿送给她，我若皱了一皱眉头，就不是人类。还说了些该死的话，我此刻说起来就怄气，不说罢了。"

张同璧道："想不到成季玉这人，倒真乖觉。我昨夜回家思量了一夜，打定了主意，以为你今天必能把那五千两银子庄票拿来，我准备写一张借据给他，请你去向他说明，我不与他会面。大概他已防备我有这一着，所以今天对你这么说，他这番心思，你可以原谅他。他还说了些什么该死的话？我们可以研究研究。"

陈太太指着张同璧的面孔笑道："照你这样说来，幸亏成季玉生得乖觉，不肯将庄票给我带来，若经了我的手，你又不和他会面，不是使我为难吗？我便有一百张口，也不能辩白这钱不是我从中得了。"

张同璧道："我亲笔写借据给他，即是怕你为难，这话不用说了，请你莫生气，把他该死的话说给我听听。"陈太太笑道："你原来是这种打算，我倒不气了。他该死的话么……"说时附着张同璧的耳道："他说今天再去打五千银子的庄票，约你今夜十点钟，一个人到他住的秘密室里去，明早他亲自陪你去取银子。"张同璧登时连耳根都红了，只管低头叹气。

陈太太也不说话，两下无言的坐了好一会儿。张同璧取出怀中的小表看了看问道："季玉住在什么地方，如何有秘密室？"陈太太道："他的秘密室，我也直到今日才知道，我却不曾去过。"说时从怀中摸出一张纸条，递给张同璧道："这是他秘密室的地名，据他说是分租的一间亭子楼，二房东是外国人。那地方是没有中国人来往的，再秘密也没有了。"

张同璧接过纸条看着问道："他无端租这秘密房屋干什么？"陈太太道："他说家里人多客众，星期日虽说休息，实际并不能休息，特地租这么一间房屋，除了他自己，没旁人知道。他此刻必已坐在那里等候你去。"

张同璧道："我仅和他会过一面，在这夜深人静的时候，如何好意思独自一个人前去呢？"陈太太笑道："有什么不好意思！你到了那里见面之后，自然不会有不好意思的心理了。平常去看朋友，可以邀人同去，今夜的约会，是没有人肯同去的。你也用不着旁人同去，有别人在旁，你倒是真会不好意思起来。现在已是九点多钟了，你就去吧。明天我等着你送钱给我，我约了下午舍侄来取。"

张同璧本有七成活动的心思想去，听了最后这两句话，禁不住长叹了一声说道："到这步地位，我实在顾不得一切了。"即别了陈太太回到家中，着意的修饰了一番，对老妈子说道："我约了几个女朋友打小牌，你在家小心门户。"说着走出马路，雇了一辆街车，按照纸条上的地名走去。转瞬就到了，在一面寻觅那门牌的时候，一面心中突突的跳个不住。

一会儿寻着了，轻轻在门上敲了几下，里面即有人将门开了，并没问是谁。张同璧见客堂里的电灯明亮，陈设华丽，看那开门的是当差模样的人，毕竟是生地方，不好径上亭子楼去，便向那人问道："住在亭子楼的人在家么？"那人点头答应在家。张同璧大着胆量走上楼梯，看亭子楼的房门关着，轻推了一下不动，房里的人似已觉得，"呀"的一声门开了。楼上的电灯光大，照得内外通明，只见那个时刻想念不忘的成季玉，笑吟吟的拦房门迎着说道："你真个肯来见我么？请你进房中坐坐，我到楼下说一句话，就来陪你。"旋说旋让张同璧进房，自下楼去了。

张同璧低着头走进房去，偶然向床上一望，只见床边上坐着一个笑容满面的人，不是张三、李四，正是她自己丈夫屈蟆斋。

在这种时候，劈头遇见自己丈夫，这一吓，真比在四川河里断了缆的船还要吓得厉害。逼口而出的叫了一声"哎呀"，掉转身躯待往外跑。屈蟆斋一伸手就将她的胳膊捉住笑道："你跑什么？我有意和你这么闹着玩的。因你屡次不承认有环境能陷人的事，所以特地是这么做给你看，使你好知道。我这做成的是假环境，社会真环境，比你近来所遭的，还得凶恶厉害十倍、百倍，你这下子相信了么？"张同璧至此竟忍不住号啕大哭起来。

不知屈蟆斋如何解释，如何慰藉，且俟下回再说。

总评：

张同璧之往访黄辟非，盖以其夫屈蟆斋被系入官，将有所求救于黄石屏耳！故于黄石屏营救屈蟆斋出狱以前，先将屈、张二人以前之历史一为补叙，俾可稍清眉目。此在本书中，固亦为数见不鲜之事矣！

社交公开之声浪，固已高唱入云，然亦只对一般未出嫁之女子言之；若已出嫁之女子，则殊受一种拘束，欲其仍与男友相往还，而不受丈夫丝毫之干涉，恐不可得也。若本回书中之屈蟆斋与张同璧，固皆不失为漂亮人物，而能为时代作先驱者，然于此事仍不能有若何彻底之解决，不免时有龃龉，盖可知矣。

本回写屈蟪斋之设计试探其妻张同璧一段，凡所布置，可谓十分周密，在读者一路读去，第觉在此情形之下，设阱者大有人在。而张同璧乃闶然莫觉，竟致身入阱中，愈陷愈深，有不能自拔之势。当斯时也，未有不为之扼腕叹息，而信环境之诚能弄人者。迨夫图穷而匕见，始知凡此种种，均出乎据蟪斋意匠之所经营，故意以之试探其妻者，则又有柳暗花明之妙，而此心亦为之大释矣。吾于此，乃不得不叹著者之善弄狡狯，竟能使一般读者深入其彀中，不至末后一幕之揭露，而不能略有所觉也。

第九回

谭曼伯卖友报私嫌
黄石屏劫牢救志士

话说张同璧听了屈蠖斋的话，羞愤得大哭起来，屈蠖斋拉她到床缘一同坐下说道："你用不着难过，不要以为这番的举动，对不起我。你的用心，我完全知道。"张同璧听了屈蠖斋这些慰藉的话，一时心中又羞愧、又感激，情不自禁的双膝往地下一跪，将头脸偎在屈蠖斋腿边哭道："我是在这里做噩梦么？人世如何会有这样怕人的境界，你不是到日本留学去了吗？我分明亲自送你上了海船，并且接了你在东京寄的到岸信，怎么现在却在这地方与你见面呢？"

屈蠖斋复将她拉起坐下说道："我已对你说了，是特地假造出这个环境来，使你相信环境陷人的力量，是极强大而猛烈的。此刻你已经尝试过了，可相信了么？"张同璧道："住在我贴邻的陈家，是你走后才搬来的。他家是两代做官的富贵人，他们怎的肯帮着你来试我？"

屈蠖斋笑道："你本是一个脑经很灵敏的人，怎么忽然这么糊涂起来了？你说他家是两代做官的富贵人，是亲眼曾看见他家两代的官吗？他们真是姓陈吗，真是婆媳母女吗？"

张同璧道："那么成季玉是谁呢？"屈蠖斋笑道："他是你的目的物，也是这个环境的主要分子，当然有使你知道他是谁的必要。让我重新介绍你和他会面吧，以后你也好跟他多亲近亲近。"张同璧揩着眼泪说道："你还是这么剜苦我，我真没有脸活在世上做人了。"

屈蠖斋正色说道："我说的是实在话，我有意造成这环境来试你，于今又对你说剜苦话，还算得是真心爱你的人吗？你坐坐，我就叫他来吧。你见面自然知道我的话不错。"说着起身走到房门口，高声向楼下喊道："如如师请上楼来坐坐。"随即听得楼下有人答应。

张同璧这时正如热锅上蚂蚁，恨不得地下登时裂开一条大缝，好把身躯颜面藏到裂缝里去。但是这种理想既无实现可能，身躯仍在亭子楼内，便只好索性放大胆量，等候成季玉上来。

眨眼之间，只见一个年约二十四五岁，面容生得十分标致的光头尼姑，身着灰色僧袍，手执念珠，走进房来，笑盈盈的合掌说道："对不起屈太太，贫僧实因却不过屈先生再四的恳求，只得假装男子，托名成季玉来欺骗屈太太。贫僧出家人，本不应有这种举动，为的屈先生用心还好，目的是要借这番举动，好使屈太太将来得保全贞操，你夫妻可以维持恩爱，望屈太太不要怪贫僧无聊多事。"

张同璧见成季玉变成了一个尼姑，羞愧的念头，立时减去了大半，当下忙起身让坐。看这尼姑的眉眼神气，确是那日同桌打过几圈牌的成季玉，只是此时看去，完全没有一点像男子的地方。自己也不明白何以在当时竟认作真男子，绝不怀疑。世间真有这般温柔美丽的男子，她心想怎能怪我迷恋？因对屈蟆斋说道："你如此设成圈套试我，你试一百回，我不能只九十九回上当，经你这一试的结果，不特你对我发生不信任的心思，连我自己也不信任我自己了。我从来自信力极强的，尚且落进了你的圈套，从此失去了自信力，倘若再遇到类似此番的环境，岂不更加危险？"

屈蟆斋摇头道："不然，不然！为人处世，有因自信力强得到好处的，而因自信力太强失败的，更居多数。你此后能不信自己有保全贞操的力量，然要维持我们夫妻的恩爱，又非能保全贞操不可，便自然不敢轻容易与男子接近了。你此番其所以上当，直到在这里见了我，听了我说出有意设成圈套试你的话，你心里还不明白陈家和这位托名成季玉的是何等人，就是因为你自信力过强的缘故。你一晌是认定只要自己有把握，任何环境都不相干的，所以对于处处可疑的事实，都丝毫不生疑心，以致越陷越深，完全落入我的圈套。你试想想，你我家里虽算不了大富人，然与我们来往的富贵中人也不少，何尝见过有人家老太太每天借打牌消遣，输赢这么大的，并且陪着打的是自己的媳妇和孙女；陈家既是讲规矩、有礼法的人家，何以有这般举动？这是可疑的，你不生疑。你认识陈家之后，每天就是你陪着他家三个人打，没有第二个外姓人到他家，陪他老太太打；除了这位假名的成季玉而外，不曾在他家见过客来，这也是可疑的，你不生疑。你与他家不过是初识面的邻居，绝无其他关系，居然拿一千五百块钱给你打牌，若非设成的圈套，决无如此情理，你对这一层也不生疑。这位假名的成季玉，原是光头戴上的假发，在白天又相隔很近，稍为细心的人，便应看出破绽来；加以她是初次干这种男装的玩意儿，在见你的时候，已低头红脸，现出极不自然的神气，并且始终不肯开口说话，世间岂有这种男子？尤其不像是出洋留过学，现在海关办事的人，这也是使人大可生疑的。她见你一面之后，既是发生了极爱慕的心思，你每天在陈家打牌，她何以不再到陈家去，和你会面，无论海关上的公事如何忙碌，你应该知道没有在夜间办公的海关。她明知你是有夫之妇，更是上等社会的人，仅有一面的交情，怎的会一听到你打牌输了钱，就要托人转送五千两银子给你，这岂是寻常情理中所有的事？凡此种种，皆由你自信过甚，不以环境为意的结果。"

张同璧问道："你几时回上海来的？怪道接了你一封到岸信之后，直到此刻不曾接到你一个字。你已回到上海好些日子了么？"屈蟆斋笑道："你怎么越说越糊涂了，倒来问我是几时回上海的。你记得你陷入这环境，是几时开始的么？"张同璧仰面思索了一会儿说道："这事就更奇特了！我仿佛记得你动身不过一星期，还没接着你的到岸信，那陈家便已搬到隔壁人家来了。难道你到日本来回不过一星期吗？"

屈蟆斋道："我始终没离开上海，到岸信是托东京的朋友代寄的。"张同璧指着这尼姑问道："这位师傅的法名叫什么，她是在哪个庵堂里的？"屈蟆斋道："她法名'如如'，她俗家和我屈家是几代的亲戚，她丈夫和我小时同学，在三年前去世了。娘、婆二家都没有多大的产业，又无儿女，因此劝她改嫁的很多。她是一个读书识礼的女子，并且从来信奉佛法，遂剃度出家。但是不住庵堂，与娘家哥嫂住在一块，分了一间小房子，每日念经拜佛。我是极敬仰她，并极力维持她生计的人，所以这回能恳求她出来。这里就是她哥嫂的家，这亭子楼即是她的卧室。"

张同璧听了起身趋近尼姑身边，握着尼姑的手说道："我此时心里倒很感激你，倘若你不依蠖斋的请求，蠖斋势必去请别人。如没有相当的女子，蠖斋一时因急想试探成功，说不定找一个生得漂亮的真男子来，那时我的生命，十九断送在他这一试了。即算我贪生不肯死，也决不能继续和蠖斋做夫妻了。"

屈蠖斋笑道："我的心思是要试你，并不是存心要破坏我们自己夫妻的关系，何至于找一个漂亮的男子来试你呢？我们回家去吧！今天为我们的事，把如如师的晚课都耽搁了。"张同璧遂跟着屈蠖斋辞别如如，一同乘车回家。

过了几日，屈蠖斋方真个动身到日本去留学。这时孙中山正在日本集合革命同志，组织同盟会。眼光远大的留学青年，多有加入革命工作的。屈蠖斋到东京不上半年，也就当了同盟会的会员了。那时在国外的革命团体，就是"同盟会"，在国内的革命团体，叫做"共和会"。同盟会的革命手段，重在宣传，不注重实行，一因孙中山的主张，宣传便是力量；二因会员中多是外国留学生，知识能力比较一般人高，而牺牲的精神，反比较一般人低了。共和会的革命手段，恰与同盟会相反，全体的会员，都注重在实行，不但不注意宣传，并且极端秘密，有时为实行革命牺牲了生命，连姓字多不愿给人知道。凡是共和会的会员，大家都只知道咬紧牙关，按着会中议决的方略，拼命干下去。如刺孚奇、刺李准、炸凤山、炸王之春、杀恩铭、炸五大臣，种种惊天动地的革命运动，都是共和会的会员干出来的。

在那时，满清政府的官吏，和社会上一般人，多只知道是革命党行刺，也分不出什么同盟会、共和会。但是南洋群岛的华侨，及欧美各国的学生，平日与革命党接近的，却知道同盟会中人，并没有实行到国内去革命的。除却首领孙逸仙，终年游行世界各国，到处宣传革命而外，其余的党员，更是专门研究革命学理的居多，然每次向各国华侨所募捐的金钱，总是几百万。共和会倒不曾向华侨募捐过钱，也不曾派代表向华侨宣传过革命理论，因此之故，华侨中之明白革命党中情形的，不免

185

有些议论同盟会缺乏革命精神。同盟会中人听了这种议论，倒有点儿着急起来。

凑巧这时候，首领孙逸仙从欧洲到了日本，开同盟会干部会议。屈蟆斋入会的时期虽不久，革命的精神却非常充足，在会议席上慨然说道："我们同盟会成立在共和会之先，因一晌只在宣传上做功夫，实际到国内去从事革命运动，反远不如共和会的努力。对国内民众还没有多大的关系，唯有失去一般华侨的信仰，于我会的关系最大。我会以革命为号召，每年向各地华侨募捐数百万的金钱，倘若因失去信仰，断绝此后的饷源，将来便想回国去实行革命，也不可能了。"

当时到会的人听了这番话，自然没有不赞成的，孙逸仙也觉得同盟会自成立以来，成绩太少，当下便定了一种活动的计划，指派了数十名精干的会员，回国分途进行。屈蟆斋被派在江苏省，担任一部分的事务。

他是一个极精明强干的人，加以胆大心细，家虽住在租界，为革命进行便利起见，在上海县城内租了一所房屋，做临时机关，招引各学校的有志青年，入会参加革命。凡事没有能终久秘密的，何况这种革命的大事业？经屈蟆斋介绍的青年，有一百多人，消息怎能毫不外露呢？这消息一传到上海县知县耳里，立时派了几名干差，侦察同盟会会员的行动。

干差中有一个姓张名九和的，年龄只有二十五岁，也曾读过几年书，是上海本地人，他父亲是上海县衙门里的多年老招房。张九和从小在衙门中走动，耳闻目见的奇离案件极多，心思又生得十分灵敏，因此在十四五岁的时候，便能帮助衙中捕快办理疑难大案，各行各帮的内幕情形他尤为清楚，历任的县官对他都另眼相看。共和会的革命志士，经他侦察逮捕送了性命的，已有十几人。

屈蟆斋也是一个十分机警的人，回上海进行革命运动不到一个月，便知道张九和这小子可怕，费了许多手续，才认识了张九和的面貌，正待设法先把这个专与革命党为难的恶物除掉，想不到这胆大包天的张九和，反化装中学生，经会员介绍入会，也来参加革命。介绍他的会员，当然不知道他就是心毒手狠的张九和。喜得屈蟆斋早已认识了他的面貌，尽管他化装学生，如何能逃出屈蟆斋的两眼？当下屈蟆斋明知张九和忽来入会，是受了上海县知县的命令，来侦探会中行动的，却不动声色，只暗里知会几个预闻机要的会员，使他们注意，不可把秘密给张九和知道，本人倒装出与张九和亲近的样子。

张九和见屈蟆斋的举动言语，对他比较对一般会员来得格外亲密，也逆料是被屈蟆斋识破了，心里已打算下手逮捕。只因他知道屈蟆斋的党羽甚多，都是散居各地，并有一大半是住在租界内的，若冒昧动手，反是打草惊蛇，逮捕不着几个。他知道屈蟆斋已定期二月初一日，在临时机关召集会员开会，此时离开会的期只有三天了，他计算索性等到二月初一日，好一网打尽。不过在这三天之中，他又恐怕会中发生别的事故，临时变更开会的时期、地点，不能不每天到会中来侦探。这也是张九和心地过于狠毒，平日害死的人命太多，他自己的一条小性命，合该送在屈蟆斋手里。

这日屈蟆斋邀张九和到三马路小花园一家小酒馆里吃晚饭，另有两个会员同席。这两个会员，便是介绍张九和入会的。张九和虽已怀疑屈蟆斋识破了他的行径，但绝不疑心动了杀他的念头，以为租界上人烟稠密，要谋杀一个人，断不是一件容易的事。在酒馆里吃喝得非常畅快，大家都有了几分醉意，屈蟆斋有心计算张九和，因时间太早了不便动手，故意缓缓的吃喝。四个人猜拳估子，直闹到十一点钟。屈蟆斋既存心要把张九和灌醉，安有不醉之理？四人吃喝完毕，走出酒馆，张九和已醉得东倒西歪，两脚不由自主，口里糊里糊涂的不知说些什么。屈蟆斋伸左手将张九和的右胳膊挽住，示意一个气力强大的会员，同样的挽住左边胳膊，是这般两人夹着张九和，在马路上写"之"字一般的行走。

此时马路上已行人稀少，往来走过的人，看了这三个醉汉走路的情形，多忍不住好笑，并连忙向两旁避让。走过了几条马路，到了一段路灯极少、没有行人和巡捕的地方，张九和被几阵北风吹得酒涌上来，忽然张口要吐。屈蟆斋觉得是下手的时机到了，连忙从腰间拔出涂满了白蜡的尖刀来，趁张九和停步张口吐出腹中酒的时候，猛然对准胸窝一刀刺下去。这尖刀是从日本买回来的，锋锐无比，只一下便刺到了刀柄。因刀上涂满了白蜡，刺进胸腹中，不但没有血喷出，被刺的人并不能开口叫喊，也不至立时倒地，或立时死去，必须等到拔出刀来，才能出血倒地。屈蠖斋恐怕这一刀不能致张九和的死命，低声向那挽左膀的说道："我们夹着他多走一会儿吧。"遂拖住张九和仍往前走，只见张九和低着头，哼声不绝。

屈蠖斋和那个会员，虽都是极精干有胆识的人，然这种亲手杀人的勾当，究竟不曾干过。在未下手以前，两人的胆量很壮；下手以后，两人倒都不免有些慌急起来。又走了数丈远近，见路旁有一条很黑暗又仄狭的弄堂，屈蠖斋将张九和拖进那弄堂，两人同时用力一推，张九和扑地倒下，再使劲在他背上踏了一脚，不料刀柄抵住水泥，经这一脚踏下去，刀尖竟在背上透露出来。喜得屈蠖斋穿着皮靴，底厚不易戳破，若是寻常薄底朝鞋，说不定还得刺伤脚底。

两人料知张九和经过这么一刀，又在大醉之后，万无生理，即匆匆走了出来。还有那个会员，带着手枪，远远跟着望风，准备万一被巡捕发觉的时候，好出其不意的上前帮助。凑巧这段马路上，既无行人，复无巡捕，使两人好从容下手，毫无障碍。

次日各报的本埠新闻上，就刊登这事迹来。报馆访员探听消息真快，详情虽不曾披露，但已刊登张九和的真姓名，及奉令侦探重大案件的情形来。在半夜一点钟时，即被人发觉，报告附近巡捕。因地上没有血迹，加以酒气扑人，还不知道是被人刺杀了，以为是喝多了酒，并发生了什么急症。那巡捕一面叫车将张九和送进医院，一面报告捕房，医生看见胸前刀柄露出一寸多长，才知道是被人刺了，只得将刀抽出。说也奇怪，不抽刀时，不出血不出声，刚把尖刀抽出，便大叫一声"哎哟"，鲜血和放开了自来水管一样，直射到一两尺高下，再看张九和已断气了。检查身上，在内衣的口袋里，搜出几张名片来，张九和的姓名住址，片上都有。当即由捕房派人，按着地址，通知了张九和的父亲。

他父亲到医院看了自己儿子惨死的情形，始把奉令侦探要案，化装冒险与匪党来往的缘由说出，这回惨死，十九是落了匪党的圈套。屈蠖斋自刺杀了张九和，便不敢再到城里去活动了，就是租界上的住宅，也即日搬迁到亲戚朋友不知道的地方。

这时官厅缉捕凶手的风声，非常紧急，杀人要犯，却不比国事犯，得受租界当局及各国政府的保护，只要中国官厅知道了凶犯的姓名、住址，就可以照会捕房，协助逮捕。屈蠖斋在做革命工作的时候，虽改变了姓名，然既犯了这种重案，自然是提心吊胆，不敢随意出外走动，便是本会的会员，也不肯轻易接见。

这日因一个住在法租界的亲戚家办喜事，张同璧定要屈蠖斋同去吃喜酒，屈蠖斋无法推托，只得夫妻两个同到那亲戚家去。真是事情再巧也没有了，正在下车的时间，屈蠖斋刚从怀中掏出钱来开车钱，忽觉背后有人在马褂衣角上拉了一下。他是一个心虚的人，不由得吃了一惊，回头看时，原来是一个同从日本回国做革命运动的会员，姓谭名曼伯，原籍是江苏常熟人，生得一副极漂亮的面孔，却是生成一副极不漂亮的心肠。到上海后，屈蠖斋拿了几百块钱给他，派他去干一件很重大的事，谁知他钱一到手，差不多连他自己的姓名都忘记了，在一家么二堂子里，挑识了一个扬州姑娘，一连几夜住下来，仿佛入了迷魂阵，终日昏头搭脑的，不仅把自己的任务忘了，连出外的工夫也没有。新学会了一件看家本领，便是吸鸦片烟，每日须下午两三点钟起床，模模糊糊用些早点，就开始吸鸦片烟。普通人家吃夜饭，他才吃第一顿饭。恋奸情热，既到夜间，当然又舍不得出门了。

是这般把么二堂子当家庭，闹了一个多月，手中所有安排做大事业的钱，已是一文不剩了，还是舍不得走，暗地将衣服当了。又闹过几日夜，实在无法可想了，这才打定主意，回见屈蠖斋，胡乱捏造了一篇报告，打算哄骗屈蠖斋，再骗些钱到手，好继续去行乐。哪里知道屈蠖斋当日派遣他的时候，已提防他不努力工作，或因不谨慎陷入官厅的罗网，随即加派了两个会员，也去那地方，一面在暗中侦察谭曼伯的举动，一面暗中保护。万一失事，也有人回来报信，以便设法营救。谭曼伯既是还不曾前赴目的地，对于那地方各种与革命运动有关的事情，不待说是毫不知道，反是屈蟆斋因早得了那两个会员的报告，很明了各种情形。谭曼伯凭空捏造的报告，怎能哄骗得过去呢？

当下屈蟆斋看了这篇不伦不类的报告，不由得心中愤恨，将谭曼伯叫到面前，故意一件一件的盘问。谭曼伯哪里知道屈蟆斋有同时派人侦察的举动，还想凭着一张嘴乱扯，只气得屈蟆斋拍着桌子骂道："你知道我们此刻干的是什么事么？这种勾当也能由你虚构事实的吗？你老实说出来，你简直不曾到那地方去，我早已侦察明白了。你究竟躲在什么地方，混了这些日子，领去的款项如何报销？你不是新入会的人，应该知道会中的纪律，从实说来，我尚可以原谅你年轻，希望你力图后效；若还瞒着不说，我便要对你不起了，那时候休得怨我。"

谭曼伯以为自己在二么堂子里鬼混的事，没有外人知道，料想屈蟆斋纵精明，也找不着他嫖的证据。哪里肯实说，一口咬定所报告的是真情实事。屈蟆斋气愤不过，也懒得和他多费唇舌，一张报告到东京总会，请求开除谭曼伯的会籍。两星期后指令下来，谭曼伯的会籍果然开除了。谭曼伯此时手中无钱，不但不能回东京去，便想回常熟原籍，也不能成行。屈蟆斋因他熟悉会中情形，恐怕他流落在上海，将于革命运动不利，复将他叫到面前，和颜悦色的说道："你这次开除会籍，虽是由我呈请的，只是你是个精明人，素来知道我们会中的纪律。我今日既负责在此地工作，关系非常重大，对你违犯纪律的举动，不得不认真惩办。你应明白我对你绝无私人嫌怨，现在你的会籍既经开除了，自不便再支用公款，我只得以私人交谊，赠你四十块钱，作为归家的旅费。希望你即日动身回常熟去，万不可再在上海停留。"谭曼伯当时接了四十块钱，似乎很诚恳的感激，说了许多表示谢意的话，作辞走了。

屈蟆斋以为他必是回常熟去了，想不到这日在亲戚家门口下车的时候，又遇了他，回头看他身上穿得倒很华丽，不好不作理会，只得点点头说道："你怎的还在这里，难道不回常熟去吗？"谭曼伯笑道："我已去常熟走了一趟，因先父的朋友介绍，得了一件糊口的差事，所以回到上海来了。我前次荒唐，干了无聊的事，使老哥心里着急，又承老哥的盛情，私人赠我旅费，自与老哥离别以来，我无日不觉得惭愧，无时不觉得感激。有一次自怨自艾的整整闹了一夜，决心次日去求见老哥，要求老哥宽恕，予我以自新之路。不料一绝早跑去，老哥已经搬迁了。向那看管弄堂的人打听，他也不知道搬到什么所在，从此便无从探听，今日无意中在这里遇着，真使我喜得心花怒放。我于今正有一个极好机会，可以替会中出一番大力，以赎前次荒唐的罪孽，只苦寻不着老哥，不知老哥此刻可有工夫，听我把这极好的机会述说一遍。"

屈蠛斋见他说得诚恳，自不疑心他有什么恶念，遂据实说道："此刻委实对不起。你瞧，这办喜事的人家，是我的亲戚，我是特地来吃喜酒的。你既能悔悟前非，倘果能从此改变行径，以你的聪明能力，何愁干不出绝大事来！我和你今晚七点钟在青莲阁见面吧，有话到那里去谈。"谭曼伯连说："很好，很好！"屈蠛斋回身挽了张同璧的手，同走进亲戚家去了。

他这家亲戚是个生意中人，很有点儿积蓄，这日为儿子娶媳妇，来了不少的男女贺客。屈蠛斋虽和这人家是亲戚，并且也是以经商起家，只是因屈蠛斋是个漂亮人物，又是一个出洋的留学生，夫妻两个的人品知识，都高人一等，这亲戚家也特别的殷勤招待，主人夫妇陪着他夫妻俩谈话。

一会儿外边爆竹声响，西乐、中乐同时奏曲，新妇花轿已进门了，傧相立在礼堂，高声赞礼。屈蠛斋喜瞧热闹，和张同璧走出礼堂来。只见礼堂两厢，挤满了男女老幼的来宾，四个女傧相等媒人开了花轿门，一齐把花枝也似的新妇，推推拥拥的捧出轿来。屈蠛斋定睛看了新妇几眼，对张同璧笑说道："新妇的姿首不错，你看她不是很像如如师么？"张同璧瞟了屈蠛斋一眼，摇头说道："快不要这么随口乱说，人家听了不痛快。"

屈蠛斋正待回答，忽见一个男子，急匆匆的双手分开众人，挤到屈蠛斋面前说道："屈先生，对不起你，请你同我去救一家人的性命吧！"

屈蠛斋听了这句突如其来的话，自然摸不着头脑，愕然望着那人说道："你是哪里来的，姓什么？我不认识你，无端教我去哪里救谁的性命？"那人表现出非善意的笑道："屈先生当然认不得我，我是西门路沈家的亲戚，我姓王。屈先生前日在沈家闲谈几句话不打紧，害得沈家大太太和姨太太日夜吵闹不休，昨夜姨太太气急了，吞生鸦片烟寻死，直闹到天明才救转来。大太太因受了老爷几句话，也气得吊颈，于今一家人简直闹得天翻地覆。沈老爷急得没有办法，只好打算请屈先生前去，把前日所谈的话，向姨太太、大太太说明一番，免得她们闹个无休歇。"屈蟪斋道："我在沈家并没说什么话，使他家大小不和，请你回去，我夜间有工夫就到沈家去。"

姓王的还待往下说，屈蟪斋已挥手正色说道："你走吧，这里不是我的家，是我的亲戚家。此刻正在行结婚礼的时候，不要在这里多说闲话吧！"姓王的没得话说，刚要退出，忽从门外又挤进两个蛮汉，直冲到屈蟪斋前面，一边一个将屈蟪斋的胳膊揪住，高声说道："人家因你几句话，闹出人命关天的大乱子来了，你倒在这里安闲自在的吃喜酒，情理上恐怕有些说不过去。走吧，同到沈家去说个明白，便没你的事了。"

屈蟪斋急得跺脚，恨不得有十张口辩白，但是来的这两人，膂力极大，胳膊被扭住了，便不能转动，连两脚在地下都站立不牢，身不由自主的被拉往外走。张同璧不知道自己丈夫在沈家说错了什么话，满心想对来人说，等待吃过喜酒再去。无奈来人气势凶猛，竟像绝无商量余地的样子；加以来人的举动很快，一转眼的工夫，屈蟪斋已被扭出大门去了。主人及所有来宾，都因不知底细，不好出头说话。张同璧毕竟是夫妻的关系不同，忍不住追赶上去，赶到大门口看时，只见马路上停着一辆汽车，三个人已把屈蟪斋拥上汽车，"呜"的一声开着走了。

张同璧知道步行追赶是无用的，折身回到亲戚家，对一般亲友说道："西门路沈家和蟪斋虽是要好的朋友，彼此往来亲密，只是他家大小素来不和，吵嘴打架的事，每月至少也有二十次，算不了什么大事。我蟪斋说话从来异常谨慎，何至因他几句闲话，就闹出人命关天的大乱子来。我觉得这事有些可疑。沈家我也曾去过多次，他家当差的我认识，刚才来的三个人，我都不曾见过，并且来势这么凶恶。沈家没有汽车，不见得为这事特地借汽车来接。我委实有些放心不下，得亲去沈家瞧瞧，若真是沈家闹什么乱子，我去调和调和也好。"亲友中关切屈蟆斋的，都赞成张同璧赶紧去。

张同璧慌忙作辞出来，跳上黄包车，径向西门路奔去，到沈家一问，不但屈蟆斋没来，大太太和姨太太并没有吵嘴寻短见的事。这一来把个张同璧急慌了，只得仍回到亲戚家，向一般关怀的朋友，说了去沈家的情形，即托一般亲友帮忙援救。当下有主张报告捕房的，张同璧以为然，便亲去捕房报告，自己并向各方探听。倒很容易的就探听得，当时三人将屈蟆斋拥上汽车，直驶到法租界与中国地相连之处，汽车一停，即有十多个公差打扮的人，抢上前抖出铁链，套上屈蟆斋的颈项，簇拥到县衙中去了。

张同璧探得了这种消息，真如万丈悬岩失足，几乎把魂魄吓出了窍，随即带了些运动费在身边，亲到县衙探望，门房衙役、牢头禁卒都送了不少的钱。这些公门中人，没有不是见钱眼开的，不过这番因案情重大，县知事知道屈蟆斋的党羽极多，恐怕闹出意外的乱子，特地下了一道手谕：

无论何人，不许进监探望，并不许传递衣物及食品，故违的责革。

即有了这一道手谕，任凭张同璧花钱，得钱的只好设辞安慰，说这两日实因上头吩咐太严，不敢做主引进监去，过两三日便好办了。张同璧无可奈何，只得打听了一番屈蟆斋进衙后的情形，回家设法营救。

屈家是做生意的人家，平日所来往的，多系商人，与官场素不接近，突然遇了这种变故，只要心中所能想得到的所在，无不前去请求援救。偶然想得数年前同学黄辟非身上，估量黄石屏是一个久享盛名的医生，必与官场中人认识，亲自前去请求帮忙，或者能得到相当的结果。因此跑到黄石屏家来，将屈蟆斋被捕的情形，泣诉了一遍，只不肯承认是革命党。

黄辟非生成一副义侠心肠，听了张同璧的话，又看了这种悲惨的情形，恨不得立时把屈蟆斋救出来，好安慰张同璧。无如自己还是一个未曾出阁的小姐，有何方法能营救身犯重案的屈蟆斋，脱离牢狱呢？当即对张同璧说道："既是你屈先生遭了这种意外的事变，以你我同学的感情而论，凡是我力量所能办到的，无论如何都应尽力帮忙。不过这事不是寻常的困难问题，非得有与上海县知事或上海道关系密切的人，便是准备花钱去运动脱罪，也不容易把钱送到。若没有多的钱可花，就更得有大力量的人，去上海县替你屈先生辩白，这都不是我的力量所能办到的。好在此刻家父还没出外，我去请他老人家到这房里来，你尽管当面恳求，我也在旁竭力怂恿。只要他老人家答应了，至少也有七八成可靠。如果绝无办法，他老人家便不得答应。"

张同璧道："老伯的为人，我是知道的。只是我平日对他老人家太少亲近，于今有了这种大困难的事，便来恳求，非有你从旁切实帮我说话，我是不敢十分相强的。"黄辟非道："这事倒用不着客气。"说着待往外走。张同璧赶着说道："我应先去向老伯请安，如何倒请他老人家到这里来呢？"

黄石屏的诊所房屋，前回书中已说过，是一所三楼三底的房子。楼上的客堂楼，是黄石屏日常吸大烟及会客之所；西边厢房，便是黄辟非的卧室。张同璧来访的时候，黄石屏正在客堂楼上吸大烟。黄辟非见张同璧这么说，便将她引到客堂楼来，向黄石屏简单介绍了张同璧的来意。

张同璧抢步上前向黄石屏跪下说道："侄女平时少来亲近老伯，今日为侄女婿遭了横祸，只得老着面孔来求老伯救援。"黄石屏忙立起身，望着辟非说道："痴丫头，立在旁边看着，还不快搀扶屈太太起来！"黄辟非扶张同璧在烟榻前面一张椅上坐下。黄石屏问了问被捕的情形说道："我记得前天报上曾登载一件暗杀案，报上虽没有刊出凶手的姓名来，但是据一般人传说，那个被暗杀的，是上海县衙门里的有名侦探，专与革命党人为难，这番就是奉命去侦探革命党，反把性命送了。一般人多说必是革命党杀的，并且听说凶手用的刀，是日本制造的短匕首，锋利无比，刀上涂满了白蜡，刺进胸膛或肚子，不抽刀即不能叫喊。大家推测这凶手多半是从东洋回来的。你家屈先生凑巧刚从东洋回来，大约平时与那些革命党不免接近，所以这次就受了连累，究竟他的行径，你知道不知道呢？"

张同璧流泪答道："侄女知道是知道的，不过得求老伯原谅，侄女自遇了这种横祸，心也急碎了，自知神经昏乱，像这样关系重大的事，侄女怎敢胡说乱道呢？"黄石屏点头道："这事是在外面胡乱说不得的。你不相信我为人，大约不至到我这里求救，请你将所知道的情形，照实对我说吧。我不知道实情，便不好设法去救。"

张同璧知道黄石屏平日为人极正大，在当时社会上一般正人，除却是在清廷做官，所谓世受国恩的而外，大概都对于革命党人表同情，存心摧残党人的最少。张同璧逆料黄石屏必是对她丈夫表同情的，遂将屈蟆斋回国后的情形详细述了一番。黄石屏听了，现出踌躇的神气说道："论现在的官场，本来上下都是极贪污的，不问情节如何重大的案件，只要舍得花钱，又有相当的门路，决无想不出办法之理。不过你们屈先生这案子的情形，比一切的重大案件，都来得特别些。他亲手暗杀了那个侦探，此刻那侦探的父亲，还在上海县衙里当招房，那便是你家屈先生的冤家对头。这种杀子之仇，是不容易用金钱去调解的。劝你也不用着急，你既和我辟非同学，又把这事委托了我，我当然得尽我的力量替你设法。但是我有一句最关紧要的话对你说，你得依遵我。你今天到我这里来的情形，及我对你所说的话，永远不许向人说，便是将来你们屈先生侥幸脱离了牢狱，你们夫妻会了面，也不许谈论今天的事。总之，你今生今世，无论在何时何地对何人，不许提今天的事，你能依遵么？"

张同璧救丈夫心切，黄石屏又说得如此慎重，自然满口承认依遵。黄石屏正色道："你这时想我帮忙，救你丈夫的性命，休说这些不相干的话，你可以答应依遵，就是教你把所有的财产都送给我，你也可以答应的。只是你要知道，我何以这么慎重其事的对你说这番话呢？实因这事的关系太大，我黄家是江西大族，全族多是安分守己的农人，没有一个受得起风波的。不用说我单独出力营救革命党人，便是与革命党人来往，我黄家全族的人听了都得害怕，从此不敢与我接近了。其他种种不好的影响，更毋庸说了。你就是这么答应我不行，你是真能依遵的，立刻当天跪下，发一个大誓，不然我不敢过问。"

张同璧随即对着窗外的天空，双膝跪下，磕了几个头，伸起腰肢跪着说道："虚空过往神祇在上，信女张同璧，今因恳求黄石屏先生搭救丈夫性命，愿依遵黄先生的吩咐，永远不把今日恳求的情形，对一切的人说。如有违误，此身必受天谴，永坠无间地狱，不得超生。"刚说到这里，黄石屏已从烟榻上跳下地来，说道："好，好！请你就此回家去吧。只当没有今天到我家的这回事，凡有可以去恳求设法的人，你仍得去恳求，不可以为我答应了帮忙，就能万事无碍了。"张同璧一面连声答应"是！"一面掉转身躯，向黄石屏磕了一个头，立起身作辞而去。

张同璧走后，黄石屏出诊了几个病回来，将魏庭兰叫到跟前说道："你赶快拟一张启事，交账房立刻送到报馆里去，务必在明天的报上刊登来。启事上说我自己病了，不能替人打针，须休养三日，第四日仍可照常应诊。"魏庭兰听了这番吩咐，留神看黄石屏的神情举动，并无丝毫病态，心中怀疑，口里却不敢问。只是觉得多年悬牌的医生，每日来门诊的，至少也有七八十号，一旦停诊，与病家的关系极大。凡是有大名的医生，非万不得已，断不登报停诊，即算医生本人病了，有徒弟可以代诊，总不使病家完全绝望。不过魏庭兰知道黄石屏的性格，仅敢现出踌躇的样子，垂手站着，不敢说什么。

黄石屏已明白了魏庭兰的用意，正色说道："你不知道么？我在这两星期中，门诊出诊都太多了，精神实在来不及，若不休养几天，真个要大病临头了。我这种年龄，这种身体，大病一来，不但十天半月不易复原，恐怕连性命都有危险。你此刻替人治病的本领，还不能代我应诊，你不要迟疑，就去照办吧！"魏庭兰这才应是退出，拟了停诊的广告，送给黄石屏看过，交账房送各报馆刊登。

次日各报上虽则都登载出来，也还有许多不曾看报的，仍跑到诊所来求诊，经账房拒绝挂号才知道。黄石屏这日连朋友都不肯接见，独自一个人躺在烟榻上吸烟，直到吃过晚饭，方叫姨太太取出一套从来不常穿的青色洋服来，选了一条青色领结。姨太太知道是要去看朋友，连忙招呼备车。黄石屏止住道："就去离此地不远，用不着备车。"说毕，穿好洋服便往外走。走后姨太太才发觉忘记换皮靴，也不曾戴帽子，脚上穿的是一双玄青素缎的薄底朝鞋。姨太太笑道："身上穿着洋服，脚上穿着薄底朝鞋，头上帽子也不戴，像个什么样子？快叫车夫拿皮靴帽子赶上去吧！"车夫拿了靴、帽追到门外，朝两边一望，已不见黄石屏的背影，不知是朝哪一方走的，胡乱追了一阵，不曾追上，只得罢了。

夜间十点多钟，黄石屏才回来，显得非常疲劳的样子，躺在烟榻上，叫姨太太烧烟。吸了好大一会儿工夫，方过足烟瘾。姨太太笑问道："从来不曾见你像今天这样发过瘾，你这朋友家既没有大烟，你何不早点儿回来呢？像这样发一次烟瘾，身体上是很吃亏的。你平日穿便衣出门惯了，今天忽然穿洋服，也和平日一样，不戴帽子，不穿皮靴，我急得什么似的，叫车夫追了一阵没追上。"

黄石屏笑道："我真老糊涂了，一时高兴想穿洋服，穿上就走，谁还记得换皮靴？"说着，将洋服换了下来。姨太太提起衬衫看了看，问道："怎的衬衫汗透了呢？"黄石屏答道："衬衫汗湿了吗？大约是因为发了烟瘾的关系，这衣服不用收起，就挂在衣架上吧！我明天高兴，还是要穿着出外的。"姨太太道："明天再不可忘记换皮靴。"黄石屏笑道："你哪里懂得，外国人夜间出外，不一定要换皮靴的，便是穿晚礼服，也不穿用带子的长靴，穿的正和我脚上的鞋子差不多，不是白天正式拜客，这些地方尽可以马马虎虎。"姨太太听了，便不说什么了。

第二日，黄石屏直睡到下午三四点钟才起床，叫魏庭兰到跟前说道："今夜我有事须你同去，恐怕要多费一点儿时间。你若怕耽搁了瞌睡，精神来不及，此时就可以去睡一会儿，到时候我再叫你。"魏庭兰不知有什么要紧的事，仍不敢问，回到自己房里。睡到夜间十点多钟，黄石屏亲自到床前，叫他起来说道："睡足了么？我们一道吃点儿东西就去。"魏庭兰同到楼上，见桌上已安排了菜饭，黄石屏喝了几杯白兰地酒，又吃了两碗饭，看了看表道："是时候了，我们去吧！"

魏庭兰平日跟随黄石屏出外，总是为诊病，照例替黄石屏提皮包。此时魏庭兰不知为什么事叫他同去，仍照例把皮包提着，黄石屏也不说什么。魏庭兰望着黄石屏的脚说道："昨天老师穿洋服忘记换皮靴，姨师母急得叫车夫拿着靴帽在后追赶，今天老师又忘记了。"黄石屏不高兴道："你们真不开眼，穿洋服不穿皮靴、不戴帽，难道马路上不许我行走吗？人家不许我进门吗？"

这几句话骂得魏庭兰哪里敢再开口，走出大门，车夫已将小汽车停在门外。黄石屏对车夫说道："你用不着去，我自己开车。"车夫知道黄石屏的脾气，不是去人家诊病，多欢喜自己开车，当下跳出车来。黄石屏和魏庭兰坐上，开足速力，一会儿跑到一个地方停了，黄石屏望着魏庭兰道："我有事去，你就坐在车上等我，无论到什么时候，不许离开这车子。"

魏庭兰也猜不出是怎么一回事，只好应是。看着黄石屏匆匆的走了，独自坐在车中，看马路上的情形，虽是冷僻没有多的街灯，然形势还看得出是西门附近，大概是离上海县衙门不远的地方。等了一点多钟，两脚都坐麻了，越等越夜深，越觉四边寂静，虽在人烟稠密的上海，竟像是在旷野中一样，但有行人走过，脚步声在百步外也可听得明白。魏庭兰既不能离开汽车，只好坐着细听黄石屏的脚声。等到一点钟的时候，忽听得有一个人的脚声，从远处渐响渐近，却是皮靴着地的声音，一步一步的走得很从容、很沉重，知道是过路的人，懒得探头出望。一会儿那皮靴声走近汽车，忽然停了，并用两个指头在车棚上敲了两下。魏庭兰原是闭眼坐着的，至此是张眼向车外探望，只见一个外国巡捕，操着不纯熟的中国话问道："你这车停在此地干什么？"魏庭兰道："我们是做医生的，我老师到人家诊病去了，教我在此地看守汽车。"外国巡捕听罢，点了点头，又一步一步的走去了。

魏庭兰仍合眼静听，除却听得那巡捕的皮靴声越响越远，渐至没有声响外，听不着一点儿旁的声息。正在心里焦急，不知自己老师去什么地方，耽搁这么长的时间，还不转来，猛觉车身一动，有人踏动摩达，车轮已向前转动。惊得他睁眼看时，原来黄石屏已坐在开车的座位上，旁边还坐着一个人，从背后认不出是谁？汽车开行得十分迅速，转弯抹角的不知经过了几条马路，方在一条弄堂口停下。黄石屏扶着那人下车，急忙走进弄堂去了，不到一刻工夫，黄石屏便跑出来，跳上汽车，直开回家，到家后低声对魏庭兰道："今夜的事，切记永远不可向人提起，要紧要紧！"魏庭兰连忙点头应"是！"

过了一日，报纸上就刊登上海县监狱里要犯越狱逃走的消息来，报上将屈蝼斋身家历史，在日本参加革命，及回国活动，刺杀县衙侦探，县衙悬赏缉拿不着，后因屈部下谭某与屈有隙，亲到县衙报密，设计将屈骗出租界，始得成擒。不知如何竟被屈弄穿监牢屋顶，乘狱卒深夜熟睡之际，从屋顶逃走了。据那狱卒供称："出事的前一夜，在二更敲后，仿佛听得牢房上有碎瓦的响声。当时已觉得那响声很怪，不像是猫儿踏的瓦响，只是用百步灯向房顶上探照了一会儿，什么也瞧不见，只好像有几片瓦有些乱了，以为是猫儿捉耗子翻乱的，便不在意。次日白天再看瓦顶上的瓦，并没有翻乱的样子，就疑心是夜间在灯光下瞧得不明白，事后想来，才悟出牢房顶上的窟窿，是在前一夜弄穿的，不过将屋瓦虚掩在上面，使人瞧不出破绽，这必是与屈同党的人干的玩意儿。"

这新闻登载出来，社会上一般人无不动色相告，说革命党人如何如何厉害不怕死，谁也不疑心这个六十多岁的老名医，会干出这种惊人的事来。这案情虽是重大，然因屈蝼斋夫妇早已亡命到外国去了。那时官厅对于革命党，表面虽拿办得像很严厉，实际大家都不敢认真。

事隔不到两月，那个亲去县衙告密的谭曼伯，一夜从雉妓堂子里出来，被几个穿短衣的青年，用三支手枪围住向他开放，身中九枪死了。凶手不曾捕着一个，但社会上人知道谭曼伯有叛党卖友的行为，逆料必是死在革命党人手里。这样一来，更无人敢随便和革命党人为难了。事后虽不免渐渐露出些风声来，与屈、黄两方有密切关系的人，知道屈蝼斋是黄石屏救出来的，不过这样关系重大的事，有谁敢胡说乱道呢？

秦鹤岐因与黄石屏交情深厚，黄石屏生平事迹知道最详，因见霍元甲异常钦佩黄石屏的医术，遂将黄石屏生平的事迹，约略叙述了一番。

霍元甲、农劲荪等人听了，自是益发敬仰。霍元甲问道："黄辟非小姐既承家学，练就了这一身本领，兄弟不揣冒昧，想要求秦爷介绍去见一面，不知能否办到？"秦鹤岐摇头道："这事在去年上半年还办得到，在去年十月间已经出嫁了。此刻黄小姐住在南康，如果你还在上海的时候，凑巧她到上海来了，我还是可以介绍见面，并且凭着我这一点儿老资格，就教她走一趟拳，使一趟刀给你瞧瞧，都能办到。倒是要黄老头做一手两手功夫给你看，很不容易。"

农劲荪道："他对人不承认会功夫么？"秦鹤岐道："这却不能一概而论。有时不相干的人去问他，他当然不承认；遇了知道他的历史，及和他有交情的人，与他谈论起武艺来，他怎能不承认？"农劲荪道："他既不能不承认会武艺，若是勉强要求他做一手两手，他却如何好意思不做呢？"秦鹤岐笑道："他推托的理由多呢！对何种人说何种推托的话，有时说，年老了，气血俱衰，做起来身体上很吃亏；有时说，少年时候练的功夫，与现在所做的道功，多相冲突，随便做两手给人看了无益，于他自己却有大损害；有时说，从前练武艺于打针有益，于今练武艺于打针有害，做一两手功夫不打紧，至少有十二个钟头，不能替病人打针。究竟哪一说有道理，我们即不与他同道，又不会用针，怎好批评！"农劲荪笑道："可以说都有道理，也可以说都无道理。总之，他安心不做给人看，随口推托，便再说出十种理由来，也都是使人无法批评的。"

秦鹤岐又闲谈一会儿去了，次日上午又来看霍元甲，问道："四爷的病全好了么？"霍元甲道："承情关注，自昨日打针后直到此刻，不曾再觉痛过。"秦鹤岐道："我见黄石屏诊病最多，不问什么病，虽是一次诊好了，在几日之内，必须前去复诊一次，方可免得久后复发。我着虑你因不觉痛了，不肯再去，所以今日特地又来，想陪你去将病根断了。"霍元甲踌躇着答道："谢谢你这番厚意。我这病是偶然得的，并不是多年常发的老毛病，我想一好就永远好了，大约不至有病根在身体内，我觉得用不着再去了。"秦鹤岐听了，原打算再劝几句，忽然心里想起从前曾批评过霍元甲，练外功易使内部受伤的话，恰好霍元甲这次的病，又是嘉道洋行试力之后，陡然发生的，思量霍元甲刚才回答的这几句话，似乎是表示这病与练外功及试力皆无关系的意思，因此不便再劝。

过了几日，霍元甲因不见有人前来报名打擂，心中非常纳闷。正在想起无人打擂，没有入场券的收入，而场中一切费用，多无法节省，深觉为难的时分，农劲荪从外边走了回来，说道："那日嘉道洋行的班诺威，忽然开会欢迎四爷，不料竟是有作用的。我们这番巴巴的从天津到上海来，算是白跑了。"霍元甲吃惊问道："这话怎么说，农爷在外边听了些什么议论？"

农劲荪一面脱了外套，一面坐下说道："不仅是听了什么议论，已有事实证明了。四爷前几日不是教我去打听嘉道洋行欢迎我们的用意吗？这几日我就为这事向与嘉道洋行有密切关系的，及和英领署有来往的各方面探询，始知道班诺威本人，虽确是一个欢喜运动的人，平日是喜与一般运动家、拳斗家接近，但是这次欢迎四爷，乃是英领署的人授意，其目的就在要实地试验四爷，究有多大的力量。张园开擂的那日，英国人到场参观的极多。四爷和东海赵交手的情形，英国懂得拳斗的人看了，多知道四爷的本领，远在东海赵之上，所以能那般从容应付。东海赵败后，更没有第二个人敢上台。因此英国人疑虑奥比音不是四爷的对手，沃林尤其着急。于是想在未到期以前，设法实地试验四爷的力量究竟有多大。他们以为两人比赛，胜败是以力量大小为标准的。奥比音是在英国享大名的大力士，他全身各种力量，早已试验出来，英国欢喜运动及拳斗的人，大概多知道。中国拳术家不注意力量，又没有其他分高下的标准，若没有打东海赵的那回事，他们英国人素来骄傲，瞧不起中国人，心里不至着虑奥比音敌不过四爷。那日嘉道洋行原预备了种种方法，试验四爷的力量，想不到四爷不等他们欢迎的人来齐，也不须他要求试验，就把他的扳力机扳坏了。有了那么一下，班诺威认为无再行试验的必要。他欢迎四爷的目的已达，所以开欢迎会的时候，只马马虎虎的敷衍过去，一点儿热烈的表示也没有。倘若我们那天不进他的运动室，他们欢迎的情形必然做出非常热烈的样子，并得用种种方法，使四爷高兴把所有的力量显出来。据接近班诺威的人听得班诺威说，奥比音试扳力机的力量，还不及四爷十分之七。他们即认定比赛胜负的标准在各人力量的大小，奥比音的力量与四爷又相差太远，他们觉得奥比音与四爷比赛，关系他英国的名誉甚大，败在欧美各国大力士手里，他们不认为耻辱；败在中国大力士手里，他们认为是奇耻大辱。有好几个英国人写信警告沃林，并怪沃林贪财，不顾国家名誉。沃林看了四爷摆擂的情形，已经害怕，得了嘉道洋行试力的结果，便不得到警告的信，也决心不践约了。"

霍元甲抢着说道："双方订约的时候，都有律师、有店家保证，约上载得明白，到期有谁不到，谁罚五百两银子给到的做旅费。奥比音被中国大力士打败了，果然耻辱，被中国人罚五百两银子，难道就不耻辱吗？"农劲荪道："四爷不要性急，我的话还没说完。我们能罚他五百两银子，事情虽是吃亏，但是终使外国人受了罚，显得他英国大力士不敢来比赛，倒也罢了。你还不知道，他那一方面的律师和保证人都已跑了呢！我今天出外，就是去找那律师和电器公司的平福，谁知那律师回国去了，电器公司已于前几天停止营业了。沃林家里人说，沃林到南洋群岛去了。你看这一班不讲信义的东西，可笑不可笑？"

霍元甲因无人打擂，本已异常焦急，此时又听了这番情形，更气得紧握着拳头，就桌上打了一拳，接着长叹了一声说道："一般人常说'福无双至，祸不单行'，我们这番到上海来，真可算是祸不单行了。"

农劲荪知道霍元甲的心事，恐怕他忧虑过甚，又发出什么毛病来，仍得故作镇静的样子说道："这倒算不得祸。我看凡事都是对待的，都是因果相生的。我们不为订了约和奥比音比赛，便不至无端跑到上海来摆擂台；不摆擂台，就不至在各报上遍登广告，不会有当着许多看客三打东海赵的事。因摆擂及沃林违约，我们虽受了金钱上的损失，然四爷在南方的名誉，却不是花这一点金钱所能买来的。外国人说名誉是第二生命，不说金钱是第二生命，因有了名誉，就不愁没有金钱，有金钱的，不见得就有名誉。四爷在北方的声名，也算不错，但是究竟只武术界的人知道，普通社会上人知道的还少。有了这回的举动，不仅中国全国的人，都钦仰四爷的威名，就是外国人知道的也不少，这回四爷总算替中国人争回不少的面子。奥比音因畏惧四爷，不敢前来比赛的恶名，是一辈子逃避不掉的了。我们若不是因金钱的关系，听了他们全体逃跑的消息，应该大家欢欣鼓舞才是。少罚他们五百两银子，也算不了什么！我这几天在外面专听到一些不愉快的消息，却也有两桩使人高兴的消息，只因我一则心里有事，懒得说它；二则因有一桩，我知道你是不愿意干的，一桩暂时还难实现，不过说出来也可使你高兴高兴。有一家上海最著名的阔人，因你的武艺高，声名大，想聘请你到他家当教师，一面教他家的子侄，一面替他家当护院，每个月他家愿送你五百块的薪水……"

霍元甲不待农劲荪说完，即笑了笑摇头说道："赵玉堂尚且不屑给人家做看家狗，我霍四虽是没有钱，却自命是一个好汉，不信便赶不上赵玉堂！不问是什么大阔人，休说当护院，就是要聘请我当教师，教他家的子侄，也得看他子侄的资质，是不是够得上做我的徒弟。资质好的不在乎钱多少，资质若够不上做我的徒弟，我哪怕再穷些，也不至贪这每月五百块钱就答应。"

农劲荪笑道："我原知道你是不愿意干的。那阔人在彭庶白家遇了我，向我提起这点，我已揣摩着你的心理回答他了。这事你虽不愿意干，然因这事可以证明你这番到上海摆擂所得声名，影响你在社会上的地位不小。平情论事，大阔人的钱虽不算什么，但是你我所走的地方也不少，何尝见过有这么大薪水的教师和护院？北方阔人是最喜请教师护院的，每月拿一百块钱的都很少，倘若你不经过摆擂这番举动，哪怕本领再高十倍，也没人肯出这许多钱请你。还有一桩是上海教育界的名人，现已明白中国武艺的重要，正在邀集赀力雄厚的人，打算请你出面，办一个提倡武术的学校。从前教育界一般人，专一迷信外国学问，只要是外国的什么都好，中国固有的，不问什么，都在排除之列，谁敢在这外国体操盛行全国的今日，说提倡中国武术的话？能使教育界的人觉悟，自动的出力提倡，这功劳也在摆擂上面。不是我当面恭维你，要做一个名震全国的人还容易，要做一个功在全国的人却不容易。当此全国国民都是暮气沉沉的时候，你果能竭平生之力来提倡武术，振作全国国民的朝气，这种功劳还了得吗？这才真可以名垂不朽呢！一时间受点儿金钱的困难，两相比较起来，值得忧虑么？"

霍元甲听了这番议论，他是个好名的人，功业心又甚急切，不知不觉的就把兴会鼓动起来，拔地立起身说道："我也知道我这个人应该从远大处着眼，略受些儿金钱困难的苦，不应如此着急。不过时刻有你农爷在旁，发些开我胸襟的议论就好；农爷一不在旁边，我独自坐着，便不因不由的会想起种种困难事情来。农爷何以说那武术学校的事，暂时不能实现呢？"

农劲荪道："这是一桩大事业，此时不过有几个教育界中人，有此提倡，当然不是能咄嗟立办的事。并且这事是由他们教育界中人发动的，他们不到有七八成把握的时候，不便来请四爷。"霍元甲听了，忽就床沿坐下，用手按着胸脯。

农劲荪看霍元甲的脸色苍白，双眉紧皱，料知必是身体又发生了毛病，连忙起身走到跟前问道："你那毛病又发了吗？"霍元甲跺了跺脚，恨声说道："真讨厌透了！人在倒霉的时候，怎的连我这般钢筋铁骨的身体，都靠不住了，居然会不断的生起病来，实在可恨啊！"说时，用双手将胸脯揉着，鼻孔里忍不住哼起来。

农劲荪看了不由得着急道："前几天秦鹤岐特地来陪四爷到黄医生那里去打针，四爷若同去了，今天决不至复发。"霍元甲忍痛叫了两声刘振声，不见答应。农劲荪叫茶房来问，说刘先生出门好一会儿了，不曾回来。霍元甲道："那天我不同秦鹤岐去，一来因那时的病已完全好了；二来秦鹤岐与那黄医生是要好的朋友，有秦鹤岐同去，黄医生必不肯收诊金。我与黄医生没交情，如何好一再去受他的人情？刘振声若回来了，就叫他去雇一辆马车来，我还得去看看。今天比前番更痛得厉害。"农劲荪道："雇车去瞧病，何必定要等振声回来呢？叫茶房打电话去雇一辆车来，我陪你去一趟就得啦！"霍元甲道："怎好劳动你呢？"农劲荪道："你病了还和我闹这些客气干吗？"遂叫茶房吩咐了雇马车的话。

茶房刚退出房，刘振声已从外面走进房来，一眼见霍元甲的神情脸色，现出异常惊慌的样子问道："老师怎么样，真个那病又发了吗？"农劲荪点头道："你老师说今天比前番更痛得厉害，正望你伺候他到黄医生那里去。"刘振声听了，忽然和小孩子被人夺去了饼子一样，"哇"的一声哭了出来。

他这一声哭，倒把农、霍二人都吓了一跳。农劲荪忙阻止他道：

"你三十多岁的人了，不是没有知识的小孩，怎么一见你老师发了病，就这么哭起来呢？不要说旁人听了笑话，便是你老师见你这么哭，他心里岂不比病了更难受吗？"

平日刘振声最服从农劲荪的话，真是指东不敢向西，这回不知怎的，虽农劲荪正色而言，并说得这么切实，刘振声不但不停哭，反越说越哭得伤心起来。

不知刘振声有何感触，竟是如此痛哭，且待下回再说。

总评：

  屈蠖斋所布以试探其妻之一局，就表面上观之，亦可谓十分周密矣。然一经屈蠖斋之细加指点，则固破绽百出，有不难为明眼人所觉察者，甚矣！当局者之易迷也。虽然在一般读者之中，未及终局而已能明了其真相者，果又有几人？是则不特当局者迷，而旁观者亦迷矣！宁有不为之哑然失笑者乎？

  当有清末季，民族革命思潮风靡于一时，凡青年有识之士，罔不奋臂思兴，而以光复旧物为念，尤以留东学生为最激昂，此革命团体之所以盛极一时也。虽然，人物既殊庞杂，自不免有败类厕其间，而本回中之谭曼伯特其一。观其醉心于烟色，置革命工作于不问，迨至金尽归来，犹复捏造报告，以为再度骗取金钱计，诚足令人为之切齿。屈蠖斋只开除其党籍，其所罚亦云轻矣。不图竟以此而结成仇隙，暗肆阴谋，将屈蠖斋缚而致之官。呜呼！若而人者，诚狗彘之不若，其肉宁足食乎？吾于此乃知不论任何团体中，欲其党员之悉为人格化，而无一败类厕其间，实为不可能之事也。

  黄石屏之将屈蠖斋自狱中救之而出，论其事实至为不易，意必有一番如火如荼之描写。乃观其在本回中写来，一以轻描淡写之笔出之，毫无铺张之处。而在黄石屏本人，亦从容自若，绝不矜张，所谓"太原公子，褵裘而来"者，其态度乃仿佛似之，是诚能于"静"之一字上致其功夫者也。然而，在此绝不渲染之中，而黄石屏之侠肠、之义胆，以及超群之本领，反更为之衬映而出，且视极力从事渲染者为有加。然则初学作文者于此，亦可知所取法者矣。

沃林既逃，订约之律师及保证人，亦俱不知去向，订约比赛一事，至是可谓瓦解冰消，外国人做事固夙以有信义者，今竟何如？诚大足令人齿冷也。至班诺威之阴谋，亦为农劲荪所探得，其作用盖在打探霍元甲之究具若干气力，宜其目的既达，即呈冷淡之状态矣。此则虽于信义问题无关，然正足见外国人若何之狡狯。吾人得随时随地善为之防焉。

第十回

进医院元甲种死因
买劣牛起凤显神力

话说刘振声越哭越显得伤心的样子，霍元甲忍不住生气说道："振声，你害了神经病吗？我又没死，你无端哭什么？"刘振声见自己老师生气，才缓缓的停止悲哭。农劲荪问道："你这哭倒很奇怪，像你老师这样金刚也似的身体，漫说是偶然生了这种不关重要的病，就是大病十天半月，也决无妨碍。你刚才怎么说真个又病了的话，并且是这般痛哭呢？"

刘振声揩了眼泪，半晌回答不出，霍元甲也跟着追问是什么道理。刘振声被追问得只好说道："我本不应该见老师病了，就糊里糊涂的当着老师这么哭起来。不过我一见老师真个又病了，而发的病又和前次一样，还痛得更厉害些，心里一阵难过，就忍不住哭了出来。"霍元甲道："发过的病又发了，也没有什么稀奇，就用得着哭吗？你难道早就知道我这病又发吗，怎的说真个又病了的话呢？"

刘振声道："我何尝早就知道？不过在老师前次发这病的时候，我便听得人说，老师这病的病根很深，最好是一次治断根；如不治断根，日后免不了再发，再发时就不容易治愈了。我当时心里不相信，以为老师这样铜筋铁骨的身体，偶然病一次，算不了什么，哪里有什么病根？不料今天果然又发了，不由得想起那不容易治愈的话来。"

农劲荪不待刘振声更往下说，即打了个哈哈说道："你真是一个傻子。你老师这病，是绝对没有性命危险的病。如果这病非一次治断根，便有危险，那日黄石屏在打针之后，必然叮咛嘱咐前去复诊。"霍元甲接着说道："农爷的话一点儿不差，振声必是听得秦老头说。秦老头自称做的是内家功夫，素来瞧外家功夫不起，他所说的是毁谤外家功夫的话，振声居然信以为实了。我不去复诊，也就是为的不相信他这些道理。"

正说话的时候，茶房来报马车已经雇来了。霍元甲毫不踌躇的说道："我这时痛已减轻了，不去了吧！"农劲荪道："马车既经雇来了，何妨去瞧瞧呢？此刻虽减了痛，恐怕过一会儿再厉害。"霍元甲连连摇头道："不去了，决计不去了。"农劲荪知道霍元甲的性情，既生气说了决计不去的话，便劝也无用，唯有刘振声觉得自己老师原是安排到黄石屏诊所去的，只因自己不应该当着他号哭，更不应该将旁人恶意批评的话，随口说出来，心中异常失悔。但是刘振声生性极老实，心里越失悔就越着急，越着急就越没有办法。亏他想来想去，想出一个办法，用诚挚的态度对霍元甲说道："老师因我胡说乱道生了气，不到黄医生那里去诊病了，我真该死。我于今打算坐马车去，把黄医生接到这里来，替老师瞧瞧，免得一会儿痛得厉害的时候难受。"霍元甲道："不与你说的话相干，秦老头当我的面也是这么说，我并不因这话生气。"说话时忽将牙关咬紧，双眉紧锁，仿佛在竭力忍耐着痛苦的样子，只急得刘振声唉声跺脚，不知要如何才好。农劲荪看了这情形，也主张去迎接黄石屏来。

霍元甲一面用手帕揩着额头上的汗珠，一面说道："谁去接黄医生来，就替谁瞧病，我这病是不用黄医生瞧的。"农劲荪道："你这病虽不用黄医生瞧，然不能忍着痛苦，不请医生来瞧，上海的医生多着呢！"霍元甲道："上海的医生虽多，究竟谁的学问好，我们不曾在上海久住的人何能知道？若是前次请来的那种西医，白费许多钱治不好病，请来干什么！"

刚说到这里，彭庶白突然跨进房门笑道："你们为什么还在这里说西医的坏话？"农、霍二人见彭庶白进来，连忙招呼请坐。霍元甲道："不是还在这里说西医的坏话，只因我前次的病，现在又发了，因我不愿意去黄石屏那里打针，农爷和我商量另请医生的话。我不信西医能治我这病，所以说白费许多钱，治不好病的话。"彭庶白点头道："我本来也是一个不相信西医的人，不过我近来增加了一番经验，觉得西医自有西医的长处，不能一概抹杀。最近我有一个亲戚病了，先请中医诊治，上海著名的医生，在几日之间请了八个，各人诊察的结果，各不相同，各人所开的药方，也就跟着大有分别了。最初三个医生的药方吃下去，不仅毫不见效，并且增加了病症，因此后来五个医生的药方，便不敢吃。我那亲戚家里很有点儿积蓄，平常素来少病，一旦病了，对于延医吃药非常慎重。见八个中医诊察的各自不同，只得改延西医诊视。也经过五个西医，诊察的结果，却是完全相同，所用的药，虽不知道是不是一样，然因诊察的结果即相符合，可知病是不会看错的，这才放心吃西医的药。毕竟只诊了三次，就诊好了。还有一个舍亲因难产，请了一个旧式的稳婆，发作了两昼夜，胎儿一只手从产门伸了出来，眼见得胎儿横在腹中，生不下来了。前后请来四个著名的妇科中医，都是开几样生血和气的药，此外一点儿办法也没有。稳婆说得好笑，做出经验十足的样子说道：'胎儿从产门伸出手来，是讨盐的，快抓一点儿放在胎儿手中，就立时可以缩进去。'当时如法炮制，放了一点盐在手里，哪里会缩进去呢？后来有人主张送医院。那舍亲住在白渡桥附近，遂就近将产妇送到一个日本人开设的秋野医院去。那院长秋野医生看了说道：'喜得产妇的身体还强健，若是身体孱弱些儿的，到此时就毫无办法了。这是因为产门的骨节不能松开，所以胎儿卡在里面不得出来，非剖腹将胎儿取出不可。'舍亲问剖腹有无生命的危险，秋野说：'剖腹不能说绝对无生命危险，胎儿十有八九是死了的，产妇或者可以保全；若不剖腹，则大小都万无生理。'舍亲到了这种紧急的关头，只好决心签字，请秋野剖腹。从进医院到剖腹取出胎儿，不到一点钟的工夫。最使人钦佩的，就是连胎儿的性命都保全了，一个好肥头胖脑可爱的小男孩子，此刻母子都还住在秋野医院里。昨天我去那医院里探望，秋野医生当面对我说：'大约还得住院一星期，产妇便可步行出院了。'那秋野医生的学问手术，在上海西医当中，纵不能说首屈一指，总可说是最好的了。他已到上海来多年了，中国话说得很自然。"

农劲荪道："日本人学西洋的科学，什么都学不好，只医药一道，据世界一般人的评判，现在全球除却德国，就得推日本的医药学发明最多。"霍元甲道："那秋野医生既是有这般本领，庶白兄又认识他，我何不请庶白兄立刻带我同去瞧瞧？"彭庶白连声应好。刘振声道："好在雇来的马车还不曾退掉。"说着即来搀扶霍元甲。

霍元甲摇手道："用不着搀扶，你陪农爷在家，恐怕有客来访。我和彭先生两人去得啦！"农劲荪点头道："好！外国医院不像中国医生家里，外国人病了去医院诊病，少有许多人同去的，便是同去了，也只许在外边客厅或待诊室坐，断不许跟随病人到诊室中去。至于施行手术的房间，更不许受手术以外的人进去。"

彭庶白陪同霍元甲乘马车到了秋野医院，凑巧在大门口遇着秋野医生，穿着外套，提着手杖，正待出外诊病。彭庶白知道秋野医院虽有好几个医生，寻常来求诊的，多由帮办医生诊视；然帮办医生的学问，都在秋野之下。霍元甲的病，彭庶白想秋野医生亲自诊视，因此在大门口遇见秋野，便迎着打招呼，一面很郑重介绍道："这位是我的好友霍先生，就是最近在张家花园摆设擂台的霍元甲大力士，今日身体有点儿不舒适，我特地介绍到贵医院来，须请秋野先生亲自治疗才好。"

秋野一听说是霍元甲，立时显出极端欢迎的态度，连忙脱了右手的手套，伸手和霍元甲握着笑道："难得，难得！有缘和霍先生会面。兄弟看了报纸上的广告，及开擂那日的记事，即想去张家花园拜访先生。无奈有业务羁身，直到现在还不能如愿。若不是彭先生今日介绍到敝院来，尚不知何日方得会面。"霍元甲本来不善于应酬交际，见秋野说得亲热，除连说不敢当外，没有旁的话说。秋野引霍、彭二人直到他自己办公的房内。

此时霍元甲胸脯内又痛得不能耐了，彭庶白看霍元甲的脸色，忽变苍白，忍受不住痛苦的神气，完全在面上表现出来了，只得对秋野说道："对不起先生，霍先生原是极强壮的体格，不知怎的，忽得了这种胸脯内疼痛不堪的病，请先生诊断诊断，务请设法先把痛止住。"

秋野不敢迟慢，忙教霍元甲躺在沙发上，解衣露出胸脯来，先就皮肤上仔细诊察了一阵，从袋中取出听肺器来，又细听了一会儿说道："仅要止痛是极容易的事，我此刻就给药霍先生吃了，至多不过二十分钟，即可保证不痛了。"说着匆匆走到隔壁房去了，转眼便取了两颗白色小圆片的药来，用玻璃杯从热水瓶中倾了半杯温开水，教霍元甲将药片吞服，然后继续说道："不过霍先生这病，恐怕不是今日偶然突发的。"

彭庶白道："诚如先生所说，在一星期前已经发过一次，但不及这次痛得厉害。据秋野先生诊断，他这病是因何而起的呢？"秋野沉吟道："我此刻不敢断定。我很怀疑，以霍先生这种体格，又是贵国享大名的大力士，是一个最注重运动的人，无论如何总应该没有肺病。像此刻胸脯内疼痛不堪的症候，却不是肺病普通应有的征象，只是依方才诊断的结果，似乎肺部确已受病；并且霍先生所得肺病的情形，与寻常患肺病的不大相同。我所用爱克斯电光将霍先生全身，细细检查一番，这病从何而起，便能断定了。不知霍先生的意思怎样？"

霍元甲听了秋野的话，心里当然愿意检查，只是前次在客栈里有过请西医诊病的经验，恐怕用爱克斯电光检查全身，得费很多的钱，一则身边带的钱不多；二则他从来是一个自奉很俭约的人，为检查身体花费很多的钱，也不情愿。当下招手叫彭庶白到跟前，附耳低言道："不知用爱克斯电光检查一番，得花多少钱，你可以向他问问么？"彭庶白点头应是，随向秋野问道："这种用爱克斯电光检查的手续，大约很繁重，不知一次的手术费得多少？"

秋野笑道："检查的手续并不甚繁重。如果要把全身受病的部分，或有特殊情形的部分都摄取影片，那么比较费事一点儿。至于这种手术费，本不一定，霍先生不是寻常人，当霍先生初进房的时候，我原打算把我近来仰慕霍先生的一番心思说出来，奈霍先生胸脯内疼痛得难受，使我来不及说。霍先生今日和我才初次见面，彭先生虽曾多会几面，然也没多谈，两位都不知道我的性情及平生的言行。我虽是一个医生，然在当小学生的时候，就欢喜练我日本的柔道。后来从中学到大学毕业，这种练柔道的兴趣不曾减退过，就是到上海来开设这医院，每逢星期六

211

下午及星期日，多是邀集一般同好的朋友，练着柔道消遣。虹口的讲道分馆，便是我们大家设立的。我既生性欢喜练柔道，并知道敝国的柔道，是从贵国传去的，所以对于贵国的拳术，素极仰慕。无如贵国练拳术的人，和敝国练柔道的不同。敝国练柔道的程度高低，有一定的标准，程度高的，声名也跟着高了，只要这人的功夫到了六段、七段的地位，便是全国知名的好手了。哪怕是初次到敝国去的外国人，如果想拜访柔道名家，也是极容易的事，随便向中等社会的人打听，少有不知道的。贵国的拳术家却不然，功夫极好的，不见有大声名；反转来在社会上享大名的，功夫又不见得好。休说我们外国人想拜访一个真名家不容易，便是贵国同国的人，我曾听得说，常有带着盘缠到处访友，而数年之间，走过数省的地方，竟访不着一人的。这种现象，经我仔细研究，并不是由于练拳术的太少，实在是为着种种的关系，使真有特殊武艺的人，不敢在社会上享声名。贵国拳术界是这般的情形，我纵有十二分仰慕的心思，也无法与真实的拳术名家相见。难得霍先生有绝高的本领，却没有普通拳术家讳莫如深的习气，我想结交的心思，可说是异常急切。我只希望霍先生不因为我是日本人，拒绝我做朋友，我心里便非常高兴。用爱克斯电光检查身体，算不了什么事，我决不取霍先生一文钱。我为的很关心霍先生的身体，才想用爱克斯光检查，绝对不是营业性质。"

霍元甲服下那两颗药片之后，胸内疼痛即渐渐减轻，到此刻已完全不痛了。听秋野说话极诚恳，当下便说道："承秋野先生盛意，兄弟实甚感激，不过刚才彭先生问检查身体，须手术费多少的话，系因兄弟身边带来的钱不多，恐怕需费太大，临时拿不出不好，并没有要求免费的心思。虽承先生的好意，先生在此是开设医院，岂有替人治病，不取一文钱的道理？"秋野笑道："开设医院的，难道就非有钱不能替人治病吗？不仅我这医院每日有几个纯粹义务治疗的病人，世间一切医院也都有义务治疗的事。霍先生尽管送钱给我，我也不肯收受。"

霍元甲平日行为历来拘谨，总觉得和秋野初交，没有白受他治疗之理，即向彭庶白说道："我是由庶白兄介绍到这里来的，还是请庶白兄对秋野先生说吧！如肯照诊例收费，就求秋野先生费心检查；若执意不肯收费，我无论如何也不敢领受这么大的情分。"

彭庶白只得把这番话再对秋野说，秋野哈哈大笑道："霍先生是一个名震全国，将来要干大事业的人，像这般小事，何苦斤斤计较？我老实说吧，我想结交霍先生，已存着要从霍先生研究中国拳术的念头，若照霍先生这样说来，我就非拿费敬送束修不可了。所以我方才声明，希望霍先生不因为我是日本人，拒绝我做朋友的话，便是这种意思。彼此既成了朋友，这类权利、义务的界限，就不应过于计较了。交朋友的'交'字，即是相互的意义。我今日为霍先生义务治了病，将来方可领受霍先生的义务教授。"

彭庶白见秋野绝不是虚伪的表示，遂向霍元甲说道："秋野先生为人如何，我们虽因交浅不得而知，但是和平笃实的态度，得乎中，形乎外，是使人一见便能相信的。我也很希望四爷和他做一个好朋友。彼此成了朋友，来日方长，这类权利、义务的界限，本用不着计较。"

霍元甲还没回答，秋野接着含笑问道："霍先生的痛已止了么？"霍元甲点头道："这药真有神效，想不到这一点儿大的两颗小药片，吞下去有这么大的力量，于今已全不觉痛了。"秋野道："我先已说过了，要止痛是极容易的事，但是仅仅止痛，不是根本治疗的方法，致痛的原因不消灭，今日好了，明日免不了又发。请两位坐一坐，我去准备准备。"说着又往隔壁房中去了。

彭庶白凑近霍元甲说道："他们日本人有些地方实在令人佩服，无论求一种什么学问，都异常认真，决不致因粗心错过了机会。像秋野性喜柔道，想研究中国拳术，又见不着真会拳术的中国人，一旦遇着四爷，自然不肯失之交臂。我曾听得从德国留学回来的朋友说，日本人最佩服德国的陆军和工业，明治维新以后，接连派遣优秀学生到德国学陆军和工业。陆军关于本国的国防当然是秘密，不许外国留学生听讲的，并有许多地图，是不许外国学生看见的。日本留德的陆军学生，为偷这种秘密书籍地图，及偷窥各要塞的内容，被德国人察觉处刑或永远监禁的，不计其数，而继续着偷盗及窥探的，仍是前仆后继，毫不畏怯。还有一个学制造火药的，德国新发明的一样炸药，力量远胜一切炸药。那发明的人，在讲堂教授的时候，也严守秘密，不许外国留学生听讲。那个学制造火药的日本人，学问本来极好，对于这种新发明的火药，经他个人在自己化验室屡次试验的结果，已明了了十分之九，只一间未达，不能和新发明的炸药一样。独自想来想去，委实不能悟到，心想那炸药在讲堂上可以见着，要偷一点儿来化验是办不到的。不但讲堂里有教授，及许多同学的德国学生监视着不能下手，并且这种炸药的危险性最大，指甲尖一触，即可爆烈，仅须一颗黄豆般大小，即能将一个人的身体炸碎，有谁能偷着跑呢？亏他想了许久，竟被他想出一个偷盗的方法来。先找了一个化学最好的日本人，将自己近来试验那种新发明炸药的成绩，尽量传给那日本人道：'我于今要偷那炸药的制造法，非安排牺牲我个人的生命用舌尖去尝一下，别无他法。不过那炸药的性质我已确实知道，沾着我舌尖之后，制造的方法虽能得到，我的生命是无法保全的。我能为祖国得到这种厉害炸药的制造法，死了也极有荣誉，所虑的死得太快，来不及传授给本国人。所以此时找你来，将我试验所得的先传授给你，我偷得之后，见面三言两语，你就明白了。'那日本人自然赞成他这种爱国的壮举，便坐守在他家等候。过了几日没有动静，那日本人正怀疑他或是死了，或是被德国人察觉，将他拘禁了，忽见他面色苍白，惊慌万状的跑进来，只说了一种化学药品的名词，即接着喊道：'快从后门逃走回国去吧！后面追的紧跟着来了。'那日本人哪敢怠慢，刚逃出后门，便听得前门枪声连响，已有无数的追兵，把房屋包围着了。喜得德人当时不曾知道，日本人是这般偷盗法，以为将那用舌尖偷尝的人打死了，制造法便没被偷去，等到那教授随后追来，那日本人已逃得无影无踪了。这种求学问及爱国的精神，四爷说是不是令人佩服！"

霍元甲点头道："这实在是了不得的人物，惊天动地的举动。我听得农爷说过，日本的柔道，是日本一个文学士叫嘉纳治五郎的，从中国学去的。学到手之后，却改变名称，据为己有。"霍元甲正说到这里，秋野已走进房来笑道："霍先生说得不错。柔道是嘉纳治五郎从贵国学去的，只是不仅改变了名称，连方法姿势也改变了不少，于今嘉纳在事实上已成了柔道的发明人。"

霍元甲听了，深悔自己说话孟浪，不应在此地随口说出据为己有的话，一时面上很觉得难为情。秋野接着说道："我已准备妥了，请霍先生就去检查身体吧！彭先生高兴同去，不妨请去瞧瞧。"彭庶白笑道："我正想同去见识见识，却恐怕有妨碍，不敢要求。"

彭、霍二人跟着秋野，从隔壁房中走进一间长形的房内。看这房中用黑绒的帷幔，将一间房分作三段，每段里面看不出陈列些什么。秋野将二人带到最后的一段，撩起绒幔，里面已有一个穿白衣的医生等着。彭庶白看这房里，装了两个电器火炉，中间靠墙壁安着一个方形的白木台，离地板尺来高，台上竖着一个一尺五六寸宽、六尺来高的白木框，木框上面和两旁嵌着许多电泡。秋野教霍元甲脱了衣服，先就身上的皮肤，细细观察了一阵，对那穿白衣的医生说日本话，那医生便用钢笔在纸上记载。观察完了，将霍元甲引到白木台上站着，扭开了框上的电灯，然后用对面的爱克斯电光放射。秋野一处一处的检查记载，便一处一处的摄取影片，经过半点钟的时间，方检查毕事，教霍元甲穿好了衣服，又带到另一间房内。

彭庶白看这房中有磅秤及测验目力的器具和记号，还有一张条桌上，放着一个二尺来高、七八寸口径的白铜圆筒，筒旁边垂着一根黑色的橡皮管，也有二尺来长，小指头粗细，这东西不曾见过，不知道是干什么用的。只见秋野从衣袋中取出一条英尺来，把霍元甲身体高低和手脚腰围的长短，都详细量了一遍，吩咐助手记载了，又磅了分量，然后拈着那铜筒上的橡皮管递给霍元甲道，请霍先生衔在口中，尽所有的力量吹一口。霍元甲接过来问道："慢慢儿吹呢，还是突然吹一下呢？"秋野道："慢慢儿吹。"霍元甲衔着橡皮管，用力吹去，只见圆筒里面，冒出一个口径略小些儿的圆筒来，越吹越往上升，停吹那圆筒就登时落下去了。秋野也吩咐助手记载了，这才带二人回到前面办公室来。

助手将记载的纸交给秋野，秋野看了一会儿，显出踌躇的神气说道："霍先生真是异人，身体也与普通人大有区别。"彭庶白问道："区别在什么地方？"秋野道："霍先生是大力士，又是大拳术家，身体比普通人壮实，是当然的事，不足为异，所可异的就在皮肤以内，竟比普通人多一种似膜非膜、似气体又非气体的物质。我自学医以来，是这般检查人的身体，至少也在千人以上，却从来没有遇过像霍先生这样皮肤的人。练武艺的身体，我也曾检查过，如敝国练相扑的人，身体比寻常人竟有大四倍的，皮肤粗得仿佛牛皮，然皮肤的组织及皮肤里面，仍是和寻常人一样，绝没有多一种物质的。霍先生皮肤里面的这种异状，我已摄取了两张影片，迟几天我可以把影片和寻常人所摄取的，给两位比较着研究。"

彭庶白问道："也许霍先生皮肤里面这种情形，是天然生成的，不是因练武艺而起的变化。"秋野沉吟道："这于生理学上似乎说不过去，若是天然生成的这种模样，总应有与霍先生相同的人。我此刻还不敢断定，皮肤里面起了这种变化，于生理上有不有不好的影响。依照普通生理推测，最低的限度，也应妨碍全体毛孔的呼吸。人身呼吸的机能，不仅是口、鼻，全身毛孔都具有呼吸作用。有一件事最容易证明，全身毛孔都具呼吸作用的，就在洗澡的时候，如将全身浸在水内，这时必感觉呼吸甚促，这便是因为全身毛孔都闭塞了，不能帮助呼吸，全赖肺部从口、鼻呼吸，所以感觉促而吃力。霍先生现在的全身毛孔，虽还没有全部停止呼吸作用，但因皮肤里面起了这种特殊变化的关系，于毛孔呼吸上已发生了极大阻碍，因这种缘故，肺部呼吸机能大受影响。我开始替霍先生诊察的时候，听肺器所得的结果很可惊异，觉得像霍先生这般壮实的身体，不应肺部呼吸的情形如此，因此才想用爱克斯电光检查，并不是为胸脯里面疼痛，需要检查的。如果皮肤里面这特殊的情形，是天然生成的，不是因练武艺后起的变化，我说句霍先生不要生气的话，那么从小就不易养育成人。"

霍元甲问道："不好的影响是妨碍全身毛孔的呼吸，好的影响也有没有呢？"秋野想了一想答道："好的影响当然也有，第一，风寒不容易侵入；次之，可以帮助皮肤抵抗外来的触击。霍先生当日练成这种情形的目的，想必就是为这一种关系。"霍元甲摇头道："练武艺得练成全体皮肤都能抵抗触击，不但我所学的如此，各家各派的武艺，大概也

216

都差不多，不过不经这爱克斯电光检查，不知道皮肤里面，已起了这种特殊变化罢了！我身上还有和普通人不同的变状么？"

秋野道："先生的胸脯比寻常人宽，而肺量倒比寻常人窄，这简直是一种生理上的病态，于身体是绝对不会有好影响的。其所以肺量如此特殊窄小的缘故，当然也是因练武艺的关系。"彭庶白问道："是不是完全因为皮肤里面起了变化，妨碍毛孔的呼吸，以致肺部呼吸也受障碍？"秋野道："本应有密切连带关系的，但于生理却适得其反，毛孔呼吸既生了阻碍，肺部呼吸应该比寻常扩大，这理由还得研究。"

彭庶白道："我有一件和霍先生这种情形相类似的事实，说给秋野先生听了，也可资参考。在十几年前，北京有一个专练形意拳的名家，姓郭名云深，一辈子没干旁的事业，终年整日的练形意拳，每年必带着盘缠，游行北五省访友。各省有名的拳术家，和他交手被他打败了的，也不知有多少人。他是最有名会使崩拳的人，无论与何人动手，都是一崩拳就把人打倒了。人家明知道他是用崩拳打人，然一动手便防备不了。有一次来了一个拜访他的人，那人也是在当时享盛名的，练擒拿手练得最好，和人动起手来，只要手能着在敌人身上，能立时将敌人打伤，甚至三天便死。那人仗着自己本领，特去拜访郭云深，要求较量较量。郭云深并不知道那人会擒拿手，照例对那人说道：'我从来和人动手，都是用一崩拳，没有用过第二手。今天与你较量，也是一样，常言明人不做暗事，你当心我的崩拳吧！'那人说知道，于是两人交起手来。郭云深果然又是一崩拳，把那人打跌了，不过觉得自己胸脯上，也着了那人一下。那人立起身说道：'佩服佩服，真是名不虚传。但是我也明人不做暗事，我是练会了擒拿手的，你虽把我打跌了，然你着了我一下，三天必死。'郭云深因当时毫不觉着痛苦，那人尽管这么说，并不在意，当即点头答道：'好，我们三天后再见吧！如果被你打死了，算是你的本领比我高强。'那人过了三天，真个跑到郭云深家去，只见郭云深仍和初次见面时一样，不但不曾死，连受伤的模样也没有，不由得诧异道：'这就奇了，你怎么不死呢？'郭云深笑道：'这更奇了，你没有打死我的本领，我怎么会死呢？'那人道：'你敢和我再打一回么？'

郭云深道：'你敢再打，我为何不敢！要打我还是一崩拳，不用第二下。'两人遂又打起来，又是与前次一样，郭云深胸脯上着了一下，那人被郭云深一崩拳打跌了，那人跳起身对郭云深拱手道：'这番一点儿不含糊，三天后你非死不可！'郭云深不觉得这番所受的比前番厉害，仍不在意的答道：'三天后请再来露脸吧！'那人第四天走去，见了郭云深问道：'你究竟练了什么功夫，是不是有法术？'郭云深道：'我平生练的是形意拳，没有练过旁的武艺，更不知道什么法术！'那人道：'这真使我莫名其妙，我自擒拿手练成之后，不知打翻了多少好汉，练过金钟罩、铁布衫的，我教他伤便伤，教他死便死，你不会法术，如何受得了我两次的打？我没见你练过形意拳，请你练一趟拳我瞧瞧使得么？'郭云深道：'使得。'说时就安排练给那人瞧。那人道：'就这么瞧不出来，须请你把衣服脱了，赤膊打一趟。'郭云深只得赤着膊打，才打到一半，那人便摇手止住道：'用不着再往下打，我已瞧出打你不死的原因来了。你动手打拳的时候，你的皮肤里面登时布满了一层厚膜，将周身所有的穴道都遮蔽了，所以我的擒拿手也打不进去。'"

秋野听到这里问道："那人不曾用爱克斯电光照映，如何能看得出郭云深皮肤内有厚膜，将穴道遮蔽的情形来呢？"彭庶白道："那时当然没有爱克斯电光。不过那人所研究的武艺，是专注意人身穴道的，全身穴道有厚膜遮蔽了，他能看出，在事实情理两方面，都是可能的。我想霍先生皮肤内的情形，大约与郭云深差不多。郭云深的寿很高，可知这种皮肤内的厚膜，于身体的健康没有妨碍。"秋野点头道："我还是初次遇见这种变态，不能断定于健康有无妨碍，只是胸脯内疼痛的毛病，今日虽用止痛剂止住了，然仍须每日服药，至少得一星期不劳动。"

霍元甲笑道："我此刻所处的地位，如何能一星期不劳动？"秋野道："完全不劳动办不到，能不激烈的劳动，也就罢了。若以霍先生的身体而论，在治疗的时期中，不但不宜多劳动体力，并且不宜多运用脑力，最好能住在空气好的地方，静养一两个月，否则胸脯内疼痛的毛病，是难免再发的。"说毕，自去隔壁房中取了药水出来，递给霍元甲道："这药水可服三天，三天后须再检查，方才所服的止痛剂，是不能将病根治好的。"

霍元甲接了药水，总觉得诊金药费及电光检查的手续费，一概不算钱，似乎太说不过去，摸出几张钞票交给彭庶白，托他和秋野交涉。秋野已瞧出霍元甲的用意笑道："霍先生硬不承认我日本人是朋友吗？简直不给我一点儿面子。"

彭庶白见秋野这么说，只得对霍元甲道："四爷就领谢了秋野先生这番盛意吧！"霍元甲遂向秋野拱手道谢，与彭庶白一同出院。秋野送到大门口还叮咛霍元甲道："三天后这药水服完了，仍请到这里来瞧瞧。"彭、霍二人同声答应。

彭庶白在马车中说道："想不到这个日本医生，倒是一个练武艺的同志，也难得他肯这般仔细的替四爷检查。"霍元甲道："听说日本人欢喜练柔道的极多，不知道那个嘉纳治五郎是一种什么方法，能提倡得全国风行，不闹出派别的意见来。若是在中国提倡拳术，我近来时常推测，但愿提倡得没有效力才好，一有效力，必有起来攻击排挤，另创派别的。"

彭庶白道："日本人提倡柔道，是用科学的方式提倡，是团体的，不是个人的。无论何种学问，要想提倡普遍，就得变成科学方式，有一定的教材，有一定的教程，方可免得智者过之、愚者不及的大缺点。我们中国有名的拳教师收徒弟，一生也有多到数千人的，然能学成与老师同等的，至多也不过数人，甚至一个也没有。这不关于中国拳术难学，也不是学的不肯用功，或教的不肯努力，就是因为没有按着科学方式教授。便是学的人天分极高，因教的没有一定的教程，每每不到相当时期，无论如何也领悟不到，愚蠢的是更不用说了。我倒不着虑提倡有效之后，有人起来攻击排挤，却着急无法将中国拳术，变成科学方法教授，倘仍是和平常拳师收徒弟一样，一个人只有一双手，一双眼，一张嘴，能教几个徒弟？不但教的苦，学的也苦，并且永远没有毕业的时候。"

马车行走迅速，说话时已到了客寓，农劲荪迎着问道："怎么去了这么久？我和振声都非常担心，恐怕是毛病加重了。"霍元甲道："今

219

天又遇着同道了，想不到这个秋野医生，也和嘉道洋行的班诺威一样，生性最喜练习柔道。据他说，从小学、中学直到现在，不曾间断过，因此对我的身体甚为关切，经过种种检查，不知不觉的就耽搁了几点钟。"

农劲荪问道："那秋野既这么喜练柔道，又从来不断的做功夫，本领想必不错，他曾试给四爷看么？"霍元甲道："今天注意替我检查身体，还没认真谈到武艺上去，约了我三天后再去诊治。好笑，他说我这病，至少得一星期不劳动，并不可运用脑力。休说我此刻在上海摆擂台，断无一星期不劳动之理；就在天津做买卖的时候，也不能由我一星期不劳动。"

农劲荪道："这倒不然。西医治病与中医不同，西医叮嘱在一星期中不可劳动，必有他的见地，不依遵定有妨碍。好在这几日并没人来报名打擂，便有人来，也得设法迟到一星期后再比。"霍元甲道："我正在时刻希望有人来报名打擂，没有人来打便罢，如有人来报名，又教我迟到一星期后再比，不是要活活的把我闷死吗？"

农劲荪道："四爷的心思我知道，现闲着有个振声在这里，有人来报名，尽可教振声代替上台去，像东海赵那一类的本领，还怕振声对付不了吗？万一遇着振声对付不了的时候，四爷再上台去也来得及。"霍元甲笑道："我出名摆擂台，人家便指名要和我对打，教振声去代替，人家怎肯答应呢？"农劲荪道："人家凭什么理由不答应？振声不是外人，是你的徒弟。来打擂的人，打得过振声，当然有要求和你打的资格；若是打不过振声，却如何能不答应？"

霍元甲想了一想点头道："这倒是一个办法。"彭庶白道："多少享盛名的大拳师，因自己年事已高，不能随便和人动手，遇了来拜访的人，总是由徒弟出面与人交手，非到万不得已，决不轻易出手。四爷于今一则年壮气盛；二则仗着自己功夫确有把握，所以用不着代替的人。就事实说起来，先教振声君与人交手一番，那人的功夫手法已得了一个大概，四爷再出面较量，也容易多了。"霍元甲道："我其所以不这么办，就是恐怕旁人疑心我有意讨巧。"

正说着话，只见茶房擎着几张名片进来，对霍元甲说道："外面有四男一女来访霍先生。我回他们霍先生病了，刚从医院诊了病转来，今日恐不能见客，诸位请明天来吧！他们不肯走，各人取出名片，定要我进来通报。"

霍元甲接过名片问道："五人怎么只有四张名片？"茶房就霍元甲手中指着一张说道："那个女子是这人的女儿，没有名片。"彭庶白、农劲荪见这人带着女儿来访，都觉值得注意似的，同时走近霍元甲看片上的姓名。原来四张名片，有三张是姓胡的，一个叫胡大鹏，一个叫胡志莘，一个叫胡志范，还有一个姓贺名振清。

彭庶白向那茶房问道："那女子姓胡呢还是姓贺呢？"茶房道："是这胡大鹏的女儿。"彭庶白笑道："不用说都是练武艺的人，慕名来访的。我们正说着不可劳动，说不定来人便是要四爷劳动的。"农劲荪道："人家既来拜访，在家不接见是不行，请进来随机应付吧！"

茶房即转身出去，一会儿引着一个年约五十多岁的人进来。这人生得瘦长身材，穿着青布棉袍，青布马褂，满身乡气，使人一见就知道是从乡间初出来的人。态度却很从容，进房门后见房中立着四个人，便立住问道："哪位是霍元甲先生？"霍元甲忙答话道："兄弟便是。"这人对霍元甲深深一揖道："霍先生真是盖世的英雄。我姓胡名大鹏，湖北襄阳人，因看了报纸上的广告，全家都佩服霍先生的武艺，特地从襄阳到上海来，只要能见一见霍先生，即三生愿足。"说时，指着彭庶白三人说道："这三位想必也是大英雄、大豪杰，得求霍先生给我引见引见。"霍元甲将三人姓名介绍了。胡大鹏一一作揖见礼。

霍元甲问道："同来的不是有几位吗，怎的不见进来呢？"胡大鹏道："他们都是小辈，定要跟着我来，想增广些见识。他们在乡下生长，一点儿礼节不懂得，不敢冒昧引他们进房，让他们在门外站着听谈话吧！"霍元甲笑道："胡先生说话太客气了，这如何使得，请进来吧。"胡大鹏还执意不肯，霍元甲说了几遍，胡大鹏才向门外说道："霍先生吩咐，教你们进来。你们就进来与霍先生见礼吧！"只听得房门外四个人同声应是，接着进来三个壮士，一个少女。胡大鹏指着霍元甲，教四人见礼，四人一齐跪下磕头。

霍元甲想不到他们行此大礼，也只得回拜。胡大鹏又指着农劲荪等三人说道："这三位也都是前辈英雄，你们能亲近亲近，这缘法就不小。"四人又一般的见了礼，胡大鹏这才指着一个年约二十五六岁，生得猿臂熊腰，英气蓬勃的壮士，对霍、农诸人说道："这是大小儿志莘。"指着一个年龄相若，身材短小，两目如电的说道："这是小徒贺振清。"指着年约二十二三岁、躯干修伟、气宇轩昂的说道："这是二小儿志范；这是小女，闺名丽珠，今年十七岁了。她虽是个女儿的身体，平日因她祖母及母亲钟爱过甚的缘故，没把她作女儿看待。她自己也不觉得是个女儿，在家乡的时候，从小就喜男装，直到近来，因男装有许多不便，才改了装束。"

霍元甲看这胡丽珠眉目间很显着英武之气，面貌大约是在乡间风吹日晒的缘故，不及平常小姐们白嫩，只是另有一种端庄严肃的气概；普通少女柔媚之气，一点也没有。当时觉得这五个人的精神气度，都不平凡，不由得心里很高兴，连忙让他们就座。胡志莘等垂手站着不肯坐，胡大鹏道："诸位前辈请坐吧，他们小孩儿，许他们站在这里听教训，就万分侥幸了。"

农劲荪笑道："到了霍先生这里，一般的是客，请坐着方好说话。"胡志莘等望着胡大鹏，仍不敢就座。霍元甲道："兄弟生性素来粗率，平生不注意这些拘束人过甚的礼节。"胡大鹏这才连声应是，回头对四人道："你们谢谢诸位前辈，坐下吧！"四人都屈一膝打跢起来，一个个斜着身体，坐了半边屁股。

霍元甲说道："看这四位的神情气宇，便可以知道都用了一番苦功，不知诸位练的是什么功夫？"胡大鹏道："我们终年住在乡下的人，真是孤陋寡闻，怎够得上在霍先生及诸位大英雄面前讲功夫！不过兄弟这番特地从襄阳把他们四个人带到上海来，为的就是想他们将所学的，就正于霍先生及诸位大英雄。"

著者写到这里，又得腾出这支笔来，将胡大鹏学武艺的历史，趁这时分介绍一番。原来胡大鹏，祖居离襄阳城四十多里的乡下，地名"毒龙桥"。相传在清朝雍正年间的时候，那地方有一条毒龙为害，伤了无数的人畜禾稼。后来从远方来了一个游方和尚，游方到此，听说毒龙作祟，便搭盖了一座芦席棚在河边。和尚独坐在芦席棚中，整整四十九昼夜不言不动，也不沾水米，专心闭目念咒，要降伏那毒龙。那毒龙屡次兴风作浪与和尚为难，有一次河中陡发大水，把河中的桥梁，及河边的树木、房屋都冲刷得一干二净。当发大水的时候，那附近居民都看见有一条比斗桶还粗的黑龙，在大水中一起一伏的乱搅，搅乱得越急，水便涨的越大，转眼之间，就把和尚的芦席棚，弥漫得浸在水中了。一般居民都着虑那和尚必然淹死了，谁知水退了之后，芦席棚依然存在，和尚还坐在原处，闭目不动，一点儿看不出曾经大水浸过的痕迹。从这次大水以后，据和尚对人说，毒龙已经降伏了，冲坏了的桥梁，和尚募缘重修，因取名"毒龙桥"。

胡家就住在毒龙桥附近，历代以种田为业，甚有积蓄，已成襄阳最大的农家。大鹏兄弟两个，大鹏居长，弟名起凤，比大鹏小两岁。兄弟两人都生成得喜练拳棒，襄阳的民俗也很强悍，本地会武艺的人，自己起厂教徒弟的事到处多有，只要花一串、两串钱，便可以拜在一个拳师名下做徒弟，练四五十天算一厂。

大鹏兄弟在十六岁的时候，都已从师练过好几厂功夫了，加以两人都是天生神力，一个十六岁，一个十四岁，都能双手举起三百斤重的石锁。既天赋他兄弟这么大的气力，又曾从师练过几厂功夫，他师傅的武艺虽不高强，然他兄弟已是在那地方没有敌手了。既是没有敌手，除却自己兄弟而外，便找不着可以练习对打的人。他兄弟因感情极好，彼此都非常爱惜，在练习对打的时候，大鹏唯恐出手太重，起凤受不了，起凤也是这般心理，因此二人练习对打，都感觉不能尽量发挥各人的能力，反练成一种分明看出有下手的机会，不能出手的习惯，于是两人相戒不打对手。只是少年欢喜练武艺的人，终日没有机会试验，觉得十分难过。

大鹏的身手最矫捷，就每日跑到养狗极多极恶的人家去，故意在人家大门外，咳嗽踩脚，把狗引出来，围着他咬。他便在这时候，施展他的本领，和那些恶狗奋斗。那些恶狗不碰着他的拳头脚尖便罢，只要碰着一下，不论那狗如何凶恶，总是一路张开口叫着跑了，再也不敢回头。大鹏身上的衣裤，也时常被狗撕破了，一户人家几条狗，经大鹏打过三五次以后，多是一见大鹏的影儿，就夹着尾巴逃走。周围几十里的人家，简直没一家的狗，不曾尝过大鹏拳头的滋味。

　　起凤的气力和大鹏一样，身体因生得矮胖，远不及大鹏矫捷，初时也学着大鹏的样，用狗练习。但有四条以上的恶狗将他围住，他就应付不了，不仅把衣服撕破，连肩膊上的皮肉，都被狗咬伤了，他才知道这种假想敌不适用。正在劳心焦思的打主意，想在狗以外另找一种对手来，凑巧这日他父亲对他兄弟说道："人家有一条大水牛把卖，价钱极便宜，我已安排买到家里来。那条牛田里的功夫都做得好，就只有点儿坏脾气，欢喜斗人，已把牵它吃草的人斗伤三个了。又每每在犁田的时候，蹿上田乱跑，把人家的犁耙弄坏了好几架。须有三个人驾驭它，才能使它好好的在田里做功夫，一个人在后面掌犁，两个人用两根一丈多长的竹竿，一边一根撑着它的鼻子。那人家的人少了，已有两年不曾使用这条牛，连草都不曾牵出来吃过，一年四季送水草到栏里给这牛吃，想便宜发卖也没人要。我家里用七八个长工，还有零工，不愁不能使用它，我图价钱便宜，所以买了。凡是脾气不好的牛，但能驾驭得好，做起春忙功夫来，比那些脾气好的牛，一条能抵两三条。约了今天去把那牛牵回来，你们兄弟的气力好，手上也来得几下，带两个长工去，将那牛牵回来吧！"

　　大鹏起凤听了很高兴，当即带同两个壮年长工，走到那人家去。牛主人见四个人空手来牵牛，便说道："你们不带长竹竿来，如何能把这牛牵回去？"胡起凤道："不打紧！你只把牛栏门开了，让我自去将牛绚上好，这牛就算是我家的了，能牵回去与不能牵回去，都不关你的事。"

　　那牛主人见胡起凤还是一个小孩，料他是不知道厉害，忙举双手摇着说道："快不要说得这般容易，若有这般容易，像这么生得齐全的一条水牯牛，三串钱到哪里去买？这牛在两年前，做了一春的功夫，四蹄都磨得出血了，尚且非两个人用长竹竿撑着它的鼻子，不能牵着它吃

224

草。它追赶着人斗，能蹿上一丈多高的土坎，七八尺宽的水沟，只把头一低就跳过去了。平常脾气不好的牛，多半在冬季闲着无事的时候，它有力无处使用，所以时常发暴，时常斗人，当春忙的时分，累得疲乏不堪，哪里还有力量斗人呢？唯有这畜牲不然，哪怕每日从早到晚，片刻不停留的逼着它做极重的功夫，接连做一两个月，两边撑竹竿的人略不留意，它立刻蹿上了田塍，甚至连蹦带跳，把犁弄做几段。你知道么，有脾气的牛关不得，越关得久脾气越坏。这牛的价钱，我已到手了，你牵不回去，本不关我的事，不过我既把这牛卖给你家，巴不得你们好好的牵回家去，万一在半路上逃跑了，谁敢近身去捉它呢？"

同去的长工是知道厉害的，听了牛主人这些话即说道："我们忘记带长竹竿来，暂且在你这里借两根使用，回头我就送来。"牛主人虽不大情愿，只是这长工既说了回头送来的话，不好意思回答不肯。胡起凤忍不住说道："我不信这牛恶得和老虎一样，它仅有两只角能斗人，一没有爪能抓，二没有牙能咬，我们有四个人，难道竟对付它不了？哥哥，我们两个人把这畜牲捉回家去。"

大鹏年纪虽大两岁，然也还是一个小孩，当即揎拳捋袖的附和道："好！让我先钻进去把牛绹上了，再开牛栏门。"牛主人和两个长工哪里阻止得了。胡大鹏从壁上取了牛绹在手，探进半截身体，那牛已两年没上绹，想出栏的心思急切，见大鹏有绹在手，便把牛鼻就过来。大鹏手快，随手就套上了，一手牵住牛绹，一手便去拔那门闩。牛主人高声喊道："开不得，就这么打开门，斗坏了人在我家里，我还得遭官司呢！"大鹏不作理会，起凤也帮着动手，只吓得牛主人往里边跑，"啪"的一声把里边门关了。

那牛见门闩开了，并不立时向门外冲出来，先在栏中低头竖尾的蹦跳了一阵。两个长工看了说道："两个少老板小心些，看这畜牲的一对眼睛，突出来和两个火球一样，简直是一条疯牛。你两个的力虽大，也不值得与这疯牛斗。"边说边从大鹏手里接过门闩，打算仍旧关上，再依照牛主人的办法，先上了撑竿。

那牛蹦跳了几下之后，仿佛发了威的一般，怎容得长工去上门闩，早飞一般的冲出了牛栏门。那牛在栏里的时候，形象一点儿不觉可怕；一经冲出到栏外，情形便觉与普通水牯牛完全两样了。普通水牯牛身上的毛很稀很短，这牛的毛又粗长又密，一根根竖起来，更显得比寻常大到一倍以上。这牛一冲出栏门，把两个长工吓得"哎呀"一声，回头也往里边逃跑，见里边的门已紧闭，这才慌了，一个躲在一根檐柱后面，偷看这牛先向大鹏斗去。

大鹏双脚朝旁边一跳，牛斗了一个空，扬起头，竖起尾巴，后蹄在地下跳了几跳，好像表示发怒的样子，随即将头角一摆，又向大鹏冲了过来。大鹏这次却不往旁边跳了，只将身躯一转，已将腰杆紧贴在牛颈左边，轻舒右臂把牛颈挽住，左手握着牛的左角尖。

牛角被人握住，只急得忽上忽下、忽左忽右的将头乱摆，连摆了几下摆不掉，就朝大门外直冲出去。起凤在旁看得手痒起来，见牛绹拖在地下，连忙赶上去一把抢在手中喊道："哥哥松手，让我也来玩玩吧！"

这人家大门外，是一块晒谷子的大坪，起凤觉得在这坪中与牛斗，方好施展，若冲到路上或田塍上便费事了。大鹏听了答道："我不是不让给弟弟玩，无奈这畜牲的力量太大，我一只手拿不住它的角，它也摆我的手不脱，我也弄它不倒。弟弟要玩，须把牛绹向右边拉住，使它的角不能反到左边来，我才可以跳离它的颈项。不过弟弟得小心些，这畜牲浑身是力，实在不容易对付，怪不得他们这般害怕。"

起凤牵着牛绹，真个往右边直拉，牛护着鼻痛，只得把头顺过右边来，大鹏趁势朝旁边一跳。这牛因颈项间没人挽住了，便又奋起威风来，乘着将头顺到了右边的势，直对起凤冲来。起凤见牛角太长，自知双手握两角不住，即伸右手抢住牛左角，左手抓住牛鼻，右手向下，左手向上，使尽全身气力只一扭，扭得牛嘴朝天，四脚便站立不住，扑通倒在地下。

大鹏看了拍手笑道："弟弟这一手功夫，好得了不得，我没有想到这种打法。并且我的身体太高，蹲下身去用这种打法很险，这牛生成只有弟弟能对付。"起凤笑道："我还得把这畜牲放倒几回，使它认得我了，方可随便牵着它走。"说时，将双手一松，这牛的脾气真倔强，一

226

翻身就纵了起来，又和在栏里的时候一样，低头竖尾的乱蹦乱跳，猛不防的朝起凤一头撞来。

这回起凤来不及伸左手抢牛鼻，牛鼻已藏在前膛底下去了，只得双手抢住一只左角，猛力向上举起来，刚举到肩，牛就没有抵抗的气力了，但是四脚在地下不住的蹂躏，听凭起凤使尽全身气力，不能将牛身推倒。

相持了一会儿，牛也喘起来，人也喘起来。大鹏恐怕起凤吃亏，喊道："弟弟放手吧！不要一次把这畜牲弄得害怕了。弟弟不是正着急练拳找不着打对手的吗？于今买了这条牛，岂不很好？牵回家去，每天早起和它这般打一两次，比我的狗还好。今天一次把它太打毒了，以后它不敢跟你斗，弟弟去哪里再找这么一条牛呢？"

起凤喜道："亏了哥哥想得到，一次把畜牲打怕了，以后不和我斗真可惜。好！我们就此牵回去吧。"旋说旋放下手来，靠鼻孔握住牛绹，望着牛带笑说道："你这畜牲今日遇着对手了。你此后是我胡家的牛了，你想不吃苦，就得听我的话，此刻好好的跟我回家去，从明天起，每天与我对打一两次，我给好的你吃。"说得大鹏大笑起来。

两个长工已跟在大门口探看，至此都跑出来，竖出大指头对起凤称赞道："二少老板真是神力。古时候的楚霸王，恐怕都不及二少老板的力大。"说得大鹏起凤都非常高兴。起凤牵着这牛才走了十几步，这牛陡然将头往下一低，想把起凤牵绹的手挣脱，不料起凤早已注意，只把手一紧，头便低不下去。起凤举手在牛颈上拍了两巴掌说道："你这畜牲在我手中还不服吗？若恼了我的火性，一下就得断送你的性命。"这牛实在古怪，经过这番反抗之后，皈佛皈法似的跟着一行四人到家，一点儿不再显出凶恶的样子了。

次日早起，又和起凤斗了两次，到田里去做功夫的时候，只要有起凤在旁，它丝毫不调皮，平常也不斗别人。起凤找它打对手的时候，方肯拼全力来斗，竟像是天生这一条牛，给起凤练武艺的。起凤的父亲见自己两个儿子，都生成这样大力，又性喜练武，不愿意下田做农家功夫，便心想："我胡家虽是历代种田，没有文人，然朝廷取士，文武一般的重要，我何不把这两个儿子认真习武？将来能凭着一身本领，考得一官半职，岂不强似老守在家里种田？"主意既定，即商量同乡习武的人家，延聘了一个专教弓马刀石的武教习来家，教大鹏兄弟习武，把以前学的拳棒功夫收起。

这年夏天，大鹏兄弟叫长工扛了箭靶，在住宅后山树林阴凉之处，竖起靶子习射。这日的天气异常炎热，又在正午，一轮火伞当空，只晒得满山树林，都垂头弹叶，显出被晒得疲劳的神气。鸟雀都张嘴下翅，躲在树荫里喘息，不敢从阳光中飞过。大鹏兄弟射了一阵箭，累得通身是汗，极容易倦乏，一感觉倦乏，箭便射不中靶，两人没精打采的把弓松了，坐在草地下休息。

他兄弟射箭的地方，过树林就是去樊城的大道，不断的有行人来往。大鹏、起凤刚就草地坐下，各人倾了一杯浓茶止渴，只见一个背驮包袱的汉子，年约四十来岁，一手擎草帽当扇子扇着，一手从背上取下包袱，也走进树林来。拣一株大树下坐着，张开口喘气，两眼望着大鹏兄弟手中的茶杯，表示非常欣羡的样子。

大鹏这时刚把杯中的茶喝了大半，剩下的小半杯有沉淀的茶水，随手往地一倾，这人看了只急得用手拍着大腿说道："呀！好茶，倾了可惜。"大鹏笑道："我这里有的是，倒一杯请你喝吧！"这人喜得连声道谢，忙起身接了茶，一眼看见树枝上挂着两把弓，随口问道："两位是习武的么？"大鹏点头应是。这人一面喝着茶，一面笑道："两位的本力虽好，但是射箭不在弓重，越是重了越不得到靶，就到靶也不易中。"大鹏兄弟听了都诧异道："你也是习武的么，你姓什么？"

不知这人是谁，且待下回再说。

总评：

霍元甲之来海上，纯怀一打倒外国大力士之心，欲与奥比音一较高下，故立约订期，十分细到。乃今者沃林既遁，律师及保证人亦逃，始知已无实践此约之可能，而所望已成泡影。其满怀怅触，自不待言，此胸痛旧疾之所以又因之而作也。虽然，黄石屏固尝为之诊视斯疾矣，针下而所患顿若失，倘能就诊稍勤，略假之以时日，或不难尽绝其根株，而使斯疾有霍然痊愈之望。乃车既驾矣，讵竟以刘振声一时之失言，忽又打消此行，于是始有就诊于日医秋野之举。而他日之惨死，亦即种因于是，然则此中殆亦有数存乎? 何天之不相霍元甲，一至于是也。若刘振声一言之丧邦，一则固出之于无心；二则正见其一片爱师之诚意，吾无责焉。

秋野之于霍元甲，以一萍水相逢之人，而乃亲热若是，正足见日本人之善戴假面具，而其心固不可问。彼邦在朝者之阳以亲善为名，而阴肆侵略之实者，固无一而非此一副假面具为之作用也。奈何霍元甲竟不之觉察，遽引之为研究武术之同志，则他日之惨死其手，要亦当自负其一半之责任。然吾人之对此倭奴，则殊觉其罪大恶极，有杀不容赦者矣!

本回之末，复有胡大鹏一行人之登场，诚足使人为之眼花缭乱，更由此而入胡大鹏、胡起凤传，是诚绝妙之过渡法也。中间写胡氏兄弟斗牛一段，兄弟二人迭互试手，而身法、手法各自不同，诚足令人既喜且愕，弥极笔歌墨舞之致。

第十一回

胡丽珠随父亲访友
张文达替徒弟报仇

话说这人见问笑道："我不是习武的，不过也是在你们这般年纪的时候，欢喜闹着玩玩，对外行可以冒称懂得，对内行却还是一个门外汉。"胡大鹏问道："你不曾看见我们拉过弓，也不曾见我们射过箭，怎的知道我们的本力大，用的弓太重？你贵姓，是哪里人？请坐下来谈谈。"

那人递还茶杯坐下来说道："我姓胡，叫胡鸿美，是湖南长沙人。你们两位的本力好，这是一落我眼便知道的；况且两位用的弓挂在树枝上，我看了如何不知道呢？请问两位贵姓，是兄弟呢还是同学呢？"

胡大鹏笑道："我们也和你一样姓胡，也是兄弟，也是同学。今日难得遇着你是一个曾经习武的人，我想请你射几箭给我们看看，你可不嫌累么？"胡鸿美道："射几箭算不了累人的事，不过射箭这门技艺，要射得好，射得中，非每早起来练习不可，停三五日不射，便觉减了力量。我于今已有二十年不拿弓箭了，教我射箭，无非教我献丑罢了！"

大鹏兄弟见胡鸿美答应射箭，欢喜得都跳起身来，伸手从树枝上取下弓来，上好了弦，邀胡鸿美去射。胡鸿美接过弓来，向箭靶打量了几眼说道："古人说'强弓射响箭，轻弓放远箭'，这话你们听了，一定觉得奇怪，以为要射得远，必须硬弓；殊不知弓箭须要调和，多少分量的弓，得佩多少分量的箭。硬弓射轻箭，甚至离弦就翻跟斗，即算射手高明，力不走偏，那箭必是忽上忽下如波浪一般的前进，中靶毫无把握。弓硬箭重，射起来虽没有这种毛病，然箭越重，越难及远，并且在空中的响声极大，所以说强弓射响箭。我看你们这靶子将近八十步远，怎能用这般硬弓？射箭与拉弓是两种意思，拉弓的意思在出力，因此越重越好；射箭的意思在中靶，弓重了反不得中，而且弊病极多。我今天与两位萍水相逢，本不应说得这般直率，只因感你一杯茶的好意，不知不觉的就这么说了出来。"

胡大鹏道："我们正觉得奇怪，我们师傅用三个力的轻弓，能中八十步的靶；我们兄弟用十个力的弓，反射不到靶的时候居多。我们不懂是什么道理，师傅也说不出一个所以然来，总怪我们射得不好。今天听你这番话，我才明白这道理。"胡鸿美问道："你们贵老师怎的不来带着你们同射呢？"胡大鹏道："他举石头闪了腰干，回家去养伤，至今三个月还不曾养好。"

胡鸿美笑道："他是当教师的人，石头太重了，自己举不起也不知道吗？为什么会把腰干闪伤呢？"胡起凤笑道："石头并不重，不过比头号石头重得二十来斤，我和哥哥都不费力就举起来了，他到我家来当了两个月的教师，一回也没有举过。这回因来了几个客，要看我们举石头，我们举过之后，客便请他举。他像不举难为情似的，脱了长衣动手，石头还没搬上膝盖，就落下地来，当时也没说闪了腰干，谁知次日便不能起床。"

胡鸿美道："当教师的举不起比头号还重的石头，有什么难为情？这教师伤得太不值得了。像两位这种十个力的硬弓，我就射不起，两位如果定要我献丑射几箭，六个力的弓最合适，三个力又觉太轻了，射马箭有用三个力的。"胡大鹏实时打发同来的长工，回家搬了些弓箭来。

胡鸿美连射十箭，有八箭正中红心，只有两箭稍偏，大鹏兄弟看了，不由得五体投地的佩服。凑巧在这时候，天色陡然变了，一阵急雨倾盆而下，忙得大鹏兄弟和长工来不及把弓箭、箭靶收拾回家。胡鸿美作辞要走，胡大鹏哪里肯放，执意要请到家里去，等雨住了再走。这阵雨本来下得太急太大，胡鸿美又没带雨具，只得跟着到了胡家。

大鹏兄弟既是五体投地的佩服胡鸿美，又在正苦习武得不着良师的时候，很想留胡鸿美在家多盘桓些时日，问胡鸿美安排去哪里，干什么事？提起"胡鸿美"这三个字，看过这部《侠义英雄传》的诸君，大约都还记得就是罗大鹤的徒弟。他当时在两湖很负些声望，大户人家子弟多的，每每请他来家住一年半载，教授子弟的拳脚。他少年时也曾习武赴过考，因举动粗野犯规，没进武学，他就赌气不习武了。若论他的步马箭弓刀石，没一件使出来不惊人，后来不习武便专从罗大鹤练拳，罗大鹤在河南替言老师报仇，与神拳金光祖较量，两人同时送了性命之后，胡鸿美也带着一身本领，出门访友，遇着机缘也传授徒弟。这次因樊城有一个大商家，生了四个儿子，为要保护自家的财产起见，商人的知识简单，不知道希望读书上进，自有保护财产的能力，以为四个儿子都能练得一身好武艺，就不怕有人来侵夺财产了，曾请过几个教师，都因本领不甚高明，教不长久就走了。这时打听得胡鸿美的本领最好，特地派人到湖南聘请。

派的人到湖南的时候，胡鸿美正在长沙南门外，招收了二三十个徒弟，刚开始教授，不能抽身，直待这一厂教完了，才动身到樊城去，不料在襄阳无意中遇着胡大鹏兄弟。

他们当拳师的人，要将自己的真实本领，尽量传授给徒弟，对于这种徒弟的选择，条件是非常苛酷的。若不具备所需要的条件，听凭如何殷勤恳求，对待师傅如何诚敬，或用极多的金钱交换，在有真实本领的拳师，断不肯含糊传授，纵然传授也不过十分之二三罢了。反转来，若是遇见条件具备的，只要肯拜他为师，并用不着格外的诚敬，格外的殷勤，也不在乎钱的多少。听说他们老拳师收体己徒弟的条件，第一是要生性欢喜武艺，却没有横暴的性情。第二要家中富有，能在壮年竭全力练习，不因生计将练习的时间荒废。第三要生成一身柔软的筋骨。人身筋骨的构造，各有各的不同，在表面上看去，似乎同一样的身腰，一样的手脚，毫无不同之处，一练起拳脚来，这里的区别就太大了。有一种人的身体，生得腰圆背厚，壮实异常，气力也生成得比常人大得多。这种身体，仿佛于练习拳术是很相宜的，只是事实不然。每有这种身体的人，用一辈子苦功，拳脚功夫仍练不出色。于鉴别身体有经验的老拳师，是不是练拳脚的好体格，正是胡鸿美所说的，一落眼便能知道。第四才是要天资聪颖。这几种条件，缺一项便不能收做体己的徒弟，所以一个著名的老拳师，终身教徒弟，也有教到三四千徒弟的，但是结果甚至一个体己的徒弟都没有，不是他不愿意教，实在是遇不着条件具备的人物。

胡鸿美一见胡大鹏兄弟，就已看出他兄弟的体格，都是在千万人中，不容易遇着一个两个的，不知不觉的就生了爱惜之心。凑巧天降暴雨，大鹏兄弟将胡鸿美留在家中，问了来历，知道是一个享盛名的拳师，越发用好酒好肉款待。胡鸿美原打算待雨止了便走，合该天缘凑巧，平时夏天的暴雨，照例降落容易，停止也容易，这次却是例外，饭后还滔滔下个不止。禁不住大鹏兄弟趁势挽留，胡鸿美也觉得不可太拂了他兄弟的盛意，只得暂在胡家住宿。

他兄弟原是从师练过几厂拳脚的人，从前所有的拳师，都被他兄弟打翻了，于今遇了胡鸿美这种有名的拳师，怎肯随便放过？借着学拳为名，定要与胡鸿美试试。胡鸿美知道他兄弟的本力都极大，身手又都异常灵活，和这种人动手较量起来，要绝不伤人而能使人屈服，是很不容易的事，遂心生一计说道："你两位不都是生成的气力很大吗？我若和两位比拳脚，就把两位打翻了，也算不了什么，两位也必不佩服，因为两位并不是以拳脚著名的人，我来和两位比力何如？"起凤问道："比力怎么比法？"胡鸿美道："我伸直一条臂膊，你两位用双手能扳得弯转来，算是两位赢了；我再伸直一条腿踏在地下，两位能用双手抱起，只要离地半寸，也算是我输了。"

大鹏、起凤听了都不相信，暗想一个人全身也不过一百多斤，一条腿能有多重，何至双手不能抱起？当下两人欣然答应。胡鸿美伸出一条左膀，起凤一手抵住肘弯，一手扳住拳头，先试了一试，还有点儿动摇的意思，倒是用尽气力推挽，这条臂膊就和生铁铸成的一样，休想扳得分毫。扳得两脸通红，只得回头道："哥哥来试一下，看是怎样？我的气力是白大了，一点儿用处也没有。"大鹏道："弟弟扳不动，我来必也是一般的不行，我来搬腿吧！"说着，捋起衣袖，走近胡鸿美身旁，胡鸿美笑道："我若教你搬起立在地下的一腿，还不能算是真有力量，因为一个人的身体，有一百多斤重，再加用力往下压，本来不容易搬起。我于今用右腿立在地下，左腿只脚尖着地，你能把我左腿搬起，脚尖只要离地一寸，便是我输给你了。"

胡大鹏立了一个骑马式，使出搬石头的力量来，双手抱住胡鸿美的大腿，先向两边摇了一摇，并不觉得如何强硬不能动移，但是一用力往上提起，就好像和泥鳅一般的溜滑，一点儿不受力。只得张开十指，用种种的方法，想将大腿拿稳之后，再陡然用力向上一提，以为决不至提不起来了。谁知在不曾用力的时候，似乎双手已将大腿拿稳了，只一使劲，依然溜下去。是这般闹了好一会儿，大鹏累得满身是汗，跳起身来望着起凤说道："这条腿巧极了，我们学这种法子，学会了这种法子，哪怕人家的气力再大些也不要紧。弟弟来，我们就磕头拜师吧！"

胡鸿美正待阻止，他兄弟两个已扑翻身躯，拜了几拜。胡鸿美把两人拉了起来说道："像你兄弟这般体格，这般性情，我是极情愿传授你们武艺的。不过我已接了樊城的聘书，约了日期前去，不能在此地久耽搁，将来从樊城转来的时候，到你这里住一两个月。"起凤不待话了，即抢着说道："不，不！樊城聘老师去，也是教拳脚，在我们这里，也是教拳脚，为什么定要先去，要等回头才到我们这里来？"

胡鸿美笑道："人家聘请在先，我自然得先到人家去。"起凤道："我们兄弟拜师在先，自然应该我们先学，将来无论如何，樊城的人总是我们的师弟，不能算我们的师兄。若是我们学得迟了，本领还赶不上师弟，岂不给人耻笑！"胡鸿美听了，虽觉得强词夺理，然起凤那种天真烂漫的神情甚是可爱，加以他兄弟的父母也殷勤挽留，胡鸿美便说道："好在你两人都曾练过拳脚功夫，学起来比初学的容易多了，我且在这里盘桓几日，教给你们一路拳架式，我去后你们可以朝夕用功练习，等我回头来，再传授你们的用法。"大鹏兄弟当然应好。

胡鸿美实时将辰州言先生创造的，那一路名叫"八拳"的架式传授给大鹏兄弟。那一路拳的手法不多，在练过拳的大鹏兄弟学来，却很容易，不到两日夜时间便练熟了。胡鸿美临行吩咐道："你两人不可因这拳的手法少，便疑惑将来用法不完全，须知这拳是言先生一生的心血，我敢说普天下，所有各家各派拳术法，无不可以从这拳中变化出来，万不可轻视它。你们此刻初学不知道，朝夕不间断的练到三五个月以后，方能渐渐感觉到有兴味，不是寻常教师的拳法所能比拟。你们此刻所学，可以说是我这家拳法的总诀，还有两路附属在这总诀上的架式，一路名叫'三步跳'；一路名叫'十字桩'。更有五种功劲：一名'沉托功'；二名'全身功'；三名'白猿功'；四名'五阳功'；五名'五阴功'。循序渐进，教的有一定的层次，学的丝毫不能躐等。别家别派的拳法，虽不能说赶不上我这一家的好，但是没有能像我这一家层次分明的。老拳师我见得不少，多有开始教这一路拳，就跟着练十年八载，也还是练这一路拳，一点儿层次也没有。教的在一两月以后，便没有东西可教，学的自然也觉得用不着再留这老师了。遇着天资聪颖，又性喜武艺的，方能渐渐寻出兴味来。天分略低，又不大欢喜武艺的，一百人当中有九十九人半途而废。我这家八拳却不然，从开始到成功，既有一定的层次，又有一定的时期，在资质好的人，终年毫不间断的苦练，也得三年才得成功。一层有一层的方法，一层不练到，就不得成功。五阴功是最后一层功夫，要独自在深山中做三个月，每夜在亥初静坐，子初起练，坐一个时辰，练一个时辰，那种功夫练起来，手触树树断，足触石石飞，这层功夫可以通道。言先生虽传给了罗老师，我们师兄弟也都学了，但是据罗老师说，只言先生本人做成了，罗老师尚且没有做成功。我们师兄弟更是仅依法练了三个月，没有练到树断石飞的本领。"

胡大鹏问道："老师既是依法练了三个月，何以练不到树断石飞的本领呢？"胡鸿美笑道："这是由于各人的根底不同，言先生原是一个读书的人，这种拳法又是他老人家创造出来的，自比别人不同。罗老师不识字，我们师兄弟中也没有读书的，大家所犯的毛病，都是在那一个时辰的静坐，功夫做得不得法。罗老师当日说过，这家功夫要做完全，非静坐得法不可，我们本身无缘，只好将这方法谨守不失，以便传给有缘的人。现在你们兄弟，虽也读书不多，不过年纪轻，天资也好，将来的造就不可限量，或者能把这五阴功练成，在湖北做我这一家的开山祖。你们努力吧!"说罢就动身到樊城去了。

　　胡大鹏兄弟牢记着胡鸿美的话,哪敢怠慢,每日除却做习武的照例功课而外,都是练拳。第二年,两兄弟同去应试,都取前十名进了学,胡氏兄弟在襄阳便成为有名的人物了。只是等了两年,不见胡鸿美回来,延聘教师在家教拳棒,多只有半年几个月,继续到二三年的很少。只因记得胡鸿美曾说过,他这家功夫至少须用三年苦功,始能成功,以为必是樊城那大户人家,坚留着教三年,所以并不猜疑有旁的原因。直等到第四年,还不见来,这才打发人去樊城探听,始知道胡鸿美在两年前,已因死了母亲,奔丧回湖南去了,去后便无消息。

　　胡大鹏兄弟学拳的心切,也想趁此时去外省游览一番,兄弟两个特地从襄阳到长沙,打算在长沙住三年,把这家拳法练成。想不到和胡鸿美见面之后,将功夫做出来给胡鸿美看了,胡鸿美很惊异的说道:"你兄弟这四年功夫,真了不得,论拳法的姿势,虽有许多不对的地方,然功夫已做到八成了。"胡大鹏问道:"姿势做错了,功夫如何能做到八成呢?"胡鸿美道:"姿势哪有一定不移之理,不用苦功,姿势尽管不错,也无用处,因我当日仅教你们两昼夜,直到今日才见面,姿势自免不了错误。然有了你们这样深的功夫,要改正姿势固不容易,并且也用不着改正,接着学三步跳、十字桩便了。"他兄弟只费了两天的时间,便把三步跳、十字桩学会了,要求再学那五种功劲,胡鸿美道:"旁人学我这一家拳法,非练功劲不可,你兄弟却用不着,因旁人练拳架势,多不肯像你兄弟一样下苦功夫,不能从拳中练出多少劲来,所以非用别种方法练劲,难求实用。你兄弟本力既大,又有这四年的苦练,如何还用得着练功劲呢?"大鹏兄弟再三请求,胡鸿美执意不肯传授。

　　这是从前当拳师的一种最坏的私心,唯恐徒弟的声名本领,高出己上。胡鸿美这时的年纪,也不过四十多岁,在南几省各处访友,不曾遇到敌手。大鹏兄弟若学会了五种功劲,再用几年苦功下去,胡鸿美便不能独步一时了。胡大鹏明知胡鸿美不肯传授是这种私念,只是没有方法能勉强学得,回到襄阳以后,一方面用功练习,一方面四处打听懂得这五种功劲的人。

论他兄弟的功夫，实际和人动起手来，与这五种功劲本无关系，但是要按着层次传授徒弟，便觉非学全不可，不过经历二十多年，始终不曾遇着能传授这功劲给他的。他兄弟二人，在湖北除自己的儿女以外，每人都教了不少的徒弟。他兄弟有天生的神力，又能下苦功夫，方可不要功劲，他自己的儿女和徒弟，没有他兄弟这般异禀，自然练不到他兄弟这般火候。他兄弟知道是因为没有练劲的方法，专练拳架，就用一辈子苦功也难出色，所以一得到霍元甲在上海摆擂台的消息，非常高兴，逆料霍元甲必得了异人的传授，始敢在上海称大力士，摆设擂台，因此胡大鹏带领自己两个儿子、一个徒弟、一个女儿到上海来，原打算先看霍元甲和打擂台的动手打过几次之后，方决定他自己上台不上台，想不到来上海几天，并无人上擂台与霍元甲相打，只好亲来拜访霍元甲。

胡大鹏将自己学武艺的历史，向霍元甲略述了一番说道："我此番率领他们后辈专诚来拜访，完全不是因霍先生摆下了这座擂台的缘故，实在是难得有这么一个全国闻名的好汉，给我请教。寒舍历代以种田为业，终年忙碌，没有多的时间给我出门访友。霍先生是北方人，若不是来上海摆擂，也难见面，于今使我有请教的机缘，实在欣喜极了。"说毕，向霍元甲抱了一抱拳头。

霍元甲也拱手笑道："讲到'摆擂台'三个字，总不免有自夸无敌的意思，实在兄弟摆这座擂台，却是对外国人的，所以不摆在北京，也不摆在旁的中国地方。摆在上海租界上，为的就是外国洋鬼子欺负我中国人太甚，说我们中国人都是病夫，中国是个病夫国。兄弟和这农爷气不过，存心专找到中国来自称大力士卖艺的洋鬼子比赛，摆这擂台就是等外国大力士来打。其所以擂台摆了这多天，除了第一天有一个姓赵的来打之外，至今没有第二个来打擂的人，也是因兄弟和那姓赵的动手之先，即把这番意思再三声明了的缘故。像胡先生这么高明的武艺，兄弟十分欢迎联络起来，好大家对付洋鬼子。兄弟一个人的力量有限，巴不得能集合全国的好汉，和外国大力士拼个死活。"

胡大鹏道："霍先生这种雄心，这种志气，只要中国人，都得钦佩，并且都应感激。不过我胡大鹏完全是一个乡下人，不过生成有几斤蛮力，怎么够得上与霍先生联络？我生平最恨我那老师仅教了我两昼夜拳法，几年后见面，便不肯给我改正，却又明明说我的姿势错误。至今二十多年，竟遇不着可以就正的好手。我今天来拜访霍先生的意思，即是想把我所学的，请霍先生瞧瞧。我是个粗人，素来心里有什么，口里说什么，我这话是万分的诚意，望霍先生不存客气，不辜负我率领他们后辈长途跋涉的苦心。我且叫小徒贺振清做一路功夫给霍先生看。"说时立起身对贺振清道："你从容练一趟，请霍老前辈指教。"

贺振清起身应是，脱了衣服，聚精会神的练了一趟八拳。这种拳法，在北方虽然没有，霍元甲还不曾见过，但是拳法好坏，及功夫的深浅，是逃不出霍元甲眼光的。当下看了，不由得赞不绝口。胡大鹏谦逊了几句说道："两个犬子的功夫，和小徒差不多，用不着献丑了，只是我有一句无礼的话，得先求霍先生听了，不生气我才敢说出来。"霍元甲笑道："胡先生说话太客气，胡先生自谦是乡下人，兄弟何尝不是乡下人。同是乡下人，又同是练武艺的，说话有什么有礼无礼，不论什么话，想说就请说吧！"

胡大鹏道："小女丽珠的身体本极软弱，生成的气力比谁也小，武艺更练得平常，但是生性很古怪，最欢喜求名人和老前辈指点。她这番定要跟我来，就是想求霍先生指点她几手，不知霍先生肯不肯赏脸？"霍元甲笑道："兄弟这擂台，刚才曾对胡先生说过了，是为对外国人设的，不过既明明摆下一个擂台在此，便不能随便推诿，不和中国人动手。唯有一层，兄弟这擂台，有一种限制，不与女子和出家人动手。"

胡丽珠不待霍元甲说完，即起身和男子一般的拱了拱手说道："老前辈误会了家君的意思。老前辈尽管没有这种限制，我也决不至来打擂，打擂是比赛胜负，不是求指教，我是实心来求指教。如果老前辈肯赏脸的话，就在这房里比几手给我学学。"

刘振声听到这里，恐霍元甲碍着情面答应了，又须劳动，急得立起身来突然说道："定要比几手，就和我比也是一样。"胡丽珠听得，望了刘振声一眼不说什么，胡大鹏对刘振声抱拳笑道："方才听霍先生介绍，虽已知道刘君便是霍先生的高足，武艺不待说是很高强的，不过小女的意思，是专来求霍先生指教，并不是来显自己的本领，若是来找霍先生较量的，刘君尽可替贵老师效劳，小女却要求贵老师亲自指教。"

农劲荪道："胡先生今日和我们初见面，不知道霍先生近日来正在患病，胡先生若早来一两个钟头，霍先生还同这位彭先生在医院里不曾回来。霍先生的病，据医生说最忌劳动，须静养一两个星期方好，倘没有这种原因，霍先生是最热心指教后进的。"胡大鹏还待恳求，霍元甲说道："试比几手功夫谈谈，倒算不了一回事，大约不至要如何劳动。"说罢立起身来。胡丽珠含笑对霍元甲说道："求霍老前辈恕我无状，我还想要求先演一趟拳架势给我见识见识。"霍元甲不好意思拒绝，只好点头答应使得。彭庶白欲待阻止，霍元甲已卸了身上长袍，将他霍家的迷踪艺拳法，随便表演了几手。

胡丽珠目不转睛的看着，看完了也卸下穿在外面的长大棉袄，和头上钗环，交给胡志范手中，露出贴身雪青色的窄袖小棉袄来，紧了紧鞋带，并用鞋底就地板上擦了几下，试试地板滑也不滑，先向霍元甲拱了拱手，接着拱手对农、彭、刘三人笑道："我为要学武艺，顾不得怕失面子，望各位老前辈不吝指教。"农、彭、刘三人忙拱手还礼。只见胡丽珠将双手一扬说道："我来求教，只得先动手了。"好快的身手，指尖刚在霍元甲胸前闪了一下，霍元甲还不及招架，她已腾身抢到了侧面，指尖又点到了霍元甲胁下，却不敢深入，一闪身又退到原立之处，双脚刚立稳，霍元甲这时的身法真快，不但胡丽珠本人不曾看得明白，便是在房中诸人都不曾看清。不知怎的，胡丽珠的右臂，已被霍元甲捉住，反扭在背后，身体被压逼得向前伏着，头面朝地，一点儿也不能动弹。霍元甲随即放了手笑道："姑娘的身法手法，委实快得了得，不过缺少一点儿真实功夫。"

胡丽珠一面掠着散乱了的头发，一面说道："霍老前辈的功夫，和家父竟是一样，我的手点上去，就如点在铜墙铁壁上，而霍老前辈的手一到我身上，我全身立时都不得劲了。我在家时，每每和家父比试手法，结局也都是如此，但和旁人比试，从来没有能以一手使我全身不得劲的。我以为家父是天生的神力，所以旁人多赶不上，谁知霍老前辈也是如此。不知霍老前辈是不是天生有神力的人?"霍元甲摇头笑道:"我不仅没有天生的神力,少年时候并且是一个非常柔弱的人,练武艺要练得真实功夫,有了真实功夫,自然能快,不要存心练快;若打到人家身上,不发生效力,便快有何用处?姑娘的身法手法,不是我当着面胡乱恭维,当今之世,确已好到极点了,只要再加五成真实力量进去,我就不能使你全身不得劲了。"

胡大鹏道:"霍先生真不愧为名震全国的豪杰,所说的话,也是千古不能磨灭的名言。我早就知道没有练劲的方法,我这家武艺,是无论如何用苦功夫也是枉然。我想霍先生在少年的时候,身体既非常柔弱,今日居然能成为全国有名的大力士,不待说必有极好的练劲方法。我打算将小徒、小儿、小女拜在霍先生门下,学习些练劲的法子,弥补我生平的缺憾。霍先生是个热心教导后辈的人,不知肯收这几个不成材的徒弟么?"

农劲荪接着答道:"霍先生祖传的武艺,原是不许收异姓徒弟的,即如这位刘振声君,名义上是霍先生的高足,实际霍先生并不曾把迷踪艺的功夫传授给他,只不过间常指点些手法而已。论霍先生的家规,令郎等想拜在门下,是办不到的事。但是现在却有一个机会,如果成功,胡先生的缺憾就容易弥补了。现在有几个教育界的名人,正要组织一个武术学校,专请霍先生教授武术,等到那学校办成,令郎自可进学校肄业。"

胡丽珠脱口而出的问道:"那学校收女学生吗?"农劲荪踌躇着答道:"虽不见能收女学生,不过学校既经办成,那时姑娘要学也好设法了。"胡大鹏问道:"那学校大约在什么时候可以办成呢?"农劲荪道:"此刻尚难决定,组织有了头绪的时候,免不了要在报上登广告招收学生的,胡先生回府上等着报上的消息便了。"胡大鹏及胡志莘兄弟等听了,都欣然应好,辞谢而去。

过了几日,秋野医生因不见霍元甲前去复诊,甚不放心,这日便亲来看霍元甲,恰好彭庶白也来了。秋野见面时表示得比初次更加亲热,问霍元甲何以不去复诊?霍元甲道:"这几日一则因事情稍忙,二则因先生太客气了，初次相见，不好只管来叨扰。"秋野笑道："说来说去，霍先生还是这种见解。我知道霍先生为人，是一个排外性最激烈的，随时随地都表现出一种爱国及排斥外国的思想。这种思想，敝国普通社会一般人多是极浓的。我很钦佩霍先生，不过我希望霍先生把排外的思想扩大些。我日本和中国是同文同种的国家，不但人的相貌举动相同，就是社会间的风俗习惯也多相同，若不是有一海相隔，简直可以说是一个国家。于今虽是两个国，却是和嫡亲的兄弟一样，不能算是外人。至于欧美各国的人，便不相同了，除却用两只脚立在地下走路，是和我们相同以外，颜色相貌、语言文字、性情举动、风俗习惯，没一件与我们相同。这种异族，才是我们爱国的人所应该排斥的。霍先生排斥欧美各国的人，蓄意和他们作对，我极端赞成；若是把我日本人也当做西洋人一例看待，不承认日本人是朋友，我便敢武断的说一句，先生这种思想错误了。"

霍元甲从来的心理，果然是把日本人和西洋人一例看待的，此时听了秋野的话，很觉有理，当即答道："兄弟并非排斥外国人，蓄意和外国人作对，只因曾听得许多人谈论，说外国人瞧不起我们中国人，讥诮中国人是病夫，觉得这口恶气忍受不下去，哪怕就拼了我这条性命，也要使外国人知道，他们拿病夫来形容中国人是错了。除此而外，排斥外国人的心思一点儿没有。"

秋野笑道："这就得啦！我只希望霍先生不排斥日本人，再进一步，便是许做一个朋友。"霍元甲道："兄弟不曾交过日本朋友，也不曾见贵国人打过柔道，因此虽久闻柔道之名，但不知道是一类什么手法，从前听说就是我中国蹋跤的方法。前儿日秋野先生说，经嘉纳先生改变了不少，兄弟对于我中国的蹋跤，也还略有研究，秋野先生可不可以把柔道的方法，演点儿给兄弟开一开眼界。"

秋野笑道："我怎敢班门弄斧，表演一点儿向霍先生请教，是极愿意的。我也是听说，柔道是从蹋跤的方法改良而成的，究竟改良的是哪几种方式，我因为不曾见过蹋跤，无从知道。难得霍先生是曾研究蹋跤的，正好请教。"说话时就显出待动手的样子。

农劲荪恐怕霍元甲又得劳动，即从中劝道：“秋野先生不是检查了霍先生的身体，宜暂时静养，不宜劳动的吗？蹦跤比较拳术更费气力，并且蹦跤有规矩的，不问在什么时候，在什么地方，须两方都穿好了蹦跤的制服，才可动手。如甲方穿了，乙方没穿，乙方就愿意动手，甲方是不能许可的。霍先生此番来上海，没有携带蹦跤制服，便是秋野先生，也没有柔术的制服。”秋野笑道：“正式表演，非有制服不可，若随便做着样子，研究研究，是不一定要制服。”

日本人的特性，是极要强、极要占面子的。柔术本来和蹦跤一样，非穿制服不能下手，只因这话是从农劲荪口中说出来，疑心霍元甲有些畏惧，乐得说两句有面子的话。不料霍元甲要强的心比秋野更甚，连忙点头说道：“我从来就反对定得穿上一种制服，才能动手的规矩，如果处处受这种规矩的限制，那么练蹦跤的人，练了一身本领，除却正式蹦跤而外，便一点儿用处也没有了。像秋野先生身上穿的这洋服，就是一件极好的蹦跤衣服。”秋野听了这话，心里失悔，口里却不肯说退缩的话，只好低着头望了自己的洋服，笑道：“衣服表面虽是很厚的毛织品，实际并不十分坚牢。我国柔术的手法，揪扭的力量是最大的，用几层厚布缝成的制服，尚且有时一撕便破，这洋服是经不起揪扭的。”旋说旋起身脱了洋服，露出衬衫说道：“这衬衫虽也不甚坚牢，然比较的可以揪扭，就请霍先生把蹦跤的方法，随意做一点儿给我看看。霍先生贵体不宜劳动，请拣不大吃力的做。”

霍元甲此时仍不相信不宜劳动的话，加以生性欢喜武艺，单独练习及与人对手，不间断的经过三十年了，这种高兴和人较量的习惯，简直已成了第二天性，这时岂肯袖手不动？登时也卸下皮袍，将一条板带系在腰间说道：“若是两人研究拳术，没有争胜负的心思，便用不着脱去长袍。蹦跤的身法手法不同，尽管是闹着玩玩，也得将长衣脱掉。你来吧！你用你们柔术的方法，我用我蹦跤的方法，究竟相同不相同，是何种方法改良了，交手自然知道。”

论秋野的柔术，在日本已到了四段的地位，虽不能算是极好的角色，然也不是二等以下的人物了。柔术分段，是仿照围棋分段的办法，到初段的地位，即不容易，柔术上了初段的人，对于柔术中所有的方法，都须练到熟能生巧的程度，所有的虚实变化，都能应用自如，每段相差之处，不过是实力稍弱而已。日本全国练过柔术的人，平均一百人中，上了初段的，不到一个人，三百人中才有一个二段的，以上就更难得了。嘉纳治五郎因是柔术创造人的关系，受部下推崇，到了八段，实际的能力，还不及五段。他的徒子徒孙中四、五、六、七段的能力，多在他之上，不过到了四段以上，升段就不全赖实力了，种种学问及资格都大有关系。秋野已有四段的实力，又是医学士，所以在上海柔术讲道馆中，是最有力量的人物。在上海讲道馆担任教授的，多是秋野的徒弟，当下见霍元甲这种神情，自己纵欲保全名誉，也不便说出退缩的话了，没奈何，只得从容走近霍元甲身边，平伸两臂，轻轻将霍元甲两膀的棉袄揪住说道："我国柔术开始就是如此练习，是这般揪住的身法、手法、步法，种类的变化极多。"霍元甲兀然立着不动笑道："你且变化一两种给我看看。"秋野随将右手一紧，右肩向霍元甲左胁下一靠，右脚踏进半步，往左边一扫，身躯跟着往右边一拐，打算这一下将霍元甲揪翻。

霍元甲本来站着不动，听凭他掀扭摆布，应该容易如愿掀翻。无如秋野本身的实力，究竟有限，霍元甲等到秋野全部使劲的时候，只将左脚向后稍退半步，左肩同时向后一撤，顺着秋野一拐之势，右手朝秋野左膀一推，险些儿把秋野栽了一个跟斗。亏得秋野的身手尚快，立时改变了方式，趁着身躯向前栽下的当儿，左手一把抢着霍元甲的右腿，全身陡然向霍元甲身后躺下，左肩刚一着地板，右脚已对准霍元甲右胁，倒踢进去。这种动作非常敏捷，若换一个本领略低的人，像这种出人意外的打法，确是不易对付。霍元甲却不慌不忙的让秋野的脚踢进胁下，随手一把夹住。

此时两人的形势，成了一颠一倒，各人抱住各人一腿。秋野右腿既被夹住，动作真快，左腿已收缩回来，身体朝地下一翻，左脚向霍元甲右腿弯一点，两手撑在地板上，猛力往前一蹿，右脚已离了霍元甲的右胁，不过一只皮靴还在胁下，不曾抽得出来。霍元甲忙拿了皮靴，送给秋野笑道："秋野先生的本领，实在了不得。这种皮靴，本来不能穿着蹩跤，柔道的方法，和小蹩跤一样，当然也是不宜穿皮靴的，请穿上吧。佩服，佩服！"

秋野早已跳起身来，接过皮靴，边穿边问道："霍先生看我这柔术，是不是和蹩跤一样呢？"霍元甲点头道："先生刚才所使出来的身法、打法，正是我中国的小蹩跤。蹩跤有两种，一种叫大蹩跤，一种叫小蹩跤，都是从蒙古传进关来的。清朝定鼎以后，满人王公贝勒，多有欢喜练蹩跤的。御林军内，会蹩跤的更多。后来渐渐的城内设了蹩跤厂，御林军内设了善扑营，每年蒙古王公来北京朝贡，必带些会蹩跤的来，和善扑营斗胜负。听前辈人说，这种胜负的关系最大。蒙古王公带来的人斗输了便好，心悦诚服的知道天朝有人物，不敢生不朝贡之心；倘若善扑营的人斗输了，蒙古王公便起轻视天朝之意，所以这种比赛，是非同小可的事。小蹩跤中多有躺在地下用脚的方法，大蹩跤不然，大蹩跤的手法，比小蹩跤多而且毒。"

秋野经过这一次比试之后，觉得霍元甲并不可怕，方才自己没得着胜利，而且被夹落了一只皮靴，似乎失了面子，从新将左脚皮靴带系紧说道："我不曾见过大蹩跤，想请霍先生做几种大蹩跤的姿势给我看看，好么？"霍元甲这时已知道秋野的能力及柔术的方法了，没有使秋野失败的心思，遂含笑说道："刚才累了，请休息吧，过几天再做给先生看。"秋野哪里肯呢？连连摇手说道："我一点儿不觉累，我们练柔术的时候，每次分期考试起来，三人拔、五人拔，时常继续不休息的打到两三小时之久，因为三人拔是一个人继续打三个人，五人拔是继续打五个人，像刚才不过一两分钟，算不了什么！霍先生的贵体虽不宜劳动，然像这样玩玩，我敢保证没有妨碍。"霍元甲见这么说，也只得答应。

秋野又走过来，方将两手一伸，霍元甲已用左手接住秋野右手，身体往下一蹲，右膀伸进秋野胯下，一伸腰干，早把秋野骑马式似的举了起来，接着，左手往左边微微带了一下，说道："若是真个要决胜负，在这时候就得毫不踌躇的向这边一个大翻身，你便得头冲下脚冲上，倒栽在一丈以外，功夫好的方可不受重伤，功夫差的说不定就这么一下送了性命。"秋野此时右手闲着，原可对霍元甲的头顶打下，只因全身骑在霍元甲臂膀上，恐怕这一拳打下，恼得霍元甲真个使出那大翻身的打法来，失面子尚在其次，恐怕摔伤要害，只好骑在臂膀上不动，勉强笑着说道："好啦，请放下吧！"

霍元甲若是和没有交情及不知道品性的本国人，是这般比试，将举起的人放下的时候，至少也得抛掷数尺以外，以免人家在落地后猛然还击一手，此番因是日本人，又觉得秋野来意表示非常恳切，并且双方都带着研究性质，不是存心决胜负、比能耐，以为秋野断不至有趁落地时还击的举动，听秋野说出请放下的话，即将臂膀一落。不料秋野双脚刚一点地，右手已一掌朝霍元甲胸前劈下，出其不意，已来不及避让，只得反将胸脯向前挺去，笑喝一声"来得好！"秋野这一掌用力太猛，被挺得不及退步，一屁股顿在地板上，浑身都震得麻了。霍元甲连忙双手扶起笑道："鲁莽，鲁莽！"秋野满面羞惭的拍着身上灰尘说道："这大跶跎的方法，果是我国柔术中没有的，将来我与霍先生来往的日子长了，得向霍先生多多请教。我学了回国之后，还可以把现在柔术改良。"

霍元甲点头道："这大跶跎的方法，如果传到你贵国去，只须十年，我敢说我国跶跎厂、善扑营的人，都敌不过贵国的柔术家。"秋野听了，吃惊似的问道："霍先生何以见得？"霍元甲道："我虽不曾到过日本，但是常听得朋友闲谈，日本人最好学，最喜邀集许多同好的人，在一块儿专研究一种学问，有多少学问是从中国传过去的，现在研究得比中国更好。即如围棋一门，原是中国的，一流传到日本之后，上流社会的人都欢喜研究。去年听说有一个日本围棋好手，姓名叫做什么濑越宪作，到中国来游历，在北京、天津、上海及各大埠，和中国最有名的围棋名人比赛，不仅全国没有能赛过他的，并没一个能与他下对子的。我当时以为那个濑越宪作必是日本第一个会下围棋的人，后来才知道他在日本围棋界中，地位还刚升到四段。日本全国比他强的，很多很多。"

秋野笑道："濑越是我的朋友，他的围棋在敝国的声名很大，能力比他强的确是很多。不过跶跎与围棋不同，贵国练跶跎的人多，下围棋的人少，本来无论何种学问，组织团体研究，比较个人研究的力量大些。贵国从来对于围棋，没听说有像敝国一样，聚若干好手在一块儿，穷年累月研究下去的，至如蹧跤则不然。我纵承霍先生的盛意，将大蹧跤的方法传授给我，我能实在领略的，至多也不过十分之五六，回国后无论如何研究，断不能胜过中国。并且我还有一种见解，不知道霍先生及诸位先生的高见怎样。我觉得现在世界各国，轮轨交通，不似几十年前，可以闭关自守，不怕外国侵略。西洋各国的科学武器，远胜东亚各国，我们东亚的国家，要想保全将来不受西洋人的侵略，我日本非与中国实行结合不可。中日两国果能实行结合，彼此都有好处。于今我国有识之士，多见到了这一层，所以允许中国送多数的学生，到日本各学校及海陆军留学。若霍先生以我这见解为然，必愿意把大蹧跤的方法传授给我，使我日本的柔术更加进步。"

彭庶白听了，忙答道："我平日正是这般主张，中日两国倘能真心结合，无论欧美各国如何强盛，也不能占东亚的便宜。秋野先生这见解极对。"秋野见彭庶白赞成他的话，很高兴的穿了衣服，殷勤问霍元甲，带回的药服完了没有？霍元甲也穿好了衣，将药瓶取出交还秋野道："已按时服完了。因身体上不觉得有什么不舒适，我打算暂时不服药了，横竖暂时不能清静休养。"秋野摇手笑道："这装药水的瓶子用不着退还，今天在这里叨扰得太久了，改日再来领教。"说毕，欣然作辞而去。

秋野走后，农劲荪问霍元甲道："四爷觉得秋野这人怎样？"霍元甲道："他的品性怎样，我和他才会过两面，不敢乱说，只觉得他想与我拉交情的心思很切，目的大半是为要与我研究武艺。有一桩事，可以看出他这人的气度很狭小。我方才一手举起他的时候，原不难随手将他抛到几尺以外，为的他是个日本人，特别对他客气些。谁知道他竟乘我不备，猛劈我一掌。他这人的气度，不是太狭小吗?"

农劲荪笑道："日本人气度狭小，不仅这秋野一人，普通一般日本人，气度无不狭小的。而且普通一般日本人，说话做事，都只知道顾自己的利益，不知道什么叫做信义，什么叫做道德。"彭庶白笑道："孔夫子说的：'十室之邑，必有忠信'，不见得日本全国的人，都是不知信义道德的。像秋野这个日本人，说他气度小，我承认不差；若说他简直不知道信义、道德，恐怕是农爷脑筋里面，还夹着有因甲午一役，不喜欢日本人的意味。"

农劲荪点头道："我这话是就多数的日本人立论，不是指定说秋野。至于秋野所说中日实行结合的话，我也是不反对的，但是我觉得一国和一国结交，也和一个人和一个人结交一样，第一要性情相投。我中国大多数人的性情，与日本大多数人的性情，完全不相同，要实行结合，是办不到的。我看秋野说这话，无非想说得四爷把大蹚跤的方法，愿意传授给他罢了！"说时，回头望着霍元甲问道："四爷究竟愿意传授给他么？"

霍元甲道："我霍家的祖传武艺，历来不传授外姓人的。这蹚跤的功夫，本用不着我秘密，要传给他也使得，不过他下地的时候，不应该劈我那一掌。便是中国人有这般举动的，我也不会传他武艺，何况他是一个日本人？任凭他说得如何好听，我只敷衍着他罢了！"农劲荪道："好呀！日本人是断乎传授不得的。"

彭庶白坐了一会儿，正待作辞回去，忽见霍元甲脸上，陡然显出一种苍白的病容，用手支着头靠桌子坐着，一言不发，额上的汗珠一颗颗流下来，连忙凑近身问道："四爷的病又发了吗？"霍元甲揩着汗答道："发是发了，但还受得了。"农劲荪也近前看了看说道："可恨秋野这东西，四爷的身体，经他检查过，他是劝告不可劳动，他却又生拉活扯的要研究蹚跤。四爷不应对他那么客气，刚才那一手将他举起来，离地有二三尺高下，当然得用一下猛力。本应静养的病，如何能这么劳动？"霍元甲道："我原是不相信这些话，并非对他客气，请农爷和庶白兄都不须替我担心。今天不似前两次厉害，我脱了衣服睡一会儿，看是怎样再作计较。"

刘振声忙伺候霍元甲上床安睡，这番尚好，痛不到一小时，便渐渐停止了。从这日以后，霍元甲怕病发了难受，不论何人来访，也不敢再劳动体力。好在报纸上尽管天天登着广告，并无一个人前来报名打擂。时光流水，一个月摆擂台的时期，转眼就满了。这天正是满期的一日，霍元甲在前两日，就发帖约了上海一般会武艺的名人，及新闻记者、教育界、商界负声望的人物，这日到场收擂。农、霍二人都演说了一番，并要求到场的南北武术名家，各就所长的武艺表演了一番，然后闭幕。

霍元甲这次摆擂，倒损失了不少的钱，回到寓中，心里好生纳闷。农劲荪知道他的心事，正在房中从容劝慰，猛听得门外有一个山东口音的人，厉声喝问道："这里面有霍大力士吗？谁是霍大力士，就出来见见我。"霍元甲很惊讶的立起身来，待往外走，农劲荪已起身拉霍元甲坐下说道："四爷不用忙，这人的声音都凶暴的骇人，且让我去瞧瞧。"话没说了，外面又紧接着问道："谁是霍大力士，姓霍的不在这里面么？"

农劲荪已走到了门口，撩开门帘一看，倒不禁吓了一跳，只见堵房门站着一个人，身躯比房门的顶框还要高过五六寸，脸色紫黑如猪肝一般，一对扫帚也似的粗眉，两只圆鼓鼓的铜铃眼，却是一个小而且塌的鼻子，身穿一件灰色土布长齐膝盖的棉袍，腰系一条蓝土布腰带，挺胸竖脊的站着，就像一座开道神。这种身躯，这种面貌，已足够使人看见吃惊了，再加上满脸的怒容，仿佛要把一个人横吞下去的神气，更安得不使农劲荪惊吓？当下也提高了嗓音回问道："你是谁，要找霍大力士干吗？"

这人翻动两只红丝布满了的眼睛，向农劲荪浑身上下打量几眼，问道："你就是霍大力士么？我是来会霍大力士的，不见着姓霍的，我在这里没得话说。"农劲荪看这人，虽是极凶横粗暴的样子，只是一眼便可看出是个脑筋极简单、性情极蠢笨的莽汉，刚待问他，找霍大力士是不是要打擂，话还不曾说出，霍元甲已从身旁探出头来说道："你要找姓霍的便是我，我叫霍元甲，却不叫做大力士。"这人毫不迟疑的，伸手指着霍元甲，盛气说道："正是要找你，我怕你跑了，不在上海。"

这人好像一口气跑了几十里路，说话时气喘气促，满嘴唇都喷着白沫。霍元甲虽明知这人来意不善，然既是上门来访，只得勉强赔着笑脸说道："我平白的跑向哪里去，请进来坐吧！"让这人进了房间，问道："请问尊姓大名，找我有什么贵干？"这人不肯就座，指点着自己的鼻尖说道："我是张文达，我找你是为替我徒弟报仇来的。你知道么？你打死了我的徒弟，你说我张文达肯和你善罢干休么？今天找你定了。"

霍元甲看了这傻头傻脑的神气，听了打死他徒弟的话，不由得惊异道："张先生不是找错了人么？我姓霍的虽常和人动手，但是从来不曾下重手打伤过人，何况打死呢？张先生的高徒姓什么，叫什么名字？在什么地方和我打过，被我打死了？不必气得这模样，请坐下来从容的说。"

张文达被这几句话说得和缓了些儿，就身边一张靠椅，竖起脊梁坐着答道："你打死了人是赖不掉的，我徒弟的姓名，不能随便说给你听。你在上海动手打他的，你有多大的能耐，敢在上海自称大力士，摆擂台打人，我徒弟是来打擂台的。"霍元甲更觉诧异道："我对谁自称大力士？摆擂台是不错，摆设了一个月，然这一个月中间，广告钱还不知费了多少，全国并没有一个人来打擂，唯有在开台的那一日，有一个自称东海人姓赵的，与我玩了几下，那种打法，非但说不上是打擂，比人家练习对手还来得斯文，除了那个姓赵的而外，连第二个人的影子也没见过，休说动手的话。"

张文达在自己大腿上猛拍了一巴掌，说道："得啦，得啦！气煞我了。那姓赵的便是我的徒弟，你能赖掉说没打他么？"霍元甲心想世间竟有这样不懂世故、不讲情理的人，怪道那个东海赵也是一个尽料的浑小子，原来是这种师傅传授出来的。仍按住火性说道："我既是在这里摆擂，不用说我不曾用可以打死人的手打人，便是真有人被我当场打死了，也是出于这人情愿，我无须抵赖。你徒弟是何时死的，死在哪里，你凭什么说是我打死的？"

不知张文达怎生回答，且待下回再说。

总评：

　　吾国各种艺术之所以不能日向进步之途，驯至有失传之可虞，一言以蔽之，皆为自私自利，及绝端保守秘密、不肯公开之二念所误也。试观之于本回中，若胡鸿美之于胡氏二昆仲，既得邂逅相逢，又复天公作美，居然得联师弟之谊，不可谓非一时之缘法。益以胡氏二昆仲，具有非常之美质，即胡鸿美亦谓其为千万人中而不可一二遇者，似此际遇，宜若可以其一身之绝技八拳传之矣。讵以一念之私，当至紧要之处，徒用空言搪塞，而吝不之教，致二胡未克竟其所学，而八拳之名，亦遂若存而若亡。非然者，以二胡之质美而好学，安知其不能将此八拳发挥而光大之乎？良足慨矣！

胡大鹏以于练功劲一道，未得其师之传授，不能毕其所学，乃不恤遍走天涯，求名人之指点，可谓有志之士。惜乎，霍元甲一经与胡丽珠试手以后，虽已知此一路拳缺点之所在，然以八拳非所习，仍不能举具体方法以告之，只能使之失望而去。是则不特霍元甲，恐即一般读者，亦皆为之怅怅不已者也。

写霍元甲之与秋野表演跐跤一节，不特二人间之艺事，大有天渊之别，正亦见霍元甲存心若何之忠厚。若秋野者，为求胜起见，为遮羞起见，竟思乘隙以施毒手，居心太不可问，诚属小人之尤。然而，彼欲于霍元甲之前弄此狡狯，不啻班门弄斧，亦太不知自量矣，宜反因之而自取其辱也。

本回末，忽又有莽汉张文达之出现，声言欲为其徒东海赵报仇，是又使当前之情势，为之骤然一紧张，而使一般读者，咸知定有如火如荼，又好看、又热闹之一篇文章在其后。

第十二回

张文达巧遇阔大少
金芙蓉独喜伟丈夫

话说张文达当下说道："你不抵赖很好，我徒弟的仇是要报的。我徒弟被你打得气死了。"霍元甲道："气死了吗？打擂打输了，有什么可气，更何至一气便死。"张文达愤然说道："你打赢了的自然不气，我徒弟简直气得快要死了。"霍元甲哈哈笑道："原来是气得快要死了，实在并不曾死，你张先生这种来势已属吓人，这种口气，更快要把我们吓死了。我劝张先生暂时息怒，请听我说说那日高徒和我动手的情形，休被他一面之词所误。我霍元甲虽是在上海摆设擂台，只是本意并非对中国会武艺的人显本领。那日你那高徒上台的时候，我同事的接着他，请他在签名的簿上签名，他不作理会，来势比你刚才还要凶狠。我摆擂台的规矩，无论什么人上台打擂，都得具一张生死切结，伤了自治，死了自埋，两方都出于自愿。你那高徒彼时就不肯具结，我因见他不肯具结，便将我摆擂台是等外国人来比赛的意思说给他听，并请他帮我的忙，有本领留着向外国人跟前使用，不料他不由分说，非与我见个高下不可。我见他执意要打，还是要他先具结，他这才在结上签了个'东海赵'的名字，他既签了名，我不得不和他动手。第一次我与他玩了一二百个回合，以为给他的面子很足了，停手对他说：'你我不分胜负最好。'谁知他不识进退，误认打一二百个回合，是他的能耐，硬要打倒在地才罢。我想他是一个年轻的人，好名心切，而且练到他这种胆量也不容易，我摆擂台既不是为在中国人跟前显本领，又何苦将他打败，使他怀恨终身呢？所以第二次和他动手，就陪他一同跌倒在台上，对他说这下可以罢手了，仍是不分胜负最好。真想不到他心粗气浮，还不明白我的用意，定要跌倒一个，分了胜负才肯罢手。我那时当着成千累万的看客，太顾了他的面子，便不能顾我自己的面子。第三次动起手来，我只得对不起他，请他跌了一跤。他究竟是少年人，火性太大，跌了那一跤之后，气得连话都说不出，掉头就跑了。我想多留他坐一会儿，他睬也不睬。于今凭你张先生说，我有什么地方对不起他？"

张文达听了这番话，气得满脸通红，张开口嚷道："得哪！不用说了，再说连我也要气死了。你摆的是擂台，巴不得有人来打，既不愿意与中国人打，就不应该摆擂台。我徒弟没能耐，打不过你。哪怕被你三拳两脚打死了，只算他自己讨死，不能怪你，我断不能找你说报仇的话。你为什么拿他开心，存心教他当着成千累万的看客丢面子？你还说不是想在中国人跟前显本领，你为要打的时间长久，使花钱看打擂的人开心，故意不使我徒弟倒地，现在却还向我讨好，显得你是不忍败坏我徒弟的名誉。也凭你自己说，你这种举动，不气死人吗？"

霍元甲也气得脸上变了色说道："你这人说话，实在太不近情理了。我对你徒弟的一番好意，你倒认作恶意，你说我为要打的时间长久，使花钱的看客开心，你可知道你徒弟是自己上台来打的，不是我请他上台的。你徒弟不愿意丢面子，谁教他当着成千累万的看客上台打擂？你平日不逼着你徒弟把武艺练好，此时却来责备我不应该打败他，你自己不知道害臊，我倒有些替你难为情。"这几句话，说得张文达暴跳如雷，一步抢到房中，站了一个架势，咬牙切齿的指着霍元甲骂道："你来，你来！是好汉，和我拼个死活。"

农劲荪至此委实忍耐不住了，也跳到房中，将两条胳膊张开说道："你这人也忒不讲理了，你便是要替你徒弟报仇，也得思量思量你徒弟是如何打输的。你徒弟是在擂台上，当着成千累万的看客，丢了面子，你若真心要把那丢失的面子收回来，自然也得在擂台上和霍先生较量，打赢了方有面子。于今你跑到这里来动手，输赢有几个人知道？"

张文达见农劲荪这般举动，不由得翻起两眼望着，呆了好一会儿才说道："你是谁？干你什么事？我是要打姓霍的。"农劲荪道："你不必问我是谁，你要知道姓霍的既敢来上海摆擂台，断不怕你来打。你不要弄错了，我是为你设想的。你若自问没有能耐，不是姓霍的对手，我就劝你打断这报仇的念头，悄悄的回去，免得丢脸怄气。如果自信有几成把握，便不值得躲在这里打了，还是收不回你徒弟已失的面子。"

张文达听了，连忙收了架势，双手向农劲荪抱拳说道："你这话果然有理，我粗心不曾想到。我离家几千里到上海来，为的就是要收回这点面子。好！我明天到张园打擂台吧。"霍元甲笑道："你来得太不凑巧了，我摆一个月的擂台，今天刚刚满期，把台收了，不能为你一个人，又去巡捕房请照会，重新再摆一回擂台。"张文达愕然说道："那么教我去那里打呢？"农劲荪道："这不是很容易的事吗？姓霍的可以摆得擂台，难道你姓张的便不能摆擂台吗？"霍元甲接着说道："好极了！你去摆擂台，我来打擂台。"

张文达本是一个粗人，初次到上海来，不知道租界是什么地方，巡捕房是干什么事的，更不知道摆擂台，有去巡捕房请照会的必要，以为只要自己有摆擂台的本领，便可以在上海摆擂台。当下也不及思索，即一口答应道："就这么办吧！我摆下了擂台，你姓霍的若不上台来打，我自会再来找你算账。"霍元甲笑道："我岂有不来之理？"张文达怀着满肚皮愤怒之气，走了出来，也不顾霍元甲、农劲荪二人在后送客。

农劲荪送到客寓门外，见他不回头，只得高声喊道："张先生好走。"张文达回头看见，才对二人拱手道："对不起，再会！"霍元甲笑向农劲荪道："这人怎粗鲁到这般地步？"农劲荪点头笑道："他和东海赵两个，不仅是师徒，并像是父子，性情举动都一般无二。这种粗鲁人，依我看来，本领纵好也很有限。"

且说张文达一路回到法租界永安街，一家山东人所开设的客栈里，独自思量，不知道擂台应如何摆法，只得找着客栈里账房山东人姓魏的问道："你知道霍元甲在张家花园摆擂台的事么？"魏账房随口答道："怎么不知道？开台的那日，我还亲自去张园看了呢。"张文达道："你知道很好。我且问你，我于今也要照霍元甲一样，摆那么一座擂台，请你替我计算计算，应该怎样着手？"

魏账房听了，现出很诧异的神气，就张文达上下打量了几眼问道："你也要摆擂台吗，摆了干什么？霍元甲擂台开台的那日，我去听他说过，因与英国大力士订了比赛的约，所以摆设擂台，等待各国的大力士，都可以上台较量，难道你也与外国大力士订了约吗？"张文达摇头道："不是。"接着将要替徒弟报仇，及往见霍元甲交涉的情形说了一遍道："他姓霍的既可以摆擂，我姓张的也可以摆得。"魏账房问道："你已经应允了霍元甲，摆下擂台等他来打吗？"张文达道："他说他的擂台已经满期，教我另摆一座，我自然答应他。"

魏账房吐了吐舌头说道："好容易在上海摆一座擂台，至少没有几百块钱，休想布置停当。你仅为替徒弟报仇，何苦答应他费这么大的事？"张文达不由得也伸了伸舌头说道："摆一座擂台，为什么要花这么多钱？我又不买一块地，不买一栋房屋，只借一处地方，用芦席胡乱搭一座台，这也要花几百块洋钱吗？"魏账房笑道："你以为上海也和我们家乡一样吗？上海不但买地贵得骇人，就是暂时租借一个地方，价钱也比我们家乡买地还贵。摆擂台为的是要得声名，不能摆在偏僻的地方，所以霍元甲的擂台，摆在张家花园。张家花园是上海最有名的热闹地方，每日到那花园里面游玩的男男女女，也不知有几千几万。那里面的地方，租价比别处更贵，用芦席搭一座台，周围得安设许多看客的座位，你说这是容易的事么？并且还有一件最紧要的事，不但得花钱，而且巡捕房里须有熟人，才能办到。就是捕房允许你摆擂台的执照，若没有领到那张执照，你便有天大的本领，也不能开张。"

张文达很懊丧的问道："你知道霍元甲领了执照吗？"魏账房道："不待说自然领了执照。休说摆擂台这种大事须领执照，就是肩挑手提的做点儿小生意，都一般的得到捕房领执照。霍元甲若不是执照上限定了时间，为什么说满了期不能再打呢？你糊里糊涂的答应下来，据我看没有几百块钱，这擂台是摆不成的。"

张文达摇头叹气道："照你这般说来，我这一遭简直是白跑了，我一时哪来的几百块钱，就有钱我也不愿意是这么花了。"魏账房道："我替你想了一个省钱的方法，你刚才不是说霍元甲教你摆擂台吗？你明日再去与霍元甲商量，他摆的擂台，期满了无用，得完全拆卸，你去要求他迟拆几日，也许他肯与你通融。有了现成的擂台，只要去捕房请领执照，便容易多了，不知你的意思怎样？"张文达道："他肯借给我，自然是再好没有了，不过我摆擂台，为的是找着他替我徒弟报仇，他便是我的仇人。我今天与他见面就抓破了面孔，明天已不好意思到他那里去，就去也不见得肯借给我。"魏账房道："你这话也有道理，不借他的台，简直没有旁的办法。"

张文达闷闷不乐的过了一夜，次日虽仍是没有办法，但他心想何不且到张园去看看，倘若霍元甲的擂台不曾拆卸，拼着碰钉子也不妨去和霍元甲商量一番。主意已定，便独自向张园走去。

原来张文达昨日已曾到张园探望，只因时间太晏，霍元甲已同着许多武术名人，举行过收台的仪式了，张文达扑了一个空，所以打听了霍元甲的寓所，前去吵闹了那么一次。今日再到张园看时，拆台的手脚真快，早已拆卸得一干二净，仅剩了些还不曾打扫清洁的沙土，和竖立台柱的窟窿，可以依稀隐约看得出是搭擂台的旧址。

张文达在这地方徘徊了好一会儿，没作计较处，此时到张园里来的游人渐渐多了，张文达也跟着四处游行了一阵，忽走进一所洋式的房屋里面，只见一个大房间里，陈设着许多茶桌，已有不少的游客，坐着品茶。张文达自觉无聊，拣了一个座位坐下。堂倌走过来招待，他初到听不懂上海话，也不回答，翻起两只火也似的眼睛，将各座位上游客望了几望，忽紧握一对拳头，就桌上播鼓般的擂了几下，接着怪叫一声道："哎呀呀！气煞我了，好大胆的霍元甲，敢在上海摆擂台，冒称大力士。他姓霍的小子，算得什么，能打得过我张文达这一对拳头，才配称真的大力士。他姓霍的欺上海没有能人，敢登报胡说乱道，上海的人能饶过他，我张文达却不能饶他。"

当张文达擂得桌子一片响的时候，一般品茶的游客，都同时吃了一惊，一个个望着张文达。见张文达和唱戏的武生，在台上说白一样，横眉怒目的一句一句说下去，越说越起劲，多有听不懂山东话的，大家互相议论。众游客中忽有两个年纪都在二十五六岁、衣服穿得极漂亮，使人一望便知道是两个富贵家公子的人，起身离开茶桌，走近张文达跟前，由一个身材瘦长的开口"哒"了一声说道："你这人是哪里来的，姓什么叫什么名字？"

张文达虽然是一个莽汉，但是这两个富贵气逼人的公子，他还是一般的看得出不是寻常人，当下便停了口，也起身答道："我是山东人，姓张名文达。"这公子问道："你为什么跑到这里来大骂霍元甲？霍元甲是我中国第一个好汉，在这张园摆了一个月擂台，始终没有对手，你既骂他不配称大力士，为何不上擂台去打他，却等他收了台，又来这里大骂？"

张文达此时倒不粗鲁了，连忙赔笑问二人贵姓。这瘦长的指着同来的道："他是上海有名的顾四少爷，我姓盛，你到上海滩打听我盛大少爷，不知道的人，大约很少。"张文达连连拱手说道："两位少爷请坐，听我说来。我这回特地从山东赶到上海来，就是要打霍元甲的擂台，无奈动身迟了，路上又耽搁了些日子，昨天赶到这里，恰好霍元甲的擂台收了。"盛大少爷问道："你见过霍元甲没有？"张文达道："怎么没见过？"盛大少爷又问道："你以前曾与霍元甲打过没有？"张文达道："我自己不曾和他打过，我徒弟和他打过。"顾四少爷问道："你徒弟和他打，是谁打赢了呢？"张文达道："我徒弟的武艺本来不大好，但是和他打三回，只输了一回，有两回没有输赢。"盛大少爷问道："你能有把握一定打赢霍元甲么？"张文达昂头竖脊的说道："我山东从古以来，武艺好的极多，我在山东到处访友，二十年来没有逢过对手。两位与我今天初次见面，听了必以为我是说夸口的话，我的武艺，不但打霍元甲有把握，除却是会邪法的，能念咒词把人念倒，我便打不过；若说到硬功夫，就比霍元甲再高超一筹的，我也不怕打不过他。"

顾四少爷只管摇头说道："你究竟有些什么本领，敢说这种大话？我实在有点儿不相信。你有些什么本领，这时候能显一点儿给我们看看么？"张文达一面踌躇着，一面拿眼向四处张望道："我的本领是带在身上跑的，随便什么时候都可以显得，不过这里没有我的对手，凭空却显不出来。"说话时一眼望见门外堆了许多准备造房的基石，即伸手指着笑道："旁的本领，一时没有法子显出来，我且显一点儿硬东西给两位看看。"随说随往外走。

盛、顾二人以及许多游客，都瞧把戏似的跟着拥到门外，顿时围了一大圈的人。张文达朝那一大堆基石端详了一阵，指着一块最大最厚的问众人道："你们诸位的眼力都是很好的，请看这一块石头，大约有多少斤重？"有人说道："这石头有四尺多长，二尺来宽，一尺五寸厚，至少也有七八百斤。"张文达点头道："好眼力。这块石头足有八百多斤，我于今要把这块石头举起来，诸位可相信我有不有这么大的力量？"

在场看的人无一个不摇头吐舌道："像这样笨重的石头，如何能举起？"张文达笑道："举不起便算不了硬本领。"说时将两手的衣袖一挽，提起一边衣角，纳在腰带里面，几步走近那石头旁边，弯腰勾起食指，向石头底下泥土扒了几扒，就和铁锹扒土一般，登时扒成一条小土坑，能容八个指头伸进去，张文达双手插进小土坑，托起石头，只将腰肢往上一伸，石头便跟着竖立起来。接着用左手扶住一端，右手向石头中腰一托，这块足有八百斤重的石头，实时全部离地，横搁在张文达两手之上，换了一口气，只听得牛鸣也似的一声大吼，双手已趁这一吼之势，将石头高高举起。

盛、顾两位少爷和一大圈的游客，不知不觉的同时喝了一声："好！"张文达举起了这石头，并不实时放下，回转身来朝着盛、顾二人说道："我不但能这么举起，并且能耍几个掌花。"边说边将右掌渐渐移到石头正中，左手往前一送，石头在掌上就打了一个盘旋，只吓得围着看的游客，纷纷后退，唯恐稍不留神，石头飞落下来，碰着的不死也得重伤。盛、顾二人看了也害怕，连连摇手止住道："算了吧！这样吓死人的掌花不要再耍了。"

张文达只得停手，缓缓将石头就原处放下笑道："怕什么？我没有把握，就敢当着诸位干这玩意儿吗？我这是真力气，一丝一毫都不能讨巧，不像举石担子的，将杠儿斜竖着举上去，比横着举起来的轻巧得多。那杠儿的长短粗细，都有讨巧的地方，像我举这种石头，一上手便不能躲闪。霍元甲不害臊，敢自称大力士，诸位先生多亲眼看见他在这里摆了一个月擂台，究竟曾见他这个大力士实有多大的气力，这石头他能像我这样在一只手上耍掌花么？"盛大少爷说道："霍元甲在这园里摆擂台，名虽摆了一个月，实在只仅仅摆了一天，就是开台的那天，跳出一个人来，上台要和霍元甲较量，听说那人不肯写姓名，要先打后说名姓，霍元甲坚执要先写名姓后打。争执好一会儿，那人只肯说姓赵，东海人，名字始终不肯说。霍元甲没有法子，只好跟那姓赵的打，第一回姓赵的打得很好，腾挪闪躲的打了不少的回合。霍元甲忽然停手不打了，恭维姓赵的功夫好，劝他不要存分胜负的心。姓赵的不依，定要再打，第二次也还打得好看，打了一阵，姓赵的跌倒在台上，不知怎的霍元甲身体也往旁边一歪，跟着跌倒了。霍元甲跳起来，又劝姓赵的不要打了，姓赵的还是不依。第三次打起来，姓赵的武艺，毕竟赶不上霍元甲，接连打了那么久，大约是累乏了，动手只一两下，就被霍元甲拉住了一条腿，顺手一拖，连脚上穿的皮靴都飞起来了。我那时坐在台下看，那皮靴正掉在我同坐的一个姓柳的朋友面前。姓柳的朋友也是一身好武艺，眼捷手快，当下一手便将皮靴接住，对姓赵的抛去，手法真巧，不偏不斜的正抛落在姓赵的头顶上。一时满座的看客，都大笑起来，只笑得姓赵的羞惭满面，怒气不息的走了。从那天打过这么三次后，直到昨天收台，不曾有第二个人打擂，霍元甲也不曾在台上显过什么本领，实在霍元甲的气力怎样，我们不知道。"

顾四少爷道："我看气力的大小，与身体的大小有很大的关系。身材高大的人，十有八九气力也大；身材矮小的人，气力也小。霍元甲的身材，比较这位张君矮小多了，他的气力纵然强大，我想断不及张君。"张文达道："我就不服他自称大力士，并且在报上夸口，说自己的本领如何高强，虽铜头铁臂的好汉也不怕，所以倒要和他碰碰。盛大少爷那天看见和他打的东海赵，就是我的徒弟。我那徒弟的气力很小，连一百斤的石头也举不起，从我才练了四五年的武艺，他原是一个读书的人，每天得读书写字，不能整天的练功夫。我的徒弟很多，唯有这姓赵的武艺最低，最没把握。他到这里来打擂，并不是特地从山东准备来的，他因有一个哥子在朝鲜做买卖，他去年到朝鲜看他哥子，今年回来打上海经过，凑巧遇着霍元甲摆擂。他看了报上夸口的广告，心里不服，年轻的人一时气愤不过，就跳上台去。原打算打不过便走，不留姓名给人知道，他也自知打不过霍元甲，但是不知道霍元甲的本领究有多大，想借此试探一番。我这回到上海来，一则要替我徒弟出这一口恶气；二则要使霍元甲知道天下之大，能人之上更有能人，不可目空一切，登报吹那么大的牛皮。他霍元甲不长着三头六臂，不是天生的无敌将军，如何敢说铜头铁臂也不怕的大话？"

盛大少爷听了现着喜色说道："你这话一点儿不错。我当时看了那广告，心里也有些不服，不过我不是一个练武艺的人，不能上台去和他拼个胜负。我也不相信这么大的中国，多少会武艺的人，就没有能敌得过他霍元甲的。我逆料必有能人出头，三拳两脚将他打败，但是直到昨日整整的一个月，却不见有第二个人来打擂，那报上的大话，居然由他说了。我心里正在纳闷，今天你来了很好，我老实对你说吧，霍元甲这东西，我心里很恼他。他不仅在报纸上吹牛皮，他本人的架子还大得了得。我因为钦佩他的武艺，又羡慕他的声名大，托人向他去说，我愿意送他五百块钱一个月，延请他到我家里住着，一来替我当护院，二来请他教我家小孩子和当差的拳脚功夫，谁知他一口回绝不肯。后来我探听他为什么不肯，有人说给我听，他练了一身武艺，要在世界上当好汉，不能给人家当看门狗。你看他这话不气煞人么？练了一身武艺，替人家当护院的，不论南北各省都有，难道那些当护院的，都不是好汉吗，都是给人当看家狗吗？他不过会几手武艺，配搭这么大的架子吗？所以我非常恼他，你放胆去和他打，你能将他打败，我立刻也送你五百块钱一个月，延请你住在我家中，高兴教教拳，不高兴不教也使得。"

张文达听了，喜得手舞足蹈的说道："打霍元甲是很容易的事，我若自问打不过他，也不巴巴的从山东到这里来了。不过我昨天曾到霍元甲住的客栈里，见了他的面，本想就动手打翻他，无奈和他同住的一个穿洋服的人，跳出来将我拦住，说要打须到擂台上打，客栈里不是打架的地方。我心想不错，我徒弟是在擂台上被他打败的，我要出这一口气，自然也得在擂台上当着许多看的人，把他打败，因此我就答应了他，约他今天打擂。他才说出他的擂台，只能摆一个月，到了期一天也不能多打，教我重新摆一座擂台，一般的登报，他来打我的擂台。我当时不知道上海的规矩，以为摆一座擂台，不费多大的事，答应了他出来之后，打听方知道是很麻烦的一桩事，于今我摆不成擂台，便不能和他比较。"

盛大少爷笑道："摆一个擂台，有什么麻烦。我在上海生长，倒不知道上海有些什么规矩，你向何人打听了一些什么规矩，且说给我听听。"张文达道："第一就难在要到巡捕房里领什么执照，这执照不但得花多少钱，巡捕房里若是没有熟人，就有钱也领不出来。没有执照，不问有多大本领的人，也不能在上海摆擂台。"盛大少爷点头笑道："还有第二是什么呢？"张文达道："第二就是租借摆擂台的地方。"盛大少爷道："租借地方有什么麻烦呢？"张文达道："这倒不是麻烦，只因好的地方价钱很贵。"盛大少爷哈哈笑道："还有第三没有呢？"张文达道："听说在上海搭一座擂台，得花不少的钱。"盛大少爷道："没有旁的规矩了么？"张文达点头道："旁的没有了。"

盛大少爷一伸手拉住张文达的手，仍走进喝茶的地方，就张文达所坐的座位，一面吩咐堂倌泡茶，一面让张文达和顾四少爷坐下说道："只要没有旁的规矩，只你刚才所说的，算不了一桩麻烦的事。你尽管放心，包在我身上，三天之内，给你一座极漂亮的擂台。只看你的意思，还是摆在这园里呢，还是另择地方呢？"

张文达只喜得心花怒放，满脸堆着笑容说道："我昨日才初次到上海来，也不知道上海除了这张园，还有更好的地方没有？"顾四少爷说道："上海的好地方多着，不过你于今摆擂台，仍以这园为好。因为你徒弟是在这园里被霍元甲打败的，你来为报仇，当然还摆在这里。你的运道好，或者也是霍元甲活该要倒霉了，鬼使神差的使你遇着我们这位盛大少爷。怪不得你说摆擂台，是一桩很麻烦的事，若不是遇着盛大少爷一时高兴，替你帮忙，无论遇着谁都办不到。你知道霍元甲为摆这一个月擂台，花费了多少钱么？有许多朋友替他奔走出力，除了卖入场券的收入，还亏空了二千多块钱。他明知摆擂台不是一件容易的事，断不是你这个初从山东到这里来的人所能办得了的，故意拿这难题目给你做，估量你手边没有多钱，出头露面的朋友又少，摆擂台不成功，看你怎好意思再去找他。"

张文达不觉在桌角上拍了一巴掌说道："对呀！顾四少爷这番话，简直和亲眼看见霍元甲的心思一样，他和我徒弟打过，知道我是专为报仇来的，不敢随便和我动手。他于今自己觉得是享大名的好汉了，恐怕败在我手里，以后说不起大话，所以我不明白上海情形，拿着摆擂台的话来使我为难。我那客栈里的魏账房，怪我不该胡乱答应，我心里懊悔，却没有摆布他的方法，真难得今日遇着两位少爷。"

盛大少爷道："霍元甲决想不到你居然能在上海，三天之内摆成擂台。他忽然看了报上的广告，就得使他大吃一惊。霍元甲没有摆擂台以前，上海有谁知道他的姓名？自从在各种报纸上登载摆擂台的广告以后，不但人人知道他霍元甲是一个好汉，并且当开台的那几日之内，全上海的人，街谈巷议，无不是称赞霍元甲如何如何英雄，此刻更是全国的人称赞他了。你于今初到上海，正和霍元甲初到上海一样，也是无人知道你的姓名，只要擂台摆好，广告一经登出，声名就出去了。既特地摆设一座擂台，自然不仅霍元甲一个人来打，各报馆对于打擂台的情形，刊载得异常详细明白，即如你那徒弟与霍元甲相打时的手法姿势，各报上都记载得明明白白，将来霍元甲及其他来打擂台的，与你相打的手法姿势，不待说各报都得记载。你能把霍元甲打败，这声名还了得吗？我家里多久就想延请一个声名大、武艺好的人，常年住在家中，我有事出门的时候，便跟我同走，这种人在你北方称为护院，在我南方称为保镖。于今武艺好的也不少，只是少有声名大的，延请保镖的人声名越大越好。我南方有句俗语'有千里的声名，就有千里的威风'，有大声名的人保镖，流氓强盗自然不来下手，若已经来了，全仗武艺去抵挡，就不大靠得住了。"

张文达喜得摩拳擦掌的说道："我们会武艺的人，要凭硬本领打出大声名来，是很不容易的。像霍元甲这样在报上瞎吹一阵牛皮，摆一个月擂台，仅和我的小徒打了一架，便得这么大的声名，实在太容易了。

盛大少爷肯赏面子，是这般栽培我，能替我把擂台摆好，我一定很痛快的把霍元甲打翻，给两位少爷看。"

盛大少爷点点头道："你有这么大的气力，我也相信你打得过霍元甲。你这番从山东到上海来，是一个人呢，还是有同伴的人呢？"张文达道："我本打算带几个徒弟同来，无奈路途太远，花费盘缠太多，因此只有我一个人来了。"盛大少爷道："你既是一个人，从此就住在我家里去吧！客栈里太冷淡，也不方便。你于今要在上海摆擂台出风头，也得多认识上海几个有名的人，让我来替你介绍见面吧！"说时回头望着顾四少爷道："我今晚去老七那里摆酒，为张君接风，趁此就介绍几个朋友给他见见。我此刻当面邀你，便不再发请帖给你了。"

顾四少爷笑道："张君从今天起就到你府上去住，你随时都可以款待他，今晚的接风酒，应得让我做东，我也得介绍几个朋友，好大家替他捧捧场面。我的酒摆在花想容那里，他家房间宽大，可多邀些朋友。"盛大少爷还争执了一会儿，结果拗不过顾四少爷，就约定了时间，到花想容家再会，顾四少爷遂先走了。

盛大少爷付了茶点账，率同张文达出园。汽车夫开了汽车门，盛大少爷请张文达先坐。张文达在山东，不仅不曾坐过汽车，并不曾见过汽车。此时上海的汽车也极少，张文达初次见面，还不知道是什么东西，亏他还聪明，看见车里面的座位，料想必是坐的，恐怕显得乡头乡脑，给来往的人及车夫看了笑话，大胆跨进车去，不提防自己的身躯太长，车顶太矮，头上猛撞一下。气力强大的人，无处不显得力大，这一下只撞得汽车全体大震，险些儿将车顶撞破了。盛大少爷忍不住笑道："当心些，没碰破头皮么？"

张文达被撞这一下，不由得心里发慌，唯恐撞破了车顶，对不起盛大少爷，忙将头一低，身体往下一蹲，不料车内容量很小，顾了头顶，却忘了臂膀，左转身去就座的时候，臂膀碰在前面玻璃上，只听得"当啷"一声响，玻璃被碰碎了一块，吓得他不敢坐了，缩着身体待退出来。

盛大少爷何尝见过这种乡下粗鲁人，一面双手推着他的屁股，一面哈哈笑道："你怎么不坐下，还退出来干什么？"张文达被推得只好缓缓的用手摸着座位，左看看，右看看，没有障碍的东西，才从容移动屁股，靠妥了座位，心想这样总不至再闹出乱子来了，放心坐了下去。哪知道是弹簧坐垫，坐去往下一顿，身体跟着向后一仰，更吓得两手一张，口里差一点儿叫出哎呀来。

盛大少爷紧接着探进身子，张文达一张手正碰在头上，把一顶拿破仑式的毡帽碰落下来。盛大少爷倒不生气，越发笑得转不过气来，拾起帽子仍戴在头上说道："你不要难为情，我这车子，便是生长在上海的人，初坐也每每不碰了头便顿了屁股，何况你这才从乡下来的呢？"

张文达红得一副脸和猪肝一样，说道："旁的不打紧，撞破这么大一块镜子，实在太对不起你了。"盛大少爷摇头道："这一块玻璃算不了什么！"说话时，车夫已将碎玻璃拾好，踏动马达，猛然向前疾驰。这车夫见张文达上车的情形，知道是一个乡下人，第一次坐汽车，有意开玩笑，将车猛然开动。张文达不知道将背靠紧车垫，果然被推动得往后一仰，后脑又在车上碰了一下，面上露出很惭愧的说道："火车我倒坐过，这车不像火车，怎么也跑得这般快？"正说话时，车夫捏了两下喇叭，惊得他忙停了口，四处张望。盛大少爷看了又是一阵大笑。

张文达见盛大少爷看了他这乡头乡脑的样子好笑，越发装出一种傻态来，使盛大少爷欢喜。一会儿到了盛公馆，张文达跟着盛大少爷下车，只见公馆门开处，两旁排班也似的站着七八个彪雄大汉，一个个挺胸背手，现出殷勤迎候的样子。盛大少爷昂头直入，正眼也不望一下。张文达跟着走进一间客房，盛大少爷回头望身后已有两个当差的跟来，即指着张文达对当差的说道："这是我请来的张教师，此后就住在公馆里，就派你们两个人，以后轮流伺候吧！你去请屈师爷来，我有话说。"一个当差的应是去了。

盛大少爷陪张文达坐了说道："我自己不曾练武艺，但我极喜会武艺的人。我公馆里现在就有十几个把式，也有由朋友、亲戚介绍来的，也有是在江湖上卖艺的，刚才站立在大门两旁的，都是把式。他们的武艺，究竟怎样，我也不知道。我有时高兴起来，叫他们分对打给我看，好看是打得好看，不过多是分不出一个谁胜谁败来，彼此都恭维，彼此都谦逊，倒都没有平常会武艺的门户派别恶习。"

张文达问道："霍元甲在上海摆擂台，少爷府上这些把式何以都不去打呢？"盛大少爷道："我也曾向他们说过，叫他们各人都上台去打一回。他们说什么'江湖上鹭鸶不吃鹭鸶肉'的许多道理来，并说这擂台断乎打不得。自己打输了，不待说是自讨没趣，枉坏了一辈子的声名；就是打赢了，也结下很深的仇恨，甚至于子子孙孙还在报复，即如唱戏的'黄三太镖打窦耳墩'那回事。窦耳墩原来姓陈，因陈字拆开是'耳、东'两字，从前有一个大盗，名叫窦二墩，这姓陈的也就绰号窦耳东，不知道这底细的，错叫做窦耳墩，这窦耳墩自从被黄三太打败以后，对黄家切齿之恨，据知道陈、黄二家历史的人，至今二百多年了，两家子孙还是仇人一样，不通婚姻，不通往来。他们既说得这般慎重，我也不便勉强要他们去打。"

张文达道："我们练武艺的人，如何怕得了这许多！我们上台去打擂台的，打败了果然是自讨没趣，他摆擂台登报叫人去打，难道他输了不是自讨没趣吗？"说话时，走进一个年约五十来岁，身穿蓝色湖绉棉袍、黑呢马褂，鼻架加光眼镜，蓄八字小胡须的人来，进门即双脚比齐站着，对盛大少爷行了一个鞠躬礼，诚惶诚恐的垂手侍立不动。

盛大少爷此时的神气，不似对门口那些把式，略略点了点头道："屈师爷，我今天无意中遇着了一个比霍元甲本领更好的好汉，你过来见见吧！就是这一位英雄，姓名叫做张文达。"随指着来人回头对张文达道："他是我家管事的屈师爷，你以后要什么东西，对他说便了。"张文达连忙起身与屈师爷相见。好一个屈师爷，满脸的春风和气，说了许多恭维仰慕的话，盛大少爷又呼着屈师爷说道："我于今要在三日之内，替张文达摆成一座擂台，地位仍在张园霍元甲的擂台原址，规模不妨更热闹些，也要和霍元甲一样，在各报上登广告招人来打，便多花费几文，也不在乎，只要办得快，办得妥当。这件事我就交给你去办吧！你有不明白的地方，可与他商量着办。他从山东才来，没有带行李，你给他安排铺盖。他身上这衣服，在上海穿出去太寒村，你看有谁的衣服与他合身，暂时拿一套给他穿，一会儿我便得带他到花想容那里去，明天你叫裁缝给他通身做新的。"

屈师爷听一句应一句是，偷眼望一望张文达。盛大少爷吩咐完了，他才从容对张文达道："张先生到上海洗过澡没有？我大少爷是一个最漂亮的人，张先生若不去洗澡剃头，便更换了衣服，也还是不大漂亮。"盛大少爷不待张文达开口，即笑着说道："老屈的见识不错，你快去拿衣服来，立刻带他同去洗澡、剃头。他这样蜈蚣旗一般的辫子，满脸的寒毛油垢，无论什么衣服，跑到堂子里去，实在太难为情了。"屈师爷随即退了出去。一会儿挟了一大包衣服进来，对张文达道："时候不早了，我就陪你去洗澡吧！"

张文达做梦也想不到，来上海有这种遭遇，直喜得连骨头缝里都觉得快活，当下跟着屈师爷出门，雇了两辆黄包车，到浴春池澡堂。屈师爷将他带到特别洋盆房间里，叫剃头的先替他剃头，一面和他攀谈道："张先生的武艺，既经我们少爷这般赏识，想必是有了不得的本领。"张文达笑道："我自己也不敢夸口说，有了不得的本领，不过我山东是从古有名的出响马的地方，当响马的都有一身惊人的武艺，因此我山东随便哪一县、哪一府，都有许多武艺出众的。我在山东自带盘缠，四处访友，二十多年中，不曾遇见有敌得过我的人。通天下会武艺的，没有多过我山东的，我在山东找不着敌手，山东以外的好汉，我敢说只要不长着三头六臂，我都不怕。我两膀实实在在有千斤之力，只恨我出世太迟，见不着楚霸王，不能与他比一比举鼎的本领。"

屈师爷笑道："你在山东访友二十多年，总共和人打过多少次呢？"张文达道："数目我虽记不清楚了，但是大约至少也有一千开外了。"屈师爷问道："那一千开外的人，是不是都为有名的好汉呢？"张文达道："各人的声名，虽有大小不同，然若是完全无名之辈，我也不得去拜访他，与他动手。"屈师爷道："有名的人被你打败了，不是一生的声名，就被你破坏了吗？"张文达笑道："我们练武的人，照例是这么的，他自己武艺打不过人，被人破坏了声名，也只好自认倒霉，不能怪拜访的人。"屈师爷问道："你打败的那一千多人当中，也有是在人家

265

当教师，或是在人家当护院的没有？"张文达道："不但有，而且十有八九是当教师和当护院的。"屈师爷问道："那么被你打败了之后，教师护院不是都不能当了吗？"张文达哈哈大笑道："当教师护院的被人打败了，自己就想再当下去，东家也自然得辞退他了。"屈师爷道："这如何使得呢？我虽是一个做生意的人，不懂得武艺，不过我常听得人说，强中更有强中手，你一个人无端打破一千多人的饭碗，人家纵然本领敌不过你，一时奈你不何，只是你问心也应该过不去。这话本不应我说，我和你今日初见面，我对你说这话，或者你听了不开心，不过我忍不住，不能不把这意思对你说明白。你要声名，旁人也一般的要声名，你要吃饭，旁人也一般要吃饭，你把一千多当教师、护院的打败了，你一个人不能当一千人家的教师、护院。譬如我们公馆里，原有十几个护院，还是可以请你到公馆里来，你倘若想借此显本领，将我们的十几个护院都打败了，不见得我们少爷就把这十几个人的薪水，送给你一个人得，你徒然打破人家的饭碗，使人家恨不得吃你的肉。常言'明枪易躲，暗箭难防'，如果十几个把式，合作一块的拼死与你为难，你就三头六臂，恐怕也招架不了。"

张文达为人虽是粗鲁，只是也在江湖上奔走了二十多年，也还懂得一点儿人情世故。先听了盛大少爷说把式比赛不分胜负，及互相恭维的话，已知道是彼此顾全声名与地位，此时又听屈师爷说得这般明显，其用意所在，已经完全明了。遂即应是答道："我在山东时所打的教师和护院，情形却与公馆里的把式不同，那时我为的要试自己的能耐，心里十分想遇着能耐在我之上的人，我打输了好从他学武艺。一不是为自己要得声名，二不是为自己要得饭碗，人家的饭碗破不破，全不与我相干。于今我的年纪已五十岁了，已有几年不曾出门求师访友，此番若不是要为我徒弟出气，决不至跑到上海来。除霍元甲以外，无论是谁也不愿意动手，何况是公馆的把式，同在一块儿伺候着少爷的同事呢？"

屈师爷问道："既是除霍元甲以外，无论是谁也不愿动手，何以又要在张园摆擂台，并登报招人来打呢？"张文达只得将昨日曾会见霍元甲的情形说给他听，屈师爷点头道："原来如此。我们公馆里的把式，看见你同少爷一车回来，不知道你是什么人，向少爷的车夫打听，据车夫说，亲眼看见你在张园，一只手举起八百多斤的一块石头，还能耍几个掌花，只吓得张园的游人，个个吐舌。公馆里把式们听了，知道少爷的脾气，最欢喜看会武艺的动手打架，每次来一个新把式，必要叫家里的把式，和新把式打几回给他瞧瞧。平常走江湖的把式，只要使一个眼色，或说几句打招呼的内行话，便可彼此顾全，因见你神气不同，我们大少爷对待你的情形，也不和对待寻常新来的把式一样，恐怕大少爷叫把式们与你动手的时候，你不肯受招呼，那时彼此都弄得不好下场。他们正商量要如何对付你，我觉得同在一个公馆里吃饭，岂可闹出意见来，因此借着邀你出来剃头、洗澡，将话对你说明白。"

说到这里，张文达的头已剃好，两人都到洗澡间里洗了澡出来。张文达忽然对屈师爷说道："我这回若不摆擂台，只在公馆里当一个把式，少爷高兴起来，叫我们打着玩玩，哪怕就要我跌十个跟斗，有话说明在先，我也可答应。不过我于今要摆擂台，而且是少爷替我摆，假如我连公馆里这些把式都打不过，如何还配摆擂台呢，不使少爷灰心吗？少爷不帮我的忙，我一辈子也休想在上海露脸，你说我这话有没有道理？"

屈师爷道："你便是不摆擂台，也没有倒要你跌跟斗的道理。我刚才对你说过了，我是一个做生意的人，武艺一点儿不懂，不能想出两边都能顾全的法子来，但是我已把他们这番意思说给你听了，由你自己去斟酌便了。"张文达点头道："好，到时瞧着办吧！"说毕，将带来的衣服穿上，却很称身。

屈师爷就张文达身上打量了几眼笑道："俗语说得好'神要金装，人要衣装'，真是一点儿不错。这里有穿衣镜，你自己瞧瞧，看还认识是你自己么？"张文达真个走近房角上的穿衣镜前面，对着照了一照，不由得非常得意道："这衣服简直比我自己的更合适，这是向谁借的？这人的身材，竟和我一般高大。"屈师爷笑道："这是一个河南人，姓刘，人家都叫他刘大个子，也是有很大的力气，并会舞单刀、耍长枪，心思却蠢笨得厉害，除了力大如牛，两手会些武艺而外，什么事也不懂得，开口说话就带傻气，我们少爷逗着他寻开心。这些衣服，都是我们

267

少爷做给他穿的。"张文达问道："他实在有多大的气力，你知道么？"屈师爷道："实在有多大的气力，虽无从知道，不过我曾见过我们少爷要试他的气力，教他和这些把式拉绳，他一个人能和八个把式对拉，结果还拉不动他。你看他的气力有多大？"

张文达惊异道："刘大个子有这么大的气力，手上又会武艺，这些把式是他的对手吗？"屈师爷道："这却不然。他的气力尽管有这么大，因为手脚太笨的缘故，与这些把式打起来，也只能打一个平手。"刚说到这里，忽有一个人掀门帘进房，对屈师爷点头问道："澡洗好了没有？少爷现在外面等着，请张教师就去。"张文达认得这人，就是盛大少爷的当差，连忙迎着笑道："我们已经洗好了，正待回去，你再迟来一步，两下便错过了，少爷也来了吗？"当差的道："少爷就为在公馆里等得没奈何了，知道你们在这里洗澡，所以坐车到这里来。"

张文达将自己换下来的粗布衣服，胡乱卷作一团笑道："在上海这种繁华的地方，穿这样衣服真是不能见人，掼了不要吧，又好像可惜，这么一大团，怎么好带着走呢？"屈师爷笑道："我这里不是有一个包衣服的袱子吗？包起来替你带回公馆去，你这些衣服，虽都是粗大布的，不大漂亮，然还有八成新色，如何却把它掼了呢？"说着，将包袱递给当差的道："袁六，你包起来，就搁在汽车里面也没要紧。"遂转脸向张文达道："他叫袁六，我们少爷曾吩咐他伺候你，你以后有事叫袁六做好啦！"

袁六接过衣来，显出瞧不起的神气，马马虎虎的将包袱裹了，挟在胁下，引张文达出了澡堂。盛大少爷已坐在汽车里，停在马路旁边等候。

张文达此时不似在张园门口那般鲁莽了，很从容的跨进汽车。盛大少爷不住的向张文达浑身端详道："就论你的仪表，也比霍元甲来得魁梧。霍元甲的身材不高大，若和高大的西洋人站在一块儿，还不到一半大，不知道何以没有西洋的武术家上台去和他打？"张文达道："他在报上把牛皮吹得那么大，连中国会武艺的人，都吓得不敢上台；西洋会武艺的，又不曾亲眼看见霍元甲有些什么本领，自然没人肯去。并且他擂台摆一个月，等到西洋会武艺的知道这消息时，只怕早已来不及赶到上海了。"话没说完，汽车已停了，盛大少爷一面带着张文达下车，一面笑问道："你曾吃过花酒没有？"张文达道："是花雕酒么？吃是吃过，只因我生性不喜吃酒，吃不了多少。"盛大少爷听了，笑得双手按着肚皮说道："你不曾吃过花酒，难道连花酒是什么酒，也不曾听人说过吗？"张文达愕然问道："不是花雕酒是什么酒？我没听人说过。"盛大少爷道："顾四少爷在张园约我们的，便是吃花酒。他做的姑娘叫做花想容，是上海滩有名的红姑娘，就住在这个弄堂里面，你也可以借此见见世面。在姑娘家里摆酒，就称为花酒，这下子你明白了么？"张文达点头道："啊！我明白了，我们山东也叫当婊子的叫花姑娘。"

盛大少爷听了又哈哈大笑，张文达也莫名其妙，不知道为什么这么好笑，跟在后面走进一家大门，只见几个穿短衣服的粗人，都立起身争着叫大少爷，接着听得"丁零零"一阵铃响，那些争着叫大少的，同时提高嗓子喊了一声，张文达也听不出喊的什么，盛大少爷直冲到里边上楼梯。张文达紧跟着进了一间很长大的房间，大小各色的电灯十多盏，照耀得满房通亮，已有几个天仙一般的女子，抢到房门口来迎接。只见盛大少爷顺手搂着一个的粉颈，低头在她脸上亲了一嘴说道："老四怎么没有来吗？岂有此理，客到了，东家倒不来。"话还没了，忽从隔壁房里走出七八个衣冠楚楚、仪表堂堂的人来。张文达认识顾四少爷也在其内，拱着双手笑道："我们已候驾多时了。"说毕，引张文达给各人介绍，这个是某洋行买办，那个是某银行经理，无一个不是阔人。

张文达生平第一次到这种天宫一般的地方，更见了这些勾魂夺魄的姑娘们，已使他目迷五色，心无主宰，又是生平第一次与这些阔老周旋，不知不觉的把一副猪肝色面孔，越发涨得通红，顿时手脚无所措。那些买办、经理与他寒暄，他简直不知道怎生回答，瞠着两眼望这个点头笑笑，望那个点头笑笑。

上海长三堂子里的姑娘们，平日两眼虽则见识的人多，然何尝见过这般模样的人，自不由得好笑。盛大少爷看了这情形，倒很关切张文达，让大家坐了说道："我这个张教师是个山东人，这番初次到上海才两三天，上海话一句也听不懂。"接着望那些姑娘笑道："你们不要笑他，你们若是初次跑到他山东去，听他山东人说话，也不见得能回答出来。你们哪里知道，这张教师的本领了不得，他于今要在上海摆擂台，登报招天下的英雄来打擂。顾四少爷好意帮他的忙，特地介绍他结识几个捧场的朋友。"那些姑娘们听得这么说，都不敢笑了，一个个走近前来装烟递茶。

盛大少爷向隔壁房望了一眼，跳起来笑道："原来你们在这房里打牌，为什么就停了不打呢？"顾四少爷说道："我今天是替张教师接风，他来了我们还只管打牌，似乎不好。"盛大少爷道："这地方用不着这么客气，你们还是接着打牌吧！我来烧大烟玩。"说着先走进隔壁房，张文达和一干人也过去，顾四少爷招呼张文达坐了，仍旧大家入局，斗了一阵扑克牌。

这家有一个姑娘叫金芙蓉的，年纪有二十七八岁了，容貌又只中人之资，但是她能识字，欢喜看弹词类的小说。见张文达是一个摆擂台的英雄，虽则形象举动都不甚大方，金芙蓉却很愿意亲近，独自特别殷勤的招待张文达，坐在张文达身边，咬着北京话问长问短。张文达喜得遍身都酥软了。一会儿摆上酒来，顾四少爷提笔写局票，问一个写一个，问到张文达，盛大少爷抢着说道："他初来的人，当然不会有熟的，老四给你荐一个吧！"顾四少爷笑道："你何以知道他没有熟的？你瞧，金芙蓉不是已和他很熟了吗？你问问他，是不是还要我另荐一个？"盛大少爷真个问张文达叫谁，张文达不知道叫什么，盛大少爷笑道："要你叫一个花姑娘，我们各人都叫了。"张文达这时心也定了，胆也大了，即指着金芙蓉道："我就叫她使得么？"顾四少爷大笑道："何如呢？"说得大家都拍手大笑。

入席后，一个洋行里买办也咬着北方口音问张文达道："我们听得顾四少爷说你的本领，比霍元甲还大，这回专为要打霍元甲摆一个擂台，我们钦佩得了不得。他们两位都在张园看过你显本领，我们此刻也想你显点儿本领看看，你肯赏脸显给我们看么？"

张文达道："各位爷们肯赏脸教我做功夫，我只恨自己太没有本领，我虽生成比旁人多几斤蛮力，不过在这地方也无法使出来；就是学过几种武艺，这地方更不好使。各位爷们教我显什么东西呢？"顾四少爷道："你拣能在这里显的显些大家看看，我们都是不懂武艺的，哪里知道教你显什么东西？"张文达道："让我想想吧！"一面吃喝着，所叫的局也一个一个来了，大家忙着听姑娘唱戏，及闹着猜拳喝酒，便没有人继续说了。

直到吃喝完毕，叫来的姑娘们也多走了，那买办才又向张文达道："张教师的本领，一定得到擂台上显呢，还是在这里也能显一点儿呢？"张文达笑道："我练的是硬功夫，除了举石块，舞大刀，及跟人动手而外，本来没有什么本领，可以凭空拿给人看。只是各位爷们既赏我的脸，我却想了一个小玩意儿，做给各位瞧瞧吧！"

大家听了都非常欢喜，男男女女不约而同的围拢来，争看张文达什么玩意儿。只见张文达脱了衣服，露出上身赤膊来，望去好像一身又红又黑的肌肉，借电光就近看时，肌肉原是透着红色，只以寒毛既粗且长，俨如长了一身牛毛，所以望去是乌淘淘的。张文达就坑上放下衣服，用两个巴掌在两膀及前胸两胁摸了几下，然后指点着给众人看道："各位请瞧我身上的皮肉虽粗黑，然就这么看去，皮肉是很松动的，是这般一个模样，请各位看清，等一会儿我使上功夫，再请看变了什么模样。"大家齐点头道："你使上功夫吧！"张文达忽将两手撑腰，闭目咬牙，仿佛是运气的神气，一会儿喉咙里猛然咳了一声，接着将两手放下，睁眼对众人说道："请看我身上的皮肉吧！"

不知看出什么玩意儿来，且俟下回再说。

总评：

张文达一莽汉也，东海赵亦一莽汉也，可谓有其师必有其徒。然本书之写二人也，一则表面虽莽，犹有机诈之心；一则表里如一，拙鲁至于不可名状。于是张文达自为张文达，东海赵自为东海赵，绝无可以相混之处。是正著者之故作狡狯，欲于其绝相似处求其绝不相似也，亦可谓超超原著矣。至农、霍二人以为张文达所迫至于莫可奈何，乃作另设擂台一座之言以相要，张文达竟亦漫应之，是则由于不深谙上海情形之故，未可目之为鲁莽也。

另设擂台一座，以招霍元甲之来打，就张文达之能力而言，固为绝对不能办到之事，其议宜因之而寝矣。讵以偶游张园，得与盛、顾二人邂逅相遇，数言投合之下，盛大竟毅然以此自任，其事遂有实现之望，此诚所谓无巧不成书者也。而阔公子之随时随地喜闹阔劲，亦可由此而想见矣。若夫张文达之在园中举石一节，以八百斤之蛮石不特能举之而起，且能盘旋而作掌上舞，诚足令人咋舌。矧彼阔公子者，固夙喜以观变戏法之眼光而观武术，一旦有视变戏法尤佳之表演见其前，宁有不为之五体投地者乎？

所谓把式也者，固何家阔公馆中无之？合以薄艺糊口而外，中间尚略含欺诈之性质者也。故盛宅一般把式，一闻有名手之至，即恐惧之不遑，群为自卫之图，唯虑饭碗之打破，其状虽属可笑，其情固亦可悯矣！若张文达对屈师爷数语，十分圆通，不可谓非具有几分机心者，宁得以莽汉目之乎！

以金迷纸醉之地，忽有一山东大汉之羼入，洵属十分有趣之事。而粥粥群雌之中，金芙蓉独喜伟丈夫，诚可谓独具只眼。然而，今之北里妖姬，固无不唯伟丈夫是喜矣！一笑。

第十三回

龙在田仗机智脱险
王国桢弄玄虚迷人

话说张文达睁眼教大家看他身上的皮肉，大家凑近前看时，只见两条胳膊，自肩以下直到手指，和胸脯、颈项，筋肉一道一道的突起来，就如有百十只小耗子在皮肤里面走动的一般。只见得他这身体，比初脱衣时要粗壮一倍以上，大家都不由得称奇。张文达道："各位爷们谁的气力最大，请来捏捏我的皮肤，浑身上下，不拘什么地方，只要能捏得动分毫，便算是了不得的气力。"

当下便有一个身体很壮实的人，一面捋着衣袖，一面笑道："让我来试试，你通身的皮肤，没一处可以捏得动吗？"说着，就伸手用两个指头，先捏张文达的眼皮，捏了几下，虽不似铁石一般的坚硬，但是用尽所有的力量，一点儿也捏不起来；接着就左边胁下再捏，也捏不动。不由得吐舌摇头对大家说道："这位张教师的本领，实在高强，佩服，佩服！"

顾四少爷笑向这人道："看你倒也像是一个内行，怎的从来不曾听你谈过武艺？我们时常在一块儿玩耍，还不知道你也会武艺。"这人连连摆手道："我哪里懂得什么武艺，因为看见有许多小说上，写练金钟罩、铁布衫功夫的人，唯有眼皮、胁下两处，不容易练到，这两处练到了，便是了不得的本领，所以我拣他这两处捏捏。"

张文达很得意的说道："浑身皮肤捏不动，还算不了真功夫，要能自己动才是真功夫，请各位爷们再看吧。"说时，挥手示意教大家站在一边，腾出地方来。张文达绕圆圈走着，伸拳踢脚的闹了一阵，然后就原处立着，招手对刚才捏皮肤的这人说道："请你摸我身上，随便什么地方，摸着就不要动。"这人一伸手就摸在张文达背上，一会儿就觉得手掌所摸着的皮肤一下一下的抽筋，就和牛马的皮肤，被蚊虫咬得抽动一样，并现得很有力量，随即将手移换了一处，也是如此。张文达笑问道："你摸着觉得怎样？"这人大笑道："这倒是一个奇怪的把戏，怎么背上的皮，也自己会动呢？"

这些人听了，各人都争着伸手来摸，张文达道："只能一个一个的摸，不能全身同时都动，各人得轮流摸了。"几个姑娘在旁看着，也都想摸摸。盛大少爷指着一个衣服最漂亮、神气最足的对张文达笑道："这就是你在外面说的花姑娘，顾四少爷的心肝宝贝。你得好好的用力多动她几下，和你要好的这个金芙蓉，你更得结实多动几动。"说得满房人都笑起来。房中的一一都摸过之后，无不称奇道怪，盛大少爷异常高兴的说道："今日天气很冷，张教师快把衣服穿起来，几天过去，便得上擂台去现本领，不可冻病了，使我们没得好玩意儿看。张文达穿好了衣服，盛大少爷又带他到自己相好的老七家里，玩了一会儿，并约了明晚在这里摆酒，直玩到半夜才带他回公馆歇宿。"

次日早起，屈师爷便引着几个把式到来，给张文达介绍。其中有一个四川人，姓周名兰陔的，年纪已有五十多岁，武艺虽极寻常，但是为人机警，成年后便出门闯荡江湖，欢喜结交朋友，两眼所见各家各派的功夫甚多。不问哪一省有武艺的人，只要在他跟前随便动手表演几下，他便知道这人练的是哪一家功夫，已到了何种程度。他在长江一带也有相当的声名，却从来没人见他和人交过手，并没有人会见他表演过武艺，就因为见他每每批评别人的武艺，无不得当，一般受批评的，自然佩服他、称赞他，认定他是一个会武艺的。盛大少爷闻他的名，请到家里来，已有好几年了，自从他到盛公馆以后，就倡一种把式不打把式的论调，并且大家预备对打的手法，遇着大少爷高兴，吩咐他们撮对儿厮打，看了取乐的时候，便打得非常热闹，彼此不致受伤。他在众把式中，是最有心计的一个。

昨日屈师爷在浴春池对张文达说的那些话，就是周兰陔授意。这时经屈师爷介绍见面后，周兰陔即拱手对张文达说道："久仰老大哥的威名，想不到今日能在一块儿同事，真是三生有幸。听我们这位师爷说，老大哥安排在上海摆一座擂台，这事是再好没有的了。大概也是和霍元甲一般的摆一个月么？"张文达道："摆多少日子，我倒随便，只要把霍元甲打翻了，摆也得，不摆也得。少爷高兴教我多摆些时，我左右闲着没事干，就多玩玩也好。"周兰陔点头道："多摆几日，我们少爷自然是高兴的，不过照霍元甲所摆的情形看起来，就怕没有人来打。入场不卖票吧，来看的人，必多得水泄不通；卖票吧，又恐怕没人上台来打，看的人白花钱，除一座空台而外，什么也没得看。"

张文达道："人家不肯来打，是没办法的。"周兰陔笑道："有人是看的白花钱，没人看是我们自己白花钱。在霍元甲摆擂台的时候，我就想了个敷衍看客的方法，只因我并不认识霍元甲，懒得去替他出主意。老大哥于今是我们自家人，擂台又是我们少爷做主摆设的，我不能不帮忙。我们同事当中，现在有好几个是曾在江湖上卖艺的，很有不少好看的玩意儿，大十八般、小十八般武器都齐全，每天两三个钟头，如有打擂的人上台，不妨少玩几样，倘没人打时，我们还可以想出些新花头来，务必使看客欢喜，不知老大哥的意思怎样？"

张文达道："不错，便是我们自家人，也可以上台打擂，无论如何，我们这一座擂台，总得比霍元甲的来得热闹。"周兰陔道："我们自家人上台打擂，不能就这么糊里糊涂的打，得排好日期，每日只一个或两个上台，我们在公馆里便要把如何打的手法，编排妥当，打起来才好各尽各的力量，使人瞧不出破绽来。若不先把手法排好，两边都存着怕打伤人及自己受伤的心思，打的情形一定不好看。"

张文达忽然想起屈师爷在澡堂说的话来，便答道："周大哥确是想得周到。我几年前在山东，最喜找人动手，并且非打赢不可，近年来已完全没有这种念头了。至于我们此刻在一块儿同事的朋友，偶然闹着玩，哪怕就说明教我掼几个跟斗，我也情愿，不过在擂台动手，情形就不同了。我本人是打擂的，还不甚要紧，于今我是摆擂的，只能赢不能输，输了便照例不能再出台。承诸位同事的老哥，好意替我帮忙，我怎好教诸位老哥都输在我手里呢？"

周兰陔道："这却毫无妨碍，一来老大哥的能耐，实在比我们高强，输给老大哥是应该的；二来在认识我们的，知道我们是同事，帮忙凑热闹，老大哥当台主，打赢我们也是应该的，不认识我们的看客，不知道是谁，于我们的声名绝无妨碍。"

张文达向众把式拱了拱手道："诸位老哥肯这么替我帮忙，我真是感激，除了在公馆里同事的诸位老哥而外，不知还有多少功夫好的人，和我们少爷来往？"屈师爷道："和我们少爷熟识及有交情的人极多，时常到公馆里来看少爷的也不少，如上海最有名的秦鹤岐、彭庶白及程举人、李九少爷一班人，平时都不断的来往。近来又结交了两个湖南的好汉，一个长沙人柳惕安，一个宝庆人龙在田。听得少爷说，柳惕安的法术、武艺，都少有能赶得他上的，年纪又轻，模样儿又生得威武，只是不大欢喜和江湖上的朋友来往。龙在田却是在江湖上有声望的，听说他能凭空跳上三丈高的房檐，江湖上替他取了个绰号叫做'溜子'，湖南人的习惯，忌讳'龙'字，普通叫龙为'溜子'，又叫'绞舌子'，加以龙在田的行动矫捷，腾高跳下，宛然和龙一样，所以这'溜子'的绰号，很容易的就在江湖上叫开了。这人在长沙各埠，随处勾留，手头异常挥霍，江湖上穷朋友受他周济的很多。此番才到上海不久，不知何人介绍与我们少爷认识了，来往很为亲密。此外还很多，并有我们不知道姓名的，少爷既有肯做主替你摆擂台，料想那些会武艺的朋友，自然都得给你介绍。"

张文达问道："也有人在这里显本领给少爷看过么？"屈师爷道："我们少爷素喜结交三教九流的人物，富豪的声名又太大，到这里来告帮、打抽丰的，差不多每天都有。那一类人当中，也有些自显本领，想多缠扰几文的。但是我们少爷照例不出来打招呼，随意拿一串或八百文送给他们。据我们看来那些人当中，也有本领很大的，只是没得人介绍，少爷不知道他们的来历。江湖上不好惹的人多，少爷从前胡乱把他们当好人结纳，曾经上过大当。此刻抱定宗旨不出来招呼了，经人介绍到这里来与少爷见面的，每月也有好几个，自显本领想讨我们少爷赏识的，百个人中有九十九个。不用说他们各位把式看不起，就是我这外行看了，也觉得都十分平常。只有一个绰号叫做'周神仙'的，那人的品行虽糟透了，我们少爷和李九少爷都被他骗去了几千块钱。但是在这公馆和李公馆里都显过几种极奇怪的本领，我们至今还想不出是什么道理来。"

张文达问道："是什么奇怪本领？"屈师爷道："我慢慢说给你听。去年夏天，我们忽听人说起李九少爷公馆里，来了一个异人，叫做'周神仙'，神通大得了不得。不问谁去见他，不用开口说话，他能知道从何方来，同来有几个人，或是在半路加了人或减了人，有不有女人和小孩同走，简直与亲眼看见的一样。人家身上带了多少钱，说出来也一文不错。还有许多奇奇怪怪的本领。我们听了不相信，少爷亲自去李公馆，和周神仙会了面，回来也这般说。我们听得倒也罢了，唯有老太太和几位少奶奶、小姐、姑少爷，都要亲到李公馆去看。少爷便说：'用不着大家前去，他能到李公馆，难道不能到我盛公馆来吗？我就去迎接他来便了。'过了几日，少爷真个亲自坐汽车把那个周神仙接了来。我们在当初听得说周神仙的时候，大家都以为必是一个年纪已经不小了，两目如电、长须拂胸，道貌岸然，使人一望生敬的人。谁知我们心里揣拟的完全错了，原来是一个年纪只有三十来岁，身材矮小，皮色粗黑，神气十分猥琐的人，身上虽也和有钱的人一样，穿着一件湖色纺绸长衫，远望似乎还漂亮，只是那一种村俗之气，与衣服不相称的样子，谁也一看就知道。两只眼睛，不但没有惊人神光，形式又短又小，不断的只是这么眨，仿佛是害了眼病的。少爷很敬重他，临时吩咐厨房办上等酒席款待他，并打发汽车去接了些客来，看神仙显本领。这周神仙初来不大说话，只见他坐着，好像有虱子在他身上四处乱咬的样子，周身不停的摇动。最好笑的是两只小而且薄的耳朵，也跟着忽上忽下、忽前忽后，和猫耳一般的乱动。人的两耳能这么活动，就这一点，已是很奇怪了。

"吃过酒后，大家求他显本领，他慨然答应道：'我今天高兴，愿意显点儿遁法给大家看看。我能坐在靠椅上，听凭你们用麻绳也好，用铁链也好，将我的两手、两脚和身腰，都捆绑在靠椅上，关闭在一间房里，门窗都从外面锁好。在三分钟以内，遁出那房间来。'大家听了，自然都欢喜要他遁着看。立时又办了麻绳，又办了铁链，把他送到一间小房里。这房间仅有一个安了铁柱的窗户，玻璃窗门是不能开的，端一张靠椅教他坐着。大家七手八脚的把他捆了又捆，并悄悄的用洋锁将铁链两端锁起来；麻绳也不知打了多少个死结。休说他两手反缚在靠椅上，毫不能动，便能动也非有很长的时间，不能解开那许多绳结。至于铁链上的洋锁，钥匙带在三少爷身上，德国新出的洋锁，外面是决没有同样的钥匙可以开得。我们把他捆绑停当了，将要退出来。周神仙道：'我有几句话吩咐你们，你们把这房里的灯熄灭，把房门锁好，无论什么人，不许在门外或窗缝里偷看。房中漆黑，偷看也看不见什么。不过我在房里作法，谁偷看便得受极大的危险，我恐怕你们不知道利害，不能不先说给你们听。你们锁好房门之后，取出表看，只要过了三分钟久，就可打开门到这房里来看。'

"我们答应了退出房外，扭灭了电灯，也用洋锁把房门锁了。等过三分钟去开房门，洋锁还是锁着，分毫不曾移动。开了门看时，真使人不能不吃惊，房中哪里有什么周神仙呢？只剩那一张靠椅，和麻绳、铁链绊在椅上，绳上许多的结，一个也不曾解开；铁链两端的洋锁，也还锁在上面，不知道他如何得脱身出来的。那间房很小，又没陈设什么木器，不能容一个人藏躲。我们大少爷这时倒着急起来了，连连跺脚说道：'这位神仙，知道他这一遁遁到什么地方去了呢，要我们去寻找他不很麻烦吗？'这话刚说了，就听得门外哈哈笑道：'用不着你们寻找，我已来了。'我们忙回头看时，只见周神仙立在房门外，已把那湖色纺绸长衫穿在身上了。当我们捆绑他的时候，他的长衫脱了，挂在大客厅衣架上，这试遁法的小房间，离大客厅很远，中间隔了好几间房子，和一个花院子，不知他何以这般神速。

"大家回到客厅里，异口同声的，恭维他这本领了不得。他说：'自己遁自己，还算不了大本领，我们教旁人遁走，和我刚才一样，并且同时能遁三四个人。'我家大少爷是一个最好奇的人，听了就求他立刻再试。周神仙摇头道：'那个今晚试不得，至少还得迟三天。'大少爷问什么道理，他说：'要试的人得斋戒沐浴三天，看你们是哪几个想试，先把姓名和生庚八字写给我，从明早起就得斋戒沐浴。我所用的是大法，不是当耍的。身上倘有一点不洁净，说不定得受意外的危险。你们自己心里打算，谁想试请谁先把姓名、八字写给我。'大家听了互相研究了一阵，我们三少爷和外来的两个朋友愿意试，各人把姓名、八字写了给他。他向各人都叮嘱了一番，应如何斋戒的话。大少爷问他还有什么可以玩给人看的没有，周神仙道：'我有天眼，你们在另一间房里，关上房门独自写字，我坐在这房里，把眼睛闭煞，能知道你们写的是什么字。'

"当下三少爷说：'我就到里面房间去写，你坐在这里看吧。'三少爷匆匆跑进他少奶奶房里，关了门窗，独自躲在床弯里写。周神仙闭眼坐了一会儿，忽然笑道：'他在那里东一个字、西一个字的乱写。一不是一句书，二不成一句话，我恐怕忘掉，我教你们写在这里，等他写好了来对吧。'即有人拿纸笔，照他口里说的字写了。一会儿三少爷跑了进来嚷道：'神仙的天眼，看见我写了些什么字？'大少爷答道：'不用问，你把写的拿出来，看对也不对。'三少爷一眼看见这张字，不由得'哎呀'了一声道：'他真是神仙，只有一个字不对，以外的字都对。'边说边将手中的字取出，大家一个一个字的照对，只有一个'治'字，周神仙说是一个'洽'字。当时几十个人看了，没一个人不说古怪。这两件事，我都在场亲眼看见的，至今不明白是什么道理。我们大少爷简直是六体投地的拜服，再四要求周神仙传授些给他。周神仙含糊答应道：'且过几天再说。你要真个肯学是容易的事。'

"过了三天，这回是三少爷亲自去李公馆把他接了来，亲戚朋友听了这消息前来看热闹的，少说点儿也有两百个人。周神仙在客厅闭目静坐了一阵，忽张眼望着大少爷，现出惊慌的神气说道：'我有几句重要的话对你说，这房里人太多，不便说得，你带我到一处清静地方去说吧。'大少爷看了他这神情也慌了，连忙把他引到里面没人的房间，问他有什么重要的话。他说：'你这一所大公馆，表面虽是很庄严好看，骨子里实在鬼怪太多。前几天我在这里使遁法，就有鬼怪来和我为难，我当时以为是偶然的事，初次到你这府上来，也不好说得。今天我来到客厅里，那些东西就更多、更凶恶了。承你的好意殷勤款待我，你又和李九少爷至好，我不能不说给你听。家里有这些鬼怪，还亏得你的家运好，不曾闹出何等大乱子来，然家中人口是决不清吉的；你在外边不论做什么事，是决不顺手的。府上的大小人口，是不是清吉？'

"大少爷跺脚道：'原来是这个道理。我总不明白为什么，我家里没有一天不延医生，不是这个病，便是那个病，我本人的病虽少，只是从来没有干过一桩顺遂的事。哪怕赌钱打牌，都是输的多、赢的少。输了是真的，赢了是假的，你既知道说给我听，想必是肯帮我的忙，用法术把这些鬼怪驱逐的。你若肯帮我驱逐了，我将来当重重的酬谢你。'周神仙笑道：'我岂是望你酬谢的人，我替你这里立一坛禁，包管你府上的人口，从此平安清吉。你去外面赌钱打牌，也不至于多输少赢了。'

"我们大少爷好生欢喜，忙问立一坛禁，须用些什么东西。周神仙说：'我立禁虽不用旁的东西，只要一口瓷坛，两块见方的红、绿绸子，二十根五色花线，一副香烛。不过这禁坛很重要，立了便不能随便移动它。并且坛里得放贵重宝物，用符箓和红、绿绸子封口，须要安放在一个谨慎地方，最好是在上房里，恐怕外人知道坛里有贵重宝物，见财起心，把禁坛惊动了。'我们大少爷仍陪他到客厅来，就吩咐我安排立禁的东西。遁别人的遁法，周神仙不肯试了，说这公馆里试不得，一试便要闹出大乱子来，害得三少爷和那两个朋友，认真斋戒沐浴三天，成了一场空想。"

张文达问道："怎么说被他骗去了几千块钱呢？"屈师爷道："这事也很奇怪。当那周神仙立禁的时候，我亲自在旁边照顾，要贵重宝物的时候，金镯、钻戒、珍珠、颈链等共七件，是由大少爷亲手捧了，安放在坛子里。坛里有半坛大米，大少爷安放那些饰物之后，还用指头将四周的米拨了一拨，接着就见周神仙用符箓和绸子封了口，拿五色花线紧紧的扎缚。禁坛放在大少奶奶铁柜里，还不谨慎吗？据周神仙吩咐这禁坛最好永远不移动，要拆也得待三年之后，等他来拆。不然失了宝物，他不负责任。

"过了两三个月，一日李九少爷跑来向我家大少爷说道：'我们上了那姓周的当了，他是一个骗子，他说我家里有鬼，要替我立禁，弄许多金珠首饰放在禁坛里，昨日敝内偷着揭开看时，就只剩半坛米在内，首饰一件也没有了。不是那姓周的骗去了，是到哪里去了？难道真有鬼怪拿去了吗？'我们大少爷急得忙向上房里跑，打开铁柜把瓷坛封口揭了看时，和少奶奶两人都愕了，将半坛米都倾出来寻找，哪里还寻得着贵重饰物的影子呢？好在盛、李两家都富有，被骗去这一点儿首饰，算不了什么。我们真佩服他行骗的手段真高，在夏天里，身上穿的单衣，那七件首饰也不小，也不轻，不知他如何能当着我们的面，从坛子里取出来，双手得拈着无色花线扎缚坛口，这本领不是很大吗？"

周兰陔笑道："在江湖上糊口的人，像这般能耐的有的是，只怪我们大少爷容易上当。居家好好的要相信他说有鬼怪。凭诸位说，我们少爷出外赌钱打牌，不应该是他输多赢少吗？"

张文达还待问话，盛大少爷已走了进来，含笑向这几个把式说道："张教师的本领这么高强，是你们当把式的人不容易遇着的。于今你们都是自家人了，谁胜谁败，都没有关系，何不大家打着玩玩呢？"张文达明知道这些把式，不愿意打输了使东家瞧不起，所以一再当面表示，并答应在擂台上极力帮忙。他在这正需用有人帮忙的时期，自然乐得做个顺水人情，遂抢先答道："大少爷的眼力好，福气大，留在公馆里的都是一等好汉，正应了一句俗语'出处不如聚处'，我山东出打手，是从古有名的，但是我在山东各府县访友二十多年，还不曾见过有这么多的好汉，聚作一块儿，像这公馆的。"

盛大少爷望着这些把式得意道："我本是拣有声名的延请到公馆里来，却不知怎的，教他们去打霍元甲，他们都不愿意去。"张文达道："凭白或无故的教他们去打，他们自是不愿意去，倘若他们有师兄弟徒弟，受了霍元甲的欺负，他们便不肯放霍元甲一个人在这里猖獗了。"众把式听了，都不约而同的拍着大腿道："对呀！我们张教师的话，真有见识，不是有本领、有阅历的人说不出。"周兰陔道："出头去打擂台的，多半是年轻没有声名的人，一过中年，有了相当的名望，就非有切己的事情，逼着他出头，是决不肯随便上台的。”

盛大少爷道：“照这样说来，将来我们的擂台摆成了，除了霍元甲以外，不是没有人来打了吗?”周兰陔道：“这倒不然，于今年轻人练武艺的还是很多。霍元甲的擂台摆一个月，有许多路远的人，得了消息赶到上海来，擂台已经满期收了，我们张教师接着摆下去，我猜想，打擂的必比霍元甲多。我有一个意见，凡是上台打擂的，不一定要先报名，随来人的意思，因有许多人心里想打，又恐怕胜败没有把握，打胜了不待说可以将姓名传出来；万一打败了，弄得大众皆知，谁还愿意呢? 所以报名签字这两项手续，最好免除不用，想打的跳上台打便了，是这样办，我包管打的人必多。”盛大少爷道：“你们大家研究，定出一个章程来，我只要有热闹看，怎么好怎么办。”

当下大家商议了一会儿。饭后，盛大少爷又带着张文达出门拜客，夜间并到长三堂子里吃花酒，又把那个金芙蓉叫了来。张文达生平哪里尝过这种温柔乡的味道，第一日还勉强把持，不能露出轻狂的模样，这夜喝上了几杯酒，金芙蓉拿出迷汤来给他一灌，就把他灌得昏昏沉沉，差不多连自己的姓名、籍贯都忘记了。只以上海的长三，不能随便留客歇宿，若是和么二堂子一般的，花几块钱就可以真个销魂，那么张文达在这夜便不肯回盛公馆歇宿了。

次日盛大少爷对张文达道：“巡捕房的擂台执照，今日本来可以领出来的，无奈今日是礼拜六，午后照例放假，明日礼拜也不办公，大约要后天下午才领得出来，但是报上的广告，今日已经登载出来了。入场券已印了五万张，分五角和一块两种，如果每日有人打擂，一个月打下去，就这一项收入，也很可观了。你此刻若要钱使用，可向屈师爷支取。”

张文达正被金芙蓉缠得骨软筋酥，五心不能自主，只恨手边无钱，不能尽情图一番快乐。听了盛大少爷这话，连忙应是称谢，随即向屈师爷支了一百块钱。他认定周兰陔是一个好朋友，邀同去外边寻乐，这夜便在棋盘街么二堂子里挑识了两个姑娘，和周兰陔一人睡了一个。

翌日兴高采烈的回到公馆，只见盛大少爷正陪着一个身材矮小、年约三十来岁的人谈话。盛大少爷见他回来，即迎着笑道："昨夜到什么地方去了？"张文达不由红着猪肝色的脸答道："在朋友家里，不知不觉谈过了半夜，就难得回来。"盛大少爷笑道："在朋友家倒好，我疑心你跟着周把式打野鸡去了，那就糟了。上海的野鸡太多，看去俨然像是一个人，实在是鱼口便毒和杨梅疮的总批发所，那些地方，去一趟就遭了。"张文达这时还不懂得打野鸡这句话是什么意思，虽觉所说的是这一回事，但自以为没有破绽给人看出，还能勉强镇静着。

盛大少爷指着那身材矮小的人给张文达介绍道："这也是江湖上一位很有名气的好汉，龙在田先生，人称呼他混名'龙溜子'的便是。"龙在田即向张文达打招呼。此时的张文达，到上海虽只有几天，然因得顾四、盛大两个阔少的特殊优待，及一般把式的拥护，已把一个心粗气浮的张文达，变成心高气傲的张文达了，两只长在额顶上的眼睛，哪里还看得上这身材矮小的龙在田呢？当时因碍着是大少爷介绍的关系，不能不胡乱点一点头，那一种轻视的神气，早已完全显露在面上了。

龙在田是一个在江湖上称好汉的人，这般轻视的神气，如何看不出呢？盛大少爷看了这情形，觉得有点儿对不起龙在田，想用言语在中间解释，龙在田已满面笑容的对张文达说道："恭喜张教师的运气好。我们中国会武艺的虽多，恐怕没有第二个能赶得上张教师的。"张文达一时听不出这话的用意，随口答道："运气好吗，我有什么事运气好？"龙在田笑道："你的运气还不好吗？我刚才听得大少爷对我说，他说五百块洋钱一个月，请你在公馆里当护院，这不是你的运气好么？当护院的人有这么大的薪俸，还有谁赶得上你！"

张文达知道龙在田这话，带一点讥笑的意味，便昂起头来说道："不错！不过我这五百块洋钱一个月，钱也不是容易拿的。盛公馆里有二十位把式，谁也没有这么高的薪俸，你知道我这薪俸，是凭硬功夫得来的么？我在张园一手举起八百斤重的石头，我们大少爷才赏识我，带我到公馆里来。旁人尽管会武艺，只有一点儿空名声，没有真才实学，休说举不起八百斤重的石头，就来一半四百斤，恐怕也少有举得起的。"

龙在田毫不生气的笑问道："这公馆里有八百斤一块的石头没有？"盛大少爷道："我这里没有，张教师前日在张园举的那块石头，确有八百多斤，是我亲眼看见的。"龙在田摇头道："我不是不相信张君有这么大的气力。"盛大少爷道："哦，你也想举一回试试看么？"龙在田连连摇手道："不是，不是！我哪里能举起八百斤重的石头，正是张君方才说的，就来一半四百斤，我也举不起。我问这公馆里有没有八百斤重一块的石头，意思张君既有这么大的气力，并且就凭这种大气力，在这里当五百块钱一个月的护院，万一黑道上的朋友，不知道有张君在这里，冒昧跑到这里来了，张君便可以将那八百斤重的石头，一手举起来，显这硬功夫给黑道上的朋友看看，岂不可以吓退人吗？这种硬功夫，不做给人家看，人家也不会知道啊！"

　　张文达忍不住气愤说道："我不在这公馆当护院便罢，既在这里当护院，又拿我少爷这么高的薪俸，就不管他是哪一道的朋友，来了便是送死，我断不肯轻易饶他过去。"龙在田鼻孔里"哼"了一声说道："只怕未必呢！黑道上朋友来了，不给你看见，你却如何不饶他呢？"张文达道："我在这里干什么的，如何能不给我看见？"龙在田哈哈笑道："可惜上海这地方太坏。"盛大少爷听了这一句突如的话，莫名其妙，即问为什么可惜上海这地方太坏。龙在田笑道："上海满街都是野鸡，不是太坏了？"说时望着张文达笑道："我知道你的能耐，在大少爷这里当护院，一个月足值五百块洋钱，不过像昨夜那种朋友家里，不可每夜前去，你夜间不在家里，能耐就再大十倍也没用处。"

　　三人正在谈话，只见屈师爷引着一个裁缝，捧了一大包衣服进来，对张文达说道："几个裁缝日夜的赶做，这时分才把几件衣服做好，请你就换下来吧！"龙在田看了看新做来的衣服，起身作辞走了。张文达满肚皮不高兴，巴不得龙在田快走，一步也懒得送。盛大少爷亲送到大门口，回来对张文达说道："这溜子的名气很大，我听得李九少爷说，他一不是红帮，二不是青帮，又不在理，然长江一带的青、红帮和在理的人，无不尊敬他。他生平并不曾读书，认识不了几个字，为人的品行更不好，无论什么地方，眼里不能看见生得漂亮的女子。漂亮女子一落他的眼，他必用尽千方百计去勾引人家。他手边又有的是钱，因此除了真个有操守的女子，不受他的勾引而外，普通一般性情活动的女子，真不知被他奸污了多少。他于今年纪还不过三十来岁，家里已有了五个姨太太，他是这种资格，这种人品，而在江湖上能享这么大的声名，使青、红帮和在理的十分尊敬他，就全仗他一身本领。"

张文达不待盛大少爷说完，即接着说道："江湖上的人，多是你捧我，我捧你，大家都玩的是一点空名声，所以江湖上一句古话，叫做'人抬人无价宝'。少爷不要相信，谁也没有什么真本领。"盛大少爷掉头道："这溜子却不然，他是一个不自吹牛皮的，和他最要好的朋友曾振卿，也和我是朋友。我还不曾和溜子见面的时候，就听得曾振卿说过溜子几件惊人的故事，一点儿也不假。有一次他在清江浦，不知道为犯了什么案件，有二百多名兵和警察去捉拿他，他事先没得着消息，等到他知道时，房屋已被兵和警察包围得水泄不通。有与他同伙的几个人，主张大家从屋上逃走，他说这时候的屋上万分去不得，一定有兵在屋上，用枪对准房檐瞄着，上去就得遭打。他伙伴不相信，一个身法快的，即耸身跳上房檐，脚还不曾立稳，就听得啪啪两声枪响，那伙伴应声倒下来。其余的伙伴便不敢再上房檐了，争着问溜子怎么办？溜子道：'现在官兵警察除前后门外，多在屋上，我们唯有赶紧在房里放起火来，使他们自己扰乱，我们一面向隔壁把墙打通，看可不可以逃出去。如左右两边也有兵守了，就只得大家拼命了。'于是大家用棉絮蘸了火油，就房内放起火来。

"恰好在这时候，后门的官兵已捣毁了后门，直冲进来。向隔邻的墙壁还不曾打通，溜子急得无法，只好一手擎着一杆手枪，对准冲进来的兵，一枪一个连毙了四五个，后面的就不敢再冲了。此时火势已冒穿屋顶，大门外的官兵，也已冲破了大门进来，溜子走到火没烧着的地方，先脱下一件衣服，卷成一团，向房檐上抛去，又听得两声枪响。溜子毫不迟疑的，紧接着那团衣服纵上房檐，忙伏在瓦楞里，借火光朝两边一望，只见两旁人家的屋脊上，都有兵擎枪对这边瞄着，唯有火烧着了的屋上，不见有兵警的影子。溜子这时使出他矫捷的身手来，居然回身跳下房檐，取了一床棉絮，用水湿透包在身上，并招呼伙伴照办，仍跳上房檐，向有火光处逃走。立在两旁屋脊上的官兵，因火光映射着眼睛，看不分明，开枪不能瞄准，溜子的身法又快，眨眼之间，就已逃过了几所房屋，安然下地走了，他的伙伴却一个也没逃出性命。他在江湖上的声名，就因经过了这一次，无人不称道。

"还有一次，虽是开玩笑的事，却是有意显出他的本领来。他前年到上海，住在曾振卿家里，曾振卿家在贝勒路吴兴里，是一所一上一下的房屋。溜子独住在亭子间内，曾振卿住在前楼。这日黄昏以后，有朋友请曾、龙两人吃晚饭，并有几个朋友亲自来邀，大家一路出来。曾振卿将前楼门锁了，一路走出吴兴里，曾振卿忽自嚷道：'你们不要走，请在这里等等，我走的时候，只顾和你们谈话，连马褂都忘记了没穿出来。'说着待回家去穿马褂。溜子止住他问道：'你的马褂，不是挂在前楼衣架上吗？'曾振卿应是，溜子道：'你们在这里等，我去替你取来便了。'边说打起飞脚向吴兴里跑。

"溜子跑远了，曾振卿才笑道：'还是得我亲去，锁房门的钥匙带在我身上，不是害他白跑吗？'于是大家又走回吴兴里。离曾家还有几十步远近，只见溜子笑嘻嘻的提着马褂走来，递给曾振卿。曾振卿问道：'房门钥匙在我身上，你如何能进房取衣的。'溜子笑道：'不开房门便不能进房吗？'曾振卿问道：'你不是将我的锁扭断了吗？'一面说，一面跑回家去看，只见门上的锁，依然锁着没有动，进房看时，仅对着大门的玻璃窗，有一扇推开了，不曾关闭合缝。曾振卿问家里的老妈子，曾见溜子上楼没有，老妈子说，前后门都关了，不但不曾见有人上楼，并没有人来叫门。这是曾振卿亲眼看见亲口对我说的事，一点儿也不含糊。"

张文达摇头道："这两事就是真的，也算不了什么！我们山东能高来高去的人有的是，我听说南方能上高的人很少，偶然有一两个能上高的人，一般人就恭维得了不得。这龙在田的本领纵然不错，也只能在南方称好汉，不能到我们北方去称好汉。他若真有能耐，我的擂台快要开台了，他尽管上台来和我见个高下。像他那种身体，我一拳能把他打一个穿心窟窿。我一手捞着了他时，他能动弹得就算他有本领。"

盛大少爷点头道："有你这么大的气力，他的身材又小，自然可以不怕他。不过我留神看，他刚才对你说话的神气，似乎不大好，你的态度显得有些瞧不起他，话也说得太硬，此后恐怕得提防他暗算。"屈师爷在旁说道："周把式最知道龙溜子的为人，我曾听他说过，手段非常毒辣。"张文达愤然说道："手段辣毒怎么样，谁怕他毒辣？我巴不得他对我不怀好意，我开台的时候，最好请他来打头一个，我若打不翻他，立刻就跑回山东去，霍元甲我也不打了。求少爷用言语去激动他，务必教他来打擂。"

盛大少爷道："他时常在李公馆里闲谈，我近来已有好几日没有去看李九了，现在你这衣服已经做好，我就带你去见李九少爷吧！随意在李九那里说几句激动溜子的话，包管不到明日，就会传到溜子耳里去。"张文达遂跟着盛大少爷，乘车到李九公馆来。

李、盛两家本有世谊，平时彼此来往，甚为密切，都不用门房通报，照例直向内室走去。这日盛大少爷虽然带着张文达同来，但自以为不是外人，仍用不着通报，只顾引张文达向里走。不到十几步，一个老门房追上来赔笑说道："大少爷不是想看我们九爷么？今天只怕不行，这一个星期以来，我们九爷吩咐了，因现在家里有要紧的事，无论谁来都不接待。实在对不起大少爷，请改日再来，或是我们九爷来看大少爷。"盛大少爷诧异道："你九爷近来有什么紧要的事，值得这么大惊小怪，我不相信，若在平时，我不管三七二十一，早已跑到里面去了。今天既是他有事不见客，我不使你们为难，你快进去通报，我也有要紧的事，非见他不可。"

老门房知道盛、李两家的关系，不敢不进去通报，一会儿出来说："请。"盛大少爷带张文达，直走进李九少爷平日吸大烟的内客房，只见李九正独自躺在榻上吸烟，将身躯略抬了一抬，笑道："你有什么要紧的事，非会我不可？"盛大笑道："你只在房间里，照例每日都是坐满了的客，我们来往十多年，像今日这般清静，还是第一次。我今日特地介绍一个好汉来见你，并且有要紧的话和你商量。"说着引张文达会面，彼此不待说都有几句客套话说。

盛大将在张园无意中相遇的情形，及安排摆擂台的事说了一遍道："我知道霍元甲前次在张园摆擂台的时候，你很肯出力替他帮忙，于今张文达摆擂，你冲着我的面子，也得出头帮忙，方对得起我。"李九道："你知道我的性格，是素来欢喜干这些玩意儿的，尽管与我不相识的人，直接来找我，我都没有不出头帮忙的道理，何况有你介绍呢？不过这番却是事不凑巧，正遇着我自己有关系十分重要的事，已有一星期不曾出门，今日才初次接见你们两位。我的事情不办了，哪怕天要塌下来，我也不能管，这是对不起你和张君，然又没有法的事。"

盛大道："你究竟是为什么事这么重要？怎的我完全没听得说。"李九笑道："你为要摆擂台，正忙得不开交，没工夫到我这里来，我又没工夫找你，你自然未听得说。"盛大脸上露出怀疑的样子问道："你我这么密切的关系，什么重要的事，难道不能对我说吗？你万一不能出头帮忙，我也不勉强你，你且把你这关系十分重要的事说给我听。"

李九沉吟道："我这事于我本身有极大的关系，于旁人却是一点儿关系没有。以你我两家关系之密切，原无不可对你说之理，只是你得答应我不再向外人说，我方敢说给你听。"盛大正色道："果然是不能多使人知道的事，我岂是一个不知道轻重的人，竟不顾你的利害，拿着去随口乱说吗？"李九点头道："你近来也看报么？"盛大道："我从来不大看报的，近来报上有些什么事？"

李九道："我这重要的事，就是从报上发生出来的。在十天以前，我看报上的本埠新闻栏内记载了一桩很奇特的事，记三洋泾桥的鸿发栈十四号房间，有一个四川人叫王国桢的住着，这人的举动很奇怪，时常出外叫茶房锁门，不见他回来，房门也没开，他却睡在床上，除了一个包袱之外，没有一件行李，而手头用钱又异常挥霍，最欢喜叫许多姑娘到房里唱戏，陪着他开心寻乐，只是一到半夜，就打发这些姑娘回去，一个也不留。他叫姑娘是开现钱，每人五块，今天叫这几个，明天叫那几个，叫过的便不再叫。有些生意清淡的姑娘，因见他叫一个条子有五块现洋，当然希望他再叫；有时自己跑来，想得他的钱，他很决绝的不

288

作理会。他身上穿的衣服，每天更换两三次，有时穿中国衣服，有时穿洋服，仅带了一个小小的包袱，并无衣箱，又没人看见他从外面提衣服进来。在那客栈里住了好些日子，更不见他有朋友来往，连同住在他隔壁房间里的客，因见他的举动太奇怪，存心想跟他打招呼，和他谈谈，他出进都低着头，不拿眼睛望人家，使人家得不着向他招呼的机会，因此账房茶房都很注意他。有两次分明见他关门睡了，忽然见他从外面回来，高声叫茶房开门。茶房就将这情形报告账房，账房为人最胆小，恐怕这种举动奇怪的人，或者干出什么非法的事来，使客栈受拖累，忍耐不住，就悄悄去报告巡捕房。巡捕头说：'这姓王的没有扰乱治安及其他违法的行为，我巡捕房里也不便去干涉他。不过他这人的举动，既这么奇怪，我们得注意他的行为。你回去吩咐茶房留心，等他出门去了就快来送信给我。我们且检查他那包袱里面看是些什么东西。'账房答应了回来，照话吩咐了茶房。但是一连几日，不见姓王的出去，茶房很着急。

"这日茶房从玻璃窗缝向房中偷看，只见房中没有姓王的踪影，帐门高挂，床上也空着无人，遂故意敲门叫王先生，叫了几声也无人答应，忙着告知账房去唤巡捕。外国人带着包打听匆忙跑到鸿发栈，各人擎着实弹的手枪，俨然和捉强盗一样，用两个巡捕看守着前后门，其余的拥到十四号，教茶房开了房门。走到房中一看，最使人一落眼就不由要注意的，就是在靠窗户的方桌底下，点了一盏很小的清油灯，仅有一颗豆子大小的灯光。油灯前面安放着一个白色搪瓷面盆，盆内盛着半盆清水。外国人先从床上取出那包袱来，打开看里面，只有两套黑绸制的棉夹衣裤，小衣袖、小裤脚，仿佛戏台上武生穿的，此外有两双鞋袜，一条丈多长的青绢包巾，旁的什么也没有。"

"外国巡捕头因检查不出违禁犯法的证据，正在徘徊，打算在床上再仔细搜查，忽见王国桢陡然从外面走了进来喝问道：'你们干什么，我不在房里，你们无端跑到我房里来？'巡捕头懂得中国话，见是王国桢进房来责问，便用手枪对着王国桢的胸膛说道：'不许动。我问你，你是哪省人，姓什么？到上海来干什么的？'王国桢摇手笑道：'用不

289

着拿这东西对我，我要走就不来了。我是四川人，姓王，到上海来访朋友的。'巡捕头道：'你到上海来访朋友，这桌下的油灯点着干什么的？'王国桢道：'这油灯没有旁的用处，因夜间十二点钟以后，这客栈里的电灯便熄了，我在家乡的时候，用惯了这种油灯，所以在这城没有电灯的时候，还是欢喜点油灯。'巡捕头问道：'半夜点油灯还有理由，此刻是白天，为什么还点着呢？并为什么安放在桌子底下呢？'王国桢道：'因在白天用不着，所以安放在桌子底下，端下去的时候，忘记吹灭，直到现在还有一点儿火光。'巡捕头问道：'油灯前面安放着一个面盆干什么呢？'王国桢道：'面盆是洗面的，除了洗面还干什么？'

"巡捕头这时放下了手枪问道：'同你住在这客栈里的，大家都说你的举动奇怪，你为何叫茶房锁了门出去，一会儿不待茶房开门又睡在房里。有时分明见你睡了，不一会儿又见你从外面进来，这是些什么举动？'王国桢反问道：'与我同住的客，是这么报告巡捕房吗？'巡捕头道：'报捕房的不是这里的客，我们向这些客调查，他们是这么说。'王国桢笑道：'哪里有这种怪事？我是一个人住在这客栈里，与同住的都不认识，所以出进不向他们打招呼，他们有时见我出外，不曾见我归来，这是很平常的事，没有什么稀奇。'

"巡捕头听了没有话可问，同来的中国包打听，觉得这人的形迹太可疑，极力怂恿捕头将王国桢带到捕房去。王国桢也不反抗，就连同包袱带到捕房去了。报上本埠新闻栏内载了这回事，我看了暗想这王国桢的行为虽奇怪，然是一个有能耐的人，是可以明白断定的了。他叫姑娘玩，不留姑娘歇，尤其是英雄本色。他一个四川人被拘捕在捕房里，据报上说他又没有朋友来往，在捕房不是很苦吗？并且我们都知道捕房的老例，不论捕去什么人，出来都得交保，他一个四川人有谁去保他呢？我心里这么一想，就立刻派人去捕房替他运动。还好，捕房不曾查出他什么可疑的案子来，准其交保开释，我便亲到捕房将他保了出来，此刻留在舍下住着。承他的好意，愿意传授我一些儿技艺，我觉得这种有真本领，人品又很正派的人，实不容易遇着，既遇着了岂可当面错过？因此我宁可排除一切的事，专跟着他学点儿技艺。"

盛大听了喜得跳起来问道："王先生在府上，你不能介绍给我见一面么？我也是多年就想亲见这种人物，那日的报我若看见，我也必亲自去讨保。"李九道："要介绍给你见面很容易，只是他不在家的时候居多，他出门又不向人说，我派定了两个当差的专伺候他，他一个也不要。他的举动真是神出鬼没，令人无从捉摸。我四层楼上不是有两个房间，前面一间做佛堂的吗？佛堂后面那间空着没有人住，王先生来时，就选择了那间房，独自住着。我为要跟他学东西，特地在三层楼布置了一间房，王先生上楼下楼，非得走我房中经过不可。我又专派了一个很机警的当差，终日守在楼梯跟前，留心他上下。昨日我还没起床，就问王先生下楼去没有，当差的说没有。我就起来安排上楼去，正在洗脸的时候，忽听得底下有皮靴走得楼梯声响，看时竟是王先生从下面走了上来。我就问王先生怎的这么早出外，王先生道：'我忘记了一样东西在房里，你同我上楼去取好么？'我自然说好，胡乱洗了脸就跟着他上楼。只见房门锁了，王先生从怀中掏出钥匙给我道：'你开门吧！'我把锁开了推门，哪里推得动呢？我自信也有相当的力气，但那门和生铁铸成的一样，休想撼动分毫。离门不远有一个玻璃窗，我便跑到窗跟前，向里面窥看，只见房中的桌椅都靠房门堆栈着，对佛堂的房门也是一样，一个床铺和两张沙发堵了。我说：'这就奇了，前后房门都被家具堵塞，窗门又关闭得紧紧的，先生却从哪里出来的呢？'王先生笑道：'你不用问我从哪里出来的，你只打主意看应从哪里进去？'我说：'这玻璃可以敲破一片，就可伸手进去，把窗子的铁闩开了，开了窗门，还怕不得进去吗？'我当下用衣袖包了拳头，打破了一片玻璃，伸手开了铁闩，以为这窗门必然一推就开了，谁知道也和生铁铸成的一样，仍是撼不动分毫。再看窗子里面，并没得家具堵塞，只得望着王先生发怔。王先生笑道：'你不可以伸进头去，看窗缝里有什么东西吗？'"

不知李九伸进头去，看出窗缝里有什么东西，且俟下回再写。

总评：

在屈师爷闲谈之中，忽又出一周神仙，就其所表演之法术而言，诚有使人惊叹处，且正不易探索其奥秘之所在，讵彼之表演此术，仅以之为进身之阶耳！由是而进诡秘耸听之言，俾其奸谋之得遂，其用心亦良可惧矣。于以知江湖术士之多心术不正之徒，而人之终不可与之亲近也。虽然，数千白金之损失，其于豪富之家，有如九牛之去一毛，又宁足道哉！

龙在田，豁达之士也；张文达，粗鲁之人也。以个性绝不相同之二人，而遽相遇于一处，鲜有不发生龃龉之事，于是乎二人竟以交恶闻矣。唯张文达本为一极平凡之人，一旦为盛大所垂青，有如置身于青云直上，遽两眼高于顶，视他人皆为不足道。其胸襟窄狭至是，毋乃太为可笑乎！龙在田其后之有以小惩之，宜也。

在本回之一回之中，而出品类相同之二人，则即于周神仙之后，复继之以王国桢是。一则固足见江湖术士之特多于上海；再则正亦著者之欲故意卖弄其本领处也。唯周神仙之诡谋，业已败露无遗，人皆知其为歹类；若王国桢，则方为李九钦敬之不遑，正不知其葫芦中卖甚药。唯以其形状之诡秘而观之，似非正人君子之所为，请拭目以观下文也可。

292

第十四回

失衣服张文达丢脸
访强盗龙在田出头

话说李九接着说道："我真个伸进头去，向窗缝仔细看了一会儿说道：'不见有旁的东西，只见有一张半寸宽、三寸多长的白纸条，横贴在窗缝中间，糨糊还是湿的，显然才贴上去不久。'王先生笑道：'就是这纸条儿作怪。你把这纸条儿撕下来，再推窗门试试。'我当即将纸条儿扯下，但是窗门还推不动，即问王先生是何道理，王先生说：'有好几张纸条儿，你仅撕下一张，自然推不动。'我又伸进头去，看四围窗缝共贴了八张纸条，费了好多气力，才把两旁及底下的六张撕了，只剩了顶上的两张，因为太高了，非有东西垫脚，不能撕下。以为仅有上面两张没撕下，两扇这么高大的玻璃门，未必还推不动，拼着将窗门推破，也得把它推开，遂用两手抵住窗门，使尽生平气力。这事真怪得不可思议，简直和抵在城墙上一样，并不因底下的纸条儿撕了，发生动摇。

"王先生见我的脸都挣红了，即挥手叫我让开说道：'我来帮你的忙，把上面的纸条撕了，免你白费气力。'我这时当然让过一边，看他不用东西垫脚，如何能撕到上面的纸条。他的身法实在奇怪，只见他背靠窗户立着，仰面将上半身伸进击破了的玻璃方格内，慢慢的向上提升，就和有人在上边拉扯相似，直到全身伸进去大半了，方从容降落下来，手中已捏着两张纸条对我说道：'这下子你再去推推看。'我伸手推去，已毫不费力的应手开了。我首先跳进房间，搬开堵房门的桌椅，看四围的门缝，也与窗缝一般的贴了纸条，朝佛堂的房门也是一样，只要有一张纸条没去掉，任凭你有多大的气力也休想推动半分。请两位想想，那房间只有两门一窗，而两门一窗都贴了纸条，并且还堵塞了许多家具，当然是人在房中，才能有这种种布置，然布置好了，人却从何处出来呢？"

盛大问道："这王先生为什么故意把门窗都封了，又教你回去开门取东西呢？原来是有意显本领给你看吗？"李九点头道："不待说是有意做给我看的。我是看了报上的记载，亲自去保释他，并迎接到舍下来，拜他为师，恳求他传授我的技艺，然毕竟他有些什么惊人的本领，我一件也不曾亲眼看见。你知道我近年来，所遇三教九流的人物也不少了，教我花钱迎到舍下殷勤款待，临走时馈送旅费，这都算不了一回事。只是教我认真拜师，我于今已是中年以后的人了，加以吸上一口大烟，当然得格外慎重，不能像年轻的时候，闻名就可以拜师，不必老师有真才实学。因此我虽把王先生迎接到了舍下，每日款待他，表示要拜他为师，然跟着就要求他随意显点儿惊人而确实的本领，给我一家人看看。王先生说：'我实在没有惊人的本领，只怪一般不开眼的人，欢喜大惊小怪，随便一举一动，都以为稀奇，其实在知道的人，没一件不是稀松平常的勾当。'我说：'就是稀松平常的勾当，也得显一次给我们见识见识。'王先生道：'这是很容易的事，何时高兴，何时就玩给你们看。'这话已经说过几天了，直到前日才做出来。"

盛大问道："你已拜过师没有？"李九道："拜师的手续是已经过了，但是他对我却很客气，只肯以朋友的关系，传授我的本领，无论如何不肯承认是师徒。"盛大问道："是他不许你接见宾客么？"李九摇头道："不是。我既打算趁这机会学点儿能耐，便不能照平日一样，与亲朋往来。至于王先生本人，绝对没有扭扭捏捏的样子。初来的时候，我以为他要守秘密，不愿意使外人知道他的行踪。他说他生平做事，光明正大，不喜鬼鬼祟祟，世间毫无本领的人，举动行踪倒不瞒人，何以有点儿能为的人，反要藏藏掩掩？"

盛大道："这种人物，我非求见一面不可，你休怪我说直话，你近来不肯见客，固然有一半恐怕耽搁工夫的心思在内，实际未必不是提防

294

见了王先生的人，纠缠着要拜师，将来人多了，妨碍你的功课。你是好汉，说话不要隐瞒，是不是这种心理？"李九笑道："你这话真是以小人之心，度君子之腹。王先生是一个四海为家的人，于今名虽住在我这里，实在一昼夜二十四点钟之中，究竟有几点钟在那间房里，除了他本人，没第二人知道。他初到我家里来就对我说过了，他喜欢住在极清静，左右没有人的房间。他房里不愿意有人进去，他每日不拘时刻，到我房里来坐谈，吃饭的时候，只须当差的在门外叫唤一声，他自会下楼吃饭；若叫唤了不下来，便是不吃饭，或已有事到外面去了。他在此住了一礼拜，每日都是此情形，你说我能介绍人见他么？我提防人纠缠他，又从哪里去提防？"

盛大笑道："你既没旁的用心，就不管他怎么样，且带我到他房里去看看，哪怕见面不说话也行。"李九听了即丢了烟枪起身道："使得，这位张君同去不同去？"张文达道："我也想去见见。"于是李九在前，三人一同走上四层楼。李九回身教盛、张二人在楼口等候，独自上前轻轻敲了几下房门，只听得"呀"一声房门开了，盛大留神看开房门的，是一个年纪约二十五六岁，瘦长身材，穿着很整齐洋服、梳着很光滑西式头发的漂亮人物。此时全国除了东西洋留学生，绝少剪去辫发梳西式头的，在上海各洋行服务的中国人，虽有些剪发穿洋服的，然普通一般社会，却认为懂洋务的才是新式人物。盛大脑筋里以为这王国桢，必是一个宽袍大袖的古老样子，想不到是这般时髦。只见李九低声下气的说了几句话，即回头来叫二人进去。

盛大带着张文达走进房，李九很恭恭敬敬的对盛、张二人道："这便是我的王老师。"随即向王国桢说了二人的姓名。盛大一躬到地说道："我初听老九说王老师种种事迹，以为王老师至少是四十以上的人了，谁知还是这般又年轻又飘逸的人。请问王老师已来上海多久了？"王国桢道："才来不过两个月。"盛大说道："近年来我所见的奇人，所听的奇事，十有八九都是四川人，或是从四川学习出来的，不知是什么道理？"王国桢摇头笑道："这是偶然的事，先生所见所闻的，十有八九是四川人，旁人所见所闻的未必如此。"李九接着说道："这却不是偶然的，也不是他一个人所见所闻如此，即我本人及我的朋友，见闻也都差不多，想必有许多高人隐士，在四川深山之中，不断的造就些奇人出来。"

王国桢笑道："你家里请了教师练武艺，你是一个知道武艺的人，你现在去向那些会武艺的打听，必是十有八九说是少林拳、少林棒，其实你若问他们少林是什么，恐怕知道的都很少。至于究竟他们到过少林寺没有，是更不用说了。因为少林寺的武艺，在两千年前就著名，所以大家拿少林做招牌。四川峨眉山也是多年著名好修道的地方，谁不乐得拿着做招牌呢？我原籍虽是四川人，但是不曾在四川学习过什么，也不曾见四川有什么奇人。"

盛大问道："此刻京里有一个异人，也姓王，名叫显斋的，王老师认识不认识？"王国桢点头道："我知道这个人，你认识他吗？"盛大道："他在京里的声名很大，王公贝勒知道他的不少。前年我在京里，听得有人谈他的奇事，说有一次，有几个显者乘坐汽车邀他们同去游西山，他欣然答应同去，只是教几个显者先走，他得办理一件紧要的事，随后就来。这几个显者再三叮嘱不可迟延，遂乘车驰赴西山，到山底下舍车步行上山，不料走到半山，王显斋已神气安闲的在那里等候。又说有一次，有几个仰慕他的人请他晚餐，大家吃喝得非常高兴，便要求他显点本领看看。他说没有什么本领可显，只愿意办点儿新鲜菜来，给大家下酒，说罢离开座位，走到隔壁房中，吩咐大家不得偷看。过了一会儿，不见他出来，忍不住就门缝偷看，见空中并没人影。约莫等了半点钟光景，只见他双手捧了一包东西，打隔壁房中出来，满头是汗，仿佛累乏了的神气，大家打开包看时，原来是一只鲜血淋漓的熊掌，包熊掌的树叶，有人认得只长白山底下有那种树。可见得他在半点钟的时间内，能从北京往返长白山一次，而从一个活熊身上，切下一只熊掌来，总得费相当的时间，这不是骇人听闻的奇事吗？我当时因听了这种奇事，忍不住求人介绍去见他，他单独一个人住在仓颉庙里，我同着一个姓许的朋友，虽则承他接见了，不过除谈些不相干的时事而外，问他修道炼剑的话，他一概回绝不知道。我听得人说的那些奇事问他，他哈哈大笑，并摇头说：'现在的人，都欢喜造谣言。'他房里的陈设很简单，比寻常人家不同的，就是木架上和桌上，堆着无数的蚌壳。我留神辨认，至少也有二百多种。我问他这些壳蚌有何用处，他也不肯说，只说这东西的用处大，并说全国各省的蚌壳都有。看他谈话的神气，好像是有神经病的，有时显得非常傲慢，目空一切；有时又显得非常谦虚，说自己什么都不会，是一个毫无用处的人。我因和他说不投机，只得跟姓许的作辞出来，以后便不愿再去扰他了，至今我心里对于他还是怀疑。王老师既是知道他这人，请教他是不是真有人家所说的那么大本领？"

王国桢笑道："若是一点儿本领没有，何以偌大一个北京，几百年来人才荟萃的地方，却人人只说王显斋是奇人，不说别人是奇人呢？现在的人固然欢喜造谣言，但是也不能完全无因。即以王显斋的个人行径而论，也不能不承认他是一个奇人，至于听他谈话，觉得他好像是有神经病，这是当然的事，所谓'道不同不相为谋'，一般人觉得王显斋有神经病，而在王显斋的眼光中看一般人，还觉得都是神魂颠倒，少有清醒的。各人的知识地位不同，所见的当然跟着分出差别。"

盛大一面听王国桢谈话，一面留神看门缝，窗缝上的纸条，还有粘贴在上面，不曾撕扯干净的，糨糊粘贴的痕迹，更是显然可见，因指着问王国桢道："请问王老师，何以用这点纸条儿粘着门窗便不能开？"王国桢道："这是小玩意儿，没有多大的道理。"盛大道："我只要学会了这点小玩意儿，就心满意足了。我家和老九家是世交，我和老九更是亲兄弟一样，王老师既肯收他做徒弟，我无论怎样也得要求王老师赏脸，许我拜列门墙。"

王国桢笑道："我在上海没有多久耽搁，一会儿就得往别处去，你们都是当大少爷的人，学这些东西干什么？李先生也不过是一时高兴，是这般闹着玩玩，你们既是世交，彼此来往亲密，不久自然知道他要心生退悔的，所以我劝他不必拜什么师，且试学一两个礼拜再看。"盛大道："倘若老九经过一两个礼拜之后，王老师承认他可学，那时我一定要求王老师收受。王老师此刻可以应允我这话么？"王国桢点头道："我没有不承认的，只怕到了那时，为反转来要求你们继续学习，你们倒不肯承认呢。"盛大见李九的神情，不似平日殷勤，知道他近日因一心要使王国桢信任，不愿有客久坐扰乱他的心里，只得带着张文达作辞出来。

在汽车里，张文达说道："我们以为龙在田必时常到李公馆来，于今李九少爷既不见客，想必龙在田也不来了。"盛大道："溜子的能为比你怎样，我不能断定，不过溜子这个人的手段，外边称赞他的太多，我不想得罪他。他自己高兴来打擂台便罢，他若不来，我们犯不着去激怒他。"

张文达听了，口里不敢反对，心里大不甘服，回公馆找着周兰陔问道："你是认识龙溜子的，你知道他此刻住在什么地方么？"周兰陔笑道："溜子的住所，不但我不知道，恐怕连他自己也不知道。他从来是没有一定住处的，有几个和他最好的朋友，都预备了给他歇宿的地方，他为人喜嫖，小房间也有三四处，看朋友时到了那地方，夜间便在就近的地方歇宿。"张文达道："倘有朋友想会他，不是无处寻找吗？"周兰陔道："要会他倒不难，他的行踪，和他最要好的曾振卿是知道的，要会他到曾家去，虽不见得立时可以会着，然曾振卿可以代他约定时间。你想去会他吗？我可以带你到曾家去。"

张文达道："这小子太可恶了，我若不给点儿厉害他看，他也不知道我是何等人。他既是一个老走江湖的，我与他河水不犯井水，他不应该和我初次见面，就当着我们少爷，说许多讥诮我的话。他存心要打破我的饭碗，我只好存心要他的性命。"周兰陔道："你不要多心，他说话素来欢喜开玩笑，未必是讥诮你。他存心打破你的饭碗，于他没有好处，不问每月送他多少钱，要他安然住在人家公馆里当教师，他是不肯干的。你和他初见面，不知道他的性格，将来见面的次数多了，彼此一有了交情，你心里便不觉得他可恶了。"

张文达仍是气愤愤的说道："这小子瞧不起人的神气，我一辈子也跟他伙不来，我现在只好暂时忍住气，等擂台摆成了，看他来打不来打。他若不来，我便邀你同去曾家找他。总而言之，我不打他一顿，不能出我胸中之气。"周兰陔见张文达说话如此坚决，也不便多劝。

这夜盛大又带张文达出外吃花酒，直闹到十二点钟以后才回。张文达酒量本小，经同座的大家劝酒，已有了几成醉意，加以昨夜宿娼，一夜不得安睡，精神上已受了些影响，这夜带醉上床，一落枕便睡得十分酣畅。一觉睡到天明醒来，蒙眬中感觉身体有些寒冷，伸手将棉被盖紧再睡，但是随手摸了几下，摸不着棉被，以为是夜来喝醉了酒撺到床底下去了，睁眼坐起来向床下一看，哪里有棉被呢？再看床上也空无所有，不由得独自怀疑道："难道我昨夜醉到这步田地，连床上没有棉被都不明白吗？"

北方人夜间睡觉，是浑身脱得精光，一丝不挂的。既不见了棉被，不能再睡，只得下床拿衣服穿，但是衣服也不见了。张文达这一急真非同小可，新做的衣服不见了，自己原有的老布衣服，因房中没有衣箱衣柜，无处收藏，又觉摆在床上，给外人看了不体面，那日从浴春池出来，就交给当差的去了，几日来不曾过问。此时赤条条的，如何好叫当差送衣服来？一时又敌不过天气寒冷，没奈何只好将床上垫被揭起来，钻进去暂时睡了。伸头看房门从里边闩了，门闩毫未移动，对外的玻璃窗门，因在天气寒冷的时候，久已关闭不曾开动，此时仍和平常一样，没有曾经开过的痕迹。张文达心想这公馆里的把式和一般当差的，与我皆无嫌隙，决不至跟我开这玩笑，难道真个是龙在田那小子，存心与我为难吗？偏巧我昨夜又喝醉了，睡得和死了一样，连身上盖的棉被都偷去了。我栽了这么一个跟斗，以后怎好见人呢？从今日起，我与龙在田那小子誓不两立，我不能把他活活打死，也不吃这碗把式饭了，越想越咬牙切齿的痛恨。明知这事隐瞒不了，然实在不好意思叫当差的取自己的旧衣服来，又觉得新做的衣服仅穿了半天，居然在自己房中不见了，大少爷尽管慷慨，如何好意思再穿他第二套？自己原有的旧衣服，又如何能穿着见人？想到没有办法的时候，羞愤得恨不得起来寻短见。

不过一个男子汉，要决意轻生，也是不容易的，禁不得一转念想到将来五百元一月的幸福，轻生的念头就立时消灭了。张文达心里正在异常难过的时候，忽听得远远一阵笑声，接着有脚步声越响越近。张文达细听那笑声，竟有大少爷的声音在内，不由得急得一颗心乱跳，忽然一想不好，房门现在从里面闩着，若大少爷走来敲门，赤条条的身体，怎好下床开门？于今只好赶快把门闩开了，仍躺在垫被下装睡着。他的身法本来很快，溜下床抽开了门闩，回到垫被下面冲里睡着。果不出他所料，耳听得大少爷一路笑着叫张教师，并在门上敲了几下。

张文达装睡不开口，跟着就听得推门进来哈哈笑道："张教师还不快起来，你昨夜失窃了不知道么？"旋说旋伸手在张文达身上推了几下。张文达不能再装睡了，故意翻转身来，用手揉着眼睛问道："少爷怎的起来这么早？我昨夜的酒喝太多了，直到此刻头脑还是昏沉沉的。"盛大笑道："你还不知道么？你的被卧、衣服到哪里去了？"张文达做出惊讶的样子，抬头向床上看了看道："谁和我开玩笑，乘我喝醉了酒，不省人事的时候，把我的衣服、被卧拿去了，少爷睡在上房里，如何知道我这里不见了衣服？"盛大向门外叫道："你们把被卧、衣服拿进来吧！"只见两个当差的，一个搂了被卧，一个搂了衣服走进来，抛在床上自去了。

张文达一见是昨日的新衣服，心里早舒服了一半，连忙穿上下床说道："我昨夜喝醉了酒，忘记闩门，不知是谁，将衣被拿去了，少爷从什么地方得着的？"盛大笑道："你昨夜便不喝醉酒，把房门闩了，恐怕也免不了失窃。你知道这衣服、被卧在什么地方？我昨夜并没喝醉，房门也牢牢的关了，这被卧和衣服都到了我床上，我夫妻两人都不曾发觉，直到我内人起床，才诧异道：'我们床上是哪里来的这些男子汉衣服？还有一床棉被，怎的也堆在我们床上？'我听了起来看时，认得是你的衣服、棉被，再看房门是上了洋锁的，不曾开动，唯有一扇窗门，好像曾经推开过，没有关好。我想这事除了龙溜子没有旁人，我对你说这人不能得罪，你不相信，果然就来与你为难，你瞧你这扇窗门，不是也推开了吗？"

张文达举眼看盛大所指的一扇窗门，仿佛是随手带关的，离开半寸多没关好，正待说几句顾面子的话，只见屈师爷急匆匆走进来说道："老太太不见了一串翡翠念珠，大少奶奶也不见了一朵珠花。"盛大听了只急得跺脚道："珠花不见了倒没要紧，老太太的翡翠念珠丢了却怎

300

么办？"张文达气得哇哇的叫道："少爷不要着急，周把式知道那小子的地方，我就去与他拼命。我不把失掉的东西讨回来，也不活在世上做人了。"盛大摇头道："我当初疑心是龙溜子干的玩意儿，因为独把你的衣服、被卧搬到我床上，好像龙溜子存心和你过不去，于今偷去老太太的翡翠念珠，我内人的珠花，这又不像是龙溜子的举动。我和龙溜子虽没有多深的交情，但是曾振卿和我非常要好，溜子断不至为和你过不去，使我老太太着急。我老太太一生奉佛，乐善好施，谁也知道。溜子初来我家的时候，还向我老太太磕了头，未必忽然这么不顾情面！"

张文达急得脸上变了颜色，险些儿哭了出来说道："少爷这么说来，更把我急煞了，若知道是龙溜子那浑蛋干的，我去捞着了他，不怕讨不回来。少爷于今说不是他，公馆里这多个把式，这强盗却专与我过不去，除了溜子那混蛋，难道还有旁人吗？"屈师爷道："我也疑心这事，不是龙在田干的。他是何等精明能干的人，一般认识他的人，都说他家里很富足，他岂肯在上海做这明目张胆的盗案？他纵然有心与张教师为难，翡翠念珠是我们老太太最珍爱的法物，珠花是我们大少奶奶所有首饰中最贵重的，都与张教师无干。若说因张教师是在公馆里当护院，故意这么干，使张教师丢面子，只须偷去张教师的棉被、衣服，移到大少爷床上，就够使张教师难受了。不为钱财，断不至偷盗这两样贵重东西。"

张文达气得双眼突出，恨声不绝的说道："少爷和屈师爷都说不是龙在田偷去的，我不相信。我此刻就邀周把式同去找他。我这一只饭碗打破了没要紧，老太太和大少奶奶丢掉的东西，不能不找回来。我受的这口恶气，不能不出。我还有一句话得和大少爷商量，我听说上海巡捕房里面，有一种人叫作包打听，这种包打听与县衙门里的捕快一样，查拿强盗的本领极大，倘若昨夜失掉的东西值不了多少钱，或是能断定为龙在田偷去无疑，便用不着去陈报巡捕房，请包打听帮忙，于今我以为非报巡捕房不可。"

盛大道："你是初来上海的人，只知道包打听查拿强盗的本领极大，哪里知道请他们出力是很不容易的。昨夜来的不是平常强盗，所来的决无多人，不能与平常盗案一概而论。这回的案子，不是巡捕房里普通包打听所能破获的。平常盗案，都免不了有四五个同伙的，抢得的赃物，有时因分赃不匀，内伙里吵起来，给外人知道了；有时将赃物变卖，被人瞧出了破绽。并且那些当强盗的，多半是久居上海的无业流氓，包打听对于他们的行动，早经注意，一遇有盗案发生，那般流氓便逃不出包打听的掌握。昨夜这强盗如果是龙溜子倒好了，念珠和珠花尽管拿去了，我相信他是一时有意使你为难，终久是得退回给我的，若报巡捕房就糟了。"

张文达道："少爷不是说他不会干这事吗？因为疑心不是他偷去的，所以我劝少爷报巡捕房。"屈师爷道："如遇到万不得已的事，自不能不去报捕房，不过像昨夜这种盗案去报捕房，外国捕头一定要疑心是公馆里自己人偷的，公馆里的丫头老妈子，不待说都得到捕房里去受严厉的审讯，便是这些把式，恐怕也不免要一个一个的传去盘诘。为的夜间外边的铁门上了锁，有两个巡捕终夜不睡的看守，还有门房帮同照顾，无论有多大本领的强盗，是不能从大门进来的。后门终年锁着不开，并没有撬破的痕迹，强盗从何处进来呢？外国人不相信有飞檐走壁的强盗，报了巡捕房还是我们自己倒霉。"张文达道："这情形我不明白，既是如此，报巡捕房的话就无须说了。我就去找周把式，请他引我去会了龙在田再说。"说着就往外走。

盛大喊道："且慢！就这么去不妥当。于今东西已经偷去了，我们也不用着忙，且把主意打定再去，免得再闹出笑话来。"张文达见这么说，只得止步回头，问如何打定主意？盛大也不答话，只叫人把周兰陔叫来。周兰陔一见盛大，即打跧请安说道："少爷白花钱养了我们这些不中用的饭桶，强盗半夜跑到公馆里来，盗去极值钱的东西，并且使老太太和大少奶奶受惊。我们这些饭桶，真是惭愧，真是该死！"

周兰陔这番话，说得张文达脸上红一阵紫一阵，只恨房中没有地缝可钻入。盛大连忙说道："这事怪你们不得，你们虽负了护院的责任，不过这强盗的本领非同小可，照昨夜那种情形，听凭怎样有本领的人当护院，除却有前知的法术，便无处提防。我夜间睡觉，素来最容易惊醒，房中一有人走得地板响动，我少有不知道的，有时就轻轻的撩我的帐门，我也惊醒转来。昨夜强盗到我房中，将张教师的衣服、被卧安放在我床上，我竟毫不知觉，这强盗的本领就可想而知了。我此刻找你来商量，龙溜子昨日上午在这里，我正陪着他谈话，凑巧张教师从外边回来，我知张教师前天出外，是和你同去的，一夜不曾回来，我便猜想你们必是玩姑娘去了，张教师和我见面的时候，随口向他开了两句玩笑，接着介绍他与溜子见面，张教师还没回来的时候，我已把在张园相遇的情形，向溜子说了。不料溜子与张教师谈话不投机，各人抢白了几句，我知道溜子轻身的本领是很有名的，不由得疑心他是蓄意与张教师过不去，所以将张教师的衣服、被卧移到我床上，一面丢张教师的脸，一面使我知道。后来听说老太太不见了翡翠念珠，我少奶奶也不见了珠花，我又觉得龙溜子不会在我家里干出这种事来。你和溜子有多年交情的，你觉得这事怎么样？"

周兰陔沉吟了一会儿道："这事实在是巧极了。昨日张教师因受了溜子的奚落，缠着要我引他去找溜子图报复，溜子为人也是气度小，受不了旁人半句不好听的话。若专就这偷衣被的情形看来，不用疑心，一定是溜子干的。但是溜子无论怎样气愤，也不至动手偷老太太、少奶奶的东西。我刚才去向老太太请罪，已在房中仔细侦察了一遍，房门没有开动，窗户外边有很密的铁柱，又有百叶门，里面有玻璃门，溜子轻身的本领虽好，然我知道他巧妙还不到这一步。少爷房里和这间房里，溜子是容易进来的，这事我不敢断定是他干的。不过如果是他干的，我去会他时，谈起来自瞒不了我。我知道溜子的性格，无处不要强，事情是他做的，哪怕就要他的性命，他也不会不承认，只对不知道他的人不说罢了。"

张文达道："我原打算请你带我同去的，因大少爷要和你先商量一番，于今既商量好了，我们便可前去。"周兰陔道："你现在和我同去却使不得，这事若果是他干的，你可不要生气，完全是为有你在这里当护院的缘故，你一和他见面，不把事情更弄僵了吗？"张文达忍不住双眉倒竖起来嚷道："我不管事情僵不僵，他既跟我过不去，我就不能不使点儿厉害给他看。我真打不过他时，哪怕死在他手里也甘心。"

周兰陔摇头道："你去找他报仇，又是一桩事，我此去是为侦察昨夜的事，究竟是不是他干的？万一不是他干的，你见面三言两语不合，甚至就动手打起来，打到结果，他还不知道有昨夜的事，岂不是笑话吗？"盛大道："周把式的话不错，你就去看他是如何的神情，再作区处。"说着，自进里面去了。

盛大去后，公馆里所有的把式都走了来，一个个笑嘻嘻的问张文达昨夜不曾受惊么。张文达气愤得不知如何才好，人家分明是善意的慰问，心里尽管气愤，口里却不能再说出夸大的话来。

大家用过早点之后，周兰陔独自走到曾振卿家来，只见曾振卿正在亭子楼中，和龙在田说笑得十分高兴，见周兰陔进来，连忙起身让座。曾振卿笑问道："听说你们公馆里，新近花五百块大洋一月，请了一个张教师。你们大少爷非常敬重他，每日带他坐汽车吃花酒，并给他换了一身新的绸绫衣服，你们同在公馆里当把式，看了也不难过吗？"周兰陔乘机笑道："难过又有什么办法？我自己只有这种本领，就只能受东家这种待遇。一个人的本领大小，岂是可以勉强得来的吗？"

龙在田笑问道："你们那位阔教师，今天怎么样，没有出门么？"周兰陔知道这话问得有因，即指着龙在田的脸大笑道："昨夜的勾当，果然是你这缺德的干出来的，你真不怕气死他。"曾振卿笑道："这事是我怂恿溜子干的，今早起来，你们公馆里是如何的情形，你说出来给我们开开心。"

周兰陔将早起的情形，细说了一遍道："我们大少爷本疑心是溜子干的。"龙在田不待周兰陔说下去，急跳起来问道："怎么说呢？你们老太太昨夜丢了一串翡翠念珠吗？大少奶奶也不见了珠花吗？你这话真的呢，还是开玩笑的呢？"周兰陔正色道："这般重要的事，谁敢开玩笑！据我们大少奶奶说，珠花不过值三四千块洋钱，算不了什么；那串翡翠念珠，计一百零八颗，没有一颗不是透绿无瑕的，曾有一个西洋人见了，愿出十万块洋钱买去，老太太说，休说十万，就有一百万块钱，全世界也找不出第二串来。"龙在田急得连连跺脚道："这还了得，我这回开玩笑，竟开出这么大乱子来，我如何对得起他们老太太？我龙在田就要抢劫，就穷困死了，也不至去抢盛老太太的贵重东西。"

曾振卿在旁也惊得呆了。周兰陔道："我们大少爷和我也都觉得这事不像是你溜子干出来的，不过事情实在太巧了，怎么不先不后就有这个能为比你还大的人，给你一个马上打屁，两不分明呢？"曾振卿道："既然出了这种怪事，我两人今天倒非去盛家走一趟不可。我们去把话说明白，并得竭力替他家将这案子办穿才好。不然，像兰陔和我们有交情，知道我们的品行还罢了；在不知道你我的人，谁肯相信你不是见财起心，顺手牵羊的把念珠、珠花带了出来？"

龙在田点头道："我一定要去走一趟，不过这事倒使我真个为难起来，据我想做这案子的，必是一个新从外道来的好手，并且是一个独脚强盗，表面上必完全看不出来。"周兰陔道："这是从何知道的？"龙在田道："盛公馆里面，值钱的东西，如珠翠、钻石之类，谁也知道必是很多的，这强盗既有本领，能偷到这两件东西，难道不能再多偷吗？这种独脚强盗的行径，大概都差不多，尽管这人家有许多贵重东西，他照例只拣最贵重的偷一两件，使人家好疑心不是强盗，甚至误怪家里的丫头、老妈子，他便好逍遥法外。这种强盗是从来不容易破案的。昨夜倘若不是有我去与张文达开玩笑，他老太太和大少奶奶，还不知道要到什么时候才发觉不见了这么贵重的东西；便是发觉了，也决不至就想到有大盗光临了，因为门窗关好了不曾动，各处都没有被盗的痕迹，不疑心丫头、老妈子却疑心谁呢？若是上海在圈子里面的朋友做的案子，不问是哪一路的人，我都有把握可以办活。"

周兰陔道："本埠圈子里的朋友，不用说没有这样本事的人，便有也不会到我们公馆里下手。你们两位肯去公馆里看看很好，并不是为去表明在田哥的心迹，这事非有两位出头帮忙，是没有物还故主希望的。"曾振卿问道："你们少爷没打算报捕房么？"周兰陔道："张文达曾劝我们少爷报捕房，少爷不肯，我们大家也不赞成。"龙在田道："我们就去吧，和你们少爷商量之后，好设法办案。"三人遂一同出门到盛公馆来。

周兰陔在路上对龙在田说道："张文达那饭桶，因料定他的衣服，是你偷搬到大少爷床上去的，咬牙切齿的要我带他来找你算账。我和大少爷都断定你不至偷老太太的东西，不许他同来。于今你到公馆里去，免不了要与他会面。他是一个尽料的憨头，若证实了是你使他栽这么一个跟斗，他一定非和你拼命不可。我觉得你犯不着与他这憨头反对，最好昨夜搬衣被的事，不承认是你干的，免得跟他麻烦。"

　　龙在田笑道："我若怕他麻烦，也不是这么干了，谁去理会他？我去与他没有什么话说，无所谓承认不承认。他是识相的不当面问我，我自然不向他说；他不识相时，我自有方法对付他。"曾振卿笑道："你到于今还不知道溜子的脾气吗？你就把刀搁在他颈上，教他说半句示弱的话是不行的。"周兰陔便不再往下说了。

　　不一会儿到了盛公馆，只见盛大少爷正陪着一个朋友在客厅里谈话。周兰陔认识这朋友姓林名惠秋，浙江青田人，在上海公共租界总巡捕当探目，已有七八年了，为人机警精干，能说英国话，在他手里破获的大案、奇案最多，英国总巡极信任他。起初不过跟一个包探当小伙计，供奔走之役，因为很能办案，七八年之间，渐次升到探目，在他部下供差遣的伙计，也有一百多人。他又会结交，凡住在租界内有钱有势的人，无不和他有来往，每逢年节所收各富贵人家送他的节钱，总数在五万元以上。至于办案的酬劳，及种种陋规收入，平均每月有四五千块钱，然而表面上他还有正派不要钱的美名。与他资格同等的人，收入确实在他之上。他与盛大已认识了三四年，过年过节及盛公馆做寿办喜事，他必来道贺，并派遣巡捕来照料。

　　这日周兰陔动身会龙在田去了之后，盛大到老太太房里，见老太太因丢了念珠，心中闷闷不乐，盛大更觉着急，暗想报捕房无益，反惹麻烦，不如打个电话，把林惠秋找来，托他去暗中探访，或者能得着一点儿线索也未可知。主意已定，便亲自摇了个电话给林惠秋，林惠秋立时来了。盛大将早晨发觉被盗的情形说了，并带林惠秋到自己房中及老太太房中察看了一遍，回到客厅里坐下说道："这是一桩最棘手的案子，不瞒你大少爷说，最近一个礼拜之内，像这样的大盗案，经我知道亲去勘查过的，连府上已有十七处了。捕房因一件也不曾办活，不仅妨碍地方治安，并关系捕房威信，暂时只好极端秘密，现在全体探员昼夜不停的查访。"

盛大惊讶道："这强盗如此大胆吗？那十六桩盗案都曾报告捕房吗？"林惠秋摇头道："没有一家向捕房报告，都是自家不愿张扬出来，各人暗托有交情的探员，或有声望的老头子，明察暗访。我为这强盗猖獗得太厉害，就是总巡没有命令，我不知道便罢，知道就不能不亲去勘查一番。看这十七家的情形，毫无疑虑是一个强盗干出来的。"

话才说到这里，周兰陔引着曾、龙二人进来。他知道林惠秋的地位，恐怕龙在田不认识，随便说出与张文达开玩笑的话来，给林惠秋听了误认作嫌疑犯，遂首先给曾、龙二人介绍，将林惠秋的履历说出来。林惠秋因自己事忙，又见有生客到来，即作辞走了。盛大送到门口转来，龙在田问道："他是捕房的探目，怎么不在这里多商量一番。"盛大道："他说近来一礼拜之内，和我家一般的这种盗案，共有十七处了。你看这强盗不是胆大包天吗？"

龙在田对盛大作了一个揖道："对不起，我昨夜凑巧和府上的张教师寻开心，将他的衣服、被卧，一股脑儿送到你床上，那时正是半夜一点钟的时分，我一分钟也没停留，就回到吴兴里睡了。方才兰陔兄到我们那里，始知道竟有人在我之后，偷去很贵重的东西，我此刻到这里来，一则必须对你把话说明白，以免老太太恼恨我龙溜子无人格，外面和人做朋友来往，探明了道路，黑夜即来偷盗；二则我和振卿对于这案子，情愿竭力踩缉，务必将案子办穿。"

盛大也连连作揖道："两位大哥的好意，我非常感激。至于恐怕我老太太疑心龙大哥，是万无此理的。龙大哥是何等胸襟，何等身份的人，我们岂待表白。昨夜所失的，若是旁的对象，哪怕值钱再多，我也不打算追究了，无奈那念珠是我家老太太平日爱不释手的，自从发觉失了之后，今天简直不见她老人家有笑容，因此我才用电话把林惠秋找来。据林惠秋说，近来已出了十七桩这种盗案，可见舍间这番被盗，与龙大哥昨夜的事毫无关系。不过这个强盗，非寻常强盗可比，林惠秋在总巡捕房，虽是一个有名的探目，我恐怕他还没有破获这强盗的能力。两位大哥肯出力帮忙，是再好没有的了。"龙在田道："办这种奇离的案子，全看机会怎样，倒不在乎办案的人本领如何，机会凑巧时，破获也非难事。"

曾、龙二人当时细问了念珠和珠花的式样，并在老太太房间四周及房顶细看了一遍，竟看不出一点儿痕迹来。龙在田便对盛大说道："这案子竟使我毫无头绪，只得去找几个本领大，交游宽的朋友商量，有了头绪再来给你回信。"说毕和曾振卿作辞出来。

盛大送出门外，恰好张文达从外面回来，一见龙在田从里面走出，仇人见面，不由得圆睁两眼望着龙在田，满心想上前去质问一番，因在马路旁边，觉得不便。加以昨夜的事，张文达心里尚不敢断定是龙在田干的，不得不勉强按捺住火性，横眉怒目的见龙在田大摇大摆着走了，才走进公馆赶着盛大少爷问道："溜子对少爷如何说，他抵赖不是他干的么？"

盛大此时对张文达，已不似前几日那般钦敬了，当即鼻孔里笑了一声答道："好汉做事好汉当，龙溜子是江湖上有名的好汉，他做的事怎肯抵赖。"张文达问道："老太太的念珠和大少奶奶的珠花，他送回了没有呢？"盛大道："那东西不是他偷去的，如何能由他送回来？"张文达道："昨夜的事，果然不是他做的么？少爷的见识真了不得，亏了周把式阻拦我，不教我同去，不然就得闹出笑话来。"盛大笑道："去了也没有什么笑话，东西虽不是他偷的，你的衣服、棉被，却是他和你寻开心，搬移到我床上去的。"张文达脸上陡然气变了颜色说道："他曾亲口对少爷说是他干的么？"盛大道："他觉得对不起我，向我道歉。"

张文达不待说完，气得掉头往外就跑。盛大知道他是去追赶龙在田，恐怕他追上了，在马路上打起来，双方都被巡捕拿到捕房去，两下的面子都不好看，连忙高声呼唤："张教师转来。"张文达只顾向前追赶，两耳仿佛失了知觉，盛大这一高声呼唤，张文达虽没听得，却惊动了这些把式，一齐奔上前来问什么事。盛大道："张教师追赶龙在田去了，你们快追上去将他拉回来，明白说给他听，上海马路上不能打架。"

这些把式听了哪敢怠慢，一窝风也似的往前追赶。追到半里远近，只见张文达满头是汗的走回头来，见了众把式唉声叹气的说道："那可恶的忘八蛋，不知逃往哪条路上去了？不见他的踪影，马路上过路的人，倒大家把我望着，更可恶的是前面有一个巡捕，将我拦住，问我为什么这么乱跑。我见追赶不上，只得暂时饶了那忘八蛋。"众把式道："幸亏你没追上，你不知道租界马路上不许人打架的么？你若追上了龙溜子，不是有一场架打吗？那时对不起，请你进巡捕房里去，不坐西牢就得罚钱。"

张文达道："难道巡捕房的外国人不讲理吗？我没有犯法，倒要我坐牢，罚我的钱，姓龙的半夜偷进我的卧房，倒可以不坐牢、不罚钱吗？"众把式道："那又是一回事，巡捕房不管。租界的规矩，不许有人在马路上打架，打架两边都得拿进捕房，一样的受罚。大少爷就怕你上当，特地叫我们追上来。"张文达没得话说，只得怀着一肚皮的怒气，同回公馆。

盛大从这日起，因心里不快活，每日去外面寻开心，也不带张文达同去。盛公馆的人，见大少爷终日不在家，对于摆设擂台的事，虽还不曾搁下，但都不甚踊跃。张文达看了这情形，心里越发难过，但是又不敢向盛大催问，只能问屈师爷和周兰陔，擂台还是摆也不摆？屈、周二人一般的答道："公馆里出了这种大盗案，还没有办出一点儿线索来，老太太闷得什么似的。大少爷每日为办这案子，奔走不停，哪里更有闲心来摆擂台？不过报上的广告登出去了，捕房也办好了交涉，摆总是要摆的。"张文达只要擂台仍有摆的希望，便不能不耐着性子等候。

光阴易逝，不觉已过了一个礼拜。这日盛大刚用了早点，安排出外，门房忽报龙在田来了。盛大心想他来必有消息，忙迎出客厅来，只见张文达正在揎拳捋袖的厉声对龙在田道："我与你有什么仇恨，你存心这般害我丢人。我也找不着你，难得你自己到这里来，你不和我说个明白，哼！对不起你，请你来得去不得。"

盛大向两人中间将双手一分说道："这事已过去多久了，不用说了吧！"张文达急得暴跳嚷道："不行，不行！我这跟斗太栽得厉害了。"

309

龙在田反从容不迫的笑道："张师爷，请息怒，有话好慢慢儿说。我若是害怕，也不上这里来了，你要干文的，或要干武的，我都可以答应你，忙什么呢？大少爷请坐，他独自闷在肚子里气的难过，索性让他和我说明白倒好。"

张文达问道："干文的怎么样，干武的怎么样？"龙在田道："文的是你我各凭各的能耐，选定时候，选定地方，决个胜负；武的是你我两人都得站在不能移动脚步的地方，凭证两方的朋友，一个一刀对砍，谁先躲闪谁输，谁先倒地谁输。"

张文达听了这武的干法，倒吓了一跳问道："世间有这样笨干的吗？"龙在田笑道："你说这干法笨吗？这办法再公道没有了。两人都不许移脚，不许躲闪，输赢一点儿不能含糊，不像干文的有腾挪躲闪可以讨巧。你不相信世间有这种笨干法，我不妨拿点真凭实据给你看看。"边说边解衣，脱出上身赤膊来笑道："你看我这身上有多少刀瘢？"

张文达和盛大两人看了他这赤膊，都不由得吐舌，原来两肩两膀及胸膛，大小长短的刀瘢，纵横布满了，长大的从刀缝里生出一条紫红色的肉来，凸起比皮肤高出半分，短小的便只现出一条白痕。盛大指点着数了一数，竟在一百刀以上，问道："你被人砍这么多刀，还不倒地吗？"龙在田道："我生平和人干这个，已有二十多次了，头颈上大腿下还多着呢！生平只见一个狠手，他砍了我七十一刀。"盛大问道："你砍他多少呢？"龙在田道："我也砍他七十一刀，到七十二刀时他不能动了，我还是走回家，自己敷药。这是我湖南上四府人最公道的决斗法，最好钉四个木桩在河中间，坐划船到木桩上去，每人两脚踏两个木桩，凭证的朋友坐在划船上看杀，谁躲闪便谁先下水。"

张文达道："这干法不好，我跟你干文的。"龙在田哈哈笑道："我也知道你只够干文的，那还不是现成的吗？你于今正要摆擂台，我随便什么时候，到台上来送给你打一顿好了，不过我现在还有话和你说，你在这公馆里拿五百块洋钱一个月当护院，我把你的衣服、被卧移动一下，并不曾偷去，你倒拼死拼活的要找我见个红黑。这公馆里老太太、少奶奶被盗偷去值十多万的珠翠，你反安闲得和没事人一样，当汉子的应该如此吗?"

张文达羞愧得涨红了紫猪肝色脸说道:"我心里正急得和油煎火烧一般,哪里还有一时半刻的安闲?无奈我初到上海来,对这种强盗,简直摸不着门路,我也没有法子,我若知道那强盗的下落,我还能顾自己的性命,不去捉拿他么?"龙在田点头笑道:"你这倒是老实话,我于今知道那强盗的下落了,你肯拼着性命去拿么?你我说了话要作数的,如果你的性命没拼掉,却给强盗走了,便不能算是你拼着性命拿强盗。"

张文达想了一想道:"我是不能上高的,倘若那强盗不和我交手,见面就上高走了,却不能怪我不拼命。"龙在田道:"我们不是不讲情理的人,只要你不贪生怕死,便有办法。"张文达问道:"你知道那强盗现在哪里?请你带我去拿他,看我是不是一个怕死之徒。"龙在田道:"你不用忙,此刻还早,我们去拿的时候,再给信你,对不起你,请你去外面坐坐,我因有话和你大少爷商量,除你大少爷以外,不能有第二个人听。"

张文达忽然现得很欢喜的对龙在田连作几个揖道:"你龙爷能把这强盗查出来,带我去捉拿,我心里真快活,以后无论你龙爷教我怎样,我都是心甘情愿的。"说毕几步跑出客厅去了。龙在田点头笑道:"这是一条可怜的牛,只能用他的气力,除了气力是一点儿用处没有。"

盛大问道:"听你刚才说话的口气,好像已经查出下落来了,究竟事情怎么样?"龙在田叹了一口气道:"这强盗的本领实在太大了,我虽已自觉的确不错,但还不敢下手,不过我已布置了不少的人在那强盗附近,今日就得请你同去捉他。"盛大慌忙一躬到地说道:"谢谢你。这事我心里感激,口里倒没有话可说。你知道我手上一点儿功夫没有,不但不能帮着动手捉拿强盗,恐怕有我在旁边,反而妨碍你们的手脚。"

龙在田摇头道:"这事你也用不着谢我,实在合该那强盗倒霉,凑巧与我同在那一夜到这公馆里来,使我不能不管这回事,若不然,直到明年今日也不会破案。请你同去,并不是要你帮同动手捉拿他,只因那强盗所住的地方,非有你不能进去。"盛大听了诧异道:"这话怎么说?究竟那强盗是谁,住在哪里?何以非我不能进去,难道是本公馆的人偷了么?"

不知龙在田说出什么强盗来，且俟下回再说。

总评：

  于周神仙、王国桢二人之外，本回中复又述及一王显斋，正见四海之内，所谓奇人者，固无处蔑有。虽然，吾于此窃有说焉，则即此奇人也者，其所作所为，果有丝毫能裨益国家者乎？果能运筹帷幄，为国家一御强敌者乎？若其未能也，徒为一种游戏神通，而供一般达官贵人酒后茶余谈笑之所资，则吾人又何贵乎此奇人焉。

  张文达，固盛宅所延之护院，用以备盗贼之来侵犯者也，月致薪金五百，其待遇不可谓不厚。乃一旦一宵人入室，悉将其被卧、衣服席卷而去，而彼仍酣睡未之觉，其于防范一道，未免太为疏忽，洵属丢失颜面之至。当盛大持所窃去之衣被而来，在外扬声呼之之时，正不知其何以为情也。虽然，试一究此事之所由来，则固龙在田之所为，用以报复其傲慢之态者，诚可谓为妙极一时之恶作剧。然而龙、张二人本领之高下，固于此而可立判矣。

  在盗去张文达被卧、衣服之际，同时复有翡翠念珠与珠花之失去，此诚为出人意料之外者。谓亦属龙在田之所为耶？则其事固绝不类，谓非龙在田之所为耶？则其情又有可疑，惝恍迷离，莫此为甚。固不仅案情复杂已也，于是乎龙在田乃不得不自告奋勇，而以缉访是案主犯自任矣。虽然，试一究其实，则皆著者之故弄狡狯，作是迷离之局，用以引一般读者之步步入胜耳！而读者亦正以其情节之新奇，竟身入彀中而不自觉也。嘻！良足称矣。

  龙在田提出文干、武干之二法，可谓趣人趣事。而能袒一身以相示，刀痕历历皆是，尤足见其所举者确为事实，非徒为一时之大言，良足使张文达为之气慑而却步。虽然，似此凶悍残酷之举动，而谓其为确出之于人类之手，直令人不敢见信耳。

第十五回

逢敌手王国桢退赃
报小仇张文达摆擂

　　话说龙在田听了不住的摆手道："不是，不是！若是本公馆里的人偷了，如何用得着捉拿？那强盗是你认识的人，并且你心里极钦仰的人，你能猜得出么？"盛大想了一想，低声问道："难道就是张教师吗？"龙在田哈哈大笑道："你越猜越离经了，论人品他不至如此，论本领也不能如此。我和几个朋友，费了七夜的工夫，才查出那强盗姓王名国桢，原来就住在李九少爷公馆里。"盛大听到这里，不由得"哎呀"一声说道："是他吗？李九不是要求拜他为师，他还推辞不肯的吗？我就在出事的那天白天里，曾见了王国桢一面，听他说了很多的话。我觉得他不但是一个上等人，并且佩服他是一个有道法、有神通的人，何以竟会做强盗呢？你是用什么方法查出来的，靠得住么？"

　　龙在田笑道："这是好玩的事吗？靠不住我怎敢乱说。在一个礼拜以前，有一日我独自去看李九爷，那门房阻拦我，说九爷有事不能见客。我当时并没要紧的事，原可不与李九爷会面的，但因那时曾听得有人说，李公馆里来了一个剑侠，收李九爷做徒弟，正在传授剑术，我听了不相信，所以到李公馆去。见门房这么说，我便向门房及李家当差的打听，好在他家的人，对我的感情都还好，将那剑侠王国桢的来历举动，一一说给我听，并说就在这日还显了一种很大的本领，能将几张三寸来长的纸条粘贴在门缝上，门即和生铁铸的一样，任凭有多大的气力，不能推动半分。我问他们是否亲眼看见，他们都说确是亲眼看见的。我这日虽没见着李九爷和王国桢，只是心里总不免怀疑这王国桢的行径，心想他若真是一个剑侠，为什么要那么藏头露尾的，被捕到巡捕房里去？住在客栈里，无端现出些可疑的举动来，是何用意呢？这时我已疑心他不是一个正路人物。自从府上的念珠、珠花被盗之后，我一面派人四处密访，一面亲访彭庶白，邀庶白到一新商号去会柳惕安，问柳惕安认不认识王国桢？柳惕安说不认识。我把王国桢在客栈里的情形说出来，柳惕安道：'这人恐怕是一个在江湖上行术卖道的，不然便是一个黑道上的朋友。'我随将府上被盗的事说给他听，他笑道：'盛大少与李九爷是一样的大少爷脾气，我若是王国桢一样的人，早已搬到他盛公馆里住了。因为我不与王国桢一样，盛大少爷便懒得和我来往了。'"

盛大听了笑道："我何尝是懒得和他来往，他懒得与我来往也罢了！"龙在田道："我便说：'倘若有你住在盛公馆里，他老太太的念珠，大少奶奶的珠花，也不至被人盗去了。于今我很疑心王国桢不是个好东西，打算破几昼夜的工夫，暗地侦察他的行动。不过明知道他的能为比我高强得多，我一个决对付不了，求你冲着盛大爷的面子，出头把这案子办穿。'柳惕安真不愧是个义侠汉子，当即慨然答应道：'他这种举动，败坏剑侠的声名，我不知道便罢了，知道是万不能放他过去的，但是我们得十分小心，不可打草惊蛇，给他知道了。'庶白道：'你两人在暗中侦察他的举动，我还可以助一臂之力，求李九介绍去拜他为师，每日去与他盘桓，也或者能看出些破绽来。'我说：'你愿意去做个内应，是再好没有的了。'当下商议好了，即各自着手侦察。"

"最初三日，我和柳惕安都不曾查出什么来，只庶白对我们说，他第一日去会李九，名片拿进去又退出来，一连三次，李九被缠不过才见了。庶白见面便正色说道：'我一向把你老九当一个血性朋友，和亲哥子一般恭敬，谁知你竟是一个专讲自私自利的人。'李九听了诧异道：'我何尝干过自私自利的事，你不要这么胡乱责备人。'庶白道：'你还不承认是自私自利吗？你拜了一个剑侠做老师，为什么关了门不见客？你与我交朋友这么多年，岂不知道我的性格？我是多年就希望遇见剑侠，而始终遇不着的，这话也常对你谈过。你既有这种遇合，就应该使

314

人通知我才对，何以我来了，你还挡驾不见呢？你这不是自私自利是什么？'李九笑道：'你为这事责备我自私自利，真是冤枉透了。我至今尚不曾拜师，你只知道剑侠不容易遇着，哪里知道就遇着了，要他肯承认你是他的徒弟，比登天还难呢！'庶白道：'这道理我也知道，我早已听人说过，他们收徒弟选择甚苛，完全看各人的缘法怎样。也许我的缘法比你更好，他不肯承认你，难道也跟着不肯承认我吗？总而言之，他若一般的不肯承认，果然与你无损，便是肯收我做徒弟，也只与你有益。你何妨引我去见他，并帮着我说几句求情的话呢！'李九不能推诿，只得带庶白见了王国桢。

"庶白因知道王国桢在客栈里每天叫姑娘的事，见面谈了一番客套话就说道：'我要在王老师面前放肆，说句无状的话，王老师能不见责我么？'王国桢见庶白很活泼精明的样子，倒显得非常投契的问道：'彭先生有话，请不客气的说。'庶白道：'我今天虽是初次见王老师，但是心里钦仰已非一日了，我想请王老师喝一杯酒，不知请到堂子里，王老师肯不肯赏光？'王国桢笑道：'彭先生用不着这么客气，不过同到堂子里去玩玩，我是很高兴的。'李九道：'我以为老师不愿意到那一类地方去，又恐怕耽误我自己的时间，所以一向没动这念头。'王国桢道：'我为什么不愿意去？我最欢喜的便是那一类地方，不过不容易遇见一个称心如意的姑娘罢了。'这日就由庶白做东，请王、李二人，还邀了几个不相干的陪客在堂子里玩了一夜。第二日便是李九做东，明日应该轮到我了。我不曾在上海请过花酒，不知道一次得花多少钱。李九道：'老师不须问多少钱，尽管发帖做东好了。'王国桢道：'那太笑话了，我做东自然得我花钱，你只说得多少钱够了，我好去拿钱来。'庶白说：'有六七十块钱够了。'

"王国桢点了点头，伸手将姑娘房中西式梳妆台的小抽屉抽了出来，把抽屉内所有零星对象倾出，从怀中取出一个小日记本，用铅笔在一页纸上写了几个草字，庶白不认得写的什么，只见王国桢将这纸撕下来，纳入小抽屉内，仍旧推入梳妆台，回头对庶白笑道：'我此刻玩一个把戏你看，你知道我刚才这番举动是干什么吗？'庶白道：'不知道。'王国桢道：'这梳妆台是我存款的银行，刚才这张纸条，便是我签的支票。你说六七十块钱够了，我就只支取七十元，你去取抽屉看看，七十元已支来了没有？'庶白即起身扯出那抽屉看时，见那纸条还依然在内，并不见有洋钱钞票。

"李九和几个姑娘也争着凑近身来看，大家笑道：'王老师使的是一张空头支票，退回来了，没支得一个钱。'王国桢哈哈笑道：'这还了得！这台我怎么坍得起，你们不要动，再把抽屉关上，非按款支来不可。'庶白留神看那页纸上，好像是画的一道符，形式与平常道士所画的符相仿佛，并没一个可以认得出的字，遂将抽屉关上。李九躺在烟炕上烧了一筒鸦片烟，递给王国桢道：'老师的神通虽大，拿着这鸦片烟恐怕也奈不何。'王国桢问怎样奈不何，李九道：'不吸烟的人，吸一两口便醉，老师能多吸吗？'王国桢一手接过烟枪，一手从烟盘中端起装烟的盒子看了一看笑道：'这里没有多少烟，也显不出我的神通来，算了吧，若是烟多时，我却不妨试给你们看，看究竟是我奈不何烟呢，还是烟奈不何我？'李九不信道：'这盒子里的烟，已有二三两，这地方还怕没有烟吗？老师有神通尽管显出来吧！'

"王国桢真个躺下去就吸，李九接着又烧，有意装就比指头还粗的烟泡，递给王国桢吸。王国桢和有瘾的人一样，哗哗的连吸了七八筒，彭、李二人及姑娘们看了无不诧异。庶白问道：'王老师平日莫是欢喜玩这东西么，不然如何能吸这么多口呢？'王国桢道：'刚吸了这几口算什么，再吸下给你们看，你们才知道我的烟瘾，比谁都大。'李九既安心要把王国桢灌醉，烟泡越烧越长大，越装越迅速，不过一点多钟时间，已将二三两烟膏，吸个干净。李九叫姑娘再拿烟来，王国桢跳起来笑道：'够了，够了！不可再糟蹋烟了。彭先生请开抽屉看支票又回头没有？'

"庶白拉开抽屉看时，不由得吓了一跳，果见抽屉里面有一卷钞票，那页画符的纸条，已不知去向了。大家看了齐声说怪，王国桢取出钞票来，当众点数，恰是七十块洋钱。庶白将这些情形，告知我和柳惕安，我们知道这夜是王国桢做东请酒，夜间无人在家，我两人商量偷进他房中去查看，不料门窗都不得开，我不能进去。柳惕安不知用什么方法，我一眨眼之间，便见他在房中敲得玻璃窗响。我教他将门缝中的纸条撕下，打开门让我进去，他摇手说使不得，他独自在房中翻了一阵，忽听得下面有楼梯声响，我也不敢向柳惕安招呼，只得顺手将房中电灯扭熄，从晒台跳上屋顶，细看柳惕安也到了屋上。我问他查了赃物没有，他说这东西必是一个积盗，房中简直查不出一件证据。次日庶白故意到王国桢房中，探听他已否察觉有人到他房里搜查。还好，他并不曾察觉。

"昨夜我和柳惕安第二次到李公馆，才发现王国桢独自在房中使用搬运邪术，偷盗人家的东西。说也奇怪，我和柳惕安同在外面偷看，我见房中只有一盏黄豆般大的油灯，放在方桌中间，灯旁放一个洗脸的白铜盆，此外一无所见。柳惕安却看见王国桢在那里使法，并看见他偷得一小包袱的东西，藏在天花板内，从房门数过去的第七块天花板，有半截被拔去了铁钉，可以移动，府上的念珠、珠花，大概也藏在这里面。我与柳惕安、庶白商量，既经查实了王国桢有强盗的行为，又知道了他藏匿赃物的所在，尽可以动手捉他了，只是还恐怕他见机逃走，约定了庶白趁早仍到李家去。惕安自去邀几个帮手，在李家左右前后守候，我便到你这里来，请你自己打算，应如何下手去捉他。"

盛大听到这里，不觉倒抽了一口冷气道："真是古人说得好，知人知面不知心。像王国桢这样漂亮的人物，居然会做起贼来。我们去捉他不打紧，但是如何对得起老九呢？"龙在田道："这些事与李九毫不相干，有什么对他不起？"盛大道："你我自能相信这些事，与老九全不相干，不过王国桢住在他家，赃物也藏在他家的天花板里，一经捕房的手，老九何能脱离干系？待不经过捕房吧，我们便将他捉了怎么办？"

龙在田道："我以为这事一报捕房就糟了，李九果然不能脱离干系，连我与惕安都得上公堂去，甚至还免不了嫌疑，因我两人侦察王国桢的情形，说出来是不易使人见信的，若硬把伙通的嫌疑，加在我两人头上，岂不糟透了吗？"盛大点头道："你的意思打算怎么办呢？"龙在田道："我打算不管别人家的事，只把你府上的赃物追出来，就放他逃走。"盛大连连称是道："我们此去应不应先向老九说明白呢？"龙在田道："自然应先向他说明白。我们明知道李九和王国桢没有多大的关系，只因一时迷信他的道法，加以不知道王国桢的品行，才这么恭维他，你我一经把侦察的情形说出来，李九断不至再庇护他。我们此去却用得着你这位张教师了。他的气力大，只要他拦腰一把将王国桢抱住，有我和庶白在旁帮忙，他便有登天的本领也不行了。"

盛大正待叫人把张教师请来，忽见门房走来报道："李九少爷还带着一个朋友来了。"盛大和龙在田都吃了一惊，问同来的那朋友，是不是穿洋装的？门房说："不是。"盛大只得说："请！"龙在田附盛大耳边说道："若是王国桢同来了，我们不妨就在这里下手。"盛大刚点了点头，便见李九跟着彭庶白走来，连连打拱说道："我瞎了眼，对不起人。"龙在田迎着问道："庶白先生怎么跑到这里来了！"彭庶白笑道："人已不知逃向何方去了，我不来干吗？"

龙在田不住的跺脚说道："糟了，糟了！那强盗在什么时候逃跑的？"李九道："在什么时候逃跑的，虽不知道，但是可断定在半夜三点钟以后逃去的。昨夜三点钟的时候，王国桢忽走到我房里来说道：'上海这地方，我以为是一个外国商场，凡是住在上海的，十九是生意场中的人，近来才知道不然，做生意的果然很多，此外各种各色的人，无所不有，就是修行学道的人，上海也比别处多些。于今有与我同道的人，存心与我过不去，我不愿意与同道的人作对，只得暂时离开上海。'我当下便问他有何人与你过不去，他摇头不肯说，我问他打算何时离开上海，他说：'到时你自知道，此刻无须打听。你我有缘，将来仍可在一块儿盘桓。明天彭先生来时，我不高兴与他会面，我这里有一包东西送给他，你转交给他便了。'说时从袋中掏出一个小包儿给我。我见小包儿封裹得十分严密，也不知道里面是什么，接过来随手纳入枕头底下，他说了一句：'请安睡吧，明日再见！'就走上楼去了。今早我还睡着没醒，庶白兄已走进房来，我被他脚步声惊醒了，因王国桢说了不高兴见他的话，我恐怕庶白兄跑上楼去，便将小包儿交给他，并把王国桢的话述了一遍。庶白兄掂了掂小包的分量，用指头捏了几下，来不及说话似的，揣了小包往楼上就跑。我一面翻身下床，一面喊他不要上去，他哪里肯听呢？等我追上楼时，只听得庶白兄唉声顿脚的说道：'好厉害的强盗，居然让他逃走了。'我见房门大开，房中已无王国桢的踪影，问庶白兄才知道我自己真瞎了眼睛，白和江湖上人往来了半世，这种大盗住在家里几个礼拜，竟全不察觉。"

庶白从怀中摸出那小包，递给盛大道："这包虽不曾开看，但是不消说得，除了念珠、珠花，没有第三样。他肯是这般将赃物退还，总算是识相的了。"盛大拆开小包看了一眼，即欣然对彭、李二人说道："确是原物退还了，我去送交老太太便来。"说着匆匆跑向里面去了。

龙在田对李九说道："这王国桢的本领真了得，我们这样机密，还不曾下手就被他知道了。我与惕安昨夜在他房外偷看的时候，已是半夜两点多钟了，当时并不见他有已经察觉的神气，不知道我们走后，他从什么地方看出有人和他过不去？"李九说道："这却不知道。他昨夜交小包给我的时候，并没有提起这些话。只有一夜我们到堂子里吃花酒回来，他进房很惊讶似的说有人到了他房中，我说恐怕是当差的，他忙说不是。我因不见他再说，遂不注意。"

这时盛大已从里面出来说道："这王国桢的举动，委实使人难测，他既能预知有人与他过不去，是这般神出鬼没的走了，偷了我家的东西，又何必退回来呢？他这一走，我们无人知道他去向何方，有谁能追踪前去？"龙在田笑道："这倒不然。他王国桢不是一个无能之辈，他既知道有人与他过不去，便知道与他过不去的，本领必不在他之下，所以用得着避开；如果是平常人，他也不看在眼里了。他此去你我不知道他的方向，难道与他同道的人，也不知道他的方向吗？"

李九点头道："柳惕安是练奇门的人，王国桢如何能逃得他手掌心过？并且我看王国桢为人，行为自然是不正当，但是我和他同住了这多时候，看他的言谈举动，倒不是一个不讲交情的人。他明知道盛、李两家有世谊，你我两人又有多年的交情，那日你还当面要求拜在他门下，何以夜间竟到府上来偷东西呢？那日你见他的时候，不是带了那位张教师同上楼的吗？在他房中，张教师虽没开口说话，只是张教师不像一个老走江湖、对人融圆活泛的人，那时张教师心里，或者还有些瞧不起王国桢的念头。我当时一心听你两人谈话，没闲心注意到张教师的脸色，王国桢是何等机灵的人，真是眼观四路，耳听八方，张教师心里怎样转一个念头，早已瞒不过王国桢的两眼。你带着张教师走后，他便问我张某是怎样一个人物，我原来也不认识张教师，那日经你介绍，我才知道，就将你说给我听的一番话，述了一遍。王国桢听了笑道：'盛公馆请了这位张教师，就和在大门外悬挂一块请强盗上门的招牌一样，强盗本不打算来照顾的，因请了这样一位大身价的护院，也不由得要来照顾了。'我说这张教师既能到上海来摆擂台，可见不是寻常的本领，普通强盗也休想在他手里讨便宜。盛大少爷其所以愿出大价钱，聘请有大声名的人当护院，便是想借这种声威，吓退强盗。王国桢只管摇头道：'将来的结果，必适得其反。姓张的那目空一切的神气，也不是吃这碗饭的人。'我当时虽听了他那番不满意的话，以为不过是背后闲谈，说过了便没搁在心上，此刻回想起来，他来偷府上的东西，十九是为张教师来的。"

盛大道："我无非是一时高兴，实在并不是看中了张文达，真有了不得的本领，值得花五百块洋钱一个月，请他当护院。租界上有几百万几千万财产的人家，不是很多吗？不请护院，何尝被强盗抢劫了呢？老九是知道我脾气的，我是为托庶白兄去请霍元甲来家当教师，兼当护院，霍元甲不但不肯，反说了不三不四的话，我不服这口气，却又无法可出。凑巧那日在张园遇着张文达，知道他是为打霍元甲来的，不由得一时高兴起来，所以愿意帮他摆擂台。等他打翻了霍元甲之后，我送五百块洋钱一个月给他，是有意这么干给霍元甲看，使他怄气的。这几天若不是因出了这被盗的事，使我不开心，张园的擂台已开台了。"

李九笑道："原来为争这一口闲气，此时可以不摆了么？"盛大道："怎么不摆？广告久已登出去了，擂台执照也领了，无论如何非打不可。我且问你，你这样殷勤款待王国桢，一晌闭门不接见宾客，为的是想学他的道法。究竟他也传授你什么东西没有？"

李九摇着双手笑道："快不要提这话了，提起来我又好笑煞人，我到此刻还不知道是他不肯教呢，还是我真不能学？险些儿把我的性命都送掉了。我迎接他到我家来的第二日，夜间大家都睡了，只我和他两个人，在三层楼上吸鸦片烟。我便向他要求道：'我生平欢喜结交三教九流的朋友，就是想学点儿惊人的本领，无奈二十多年中，并没遇着真有惊人本领的人物。慕名延请来的，尽是些名不副实的人。像老师这种本领的人，这番才是第一次遇着，无论怎样要求老师可怜我这番苦心，传授几种道术给我。我敢当天发极严厉的誓愿，将来决不利用所学的道术去作恶。'他听了我这话，低头似乎思索什么，半晌不回答。我忍不住叫道：'我的资质太坏了不能学吗？'他这才点了点头道：'资质倒不坏，不过一则年纪稍老了些，二则你是富贵中人，终日应酬交际都忙个不了，不仅没有闲心，也没有闲工夫可以学习道法。'我说：'年纪老了，不过精神差一点儿，我拼着吃苦，不怕学不好。至于应酬交际，主权在我，从明天起，就吩咐门房，一切的客都不见面。总而言之，我这回下大决心，除非是老师不肯收我这徒弟，便没有办法。请老师不客气，肯收我，或不肯收我，尽管明说，免得我胡思乱想。'

"他见我说得这么认真，当时也没怎么说，次日我真个吩咐门房，不论什么客都不接见。又继续向王国桢要求，问他究竟教也不教。他说：'你既这般诚恳，我决无不教之理。只是我老实对你说，我们一脉相传的规矩，收徒弟是很难的。你的资质即算能做我的徒弟，无奈我现在还没有做你老师的资格，这不关乎本领，也不关乎年龄，我们的规矩限制如此，不敢胡乱更改。若是旁人要从我学习，我凭这理由就可推托，你有这番诚恳的心思，又承你从捕房保我出来，我们尽可不拘师徒的名分，只要你能学，我是安排传授给你的。但是我仅能传授你一种道术，这是我这派一脉相传的规矩，不是师徒而传授了两种或数种道术，是得受极重惩罚的。你于今打算学何种道术？最好打定主意再说。说过之后，便不能改移。'

"我听了这些话，心里又是欢喜，又觉为难。心想他所会的道术，共有多少种，是些什么道术，我平日连听也不曾听人说过，这主意教我如何打定呢？只得问道：'老师有些什么道术？请说出几种名目来，我好选择。'他说：'你不用问我有些什么道术，你仅能学一种，拣你心里所想学的，说出来便了。'我说：'我心里想学的，难道随便什么都可以吗？'他说：'话不能这么说，假如你想学上天，我当然没有上天的道术传给你。你此刻虽不知道我会些什么道术，然你平常总应该听得人说，一般会法术的人，都是些什么法术。不见得你说出来的，我都能传授。倘若有我不会的，或是我会而不能传授的，自然可以更改。'

"我思索了一会儿说道：'我于今想学一种法术，这法术学成之后，心里想到什么地方，就真个到了什么地方，哪怕数千里远近，只须一眨眼的工夫便到，高山大河都不能阻隔。有不有这种法术？'他点头道：'有的。'我问：'我可不可以学得？'他说：'学得。这是神行法，虽不能说数千里远近，眨眼之间便到，然你若练成了神行法，一日之间确能行走一千多里。你既想学这法，我就传授你这法，不过有一个关系最重要的诀窍，凡学法术的大都不能含糊。世间会法术的，虽也有不少借法术作恶的人，然而在学法的时候，心术却不能不正。最要紧的是为什么我要学这种法术？这心思非光明正大不可。如果起了一点邪念，不仅这法术练不成，于你本身都有很大的危险，甚至因此得了神经病，一辈子无药可医。'我说：'我生平待人接物，虽不敢说光明磊落，只是自问不敢存邪念。我可发誓，学了这神行法，专做救人的事，不为自己个人谋利。'他答应了，用通书择了个日期，替我设了一个坛，传给我修炼的咒词。每日子、午、卯、酉四次功课，逢庚申日须二十四小时不睡，名叫'守庚申'。

"他传给了练法之后说道：'练神行法的有几种必有的现象经过，你是一个初学法的人，若不预先说给你听，猝然遇着，必心生畏惧。第一七中，不至有什么现象，在做功课的时候，只身上有些出汗；第二七身体震动，不由自主，甚至悬空或倒竖；第三七中，有时满眼所见都是红光，仿佛失了火的情景。以后下去，日子越深，所见红光的时间也越多。直到七七完了，红光变成了两盏红灯，有童男、女各一出现，一人擎一盏红灯，立在你前面。这便是你神行法练成了的现象。此时心想去什么地方，童男、女自会擎灯前行。你毋须管东西南北，只顾跟着红灯行走，到了自然停止。这童男、女和红灯只你能见，旁人什么也看不出。以上这些现象，是极平常，凡练神行法都不能免的。'我说：'这些现象，也没有什么可惊可怕，就从这日开始练习起来。练了头七，身上并不曾发现有出汗的事，简直与平常一样。我认定是因在初春天气，身上还穿皮袍，不出汗是当然的，所以也没对王国桢说。第二七才过了两三天，我自己觉着有点儿不对了。一念咒做功课，就不因不由的糊涂起来，仿佛昏昏思睡，有时似梦似醒。暗想我这现象，何以与他所说的特别不同？他所说必须经过的现象，何以我一点也没有呢？我不能不把我这特别的经过说给他听，或者我的功课做错了，若不从速改正，岂不白费精神？

"我把我所经过的情形，说给他听，他也似乎诧异，沉思了一会儿笑道：'我知道你这特别情形的理由了，原来你是一个吸大烟的人，大烟收敛的力量最凶，你每次在做功课之前，必尽量吸一阵大烟。普通吸大烟的人，盛夏都不出汗，你吸足了大烟去做功课，又在很冷的初春天气，不出汗是有理由的。至于昏昏思睡，理由倒很平常，因你从来心思少有团聚的时候，偶一团聚，就不知不觉的要睡了。'我问：'要睡没有妨碍么？'他说：'昏昏要睡，是最忌的大毛病。平常人练这法术，七七可望成功。你因吸大烟的缘故，恐怕得两个七七。只要你心坚，决无练不成功之理。'这夜他又传了我一种收心习静的诀窍，按照他新传的诀窍静坐，是觉顺利多了。"

李九说到这里，望着盛大道："就是你那日带了张教师到找家来的夜间，我独自在房中做功课。正感觉经过的情形，比平日好些，忽见眼前红光一闪，接着就见两个穿红衣的女子，年龄大概都在二十岁以内，面貌仪态之美，不但我眼中生平不曾见过，就是我所见过的美女图画，也没有能仿佛其万一的。我后来追想怪不得一般人形容生得美丽的女子，称为'天仙化人'。我这时所见的那两女子，确实便是天仙。我为人纵不敢自诩为坐怀不乱的鲁男子，然自懂人事，即知道好汉子应该洁身自爱。三十以后，因境遇的关系，不免在堂子里有些沾染，也不过是逢场作戏，可以说是目中有妓，心中无妓。至于偶然遇着人家闺秀，及时髦女学生，不论怎样生得艳丽，我简直见了和不见一样，从来没有动过不正当的念头。这夜发现了那两个天女，我这一颗心，顿时不属我所有了，完全不由我自己做主。我只觉得在胸膛内和小鹿儿碰脑袋一般，这一阵胡思乱想的情形，真不是言语可以形容得出。

"正在这荒谬绝伦的时候，耳里分明听得靠近我身边的一个开口向我问道：'你这人生来席丰履厚，平日深居简出，为什么要修炼这神行法？'王国桢曾对我说过，最要注意这种理由。我心中原已早有准备，若在平时有人这般问我，当然能作极简明而切要的回答。此时却不然了，糊里糊涂的不知应怎生回答才好。刚一迟疑，站在较远的那个天女，已沉下脸来，厉声斥道：'你心里乱想些什么？'一面骂一面奔向前来，张开两手来捏我的咽喉，这个也同时帮着动手。这一来吓得我魂都掉了，高声喊救命。不料竟与梦魇一样，初喊时喊不出声，喊过几声之后，似乎惊醒转来，再看房中什么也不见了。睡在四层楼上的王国桢，睡在二层楼上的当差，都被我乱喊得醒了。我将经过情形告知王国桢，问是怎么一回事。王国桢道：'我早知道你不是能修炼法术的人，无奈你不肯相信，以为是我不情愿传授。这类不好的现象，终是免不了要发生的，我还没料到发生得这么快。这现象还不算是恶劣的。'我说：'照这情形看来，神行法不是没有练成功的希望了吗？'他摇头说：'总以不练的为好。'我受了这一番惊吓，也实在没有再练的勇气了。"

盛大笑道："你虽受了这大的惊吓，然曾见了人生所不能见到的玉天仙，享了这种眼福，倒也值得。"彭庶白笑道："该打，该打！老九就为一时胡思乱想，险些儿被天仙捏了咽喉，送了性命。你还敢如此乱说！"盛大道："我不练神行法怕什么？据我看还是那王国桢捣鬼，他实心不甘愿传授你，被你纠缠不过，只好表面上敷衍你。以为经过一两星期，你是吸大烟的人，吃不了这辛苦，自愿作罢。不料你竟不怕辛苦，他便不得不捣鬼恐吓你了。"

李九道："这话也无法可以证实，我倒不这么怀疑他。"盛大道："我初见柳惕安的时候，因知道他是个奇人，特别的去亲近他，也曾几次背着人向他要求，收我做徒弟。他回答的话，简直与王国桢回答你的一般无二。我看他们这一类奇人，大家都早已安排了这一套把戏，对付一般纠缠他的人。幸亏我因见柳惕安存心和我疏远，便打断念头不去纠缠他。若也和你一样，勉强把他迎接来家，抵死要拜他为师，怕不也是这么下场吗？"

龙在田哈哈笑道："你方才正羡慕老九享眼福，能得这样下场，岂不也很值得？"盛大忽然"哦"了一声道："溜子刚才不是说，约了柳惕安，并还有几个朋友，在老九家附近守候王国桢的吗？此刻王国桢已经逃之夭夭了，我们岂可不去知会他，使他们在那里白白的守候呢？"

老九道："柳惕安的本领在王国桢之上，王国桢逃跑了，他不见得还不知道。"龙在田即起身说道："不管他知道不知道，我总应该赶紧去知会他才是。"说完匆匆作辞走了。李九、彭庶白也待兴辞，盛大留住说道："我还有话和两位商量，那日我带着张文达拜访老九，用意就为摆擂台的事，想和老九商量。并要请老九出头，替张文达撑一撑场面。不凑巧那时你正忙着练神行法，连谈也不愿意多谈。第二日我家也偏遭着失窃的事，只得把这事搁起来。此刻你我心里都没有事了，我知道你是一个素来欢喜干这些玩意儿的人，前月帮霍元甲张罗奔走，赔钱费力，大概于今对张文达，总不好意思不帮忙。庶白兄也是对此道极为热心的人，我且把张文达叫来，介绍给庶白兄见见。"

彭庶白还没回答，李九已摇着手说道："且莫忙着介绍见面，我对你这番举动，有点儿意见，且由我说出来，请你和庶白兄斟酌斟酌。霍元甲是天津人，生长北方，与我并没有交情，去年经人介绍才见面。我赔钱费力替他帮忙，全不是因情面的关系，也不是因我自己生性欢喜干这些玩意儿，完全为钦仰霍元甲是一个爱国的好汉。他到上海来是要替中国人争气，找英国大力士比赛，在张园摆擂台，也是这种用意。一不是好勇斗狠的人；二不是存了借此出风头的心，胸襟气概，何等光明正大？所以他在摆擂台之先，有无数素昧平生的人，自愿出钱或出力来帮助他。擂台摆成了之后，尽量在各种报纸上登着夸大的广告。然一个月当中，除却那个不识相的东海赵，上台勉强较量了一次之外，始终没有第二个人去找他动手。我相信能成这样一个局面，断不是因霍元甲的武艺，在中国没有敌手，更不是中国所有会武艺的，都被霍元甲夸大的广告，吓得不敢出头；只因一般人都明了霍元甲摆擂台的用意，与寻常显本领出风头的不同。至于你的这位张教师，本领如何我且不说，只问摆这擂台，有什么意义？你因一时高兴，和养斗鸡的一样，拿他打架寻开心，原没有不可以的道理，若说帮助他向霍元甲报仇，及打翻霍元甲以后，出五百块钱一个月，留在家里当护院，以争这一口闲气，这事我不敢赞成。这番举动不仅没有意义，并且还招人物议。那日我就想说，因有那位张教师在旁边，觉得有些不便。"

盛大笑道："你把霍元甲看得太高，把张文达看得太低。会武艺的人摆擂台，本是一桩很好玩的事，不算稀奇。霍元甲若真个没有借此出风头的心思，既经与英国大力士订约比赛，何必又摆什么擂台？若说摆擂台是想招外国人来打，又何必在中国报纸上登广告，更吹那么大的牛皮？我是不会武艺，不能上台去打他，要我佩服他是不行的。听说日本角力的相扑家，多是由富贵人家供养，每年春秋二次大比赛，谁胜谁败，全国各处都有通电报告，报馆里因社会一般人，多急欲知道这胜败的消息，都临时发行号外，满街奔走喊卖。其实这些举动，又有什么意义呢？说得好听些，是提倡尚武的精神，实在那些富贵人供养相扑家，又何尝不和养斗鸡一样？你平日常说中国应提倡武术，摆擂台不也是有提倡武术的意义在内吗？"

彭庶白道："我的意思，以为摆擂台，固不必与霍元甲一样，完全对付外国人才有意义，不过仅为对付霍元甲一个人摆这擂台，又似乎过于小题大做了。我与老九自从去年认识霍元甲以来，彼此过从甚密，意气相投，今忽然出头替张文达撑场面，问心实有些对不起霍元甲。我的心思如此，推测老九也大约差不多，你于今事在必行，我自不能劝你作罢，但求你原谅，我不能替张教师帮忙。"

盛大点头道："这话倒在情理之中。你们既不肯帮忙，开台的那日，来看看热闹使得么？"李九笑道："那如何使不得，你说有人在上海摆擂，我与庶白两人还能忍住不去看热闹么？你打算几时开台，此刻已布置好了没有？"盛大当时叫屈师爷来问道："擂台已布置好了没有？"屈

326

师爷道："那台木来早就可以完工的，这几日因少爷不曾过问，便没上紧去催促。霍元甲当日的擂台，只有五千个座位，开台的那日，简直坐不下。这台是安排一万个座位，监工的仰体少爷的意思，一切都很精致好看，因此时间也得多些。"彭、李二人因不满意盛大这种大少爷举动，当即作辞走了。

于今且再说霍元甲，自那日送张文达走后，以为张文达初到上海，人地生疏，必不能独自在上海摆成一个擂台，便没把这事放在心上。因约定与奥比音较量的时期已到，农劲荪几次走访沃林，前两次还见着沃林的门房西崽，一时说沃林回欧洲去了，一时说往南洋群岛去了，后来连门房西崽都不见了。屋内器具已搬空，大门上悬挂一块"吉屋招租"的木牌，经四处打听，也无人知道沃林的踪迹。至于作保的电灯公司，早已关闭，经理平福也不知去向，连作证的律师都回国去了。明知是因为在上海的英国人，恐怕他本国的大力士，比不过霍元甲，丧失他英国的体面，凡与这事有关系的人，都商通逃走。只是想不出对付的方法，因公共租界完全是英国人的势力，中国人在租界上和外国人打官司，不问理由如何充足，也没有不败诉的，何况被告都已不知去向？又都没有财产事业在上海，谁也能断定这官司打不出结果来。

霍元甲见定约到期后，成了这种情形，不由得心里越发难受，原打算即日回天津去，却因上海有一部分教育界的名人，及想学武艺的学生，都来当面要求霍元甲不回北方去，就在上海提倡武艺。霍元甲虽还不曾决定接受这要求，但觉学界一番盛意，也不便毅然拒绝。这日在报上看见张文达继续摆擂的广告，便笑向农劲荪说道："我以为教他摆擂台，这题目可以把他难住，世事真难逆料，他这擂台广告已登出来，不过几日大约就可开台了。他这擂台是我教他摆的，我若不上台，显得我畏惧他。我不等到和他打过之后，倒是回天津去不得。"

农劲荪道："张文达那样的乡老儿，居然能在上海地方，摆下一座擂台，这是使人不易相信的事。我有了这一次的经验，深知是极麻烦的事，若没有大力量的人在背后主持，休说一个张文达，便十个张文达也办不了。这暗中主持的人，很容易打听出来。"果然不久就听得有人传说，张文达在张园遭遇盛、顾两个阔少爷，举石头显本领的故事，并传说只须三天，便可开台打擂。霍元甲很诧异的问农劲荪道："姓顾的我们不认识，且不怪他，这姓盛的屡次和我们见面，不是很说得来吗？他自己虽不懂武艺，他公馆里请的把式很多，并想请我到他公馆里去当教师，为什么忽然帮助张文达摆擂台，跟我作对呢？"农劲荪道："他们阔大少的行为，是没有定准的，或者就因为请你不去，心里便不高兴。"霍元甲叹道："为人处世真难，稍不经意就得罪了人。"

农劲荪见霍元甲脸上满布忧愁之色，料知他心里很不痛快，便劝慰他道："这种阔大少，一生只欢喜人家承迎趋奉他，我们这类性格的人，就是遇事小心谨慎，也和他们结交不了，得罪了他，也没有多大的关系。"霍元甲摇头道："不能说没有多大的关系，倘若不是这姓盛的心里恼我，张文达去哪里找第二个这样有力量的人帮忙？张文达既摆不成擂台，必不好意思回头来见我。这番报仇的事，不就这么阴消了吗？"

农劲荪道："张文达是个戆人，他既为他徒弟怀恨在心，不出这口气，恨是不容易消除的。与其留着这仇恨在他心中，以后随时随地都得提防他，倒不如和他拼个胜负。常言道'不到黄河心不死'，他不在四爷手里栽个跟斗，报仇心也是不会死的。"

霍元甲道："与外国人动手，无论这外国人的气力多大，声望多高，我敢毫无顾虑的，要打便打，对本国人却不能说这大话。二十年来，经我手打过的，虽还没遇着比我强硬的人，但是我相信国内比我强硬的好手很多，谁也没有打尽全国无敌手的把握。"农劲荪很惊讶的望着霍元甲，说道："四爷怎么忽然说出这些长他人志气，灭自己威风的话来？张文达不过有几斤蛮力，我敢断定不是四爷的对手。"霍元甲说道："人说艺高人胆大，我此刻觉得这话说反了。我这回在上海所见各省好手甚多，于我自己的功夫有极大的长进，功夫越是有长进，胆量就跟着越发小了，到现在才知道二十年来没有遇到对手，是出于侥幸，可以说对手没有来，来的不是对手。张文达气力虽大，不见得有惊人的武艺，我也是这般猜度。不过我摆擂台，不想和本国人打，一则因我本来没有向本国人逞能的心思；二则因知道我国练武艺人的积习，一个人被打败

328

了，不以为是仇恨便罢，若认定是仇恨，那么这人的师傅、伯叔、师兄弟，都得出来报仇。岂不是打一个人，惹了一辈子的麻烦吗？我从前对这些事，全不顾虑，无端惹出多少麻烦，也丝毫不觉得可怕，近来把这种心思改变了，非到万不得已的时候，决不愿意跟人较量胜负。"

农劲荪笑道："声望增高了，举动就自然慎重了。我在几年前，对于四爷轻易和人动手，早就有意劝四爷略为慎重，所以这次我曾主张若有人来找四爷较量，不妨教振声先出手。如振声打得过，自属幸事，即遇着好手，非振声所能敌，四爷在旁边，看了彼此交手时的情形，亲自动起手来，也比较有把握多了。"霍元甲听了，不觉喜笑道："我倒把农爷这话忘了。张文达开台之后，我何不打发振声先上台和他试试。"农劲荪道："张文达虽是为四爷摆擂台，但既是摆的擂台，又在报上登了广告，便不能限制只和四爷一个人打，打发振声上台试打一番，可以说是题中应有之义。"

二人谈话的时候，刘振声坐在隔壁房中都已听得明白，至此忍不住走过来说道："我正打算在张文达开台的时候，求老师莫急上台，且让我上去打他一顿。因这擂台是张文达摆的，老师一上台把他打翻了，他就得滚蛋，分明使得我没有架打。倘若张文达的本领不济，连我也打不过，更可免得老师费力。"

霍元甲道："张文达的身材高大，站起来和一座黑塔相似，那日我见了他，便料想他的气力必很大，果然他在张园，能一手举起八百多斤的石头，并玩几下掌花。与有这样大气力的人交手，是要格外小心的。讲到练拳术的道理，本不在乎气力大小，不过以我二十年来跟人动手的经验看来，毕竟还是气力大的占便宜。气力太小了的人，身体尽管灵活，手脚尽管快迅，充其量也不过能保得住不被人打倒，要打倒气力大的，实比登天还难。振声，你要知道越是气力大的人，身上越能受人捶打，非打中要害，简直可以不作理会。一个不留神被气力大的揪住了，便休想能脱身。你上台与张文达交手的时候，最要牢记的是不可去顶撞他，与他斗力。"

刘振声道："我在虎头庄赵家练拳的时候，双手能举起三百二十斤的石头，一双脚落地跳三步，当时好几个气力大的师兄弟，都赶不上我。若一双手举起八百多斤的石头，我想除老师而外，恐怕也少有能赶得上张文达的了。"霍元甲道："张文达举石头的力量比你大，打到人身上的力量，不见得比你大。你的身体活泛，功夫也很老练，只须格外小心，纵然打不倒他，他是奈你不何的。你却不可因听了我的话，便存一个畏惧他的心。"刘振声道："我有老师在这里，谁也不怕，只怕不让我打。"三人研究了一阵，一心等待擂台开幕。

只是连等了六七日，仍不见报上登出开台的广告，霍元甲因住在上海开销过大，想起自己的环境及家庭情形，又不免心中焦急起来。霍元甲此时的身体，表面上绝对看不出起了何等变化，精神气力也都全无改变，然心里一经着急，胸膛内作痛的病，又不知不觉的发作起来，只痛得额头上的汗珠，一颗一颗的往外直冒。

刘振声道："秋野医生再三劝老师去他医院里，将这病诊治断根。老师存客气，不肯前去，这病不趁在上海治好，将来回到天津发起来，岂不是更苦？我劝老师就乘车往秋野医院去吧！"霍元甲咬紧牙关摇头，也不回答。农劲荪道："振声的见解不错，我也主张去医院里看看。在你觉得和秋野没有交情，送他的诊金不受，白受他的诊治，似乎于心不安，其实你在他医院诊病，他所费有限，他既再三说了，你又何苦这么固执！振声，你叫茶房去雇车来，我陪四爷去一趟。这病不赶紧治好，张文达若在日内开台，不更加着急吗？"霍元甲听了也不阻拦。

刘振声叫茶房雇了马车，农劲荪陪同霍元甲到秋野医院。秋野一见面，即很诚恳的说道："一星期以来，我非常惦记霍先生的病，很想抽工夫到贵寓瞧瞧，无奈敝院所请的一个助手，近来请假回国去了，我的业务上便忙得了不得，简直不能分身。霍先生的病，原不难治好，但是，得依我前次的话，得不间断的服药诊治，认真静养几个星期，使病根去了，方不至随时复发。"旋说旋替霍元甲诊脉，复取听肺器在胸部听了一会儿说道："霍先生不可见怪，你这病若再延误下去，恐怕终身没有完全治好的希望。"

霍元甲问道："前日秋野先生给我吞服的那种白色圆片子药，此刻

330

还有没有，可以再给我两片么？"秋野笑道："有，有！那药仅能暂时止痛，对于你这病的根本，是全无关系的。"霍元甲问道："那止痛的药，是不是每次都有效验呢？"秋野道："止痛的药，用着止痛，是确实有效的。"说时走到隔壁房里，取了两片药，倾了半玻璃杯蒸馏水，递给霍元甲服了。一会儿工夫，果然痛止了，霍元甲道："我也知道我这病非赶紧静养不可，无奈我现在办不到。秋野先生，这止痛的药，能多给我一些儿么？"秋野道："好，止痛的药多带些儿回去，我再多配几剂根本治疗的药给你，最好能隔几天到这里来诊察一次。"

秋野将两包药交给霍元甲笑道："最近我接了敝国讲道馆的同学来信，有好几个人因仰慕霍先生的武艺，已准备动身到上海来奉访。我上海的讲道分馆，也正在预备开会欢迎霍先生，等到预备好了，我便当代表来邀霍先生。"霍元甲逊谢了几句，即和农劲荪回到寓处说道："我除了胸膛里痛以外，并没有旁的病，这白药片既能止痛，便可治我这病，不痛了就是好人，何必还要服药。"农劲荪道："你胸膛里不痛的时候，虽和寻常无病的人一样，然近来连发了几次，一发就忍受不了，可知病根伏在里面。服白药片后痛便止了，只是得时刻提防复发。秋野所谓根本治疗的药，无疑的非吃不可。"

过了几日，报上已登出张文达开擂的日期来，在广告中并申述了摆这擂台的原因。摆擂台的广告，本没有惊动人的大力量，因张文达是个没有高大声望的人，所以登出广告多日不开擂，社会上也无人注意。这回在开擂的广告内，刊出张文达因打擂来迟，霍元甲擂台期满，不得不重新摆擂的理由来，立时震动了上海全社会，纷纷争着买入场券，预定座位。大家都要看张文达是何等三头六臂的人物，怎样将霍元甲打翻？一万个座位的入场券，不到开台就卖光了。

这日上午十点钟开台，才到七八点钟，便已挤得全场水泄不通。霍元甲和农、刘二人按时走入会场，在场的看客，多有认识霍元甲的，一时大家鼓掌欢呼，声震屋瓦。

要知道擂台怎生打法，且待下回再说。

总评：

盗窃盛宅贵重饰物，及作其余十六件盗案之独脚盗，即为李九所钦敬而欲师事之之王国桢，已奇；当秘密已露，正欲设计擒之之时，而王国桢已事先遁去，更奇；王国桢虽遁去，犹将盛宅失去之饰物，封交李九，嘱为璧还，则尤属奇之又奇者矣。虽然，细一究之，破获是案之关键，全在龙在田一人之身，设于盗案发生之夕，而无龙在田适逢其会，亦作是游戏神通之举，将不复以侦缉正犯为其责，即无由得柳、彭二人为之从中策划。则以王国桢行动如是之隐秘，人又何从知其即为作是十七大案之独脚盗哉！即知之矣，而以无法制之之故，亦必听其安然飏去，盛宅失物恐终无璧还之望也。是则龙在田之此一游戏举动，其关系之大，诚有为彼所不能自料者矣。

李九练法，忽睹见如此之幻象，诚属不可思议，正不知其基于何因也。意者王国桢本不欲以术授之，因不胜其嬲，不得不一勉允，乃故作是幻象以惊之，冀其知难而退。凡此种种，固无非王国桢之小弄其术也。果焉，李九之为银样镴枪头，经此一场虚惊以后，即不敢复以练法为言矣。虽然，李九固富家子弟，能不趋向堕落之途，保守其先人之遗业，已为克家令子，又何必求道家之术而思作神仙哉！正见其太好事耳。

霍元甲摆设擂台之后，复有张文达之摆设擂台，虽旨趣各不相同，固不失为十分热闹之事。请拭目而一观下回之文章。

第十六回

论因果老衲识前身
显神力英雄遭暗算

话说霍元甲三人走进会场，场中看客登时鼓掌欢呼，大家那种狂热的情形，真是形容不出。这时擂台上已布置得花团锦簇，台的两边八字形的排着两列兵器架，竖着大小十八般的兵器，钢制的雪亮，漆糊的透明，显得异常威武严重。盛大正率领着二十多名看家把式，一色的头扎青绢包巾，身穿紫绛色四角盘云勾地对襟得胜马褂，下缠裹腿，脚着麻织草鞋，在台上忙着准备开幕。忽听得台下众看客雷也似的欢呼鼓掌，不知道为的什么，忙走出台口看时，只见一万多看客的眼光，都集射在霍元甲三人身上，不由得自己也在台上拍掌，表示欢迎。

此时忽从人丛中走出一个人来，迎着霍元甲说道："霍四爷请到这边来坐！"霍元甲看时，却是彭庶白，刘、农二人也打了招呼，跟着走过去。原来这一带座位，早由李九、彭庶白占住了，坐着的都是和霍元甲熟识的人。

霍元甲三人坐下，看这座擂台，搭得真是讲究，台基成一个扇面的形式，台下左右前面三方，一层高似一层的排列着座位，台前摆着无数的花篮，两旁悬挂着大小不等的匾额，二十多名清一色的把式，八字分开在台上面站着。盛大少爷见开台的时间已到，即立在台口向众看客说道："这擂台是山东大力士张文达摆设的，今天是这擂台开台的第一天，兄弟不是会武艺的人，却能躬与这开台的盛会，不由我心里不高兴。在一个多月以前，霍元甲大力士也曾在这地方摆设一座擂台，开台的那日，兄弟也曾到场参观。兄弟觉得这种擂台，若是摆设在北方，算不了

333

一回事，对于一般看打擂的人，不能发生多大的影响；唯有摆设在上海，关系倒是很大。兄弟这种感觉，并不是因为上海是租界，是中国最大最繁华的商埠，消息容易传遍全国，是因为江苏、浙江两省文弱的风习，太深太重，这两省人民的体格，不用说比不上高大强壮的北方人，就和两广、两湖的南方人比起来，精悍之气也相差太远。若长是这么下去，将来人种一天比一天脆弱，岂仅没有当兵打仗的资格，便是求学或做生意，也必大家因身体不好的缘故，不能努力向上，这不是一件危险的事吗？要使我们江浙人的身体强壮，有什么方法呢？现在各学校里的柔软体操、器械体操，固然都是锻炼身体的好方法，只是这些外国传来的方法，终不如我国自己传了几千年的武术好。体操仅能强壮身体，我国的武术，除强壮身体而外，还可防御强暴。要使我们江浙的人，相信我国的武术，大家起来练习，就非有这种摆擂台的举动，鼓起一般人的兴趣不可。

"霍元甲大力士在这里摆一个月擂台，虽因各报都登了广告的关系，名震全国，然究竟没有人上台打擂。我们江浙两省的人，只耳朵里听了打擂的声音，眼睛里并没有看见打擂的模样，仍是感觉有些美中不足。后来经一般人研究，其所以没有人上台打擂的缘故，固然由于霍大力士的威名远震，能使一般自知本领不济的不敢上台，而其最大的原因，却在霍大力士在开台的时候，曾一再声明不愿和中国人争胜负。擂台不和本国人打，外国人不会中国的武术，自然没有肯冒昧上台的人。这回山东张大力士的擂台，便与霍大力士的不同，不问中国人也好，外国人也好，男的也好，女的也好，出家人也好，在家人也好，只要高兴上台来打，无不欢迎，也不必写姓名具生死结。我们中国练武艺的人，动手较量武艺，各门各派都有老规矩，被人打伤了自家医，被人打死了自家葬，何况是彰明较着的摆擂台呢？我于今话说明了，请台主张大力士出来。"

台下的欢呼拍掌之声，又震天价响起来。张文达这时穿着一身崭新的青湖绸小袖扎脚的短夹衣裤，头裹包巾，腰系丝带，大踏步走出台来，就和唱落马湖的黄天霸一般的英雄气概，双手抱拳对台下打了一个半圆形的拱手，放开那破喉咙喊道："我张文达这回巴巴的从山东跑到上海来，不是为摆擂台的，是来打霍元甲替我徒弟报仇的。不料来迟了一天，霍元甲的擂台已经收了。他教我摆擂台给他打，我在上海人地生疏，这擂台本是摆不成的，多亏了盛大少爷帮忙，才摆设了这一座擂台。有哪位愿意上台指教的，请恕我张文达手脚粗鲁，万一碰伤了什么地方，不可见怪；倘若我自己打输了，我立刻跑回山东去，再拜师学习。"

张文达在说这些话的时候，众看客的眼光，又都不约而同的集中在霍元甲身上。霍元甲正待打发刘振声上台，只见擂台左边的看客当中，忽跳出一个年约三十岁，中等身材的男子来，也不走两旁的楼梯上台，只就地将身体一缩，双脚一蹬，已凭空纵到了台上，满面含笑的对张文达拱手道："我特来领教几手，请张君不要客气。"

霍元甲听这人说话，也是北方口音，神气甚是安详，看他上台的身法，更是非常灵活。这擂台离地虽不过五六尺高下，然台边围了道一尺来高的花栏杆，栏杆里面又竖着两排兵器架，并且还夹杂着许多人家赠送的花篮。若不是有上高本领的人，断不能就地一蹬脚便到了台上。当下连忙问农劲荪认识这人么。农劲荪和同座的熟人都不认识，再看张文达虽是一个粗鲁人，这时却因见这人上台的身法不寻常，便也拱手回礼说道："请问尊姓大名？"这人摇手说道："刚才不是说上台打擂的，用不着说姓名具生死结吗？要说姓名，我便不打了。我明知你这擂台是为霍大力士摆的，霍大力士现在台下，立时就可以上来和你动手，我就为的要趁着他不曾上来的时候，先来领教你几手。霍大力士来之后，便没有我打的份了。"这人说话的声音很响亮，这几句话说得台下都鼓掌起来。

张文达听了忍不住生气，愤然应道："好，来吧！"盛大在台上看了这情形，也恐怕张文达一开台就被这不知姓名的人打败了，如自己的面子也不好看，急忙走出台来，立在张文达和这人中间说道："且慢！我们这擂台虽用不着写姓名具生死结，但是彼此请教姓名籍贯，是应该有的手续。每每有自家师兄弟不曾见过面，若不先请教姓名籍贯，就难

335

免没有自家人打成仇敌的事，这如何使得！并且打擂台也有打擂台的规矩，你不能一点儿不知道，上台便打。"这人问道："有什么规矩，请说出来！"

张文达抢着说道："我这里定的规矩，是请了几位公正人在台上监视，以吹哨子为凭，须等哨子叫了才许动手，若打到难分难解的时候，一听得哨子叫，彼此都要立时住手，不得乘一边住手的时候，偷着出手。犯了这规矩的，就算是输了，不许再打。"这人听一句，应一句是，听到这里说道："这规矩我知道了，还有什么规矩没有？"张文达道："还有。我摆这擂台，完全凭着一身硬本领，身上手上不许带一点儿彩，不但各种暗器不许使用，就是各种药物，也一概禁绝。"

这人现出不耐烦的神气摇手说道："我都知道了，我虽说的是北方话，只是我原籍是福建人，在家乡练的拳脚，用不着知道姓名，便可断定你和我决不是自家兄弟，并且我们打着玩玩，算不了一回事，谁胜谁败，都不会因此打成仇敌。"

盛大此时不好再说什么，只好退到台里边，和园主张叔和、顾四及在捕房办事的几个人充当公正人，由盛大拿起哨子吹了一声，只见这人分左右张开两条臂膀，和鸟雀的翅膀一样，不停的上下振动；两眼斗鸡也似的，对准张文达眨也不眨一下。两脚都只脚尖着地，忽前忽后、忽左忽右的走动，口里更嘘气如鹤唳长空。

张文达生平不曾见过这种拳式，倒不敢鲁莽进攻，小心谨慎的走了几个圈子，陡听得台下鼓掌催促的声音，也有些忍耐不住了，踏进一步向这人面上虚晃一拳，紧接着将头一低，朝这人下部撞去。在张文达心里，以为这人的步马极高，两臂又向左右张开，下部非常空虚，朝下部攻去，必救应不及。不料这人的身法灵活到极处，一个"鹞子翻身"的架势，已如车轮一般的到了张文达背后，正待一掌对准张文达背心劈下，张文达也已提防着背后，急转身躯，举胳膊格着喊道："好家伙！"这一来彼此搭上了手，越打越紧急。

约莫打了三十个回合，张文达已试探出这人的功夫处处取巧，并没有雄厚的实力，不由得自己的胆量就大了，一转念我何苦和他游斗，开台打第一个人，我岂可不显点真本领，主意既定，就改变了手法，直向这人逼过去。谁知这人好像已看出了张文达的心事，一闪身跳出了圈子，对张文达拱手说道："我已领教够了，请歇息歇息，再和别人打吧，少陪了。"说着，不慌不忙的从原处跳下了擂台。众看客无不高兴，又是一阵鼓掌欢呼之声。

张文达想不到这人就此下台去了，深悔自己动手过于谨慎，打了二三十个回合，还不能把这人打倒，只气得追到台边，望着这人说道："你特地来打擂台，为什么是这般打几下就跑了呢？"台下众看客都觉得张文达这举动不对，多有向张文达叱声的。这人一面向众看客摇手，一面从容回答张文达道："我是来打着玩玩的，不能再打下去，再打也对不起霍大力士，留着你给霍大力士打，岂不好吗？"张文达气得圆睁着两眼，望着这人说不出话来。

农劲荪急想结识这人，即起身走过去和这人握手道："老哥的本领，使兄弟佩服极了。此时不便谈话，尊寓在哪里，兄弟当陪同霍先生前来奉访。"这人笑着点头道："不敢劳驾。农先生不认识我，我却早已认识农先生，待一会儿我自来贵寓拜会。"说话时，盛大已在台上演说道："刚才这位打擂的福建朋友，本领确是了不得，在这位朋友，虽是没有好名的心思，一意不肯将姓名说出来；然兄弟因钦佩这位朋友的本领，很有诚意的想知道他的姓名。据兄弟推想，在座的诸位看官们，大约也都想知道。兄弟敢代表在座的一万多看官，要求这位朋友宣布姓名。"

盛大这番话，正合了无数看客的心理，实时有拍掌赞成的，也有高声喊请再打一回的。这人被逼得无可如何，只得立起身说道："兄弟姓廖名鹿苹，只能是这般闹着玩玩，若认真打起来，确不是张大力士的对手。"张文达听廖鹿苹这么说，心里却快活起来，自退回内台休息。一会儿又走出台来，望着台下说道："有哪个愿上来打的，请就上来。"说话时眼光落在霍元甲身上。

霍元甲随即立起身来，走到台下回身对众看客高声说道："张文达先生误听他徒弟东海赵一面之词，怒气冲冲的跑到上海来，要寻着兄弟报仇泄恨，兄弟再三解释当日相打的情形，请他不可误怪，无奈他执意不从，非和我拼一个胜负不肯罢休。今日就为要和我拼胜负，摆下这座擂台，兄弟本应实时上台去，使张先生好早早的出了这口恶气，无如兄弟近来得了一种气痛的毛病，发作的时候，简直动弹不得；经西医诊治了几次，此刻痛虽减了，只是不能使力。好在张先生既摆下了这座擂台，今天才开幕，以后的日子还多着，小徒刘振声跟随兄弟已有几年了，虽没有惊人的武艺，却也懂得些儿拳脚功夫，兄弟的意思，还是想要求张先生原谅我那日和东海赵动手，是东海赵逼着我要分胜负，不是我手辣存心将他打败，算不了什么仇恨。张先生能原谅的话，我们可以从此订交，彼此做一个好朋友。"

张文达在台上听到这里，接着说道："我的擂台已经摆成了，还有什么话说！"霍元甲知道说也无益，便道："好！振声且上台去，小心陪张先生走两趟。"刘振声巨雷也似的应了一声："是！"站起身来，卸下长衣给农劲荪。刘振声没有上高的本领，不能和廖鹿苹一样，凭空纵上台去，只得从台边的楼梯走上。

刘振声此时的年纪，虽已有了三十多岁，认真练习拳术，已有二十余年的功夫，和人较量的次数，也记不清楚了。但是像这种当着一万多看客，在台上争胜负的勾当，还不曾经历过。上次霍元甲摆擂台，他只在内台照应，没有给他出台动手的机会；此时走上台来，举眼朝台下一望，只见众看客的眼光，都瞬也不瞬的集中在他一个人身上，尤其觉着和他认识的人，显得格外注意他的举动。看了这情形，一颗心不由得扑扑的跳起来，禁不住脸也红了，暗想这怎么办？我一上台就心里这样慌张，打起来如何是张文达的对手呢？

他心里正在这时胡思乱想，台下的掌声拍得震耳欲聋，再看霍元甲、农劲荪二人望着他，脸上都现出很着急的神气，不觉转念想道："我怎的这般不中用，现摆着我的老师在台下，我怕什么？打得过张文达，固然很好，就是打不过，也没有什么了不得。他是一个摆擂的人，本领高强是应该的，我休说在上海没有声名，就是在北方也没大名望，输了有什么要紧！"他心里这么一想，胆量登时大了许多，也不再回头望台下。先紧了紧腰间板带，然后抱拳对张文达说道："久仰张先生的本领了得，我是个初学武艺的人，敝老师打发我来领教，望张先生手下留情，对我手脚不到之处，多多指点。"

张文达听说是霍元甲的徒弟，心里便已动了轻视的念头，再看刘振声的身材，并不高大，相貌也甚平凡，没有凶横强硬的样子；加以上台的时候，显然露出惊慌害怕的神气，更觉得是很容易对付的了。立时做出骄矜的样子答道："我既摆下了这擂台，随便谁都可以来打，我不管你是谁的徒弟，霍元甲既害气痛，就应该不能出来。可以到台下来看，如何不能到台上来打？也罢！他打发你来代替，我就和你打，打了你之后，看他却如何说？"说时，立了一个架势对刘振声道："你来吧！"

刘振声知道张文达力大，不敢走正面进攻，抢到张文达左边，使出"穿莲手"，对准左太阳穴打去。张文达将头一低，折过身躯，提起右腿朝刘振声右肋踢去。这腿来得太快，无论如何也来不及躲闪，只得迎上去一手撩住，用力往怀中一带，打算这一下把张文达拖倒。不料张文达的气力，真个比牛还大，拖了一下，哪里能将他身体拖动呢？张文达的脚向里边一缩，刘振声险些儿扑倒了，亏了他还机警，趁着张文达腿向里缩的势，整个身体跟着往前一送，张文达被推得后退了几步。刘振声待追上去接连打下，使他立脚不牢，究竟因气力小了，张文达虽倒退了几步，然身法并没有散乱，等到刘振声追上，张文达已劈胸一掌打来，正在向前追击的时候，又是来不及闪避，喜得这一掌不是张文达全副的力量，打着胸膛，不觉十分沉重，只退了一步，便立住了脚。两人交了这几手之后，彼此都不敢轻进了，一来一往打了几十个回合，张文达略一疏忽，一左腿又被刘振声撩着了，但是仍旧不曾把张文达拉倒。

盛大恐怕张文达打久了吃亏，即与张叔和商量，吹哨子停打，并向看客声明暂时休息。刘振声打了这多回合，也正觉身体有些疲乏了，巴不得休息一会儿。张文达跑进内台悄悄的问盛大道："我正打得好好的时候，少爷为什么吹哨子停打呢？"盛大道："我因见你左腿被刘振声撩着了，很吃力似的才脱身，恐怕你先和那姓廖的福建人打了那么久，精力来不及，吃不住这姓刘的，所以趁这时候吹哨子。"

张文达叹道："可惜少爷不懂武艺，没有看出那刘振声的毛病来。

339

我并不觉得吃力，刘振声已累得不能再支持了，如果少爷不在这时候吹哨子，至多不到五分钟，我不但能将他打倒，包管捉住他，使他动弹不得。"盛大道："我看霍元甲这个徒弟的本领很不错，身子灵活，也和那姓廖的差不多。"张文达点头道："这姓刘的武艺，还在那姓廖的之上，若不趁他身体累乏了的时候，倒不容易打翻他呢！"

张文达回身走出擂台，见刘振声正坐在霍元甲旁边，听霍元甲一面做着手势，一面说话，猜想必是指点刘振声的打法，便高声对刘振声说道："休息够了么？我们再来决个胜负。"刘振声抖擞精神，重新上台再打。这次刘振声因得霍元甲的指点，加以是第二次上台，胆量更大了，打了六七十回合，张文达竟讨不着半点便宜。

继续打到一小时的光景，刘振声已满头是汗，张文达也面红耳赤，两下手脚都有些慌乱起来。盛大原想再吹哨停战，只因刚才受了张文达的埋怨，恐怕又吹错了不好。农劲荪看了这情形，却忍不住走上擂台去，对几个公正人说道："两人打了这么多回合，不分胜负，不能再继续打了，若定要决雌雄，明日再打不迟。是这么再接着打下去，两人都得打成内伤，那简直是拼命，不是较量武艺了，请吹哨子吧！"盛大这才吹哨子，张、刘二人停了决斗。

农劲荪走到台口，对看客说道："刘君与张君这一场恶战，可以说得是棋逢敌手，没有强弱可分，不过以兄弟的眼光批评起来，二位各有各的长处。身子灵活，随机应变，是刘君的长处；桩步稳练，实力雄厚，是张君的长处。刘君曾两次撩住张君的腿，然不能将张君推倒，张君也三次打中了刘君的胸脯，但也不能把刘君打翻。两人相打，能像这样功力悉敌倒是很不容易遇着的。兄弟因见二位打到最后，气力都有些接不上了，手法、步法也都不免散乱起来，倘若再打下去，兄弟敢断定各人平日所会的武艺，半点也使用不出。两人都变成了不曾练武艺的蛮汉，演出一场乱碰乱砸的架势来，这何尝是在这里较量武艺呢？所以兄弟上台来，商量公正人吹哨子停战，如张、刘二君定要分个胜负，明日尽可再打。"

张文达这时喘息才定，听到这里接着说道："明日自然再打，我不能把姓刘的打翻，这擂台我也不摆了。"刘振声在台下答道："今天饶了你，我明天若不打翻你，一辈子也不再打擂台了。"说得满座的人多笑起来。

霍元甲道："我们回去吧，这不是斗口的事。"李九、彭庶白等人，多很高兴的送霍元甲师徒回寓。大家恭维刘振声武艺了得，霍元甲摇头道："张文达的手法极迟钝，每次两手高举，胁下空虚，振声只知道出手朝他胁下打去，底下却不催步。因此虽每次打着了，张文达仗着桶子功夫很好，打得他不关痛痒，只要底下能催进半步，连肩带肘的朝他胁下冲去，哪怕他是钢铸的金刚，铁打的罗汉，也得将他冲倒下来。"

刘振声道："我当时也想到了这种打法，只因顾虑张文达的气力太大，恐怕一下冲他不翻，被他膀膊压着肩背，禁受不住，所以几次不敢冒昧冲过去。"霍元甲跺脚唉声说道："你存了这个心，便不能和他打了。你要知道，越是和气力大的人打，越得下部催劲。他的气力既比你大，你不用全副的力量能胜他吗？你恐怕一下冲他不倒，反被他膀膊压着，这种念头，完全是过虑。你用全副的力量冲去，即算他的步法稳，不能将他冲倒；然他胁下受了你这一下，还能立住不后退吗？你不曾见那廖鹿苹的身法吗？接连几次都是用'鹞子翻身'的架势，使张文达扑空，你这么撞过去的时候，他万无不倒之理。倘若他的桩步稳，居然能不倒，也不后退一步，臂膀向你肩窝或脊梁劈下，你又可学廖鹿苹的身法，一个'鹞子翻身'，便车轮也似的到了他背后，不问他的气力如何强大，身体如何灵活，你这么一个'鹞子翻身'转到了他背后，只须一抬腿朝他腰眼踢去，他能逃掉么？"霍元甲一面说，一面表演着姿势。

刘振声恍然大悟道："这下子我明白了。我和他动手的时候，好几次见他扬着胳膊，胁下异常空虚；若是别人使出这种架势，我早已催步撞过去了。就为他的气力太大，恐怕一步踏进去，反吃他的大亏。现在我明白了这种应付的身法，不愁他张文达不倒地了。"

李九、彭庶白等看了霍元甲表演的身法，无不钦服。霍元甲叹道："这算不了什么！我虽是指点振声这种打法，只是我心里并不希望将张文达打倒，最好是张文达能自己明白和我寻仇的举动，没有意味，打消那报复的念头，我倒很愿意与他同心合力的来提倡武艺。我明天仍得尽力劝他一番。"

彭庶白笑道："那张文达和牛一般的笨，四爷尽管怀着一团的好意去劝他，我料想他是决不肯听的。"霍元甲道："他今天与振声打了这么久，没有讨着便宜，或者因此自知没有打翻我的把握，听劝打消那报复的念头也未可知。今天到场看打擂的，足有十分之三四是外国人，我们都是中国人，并且都是练武艺的，何苦拼命的争胜负，打给外国人看？在这种地方，就是打赢了的，又有什么光彩？"

彭、李等人作辞走后，廖鹿苹即来拜访，谈起来才知道廖鹿苹与龙在田是同门的师兄弟，小时候因天资极高，读书过目成诵。他父亲是一个武官，在松江当管带，鹿苹在十五六岁时到松江，这时龙在田也在松江，因邻居认识。龙在田的年纪，比廖鹿苹大几岁，生性欢喜武艺，已拜在松江一个有名的老拳师门下，学习拳棒。鹿苹一见便倾心想学，因此二人便同门练习。

后来二人虽各自又得了名师，然造诣仍各不相下。不过二人因性情不同，行径也大有分别。廖鹿苹的一举一动，都极有法度，不似龙在田那般任性。廖鹿苹所结交的，多是些在社会上有相当身份和地位的人，他原来与龙在田交情很厚，来往很密的，只因他有一个父亲的朋友，姓黄名一个璧字的，在他家看见龙在田，便劝他少和龙在田往来。他问什么道理，黄璧说龙在田生坏了一双猪眼，心术不正，将来必不得善终。廖鹿苹听了这话，虽不甚相信，然过从确不似以前亲密了。廖鹿苹近年因父亲已死，便全家移到上海来居住，龙在田不知道黄璧是何等人，更不知道有劝廖鹿苹少和他往来的话，还照常与廖鹿苹亲近。

廖鹿苹一向很注意的观察龙在田的行为，虽则欢喜和九流三教的人交结，但是十多年来，只听得一般人称赞他如何任侠仗义，每每出死力替一面不相识的人打抱不平，却一次也不曾听人说过他有损人利己的举动。不过龙在田因喜替人打抱不平，在松江太湖一带，很结了不少的仇怨。廖鹿苹觉得黄璧所谓不得善终的话，恐怕是将来被仇人暗算，因念

342

我既和他要好了多年，又曾有同门之谊，岂可明知道他有这种危险，却不劝他改变行为。有一次特地约了龙在田来家歇宿，乘夜深无人的时候，便向龙在田说道："承老哥不弃，拿我当一个好朋友，相交已有十多年了。我有几句很要紧的话，多久就想对老哥说，只是总怕老哥听了不高兴，几次没说出口来。今日再忍不住不说了。"

龙在田见廖鹿苹说得这般慎重，不由得问是什么话。廖鹿苹道："先父在日有一个最好的老朋友，姓黄，我家都称他为黄老伯，那黄老伯曾得异人传授，最会替人看相。经他看过的相，所说祸福荣枯，无不一一应验。在松江的时候，他在我家见过老哥，据他说老哥的性子太直，喜管闲事，若长此不改，难免不惹是非。他的意思是不许我对老哥说的，我忍到现在，委实忍不住了，索性说出来。望老哥从此少管闲事，可免不少的烦恼。"

龙在田听了，翻开两眼望着廖鹿苹笑道："那黄老伯还说了些什么，恐怕不仅说这个吧？"廖鹿苹道："没有说旁的，老哥用不着追问我。因那黄老伯平日说话非常应验，所以希望老哥能把脾气改好。"龙在田点头道："我相信你那黄老伯说我的话，必有确切不移的见地，决不是因见我平日的行为而说的。他虽在府上见过我，然只是偶然会面，断不能就我片刻的行为或言论，判别我一生的吉凶祸福。我料想他还说了什么话，老弟既希望我从此改变脾气，便得把他所有的话，老实说给我听。"

廖鹿苹见龙在田逼着要他说，只好将黄璧的话照样述了一番。龙在田低头半晌，忽然跳起来问道："这话在什么时候说的？"廖鹿苹道："在五年前说的。"龙在田问道："这黄老伯还在吗？"廖鹿苹道："他家住在松江，于今还是和五年前一般的康健。"龙在田埋怨道："老弟当时为何不对我说？"廖鹿苹道："当时我并不相信他，所以懒得说。近来因见他所说的话无不应验，又见老哥时常为不干己的事，不顾利害的挺身出面，这才使我不能不说了。只要老哥能因这番话把脾气改了，从今日起也不为迟。"

龙在田道："我埋怨你当时不说，是因当时我在松江，可以多多亲近那位黄老伯。你和我结交了这么多年，还不知道我的性格，以为我只欢喜听人说恭维话，不欢喜听人说我的短处，实在我的性情完全不是这样。你若早对我说了，我既知道那黄老伯这么会看人，我不但可以改变脾气，并且可因亲近那黄老伯，还可学些看人的法子。老弟不明白我们在江湖上糊口的人，因两眼不识人，不知道要吃多大的亏。"

廖鹿苹道："两眼不识人，岂特在江湖上糊口的吃亏？为人处世，无论在什么地位，处什么位置，都得两眼能识人才好。不过那位黄老伯之为人，老哥不曾多和他接近，所以不知道，以为我若早说了，老哥便可多多的与他亲近。其实那个老头的脾气，比什么人都古怪。他不存心和这人拉交情，就想找他多谈几句话也办不到。他与我先父交情很厚，我明知他不仅会看相，并有极高的道术，一心想亲近他，学点儿养生之道。无奈他的脾气太古怪，简直亲近不来。我曾听先父说，他一个人的历史，也非常古怪。

"他在三十岁的时候，得了拔贡，因才学好的缘故，受了两广总督某公的聘，在广东当幕宾。那总督十分敬重他，终日形影不离。有一次那总督因公晋京，也带了他同去。那时北京雍和宫里有一个老喇嘛，据一般人说年纪有一百三十多岁了，道行高得了不得，终年独自修持，无论谁去见他，都不肯接待。除却皇帝、皇后，少有外人能同那老喇嘛谈话的。这位总督久慕那老喇嘛的道行非凡，进京后就带了这位黄老伯到雍和宫去。却是作怪，那老喇嘛忽然愿意亲自接见，一见黄老伯便含笑点头说道：'居士别来无恙，还记得老僧么？'黄老伯向老喇嘛端详了两眼，觉得面生，想不起在哪里见过，然不好说不记得，只得含糊答应。老喇嘛接着问道：'居士已忘记了么？'黄老伯想了一想问道：'老和尚曾到过四川么？'老喇嘛摇头说没到过。黄老伯又问：'曾到过云南或两广么？'老喇嘛也说没到过。黄老伯道：'老和尚既不曾到过川滇、两广，我这番却是初次到北京，实在想不起曾在什么地方会过老和尚。'

"老喇嘛含笑不答，与那总督畅谈祸福因果，并安排素筵留两人吃饭。饭后老喇嘛单独邀黄老伯到内室问道：'居士真忘记了老僧么？再仔细想想看。'黄老伯说想不起来。老喇嘛道:'居士想得起六岁以前的事么?'黄老伯听了这话,立时想起六岁以前的怪事来,答道:'我记得六岁以前,凡事无不如意,心里想要什么,只要念头一动,便自然有人送我所想要的东西来,屡试不爽。那时我家并非富饶,不能做绸绫衣服给我穿,我看了邻家小孩穿绸绫衣服,向父母哭要,父母没奈何打算拿钱去买,想不到打开衣橱,里面居然发现了几段我想穿的裁料,家中无人知道这裁料是从哪里来的。'老喇嘛听着点了点头又问道:'居士曾听尊父母说过你出世时的故事么?'

"黄老伯道:'不错!记得家父母曾对我说过,说我下地就张开两眼,向房中的人乱望,并开口说道:我出家人,如何跑到这有妇人的房里来了?我这一说话,把家里人都吓慌了,不知要如何才好。正在大家慌乱的时候,我忽然两眼一闭,手脚动了几动就死了。家父母这时都已到中年,好容易才得了我这个儿子,谁知一出世就死了,真是着急得了不得。但是一家人眼望着我死,却没有方法诊治。在这时候,突然来了一个道人,向家父道喜,说恭喜先生得了一个好公子。家父不乐道:还说什么恭喜,小孩子下地就说话,一会儿便死了。那道人现出惊讶的样子说道:已死了吗?不会死的,你抱出来给贫道看看。家父觉得这道人来得奇怪,即将我抱出来。道人伸手在我头顶上拍了几下说道:莫跑,莫跑!说毕口中念诵了一阵,我两眼又张开了。家父仍抱我到房中,刚待回身出来谢那道人,再看我时,两眼又闭,又死过去了。家父慌得又出来给道人看,道人骂道:你还想逃跑吗?即从袖中取出一道符来,用一根红绳系在我颈上,又在我头顶上拍了几拍,口中仍不住的念诵。对家父道:请放心,这下子不愁他跑了,抱到床上去让他睡睡,一会儿就醒转来了。家父送我到房里,出来看道人已不知去向了。追出大门,也不见踪影。过了一会儿,我果然醒转来,只是和寻常小孩一样,不能开口说话了。从此家中百事顺遂,尤其是对于我本身的事,真是思衣得衣、思食得食,这是我六岁以前的情形。'

"老喇嘛叹道:'隔阴之迷,力量诚大,只一眨眼的时光,你便把前事通同忘了,我说给你听吧。你前生原是我这里一名小沙弥,平日尚能恪守清规，只因去今三十多年前的浴佛日，这里做法会，来进香的男女居士极多。你同另一个小沙弥，对来进香的女居士，任意评头品足，和发了狂的一般。论你两人那时的动念，应堕落畜牲道，我因念你两人，平日尚少恶念，不忍眼见你们堕落，不待恶因成熟，用拨火铁杖活活将你两人打死，使再转人身。当时我曾问你两人，或是愿意投生富贵人家，或是愿意本身寿命攸久。那个小沙弥心欣富贵，已令投生某贝勒家，享受了三十年富贵，于今已因积业身死，仍不免受恶报去了。你因生在贫穷之家，三十年来恶业还少，所以有今日的遇合。'

"黄老伯听了这番话，心中忽然若隐若现的，觉得这雍和宫的景物，是曾经见过的。跟着再一追忆，不仅景物是曾经见过，老喇嘛所说的话，竟历历心头，仿佛是想起一场很清楚的大梦，不由自主的双膝向老喇嘛跪下叩头哀泣道：'师傅救我，恩重如山，只恨一时迷惘，忘却本来。此时明白了，千万求师傅许我回来。'老喇嘛伸手将他拉起来说道：'只要你明白这轮回之苦就得哪！你这时父母尚在，又无兄弟，不能随意出家。'黄老伯见老喇嘛这么说，只得要求传授修持的方法。从雍和宫出来以后，直到此刻四十多年，不但吃素，每日只在天色黎明的时候，就自烹爨，吃一碗白白饭，过此除白开水外，什么也不入口。现在他的年纪虽有八十多岁，然精神比较五六十岁的人还好。就是性情古怪，见不得人家做不正当的事。不管认识不认识，大家能受不能受，每每当面斥责人。他还说是不忍眼睁睁望着人家向地狱里跑，不将人喊醒。先父在时最钦敬他，我从前虽知道他这些奇怪的事，但不大相信。近来因种种的应验，使我不由得不相信他。"

龙在田道："这些话好在是老弟说给我听，若是别人说出来，哪怕说是亲目所见，我也不能相信。他无论说我什么坏举动，说对了我自然改过，便是说得不对，我也决不恼他。不过他说我生坏了一双猪眼，因见我生了猪眼，便知道我心术不正，这却使我没有办法。我心术不正，是可以改正的，至于说我生坏了猪眼，这有何方法可以改换呢？我以后不见他的面便罢，倘得见面是得问他的。"

事有凑巧，廖鹿苹这日拜访霍元甲，因谈龙在田谈到黄璧，不料农

346

劲荪在好几年前就闻黄璧的名，只恨无缘见面，并不知黄璧住在何处。无意中听得廖鹿苹说起，好生欢喜，当下约了过几日抽工夫同去松江拜会。

次日霍元甲、农劲荪带了刘振声到张园来，只见看擂的人比昨日更多了。因为昨日开擂有廖鹿苹和刘振声两人上台，都打得很好，报纸上将两人打擂的情形，记载得十分详细，并说了昨日不曾分出胜败，今日必然继续再打。这记载惊动了全上海的人，所以来看的比昨日又多了几成，临时增加了三四成座位，挤得偌大一个会场，连针也插不下了。

霍元甲三人进场后，竟找不着座位，李九、彭庶白等熟朋友，虽都到了，只因看客意外的加多，座位又没有编定号码，谁也不能留着空座位等客。霍元甲三人到得稍迟，就想临时添座也没有隙地。喜得场中招待的人员，认得霍元甲三人，知道不是寻常看客，见场中没有座位，便请到台上去坐。

霍元甲上台后，只得和张文达招呼。张文达因昨日与刘振声打了那么多回合，始终没占着便宜，心想霍元甲的徒弟，能耐尚不在我之下，霍元甲本人的功夫就可想而知了。我打刘振声不能取胜，打霍元甲如何有取胜的希望？他心里这么一想，便不由得有些着急。昨日回到盛公馆，面上即不免显出些忧虑的神色。盛大已猜出张文达的心事，安慰他道："刘振声名义上虽是霍元甲的徒弟，听说实际霍元甲并不曾教过刘振声的武艺。刘振声是虎头庄赵家的徒弟，为仰慕霍元甲的威名远震，才拜在霍元甲门下，武艺不见得比霍元甲坏。"张文达听了这番安慰的话，心里果然安慰了不少，这时霍元甲向他招呼，他那愤恨要报仇的心思却因昨日没占到便宜，自然减退了大半，神气不似昨日那般傲慢了。

霍元甲见他的言语、举动都和平了，仍继续昨日的话说道："张君昨日和小徒打了不少的回合，没有分出显明的胜负，兄弟觉得就此罢手最好，而我两方都无所谓仇恨，用不着再存报复的念头。"

张文达此时已不想坚持要报仇的话了，正在踌躇没有回答，顾四在旁边插嘴说道："不行，不行！张文达摆擂台花钱费力，为的什么事，岂可就此不打了？"盛大也接着说道："教张文达摆擂台的，也是你霍元甲；于今一再劝张文达不打的，也是你霍元甲。你这不是拿着张文达寻开心么？"张文达思想简单，不知盛、顾二人为的是想瞧热闹，还认作是帮他壮声威，登时怒气勃勃的嚷道："我们要拉交情做朋友，且等分了胜负再说。"

霍元甲见三人说话这般神气，也不由得愤然说道："好！你们都弄错了我的意思，以为我一再劝和是害怕，今天小徒刘振声再打，我包管在十五分钟之内分胜负。"张文达忽然心想刘振声既不是霍元甲的真徒弟，也许霍元甲的武艺，不比刘振声高强，我昨日既讨不到刘振声的便宜，今天何必再找他打？想罢，即指着霍元甲说道："我不认识你什么徒弟，我是为找你霍元甲来的，今天非打你不可！"

霍元甲望着张文达，用手指了指自己胸脯说道："你定要找我打么？老实对你说吧，我于今已彻底知道你的能耐。刘振声今日能在十五分钟内打败你，若定要找我打的话，我敢当着台下一万多看官们，先说一句夸口的话，我倘到三步以外才把你打倒，便算是我输给你了。"

霍元甲说话的声音，本极响亮，这几句话更是一字一字的吐出来，说得精神饱满，台下的人听了，都不由自主的拍掌叫好。大家这么一吼叫，仿佛是替霍元甲壮声威，张文达听了这几句夸大的话，果然有些气馁，心想霍元甲并不长着三头六臂，我的手脚又不曾被人缚住，莫说我还练了半辈子的武艺，便是一点儿武艺不会的人，也不能说不到三步，一定可以把他打倒。莫不是霍元甲会些法术，有隔山打牛、百步打空的本领？我倒得仔细提防他。听说大凡会法术的使用法术，越远越好，叫做显远不显近。我凭着本身的能耐，抢到他身边，使他用不着法术，看他如何能在三步之内打倒我？张文达自以为这主意很好，谁知道这次失败，就吃亏打错了这主意。霍元甲何尝有什么显远不显近的法术，倘若张文达不这么作想，动手时专求闪避，霍元甲不见得能如愿相偿。

霍元甲说完了话，自行脱下身上长袍，顺手递给刘振声，盘好了顶上辫发，正色对张文达道："你来呢，还是我来呢？"张文达因恐怕霍元甲动手就使用法术，毫不迟疑的答道："我来。"说罢，伸直两条又粗又长的臂膀，直上直下的向霍元甲猛冲过来。

348

霍元甲不但不闪避，反直迎上去，果然仅踏进两步，只见霍元甲并不招架，右手直抢张文达咽喉，左手直撩下部。张文达胸前衣服，被霍元甲一手扭住了，先往怀中一带，张文达仗着力大，将胸脯一挺，不料霍元甲已乘势往前一推，怎经得起霍元甲那般神力，一步也来不及倒退，已仰面朝天倒在台上。霍元甲跟进一步，用脚尖点住张文达胸膛，右手握起拳头在张文达面上扬着说道："张文达，张文达！我屡次劝你打销报复的念头，并且再三解释，你的徒弟在我手里栽跟斗，是由他自讨没趣，你偏不相信，定要当着许多外国人，显出我们中国人勇于私斗的恶根性来。你就把我打输了，究竟于你有什么好处？此刻我若不因你是一个中国人，这一拳下来，你还有性命没有？这次且饶了你，去吧！"说毕，一伸手就和提草人似的，将张文达提了起来，往内台一推。真是作怪，张文达一到霍元甲手上，简直和失了知觉的人一般，被推得两脚收煞不住，连爬带跑的直撞进内台去了。

满场看客看了霍元甲这种神勇，一个个禁不住跳起来吼好，就像是发了狂的。霍元甲穿好了衣服，带了农、刘两人下台。这擂台既是张文达做台主，张文达一被打败，擂台便跟着被打倒了。一般看客知道没可看的了，都纷纷起身，大家围拥着霍元甲挤出会场。其中有一大部分人，因钦佩霍元甲的本领，不舍得分离，一路欢呼踊跃的，送到四马路寓所，才各自散去。

这夜有上海教育界的一班人，特地备了酒席，为霍元甲庆祝胜利。在座的人，无不竭力恭维霍元甲的本领，各人都劝霍元甲痛饮几杯。霍元甲叹道："承诸公的盛情，兄弟非常感激，不过兄弟觉得打翻一个张文达，不值得诸公这么庆祝。若是奥比音敢和我较量，我敢自信也和打张文达一样，在三步之内将他打倒，那才是痛快人心的事。可惜张文达是一个中国人。我常自恨生的时候太晚了，倘生在数十年以前，带兵官都凭着一刀一枪立功疆场，我们中国与外国打起仗来，不是我自己夸口，就凭着我这一点儿本领，在十万大军之中，取大将首级，如探囊取物。现在打仗全用枪炮，能在几里以外把人打死，纵有飞天的本领，也无处使用。下了半辈子苦功夫，才练成这一点能耐，却不能为国家建功立业，哪怕打尽中国没有敌手，又有什么用处！"

座中有一个姓马的说道："霍先生说现在枪炮厉害，能在几里以外把人打死，事实确是不错。不过枪炮虽然厉害，也还得有人去使用它，若使用枪炮的人，体力不强，不耐久战，枪炮也有失去效力的时候。枪炮是外国发明的，我们中国虽是赶不上，但假使全国的人，体格都强壮会武艺，枪炮就比较外国人差些，到了最后五分钟决胜负的时候，必是体格强壮会武艺的占便宜。日、俄两国陆军在辽东大战，日军其所以能得最后胜利，一般人都承认是因为日本人会柔道，在肉搏的时候，一个日本人能敌两三个俄国人，可见枪炮尽管厉害，两军胜负的关系，还在体力。并且我觉得外国人迷信科学，各种科学的唯一目的，是求人生的安享，科学越是发达，人生安享的程度便越增高。凡是过于安享的人，体格必不能特别的强壮。平日利用枪炮的心思太甚，对于肉搏决不注意，我中国枪炮既不如人，倘若又没有强壮的体格，和善于肉搏的武艺，万一和外国人打起仗来，岂不更是没有打胜仗的希望吗？我们江、浙两省人的体格，在全国各行省中，算是最脆弱的了。我等在教育界做事的人，都认定是关系极重大的一件事。此刻各级学校多注重体育，也就是想改良一般学生的体质，无如所用的体育方法，多是模仿外国的。我不是说外国的体育方法不好，但是太感觉没有研究的趣味，无论哪种学校的学生，对于体操，除却在上操场的时候，共同练习最短的时间外，谁也不肯在自习的时间，研究或练习体操。有许多教会学校和大学校，简直连上操场的时间都没有，足球、网球等运动方法，虽也于体质有强壮的效力，然而不是普遍的。

"自从霍先生到上海来摆设擂台，我们就确认我国的拳术，有提倡的价值，及提倡的必要。在霍先生未到上海以前，我等非不知道我国有最精良的拳术，可以提倡，不过那时觉得我国拳术的门户派别太多，我等不曾研究过的人，不知道究竟应该提倡哪一种，要物色一个教师很不容易。难为霍先生的本领超群，加以威名震全国，有先生出面担任提倡教授，可以收事半功倍之效。我等近来经屡次计划，准备组织一个教授武艺的专门学校，要求霍先生担任校长。我等并知道农先生威名虽赶不上霍先生，只是武艺也高明得了不得，尤其是中、西文学都极好。我等计划的这专门学校，要想办理得有好成绩，非求农先生出来同负责任不可。霍先生的高足，得多聘几位来担任教授。两星期以前，我等曾和农先生商量，知道霍先生因祖传的家法，不许以迷踪艺传授给异姓人，已写信去天津，要求家长许可破例传授，不知现在已否得了许可破例的回信？"

霍元甲说道："兄弟对于拳脚功夫，虽说略知一二，但是办学校及应如何提倡，如何教授，我是完全不懂。这事不办便罢，要办就得求农爷承认当校长，兄弟仅能听农爷的指挥，要我如何教，我就如何教。至于学校里应聘几位教习，兄弟当然可以负责任去聘请。兄弟除振声而外，并没有第二个徒弟，便是振声，也不过名义上是我的徒弟，实际并不曾传授他迷踪艺的法门，其所以没有徒弟，就是为家法有不传异姓的限制。前次写信回家向敝族长要求，近已得回信，敝族人为这事已开了一次全族会议，对破例的事，仍是不能允许，不过对于兄弟一个人的行为、意志，已许自由。不论将迷踪艺传给什么人，族人不照家法追究，其他霍姓子弟，不得援此为例，倘第二个姓霍的破例，还是要按法惩办的。敝族祖先当日订下这严厉的家法，却不是自私，为的是怕教授了恶人，受徒弟的拖累。对本家子弟，一则容易知道性情，二则有家规可以限制子弟的行动。于今办学校，目的是在求武艺能普遍，不在造就登峰造极的好汉，并且既称为学校，学生便与寻常的徒弟不同，将来断不至有受拖累的事，所以兄弟敢于破例担任教授。"

教育界的人，听了霍元甲这番话，自然很满意。从这日起，便大家计划进行，创办一个专教武术的机关，名叫"精武体育会"，推农劲荪当会长，霍元甲、刘振声当教习。因慕霍元甲声名入会的，确是不少，只是肯认真练习武术的，虽以霍元甲的号召力，还是不多。

霍元甲自精武体育会开办后，身体不免劳顿，因家事又受了忧虑，以致胸内疼痛的病又发了。在打过张文达的次日，胸内已痛了一次，当把秋野送的白药片服下实时停止的，这次再发，不知如何服下那药全无效验，加倍服下也是枉然，痛得不能忍受，只得带了刘振声到秋野医院去诊视。秋野诊察之后说道："霍先生不听我的劝告，此刻这病已深入不易治疗的时期了。上次来诊察的时候，还可以不住医院，只要一面服药，一面静养，即可望在一两个月以内痊愈。现在的病势，非住院绝对没有治好的希望，止痛剂失了作用，每日得打三次针，方可以免除疼痛。"

霍元甲此时见止痛剂不发生效力，对秋野的话才相信了，当下要求秋野先打针止痛。这番便不似前次那么容易见效了，针打后十多分钟，痛才渐渐减轻了。霍元甲问秋野须住院多少日，始能完全治好。秋野思索了一会儿说道："要完全治好，大约须两个月以上。"刘振声从旁问道："现在住医院还来得及么，断不至有性命的危险么？"秋野道："若能断定没有性命的危险，我也不说已深入不易治疗的时期的话了。须住过一星期之后，如经过良好，方敢断定没有危险。若再拖延下去，只求止痛，恐怕不能延到一个月了。"霍元甲只好答应住院。

刘振声因不愿离开老师，也搬了铺盖到院中伺候。秋野医生诊治得十分细心，每日除替别人诊病及处理事务外，多在霍元甲身边，或诊病或闲谈。霍元甲在院中，倒不感觉身体上如何痛苦了，精神上也不感觉寂寞。

光阴易逝，转眼就过了一星期，秋野很高兴的对刘振声道："这下子你可以放心了，贵老师的体气，毕竟比寻常人不同，这一星期的经过非常良好，我于今敢担保断无生命的危险了。照这一星期的经过，预料或者有五星期即可出院。我知道你们师徒的感情好，说给你听，使你好放心。"刘振声自进医院后，镇日忧愁，一心只怕老师的病没有治好的希望，这时听秋野医生这么说，心里才宽慰了。

一日秋野从外边回来，喜滋滋的对霍元甲道："我前次曾对霍先生说，敝国有几个柔道高手，因慕霍先生的名，打算来上海拜访，后来因有人反对，恐怕以个人行动，妨碍全体名誉，想来的人不敢负这责任，所以把行期拖延下来。嗣后由讲道馆召集开会，选拔了五个柔道名人，原想在霍先生擂台未满期以前赶到的，因相扑的团体也要求派选手参加，临时召集全国横纲大会，耽搁了不少的时日。结果选派了两个大横纲，参加柔道团体同行，今日已到了上海。听说这两个横纲，年纪很轻，是初进横纲级的，在敝国并没有大声名，但是两人的体力和技术都极好。敝国普通一般相扑家，因为从小就专求体力和体量的发达，终年没有用脑力的时候，所以相扑家越是阶级增高，脑力便越蠢笨，不仅对于处世接物处处显得幼稚及迟钝，就是对于自己所专门研究的技术，除却依照原有的法则，拼命锻炼而外，丝毫不能有新的发明；所以流传千数百年的相扑术，简直是谨守陈规，一点儿进步也没有，和柔道家比较起来相差甚远。这两个相扑的却有点儿思想，都抱了一种研究改良的志愿。此来拜访霍先生，便负了研究中国拳术，将来回国改良相扑的责任。我刚才到码头上迎接他们，准备明天在讲道馆开一个盛大的欢迎会，欢迎霍先生前去。他们本是要同到这医院里拜会的，兄弟因院中的房屋狭小，加以左右房间里都住了病人，他们来了有种种不便，所以阻拦了不教他们来。兄弟原是此间讲道馆负责任的人，今特代表全体馆员谨致欢迎之意。"

霍元甲道："欢迎则不敢当，研究武艺，兄弟是素来愿意的，何况是贵国的柔道名人、相扑横纲，在全国好手之中挑选出来的代表呢？若在平时，哪怕就相隔数百里，我也情愿去会面谈谈，不过我此刻因病势沉重，才住在贵院里求先生诊治，正应该静养的时候，岂可劳动？好在我的病，是经先生诊治的，不可劳动，也是先生的劝告，不是兄弟借口推托，万望先生将兄弟的病情，及兄弟感谢的意思，向那几位代表声明。如果他们在上海居住的日子能长久，等到兄弟病好退院之后，必去向他们领教。"

秋野笑道："霍先生的病，这几天收效之快，竟出我意料之外。前日我不是曾对你说过的吗？我并曾告知刘君，使他好放心。住院的经过既这么良好，偶然劳动一次也不要紧，好在先生的病，是兄弟负责治疗，倘若劳动于病体有绝大妨碍，我又何敢主张先生前去，不待先生辞谢，我自然在见他们的时候，就得详细声明。我因见先生的病，危险时期已经过去，而他们又系专诚从敝国渡海而来，不好使他们失望，所以接受这欢迎代表的责任。"

霍元甲想了一想说道："秋野先生既是这般说法，我再推辞不去，不仅对不起从贵国远来的诸位代表，也对不起秋野先生。但是兄弟有一句话事先声明，得求秋野先生应允。"秋野忙问什么话。霍元甲道："兄弟到会，只能与他们口头研究，不能表演中国的拳术，这话必经秋野应允了，兄弟方敢前去。"秋野笑道："我自然可以答应不要求霍先生表演，不过他们此来的目的，就是要研究霍先生家传的武艺，我此刻如何敢代表他们应允不要求表演呢？"

霍元甲道："先生是讲道馆负责任的人，又是替兄弟治病的医生，他们尽管向兄弟要求表演，只要先生出面，说几句证明因病不能劳动的话，我想他们总不好意思再勉强我表演。"秋野问道："霍先生是不是恐怕把家传的武艺表演出来，被他们偷学了去，所以先要求不表演呢？"霍元甲笑着摇头道："不是，不是！兄弟所学的武艺，休说表演一两次，看的人不能学去，就是尽量的传授给人，也非一年半载之久，不能领会其中妙用。倘若是一看便会的武艺，怎的用得着定出家法，不传授异姓人呢？兄弟其所以要求不表演，一则是为有病不宜劳动，二则我知道贵国没有单人表演的拳术，要表演便得两人对手，我自从打过两次擂台之后，自己深悔举动孟浪，徒然坏了人家名誉，结下极深的仇怨，将来随时随地都得提防仇人报复，于兄弟本身半点儿好处也没有，已当天发下了誓愿，从此不和人较量胜负。我既有这种誓愿，自不能不事先声明，这是要求秋野先生原谅的。"

秋野点头道："表演于病体却无多大关系，就算有关系，我也敢担保治疗，这是不成问题的。至于霍先生因打擂发下了誓愿，本来应该体谅，只是霍先生系发誓不和人较量胜负，不是发誓不和人研究武艺，于今他们并没有要求表演，明日他们如果要求，我自竭力证明，能不表演自然很好。"当下二人是这么说了。次日早餐后，秋野即陪同霍元甲，带了刘振声，乘车到讲道馆。

霍元甲以为讲道馆必是一个规模很大的房屋，进大门看时，原来是几间日本式的房屋，进大门后，都得脱下鞋子。刘振声在脱鞋子的时候，悄悄的对霍元甲说道："穿惯了鞋子，用袜底板踏在这软席子上，好像浑身都不得劲儿，他们若要求动手，我们还是得把鞋子穿上才行。"霍元甲刚待回答，里面已走出几个日本人来，秋野即忙着介绍。

霍元甲看走在前面的两个，禁不住吃了一吓，那身材之高大，真是和大庙里泥塑的金刚一样。霍元甲伸着腰干，头顶还不到他两人的胸脯，看他两人都穿着一式的青色和服，系着绺条青绸裙子，昂头挺腹的立着。经秋野介绍姓名之后，一个叫作常磐虎藏的向霍元甲伸出右手，表示要握手之意。霍元甲看他这神气，知道他要握手必不怀好意，只装没看见的，掉转脸和第二个叫做菊池武郎的周旋。这菊池武郎也是昂头挺腹，不但不鞠躬行礼，连颔首的意味都没有，也是突然伸出蒲扇也似的巴掌，待与霍元甲握手。秋野恐怕霍元甲见怪，即赔笑对霍元甲解释道："敝国武士道与人相见的礼节，是照例不低头，不弯腰，不屈膝的，握手便是极亲爱的礼节，望霍先生、刘先生和他两位握握手。"

霍元甲这时不能再装没看见了，只得也伸手先与菊池武郎握，以为他们这般高大的体格，必有惊人的手力，不料竟是虚有其表，比寻常人的力量虽大，似乎还赶不上张文达的气力。

在听秋野解释的时候，霍元甲心里十分替刘振声着虑，唯恐两相扑家的力量太大，刘振声被捏得叫起痛来，有失中国武术家的体面。自己试握了一下之后，才把这颗心放下。霍元甲与菊池武郎握了，见常磐虎藏的手，仍伸着等待，遂也伸手和他去握。忽听得菊池武郎口里"哟"了一声，身体跟着往下略蹲了一蹲，回头看时，原来是刘振声正伸手与菊池武郎握着，菊池脸上已变了颜色。霍元甲忙对刘振声喝道："不得无礼！"振声笑道："是他先用力捏我，使我不得不把手紧一紧，非我敢对他无礼。"常磐见菊池吃了亏，自己便不敢使劲和刘振声握手了，只照常握了一下。秋野接着引霍、刘二人与五个柔道名人相见，大家也是握手为礼，却无人敢在上面显力量了。相见后同到一间很宽大的房中。

霍元甲看这房间共有二十四张席子，房中除排列了十几个花布蒲团而外，一无陈设。大家分宾主各就蒲团坐后，由秋野担任翻译，彼此略叙寒暄。柔道名人中间有一个叫做有马谷雄的开口说道："我们因种种

355

关系，启程迟了，不能在霍先生摆设擂台的时候赶到上海，参观霍先生的武术，我们认为是一种很大的损失。今日是敝国两个武术团体的代表，欢迎霍先生，希望能与霍先生交换武术的知识技艺。我们知道霍先生现在创办了一个精武体育会，专负提倡武术的责任。这种举动，是我等极端钦佩的，请教霍先生，贵会对于拳术的教授，已编成了讲义没有？"有马说的是日本话，由秋野翻译的。

霍元甲也请秋野译着答道："敝会因是初创的关系，尚不曾编出拳术的讲义，不过敝国的拳术，一切动作，都得由教师表演口授，有不有讲义，倒没有多大的关系。至关重要的意义，敝国各家各派的老拳师，无不有一脉相传的口诀及笔记，这是各家各派不相同的，由教师本人决定，须到相当的时期，方可传授给徒弟。这种记载，性质也类似讲义，然从来是不公开的，大家都是手抄一份，没有印刷成书的。兄弟已打算根据这种记载，参以本人二十多年来的心得，编成讲义，传授会员，想打破从前秘传的恶习惯。"

有马听了称赞道："霍先生这种不自私的精神，真了不得！那种口诀和笔记，在未编成讲义以前，可否借给我等拜读一番？"霍元甲毫不迟疑的答道："可以的。不过兄弟这番从天津到上海来，原没打算办体育会，这项抄本并没带在身旁，俟将来编成讲义之后，可以邮寄数份到贵国。"有马和诸人都同时向霍元甲道谢，并继续问道："我等在几年前，就听说霍先生在天津刺杀拳匪首领的事。当时新闻纸上，说在数千拳匪之中，独来独去，如入无人之境，将拳匪首领杀倒，竟没一人看清了霍先生的面目，是不是真有这么一回事故？"

霍元甲笑道："出其不意，攻其无备，杀一个没有能耐的匪首，算不了什么奇事。当时新闻纸依照那些拳匪传述的登载，倒没有错误，不过恭维兄弟是剑仙，就过甚其词了。"有马道："霍先生的剑术，想必比较拳术更高明些。"霍元甲摇头笑道："多是一知半解，够不上说高明。"

有马道："我等特地渡海来拜访霍先生，霍先生总得使我等多少获点儿益处，方不辜负此行。我等此刻想要求霍先生表演些技艺，这完全是友谊的，绝不参着争胜负的心思在内，能得霍先生许可么？"霍元甲笑道："兄弟昨日已对秋野先生声明了，请秋野先生说说。"

秋野果将昨日彼此所谈的话，述了一遍。有马道："秋野院长既负了替先生治疗的责任，我又声明了，不参着争胜负的心思在内，可知先生所虑的都已不成问题。我等最诚恳的要求，请霍先生不再推辞了吧！"霍元甲知道再推辞也无益，便对刘振声道："既是他们诸位定要表演，你就小心些儿，陪他们表演一番吧！"

刘振声指着席子说道："用袜底板踏在这软席子上，站也站不牢稳，如何好动手呢，我穿上鞋子好么？"霍元甲摇头道："鞋底是硬的，踏在这光滑的席子上，更不好使劲，你索性脱下袜子，赤脚倒牢稳些。"刘振声只得脱下袜子，赤脚走了几步，果然觉得稳实多了。

有马指派了一个年约三十二三岁、身材很矮小，叫做松村秀一的，和刘振声动手。松村秀一到隔壁房里，换了他们柔道制服出来，先和刘振声握了握手，表示很亲热的样子。刘振声是一个极忠厚的人，见松村又亲热又有礼节，便也心平气和的，没存丝毫争胜的念头。谁知日本人在柔道比赛以前，彼此互相握手，是照例的一种手续，算不了什么礼节，更无所谓亲热。刘振声因此略大意了些儿，一下被松村拉住了衣袖，一腿扫来，振声毕竟不惯在席子上动作，立时滑倒了，还喜得身法敏捷，不曾被松村赶过来按住，已跳起来立在一旁。

有马等人看了，好生得意，大家拍掌大笑，只笑得刘振声两脸通红，心头火冒，霍元甲面子上也觉难堪。松村得了这次胜利，哪里就肯罢手呢？赶上来又打。这回刘振声就不敢不注意了，只交手走了两个照面，刘振声扭住了松村的手腕，使劲一捩，只见松村往席子上一顿，脱口而出的喊了一声"哎哟"，右臂膀已被捩得断了骨节，一声不作，咬紧牙关走开了。

有马看了这情形，怎肯就此罢休呢？急忙亲自换了衣服，也照例与刘振声握手。霍元甲见有马神气异常凶狠，全不是方才谈话的态度，恐怕闹出乱子来，急得抢到中间立着说道："依兄弟的意思，不要再表演了吧！我中国的拳术，与贵国的柔道不同，动辄打伤人，甚至打死人

357

的，所以兄弟在摆设擂台的时候，上台打擂的须具切结。现在承诸位欢迎兄弟，并非摆擂台，岂可随意动手相打？"秋野译了这番话，有马道："松村的手腕已掼断了，我非再试试不可。"说着不管三七二十一，赶着刘振声便打。

刘振声知道自己老师不愿撞祸，连连向左右闪避，有马越逼越紧，逼到近了墙壁。有马气极了，直冲上去，刘振声待他冲到切近，跳过一边，接着也是一扫腿。有马的来势本凶，再加上这一扫腿的力量，扑面一跤跌下去，额头正撞在一根墙柱上，竟撞破了一大块皮肉，登时血流满面，好在还不曾撞昏，能勉强挣扎起来。那常磐虎藏早已忍不住，急急卸了和服，露出那骇人的赤膊来，也不找刘振声握手了，伸开两条臂膀，直扑霍元甲。

元甲既不情愿打，又不情愿躲避，只得急用两手将他两条臂膀捏住，不许他动，一面向秋野说话，要求秋野劝解。不料常磐被捏得痛入骨髓，用力想挣脱，用力越大，便捏得越紧，一会儿被捏得鲜血从元甲指缝中流出来。元甲一松手，常磐已痛得无人色，在场的人，谁也不敢再来尝试了。霍元甲心里甚觉抱歉，再三托秋野解释，秋野只管点头说不要紧，仍陪着霍元甲回医院。

到夜间八点钟的时候，秋野照例来房中诊察，便现出很惊讶的神气说道："霍先生今日并没有和他们动手，一点儿不曾劳动，怎的病症忽然变厉害了呢？"刘振声在旁说道："老师虽不曾劳动，但是两手捏住那常磐的臂膀，使常磐不能动弹，鲜血从指缝中冒出来，可见得气力用的不小。"秋野连连点头道："不错，不错！倒是动手打起来，或者还用不着那么大的气力，这真是意想不到的事。"

霍元甲道："我此时并不觉得身体上有什么不舒适，大概还不妨事。"秋野含糊应是，照例替霍元甲打了两针，并冲药水服了，拉刘振声到外边房里说道："我此刻十分后悔，不应该勉强欢迎贵老师到讲道馆去，于今弄得贵老师的病，发生了绝大的变化，非常危险，你看怎么办？"

刘振声听了这话，如晴天闻霹雳，惊得呆了半晌才说道："看你说教我怎么办，我便怎么办。你原说了负责治疗的。"秋野道："贵老师用力过大，激伤了内部，这是出乎我意料之外的事，我不是不肯负责，实在是不能治疗。我看你还是劝你老师退院，今夜就动身回天津去，或者能赶到家乡。"

刘振声刚待回答，猛听得霍元甲在房中大喊了一声，那声音与寻常大异，慌忙拉秋野跑过去看时，只见霍元甲已不在床上，倒在地板上乱滚，口里喷出鲜血来。上前问话，已不能开口了。刘振声急得哭了起来。秋野又赶着打了一针，口里不喷血了，也不乱滚了，仍抬到床上躺着，不言不动，仅微微有点鼻息。

刘振声不敢做主退院，霍元甲又已少了知觉，刘振声只好独自赶到精武体育会，把农劲荪找来。农劲荪虽比刘振声精细，看了种种情形，疑惑突然变症，秋野不免有下毒的嫌疑，但是得不着证据，不敢随口乱说。奄奄一息的延到第二日夜深，可怜这一个为中国武术争光的大英雄霍元甲，已脱离尘世去了，时年才四十二岁。

总评：

霍元甲之与张文达，虽同为摆设擂台，而摆设擂台之地，又同为上海张园。然一则纯欲打倒外国大力士，为中国人争面子起见，宗旨何等光明正大？一则仅欲以之向霍元甲报私仇，正见其心肠之褊狭，此凡属明眼人，固皆能辨而知之者矣。讵盛大与张文达，均目为十分得意之事，其于擂台上下弥极铺张扬厉之致，视霍元甲时为有加，毋乃太属眼光浅陋，而为有识者所笑乎。

张文达之摆擂台，其目的固全在与霍元甲之一较高下耳。乃在彼等二人未交手以前，先之以廖鹿苹之打擂，继之以刘振声之试手，如是，不但错落有致，正见文章宾主陪衬之法。非然者，一开场即为张、霍二人之交锋，有同开门见山，未免太直率无味矣！至写廖鹿苹，则飘然而来，又飘然而去，全出之于游戏神通，有似神龙之见首而不见尾。写刘振声，则极死打蛮干之致，一场之不足，复继之以一场，同为打擂之人，而有两番写法，此正文章之有变化也。于是乎吾人乃神与书会，弥觉其为味之醺醺矣！

张文达能举八百斤之蛮石，其武艺固亦自命不凡者，今与霍元甲相遇，吾人固度其纵即败，必亦有一番极剧烈之角逐。讵竟为霍元甲倒之于三步之内，一如霍元甲事先之所宣言，又何其不堪之至耶！而在霍元甲，诚属神乎其技矣。虽然，脱张文达聆及霍氏之宣言，而不疑其有隔山打牛、百步打空之法术，小心翼翼，善自为备，必尚有若干回合可走，而不致惨败一至于是。然则正见张文达之太无常识耳。吁！亦可叹已。

霍元甲之病状，唯秋野知之为最明了，且不宜劳动之言，亦为其亲口所发，乃其后一再逼之表演武艺，使霍元甲虽欲不劳动而不可得者，亦为秋野。阴险哉倭奴！正不知是何居心也。迨夫松村、有马悉败于刘振声之手，常磐之腕亦为霍元甲所力握，而鲜血涔涔然，于是秋野乃怀恨于心。而霍元甲之症亦突然有变，竟以暴卒闻，此非其下毒而何？愿吾国人，于心头牢记所受自倭奴之重重国耻之下，并弗忘此一幕惨剧也！而霍元甲以一代之英雄，竟不幸而死于倭奴之毒手，宁又非十分悲痛之事乎！

全书完

图书在版编目（CIP）数据

近代侠义英雄传·第三部／平江不肖生著. — 北京：
中国文史出版社，2020.3

（民国武侠小说典藏文库·平江不肖生卷）

ISBN 978 - 7 - 5205 - 1663 - 1

Ⅰ．①近… Ⅱ．①平… Ⅲ．①侠义小说 - 中国 - 现代

Ⅳ．①I246.5

中国版本图书馆 CIP 数据核字（2019）第 262197 号

整　　理：杨　锐
责任编辑：薛媛媛

出版发行：**中国文史出版社**

社　　址：北京市海淀区西八里庄 69 号院　邮编：100142

电　　话：010 - 81136606　81136602　81136603（发行部）

传　　真：010 - 81136655

印　　装：廊坊市海涛印刷有限公司

经　　销：全国新华书店

开　　本：720 × 1020　1/16

印　　张：23　　　　　字数：314 千字

版　　次：2020 年 3 月第 1 版

印　　次：2020 年 3 月第 1 次印刷

定　　价：69.00 元